榆樹下的骷髏

塔娜・法蘭琪 ———著　穆卓芸 ———譯

Tana French

THE WYCH ELM

獻給　克莉絲汀娜

陛下，我們知道自己是什麼，卻不知能是什麼。

——莎士比亞《哈姆雷特》

一

我一直覺得自己基本上算是個幸運的傢伙。我這樣說不是指我曾經福至心靈挑中百萬樂透的中獎號碼，或正好晚一步而沒搭上乘客全數罹難的死亡班機，而只是說我從小到大這一路上沒有遇過一般常聽到的那些壞事。我小時候沒有被虐待，在學校也沒有遭到霸凌。我爸媽沒有分居、沒有早逝，也沒有酒癮或毒癮，頂多偶爾為了雞毛蒜皮的小事而吵架。我的女友都沒有劈腿，至少沒被我發現過，或用讓我心靈受創的方式甩了我。我沒出過車禍，除了水痘沒染過什麼病，甚至連戴牙套矯正牙齒也不需要。別誤會，我並不常想這件事，只是偶爾想到的時候會覺得心滿意足，覺得一切都照著該有的樣子走。

當然還有常春藤屋。即使現在，我想還是沒有人能說服我，讓我覺得能擁有常春藤屋不是件幸運的事。我知道事情沒這麼簡單，所有理由我都清楚，那些有稜有角的私密細節我都曉得，我甚至能將它們整整齊齊排成一條線，和雪地裡的黑樹枝一樣鮮明，有如古文字，並一直盯著它們看，直到我幾乎就要信以為真。但只要一絲對的氣味，茉莉、正山小種茶或某款我始終講不出名字的老牌香皂，或午後的某道斜陽，我就會再度迷失，沉湎其中而無法自拔。

不久前，我還真的打電話給親戚，跟他們討論這件事。當時接近耶誕，我在某個糟糕透頂的同事派對上被加了糖的熱酒搞得有點醉，否則絕不可能打那種電話，至少不會問他們有什麼想法或建議之類的，誰曉得我想知道什麼。蘇珊娜顯然覺得我問的問題很蠢。「欸，是啊，我們當然很幸運，那房子真的很棒。」聽我默不作聲，她又說：「你要是擔心那些有的沒的，我自己——」俐落的剪刀剪紙聲，和男童唱詩班的嗓音一樣甜美活潑。她正在包禮物。「是不會。我知道說起來很簡單，但老實講，托比，都這麼多年了，現在還糾結有什麼意思？不過，隨你吧。」里昂起初聽到是我，感覺是真的很高興，但語氣隨即緊繃起來。「我哪知道？對了，既然你打過來，我正打算寫電郵問你。復活節我想回家待個幾天，你會——」我有點賭氣，硬要他回答，但我很清楚里昂從來不吃這一套。他假裝收訊不良，就把電話掛了。

可是啊可是。這很重要，真的很重要，至少就我看來，不管現在還有沒有意義，這事比什麼都重要。我活了這麼久，直到現在才開始意識到，好運這騙子外表是多麼光鮮亮麗，背地裡隱藏了多少曲折詭詐，又有多麼擅長致人於死地。

♧

那天晚上。我知道故事可以有無數種開頭，也曉得跟這個故事有關的其他所有人都會對我選的開頭有意見。我可以想見蘇珊娜嘴角微微扭曲，聽見里昂嗤之以鼻的不屑。但我就是沒辦法不從它開始。對我來說，一切都源於那天晚上，那介於之前與之後、鏽蝕發黑的轉折點，有如偷塞進來的哈哈鏡，將這一面所有東西抹上昏暗的色彩，另一面所有東西依然清晰明亮，近得令人眼疼，原封不動又觸碰不得。雖然擺明了是妄想，畢竟那副頭骨那時已經在那個縫裡不知多少年了，而且我敢說它那年夏天遲早會被人發現，但在我不講理智的心底深處還是忍不住覺得，要不是那天晚上，這一切都不會發生。

那天晚上一開始感覺很好，事實上非常棒。那天是四月，星期五，感覺春天真的來了的頭一天。我和學生時代最好的兩個死黨在一起。霍根酒吧很熱鬧，女人的頭髮全都被暖和的天氣弄得柔飄飄的，男人們則是捲起袖子，酒吧裡瀰漫著說笑聲，嘈雜得連音樂都只剩雷鬼樂般歡樂的砰砰震動，從地板隱約傳到你腳板。我嗨到不行，但不是因為嗑藥什麼的。那週我工作上遇到了一點小麻煩，但週五全搞定了，勝利感讓我有些樂陶陶的。我不停發現自己說話太快或猛灌啤酒。鄰桌一名非常漂亮的褐髮女郎不時打量我，在我目光碰巧飄到她身上時對我微笑，比普通微笑多了那麼一秒。但我沒打算採取行動。我已經有一個很棒的女友，沒打算劈腿，但發現自己仍有市場還是很好玩。

「她煞到你了，」德克蘭朝那個褐髮女郎撇撇頭說，只見那女的聽朋友講了個笑話，誇張地笑得頭往後仰。

「算她有品味。」

「梅莉莎還好嗎？」西恩問。我覺得他這麼問有點多餘。就算沒有梅莉莎，這個褐髮女郎也不是我的菜。她那副誇張的身材，塞在那件復古緊身紅洋裝裡只差沒蹦出來，而且臉上一副恨不得自己人在滿是高盧俊男的小酒館裡，看著幾名帥哥為她拿刀決鬥的樣子。

「她很好，」我說。這是實話。「老樣子。」梅莉莎和那個褐髮女郎完全相反，身材嬌小，臉蛋甜美，有著一頭蓬鬆的金髮和幾點雀斑，天生受那些能讓她開心、也能讓她身邊的人開心的事物吸引：純綿亮色小花洋裝、自己烤麵包、跟著收音機放的任何音樂跳舞，還有帶著布餐巾和可笑的乳酪去野餐。我們已經很多天沒見面，光是想起她就讓我渴望她的一切，想念她的笑容、鼻子在我頸間磨蹭，還有她頭髮飄散的忍冬香味。

「她很好，」西恩對我說，有點太刻意了。

「我知道，我剛才就說她很好了。和她交往的是我，我知道她很好。她很棒。」

「你嗑藥了嗎？」阿德興趣來了。

「我有你就嗨了。你這傢伙根本就是最純最白的哥倫比亞——」

「你嗑藥了。拿出來，你這個小氣的混蛋。」

「我乾淨得跟小寶寶屁股一樣，你這個乞丐飯桶。」

「那你幹嘛盯著女人看？」

「她長得很漂亮。男人欣賞美的東西，不代表——」

「你咖啡喝太多了，」西恩說：「多灌點這個吧，灌下去就沒事了。」

他指著我的酒杯。「遵命，」我說，接著幾乎一口將酒喝乾。「嗯。」

「她好美，」阿德一臉遐想望著那個褐髮女郎。「真可惜。」

「上吧，」我說。他不會的，他沒有一次會。

「對啦。」

「別怕，等她看過來的時候。」

「她又不是想看我，而是看你，向來都這樣，」阿德矮矮胖胖，性格緊張，戴著近視眼鏡，一頭紅色亂髮。他其實長得還不差，只是不曉得哪時候開始認定自己不好看，結果也就不難預料了。

「嘿，」西恩裝出受傷的表情說：「姑娘們看這裡。」

「她們有啊。她們在想你是瞎了，還是故意穿那件襯衫來氣人。」

「嫉妒，」西恩搖頭難過地說。西恩個頭高大，身高一百八十八公分，有著一張開朗的大臉，橄欖球員的肌肉最近才開始鬆弛。他確實吸引了不少女性的目光，只是一樣沒用，因為他從讀書的時候就和同一個女友快樂交往到現在。「是個壞東西。」

「別擔心，」我安慰阿德說：「很快就要風水輪流轉了，因為……」我朝他腦袋微微撇了撇頭。

「因為什麼？」

「你知道的啊。這個，」我匆匆指了指自己的髮線。

「你到底在講什麼？」

我悄悄靠著桌子湊向他，壓低聲音說：「植髮啊。小子，真有你的。」

「媽的，我才沒植髮！」

「這沒什麼好丟臉的。這年頭每個大明星都這樣，羅比・威廉斯啦，波諾啦都是。」

阿德當然更火了。「我頭髮好得很，一點問題都沒有！」

「沒錯，我就是這個意思，它們看起來好極了。」

「看起來不明顯，」西恩安慰他。「不是說看得出來，就只是植得很好，你知道。」

「看起來不明顯是因為它們根本就**不存在**。我**沒有**——」

「少來了，」我說：「我看得出來。這裡，還有——」

「別碰我！」

「我知道了，讓我們問你女伴怎麼想好了，」我說著便開始朝那個褐髮女郎打招呼。

「不要，絕對不可以。我是說真的，托比，我真的會殺了你——」阿德朝我揮舞的手抓來，我躲開他。

「這實在是完美的開場白，」西恩說。「你不是不曉得怎麼開口嗎？機會來了。」

「去你媽的，你們兩個，」阿德放棄了，不想再試著抓我的手。他站起來說：「知道嗎，你們真是一對白癡。」

「喔，阿德，」我說：「別走嘛。」

「我要去洗手間，讓你們兩個有機會收斂一點。你，無聊鬼，」他對西恩說：「換你去買酒了。」

「他想去檢查頭髮跑位了沒有，」西恩指了指自己的髮線，悄聲跟我說。「都是你把他頭髮弄亂了。你看那裡，整個都——」阿德朝我們兩人比了中指，接著便穿過人群朝廁所走去。他擠在別人的屁股和揮舞的酒杯之間努力保持體面，努力不去理會我們兩人的爆笑和那個褐髮女郎。

「他剛才還真的以為有戲呢，」西恩說：「白癡。跟剛才一樣嗎？」說完他便朝吧台走去了。

趁著空檔，我發了簡訊給梅莉莎：正在和兄弟們喝幾杯，晚點打給妳。愛妳。梅莉莎立刻回訊：我賣掉那張老掉牙的扶手椅了！！！後面是一堆煙火圖案。設計師開心到在電話裡哭了。我好替她開心，差點也跟著哭了;-) 幫我跟你兄弟們問好。我也愛你，親親。梅莉莎在坦普爾酒吧區經營一家迷你小店，專賣古怪的愛爾蘭設計品，例如逗趣的串連瓷瓶、豔螢光色的喀什米爾地毯，以及形狀像睡著的松鼠或茂盛的大樹的手雕門把等等。那把扶手椅已經擺在店裡賣了好幾年。我回訊給她：恭喜啦！妳真是銷售天后。

西恩拿酒回來，阿德也上完廁所，看起來鎮靜多了，但還是刻意避開那個褐髮女郎的目光。「我們問過她的想法了，」西恩說：「她說植髮很可愛。」

「她說她已經偷偷欣賞很久了，」我說。

「她想知道能不能摸摸看。」

「她想知道能不能舔舔看。」

「舔你屁眼比較快。算了，我跟你說她為什麼一直瞄你吧，智障，」阿德拉過高腳椅對我說：「不是因為她煞到你了，而是她在報紙上看過你那張巴結臉，正在努力回想你是騙光了某個老太婆的積蓄呢，還是搞上了十五歲少女。」

「那是因為她煞到我了，才會在意這件事。」

「做你的大頭夢，肖想出名的傢伙。」

幾週前報紙上確實出現過我的大頭照，而且是社會版，搞得我滿身腥，惹來一堆詆毀謾罵。因為我碰巧在一個工作場合跟某位肥皂劇長青女星聊天，某個展覽的開幕式。我那時在一家中等規模、頗有份量的藝廊擔任行銷公關，地點在市中心，和格拉夫頓車站只有幾條小巷外加捷徑的距離。這不是我大學畢業時想像的工作。我本來打算進某家大型公關公司，去那間藝廊面試只是練習，沒想到一去竟然愛上了那地方：一棟幾乎沒有整修過的喬治式樓房，每層樓的角度都很怪；老闆理查德隔著歪一邊的眼鏡打量我，問我喜歡哪些愛爾蘭藝術家（幸好我有事前準備，所以還真的講出幾個算是漂亮的答案。我們聊了很久、很開心，暢談勒．布羅基、寶琳．貝維克和一些我直到那週以前幾乎都沒聽過的傢伙）。我也喜歡不受拘束。要是進大公司，我頭兩年都得乖乖窩在電腦前為人作嫁，修補別人的社群媒體行銷好點子，猶豫是要刪除關於某個可怕的洋芋片新口味的種族歧視酸民留言，還是不理它以便創造聲量。在藝廊工作，我可以盡量試，從錯中學，沒有人老是在我背後指指點點。理查德儘管曉得實在需要弄個推特，卻不大清楚那是什麼，而且他顯然不是愛管小事的那種老闆。後來理查德決定雇我，讓我有些意外，但幾乎想都沒想就答應了。我心想待個幾年，搞幾次精彩的公關秀讓履歷好看，我就能跳槽進大公司，到我真正喜歡的階級去了。

轉眼五年過去，我最近開始試水溫，反應還不錯。我會懷念藝廊的，因為我不只喜歡那裡的自由，更愛上了那份工作，愛上那些死腦筋堅持完美的藝術家，以及逐漸看懂理查德為何一眼就相中某位藝術家，卻對另一位藝術家不理不睬的滿足感。但我已經廿八歲了，和梅莉莎正在討論找地方同居，藝廊的薪水雖然過得去，可是離大公司還差得遠。我感覺該好好過日子了。

這一切差點在上星期灰飛煙滅，還好我真的夠幸運。我的思緒和邊境牧羊犬一樣橫衝直撞，害夥伴也被傳染了。西恩和阿德彎腰大笑。我們正在計劃一個男人們的暑假，但無法決定該選哪裡。泰國怎麼樣？慢點，那裡幾月雨季？打電話確認。政變季又是幾月？阿德不曉得為什麼一直堅持去斐濟。非斐濟不可，我們之後不會再有機會了。同時欲蓋彌彰地朝西恩撇了撇頭。西恩耶誕節要結婚。雖然兩人交往十二年了，結婚並不奇怪，但感覺還是很意外、沒必要，光是提到就沒好話：只要一說「我願意」，老兄，你的時間就不是自己的了，下一秒你還沒意會過來，孩子就出現了，你的人生就這樣結束了……敬西恩最後一次度假！敬西恩最後一次晚上出來鬼混！敬西恩最後一次被咬咬！其實我和阿德都很喜歡奧黛莉，而西恩臉上的怪笑——表面生氣，其實心底暗爽——讓我想起了梅莉莎。我們已經交往三年，或許該求婚了。剛才提的那些最後一次，讓我忍不住又瞄了那名褐髮女郎一眼，發現她正在講某則趣聞，講得眉飛色舞。那血紅色的指甲油和她脖子的角度，讓我知道她很清楚我在看她，而且她講的事和我在報紙上的相片無關。放心吧，西恩，我們到泰國會好好照顧你的。敬西恩的第一個人妖！

接下來發生了什麼，我有段時間不是記得很清楚。我事後當然回想了幾萬次，死抓著不放，仔細爬梳每一道線索，想找出讓事情再也無法回復原貌的那個癥結點在哪裡，希望真有一個被我疏忽掉的細節，微小的關鍵，找到它所有拼圖就能對到正確位置，和吃角子老虎一樣發出五彩燈光，讓我雀躍得大喊「找到啦！」遺失的記憶沒有幫上什麼忙（這很常見，醫生安慰我，完全正常，太正常了）。後來我想起許多事，而且盡量從西恩和阿德的記憶裡撈，有如憑著少量碎片和有限的經驗知識拼湊老壁畫一般，費勁拼湊那一晚。但我怎麼確定空白的地方發生了什麼？是我肩膀撞到人？還是自嗨泡泡吹太猛，講話太吵或動作太大弄翻了某人的酒杯？又或者是褐髮女郎的肌肉男前男友在我沒注意的角落虎視眈眈？我從來不認為自己是愛惹麻煩的人，但一切似乎都不再那麼理所當然了，再也不是了。

我記得奶油色澤的長條燈光照在暗木檯上。輪我去買酒時，一個頭戴紅色天鵝絨帽的女孩靠著吧台，正在和酒保聊演唱會。東歐口音，手腕彎曲的模樣像是舞者。地板上一張踩爛的廣告傳單，黃綠兩色，故意用拙劣的筆法畫了一隻咬著自己尾巴的蜥蜴。我到廁所洗了手，感覺空氣很冷，有漂白水味。

我還記得我的手機響了。當時我們正不可開交地爭論著，根據阿德構想出來的某種複雜的演算法，下一部《星際大戰》電影是不是絕對比上一部差。我嚇了一跳，心想可能跟工作有關，可能是理查德想知道最新進度，或帝爾南終於回我電話了，結果只是臉書發的生日派對邀請。「怎麼了？」西恩很好奇，眉毛一挑望著我的手機，我這才發覺自己剛才有點太急著拿起手機了。

「沒事，」我說著把手機收了起來。「那《即刻救援》系列呢？男主角的女兒一開始還是被害人，第二部就變成搭檔——」我們又開始吵電影，但從剛才到現在實在離題太多次，已經沒人記得自己或對方原本的立場是什麼了。就是這樣，我今晚出來就是需要這個。阿德靠著桌子講得比手畫腳，西恩不可置信地高舉雙手，我們三個都想用音量壓過對方，吵贏某件關於海格的事。我掏出手機調成靜音。

其實工作出了紕漏不是我的錯，我頂多只是被掃到颱風尾。出包的是帝爾南。他個子瘦高，有點戽斗，打扮時髦，戴著復古角框眼鏡，在藝廊裡負責展覽工作，開口閉口只有兩個話題：沒人聽過的加拿大另類民謠樂團，和他的藝術創作（畫工精細的油畫，主題是長著眼神恍惚發亮的鴿子腦袋的狂歡者，在他爸媽資助的畫室裡完成的）竟然得不到應有的名聲。這件事的前一年，帝爾南想出一個點子，找一群弱勢青年藝術家做都市空間聯展。理查德和我立刻贊成；要是這群弱勢青年藝術家裡頭有人是敘利亞難民，而且還是跨性別，那就更好宣傳了。理查德雖然平常一副不問世事，全身邋遢花呢裝扮的模樣，卻很清楚藝廊需要地位和資金才能繼續開門做生意。因此，帝爾南提出這個構想不出幾天，雖然只是在月會上一邊拈著餐巾上的甜甜圈糖霜吃一邊提的突發奇想，理查德還是叫他開始安排。

整件事就像一場夢。帝爾南四處探訪他所能找到的最糟的學校和社會住宅（其中某個地方的一群八歲小鬼當著他的面用鐵鎚將他的單速車砸成了達利的作品），找到一批令人滿意的街頭混混，有著輕罪前科及粗糙的畫作，內容多半是針頭和破公寓，偶爾還有馬出現。不過老實說，其中也是有意外的驚喜。例如有個女孩用她從廢棄房子裡偷來的材料做成小模型，每個模型都是她曾經待過的寄養家庭，風格非常陰森，像是用防水布做成的男人布偶懶洋洋坐在水泥刻成的沙發上，一手用我覺得看了不大舒服的姿勢摟著防水布小女孩的肩膀；還有一個小男生用他在公寓樓梯間找到的東西，例如被壓壞的打火機、一邊鏡腿歪掉的兒童眼鏡和一只打成細緻繩結的塑膠袋，做出類似龐貝古城的石膏模型。我理所當然地以為展覽的賣點完全在道德優越感，沒想到真有幾件作品相當出色。

帝爾南對其中一個他挖掘到的新人特別自豪，那就是名叫高捷爾的十八歲男孩。除了帝爾南，高捷爾不跟任何人說話，也不肯透露真名；更令人挫折的是，他拒絕受訪。由於人生多半時間都在進出少年感化院，高捷爾有著一串複雜的仇家名單，深怕對方見他有錢有名了會找上門來。但他真的很厲害。噴漆、相片和鋼筆畫層層堆砌，手法猛烈而草率，使得作品帶有急迫感，乍看堅實穩固，但隨即被一旁轟然撞上來的東西粉碎成塗鴉與色塊。他的頭號大作《波海洛因狂想曲》（BoHeroin Rhapsody），描繪一群炭筆畫成的青少年圍著噴漆營火仰頭吶喊，酒從搖晃的啤酒罐裡噴出來，劃出一道道螢光弧線，在我貼到藝廊的臉書專頁之後，已經引起不少收藏家的興趣。

不只藝術局和都柏林市議會灑錢給我們，媒體報導更是多得超乎我預料。帝爾南找來那群青少年，讓他們在藝廊裡侷促不安地你推我、我推你，囁囁嚅嚅，用難以讀懂的眼神盯著這場「散度」多媒體抽象藝術展的作品看。不少收到邀請的貴賓表示很樂意參加開幕式。理查德滿臉笑容在藝廊裡閒逛，嘴裡哼著輕歌劇，不時穿插不知從哪裡聽來的古怪旋律（難道是發電廠樂團？）一切都很順利，直到某天下午，我沒有敲門直接走進帝爾南的辦公室，發現他正蹲在地上對著高捷爾的最新力作塗塗改改。

我愣了半秒，隨即開始大笑。一是因為帝爾南臉上的表情，面紅耳赤的羞愧中摻雜著滿滿的不平，絞盡腦汁想生出合理的藉口；二是因為我竟然隨之起舞了這麼久，明明早八百年前就該察覺了（帝爾南哪時候看得上弱勢青少年了？），卻沒有片刻起疑。「哎呀呀，」我說，臉上還是止不住笑。「你瞧瞧。」

帝爾南雙手彈開，趕緊朝門口望去，低聲呵斥：「噓——」

「原來這就是高捷爾本尊啊。」

「閉嘴好嗎，拜託。理查德——」

「沒想到本尊比我想得好看。」

「托比，聽著。不是，你聽我說——」他雙臂半開擋在畫前，感覺就像想要把畫藏住似的，實在好笑。畫？哪來的畫？「這件事要是傳出去，我就完了。我就，再也不會有人——」

「天哪，」我說：「帝爾南，冷靜一點。」

「這些畫很棒，托比，真的很棒。但我只有這個辦法，如果這些畫出自於我，沒有人會瞧它們第二眼。我上過藝術學校——」

「只有高捷爾嗎？還是有其他的？」

「只有高捷爾，我發誓。」

「嗯，」我說，一眼瞄向他身後。那幅畫是典型的高捷爾風，厚厚的黑漆上用刮除法雕出兩個兇狠搏鬥的少年，中間一堵用鉛筆細細繪成的牆，牆上每座陽台都向著一片迷你的鮮明風景。這不曉得花了他多少時間。「你計畫多久了？」

「一陣子了。我不是——」帝爾南朝我眨巴著眼，非常緊張。「你打算怎麼做？你會……？」

照理說，我應該直接去找理查德，告訴他事情經過，或至少找個理由把高捷爾的作品從展覽撤掉，例如仇家找來了之類的（說他吸毒過量只會更惹人注意）。但老實講，我壓根沒想過那樣做。事情進展得如此順利，所有相關人等都很快樂，揭穿真相只會毀掉許多人的好日子，而且找不出什麼好理由，至少我這樣覺得。就算你想討論道德對錯，我也基本上站在帝爾南這邊。我從來不吃中產階級自我貶抑那一套，覺得貧窮或輕微的犯罪癖會自動讓人更有價值，和藝術真理之泉有更深刻的連結，甚至更像個人。對我而言，這場展覽和十分鐘前沒有不同。要是有人無視眼前的好作品，而是沉迷於作品背後的美好幻象，那是他們的問題，和我無關。

「別緊張，」我說。帝爾南整個人慌到不行，我要是再不理他就太殘忍了。「我什麼都不會做。」

「真的？」

「我保證。」

帝爾南顫抖著長吁一口氣。「那就好，那就好。哇，剛才真是嚇死了。」他直起身子看了看畫，彷彿安撫受驚小動物似的輕拍畫的上緣。「那些畫很好，」他說：「真的很棒，對吧？」

「你知道該怎麼做嗎？」我說：「再多畫一些營火，弄成一個系列。」

帝爾南眼睛一亮。「對耶，」他說：「這個主意不錯，你知道，從搭營火開始一直到營火變成灰燼，朝陽——」話還沒說完他就走到桌前開始翻找紙筆，已經在心裡描繪整個系列了。我走出辦公室，讓他一個人去忙。

經過這番小波折，展覽再次回到常軌，朝開幕式順利前進。帝爾南為了高捷爾的營火系列馬力全開，我敢說他每天睡不到兩小時。但就算有人察覺他眼神恍惚無光，經常打呵欠，也不會跟他不時一臉驕傲拖進藝廊來的畫作聯想在一起。我將高捷爾的隱姓埋名弄成班克西般的身分之謎，在推特開了一堆假帳號，用半殘的火星文爭論高捷爾到底是不是刺傷混血男的凶手，如果是，那混血男一定在找他。媒體果然蜂擁而上，藝廊的推特追蹤人數立刻暴增。帝爾南和我曾經半認真地討論過，要不要找個小混混來假扮高捷爾，交換條件是給錢滿足他的癮頭（我們顯然需要找個有毒癮的傢伙，這樣才最有說服力），但後來決定放棄，因為找個吸毒的小混混很難長久可靠，對方遲早會開始勒索我們或想掌握主導權，事情就會變得一團糟。

我想我好像應該擔心萬一出了差錯怎麼辦，因為實在有太多可能出錯了，例如突然有記者開始認真調查或我在高捷爾的推特帳號上用錯了黑話等等，但我一點也不擔心。我向來覺得擔心很可笑，只是浪費時間力氣；凡事順其自然，遇到問題再解決就好，這樣簡單多了，而且通常不會有什麼問題。因此，當開幕一個月前，也就是我和死黨聚會前四天，整件事被理查德發現了，我根本措手不及。

直到現在，我還是不大清楚理查德是怎麼知道的。據我蒐集到的有限線索（耳朵貼著我辦公室的房門，眼睛盯著坑坑洞洞的白漆，心跳愈來愈快，直到頂著喉嚨很不舒服為止），可能跟一通電話有關，但理查德當場將帝爾南開除，速度之快、火氣之大，我根本來不及問帝爾南。接著理查德走進我辦公室（我趕在他推門前閃開，臉才沒被撞個正著），要我立刻滾出藝廊，週五前不要回來，等他決定該怎麼處置我再說。

從他的樣子——臉色鐵青，領子發皺，下巴繃得跟拳頭一樣緊——我就知道自己最好乖乖閉嘴，就算有辦法在他甩門出去前掰出一套自圓其說的理由也一樣。理查德砰的一聲摔門出去，連我桌上的文件都被震到了地上。我收好東西走出辦公室，避開會計艾汀那雙躲在門縫裡瞪大窺探的眼睛，努力保持步伐輕快，蹦蹦跳跳走下樓梯離開了藝廊。

隨後三天，我基本上都在發呆。白癡才會告訴別人發生了什麼，因為整件事很有機會船過水無痕。理查德竟然那麼氣，真讓我大吃一驚。我當然曉得他會發火，但他似乎氣過頭了。我敢說他只是一時不順，等我回去上班就會沒事了。因此，我整天都待在家裡，免得有人瞥見我不知反省在外頭鬼混。我甚至不能打電話，不能去梅莉莎家或要她來我家過夜，免得她隔天早上想和我一起走路去上班。她的店比藝廊只需要多走五分鐘，因此我們一起過夜後通常會和小情侶一樣手牽著手，聊天走路去上班。我跟梅莉莎說我著涼了，並說服她別過來照顧我，免得被傳染。幸好她不是會因此懷疑我劈腿的那種人。我拚命玩 Xbox，出門買東西一定換成上班服裝，以防萬一。

感謝主，我不是住在早晨上班需要和鄰居揮手問好的地方，只要一天不見人影，就會有左鄰右舍拿著餅乾登門造訪，確定我是否安好。我住的那棟一九七〇年代斑駁紅磚樓房，夾在維多利亞式豪邸之間顯得格外突兀。這裡是都柏林的高級地段，街道寬敞開闊，兩旁古木參天，人行道被樹根弄得突起，而建築師還算有概念，懂得利用這點好處。我住在一樓，起居室正對巨大的落地窗，兩側還有玻璃門，每到夏天室內總是滿滿的陽光與樹影，明明暗暗令人頭暈目眩。但除了這個神來一筆，整間公寓就乏善可陳了。房外是刻薄的實用主義風，走道和機場旅館一樣充滿過境般的迷幻感，長條棕色地毯加上長條紋卡其色壁紙一路伸向遠方，兩側是廉價木門，牆上的骯髒雕花玻璃燭台散發著昏黃凝滯的光線。我從來沒見過鄰居，只有偶爾聽見樓上住戶將東西扔在地上的悶響，還有一回替一名會計長相、手拿拐杖和一堆馬莎百貨購物袋的男士擋門讓他進來。除此之外，我感覺整棟樓就像是我一個人的。就算我沒去上班，待在家裡轟炸砲台或在電話裡捏造可愛的藝廊故事給梅莉莎聽，也不會有人察覺或關心。

不過，其間我確實斷斷續續著慌了幾次。帝爾南完全不接電話，就算我用家裡未登載的室內電話打給他也沒回應，因此我完全無法知道他出賣了我多少，而無法聯絡感覺不是什麼好兆頭。我告訴自己，理查德如果想開除我，早就會在開除帝爾南的同一天叫我滾蛋了。通常這樣想完全合理，令人心安，但事情的可能發展仍然不時（主要是夜裡，每當車子近乎無聲從屋外經過，鬼影般的燈光斜斜掃過我臥室天花板的時候）重重落在我心頭。要是丟了工作，在我找到下一份差事之前要怎麼瞞住，不讓爸媽和朋友知道，還有，天哪，梅莉莎。更慘的是，萬一我根本找不到下一份工作怎麼辦？所有我苦心維繫關係的大公司都會發覺我突然離開藝廊，那場大肆宣傳的夏日展覽裡的明日之星也在同一時間無故消失，到時我就完了。唯有出國才能找到工作，甚直連遠走他鄉也不管用。說到出國，我和帝爾南會因為詐欺被捕嗎？我們還沒賣出高捷爾的任何畫作，謝天謝地，而且也沒宣稱那些作品是畢卡索畫的。但我們卻以不實理由獲取資金，這肯定構成犯罪了吧……

我之前提過，我不習慣擔心，因此那幾天的憂慮程度嚇了我一跳。事後想來，我當然可以馬後砲地說那是出了差錯的預感，是危險自己在警告我，只是我悟性不足，以致於失之交臂而鑄下大錯。但我當時只覺得討厭，沒打算被這種感覺嚇跑。驚惶個幾分鐘後，我就會起身去沖冰水澡，三十秒內將腦袋從恐慌迴路裡抽出來，和狗一樣甩甩身體，然後繼續原本在做的事情。

週五早上我有些煩躁，試了幾套衣服都找不到能正確傳達我心情（嚴肅、後悔、已經準備好回去工作）的裝扮，最後決定換上深灰花呢西裝和白襯衫，不打領帶。不過，等我去敲理查德辦公室房門的時候，信心已經回來了，即使理查德只是短短說了一句「進來」，也沒讓我提心吊膽。

「是我，」我怯生生地探頭說道。

「我知道，坐吧。」

理查德的辦公室有如狂歡會場，擺滿羚羊雕刻、沙錢、馬蒂斯作品海報與旅行時蒐集的物品，全都顫巍巍地立在架子和書堆上，或彼此疊在一起。他正在漫不經心地翻閱一大疊文件，我拉了把椅子坐到他桌前，感覺好像兩人要一起檢查文宣印樣似的。

等我坐定之後，理查德開口說：「我應該不用告訴你原因了吧。」

裝傻絕對是大錯。「高捷爾，」我說。

「高捷爾，」理查德回答：「沒錯。」他從文件裡抽出一張紙，茫然看了一眼，隨即扔到桌上。「你什麼時候發現的？」

我心裡暗自祈禱帝爾南嘴巴夠緊。「幾週前。兩週，或許三週。」其實更久。

理查德這才抬頭看我。「而你沒跟我說。」

他語帶冰冷。他很火大，仍然憤怒，完全沒有氣消。我拉高語調：「我差點就要跟你說了，可是那時，等我發現的時候，事情已經太遲了，你知道嗎？高捷爾的作品已經推出去了，擺在網站上，印在邀請函裡。我很清楚《週日泰晤士報》是為了他才點頭的，還有大使——」

我講得太快，口齒不清，一副心虛的樣子。「我當時只想到一件事，就是他如果在開幕前不久突然消失，只會搞得很可疑，讓人懷疑到整個展覽上，甚至整個藝廊。」理查德聽到這裡眼睛眨了一下。「而我不想把責任都丟到你頭上，所以就直接——」

「但現在責任在我頭上了，而且你說得對，整個展覽會變得非常可疑。」

「問題可以解決，真的。我這三天已經從頭到尾想好了，我們今天以前就能搞定，」**我們，我們**。我們還是個團隊。「我會聯絡所有貴賓和藝評家，跟他們解釋參展人員稍有變動，覺得應該通知他們。我會跟他們說高捷爾臨陣退縮了，覺得仇家可能正在四處打聽，因此需要避風頭一段時間。我會說我們很有信心，高捷爾很快就能把問題解決，重新帶著作品來找我們。我們必須讓他們保持希望，讓希望慢慢消失。我會向他們解釋，和這種出身背景的人打交道就是會遇到這樣的風險。雖然我們很遺憾出了狀況，但不後悔給他機會。只有沒心沒肺的人才會不吃這一套。」

「這方面你很行，」理查德疲乏地說。他摘下眼鏡，用拇指和食指摁揉鼻樑。

「我非行不可，我必須補償你。」理查德不置可否。「我們會失去幾位藝評家，甚至兩三位貴賓，但不會危及大局。我敢說我們還來得及阻止展出單付梓。我們可以重做封面，放香黛兒的沙發拼貼藝術上去——」

「這些要是三週前開始就簡單多了。」

「我知道，我知道，但事情還有可為。我會跟媒體說，確保他們不大肆聲張，跟他們解釋我們不希望把高捷爾永遠嚇跑——」

「或者，」理查德戴回眼鏡說：「我們可以發新聞稿，坦承我們發現高捷爾其實是個冒牌貨。」

他抬頭看我，被眼鏡放大的藍色眼眸眨也不眨。

「呃，」我小心翼翼地說，心裡被他說「我們」感動了一下，但這個主意真的很糟，我必須讓他明白這一點。「我們是可以那樣做，但這幾乎代表整場展覽都必須取消。我是說，我想我應該可以想出一個說法，或許強調我們一發現就把他的作品撤掉了，但這樣做還是會讓我們看起來很好騙，讓人連帶懷疑起其他的——」

「好了，」理查德轉過頭去，伸手要我閉嘴，接著開口說道：「這些我都明白。我們不發新聞稿。天曉得我真想那樣做，可是沒辦法。就用另一種方式吧，照你剛才說的那些去做，愈快愈好。」

「理查德，」我誠心誠意地說。看著他身體被突如其來的疲憊擊倒，我感覺糟透了。理查德向來對我很好，最後面試時另一位女士明明有數年資歷，他卻對我特別青睞。要是我曉得這件事對他打擊這麼大，肯定不會讓事情發展成這樣，絕不會。「我真的很抱歉。」

「是嗎？」

「我發誓，我是真的很抱歉。那樣做很差勁，我只是……那些作品實在太棒了，你知道嗎？我很希望大家能看到，希望由我們展出那些畫，結果就做過頭了。我再也不會犯同樣的錯了。」

「好吧，那就好，」他還是沒有看我。「去打電話吧。」

「我會搞定的，我保證。」

「我知道你會的，」理查德淡淡地說：「去吧。」接著又開始整理文件了。

我歡天喜地跑下樓回辦公室，心裡已經在盤算如何在高捷爾的推特帳戶煽起各種揣測及恐怖威脅的腥風血雨了。理查德顯然對我很火大，但只要一切搞定回復常軌，至少展覽完美開幕，他就會氣消了。帝爾南的作品真的很可惜，我想除了擺在他的畫室裡發霉之外沒別的出路了。但誰曉得呢，或許我之後能想出什麼辦法。反正他只要再畫就有了。

我需要喝一杯。應該說不只一杯。應該說我需要放鬆一整晚。我很想念梅莉莎，我們通常每週會有三晚一起過夜。但我更需要死黨，需要酸人損人和為了無聊的小事滔滔雄辯，還有我們已經好一陣子沒有過的通宵達旦，直到凌晨時所有人昏倒在某人家的沙發上，冰箱裡的東西被清掃一空。我家還有一些上等大麻。那星期我有好幾次很想破戒，但實在不想在諸事不順的時候喝得酩酊大醉或呼得太嗨，免得醒來感覺更糟。因此我把貨留著，作為慶祝之用，藉此表示我相信最後一定會皆大歡喜，而事實證明果然如此。

所以就是這麼回事：霍根酒吧、用手機搜尋斐濟海灘、不時偷拉阿德的植髮（「媽的**放手！**」）。我原本不打算透露那週發生了什麼，但如釋重負的感覺讓我輕飄飄的，只想說些蠢話，因此大約酒過五巡之後，我發現自己開始向他們倆交代整件事的來龍去脈，只略過深夜驚惶失措的部分沒講——事後回想起來，只覺得那時真蠢——不時加油添醋，博他們一笑。

「你這個蠢蛋，」西恩聽完之後說，但搖著頭，臉上掛著有點挖苦的微笑，讓我心裡稍微安穩了些。我一向很在意西恩的看法，而理查德的反應還是在我心裡留下了少許不安。

「你真的很蠢，」阿德比較不客氣，他說：「你差點就毀了。」

「誰說沒有。」

「就沒有。沒有真的毀了，例如丟了工作，甚至被捕。」

「呃，確實沒有，」我說，心裡有些惱怒。我那時最不希望想到的就是這件事，阿德應該很清楚。「你到底活在什麼樣的世界裡啊？警察會在意某一幅畫是穿著運動服的無名小卒，還是頭戴紳士帽的無名小卒畫的嗎？」

「展覽很可能會停辦，你老闆可能會喊停。」

「可是他沒有。而且就算有，也不會是世界末日。」

「對你或許不是，但那些搞創作的小鬼呢？他們掏心掏肺，你竟然捉弄他們，把他們當玩笑——」

「我哪裡捉弄他們了？」

「——他們好不容易才等到大好機會，你卻為了好玩差點搞砸了——」

「哦，拜託！」

「你要是沒搞好，掉進泥淖裡的會是他們，一輩子都——」

「你在講什麼鬼話！他們可以去上學，而不是吸膠，幹走車子的後照鏡。他們還可以去找工作。景氣衰退已經結束了，沒有理由陷進泥淖裡，除非是自找的。」

阿德瞪大眼睛不可置信望著我，好像我把整根手指插進鼻孔裡似的。「天哪，你完全不懂。」

阿德當初是靠獎學金進我們學校的。他老爸開公車，老媽在雅樂斯餅乾廠工作，一家三口從來不曾被逮捕，也沒有吸毒或酗酒，比我還不像那些參展的小鬼，卻不時喜歡玩出身寒微那一套，當成發火或訓人的藉口。他顯然還對植髮的事耿耿於懷。我大可挑明他說得正義凜然的那一套根本是屁話，他自己就是最好的證明，非但沒有在廢棄公寓裡拿偷來的噴漆在牆上塗鴉，反而付出心血時間，最後在科技業找到了好工作，由此可證。但我當時沒心情陪他玩，至少那一晚沒有。「換你去買酒了。」

「你真的一點概念也沒有。」

「真的換你去買酒了。你是要站起來去吧台，還是要我替你去，因為你出身低？」

他又用那種眼神看我，但我也一樣瞪回去。最後他刻意搖頭嘆息，隨即朝吧台去了。這回他甚至沒有避開那名棕髮女郎，但對方也沒在意就是了。

「搞什麼？」等他聽不見我們談話後，我說：「他到底是怎樣？」

西恩聳聳肩。因為我沒吃晚餐，忙著拆除高捷爾那顆炸彈搞得我太晚離開藝廊，所以剛才輪我去買酒的時候順便拿了幾包花生。西恩彷彿發現其中一包有問題似的，感覺他全副精神都放在了上頭。

「我沒有害到任何人，也沒有人受傷。他卻表現得好像我揍了他奶奶一樣。」我已經喝到直言不諱的階段了。我身體靠著桌子挨向西恩，可能有點太靠近了，我不知道。「而且你拜託，他也不想想自己從前幹過哪些蠢事，次數可多著呢，有什麼資格指著我鼻子說話？」

西恩又聳聳肩。「他壓力很大，」他嚼著花生說。

「他老是壓力很大。」

「他在考慮和珍娜復合。」

「天哪，」我說。珍娜是阿德最新的前任，一個比我們年長幾歲的瘋狂女老師，有次在酒吧還伸手到桌子底下摸我大腿。我滿臉驚訝轉頭看她，她竟然朝我吐舌眨眼。

「沒錯。但阿德討厭單身。他說他已經太老了，不適合從頭談戀愛，又搞不來Tinder那一套。他不希望自己變成四十歲的老土包，別人邀他參加晚宴只是看他可憐，然後隔壁坐著寡婦，整晚都在抱怨自己的前夫。」

「好吧，但他不用找我出氣，」我說。我完全可以想像他變成那個樣子，但那也會是他自己的錯。當時的我只覺得他活該。

西恩背靠椅子，用一臉好玩也可能只是略感興趣的表情看著我。西恩向來有種自在的疏離感，一種眾人皆醉我獨醒的感覺，不是刻意，也不是自鳴得意。我向來隱隱覺得那是因為他母親在他四歲時就過世了的緣故，而他母親早逝這件事總讓我感到怯縮、尷尬與敬畏。不過，一切也可能只是因為他塊頭大。只要和酒有關，他就注定是最後一個喝醉的人。

見他沒有答腔，我說：「怎樣？你現在也覺得我是保守右派王八蛋了嗎？」

「你是真的想知道？」

「對，我是真的想知道。」

西恩將剩下的花生屑甩到手掌上說：「我覺得都是小孩子把戲。」

我搞不清這是不是侮辱。他是在嗆我的工作？安慰我沒什麼？還是怎樣？「你是什麼意思？」

「假推特帳號，」西恩說：「捏造小混混仇家，背著老闆搞勾當，然後祈禱一切都會沒事。這些全是小孩子把戲。」

這下我真的受傷了，至少一點點。「幹你媽的，被阿德訓已經夠糟了，不要連你也來這一套。」

「我沒那個意思，只是……」西恩聳聳肩把酒喝乾，說：「兄弟，我再過幾個月就要結婚了。我和奧黛莉，我們正在討論明年生個寶寶，實在很難對你愛玩的這套老把戲感興趣。」見我緊鎖眉頭，他接著說：「打從我認識你，你就一直在做這種事；即使有時被逮到，也總是能脫困。這已經是老生常談了。」

「不對不對，這回——」我大手一揮，猛力彈了彈手指，彷彿這個動作就能說明一切似的。但西恩仍然一臉好奇望著我。「這回不一樣，跟之前不同。那是兩件事，完全不能比。」

「哪裡不一樣？」

這話把我惹惱了。我知道不一樣。西恩在我喝了那麼多酒以後這樣質問我，感覺很不厚道。「算了，當我沒說。」

「我不是在刁難你，是真的想知道。」

他身體沒動，但表情忽然尖銳起來，帶著目不轉睛的專注，彷彿想從我這裡得到某樣重要的東西。我感到一股莫名的衝動，想跟他解釋，跟他聊梅莉莎，聊我廿八歲了，打算進大公司、定下來，還有這幾天我偶爾——我絕不會在阿德面前承認這一點，而梅莉莎我根本沒跟她提過——會在心裡幻想一棟純白的喬治式宅邸，俯瞰都柏林灣，而我和梅莉莎裹著她的喀什米爾毛毯坐在壁爐前，甚至還有兩三個金髮小孩跌跌撞撞追著一隻黃金獵犬在爐邊地毯上玩。兩年前這幅景象只會讓我尖叫，坐立難安，現在卻覺得這主意還不壞。

我當時的狀態，其實不大適合描述這些懵懂頓悟給西恩。我連「懵懂頓悟」這幾個字都講不清楚。但我還是盡力而為。「好吧，」我說：「好吧。你說的從前那些事情，沒錯，那些全是小孩把戲；不是為了好玩，就是為了免費披薩或一親蘿拉・瑪瓦妮的芳澤。但我們已經不是小孩了。我知道，我明白。我是說，我們還不算真正的**大人**，但絕對就快了——天哪，我有什麼資格跟你說這些？我知道我們一直在揶揄你，但我對天發誓，你和奧黛莉這樣真的很棒，一定可以……」我思緒已經亂了。酒吧裡愈來愈吵，吸音綿根本應付不了，所有聲音匯聚成一個分不清來源的結巴巨響。「沒錯，高捷爾的事就是這樣。這就是它的**意義**。我現在要追求更大的事物；不是免費披薩，而是更實在的東西。我說的不一樣，就不一樣在**這裡**。」

我靠回椅子，一臉期盼望著西恩。

「嗯，」西恩隔了半晌才說：「有道理。祝你好運，兄弟，希望你如願以償。」

可能是我多想，也可能是周圍的嘈雜聲響，但他語氣很冷淡，甚至有些失望。問題是他幹嘛失望，甚至凝視遠方，彷彿在某條長廊上刻意退後幾步一般？我想一定是酒的關係。

我沮喪的是，西恩似乎沒搞懂，高捷爾這件事其實就是為了實現那些改變，展覽辦得愈好，我就愈有機會進大公司，愈有能力買下更好的地方和梅莉莎同住，等等等等。但我還來不及解釋這些，阿德已經拿著酒回來了。「你知道你是什麼嗎？」他將酒杯放到桌上，只灑了一點出來，同時問我。

「他是笨蛋，」西恩將紙做的杯墊扔到灑出來的啤酒上說。方才的緊繃忽然消失了，他又變回那個沉著自在的西恩。「我們剛才就達成結論了。」

「不對，我是在問他。你知道你是什麼嗎？」

阿德笑得很燦爛，但語氣變了，臉上像是帶著靜電，閃著可疑的神采。「我是王子，」我兩腿大開靠回椅子上，也朝他咧嘴微笑。

「沒錯，」他一臉勝利指著我，彷彿得分一般。「就是這樣。」他發現我沒有反應，立刻將自己的椅子拉近桌子，一副準備吵架的樣子問我說：「要是我在公司幹出同樣的蠢事，你覺得我會有什麼下場？」

「你會被炒魷魚。」

「對，沒錯。我會立刻打電話給我老媽，問她可不可以搬回家，直到我找到新工作，付得起房租為止。你為什麼不那樣做？」

西恩重重嘆了口氣，一口灌掉三分之一杯的啤酒。我們都知道阿德情緒又來了，只想不斷刺我、酸我，戳戳戳，直到惹毛我或把自己弄得爛醉，要靠我們扶他上計程車，告訴司機地址，還替他付車資為止。

「因為我是個很受歡迎的人，」我說。這不算自誇，大家還蠻愛我的，而我也確實常靠這一點從麻煩裡脫身。不過，這完全不是重點，我這樣說只是為了激怒阿德。「你不是。」

「錯錯錯。你知道為什麼嗎？因為你沒租房子，你爸媽買了一間給你。」

「沒有，他們只付了頭期款，房貸是我付的。這件事和我講的事到底有什麼關——」

「要是你手頭真的很緊，他們會先替你付兩三個月的房貸，對吧？」

「我哪知道？我從來不需要——」

「噢，他們一定會的。你老爸老媽那麼好。」

「我不曉得。再說，就算他們會付又怎樣？」

「所以——」阿德指著我，臉上依然掛著笑。要是我跟他不熟，肯定會以為那是善意的笑。「所以你老闆才沒有炒你魷魚，因為你一點也不緊張，一點也不著急。你走進他辦公室的時候，心裡很明白不論發生什麼，你都會沒事，所以就真的沒事了。」

「我沒事是因為我走進他辦公室好好道歉，跟他說我可以怎麼把事情搞定。因為我對自己的工作很在行，他不想失去我。」

「就跟在學校一樣。」阿德講得興起，整個人趴在桌上看著我，完全忘了喝酒。西恩已經掏出手機在滑，在瀏覽頭條新聞了。「你和我摘掉馬納斯先生的假髮，我們一起惡作劇，一起被逮，一起被叫進校長室，對吧？結果呢？」

我翻了翻白眼。老實說我不曉得。我記得靠著欄杆勾住假髮，馬納斯先生的可憐哀鳴在我們的笑聲下方愈來愈遠，假髮在我爸的釣竿上左右搖擺，卻怎麼也想不起來之後的事。

「你根本就忘了。」

「那又怎樣？」

「我被停學三天，你呢？留校察看一天。」

「不會吧？」我不可置信瞪了他一眼。我快受夠了，有如粉紅泡泡的如釋重負感開始洩氣。經歷了那樣一週，我覺得自己起碼可以放鬆一晚吧？「那已經是十四年前了，你還在火大？」

阿德搖搖頭，朝我揮著食指說：「那不是重點。重點是我這個品學兼優的學生被高高舉起，你被輕輕放下。慢點，聽我講完，我還在說話——」我靠回椅子上，兩眼瞪著天花板。「我不是說校長很壞，而是我進校長室時嚇壞了，覺得自己一定會被退學，最終淪落到社區大學。而你走進校長室時心裡卻很清楚，就算被退學，你爸你媽也會幫你再找一間好學校。這就是差別。」

阿德聲音太大了。棕髮女郎已經對我不感興趣。我身邊太多火花、太多爭執，我完全理解。「所以，」阿德說：「你是什麼？」

「我已經不曉得你到底在講什麼了。」

「算了啦，」西恩眼睛仍然盯著手機，頭也不抬地說：「拜託。」

阿德說：「你是個幸運的王八蛋，就這樣。沒錯，幸運的王八蛋。」

我正想如何犀利回嘴，忽然心裡一震，有如一股溫暖烘托、無法抗拒的熱流：他說得沒錯，完全正確；非但不值得生氣，反而全然令人歡喜。我深呼吸一口氣，感覺已經好幾天沒有呼吸得這麼沉了，接著哈哈大笑。「是啊，」我說：「標準答案，我就是幸運的王八蛋。」

阿德還沒完。他瞪著我，顯然在想接著要出哪一招。「阿們，」西恩放下手機，舉起酒杯說：「敬幸運的王八蛋——」他朝阿德歪了歪杯子。「還有普通的王八蛋。」

我又開始大笑，和西恩碰了碰酒杯。幾秒後，阿德也笑了，笑得比誰都大聲，接著用酒杯碰了我們倆的杯子。我們又開始吵去哪裡度假。

但我已經打消找他們去我家的念頭了。阿德只要進入這種模式，除了咄咄逼人，還會變得難以預料。雖然他沒那個膽子做出毀天滅地的事，但我沒心情了。事情感覺還是有點不穩，搖搖欲墜，最好不要輕易亂碰。我只想回家躺在沙發上吸我的大麻，化成一灘爛泥呵呵傻笑，不想一直盯著阿德，看他在我起居室裡打轉，亂拿我的東西當成保齡球玩，還要小心自己的眼神別飄到易碎品上，免得賞給他機會。我心底深處還是瞧不起他。都廿八歲的人了，早該放棄那套蠢左思想了。可惜阿德辦不到，不然今晚他和西恩就能到我家，我們就能大玩特玩了。

之後又是一段記憶模糊。接下來我清楚記得的，就是在酒吧關門時和死黨道別，幾群酒客三三兩兩吵著要去哪裡續攤，幾個人低頭點煙，女孩踩著高跟鞋搖搖晃晃，亮著黃燈的計程車緩緩經過。「聽著，」阿德用酒醉後獨有的專注真誠對我說，「不是，你聽好。沒開玩笑，我很高興你安然無恙，真的。你是個好人，托比，我是認真的。事情順利解決，我簡直開心透了——」要不是西恩招了一輛計程車，他可以這樣一直說下去。西恩一手抓著阿德的脖子將他推進車裡，向我點頭揮手，接著便大步朝波多貝羅區走，去找奧黛莉了。

我是可以搭計程車，但那天晚上很舒服，清靜涼爽，帶著輕鬆自在的氣氛，感覺隔天將更有春意。我雖然醉了，但還不致於站立不穩，而且到我家走路不用半小時。再說我肚子很餓，想順道買點外賣，最好是又辣又嗆、份量又足。我解開大衣鈕扣，開始散步。

格拉夫頓街口有一名玩火的雜耍師，不時讓零零落落的觀眾發出掌聲。幾名醉漢口齒不清大聲嚷嚷，不曉得是鼓勵或想干擾雜耍師。一名流浪漢裹著藍色睡袋縮在門口，睡得不省人事。我打手機給梅莉莎。我們每天都要講完晚安電話，她才會上床睡覺，我不想讓她繼續熬夜了，再說我也很想跟她說話，不想等回家再打。「我很想妳，」她接起手機時，我對她說：「妳好可愛。」

梅莉莎笑了。「你也很可愛。你在哪裡？」

聽見她的聲音，讓我靠著手機的耳朵貼得更緊了。「史蒂芬綠園地。我和兄弟們去了霍根酒吧，現在正走路回家，一邊想著妳有多可愛。」

「那就過來吧。」

「沒辦法，我喝醉了。」

「我不介意。」

「不行，我會渾身酒臭，還會在妳耳朵旁邊打呼，妳就會把我甩了，跟一個講話輕聲細語的億萬富翁在一起。他有一台膠囊機，每回從酒吧回來，就能靠它把血裡的酒精去掉。」

「我不認識什麼講話輕聲細語的億萬富翁，我發誓。」

「才怪，他們到處都是，只是等機會來了才出手，跟蚊子一樣。」

梅莉莎又笑了。她的聲音讓我全身溫暖。雖然我本來就不認為她會生悶氣、擺臭臉或掛我電話，氣我忽略她，但那份主動的甜蜜還是再次讓我明白阿德是對的，我真是個幸運的王八蛋。我想起我曾帶著自我慶幸的敬畏，聽他詳盡描述前任女友的種種誇張故事，包括將自己或對方關在或踢出各種不可思議的地方，再加上各種啜泣、咆哮與哀求；所有這些都不可能發生在梅莉莎身上。「我明天可以去找妳嗎？等我變回人類以後？」

「當然！如果天氣還是很好，我們可以在院子裡野餐，一起在太陽下打呼睡覺。」

「妳不會打呼，只會發出開心的呼嚕聲。」

「啊，真迷人。」

「是啊，很可愛。妳很可愛。我有說妳很可愛嗎？」

「你喝醉了，小傻瓜。」

「我就跟妳說我醉了吧。」我那晚不去梅莉莎家過夜的真正理由——其實我很想去，非常想，但還是不打算去的理由——當然是因為我喝得有點醉，可能會把高捷爾的事說出口。我並不擔心她會甩了我或有什麼大動作，但那件事會困擾她，而我很不希望讓她困擾。

但我想在掛斷手機前盡量多擁有她一點。「是誰把那張老掉牙的扶手椅買走了啊？」

「哦，托比，我好希望你能見到他們！他們是一對四十多歲的夫妻，全身遊艇俱樂部裝扮，那位太太穿的那種布雷頓條紋衫，我感覺你絕對想像不到。我原本以為他們應該會買毯子，如果不會覺得顏色太野的話，沒想到他們直接看上了扶手椅。我想一定是那張椅子讓他們想到了什麼，因為兩人一直相視而笑，大約五分鐘後就決定無論會不會買其他東西，都非要那張扶手椅不可。我好喜歡這種意外的訪客。」

「我們明天一定要慶祝慶祝，我會帶一瓶普羅塞克氣泡酒過去。」

「太棒了！帶我們上次喝的那一瓶，就是——」她不小心打了個呵欠。「抱歉，不是你的關係！我只是——」

「很晚了，妳不該熬夜等我的。」

「沒關係，我喜歡跟你說晚安。」

「我也是。去睡吧，我愛妳。」

「我也愛你，晚安安。」她給了我一個飛吻。

「晚安安。」

錯就錯在這裡——其實很難說是錯誤。壓力重重的一週過後，週五晚上喝個幾杯有什麼不對？希望心愛的女孩覺得你很棒又有什麼錯？我事後不斷思考這個選擇，死纏著它不放，彷彿這樣就可以揪出癥結，從此釋懷：只要少喝一杯威士忌，少灌一杯啤酒，在辦公室修改展覽單元時吃個三明治，我就不會那麼醉，就有把握可以去梅莉莎家。我想像過太多次那晚的另一種可能，每個細節都清清楚楚：她一開門就把她抱起來轉圈圈；恭喜！我就知道妳可以！她呼吸輕柔蜷縮在床上，頭髮搔著我的下巴；在我們最喜歡的咖啡館慵懶共進早午餐；在運河邊漫步欣賞天鵝，她牽著我的手前後甩動。我是如此渴望那另一種可能，彷彿它既真實具體又無可取代，只是被我放錯了地方，只要我找到開關，就能挽救和保全。

「妳沒掛手機。」

「你也是。」

「晚安安，睡好喔。」

「回家平安，晚安安。」更多飛吻。

巴格特街寂靜無聲，近乎空蕩，兩旁全是氣派的喬治式宅邸，以及華美的老式螺紋狀鑄鐵路燈。悠悠的自行車車輪聲從我後方靠近，一名頭戴呢帽的高個男子坐姿端正、雙臂抱胸，從我身旁掠過。一戶樓房門前有兩人在接吻，柔順的綠髮流洩而下，散發紫丁花香。我應該是在某個地方買了印度餐，只是不記得哪裡了，因為空氣裡濃濃的芫荽和茴香味，讓我猛流口水。街道感覺溫暖陌生，非常遼闊，充滿了密碼般的古怪魅力。分隔島的行道樹間，一名頭戴鴨舌帽的鬍鬚老翁張著手像是在跳曳步舞。一個女孩匆匆橫越馬路，黑色大衣的下襬在她踝邊飛舞。她低頭講著手機，手機在她手裡有如童話中的寶石放著藍白色的光芒。爬滿灰塵的精緻扇形窗，金色燈火從一扇小高窗裡透了出來。運河橋下水色昏暗，粼粼奔流。

我肯定一路平安到了家。只是誰曉得？誰曉得在我視線之外發生了什麼，或許有誰在門口盯著，或有什麼東西從暗處出來，躡手躡腳跟著我？但不論如何，那一路上肯定沒發生什麼讓我心裡警鈴大作的事。我肯定吃了印度餐，甚至看了一會兒網飛（但我難道不會醉得跟不上劇情嗎？）或打了Xbox（但感覺很不可能，因為之前幾天我已經玩到膩了）。我肯定忘了開防盜警鈴。雖然住在一樓，但我多半時候不會開警鈴，因為廚房的窗子有點鬆，只要風吹的方向不對，就會讓警鈴狂叫，再說我又不是住在什麼罪惡之城或都市叢林。不知過了多久，但我後來肯定換了睡衣爬上床，隨即心滿意足、醉醺醺地倒頭大睡。

♣

後來我醒了過來。起初我不曉得是什麼把我弄醒的。我清楚記得聽見一個聲音，清脆的碎裂聲，但分不清是夢境（一個留著雷鬼頭的黑人高個子手拿衝浪板哈哈大笑，不肯透露我想知道的某件事）還是屋外。臥房一片昏暗，只有窗簾邊緣被街燈微微照亮。我躺在床上豎耳傾聽，夢境仍然如蜘蛛網殘留在我腦海。

沒有動靜。接著是抽屜打開或關上的聲音，就在牆的另一邊，我的起居室。輕輕的砰的一聲。

我一開始以為是那兩個傢伙——阿德溜進我家報復我捉弄他植髮的事。大學時，我和西恩曾經半夜把他吵醒，讓他眼睛睜開就看見我們兩人光著屁股貼著他臥室的窗子。但阿德沒有鑰匙。我爸和我媽有一副，但就算他們想給我一個驚喜，也會等到早上。是梅莉莎嗎？因為太想見我所以來了？但她討厭夜裡一個人出門。其實我的動物本能早就明白了。我立即坐起身來，心臟狂跳不已。

起居室有人輕聲細語，一道微光（是手電筒）掃過臥室門下的縫隙。

我床頭桌上擺著一座梅莉莎幾個月前從店裡拿來的燭台，造型很美，像是都柏林舊式房舍外的鑄鐵柵欄。麥芽糖捲般的螺旋台身，頂端是優雅的百合花飾，中央收尖好插蠟燭，上頭殘留幾滴燭淚，是某晚紅酒配上妮娜．西蒙的紀念。我不記得自己是怎麼下床的，只記得兩手緊緊抓住燭台，拿起來掂了掂重量，隨即摸黑朝著臥室門邊悄悄靠近。我感覺自己像個白癡。要是什麼壞事都沒發生，結果不是可憐的梅莉莎被嚇個半死，就是阿德拿這件事笑我一輩子——

起居室房門半掩，房裡一道光線在黑暗中來回掃動。我手抓燭台猛力開門，同時打開電燈。房裡瞬間大放光明，我眨了幾下眼睛才看得清楚。

起居室裡，昨天早上喝的義式咖啡杯還擺在茶几上，紙張散落在打開的抽屜旁；房裡兩名男子，運動外套拉高罩住嘴巴，棒球帽壓低蓋過眼睛，兩人都僵住不動看著我。其中一人面對門戶大開的露台，動作笨拙地蹲在我的筆電旁邊，另一人拉長身子伸手到電視機後方去弄掛架，手電筒還抓在另一隻手上。兩人在我房裡是如此突兀，感覺就像相片裡後製貼上失敗的人影一樣可笑。

驚詫半秒後，我放聲大喊：「滾！」憤怒有如火箭燃料灌滿我全身。我從來沒有遇過這種感覺，這兩個混球竟然如此冷靜大膽地闖入我家。「出去！他媽的給我立刻離開！滾！」

我隨即發現他們沒有奪門而出。接下來的事有些模糊，我不曉得是誰先有動作。但忽然間，那個手拿手電筒的男子已經穿越房間朝我奔來，而我也朝他撲去。我想他腦袋應該被我用燭台狠狠敲了一下，但慣性讓我們倆同時失去平衡，只能靠扭打對方才能站穩。他身上很臭，體味裡夾雜著某種奇怪的奶臊味。我偶爾會在某家店裡聞到那種味道，發現自己會莫名想吐，我也說不出為什麼。他力氣比我想得大，硬扯硬扭抓住我握著燭台的那隻手，讓我無法再次揮擊。我瘋狂朝他腹部出拳，卻沒有空間使力，因為兩人跌跌撞撞靠得太近。他用拇指戳我眼睛，我大聲哀號，隨即下巴被某樣東西打中，讓我頓時眼冒金星，往後仰倒。

我四腳朝天倒在地板上，眼睛泛淚，鼻涕直流，嘴裡滿滿是血。我含著血啐了一口，舌頭有如火燒。其中一人大喊，**你這個傻屄！**我用手肘支起身子，兩腿在地板上滑，使勁從他們面前退開。**以為自己很行是吧？**我抓著沙發扶手想站起來，然後

有人朝我腹部踹了一腳。**看我把你踹爛。**我勉強翻身滾開，拚命乾嘔，但腳還是不斷襲來，改踢我側腰，腳腳到位，有條不紊。我不覺得痛，不算是，而是更糟的感覺，某種醜陋扎人的謬誤感。我無法呼吸，有如旁觀者般清楚明白自己可能會死。那兩個傢伙必須立刻住手，否則就太遲了。但我喘不過氣，無法告訴他們這個不可承受之重的事實。

我趴在地上手指亂抓，掙扎著想要爬開，屁股隨即中了一腳，臉龐更陷入地毯。接著又是一腳、再一腳。有人笑了，笑聲尖銳高亢，得意洋洋。

某處：

——還有人嗎？

沒了，否則應該會
出現。馬子——

又是笑聲。同樣的人，笑裡帶著新的慾望。**沒錯！**

我不記得梅莉莎在不在，心裡立刻湧起一陣驚惶。我吃力想站起來，卻沒辦法。我的手臂和緞帶一樣軟，每次呼吸都發出帶血的鼻音，夾雜著鼻涕與地毯纖維。他們不再踢我了，如釋重負的感覺沖走了我最後一絲力氣。

摩擦聲，使勁搬東西的呻吟。燭台已經滾到翻倒的椅子下，我根本沒打算伸手去拿。但我混沌的腦袋忽然靈光乍現，**晚安安睡好喔**，梅莉莎在自己家裡好好的，謝天謝地。光線戳刺我的眼珠，東西翻倒聲不斷響起。綠色窗簾上的幾何圖案往上拉扯成陌生的角度，一下模糊，一下清楚，一下又模糊。

沒了。

——有沒有——

——可惡。走吧

等等。那傢伙？

一團黑影朝我靠近，接著肋骨一陣刺痛。我縮起身子咳嗽，手指無力抓著地毯，等待下一腳踹來，可是沒有。一隻戴著手套的手伸進我的視線，手指握住燭台。我才昏昏沉沉想著他們怎麼會要那個東西，肺裡的空氣就被一道無聲的爆裂瞬間掏空，全世界霎時消失，徹底黑暗。

♣

我不曉得自己昏迷了多久。之後的記憶怎麼也兜不攏，只有零碎的片段，彷彿一格格投影片，有著相同的亮度與斷裂，影像與影像之間只有黑暗及刺耳的喀擦聲，從一格影像跳接到下一格。

粗糙的地毯刺著我的臉，疼痛在我全身蔓延，痛得恐怖，讓人無法呼吸。但這些似乎不大重要，甚至和我沒有多大關係。真正恐怖、真正要緊的是我瞎了，完全看不見，沒辦法

喀擦

試著從地板上爬起來，但兩隻手抖得跟中風一樣，隨即支撐不住，臉朝下跌回地毯上

喀擦

白色纖維上紊亂的鮮紅抹痕與印子，濃濃的血腥味

喀擦

手上和膝蓋上，嘔吐，溫熱的液體在指間流淌

喀擦

藍色的瓷器碎片，四散一地（事後回想起來，那應該是義式咖啡杯的碎片，但我腦袋當時不是那樣想，一切都失去了意義與本質，除了那裡，剩下的一切什麼都不是）

喀擦

爬過無止盡的殘骸，碎片窸窣彈開，膝蓋打滑，視線邊緣翻騰攪動

喀擦

走廊，綿延好幾公里，棕色和卡其色不停跳躍。很遠很遠的盡頭一陣閃動，白色的扶牆站起來，搖搖晃晃一顫一顫往前走，彷彿全身關節都散了。某處傳來詭譎可怕的鴉鳴，聲音規律，缺乏生氣；我急著想走快點，趁它攻擊前躲開，卻擺脫不了夢魘般的龜速。那聲音一直不斷，在我耳中、在我背後與四周（我現在當然明白那是我自己的呼吸，只是當時叭啦叭啦）

喀擦

棕色木頭，門。上下摸弄，指甲摩擦，不成字句的沙啞呻吟

喀擦

男人急切詢問的嗓音，女人嚇得扭曲的臉，張大的嘴，粉紅鋪棉睡衣，接著我一條腿發軟，視力再度消失，我又失去蹤影。

二

接下來一大段時間——就我事後重建事件順序，大約是四十八小時——一切都沒什麼條理。我顯然有大段大段的時間昏迷不醒，而我也不得不接受自己可能永遠不會知道那些時間究竟發生了什麼。我曾經問過我媽，但她只嘴角緊繃發白說了一句「托比，我不能說」，其餘什麼也不肯提。

即使我後來開始睡睡醒醒，記憶還是支離破碎，毫無秩序。有人朝我大喊，問我各種事情；有時我會試著配合——我記得有摁我的手，還有睜開眼睛——好讓他們開心，別再煩我，但有時我會直接裝作沒聽見，直到他們走開。我母親疲憊地坐在塑膠椅上，泛白的金髮蓬蓬亂亂，綠色開襟衫一邊肩膀露了出來。她看上去是那麼憔悴，我真想伸手摟著她，告訴她不會有事的，不要窮緊張，我只是從爺爺家的樹上跳下來摔斷了腳踝而已。我想逗她笑，讓她緊繃的肩膀放鬆下來，卻只能發出無意義的呻吟，讓她從椅子上衝過來，張大嘴巴，托比，哦，親愛的，你可以——接著世界又陷入黑暗。我手背上安著駭人的針和管子與繃帶，有如某種詭異的寄生蟲鑽進我肉裡。父親鬍子沒刮，眼袋腫脹，背靠著牆朝紙杯吹氣。一隻動物在他腳跟前輕聲走動，肌肉修長，皮膚棕黑，感覺很像野狗，可能是胡狼，但我沒辦法仔細看，所以不確定。我爸似乎沒發現牠在旁邊，我想到自己或許該警告他，但那樣做只會覺得很蠢，因為那頭動物很有可能是他帶來的，好讓我開心。雖然牠現在沒那樣做，但或許晚點會窩在病床上陪我，對疼痛有幫助。疼痛是那麼劇烈，那麼無所不在，彷彿原本就存在於空氣中，理所當然，因為它一直都在，永遠不會離開。然而，對於事發後的頭兩天，我最清楚記得的不是這些，不是疼痛，而是我被有條不紊肢解成碎片的感覺，身體和心智，有如撕碎濕紙巾一樣簡單，而我完全莫可奈何。

等支離破碎的我總算拼合起來，即使只是暫時，也不管拼合到什麼程度，拼合成什麼樣子，已經是晚上了。我發現自己在一個陌生的房間裡，躺在一張不舒服的床上，房裡其他部分被一道淺色的長簾隔開。我身體燙得離譜，嘴唇乾裂，嘴巴像是抹了乾掉的黏土，一隻手連著一根管子，管子往上竄入暗處。百葉窗片被風吹得喀啦作響，還有機器發出微弱規律的嗶聲。

我緩緩意識到自己肯定是在醫院。這似乎不是壞事，因為我受著那樣的痛，幾乎所有地方都疼，而震央似乎在我右太陽穴正後方，感覺裡頭脹滿了漆黑惡毒的液體，不停跳動，彷彿就要爆炸，讓我不敢伸手去摸。

恐慌一旦湧現就無法停止。我心跳加速，快得覺得自己就要心臟病發。我像賽跑選手用力喘息，每次呼吸都讓我身體右側劇痛不已，讓我更加恐慌。我知道身旁一定有個按鈕，只要按下就能叫來護士，但我承擔不起。萬一她給了我什麼讓我暈過去，再也爬不回來了怎麼辦？

我靜靜躺了很久很久，兩手緊抓床單忍著不發出哀號。一道道細長的黯淡光線從百葉窗片之間透了進來，長簾外有女人在哭，哭得很輕很慘。

最讓我恐慌的，是我根本不曉得自己怎麼會進醫院。我記得霍根酒吧，記得德克蘭和西恩，記得走路回家和在電話裡向梅莉莎飛吻——難道是另一天晚上？接著就什麼都不記得了。要是有人企圖殺害我——感覺顯然如此，而且差點就辦到了——那是什麼讓他們沒有追到這裡，沒有站在簾子後頭？酸痛、虛弱、發抖、被管子和一堆鬼東西困在這裡，我根本無力對抗非取我性命不可的殺手。百葉窗片動了一下，嚇得我差點跌到床下。

我不曉得自己在那裡躺了多久，在破碎的記憶裡焦急固執地翻找。隔壁床的女士還在哽咽，至少讓人稍稍放心。只要她繼續哭泣，就肯定不會有人從她那邊的簾子冒出來偷襲。後來我總算憶起一幅影像，差點哭了出來：起居室，燈光忽然大亮，兩名男子僵住不動看著我。

這樣說或許很怪，但想起那一幕讓我心底一塊大石落了地。是竊賊把我打成這樣的。這種事誰都有可能遇上，而且已經結束了。我很安全，竊賊不大可能追到醫院來把我做掉。我只需要躺在這裡，讓自己好起來就好。

我心跳緩緩平靜下來。我想我甚至對著漆黑的房間笑了。你瞧，我就是那麼有把握，百分之百幸福無比地確定，事情都過去了。

♣

隔天早上醫師來看我。我算是醒著；門外走道上已經喧騰了一陣子，飄著各種輕快的交談聲、腳步聲和推車車輪的不祥聲響，但我從窗外透進來的眩人光芒可以判斷時間還早。長簾後方有人正在叮囑隔壁床的女士，語氣冷靜，帶著面對鬧脾氣小孩的那種刻意加重的堅決：「您必須接受，我們做的每件事都是遵照診療指引進行的。」

我應該是出了聲音，因為旁邊有人動了動，輕輕喊了一聲「托比」。

我身體一縮，頓時全身劇痛，但那人是我父親。他坐在椅子上朝我靠來，兩眼血絲，蓬頭垢面地說：「托比，是我，你覺得怎麼樣？」

「還好，」我含糊答道。其實我比睡著時難過多了，所有地方都變得更疼更痛。照理不該這樣，我應該好轉才對。察覺事情可能沒那麼簡單，再度讓我心底邊緣有如新縫的傷口難受起來。我鼓起勇氣，伸出兩根手指摸了摸右太陽穴後方，但感覺那裡包著厚厚的紗布，我什麼也摸不到，而我的動作讓疼痛又加劇了兩三分。

「你想要什麼？要不要喝水？」

我想要東西蓋住眼睛。我正集中精神想這樣說，簾子一角忽然被人掀開。

「早安，」醫師從簾子縫隙探頭進來說：「你今天過得如何？」

「喔，」我掙扎著想坐起來，痛得打了個哆嗦。「還好。」我感覺舌頭差不多是正常的兩倍粗，而且一邊很疼，聽起來就像演技很爛的演員在裝病。

「有辦法說話嗎？」

「呃，可以，」其實不行，但我急著想知道這一切他媽的到底怎麼回事。

「嗯，這是很大的進展，」醫師拉上簾子走近病床，朝我父親點頭問安。「讓我幫你一把。」他在床邊摸摸弄弄，床頭開始升高，發出難聽的嘰嘰聲，我變成了半坐著。「這樣如何？」床頭升高像雲霄飛車一樣，讓我視線猛然下衝。「很好，」我說：「謝謝。」

「很好很好，」醫師很年輕，只比我大幾歲，身材修長，有著一張和氣的圓臉和正在後退的髮線。「我是庫根醫師，」還是克雷根或杜根，甚或我完全聽錯了，誰曉得？「你可以報上自己的名字嗎？」

他這樣問，好像我真有可能不知道，讓我很不舒服，心裡再度湧現混亂，咆哮在耳中迴盪，刺眼光線左右閃動，全身因為反胃而抽搐。「托比．亨納希。」

「嗯嗯，」醫師拉了張椅子坐下。他手裡拿著一張紙，感覺像有字天書，應該是我的病歷，誰知道。「你知道現在是幾月嗎？」

「四月。」

「沒錯，你知道這裡是哪裡嗎？」

「醫院。」

「又對了，」他在那張紙上塗塗寫寫。「你覺得怎麼樣？」

「還好，有點痠痛。」

他抬頭看我。「哪裡痛？」

「腦袋，蠻痛的，」這根本是輕描淡寫。我頭抽痛得厲害，感覺心臟每跳一下，頭就被人猛敲一次。但我不希望他什麼都沒說就去拿止痛藥。「還有臉，還有側腰，還有——」我想不起「屁股正上方」的醫學術語。我知道有個專有名詞，但就是想不到。「這裡？」我手一動，忍不住又唉了一聲。

醫師點點頭。他眼睛很小，眼神清澈但不深邃，感覺很像玩偶的眼睛。「沒錯，你的尾椎裂了，還有四根肋骨也是。我們是可以處理，不過那些地方應該能自己好起來，不會留下長期傷害，所以不用擔心。至於疼痛，我當然可以開藥給你。」他伸出一根手指。「你能握緊我手指嗎？」

我照做了。他手指很長，有點肥肥胖胖，而且很乾。那麼親密地握著他的手指，感覺有點噁心。

「嗯嗯，另一手呢？」

我換手做了同樣的動作。我沒有受過醫療訓練也察覺得出差別：我右手感覺和正常人沒有兩樣，但左手卻像棉花糖一般，力道輕得跟小孩似的，把我嚇壞了。

我抬頭看著醫師，但他一臉沒有發覺異狀的模樣。「很好，」他又在紙上寫了東西。「不好意思，」他指著棉被說。

「沒問題，」我說。我有點暈頭轉向，搞不懂他想做什麼。父親在一旁手肘支著膝蓋默默看著，兩手手指抵在嘴邊像尖塔一樣。

醫師很專業地掀開棉被，露出我的雙腿和下襬撩開的病人服。我腿上有兩三道難看的瘀青，身上的病人服白色偏灰，低調印著精美的小藍鑽。「好了，」他手掌貼著我的腳底。「你能用腳尖抵住我的手嗎？」

我收縮肌肉，腳掌伸直；再換另一腳。同樣力氣左邊比右邊弱，但沒有弱很多，顯然差距並不大。身體被如此簡潔又不帶感情地暴露與擺弄，感覺很恐怖。醫師對待我的身體像在處理肉塊，完全和人無關。我使盡意志力才沒有將腳從他手裡抽開。

「很好，」他說：「現在我會壓著你，你想辦法抬腿，可以嗎？」

他將病人服拉直，手掌壓住我的大腿。「慢點，」我脫口而出：「我出了什麼事？」

我隱隱期盼他會像對隔壁床女士一樣喝斥我，但那位女士顯然很難搞或神經質，因為醫師什麼也沒說，只是鬆開手靠回椅子上。「你被人攻擊了，」他柔聲說道：「你還記得嗎？」

「記得。不是全部，從頭到尾，不過——我是說，我不是那個意思，我有、有——」我想不出那個詞。「我的頭，他們有敲破我的腦袋嗎？還是？」

「你頭部至少受創兩次，一次可能用拳頭，從這裡——」他指著自己左下巴。「另外一次可能是尖銳的重物，這裡。」我右太陽穴後面。我聽見父親倒抽一口氣。「你有腦震盪，但似乎復原得不錯。你還有顱骨骨折，導致膜外血腫，也就是血管破裂造成顱骨和大腦外膜間出血。別怕——」我其實聽不大懂，但肯定眼睛瞪得很大，他才會舉起一隻手安撫我。「你一入院，我們就用手術處理好了。我們在你顱骨鑽個小洞，將積血抽乾，降低腦壓。你很幸運。」

我心裡隱隱覺得，對一個有我如此遭遇的人這樣說簡直無禮，但我心底更大部分只想抓住那份釋然。幸運，沒錯，我很幸運，這傢伙是醫師，知道自己在說什麼，我不想和隔壁床女士一樣愛發牢騷。「應該吧，」我說。

「真的，你遇襲之後經歷了我們所謂的清明期。這種傷很常出現這種狀況。我們猜想你因為腦震盪昏迷了一個小時以上，但隨即自己醒過來，勉強起身呼救，然後又昏厥過去，對吧？」

他詢問似的朝我眨了眨眼睛。「應該吧，」恍惚幾秒後，我又說了一次。我想不起來自己有呼救。其實我想起來的事情不多，只有一些黑暗滾燙的片段，讓我不想深究。

「你真好運，」醫生彎身湊到我面前又說了一次，確保我知道情況多嚴重。「你要是沒能夠呼救，血腫再拖一個小時左右沒處理，幾乎肯定會要了你的命。」他看我一臉茫然，不曉得該如何反應的樣子，就補上一句：「你差點就死了。」

「喔，」我愣了一會兒才說：「我沒想到。」

我們倆面面相覷，感覺他似乎在等我說什麼，但我不曉得該怎麼回答。隔壁床的女士又開始哭了。

「接下來呢？」我問他，努力不讓語氣透露不時泛起的驚慌。「我是說我的手，還有我的腿，它們會——？哪時才會——？」

「現在說還太早，」醫師輕快說道。他沒有看我，而是低頭寫著筆記，讓我心裡更加恐慌。「神經科醫師會過來幫你——」

「我只是想、想、想——」我想不出那個詞，很怕他會搬出安撫小孩的那種聲調要我安靜，克制一點——

「我知道您沒辦法保證什麼，」我父親說，聲音很輕，但很堅定。「我們只是想知道接下來大概會怎樣。」

醫師沉吟片刻，接著點點頭，兩手交握放在筆記上，開口說道：「這種傷通常會留下後遺症。你的狀況似乎相對輕微，但光憑床旁評估，我沒辦法明確答覆你。其中一個常見的後遺症是癲癇，你必須留意這個，但通常會隨時間逐漸減少。我們會安排一位物理治療師給你，改善你左半邊無力的問題。假如你發現無法集中注意力或記憶力有問題，我們也有職能治療師。」他語氣平舖直敘，講得頭頭是道，聽得我頻頻點頭，彷彿這一切——癲癇、職能治療師和其他只會在和我日常完全不搭嘎的醫療肥皂劇裡出現的事——全是家常便飯。只有我心底某個邊邊角角模糊意識到，這些事現在確實成為我的日常了。「理論上，大部分身體機能半年內就會恢復，但整個過程可能持續兩年。神經科醫師會……」

醫師還在往下說，但我忽然被一陣睡意淹沒。他的臉變成兩個，然後模糊成不成形的色塊，聲音愈來愈遠，變成無意義的呢喃。我想告訴他，跟他說我現在需要止痛藥，但打起力氣說話感覺好難。沒有誰還能期盼誰做什麼。在疼痛的夾擊下，我再度墜入危險的沉睡中。

✤

我只在醫院待了不到兩週。整體說來，那段時間其實過得還不壞。醫師來問診的那天晚上，醫護人員（滿懷歉意，嘴裡自顧自埋怨醫院人滿為患）就替我安排了單人房，讓我如釋重負。隔壁床的神經質女士哭個不停，開始讓我不大舒服，連做夢都聽得見她的哭聲。新病房安靜明亮，通風又好，我在心裡拍拍自己的背，慶幸自己當初買了好保險，只是沒想到提早幾十年用上了。

我很多時間都在睡覺，每回醒來身旁總有人陪著我。白天通常是我母親。在三一學院教十八世紀史的她一接到電話就拋下工作，將所有事情扔給系上了。她為我買了一堆東西。因為病房熱得不像話，所以買了電扇；因為我需要多喝水，所以買了數不完的瓶裝水、果汁和葡萄適；還有名畫明信片、好幾束鬱金香、伯叔姑嬸寄來的慰問卡、我小時候愛吃的零食（怪獸牌鹹烤餅乾，和味道像極了嘔吐物的乳酪爆米花）、不曉得為什麼會被選中的書、撲克牌和一個新潮的樂高積木魔術方塊。所有這些東西我幾乎都沒碰，病房幾天內就有種雜草叢生的詭異樣，彷彿各式各樣的東西從所有表面自己長出來似的。護士遲早會發現我被成堆的杯子蛋糕和一把手風琴壓死。

我一向和我母親處得很好。她聰明犀利又有趣，很有美感，個性開朗樂天，即使我們非親非故，我還是會喜歡她。就算我青春期有點叛逆，我吵架的對象（都是一些典型的青春期問題，例如我為什麼不能晚點回家或老是盯我作業實在很不公平等等）也總是老爸，極少是她。離家以後，我每週打兩次電話給她，每一兩個月會約她共進午餐，完全出於情感與享受，而不是義務。我不時會挑古怪的小禮物送她，或用簡訊傳我覺得她會喜歡的理查德講的逗趣話給她。不論是她長腿闊步、大衣飄飄的姿態，或是細緻的眉毛隨著我講事情而起伏，光是見到她就讓我心頭溫暖。因此，她來醫院探病竟然會把我搞瘋了，對我和她都是始料未及的大意外。

首先是她的手一分一秒都不離開我，不是摸我頭髮，就是放在我腳上，或伸進被子裡握住我的手。我發現就算不是因為會痛，我也討厭被摸，有時甚至忍不住硬是甩開。再來是她一直想談那一晚，我感覺如何？（很好）我想聊聊嗎？（不想）我知不知道凶手是誰，是不是跟蹤我回家，例如在酒吧裡就盯上我，因為發現我穿的外套很貴，還是——雖然那時我多半時間都有個模糊但確定的感覺，闖空門的是高捷爾和他那群待過感化院的死黨，為了被踢出展覽而報復我，但整件事仍然讓我摸不著頭緒，就算想跟我母親解釋也說不清楚。於是我只能不停嘟囔，態度愈來愈無禮，直到母親閉口不問為止。但一小時後，她又會忍不住捲土重來——我睡得還好嗎？有沒有做惡夢？過程還記得很多嗎？

我想，真正的問題在於我母親大受打擊。雖然她百般掩飾，可是我認得那過度冷靜的故作輕鬆，我小時候惹事時就見識過了（沒關心，寶貝，我們把血擦乾淨，看你需不需要去找瑪芮德醫師，到時你就能拿到藍膠水了！說不定她又有貼紙囉！）而這讓我很厭煩。偶爾她會露餡，露出未加修飾的驚惶，讓我火山爆發：她顯然過了糟糕透頂的兩天；但現在我已經脫離險境，她還有什麼好擔心？手有問題的不是她，視力時好時壞，會把一個東西看成兩個的也不是她，更沒有人對她嘮叨職能治療的事，她到底在操什麼心？

我幾乎一見到她，就想找她吵架。就算頭痛讓我很多事都不能做，也阻止不了我對她冷言冷語。事實上，我多半時候只擠得出簡單的句子，但只要攻擊她，我就忽然變得嘴尖舌利了起來。我母親只要一出差錯，某句話或某個眼神讓我不爽——雖然你就算拿槍抵著我，我也說不出是哪些事出了差錯——我們就會開戰了。

「我幫你買了桃子。你想先吃一個嗎？我可以拿去——」

「不用了，謝謝，我不餓。」

「呃——」她調高語氣輕鬆度，彎身到椅子旁塞滿東西的塑膠袋裡翻翻找找。「我還買了椒鹽捲餅，你喜歡的那種小——」

「我說了我不餓。」

「喔，好吧，那放著晚點吃。」

母親臉上那濃稠的殉道者般的甘願犧牲，讓我看了就想吐。「天哪，妳那表情。妳能不要再讓我看到那副表情嗎？」

她臉色一緊。「什麼表情？」

「喔，可憐的托比寶貝，他平常不是這樣的，我必須多多包容，我可憐的寶貝不曉得自己在說什麼——」

「你傷得很重，我讀過的所有資料都說你很自然會有點——」

「我知道自己在說什麼。我不是他媽的植物人，吃李子泥也沒吃到滴口水。妳是這樣告訴其他人的嗎？說我變了個人？所以才沒有人來看我？蘇珊娜和里昂連打電話給我都沒有——」

母親急急眨眼，看著我後方窗子透進來的光線。我有一種不好的感覺，覺得她正努力強忍淚水。同時還有另一種不好的感覺，就是她如果真來這一套，我絕對會把她趕出病房。「我只說你身體可能還沒恢復好，看起來不是很想跟人說話。」

「妳連問一下我的想法都懶嗎？直接決定我和平常的樣子差太多，沒辦法自己做這種大決定？」能把這件事怪在我母親頭上，讓我鬆了口氣。我其實並不想跟堂妹或堂弟說話。但我們從小穿同一條褲子，儘管長到這個年紀已經很少碰面了——我每年只會見到蘇珊娜幾次，主要是聖誕節和生日；里昂可能一年只有一次，因為他目前流浪到阿姆斯特丹或巴塞隆納，還是哪個城市——但他們毫不在乎還是刺傷了我。

「你要是想見誰，我可以——」

「我要是想見誰，我可以親口跟他們說，還是妳覺得我已經腦死到連這點都做不到？覺得我現在像是個小貝比，需要媽咪幫我約朋友玩？」

「好吧——」母親雙手緊握放在腿上，那小心翼翼的模樣令人抓狂。「那他們問起你的時候，你希望我怎麼跟他們說？他們全都上谷歌搜尋腦部外傷，但可能的結果實在太多，他們不曉得該怎麼——」

「什麼都別跟他們說，一句話也別講，」我完全可以想像家人像螞蟻一樣對著我屍體品頭論足——露意莎伯母擺出憐憫感傷的神情，蜜莉安嬸嬸堅稱我的脈輪需要開啟，奧利佛叔叔喋喋不休講著他在維基百科查到的垃圾，菲爾伯伯一臉淡然默默點頭——光想到就讓我想揍人。

「啊，我知道了。我有個天大的好主意。就跟他們說我很好，叫他們他媽的管好自己的事就好。妳看如何？」

「他們都很擔心你，托比。他們只是——」

「喔哦，不好意思，這對他們來說太難了？他們承受不了是嗎？」

諸如此類。我從來沒有對人殘忍過，從來沒有。就算在學校，我是那種酷學生，可以逍遙法外，我也不曾霸凌過別人。發現自己對人這麼殘忍，讓我心裡湧現一股野蠻，伴隨著令人屏息的快感與悲哀。快感是因為殘忍是新武器，即使我還不曉得它要如何保護我（下回遇到竊賊可以開嘲諷嗆死他們吧，我猜）；悲哀是因為我喜歡當好人，如今卻回不去了，感覺那樣的我已經永遠死在焦黑冒煙的瓦礫堆中。就這樣，我母親每天離開的時候，我和她都精疲力竭。

我爸傍晚會來。他是事務律師，成天忙著指導出庭律師處理棘手的金融訟案。他總是下班就來，和我從小每天見到剛回家的他一樣，散發著昂貴西裝和業務機密堆砌而成的沉著與神秘感。他和我媽不一樣，看得出我哪時候沒心情閒聊，因此我也不像面對我媽那樣動不動就出言挑釁，吵兩敗俱傷的架。他多半只會問幾個客套的問題，例如我感覺如何、需不需要什麼，然後就從大衣口袋裡掏出捲得破破爛爛的平裝書（伍德豪斯或湯瑪士．肯尼利*），坐在訪客椅上靜靜讀上幾小時。如果你問什麼能讓人平靜和放心，我想就是這個了：他規律的翻頁聲，偶爾低聲輕笑，以及襯著漸暗窗戶輪廓清晰的身影。我常常在他陪我的時候睡著，也唯有那時的睡眠不會飄忽零碎，被有毒的夢境與一覺不醒的可能給打斷。

梅莉莎只要找得到人顧店就會來看我，一小時也好。她也是晚上來。老實說，梅莉莎頭一回來看我時把我嚇壞了。連我自己都聞得到身上的汗臭和說不出名字的化學味，而且還穿著病人服，看起來一定很狼狽。當我好不容易下床走進浴室，看見鏡子裡的自己，我簡直不敢相信自己的眼睛。坦白講，我原本長得蠻帥的，一般人不需要多想就會覺得帥的那種好看。光滑濃密的金髮、澄藍眼眸和男孩般的直率臉龐，不論男生女生看了就會立刻喜歡上。然而，此刻映在斑斑點點鏡子裡的完全是另一個人。頭髮變成骯髒黏膩的棕色，右腦袋還剃光了一大塊，上頭一道難看的紅色傷口，粗暴釘著大釘針；一邊眼皮無神下垂，醜得要命；下巴腫脹瘀青，紫斑點點；下唇又肥又厚，上門牙缺了一大半。才不過短短幾天，我就掉了體重。我原本就不胖，現在更是臉頰凹陷，下巴變尖，宛如恐怖的餓死鬼。鬍子幾天沒刮讓我的臉看起來像是沒洗似的，加上兩眼血絲，目光空洞，盯著半遠不近的地方，讓我整個人感覺介於白癡和神經病之間，有如殭屍電影裡肯定活不過前半小時的倒楣鬼。

反觀梅莉莎，金髮飄逸，碎花洋裝裙襬搖搖，站在病房門口，彷彿來自朝露與蝴蝶之國的仙子。我知道她只要看到這個可怕的房間和我——所有珍貴與美好都被刻意拿走，半點不剩，只留下生命最基本的機制、液體與惡臭，赤裸裸攤在房裡——就再也不會用過去那樣的眼神看我了。我不認為她會轉頭就跑。雖然柔情似水，但梅莉莎對忠誠有著無可動搖的堅持，在她大腦受傷的男友還沒拿掉點滴之前不可能甩了他。不過，我可以想像她臉上閃過一絲驚惶，接著握緊拳頭，立志克盡女友的義務。

* 伍德豪斯（P. G. Wodehouse, 1881-1975），英國幽默小說家，以《吉福斯》系列作品聞名；湯瑪士．肯尼利（Thomas Keneally, 1935-），澳洲作家，電影《辛德勒的名單》原著小說為其代表作之一。

然而，她卻直直奔過病房，沒有半點遲疑，張開雙臂——「喔，托比，親愛的」——快要衝到床邊才停下來，免得弄傷我。她雙手在我眼前顫抖，臉色發白，睜大的雙眼充滿驚恐，彷彿直到此刻才聽說發生了什麼事。「你的臉傷得好重，喔，托比——」

我如釋重負，忍不住哈哈大笑。「過來，」我說，努力不讓自己講話大舌頭。「我沒那麼脆弱。」說完便張開雙臂摟住她（肋骨立刻一陣刺痛，但我不管它），將她緊緊抱在了懷裡。我感覺她濕熱的淚水滴在我脖子上，聽見她擤著鼻子微笑。「真白癡，我好高興你——」

「噓，」我一手托著她溫軟的頭，輕輕撫摸她的背。她身上的忍冬花香，脖子的細緻觸感，讓我心底突然湧現熾烈的愛，無法呼吸。她在這裡，在我面前崩潰，讓我成為堅強的那一位，安慰者而不是被安慰者。「噓，親愛的，沒關係，一切都會沒事的。」我們就這樣靜靜擁抱著，甜美的春風撩動百葉窗片，陽光照在許許多多水瓶上折射出橢圓光影。我尾椎骨痛得要命，但我置之不理。我們就這樣伴著彼此，直到她必須去開店為止。

她有許多次來探病，我們都是這樣度過的。那是最美好的時光。我們一起躺在窄小的床上，不動也不說話，只有兩人呼吸起伏和我撫摸她頭髮的規律節奏。不過，也不是次次如此。偶爾我只要想到被人碰，肌肉就會抽痛。但我當然不會這樣對梅莉莎說，而是說我全身都痛，這的確是事實。我可以感覺她覺得不對勁，我匆匆擁抱或接吻後就會退開——所以妳今天過得怎麼樣？有賣掉什麼好東西嗎？但她掩飾得很好，只會拉張椅子過來開始聊天，告訴我工作時遇到的趣事、室友的最新八卦（梅根是個任性又挑剔的女孩，在一家假掰的有機蔬食咖啡館當經理，始終想不透自己為何總是遇人不淑，只有梅莉莎可以跟她同住那麼久）。她會分享院外的點點滴滴，讓我明白世界還在，等著我回返。我很感謝她這樣做，也盡量專心聽，在該笑的地方笑，但我實在很難專注。不停說話讓我頭痛，而且——雖然這樣說很不要臉、辜負對方，但我就是這樣覺得——她講的事感覺都像雞毛蒜皮，比起脹滿我身體、心靈與周遭的無邊黑暗是那麼無足輕重又微不足道。我會開始分心，目光飄向皺巴巴報紙上的相片，或鍥而不捨搜查那晚的記憶，尋找新的片段，甚至直接睡著。梅莉莎的話語聲會逐漸遠去，接著喃喃說她要回去工作或回家了，靠過來在我瘀青的嘴上輕輕一吻，然後離開。

沒有訪客時，我基本上什麼也不做。病房裡有電視，但我看個幾分鐘就會跟不上劇情發展，把音量調到正常又會頭痛欲裂。讀東西也會頭痛，用手機上網也是。通常這種無所事事只會讓我像小孩一樣煩躁，不管遇到誰都抓著問我哪時可以回家，或者至少出去走走或幹點什麼，什麼事都好。但我發現自己竟然樂於躺著發呆，注視電風扇葉悠悠轉動，陽光從百葉窗縫隙裡照進來，在地板上緩緩位移，不時動一動身子，免得尾椎骨痛得太厲害。我的手機嗶聲不斷，全是朋友的簡訊（**嘿，兄弟，現在才聽說你出事了，真是有夠慘。希望你快點好起來，幹下這件事的混蛋吃一輩子牢飯**）、母親問我想不想玩拼圖、蘇珊娜（**嘿，只是打聲招呼。希望你很好。需要什麼或想找人陪就跟我說**）、西恩或阿德問他們方不方便來探病和梅莉莎（**只是想說我愛你**）。有時我會隔好幾個小時才拿起手機看簡訊。在那乾燥無風、只有微弱電子雜音和崩解氣味的病房裡，時間失去了份量，有如水銀瀉地，散流成灘，全靠止痛藥週而復始、堅定不移地發威與退效，才為時間保留了一點實感。短短幾天，我已經摸透了所有細節。從耳朵上方逐漸變糟的不祥抽痛，到那片將世界阻隔在可接受距離之外的薄霧散去，我幾乎可以準確判斷，誤差不到一分鐘，靜脈注射哪時會發出自鳴得意的刺耳嗶聲，告訴我可以再次按鈕享受下一瓶點滴。

然而，疼痛不是最難受的，差得遠了；恐懼才是。我的身體每天會有十幾次做出顯然不該發生的事，甚至更多。我的視野會分裂搖晃，必須拚命用力眨眼才能恢復正常；我會不自覺用左手去拿水，結果看著杯子從手裡滑落，掃過地面；就算舌頭已經消腫不少，講話還是和鄉巴佬一樣含糊；上廁所時，我的左腳會在黏黏的綠地板上拖行，有如鐘樓怪人一拐一拐。只要這些事一發生，我就會再次陷入恐慌：要是我再也無法正常看東西／走路／說話怎麼辦？要是這就是醫師警告我可能發生的中風怎麼辦？就算這回不是，那下一回或下下回呢？要是我再也無法重拾往日怎麼辦？

只要恐懼來襲，我就完了。我從來不曉得世界上還有這種感受，有如貪婪吞噬一切的黑暗漩渦將我無情捲入，徹底沒頂，感覺真的會被活活淹死，粉身碎骨，一點骨髓也不留。不知過了幾百萬年（心跳如雷躺在床上，腎上腺素如閃光爆發，感覺我僅存的理智已經在斷線邊緣），會有東西打斷漩渦，例如護士巡房，我必須強顏歡笑來一場醫療對談，或是睡意突然襲來，我就能勉強脫困，和差點溺死的動物一樣虛弱顫抖。但恐懼就算暫時消退，也不會消失，始終黑暗混沌、張牙舞爪在我上方或後方徘徊，等待下一次機會到來，撲到我背上將我吞噬。

♣

過了一週左右，兩位警探來找我談話。我當時正開著靜音看卡通，幾輛卡車圍著一輛頭戴粉紅牛仔帽、大顆流著卡通眼淚的同伴安慰他，忽然聽見有人敲門，緊接著一名頭髮斑白修剪整齊的男子探頭進來。

「托比嗎？」男子問道。我從他臉上的笑容立刻明白他不是醫師。我已經很了解醫師的笑是經過千錘百鍊的那種，堅決果斷、和你保持距離，清清楚楚讓你知道對話還有多久，但這傢伙笑得很真誠、很和善。「我們是警探，可以打擾你幾分鐘嗎？」

「喔，」我嚇了一跳。我其實不該驚訝，因為這件事遲早會扯到警察，但我當時心有旁驚，完全沒想到這一點。「當然，請進。」我摸到床側按鈕，吱吱嘎嘎讓自己身子坐直起來。

「謝啦，」那名警探說了一聲，隨即走進病房，拉了把椅子坐到床邊。他年約五十或五十出頭，身高至少一百八十公分，穿著略顯寬鬆的海軍藍西裝，感覺身材很結實，刀槍不入，有如石板刻出來的。他後面跟著一個男的，比他年輕，也比他瘦，薑黃色頭髮，身著有點時髦的棕褐色復古西裝。「我是蓋瑞．馬丁，這位是寇姆．班農，」黃髮男子背靠窗台朝我點了點頭。「我們正在調查你遇到的事故。你覺得如何？」

「還不錯，好多了。」

馬丁點點頭，側身打量我的下巴和太陽穴。我喜歡他像拳擊教練那樣正大光明、確確實實檢查我，而不是假裝不在意，然後趁他覺得我沒在看的時候偷瞄我幾眼。「你看起來確實好多了，只是醫師忙壞了。你還記得那天晚上見過我嗎？」

「不記得，」我困惑了兩秒才說。想到他們兩人那天晚上見過我，就讓我很不自在。誰曉得我當時是什麼狼狽樣。「你們當時也在？」

「只待了幾分鐘。我來醫院找醫師談一下，了解你的狀況。他們一度擔心救不了你。很高興你比他們想得更強壯。」

他有著壯漢的嗓音，說起話來語調輕快，帶著都柏林腔和一絲讓人放心的低沉。他又笑了。雖然明知丟臉，竟然對一個把我當正常人而不是病患、被害者或需要百般呵護的玻璃心看待的陌生男子感激到不行，但我還是忍不住報以微笑。「沒錯，我也覺得蠻高興的。」

「我們正全力追查是誰幹的，希望你能幫我們一點忙。我們不想給你造成壓力——」時髦西裝男在旁邊點頭附和。「我們可以等你出院，有辦法提供完整供詞再詳細問。現在我們只需要一點頭緒，你願意試試看嗎？」

「嗯，」我說，聲音有點含糊。我不希望他們以為我說話困難，但實在無法拒絕他們的請求。「當然可以。但我不曉得自己能幫多少，因為我記得的不多。」

「哦，這你不用擔心，」馬丁回答。時髦西裝男掏出筆和記事本。「只要把你記得的告訴我們就好，誰曉得我們會不會抓到正確的辦案方向？需要我幫你把水倒滿，然後再開始嗎？」

他指著床頭桌上的杯子。「喔，」我說：「謝啦。」

馬丁從東西亂七八糟的活動桌上拿起水壺，幫我把水倒滿。「好了，」他將水壺擺回桌上，拉了拉褲管讓自己舒服點，隨即兩手交握，雙肘抵著大腿準備問話。「請問，你覺得有誰有理由對你做出那樣的事嗎？」

幸好我還記得自己有非常緊要的理由不能跟條子提我覺得是高捷爾幹的，只是想不起是什麼理由了。「沒有，」我說：「我完全想不到誰有理由那樣做。」

「沒有仇家？」

「沒有，」馬丁用他和藹可親的藍色小眼眸直直看著我。我和他四目相對，暗自慶幸自己吃了藥，就算想緊張也焦慮不起來。

「有和鄰居起過爭執嗎？例如為了停車位吵架，或有人覺得你音響開得太大聲？」

「我沒印象。其實我很少看到鄰居。」

「這種鄰居才叫好，不信你問這傢伙，」他轉頭對時髦西裝男說：「告訴他那小子和除草機的事。」

「拜託，」時髦西裝男抬頭朝天花板翻了翻白眼說：「他是我的老鄰居。我向來都是週六除草，而且是中午，根本不算早。但隔壁那傢伙，他喜歡睡大頭覺，所以就找我抱怨，我叫他去買耳塞。沒想到他竟然把我除草的聲音錄下來，然後整晚對著臥室的牆壁放。」

「天哪，」我說，時髦西裝男顯然期待我有反應。「那你怎麼辦？」

「我只好亮出警徽，和他聊一聊反社會行為。」兩名警探都笑了。「事情就搞定了。只不過不是每個人都有警徽可亮，因此有時就會變得很麻煩。」

「我想我還蠻幸運的，」我說：「加上還有那個——」我想說的是隔音裝潢。「我們那裡的牆很不錯。」

「好好珍惜那些鄰居，」馬丁囑咐我：「好相處的鄰居值千金哪！你有欠誰錢嗎？」

我愣了一秒才跟上。「什麼？……沒有。我是說，我和我朋友，我們如果晚上出去，可能誰會跟誰借個二十塊，但我從來沒有欠債的那種欠錢。」

「你是聰明人，」馬丁似笑非笑做了個鬼臉。「你知道嗎，我說出來你一定很驚訝，不欠債的人其實非常少。我敢說我們遇過的搶劫案至少有一半——一半嗎？」

「不只，」時髦西裝男說。

「可能不只一半。被害人只要有欠錢，就算發生的事情跟欠債無關，我們還是得說服他老實告訴我們。一般人不曉得，我們不是要找被害人麻煩。你就算想來點快克，可是拖著不付錢，那也不關我們的事。我們只想把案子結了。但只要被害人說他有欠錢，我們就得找出債主，排除對方的嫌疑，明明應該去逮真兇，卻把時間完全浪費在這種事上。因此，我只要沒遇到這種鳥事，心裡就會很愉快。你沒這種狀況，是吧？」

「沒有，我保證。」

時髦西裝男把這話抄了下來。「感情方面呢？」馬丁問。

「很好。我有女友，已經交往三年了——」馬丁還沒開口，我就意識到他們應該早就知道了。「我們跟梅莉莎談過了，很可愛的一個女孩子。你們有什麼不愉快嗎？」

梅莉莎完全沒提警探找過她。「沒有，」我說：「完全沒有，我們很好。」

「嫉妒的前任呢？你們兩個在一起有沒有讓誰心如刀割？」

「沒有。梅莉莎的上一任男友，他們分手是因為他、他——」我想說移民。「他搬去澳洲了好像。沒有分得很難看，而且我和梅莉莎是在她分手後幾個月才認識的。我跟之前的女友其實不大見面，而且也都沒有分得很難看。」我忽然覺得很不安。我過去一直覺得只要不幹蠢事，例如沾上海洛因或搬到巴格達，這世界基本上算是個安全的地方。但這兩位仁兄問話的樣子，卻好像我傻呼呼地在地雷區裡蹦蹦跳跳，只要一不小心跟女友分手或中午除草就會翹辮子了一樣。

「那你們交往以後呢？有誰煞到你或你得勸誰保持距離嗎？」

「還好，」幾個月前是有一個女的，一個來自蓋威、長得很漂亮的嬉皮女藝術家老是找理由約我出去，想私下討論她展覽的公關操作。我當然不討厭得人青睞，但她一旦開始頻頻碰我手臂，我就改成電郵聯繫，她立刻就明白了。「我是說，人偶爾會逢場作戲，但都不是認真的。」

「有誰對你打情罵俏？」

我不想讓這兩個傢伙去打擾那位藝術家，因為她顯然和事件無關，而且到時尷尬指數肯定會破表。「呃，就碰巧遇到的女孩，參加派對之類的，或去買東西的時候。沒有特別哪個人。」

馬丁刻意不搭腔，但我只是喝了點水繼續看著他。我的眼睛還是會失焦。馬丁的腦袋不時會消失或一分為二，我必須用力眨眼才能回復正常。說來可憐，我竟然對這兩個傢伙小小感激了起來，因為他們佔去了我的注意力，讓恐懼無機可乘。

「那也是，」過了一會兒，馬丁終於開口說：「有進一步發展的嗎？」

「什麼？」

「你有背著梅莉莎偷吃過嗎？」我正想回答，他又說：「聽著，我們不是來這裡找你麻煩的。不論你跟我們說什麼，我們都會守口如瓶，真的。但你要是做過什麼事惹毛了誰，我們就得知道。」

「我了解，」我說：「但我沒有背著她偷吃，從來沒有。」

「真是好男人，」馬丁朝我點點頭。「她是個好對象，愛你愛瘋了。」

「我也是。」

「啊，」時髦西裝男拿筆搔頭，朝我咧嘴微笑。「這就是青春。」

「有誰也很迷她嗎？」馬丁問：「老是在她身邊打轉，讓你不是很喜歡？」

我從剛才就一直回答沒有，差點又要脫口而出，結果忽然想到一個人。「老實說的確有一個。大概是，呃，聖誕節之前吧？那傢伙到她店裡，跟她攀談起來，後來就常去找她，死賴著不走，一直想約她去喝一杯，就算她拒絕了也不放棄，讓她很不——」不怎麼樣？不開心嗎？不對……「她不喜歡那樣。他叫尼爾什麼的，金融業，公司在——」

馬丁點頭說：「梅莉莎是有提到他沒錯。你放心，我們會去找他談談，趁著問話順便嚇唬嚇唬他，嗯？」他朝我眨眨眼。「算是幫他一把，就算他不是我們要找的傢伙。你有遇過他嗎？警告他之類的？」

「不算遇過，但確實見過。他那樣死纏爛打幾次之後，我就告訴梅莉莎，下回他一到店裡就發簡訊給我。後來有一次我放下工作趕過去，要他滾遠一點。」

「他反應如何？」

「我想，他不是很高興。但我們沒有、沒有咆哮或拉扯，也沒有……他只是變得非常暴躁，但最後還是走了，而且再也沒出現過。」讓條子去找尼爾某某的麻煩，我一點也不覺得良心不安。他不只離譜，還很不要臉、自作多情，跟我說梅莉莎如果真的想甩掉他，早就那樣做了，而他還能來店裡，就代表她接受了。我原本打算一笑置之，因為那傢伙滿口空話，根本不構成威脅。但梅莉莎跟我提起他的時候臉色發白、語氣緊繃，有如被追的獵物，就算一切是她誇大其詞，我心裡還是燃起了熊熊的保護慾。老實說，沒能揍那個混蛋一拳，我還挺失望的。

「聽起來他是沒戲唱了，幹得好，」馬丁放鬆姿勢翹起二郎腿，一腳腳踝擱在另一腳膝蓋上。「你說你放下工作跑去趕人。我記得你在藝廊工作，對吧？」

「對，我負責公關。」提到藝廊就讓我胃微微一緊。他們既然找過梅莉莎問話，也就可能跟理查德談過了。我是不是最好先招了，免得他們追問？但我實在不認為理查德會想害我惹上麻煩，再說我腦袋實在一片混沌，無法解釋清楚自己做了什麼。我曉得自己和帝爾南把事情搞砸了，害高捷爾被踢出展覽，但其實——

「你有把藝術品帶回家過嗎？」

「沒有，從來沒做過。」

「你覺得有誰會覺得你有嗎？還是有人曾經把藝術品攜出過？例如拿給買家看？」

「我們從來不會那樣做，買家想私下鑑賞藝術品一律得到辦公室來。我們沒有買移動和運輸險。」

「哦，」馬丁說：「賣保險的，有道理。他們什麼都不放過。我完全沒想到這一點。工作上有誰和你處不來嗎？」

「沒有。藝廊不玩那一套，所有人都處得不錯。」至少之前是這樣。不過——

「那家裡呢？有沒有什麼可能惹人覬覦的貴重物品？」

「呃——」這一連串的問題開始讓我暈頭了。馬丁不停變換主題，我得集中全副精神才跟得上。「可能是懷錶吧——我有一只古董金錶，是祖父留下來的。他算是在收藏手錶吧？但我沒有拿到，呃，最名貴的錶，因為我有個堂哥，里昂？雖然外表不像，但他其實……」我開始語無倫次了。兩位警探很好心，什麼都沒說，只是默默看著我掙扎好久才想起自己要講什麼。「嗯，對。我想我那只錶可能價值一千歐元吧。」

「古董錶真的很漂亮，」馬丁說。「我不喜歡現在的款式，勞力士那些的，太俗氣。你會戴著那只錶出門嗎？有誰看你過？」

「有，我會戴它出門。不是每天——我通常都用手機看時間。但開幕式或、或聚會的時候，還有……就會戴。」

「你那天晚上有戴嗎？」

「沒有。我是說——」和理查德見面，需要穿得莊重一點。「有，我想我那天有戴。但可能，上床之前，呃，它應該在我床頭桌上——他們拿去了嗎？」

馬丁搖搖頭。「我不確定。老實說，我不記得有看到金錶，但不表示它不在。」想到這兩位老兄在我家裡東翻西找，我胃裡就一陣翻攪，但我腦中隨即閃過一個更緊急、更冷酷的念頭：我家裡有大麻，而且（**該死！**）聖派翠克節派對那天是不是還留了點快克？不過，他們如果打算拿這點來對付我，應該早就攤牌了。「你的車呢？」馬丁問道。

「喔，」我壓根沒有想到車子的事。「對，我有一輛寶馬轎跑車——我是說，那輛車已經跟著我幾年了，但也許還值個——他們把車開走了？」

「對，他們開走了，」馬丁回答：「很遺憾。我們正持續追查車的下落，只是還沒有好消息。」

「保險公司會處理的，沒問題，」時髦西裝男安慰我說：「我們到時會給你一份調查報告副本。」

「家裡的鑰匙你放在哪裡？」馬丁問。

「起居室，擺在、在——」我又找不到詞了。「窗邊櫃上。」

馬丁嘴角吁了口氣，說：「天哪，從窗外看得一清二楚。窗簾會開著嗎？」

「對，通常都開著。」

馬丁皺了皺眉頭。「你以後應該不會了吧，嗯？上週五晚上窗簾是開著的嗎？」

「我不——」回家、上床，中間發生了什麼一片空白，有如巨大的黑洞，我根本不想靠近。「我不記得了。」

「你那天有開車出去嗎？」

我想了蠻久，但還是記起來了。「沒有，我把車留在家裡。」因為我決定不論理查德決定如何，我晚上都要去喝個幾杯。

「停在公寓前的停車場？」

「對。」

「你通常開車上班嗎？」

「也沒有。只要天氣還可以，我幾乎都走路上班，免得進城停車麻煩。但要是下雨，或者，呃，或者我太晚出門，我就會開車。週末出門我也會開車。所以每週兩天吧？或是三天？」

「你上回開車出門是什麼時候？」

「我想——」我知道自己在家裡窩了幾天才去藝廊，但不記得到底窩了多久。「那週一開頭吧？週一？」

馬丁挑起一邊眉毛，似乎在說你確定？「週一？」

「應該吧，我不記得了，也可能是週末。」我明白他為什麼問了。公寓的停車場面向馬路，沒有柵門。馬丁認為有人盯梢我的車子，記下我什麼時候開車出門，然後觀察窗戶確定我住在哪一間，再進房來偷鑰匙。雖然想到我癱在沙發上吃洋芋片看電視，屋外有眼睛從窗簾縫隙在偷窺讓我有點毛骨悚然，但我喜歡這個推論，比我的高捷爾理論好太多了。偷車賊針對的是車，不是人，而且幾乎不會再來第二次。

「家裡還有什麼貴重物品？」馬丁問。

「筆電、Xbox，我想就這些了。他們——」

「對，」時髦西裝男回答：「還有電視也拿走了。那些都是必偷的東西，很容易脫手賺點小錢。你如果還記得序號，我們會記下來，不過……」

「我們想搞清楚的，」馬丁說：「是他們為什麼相中你。」

兩名警探同時側頭看我，臉上帶著期待的淺笑。

「我不知道，」我說：「因為我住在一樓吧，我想，而且我警報器沒開。」

「有可能，」馬丁附和道。「隨機犯罪。這絕對有可能，沒錯。問題是那裡一樓住戶非常多，警報器沒開的也很多。面對這種情況，我們不得不考慮是不是有其他理由，嫌犯才會鎖定你。」

「我想不到有什麼理由。」看他們仍然不約而同用溫和期盼的眼神繼續看著我，於是我又說：「我什麼也沒做，參與犯罪之類的事統統沒有。」

「你確定？因為有的話，最好現在就解決掉，別等到被我們發現。」

「我沒有，」我開始慌了。他們到底覺得我做了什麼？販毒嗎？還是在暗網販售兒童色情圖片？「你可以去問人，盡量去查。我什麼都沒做。」

「那就好，」馬丁順著說道，身體靠回椅子，一手輕鬆彎在背後。「出於職務，我們必須要問。」

「我知道，沒問題。」

「不問就是失職，不是針對你。」

「我知道。我沒有——我只是實話實說。」

「很好，我們就希望這樣。」

時髦西裝男翻頁繼續；馬丁伸了個懶腰，劣質塑膠椅被他的體重壓得吱嘎作響。他用拇指調了調腰帶。「老天，」他說：「我不能再吃油炸食物了，我老婆一直警告我。好了，托比，現在說說週五晚上的事，就從你離開藝廊開始說吧。」

「我記得很零散，」我遲疑答道。說零散還算客氣了，我的記憶根本一陣一陣，以月份為單位，全看我處在止痛藥的哪個階段，有時甚至確信自己還在大學，在三一學院結業派對上喝得爛醉，從前拱門外的埃德蒙．柏克像上摔下來，跌破了腦袋。

「你想到什麼就盡量說，愈多愈好，就算你覺得無關的也告訴我們。你需要我再幫你倒水，然後才開始說嗎？還是你想喝那邊的果汁？」

我把記得的事跟他們說了，基本上就是酒吧裡和回家路上的幾個片段、起居室裡兩個男的瞪著我，還有我倒在地上時兩段挨打的記憶。馬丁雙手抱胸抵著小腹聽我描述，不時點頭或插話提問：我可不可以描述酒吧裡對誰還有印象？回家路上遇到的人呢？我有沒有感覺被人跟蹤？我還記不記得拿鑰匙打開樓房外門時，身旁左右有沒有人？病房裡的電視在他背後不停閃現鮮豔的畫面，卡通裡小孩擺手跳舞，精神飽滿的主播目瞪口呆，小女孩舉著洋娃娃，洋娃娃臉上的笑容和她們一樣燦爛。時髦西裝男甩了甩筆，用力塗抹幾劃，然後繼續寫。

到了重點部分，馬丁問得愈來愈詳細，也愈來愈深入。我可以形容拆電視的那個人的模樣嗎？身高、體型、膚色和穿著？他身上有刺青或疤痕之類的標記嗎？拿我筆電的那個人呢？他們說了什麼話？有提到名字嗎？綽號呢？兩人是什麼口音？講話有什麼不尋常的地方，例如咬字不清或結巴？聲音高還是低？

我盡力回答。電視機旁的男子跟我差不多高，大概一百八十公分？很瘦，白人，臉上有粉刺，就我感覺二十歲左右；黑色運動外套，棒球帽，我沒看到刺青或疤痕。拿我筆電的傢伙比同夥矮個五六公分，應該吧，身材壯一點；白人，從他行事較為克制的樣子看來，我感覺他年紀可能比較大，廿五六歲左右；深色運動外套，棒球帽，沒有刺青或疤痕。沒有，我沒看出他們的頭髮顏色，被棒球帽遮住了。沒有，我也沒看出他們有沒有鬍鬚或落腮鬍。他們用領子把臉的下半部遮住了。沒有，我不記得他們有提到名字。兩人都是都柏林口音，我不記得他們講話有什麼特色。沒有，我沒有十成把握（馬丁每個問題都重複兩三次，措詞稍微改動一下；過沒多久，我已經完全無法判斷哪些是我真的記得，哪些是我為了回答而硬湊的事了。）超過五成；八成左右？還是七成？

我開始跟不上對話了。回想那天晚上對我造成了影響，尤其是身體，而非情緒。我的胃裡有一股暗流不停翻攪，喉嚨愈來愈緊，手或膝蓋有如痙攣不停晃動。我的止痛藥開始退了。電視上的顏色愈來愈粗糙，兩位警探和我的聲音在我腦門裡摩擦。我心底那股病弱的急切感愈來愈強，只想快點結束。

馬丁肯定察覺到了。「好吧，」他直起腰桿，朝時髦西裝男使了個眼色。「今天就到這裡，已經有很多線索可以追查了。你做得很好，托比。」

「你還擔心自己記得的事情不夠多，幫不上忙，」時髦西裝男啪嚓闔上記事本，塞進外套口袋裡說：「有很多人頭沒被打，告訴我們的事還沒有你多。你真的很強。」

「嗯，」我說，腦袋開始閃爍，只想撐到他們離開病房為止。「那就好。」

馬丁從椅子上起身，一手摁著脊椎伸了個懶腰。「天哪，這是什麼椅子？我再坐下去就得送進隔壁病房了。醫師說你下週可以出院，是嗎？」這事我頭一回聽說。「到時你就能檢查一下家中物品，跟我們說是不是有其他東西不見了，或是出現原本沒有的東西，好嗎？」

「好的，沒問題。」

「很好。要是你出院之前有什麼進展，我們一定會通知你，」他朝我伸手。「謝了，托比，我們知道要你回答這些真的不容易。」

「沒事。」他的手很大，整個包住我的手。雖然沒有握得很用力，但我手掌還是竄起一股刺痛直衝胳膊。我點頭微笑，努力讓笑容保持客套，感覺很快就會變成齜牙咧嘴或橫眉怒目。等他們都離開病房了，我才察覺自己還在傻笑。

♣

西恩和阿德傳了好幾次簡訊，問他們什麼時候能來探病。但我不想見他們，應該說我不想讓他們見到我。不過，警探來訪之後，事情似乎稍微起了變化。偷車賊理論至少消去了我心裡的幾分恐懼，不再無來由地害怕兇手還躲在不知名的暗處，眼神炯炯地監視我，等我出院好再次下手。假如馬丁和那傢伙推論正確——他們是警探，有經驗的專家。馬丁開始在街上抓賊的時候，我可能根本還沒出生呢。他們肯定很有把握，對吧？——那我只需要買一輛破爛的韓國車，窗簾記得拉上就好。這我絕對做得到。儘管只變好一點點，但我心底的混亂確實不再那麼莫名、那麼不可控制了；就連現在的身體狀況都感覺（只是感覺）都只是暫時的。我隔天早上就發了簡訊給西恩和阿德，告訴他們可以來了。

他們倆一下班就一身西裝領帶來找我，讓我高興到極點，甚至要護士拔掉點滴，讓我可以脫掉病人服，到浴室（把門鎖上，被不聽使喚的左腿氣到咬破嘴唇，恨自己這麼沒用）吃力換上我母親拿來的運動褲和T恤。阿德和西恩輕敲房門，簡直是躡手躡腳走進房裡，臉上一副準備好接受我任何慘狀的表情。「拜託，」我開心嘲諷他們兩人：「又不是葬禮，過來吧！」

阿德和西恩都鬆了口氣。「兄弟，真高興見到你，」阿德破愁為笑說，一邊匆匆走到病床邊，雙手握著我的手不停搖晃。「真是太好了。」

「我也是，」我說，同樣用力握手微笑。看到他們感覺真的很好，但也有點怪，感覺好像已經很久不見，久到應該問他們這段日子過得如何一樣。

「是啊，見到你真好，」西恩和我握手，小心翼翼在我肩膀上輕輕拍了一下。「身體感覺怎麼樣？」

「還不壞。之前痛了好幾天——」我聽見自己咬字含糊，忍不住身體一顫。但我下巴仍然瘀青腫脹，他們肯定不會誤會的。「但開始消了。坐吧。」

西恩拉了把椅子過來，阿德小心翼翼確定床邊沒有點滴管才輕手輕腳坐了下來，指著我的頭說：「髮型不錯。」我那時已經梳洗過，還刮了鬍子（只不過兩件事都折騰了很久，其間不時因為突然暈眩而必須坐在浴室地板上喘息），沒那麼像殭屍電影裡的角色了，但來不及整理頭髮。「肯定進得了酷哥俱樂部。」

「你應該順便剃掉一邊眉毛，」西恩說：「創造潮流。」

「我打算剪個——」幸好我要講的詞及時浮現：「莫霍克頭，你們覺得梅莉莎會喜歡嗎？」

「我覺得你現在不論做什麼，梅莉莎都不會講話。剪吧。」

德克蘭一手漫不經心扯著被子，將邊角拉直，眼睛上下打量我。「好傢伙，你看起來還不錯，」他說：「我是說，不是沒事的那種不錯，可以去參加鐵人三項之類的。但我們真的很怕你，呃，怕你毀了。」

「天哪，」西恩說：「你真的很會反應過度，你知道嗎？」

「少來，他知道我的意思，」接著轉頭對我：「我們不曉得你情況怎樣，梅莉莎老說你還不錯——」她這樣說真好。「但我的意思是，那是梅莉莎，她不管遇到什麼都很正面。別誤會，她這樣很好，只是……我們很擔心。看到你沒事真好。」

「我沒事，」我說，當時確實幾乎如此。我像帕夫洛夫的狗一樣小心翼翼計算自己的止痛藥劑量，嗶聲後忍著腦中痛徹脊髓的疼痛，硬撐了一個多小時才再按鈕，以確保他們兩人來訪時，我會處於最佳狀態。「我有一顆牙必須處理，但除此之外，基本上只要放鬆心情一段時間就可以了。」

「天哪，」阿德看著我的牙齒露出痛苦的表情。「真是混蛋。」

「條子逮到人了嗎？」西恩問。

「沒。他們認為那兩個傢伙主要是想偷車，因此朝這個方向偵查，但我不是很抱期望就是了。」

「希望他們開車摔到橋下，」阿德說。

「幹，」西恩說：「你再買一輛車就好。現在先放鬆心情，讓身體好起來。說到這個——」他舉起一個塞滿東西的大紙袋遞給我。「拿去。」

紙袋裡是幾份雜誌（《帝國》、《新科學人》和《突擊隊》漫畫）、一本比爾．布萊森的書、一本數獨、一本填字遊戲、一小盒飛機模型和五六包口味匪夷所思的洋芋片。「嘿，謝啦，兄弟！」我很感動。「真是太棒了。」其實我現在不只開不了戰鬥機，連玩數獨或拼模型飛機都沒辦法，但他們覺得我可以還是讓我心裡非常溫暖。

「小意思，」西恩說，轉頭困惑地看了椅子一眼，想找個舒服的姿勢。「免得你住院沒事做。」

「我們想說你如果真的沒事，現在一定無聊爆了，」阿德說。

「我是無聊爆了。這幾天有什麼事嗎？」

「哦，有啊，當然有，」西恩忘了椅子的事。「你猜他去哪裡做什麼了？」他朝阿德比了比拇指，我轉頭看去，只見阿德臉上寫滿了羞怯、提防和欣然自喜。

「你懷孕了？」

「哈哈哈，真好笑。」

「比懷孕更糟，」西恩鬱鬱說道。

「天哪，」我恍然大悟。「不會吧？」

「他媽的就是。」

「珍娜嗎？」

阿德兩手抱胸仰起下巴，臉上多了幾分迷人的粉紅。「我很幸福，你們有意見嗎？」

「兄弟，」我說：「你腦袋也被人踹了嗎？還記得上回發生了什麼？」

西恩雙手一攤：沒錯。阿德和珍娜交往不到一年，其間分手了至少六次吧。最後一次最離譜也最經典，珍娜不僅連續四天到阿德上班的地方哭著求他繼續交往，在他留在她家的T恤上剪出「去你的」三個字，然後寄給他，還發了氣得語無倫次的超長訊息給他所有臉友，包括他的爸媽。

「那已經是去年的事了。這段時間她經歷了很多，現在都想清楚了。」

「他遲早有天醒來會發現老二在自己的嘴巴裡，」西恩說。

「他很幸運好不好，」我說：「他遲早有天醒來第一眼就看見驗孕棒上有兩條線。」

「我看起來那麼蠢嗎？我都有戴套，而且這干你們什麼——」

「你不蠢，她也不是白癡好嗎？只要拿針一戳，啪，這下誰要當爹啦？」我真是愛透這種感覺了，每一秒都愛。從那晚出事以來，我頭一回感覺一切幾乎如常，自己是個活生生的人。直到我身體稍微放鬆，我才察覺之前它有多麼緊繃。而這份放鬆是那麼令人歡喜，我差點忍不住大笑落淚，親吻他們兩人。

「去你媽的，」阿德說，朝我和西恩各比了一次中指。「你們兩個。我現在很幸福，等我糗了，你們再說我就說吧——」

「我們會的，」我和西恩異口同聲。

「請便。但在此之前，你們要是嘴裡吐不出象牙，就乖乖閉嘴。還有你——」他指的是我。「你最好對我好一點。你曉得為什麼嗎？」

「別改變話題，」西恩說。

「你閉嘴。這個，」阿德湊到我面前，一眼留意門口，臉上藏不住微笑。「你用的是什麼藥？」

「怎樣？你也想要嗎？」我將點滴朝他的方向偏過去。

「對呀，哈死了。快給我們嚐一點。」

他假裝伸手要拿，我將他的手撥開。「滾開，我才不要分給你們。」

「說真的，那裡面是什麼？」

「止痛劑，很棒的。怎樣？」

「你瞧，」西恩對阿德說：「我就說吧。」

「他又沒說是哪一種，說不定是——」

「你們到底在講什麼？」我問。

阿德伸手到外套裡頭，又朝門口瞄了一眼，接著才從內口袋拿出一只銀扁壺。「我們還替你準備了另一樣禮物。」

「是他替你準備了另一樣禮物，」西恩對我說：「我說他根本是笨蛋，那玩意兒和藥混在一起只會要人命。」

「那裡面是什麼？」我問阿德。

「麥卡倫，就是那玩意兒。十六年原酒。我只給你最好的，孩子。」

「這才像話嘛，」我伸出手說。

不用說，只要你真敢衝，阿德立刻會嚇到。「你確定？」

「拜託，兄弟，東西是你帶來的耶。難道你只是、只是想玩我？」

「我知道。可是你不用先谷歌一下你用的藥，看是不是——」

「你誰啊？我媽嗎？拿過來。」

阿德遲疑地瞄了我的靜脈注射袋一眼，彷彿它是不可信賴的惡犬，只要被打擾就可能咬斷我的喉嚨。但他還是將銀扁壺遞給了我。「他說得沒錯，」西恩說：「至少這次講得有道理。先上網查一下交互作用吧。」

我打開壺蓋灌了一大口。威士忌直貫鼻腔，散發濃郁的葡萄與肉荳蔻香，夾雜著深夜狂歡、縱情大笑、恣意胡搞及漫長曲折的交心談話，一切就像對著天殺的這個地方和天殺的這一週比中指。「喔，真好，」我說：「阿德，你這小子真天才。」說完我又仰頭灌了一大口。酒在我體內熱辣辣地一路往下，美好舒暢到極點。「哈！」我使勁甩了甩頭，高喊一聲。

他們兩人看著我，彷彿我隨時可能起火或暴斃似的。「天哪，」我開始大笑。「你們真該看看自己的表情。我很好。拿去——」我將扁壺遞到他們面前說：「你們這兩個膽小鬼。」

過了半晌，竟然是西恩先笑了。「好吧，」他接過扁壺，舉起壺子對我說：「敬冒險生活。以後少冒險一點點，好嗎？」

「遵命，」我依然笑容滿面，看他仰頭豪飲一口。酒精滲入我的身體和體內正在運轉的一切，感覺真好。

西恩長吁一口氣，彷彿剛浮出水面。「天哪，有夠讚！就算這玩意兒把他害死，我也認為值得。」

「我就說吧，」阿德伸手去拿扁壺。「敬冒險生活。」喝完他「啊」了一聲，喜孜孜笑著說：「不是我在吹牛，這酒挑得真好。」我伸手等他把扁壺遞給我，但他沒有。「剩下的留著，好嗎？免得你之後需要調劑一下。這地方只會把人給無聊死。」

「我躺在這裡一點也不無聊。每天都有女人穿著護士服進進出出，端早餐來侍候我在床上吃，怎麼會無聊？」

「你別管，反正剩下不多，留著就是了。只要藏在——」他開始將床邊置物櫃架子上的東西挪開。

「拜託，不是這樣。把酒給我。」我從他手裡搶過扁壺，開始在置物櫃裡找東西將它包起來。「那個叫護士長還是什麼的，那女的完全瘋了。我不是有台風扇嗎？她竟然把它拿走，說風扇會散播細菌。她要是發現我有這個，肯定會，呃，關我禁閉，還是——」

置物櫃在我床頭右側，於是我把扁壺從右手換到左手，好用右手找東西。我感覺扁壺滑掉了，連忙伸手去撈，卻眼睜睜看著它像水做成的一樣從我指縫間滑過，在棉被上彈了一下沉沉砸在地上。蓋子鬆了，一撮威士忌灑在了腐綠色的地板上。

病房裡瞬間凝結沉默。西恩和阿德瞪大眼睛不知所措，而我則是無法呼吸。接著西恩側身拾起扁壺，拴好蓋子遞還給我。「拿著，」他說。

「謝啦，」我說。我找到一個塑膠袋將扁壺放進去，然後塞進床頭置物櫃裡。我刻意肩膀對著西恩和阿德，免得他們看見我抖得有多厲害。

「他們也傷了你的手？」阿德隨口問道。西恩從活動桌上拿了一張紙巾扔到地板上，開始用腳清理灑出來的威士忌。

「對，踹了一腳之類的。」我的心臟失控狂跳。「但還好。醫師說神經有，呃，有被傷到，手腕吧？但不嚴重，做兩個月物理治療就沒事了。」醫師其實根本沒這樣說。神經科醫師是個皮鬆肉垮、體態笨重的老頭子，臉色黏膩死灰，好像被人關在地底下好幾年似的。他總是一臉倨傲，絕口不談我會不會好轉、哪時會好轉或能好轉到什麼程度（感覺涉及很多因素，而他顯然不打算一一列給我聽），而是——只要我結巴或口齒不清，他就會插嘴，目光從我臉上轉開，彷彿我不值得他注意一樣——畫大腦有血腫和沒血腫的剖面圖給我看，跟我說我的殘餘失能（「也就是還沒消失的問題」）「真的非常輕微」，我應該感到慶幸，並囑咐我要像乖小孩一樣認真接受物理治療，說完就走了，留我一個人在病房裡，來不及讓他明白那其實是我的事。我這會兒只是想到他就覺得頭暈，而且生氣。

西恩點點頭，將紙巾揉成一團，開始找垃圾桶。過了一會兒，阿德說：「幸好不是你尻槍的那隻手。」我們三人爆出大笑，笑得超吵超久。

等到他們離開時，我們已經幹掉一包洋芋片，並且找回了從前的輕鬆嬉鬧。我和西恩建議阿德趁著在醫院順便做個檢查，看珍娜有沒有傳什麼噁心的病給他；阿德警告我要是再多嘴，他就跟護士長說我喝酒。表面上一切都好，非常棒，三個死黨湊在一起打嘴砲，重溫好時光。但過了不久，當我拿出扁壺，心想乾脆喝得爛醉，管它酒和藥混在一起會怎樣，我都無所謂，扁壺卻顯得無比荒誕。它那招搖的銀色線條擺在一切只講功能、色澤單調的醫院陳設之間，感覺是那麼滑稽突兀，有如笑話一般，嘲弄我竟然以為（真蠢，真可悲）只要幾口黃湯下肚，嗐啦！一切就會回復正常。威士忌的酸味讓我胃裡翻攪，我將扁壺放了回去。

✣

幾天後，我出院了。醫師將我頭上的釘針拔掉，留下一道鮮紅的長疤，兩旁的紅點是釘針打進去的地方。他們拔掉我的靜脈注射止痛劑，我原本有些緊張，但他們給我的藥丸很有效，再說我的肋骨和尾椎也好多了，就連頭痛也不再那麼頻繁。物理治療師來看過我一次，指導我一堆練習動作，但我立刻就忘了。他還給了我一張卡片，上頭寫著某家診所的預約就診時間，我馬上就弄丟了。除了物理治療師，還有一位社工師或諮商師之類的女士來找我。她骨瘦如柴，臉上掛著一副特大號眼鏡和感傷的笑容，給了我一大疊「腦損傷與你」手冊（線條非常簡單鮮明的黑白人偶；人偶將東西放進「記憶檔案櫃」再拿出來；關於為何應該多吃各色蔬菜的說明；家住約克的詹姆士：「我起先午飯後不想小睡片刻，但午睡真的很有幫助。雖然我現在還是會累，但感覺好多了」；很多很好用的計畫表，例如**今天的待辦重要事項和今天進行順利的事**），並建議我要是情緒來了，可以在晾衣繩上掛一條大毛巾，拿棍子猛力揮打。

那位神經科醫師也有來看我，過程可有趣了。不論我問什麼（我什麼時候可以開始工作？

什麼時候可以開始喝酒？做愛？去健身房？），他不是置之不理，就是想也不想直接用一句聽了讓人火大的「等你覺得可以的時候」來搪塞我。問題是，我一開始想問的就是這個：我什麼時候才會覺得可以了？唯一的例外是**我什麼時候可以再開車？**我完全沒想到要問這件事。神經科醫師收著蒼白的雙下巴，眼鏡上方橫眉直豎，令人望而生畏，只差沒有朝我搖動食指，跟我說絕對不能開車，免得癲癇發作。六個月後如果都沒發生，就可以來醫院找他，客氣請問「醫師大爺，我可以拿回駕照了嗎？」我一直努力不去想癲癇的事，結果這老頭子竟然提起。幸好我當時腦力有限，只想著狠狠踹他老二一腳，所以順利熬過了對話，沒有陷入恐慌（**今天進行順利的事！**）

我母親一個小時後才會來接我。我在病房裡閒晃，思考到底該拿擺滿房裡所有表面的那些東西怎麼辦。我覺得那些東西我一個也不想要——那隻藍色絨毛兔子到底從哪裡來的？但桌上有些食物，或許我回家之後懶得出門會覺得想吃；而且我到時顯然會想讀點東西。瓶子裡有我母親買的花，或許她想拿回去……兩週前我肯定會樂得把它們扔進垃圾桶，跟她說我不曉得那些瓶子到哪裡去了，然後買新的給她。

我正百無聊賴望著手裡的藍色絨毛兔子，心想這真的是梅莉莎買給我的？她會希望我留著它嗎，突然聽見敲門聲，緊接著馬丁警探探頭進來。

「哈囉，」他說：「我是蓋瑞．馬丁，記得我嗎？」

「欸，」我說，心裡感謝正好能暫時忘掉兔子。「當然記得。你們逮到兇手了嗎？」

「拜託，小老弟，給我們一點時間好嗎？這種事不是一個晚上就能搞定的。」他掃了活動桌一眼。「你這裡還真多怪獸餅乾。」

「是啊，我母親……」

「唉，當媽的就是這樣，」馬丁包容地說：「講不動她們。我可以拿一包嗎？你這裡有的量可以餵飽一整支部隊了。」

「當然，請便。」

他挑了一包烤牛肉口味的，將包裝打開。「真棒，我肚子好餓。」他嘴裡含著餅乾，邊嚼邊說：「我們聽說醫院放人了，就想說過來載你回家。班農在樓下車子裡等。」

「可是，」我愣了一下，接著說：「我母親會來接我。」

「我們當然會打電話給她，跟她說計畫變了。你需要多久會好？幾分鐘嗎？」

「可是，」我又說道。我想不到怎麼客氣地說你們這是為什麼？

但馬丁察覺到了。「我們之前說過，我們需要你檢查一下你家，看看少了什麼，或有什麼東西不屬於你家，可能是他們留下的。還記得嗎？」

「喔，」我說。我是記得沒錯，但以為他們會等我回家後一兩天才來。「現在嗎？」

「嗯，是啊。只有現在你才會察覺出哪些地方不對勁，而且你應該希望家裡可以恢復原狀吧？你必須先檢視過一遍才能移動東西。」恢復原狀——我完全沒想到我家會是什麼景象。家具東翻西倒，地毯上黏著乾掉的血變得尖尖刺刺，還有蒼蠅飛來飛去。馬丁說：「現在就處理，把家裡恢復原狀，這樣比較簡單。」說完他又塞了幾塊怪獸餅乾到嘴裡。

「嗯，」我說。想到馬丁和時髦西裝男跟著我進家門，眼神犀利東張西望，感覺就不舒服，但總比我媽送我回去好得多。她只會張著充滿憐愛的大眼睛緊緊抱著我不放，而且我敢說她一路上肯定又會不斷勸我回家住一段時間。「也對，沒問題。」

「太好了。喏——」他拎起母親拿來的大旅行袋，扔到病床上說：「你會需要書的，還有那邊那只花瓶，感覺應該值不少銀子。其他的應該都可以扔了，對吧？」

♣

重返我家沒想到那麼難受。我一直以為家裡會像恐怖片，結果不是。起居室裡的家具都回歸原位，地毯和沙發也清理過（不過我還是能看出血漬和血滴的殘留痕跡，而且到處都是，令人怵目驚心），所有表面都整潔乾淨，看不見一粒灰塵。窗邊櫃的抽屜整整齊齊疊在角落，抽屜裡的文件、電線和光碟仔細分好擺在旁邊。桌上的大花瓶裡甚至還插著蜷曲的白花與紫花，桌面上陽光和葉影婆娑。

有問題的是味道。我走進家門，想也沒想就開始尋找熟悉的家的味道，尋找那淡淡的吐司、咖啡、鬍後水、母親給我的羅勒盆栽和梅莉莎偶爾會點的蠟燭的棉花味。那些味道全沒了，被去除乾淨，取而代之的是濃濃花香和卡住喉嚨的化學味。我敢說我的嗅覺神經末梢聞到了撲倒我的那傢伙身上的奶味與汗臭。這地方絲毫沒有閒置廢棄的味道，反而充滿某人的氣息，飽滿強烈。那個人非但不是我，還不希望我出現；感覺就像伸手去摸你家的狗，牠卻往後退開，頸毛直豎一樣。

「慢慢來，」馬丁在我背後說：「我們知道這不容易。你需要坐一會兒嗎？」

「沒關係，謝謝，我很好，」我繃緊左腿。它要是敢現在發軟，我絕對扭斷這該死的叛徒。

「你媽肯定徹底打掃過了，」時髦西裝男說：「我們離開時可沒這麼整齊，到處都是採指紋留下的粉塵印。」

「他們兩個都有戴手套，」我面無表情地說，這才發現半數抽屜都摔破了，有些裂痕很尖銳，還有些側板鬆脫了。

「顯然如此，」馬丁說：「但我們那時還不曉得，再說他們在你昏迷的時候也有可能脫過手套，所以最好謹慎一點，對吧？」他手插褲子口袋，在起居室門邊找了個舒服的位置靠牆站著。「麻煩你四處瞧瞧，發現少了什麼就跟我說。慢慢來。」

「電視，」我說。我知道電視應該會不見，但牆上空了那麼一大片，感覺還是很不可思議，彷彿只要我用力眨眼，電視就會回到原位一樣。「還有Xbox。還有筆電，除非有人把它擺到別的地方——可能在咖啡桌上——」

「沒有筆電，」馬丁說：「裡頭有什麼別人可能想要的東西嗎？」

「沒有。我是說，裡頭應該找得到我的信用卡號碼，但他們大可直接拿走我的——」窗邊櫃上空空如也。「可惡，我的錢包。它應該在的，我就放在——」

「錢包沒了，」時髦西裝男說。他又掏出記事本，拿著筆準備紀錄。「很抱歉。我們已經掛失，並要銀行注意，只要有人嘗試刷卡就通知我們，但目前仍然沒有消息。」

「喔，」我說：「謝啦。」

「還有嗎？」馬丁問。

我的目光一直繞回地毯上的血漬。記憶有如通電似的在我腦中啪擦燃起：滯悶吃力的喘息、疼痛、綠窗簾，還有戴著手套的手朝我伸來——「燭台，」我說——我很高興自己聲音聽起來很正常，甚至頗為輕鬆。「我有一座燭台，黑色金屬，約莫這麼大，形狀很像螺旋柵欄，頂端是花、花、花瓣——」我不好意思告訴他們，我從臥室拿著這個東西出來原本是想逞逞威風，把那兩個混蛋打得屁滾尿流。「燭台原本在那裡，在地板上。」

「燭台有，」馬丁答道：「拿去鑑驗了，因為我們研判歹徒就是拿它攻擊你的——」他指了指太陽穴。「只要鑑識科處理完，我們馬上歸還。」

我頭上的疤忽然奇癢無比。「瞭解了，」我說：「謝謝。」

「還有嗎？有什麼不該在這裡出現的東西嗎？」

我環顧房內，發現架上的書全擺錯了位置。但我懶得開口問是竊賊弄亂的，還是警探搜查時搞的。「應該沒有，至少我沒看到。」

「抽屜在那裡，」馬丁指著角落說：「歹徒翻得很徹底，等我們趕到的時候，文件和那些東西全撒在了地上。」又是一段記憶閃現：我爬過弄得七零八落的房間，東西在我身體底下窸窣滾動。「你有概念他們在找什麼嗎？」

大麻和剩下的快克在最上層抽屜，還好竊賊很貼心，把它們拿走了——除非馬丁故弄玄虛，看我是不是想瞞著他。然而，馬丁看著我，和藹的臉上沒有半點情緒，我什麼也讀不出來。「沒有，」我摸了摸沒被剃光的頭髮說：「我是說，我其實不記得了。抽屜裡大部分是別人不會想要的東西，個人文件和筆電的回復光碟之類的，我連裡頭還有什麼都不確定……」

「還是看一眼，」馬丁提議道，但沒有很認真。「說不定你會留意到什麼。」

我什麼都沒發現。魚飼料是好幾年前家裡還有魚缸時買的，那件T恤是我想退掉結果忘了的；至於電台司令的唱片，它怎麼會在這裡？是某人借給我的？對方搞不好向誰抱怨過我死都不還他。我記得裡頭應該有一台很舊的數位相機，但馬丁問我相機裡有哪些相片，我卻不確定，更別說記得了。大學前和死黨去米克諾斯島度假的相片吧，也許；或是很久以前的派對，還是家人一起過聖誕？陽光將起居室變成了玻璃容器，化學味讓我頭痛，但兩名警探都沒抱怨，我也就不好意思要求打開落地窗門。更何況門上換了鎖，雖然新得發亮，卻遮不住挖掉舊鎖留下的露白木痕，而我又沒有鑰匙。我已經不覺得這兩個傢伙比我媽陪我回家更好了，因為我至少可以叫她離開。

他們挨房挨室、毫不放鬆地陪我看完整個住處，每個房間和抽屜都不放過。我的衣服也擺錯位置了；祖父的錶則是並未逃過一劫。我向警探描述了錶的特徵，他們保證會詢問當鋪、古董店和銷贓點。我的保險套也沒了，但我們都覺得找回來的機會渺茫。要是那幾枚保險套能讓兩名竊賊無子無孫，我樂於奉獻。兩名警探聽了和我一起哈哈大笑。我頭痛得要命。

「好了，」最後馬丁總算對我說，同時朝時髦西裝男使了個眼色。他的搭檔立刻闔上記事本。「我們就讓你好好安頓吧。謝謝你幫忙，托比，我們很感謝。」

「你們，」我開口問。當時我們正在浴室，裡頭乾乾淨淨，瓶瓶罐罐擺得整整齊齊，只是擠不下我們三個。「你們已經有概念了嗎？知道是誰幹的？」

馬丁搔搔耳朵，臉上肌肉扭了一下。「不算有。老實說，我對你有點過意不去。通常這時候呢，我們已經鎖定對象了，某甲總是使用這一套手法，某乙會把冰箱裡的東西全弄到地上，然後在床上拉屎，某丙身上的刺青符合目擊者的描述……雖然不是每次都能將人逮捕到案，至少都蠻清楚嫌犯是誰。可是這次……」他聳聳肩。「還沒有人浮出水面。」

「那兩個傢伙可能是新手，」時髦西裝男將筆收好，語氣有點歉然道：「這可以解釋他們為何一下子就抓狂了，因為沒經驗。」

「有可能，」馬丁說：「那你呢，馬丁？從我們上回談話後，你有想到誰嗎？」

這時候我腦袋已經清楚多了，不再懷疑闖空門是高捷爾幹的，但對帝爾南倒是有幾分保留。我聽他抱怨過太多事（缺乏主見的藝廊老闆沒有膽子押寶藝術家，結果被別人搶先一步；縱容女藝術家利用姿色與奶子取得藝廊或媒體注意，無視更有天分的男藝術家；白癡藝評家一味追逐潮流，就算驚世傑作擺在眼前也認不出來），明白他就是永遠把問題怪在別人頭上，只會硬拿別人出氣的那種人。而他為了展覽找人的時候，照理應該認識不少有搶劫經驗的滑頭。我還是不打算把整件事告訴條子，尤其我只是稍微懷疑而已。但我確實相當懊悔，帝爾南當初帶那群青少年到藝廊來時，自己沒有多注意他們一點。「沒有，」我說，語氣故作輕鬆。「我從頭到尾都想過了，不知道反芻了多少回，但還是沒想到什麼新線索。」

馬丁沒有反應，一根手指勾著毛巾吊環轉圈圈，眼神和氣望著我。「是嗎？」

我判斷不出他這話是什麼意思，純粹只是想多喚起我的記憶，還是透露他知道我有所隱瞞？在那又小又窄的空間裡，兩名警探忽然變得無比巨大，讓我抵著浴缸無路可逃──「是的，」我說：「確實沒有。」

過了一會兒，馬丁點點頭說：「很好。」他語氣愉悅。「所以你有我們兩人的名片，對吧？」

「應該吧──」我隱約記得頭一回在醫院見面時，他們有給我小卡片。我環顧浴室，彷彿他們是從外太空瞬間傳送到我洗臉槽裡來的。

「拿去，」馬丁從口袋裡撈出一張白色小卡遞給我，上頭大大印著他的名字和華麗的愛爾蘭警徽。「如果你想到什麼，請務必通知我們，好嗎？」

「嗯，我會的。」

「很好，那我們就保持聯絡囉。你好好放鬆，弄點好吃的填肚子，喝幾罐啤酒，東西之後再整理就好。」接著對時髦西裝男說：「我們走吧？」

♣

我母親幾乎是警探前腳剛走，她後腳就到了。她果然拎著好幾個袋子，裡頭一堆莫名其妙的東西，除了基本的麵包和牛奶之類的，還有一個嗶嘰色、疙疙瘩瘩的玩意兒，她說是薑，「說不定會用到」。她沒有逗留太久，也沒有提供什麼有用的協助，例如找木匠來修理窗邊櫃的抽屜等等。她還在緩慢而小心翼翼地適應我所陷入的這個地雷世界，彷彿覺得我永無翻身之日了，讓我不曉得該感謝，還是恨她。她勉強壓下問我獨自在家行不行的衝動，在門口抱了抱我。我拚命忍住才沒有身體一縮。

梅莉莎下班後來找我，手裡提著一大袋香味四溢的外帶泰國菜。她看到我回家，簡直喜不自勝，整個人像是飄起來似的，在起居室裡忙進忙出，擺放餐具，打開音響轉到專門播放六〇年代女子樂團勁歌的廣播電台，只要從我身旁走過就賞我一個吻，讓我大為感動，忍不住也跟著稍微開心起來。自從出事的那天晚上，我就沒再感覺餓過，但這道辣炒牛肉還真好吃，而梅莉莎則是興高采烈描述自己上週如何費盡唇舌，說服我媽不要弄一條狗給我（我爸媽很喜歡梅莉莎。雖然他們不是那種會拚命暗示結婚和抱孫的家長，但我感覺得出來他們有這樣想）——「她根本打定主意了，托比，說你小時候始終沒辦法養狗，因為你爸會過敏，但現在養狗最完美了，不但是額外的安全保障，還能逗你開心。你爸一直說，『老婆，不行啦，管理公司——』但你媽只說，『哎唷，老公，你管他們做什麼？我會說服他們的！』托比，我跟你說——」她開始呵呵笑個不停。「你媽只擔心一件事，沒有別的了，就是你懶得用吸塵器，整間屋子全是狗毛。所以她——」梅莉莎笑得更厲害了，我發現自己也在笑，雖然肋骨很痛。「她決定幫你買一隻貴賓犬，因為貴賓犬不會掉毛。她打算讓狗在家等你回來，還說這肯定是最完美的驚喜——」想到我和警探一進門就和一隻毛茸茸的大狗面面相覷，讓我們倆忍不住捧腹大笑，笑到我發覺自己竟然在發抖。這真是漫長的一天。

但隨著夜色漸深，我卻焦躁了起來。梅莉莎鞋子脫了，微醺倚著我躺在沙發上，顯然認定她今晚會在這裡過夜。但對我來說，我完全無法想像她在這裡過夜，絕不可能。我甚至不敢去想，要是她在這裡過夜會發生什麼，因為我顯然完全無法保護她。於是我開始伸懶腰、打呵欠，不停暗示重新躺在自己床上感覺一定很怪，可能會睡不著；而她明天既然必須早起，或許最好……梅莉莎立刻就明白了，非常大方：是啊，我也想睡了，最好現在回去，免得待會兒不小心睡著。「回頭見，」我食指輕輕滑過她的頸背，她彎腰開始穿鞋。

「對呀，」她說完匆匆轉頭用力吻了我。「回頭見。」

我用手機替她叫了車，這樣才能看著小小的汽車圖示朝她家前進，只要忽然停頓或在奇怪的地方轉彎就會緊張屏息。就這樣，我總算一個人了，在這個感覺像極了我家，卻又隱隱完全不是我家的地方，大旅行袋扔在門邊，有如長途旅行歸來的遊人，完全不曉得自己今晚、明天或後天要做什麼。

♣

接下來兩個月非常糟。比起之後發生的事，那兩個月是不是我人生中最糟的時光還很難說，但肯定是我截至當時經歷過最慘的日子，毫無疑義。我和過動兒一樣坐不住，白天卻又不想出門。我看起來還是面黃肌瘦，精神不穩，而且跛腳。剃掉的頭髮雖然長回來了，而且其他部分有修短，但科學怪人般的疤痕還是露在外頭。我考慮過深夜出門，和歌劇魅影一樣沿著博爾斯布里奇的暗處散步，結果也不行。我十幾歲時就有夜歸的經驗，多晚都會走路回家，從來不曾有過害怕的念頭。提高警覺當然有，例如看到毒蟲討錢或一群醉漢想找麻煩的時候，卻從來不曾感覺空氣裡瀰漫著強烈的無名恐懼，將一切渲染成威脅：所有角落都可能藏著暴徒，所有路人都可能趁機偷襲我，所有駕駛都可能猛踩油門從我身上輾過，我怎麼曉得不是這樣，又怎麼知道應該如何反應？我才走出大門三十公尺，腎上腺素就會像電流一樣讓我全身顫抖，喘不過氣，只能縮著尾巴跛腳全速躲回家裡，雖然算不上真的安全，但至少疆界明確，可以知道如何提防。我再也沒有試過第二次，而是整晚手插睡衣口袋，肩膀緊繃，在起居室裡來回走動好幾小時。我到現在仍然感覺得到那可怕的節奏，走—拖、走—拖，每一步都是重新提醒，但我就是停不下來，就是覺得只要我不停走動，就不會有人闖進來，就不會癲癇，至少情況不會變得更糟。我有時會走到灰濛的晨曦從窗簾縫隙透進來，屋外鳥叫了才停下來。

就算我逼自己上床，不用說也是輾轉難眠。我住院期間，爸媽很貼心地在我家裡裝了監視警報器，有緊急按鈕之類的裝置——我可以想像母親咬著手指環顧我滿目瘡痍的住處，心裡只希望有方法倒轉時間，阻止事情發生。雖然我明白他們的想法，也知道這可能是個好主意，但還是有幾分希望他們沒這樣做。長方形的緊急按鈕約莫火柴盒大小，塗成醫務用的那種紅，雖然裝在床邊，但有點低，手搆不著。我好幾小時僵著身體躺在床上，只要有半點動靜或聲響我就會屏氣凝神，留意接下來的風吹草動：是真聽到了？還是幻想？會變成咆哮和衝撞嗎？應該現在就按緊急按鈕，結果發現是狼來了，導致下回真有危險卻沒人當回事呢？還是應該再死命苦撐個十秒、二十秒、三十秒，結果反應太慢，只能頂著壞人的拳打腳踢驚惶地伸手亂摸，卻怎麼也搆不著幾公分外的按鈕？那按鈕彷彿有了生命，充滿了象徵意涵，有如救贖的機會在角落裡閃著紅光，我只要早一分或晚一秒按下就完了。後來我養成緊挨著床邊睡覺的習慣，一隻手垂在床外，手指盡量靠近按鈕。有一兩次我跌到床下，嚇得兩手狂揮，在自己的尖叫聲中醒來。

朋友、親戚和工作上認識的人傳簡訊來。嘿，兄弟，近來可好？我週六要在家裡辦個烤肉趴，要來嗎？……嗨，不想打擾你，但我媽打電話給你能不能偶爾接一下？免得她跟你爸媽說她覺得你在家昏倒了——蘇珊娜，結尾還加上一個翻白眼的表情符號。迷因、動圖和一些網路廢文是里昂寄的，可能想逗我笑吧。嗨，托比，我是艾琳娜。得知你了什麼事，希望你現在好多了，大家很快又能見面……我幾乎都沒回覆，訊息開始慢慢變少，讓我莫名陷入惱怒與自憐的情緒之中。理查德打電話來，但我沒接，於是他留言——語氣尷尬、小心翼翼，但是真心關懷——告訴我藝廊一切安好，展覽辦得有聲有色，一位大收藏家買下了香黛兒的沙發拼貼，我什麼都不必煩惱，只需要專心靜養，準備好了隨時可以回來工作。西恩和阿德來簡訊，我們能去找你嗎？明天怎麼樣？週末呢？但我不想見他們，覺得自己沒有什麼能跟他們聊的；想到他們言談舉止間暗含同情，直到走出我家大門才說「天哪，他真的……」「對呀，沒錯，可憐的傢伙」，我就無法忍受。

我身體確實好轉了，至少康復到一個程度。我的臉已經回復正常，只剩斷牙；但補平並不難，就看哪時候去做而已。我的肋骨和尾椎骨也復原得不錯，只是偶爾還會莫名刺痛。我沒有癲癇，謝天謝地，至少我這樣感覺。但神經科醫師只會潑冷水，警告我受傷過後幾個月，甚至一兩年也可能發作。我有時可以四五個小時不吃止痛藥也不會頭痛，但我喜歡服藥後的感覺，生活裡所有尖角利刺都會變鈍，變得可以忍受。只是我吃得很節制，免得（我甚至不敢多想這個可能性）吃完了醫師拒絕再開處方箋。

心理部分就是另一回事了。社工師給我的宣導手冊上羅列的那些症狀，我幾乎都收集全了：我的記憶檔案櫃時好時壞（洗澡洗到一半腦中忽然空白，不記得頭髮洗了沒；和梅莉莎聊到興頭上，卻怎麼也想不起「立刻」這個詞）、和約克的詹姆士一樣經常感到疲憊，而我的組織能力更退化到連做早餐都成了大難題，讓人沮喪到極點。這些狀況其實都不算真的有問題吧，我想，因為我根本還沒嘗試真正困難的事，例如工作或社交。但這樣想並沒有讓我覺得好過一點。

總的來說，待在家比住院還糟。至少在那個嘴歪眼斜的地獄邊緣，我的症狀不會感覺格格不入，放到現實世界卻錯得顯眼，令人反胃，是永遠不該存在的褻瀆：一名成年男子目瞪口呆站在廚房裡，心想煎蛋我怎樣弄？打電話給信用卡公司，卻想不起出生年月日。流口水的白癡、殘障、怪胎、噁心——我再次掉入那吞噬一切的漩渦，只是這回沉得更深，範圍更大，不再只是恐懼，還有沸騰的憤怒與厭惡。我從來不曾感到如此之深之廣的失落。才不過幾週前，我還很正常，就是個普通男人，早晨咬著吐司穿上外套，嘴裡哼著酷洛樂團的歌，心想晚上要不要約女友吃飯。現在每分每秒都像擋不住的巨浪，將我愈推愈遠，遠離那個我理應變回卻再也回不去的自己，將他隔在一道無法穿透的玻璃牆外。住院時，我還可以告訴自己只要回家事情就會好轉；現在發覺並非如此，讓我怎麼可能還對好轉抱持希望？

當然，我不是只氣自己而已。我在心裡鉅細靡遺建構了各種經典畫面，想像自己尾隨兩名竊賊（在街上認出其中一人的聲音，或在酒吧裡認出其中一人的眼睛，憑著驚人的自制保持鎮定，跟蹤兩人來到他們的齷齪巢穴），再用昆丁．塔倫提諾風格的動作解決那兩人，情節之浮誇，我想到都不好意思說。我反覆回味那些想像，不停誇大和調整某些細節，直到我對每一步、每個轉折都了然於胸，比實際的事情經過還要清楚百倍。然而，即使在當下，我也知道那些想像是多麼貧弱可悲（滿臉青春痘又有氣喘的魯蛇躲在自己臥房裡，對著滿牆的動畫海報幻想自己用中國功夫教訓那群霸凌他的同學，讓他們一星期沒辦法上課），而且最後怒火總是燒回自己身上：氣自己從身體到心理都又殘又廢，連去特易購買東西也做不到，還想學人家動作片巨星找人報仇，他媽的開什麼玩笑。

我媽三天兩頭打電話來。自從梅莉莎成功說服她我不需要貴賓犬之後，她又開始反覆提議我其實最需要回家靜養幾週，讓人聽了就煩。「你一定會很驚訝，換個環境真的很有效。我們保證不打擾你，讓你幾乎感覺不到我們存在——」當我表明死也不打算回家之後，她忽然說：「我知道了！常春藤屋怎麼樣？你去雨果肯定會很開心，而且那裡很安靜。嘗試個一週就好，不喜歡就搬回你住的地方——」我沒想到自己對這個提議的反彈會那麼大。我完全無法想像自己去那裡，以現在這副模樣。常春藤屋——暮光下在飛蛾與銀樺樹之間玩捉迷藏、野草莓野餐和薑餅聖誕、少男少女成天開派對、所有人躺在草地上看星星——這些都一去不返了。那晚的遭遇就像一把火刃，斬斷了所有去路。此時此刻站在遙遠的彼岸，常春藤屋是我最不想見到的地方。

外賣餐在我咖啡桌上化成一坨模糊難辨的膠狀物，書架積了灰塵，廚房流理台上佈滿食物碎屑。我之前就傳了簡訊，告訴打掃阿姨不用再來了，一方面因為打掃和吸塵的聲音會讓我頭痛，但更重要的是因為我強烈不想讓人（梅莉莎除外）進到我家。光是鳥的影子掃過起居室地板，我都會嚇一跳。

梅莉莎其實是個問題，很麻煩。我喜歡她來陪我，她是我唯一真心想見的人，但想到她在這裡過夜還是讓我心裡驚惶四射，幾乎無法掩飾。我寧可去她那裡，也真的試過一次，但她家有那個可怕室友梅根，從頭到尾撇著那張刻薄嘴，等梅莉莎一離開房間就開始大酸特酸，說自己那回被搶心理創傷多大，因為她其實比大多數人以為的纖細敏感，但她還是克服了，而且只花了多久，兩週吧？因為她下定決心要克服。梅莉莎這麼好的女孩值得更優秀的男人，肯努力振作的人。我發現自己差點就要揮手賞梅根的臉蛋一拳，便找個藉口（頭痛）離開了。我向來與人為善，從來沒有動怒過，但現在只要一點芝麻小事都會讓我瞬間無名火起，無法呼吸。譬如有一次，我沒辦法把一只煎鍋放回東西堆得亂七八糟的餐具櫃裡，便拿著它猛敲流理台，敲得用心用力，直到鍋底彎了，握把斷了，整只鍋子四分五裂為止。還有一次是刷牙的時候，牙刷第三次從我手裡滑掉，我揚起白爛的左拳死命捶牆，想把自己拳頭捶爛，讓醫師開刀切掉，結果（真諷刺）我手臂肌肉太無力，根本傷不了手，最後只換得一大塊瘀青，讓我的左手接下來幾天變得更廢，只能小心藏著，別讓梅莉莎發現。

我當然知道討厭的梅根說得沒錯。梅莉莎對我的溫柔與耐心是那麼可靠，沒有一絲絲勉強，從來不曾抱怨，永遠給我歡喜的擁抱與熱吻。我知道她做得比誰都好得太多，自己遠遠配不上她，也知道梅莉莎的樂觀不是無底洞，她遲早會明白我不會某天早上醒來就神奇變回原本開朗的自己。所以呢？我明白正派的做法就是現在分手，別糟蹋她寶貴的時間、力氣與希望，免得到時兩人必須經歷難堪的破碎與煎熬；她可以自在離開，沒有是她拋棄我的沉重念頭，因為當然不是那樣，完全不是，我才是那個拋棄對方的人。但我做不到。在我認識的所有人裡頭，似乎只有她真心相信，理所當然地認為我還是她一直認識的那個托比，儘管有些瘀青憔悴，需要加倍的愛撫溫存、趣事分享和有人幫他端咖啡到沙發，但本質並沒有任何改變。儘管我知道這是胡扯，卻連自己也割捨不下。

我知道自己麻煩大了，卻感覺不到任何出路。在驚惶恐懼的最深處，我明白自己無路可逃。我無法承受的不是竊賊或腦袋挨的那幾拳，不是我能反擊、逃避或抵抗的任何東西，而是我自己，不論我變成了什麼。

♣

因此，之前我說擁有常春藤屋是很幸運的事，並不是嘴巴說說，那種「喔！我這輩子能擁有這麼可愛漂亮的地方，真是三生有幸啊」的空話。不論如何，常春藤屋都確確實實拯救了我。那年夏天我要是沒去那裡，可能到現在還是每晚在家裡兜圈子，愈來愈瘦、愈蒼白、愈焦躁，成天喃喃自語，不接手機，甚至——折騰幾週下來，我愈來愈覺得這主意不錯——早就死了。

八月中，蘇珊娜打電話給我。傍晚時分，陽光依然不肯退場，就算我緊閉門窗，烤肉的香氣和小孩玩遊戲的開心吵鬧仍舊飄了進來。她在語音信箱留言，「立刻回電」，讓我果然好奇回了電話。過去幾個月，她幾乎沒怎麼打擾我，我很有把握她打電話來不是為了勸我搬回家住或確定我三餐有沒有吃。

「近來如何？」她問。

「還不錯，」我將手機拿得離嘴巴稍微遠一點，希望她不會聽出我口齒不清。「還是有些地方會痠，但不會有事的。」

「你媽也是這樣說，但我不確定——你也知道她總是往好處想，但我不想冒險。」

我心裡竟然對我媽感激莫名。她真的為我那樣做了，彷彿受我之託，沒有將我的慘狀張揚出去，讓親朋好友吱喳議論。「沒事。她說得沒錯，起先是蠻糟的，但原本可能更嚴重，我算幸運的。」

「嗯嗯，那就好，」蘇珊娜說：「希望警察能逮到那兩個混蛋。」

「是啊，我也希望。」

「聽著，」她話音一轉。「我有壞消息要跟你說，雨果快死了。」

「什麼？」我腦中空白了半秒，接著說：「妳說馬上嗎？」

「沒有，不是馬上，但應該熬不過今年吧。沒有人敢跟你說，害怕影響到你之類的，我覺得……」她發出一聲意味不明的輕笑。「總之，我現在跟妳說了。」

「等一下，」我掙扎著從沙發上起身，心裡忽然對家人火冒三丈，一時反應不過來。但我隨即將怒火暫時拋到一旁。「慢點，他生了什麼病？」

「腦瘤。幾週前，他走路出了問題，就去看醫師，做了一堆檢查，發現是癌症。」

「天哪，」我轉了個圈，伸手拂弄頭髮。我完全無法理解，不確定蘇珊娜是不是真的說了剛才那些話，還是——「那醫師怎麼處置？動手術了嗎？」

「醫師不打算動手術。他們說腫瘤跟大腦黏得太緊，基本上到處都是神經。」蘇珊娜聲音淡定清晰。她從小遇到危急情況就很難讀出她的情緒。我在心裡想像她的模樣：身體靠著常春藤屋的老磚牆，白皙純淨的臉龐映著陽光有如半透明，藤蔓拂弄她紅中帶金的頭髮。「他們說化療也不會有多大效果，因此沒有必要破壞他人生最後幾個月的生活品質。他們打算做放射治療，有可能讓他多活一兩個月，也可能不行。我正在徵詢別家醫院的意見，但目前的狀況就是這樣。」

「他在哪裡？哪家醫院？」我的房間、房裡污濁的氣味、顯然沒風卻輕輕慢慢擺動的百葉窗片——

「他在家。他們想讓他住院，『以防突發狀況』，但結果想也知道。」我笑了，聲音有如驚嚇痛苦的低哮。我完全可以想像雨果皺起那兩道粗眉毛，聽見他用那溫和卻又無可動搖的果決拒絕醫師的提議。呃，我覺得你們擔心的突發狀況，其實就是我一命嗚呼，而我覺得我死在家裡舒服得多。我保證要是我錯了，絕不會把你們告上法庭，除非——

「他怎麼樣？我是說——」

「你是說除了不久人世之外嗎？」她又輕笑一聲。「他還不錯。走路不大方便，所以得用拐杖，但沒有哪裡痛或其他毛病。醫師說之後可能會有，也可能不會。他的腦子也很好，不過這也是目前。」

我還在想為什麼姑姑們都不再語音留言，堂妹堂弟也不發簡訊了。我心裡像擦傷一樣又辣又痛，以為他們受夠我不接手機，決定再也不打擾我了。結果完全和我沒關係，讓我心裡既意外又有些丟臉和生氣。

「所以，」蘇珊娜說：「你如果想在他狀況還可以，有辦法聊天的時候看看他，或許可以去他那裡待一陣子。」聽我沒有回應，她又說：「他需要有人陪，沒辦法一個人生活。里昂處理好工作的事就會立刻飛過去，我也會儘快過去，但我無法直接將孩子扔給湯姆，說走就走。」

「喔，」我說。里昂住在柏林，不常回愛爾蘭。我忽然意識到這不是在說笑。「難道你們的爸媽，還是我爸媽，或是——」

「他們都有工作。根據醫師的說法，情況隨時可能惡化。雨果可能暈倒或中風，需要有人廿四小時在他身邊。」

我不打算告訴蘇珊娜，其實我也好不到哪裡去。想到我和雨果同時中風，就讓我喉嚨發噱，深怕自己忍不住像瘋子一樣呵呵亂笑。

「其實不用真的照顧他——他之後如果有需要，我們會請人。但目前只需要有人在他旁邊。你媽說你會休兩個月的假——」

「好吧，」我說：「我試試看。」

「你身體狀況如果還不行就直說，我可以——」

「我沒事，但這不表示我可以立刻放下一切，搬過去住。」

蘇珊娜沒有說話。

「我說我會試試看。」

「太好了，」蘇珊娜說：「那就這樣囉，掰。」說完她就掛斷了。我拿著手機在起居室裡站了很久；灰塵在陽光中飄浮，小孩因為興奮或害怕而尖叫。

蘇珊娜感覺得沒錯，我其實哪裡都不想去。就算撇開我對常春藤屋的感情，光是做出這個決定就超過了我的能力範圍，遑論真的去做——我要怎麼去到哪裡？更別說之前還得先打包！我甚至連自己都照顧不了，怎麼照顧一名垂死的老人，何況還得跟不時來訪的親戚相處，想到就令人害怕。我通常和親戚處得很好，每個都是，通常這時候我已經開始收拾東西扔進大行李袋了，但現在……想到讓蘇珊娜和其他人見到我這副德性，我就嚇得閉上了眼睛。

當然，最重要的是雨果，雨果伯伯，他快死了。我不確定自己承受得了這一點，至少不是現在。我的童年時光一直有他存在，跟常春藤屋一樣屹立不搖，理所當然。爺爺奶奶還在世的時候，他就已經住在那裡了。這個單身兒子和他們在同一個屋簷下和平共處，隨著他們年華老去，他一步一步、自然而然肩負起照顧者的角色，在他們死後又回到原本怡然自得的生活節奏。雨果捧著書，穿著襪子在房裡走來走去；雨果瞄著英式烤牛肉破口咒罵（呿，見鬼了，搞什麼），我小時候從來沒有一次見到他把牛肉烤成那道菜該有的模樣；雨果用辛辣的回話讓吵架的親戚乖乖閉嘴（他怎麼沒有這樣對付醫師，用他那不容置疑的溫和語氣說他顯然是回天乏術了，一開始就讓這場鬧劇不會發生？）這個世界本來就夠浮動鬆散了，要是他也垮了，很可能會碎成千百萬個碎片。

我知道自己起碼有責任去看看他，但卻完全無法想像如何做到。以我目前極其有限的資源，唯一可行的辦法就是把頭往洞穴裡鑽得更深，將一切牢牢擋在外頭，吃一堆止痛藥，連想也不要去想這件事，直到一切結束。

電鈴響起時，我還拿著手機站在起居室，結果嚇了一大跳。是梅莉莎。她捧著一大盒披薩和一件有趣事進來，告訴我店裡的義大利佬聽到她堅持披薩要放鳳梨，簡直要了他的命。由於我想不到該如何告訴她剛才發生的事，只好乾笑幾聲，放下手機開始吃披薩。

但我食慾又沒了，只吃了一塊披薩就忍不下去，把事情告訴了梅莉莎。我以為她會有的反應是驚訝、擁抱和同情——喔，托比，你真是遇到太多事了。你還好嗎？沒想到梅莉莎竟然直接就問：「你哪時出發呢？」

她臉上的表情，好像隨時可以起身替我收拾行李似的。「我不知道，」我聳聳肩說，專心啃披薩。「也許幾週後吧，看我的狀況。」

我以為這個話題肯定就此結束了，結果卻瞄到梅莉莎直起身子，盤腿坐好——我們倆那時在沙發上——完全把披薩拋到腦後，兩手抱拳求情似的說：「你真的應該過去，而且立刻就去。」

「我知道，」我雖然極力克制，還是掩不住語氣裡的惱火。「我要是現在能走，早就去了。」

「不是，你聽我說，」她語氣裡那幾乎壓不住的急迫，讓我忍不住抬頭看她。「那天晚上，你媽打電話來——」她輕輕倒抽一口氣。「那時是凌晨五點，我馬上衣服一穿就出門叫車了。沒有人曉得出了什麼事，沒有人知道你會不會——」

她目光亮得嚇人，但當我伸手要去抱她，她卻把我的手給推開。「慢點，我需要先把這些話講完。只要被你一抱，我就會……我坐在計程車裡，不停吼著要司機開快點，真的是用吼的——幸虧司機人很好，不然他大可以把我扔在路邊。他乖乖加緊油門，車速快到風轟隆隆打著車窗……我心裡只有一個念頭，就是我受不了自己遲了一步。要是你醒來想找我，我卻不在，那我……這純粹是我自私的想法，因為我知道你可能根本不曉得我在不在——我只是無法想像自己一輩子懊悔，在你需要我的時候，我卻不在你身邊。」

梅莉莎眨了眨眼，一滴淚水滑落臉頰，我伸手用拇指揩去她的淚珠。「噓，沒事了，我就在這裡。」

這回她沒有推開我的手，而是緊緊握住。「我知道，但你要是不去見你伯伯，托比，事情就會變成那樣。你現在受創很深，所以可能得等狀況好一點了才會意識到這點，但那時就來不及了。」她將我的手握得更緊，我正想回話，她又說：「我知道你現在根本無法想像自己復原之後會怎麼樣，相信我，我完全了解。但我可以，而我不希望你抱憾一生。」

她的話直接打在我心底，那完全的、可笑的、認為我一定會康復的信心。連我也開始想哭了——要是我們能夠窩在沙發上猛吃披薩，像兩個一起看《鐵達尼號》一起過夜的少女閨密，那該有多好。

「就算你覺得我喜歡胡言亂語，可以相信我這一次嗎？拜託。」

與其說是為了她，不如說是為了我自己，我沒辦法告訴梅莉莎，那個美好的奇蹟未來並不會來。想到這裡，我心裡忽然湧起一股混亂衝動的感覺，什麼也不想管，什麼也不想留：去你的，反正一切都完了，我還想拯救挽回個鬼？何不孤注一擲，騎著機車朝起火的大橋直直衝去，將眼前的這一團亂徹底搗毀？至少這是**我的**決定，至少能讓梅莉莎開心，還有雨果——

我還沒察覺自己這麼想，就脫口而出：「跟我一起去吧。」

梅莉莎驚訝得忘了落淚。她鬆開我的手，目瞪口呆望著我。「什麼？你是說……一起去那裡看看嗎？」

「三五天就好，或是一週，雨果不會在意的。我慶生會妳不是表現得很棒？」

「托比，我不曉得——」

「有何不可？那裡經常有人造訪作客。阿德有一回和爸媽吵架，幾乎整個暑假都待在那裡。」

「我知道，可是現在？你覺得你伯伯不會介意家人以外的人在身邊嗎？」

「那裡很大，他可能連妳四處閒晃都不會發現。我敢說里昂曾經帶他男友——天哪，我連那傢伙叫什麼都想不起來了。那傢伙沒問題，妳當然也可以。」

「可是——」我那股狂熱勁影響了她，讓她差點喘不過氣笑了出來。她用手背揩了揩眼睛說：「工作怎麼辦？」

我忽然意識到，這個主意或許根本沒那麼瘋狂。說不定有了梅莉莎作我的小小盔甲，我真的能在常春藤屋待下來，說不定。「那裡有公車直達市區，單程頂多增加十分鐘通勤時間吧，甚至不到。」我看她動搖了，便接著說：「走嘛，這就像去度假一樣，只是天氣很鳥，還有腦癌而已。」

我已經知道她會說好了。只要能讓我繼續現在這樣，為了某件事興致勃勃，甚至大開玩笑，她幾乎什麼事都會答應。「我是說，我想——你如果確定你伯伯不會——」

「他一定會開心極了，我保證。」

梅莉莎淚汪汪笑了笑，被我說服了。「好吧，但明年我們要去克羅埃西亞。」

「沒問題，」我說，心裡甚至有部分當真了。「有何不可？」說完我還沒反應過來，梅莉莎已經哼著歌收拾起披薩了。我找到雨果的電話號碼打了過去。就這樣，我又要回到常春藤屋。

三

我們選了個週日午後坐車去常春藤屋，一路上感覺就像嗑了藥一般。我已經好幾個月沒有坐車，甚至不曾走出家門半步，各種速度、顏色與影像排山倒海向我湧來，讓我完全無法招架：四面八方全是圖案亂跳亂竄，馬路上的虛線朝我撲來，不規則的護欄變大飛過，棋盤狀的樓房窗戶層層疊疊直沖天際；所有顏色都太鮮明，有如電光火石讓我心臟刺痛；所有車子都開太快，從我們身旁啪的一聲呼嘯而過，每次都讓我身體打顫。我們是搭計程車去的。梅莉莎的車不在手邊還是送修了。她有跟我解釋，但那解釋太複雜，我腦袋根本留不住。車裡廣播開得太大聲，應該是談話節目。某個女的歇斯底里抱怨自己和三個孩子被迫以旅館為家。主持人不停煽動她哭得更悽慘一點，而司機則是扯開嗓門邊聽邊破口大罵。

「你還好嗎？」梅莉莎伸手摁了摁我的手，低聲問道。

「嗯，」我回摁了她一下，希望她沒發現我手上的冷汗。「沒事。」這是實話，至少有幾分正確。狂熱勁消退之後，我開始心想自己到底在搞什麼鬼。不過還好我約到了家庭醫師，請他替我多開一些止痛藥，並開一張慷慨的贊安諾錠處方箋。他看完我的病歷，聽我加油添醋講完夜裡輾轉難眠的慘狀之後，二話不說就照辦了。只要在家裡過夜，我就沒打算吃鎮定劑，但搭上計程車之前我刻意吞了一顆，這樣到常春藤屋的時候，我才會心情美好，飄飄欲仙。藥效開始發威了：儘管想到自己這副德性回常春藤屋還是令人心碎，但我發現自己不大在乎。這是個嶄新的轉變。

「等一下，」梅莉莎突然往前靠，開口問說：「是不是要在這裡轉彎？」

「可惡，」我坐直身子。「要在那邊左轉——」

我們錯過了路口，司機只好迴轉，附帶一堆唉聲嘆氣。「天哪，」他低頭望向馬路的遠方。「我從來不曉得這地方在這裡。」他聽起來有些惱怒，彷彿這條街侮辱了他的專業能力。

「在最裡面，」我說。雨果家那條路確實有這種效果，給人感覺隔週四或口袋裡要有某種護符才會出現，其餘時間都隱匿無蹤，而且一離開就會瞬間忘了它的存在。我想主要是比例的關係。比起常春藤屋那宏偉又有露台的喬治式灰磚房，以及兩旁高大的橡樹和栗樹，那條路太窄了，從外面很容易漏看，卻讓裡面有了自己的微氣候，陰暗涼爽，瀰漫著無懈可擊的豐饒寧靜，聽慣城市喧囂的人來到這裡總會嚇一跳。我記得從我出生以來，這裡只有老夫婦和五十幾歲、養著邋遢小狗的婦人在住。就人口組成來說，這點實在不可思議。但我印象中除了我和我的堂兄弟姊妹，後來加上蘇珊娜的孩子，從來沒見過其他小孩。青少年派對也都只有我們幾個。

「這裡，」我對司機說。計程車在常春藤屋前停了下來。我手忙腳亂付了錢，梅莉莎正要從後車廂拿出行李箱，我搶先一步（左手肘勾住握把，右手使勁猛拉）替她拖了出來。計程車前進後退了幾次，掉轉車頭，隨即揚長而去，留下我和梅莉莎站在常春藤屋外的人行道上，旁邊擺著行李箱，有如迷路的遊客或返家的旅人。

常春藤屋的正式名稱是十七號。之所以叫常春藤屋是我們之中某個人取的——我想是蘇珊娜。因為我們小時候，這幢四層樓的宅第外牆基本上覆滿了濃密的常春藤，從此大家就這樣稱呼它了。我的曾祖父母出身富裕的盎格魯—愛爾蘭家族，出了許多律師和醫師。他們於一九二〇年代買下這間屋子，但到我出生時，屋子已經歸我爺爺奶奶所有了。爺爺奶奶在這裡養大四個兒子，比較小的三個後來都離家成婚，也各自生了小孩，卻還是常回這裡聚會。除了週日午餐、慶生會和聖誕節，還因為我們在郊區的房子或院子太小，所以也會在這裡辦大派對。里昂、蘇珊娜和我七八歲的時候，每到假日，我們的父母親就會把我們扔到常春藤屋很長一段時間，讓我們可以在爺爺奶奶和雨果的寵愛放任下四處亂跑，而他們則是自己開著露營車環遊匈牙利或搭某人的船到地中海度假。

那真是一段宛如牧歌的美好時光。每天睡到自然醒，自己做麵包夾火腿當早餐，從早到晚整間房子都是我們的；偶爾被大人叫回去用餐，吃完後又跑出去玩。我們在頂樓客房蓋了一座碉堡。起先只是幾塊沒人要的三合板，幾個月下來愈見規模，最後變成好幾層。我們在那裡度過了無數下午，來來回回搬運材料，做窺伺孔和活板門，甚至發明了一個機關，可以將整桶垃圾倒在敵人頭上（我們還設了通關密語。密語是什麼去了？好像是**伊古納布拉—維斯帝亞利—侯孟庫勒斯**之類的，某個深奧的詞，天曉得蘇珊娜從哪裡找到的。她選擇那個詞是因為它聽起來有種飄著焚香和霉味的神秘感，而不是因為她知道意思。我沒想到忘了那個密語會這麼困擾我。有時我晚上睡不著，就會整夜瀏覽線上辭典，一頁一頁往下滑，希望螢幕上跳出那個詞。我想我其實可以打電話給蘇珊娜，直接問她。但除非必要，我可不希望被當成瘋子）。我們在院子裡用滑輪架了一個網狀系統，可以將東西從樹上運到窗戶，從窗戶運到樹上。我們還在院子裡挖了個坑，用水灌滿。雖然很快就成了泥窟，我們還是照樣游泳；起來後必須拿水管互相沖水，身體洗乾淨了才能進屋。年紀大一點之後（十幾歲左右，爺爺奶奶都過世了），我們晚飯後會躺在草地上偷喝酒，說說笑笑，在漸暗的天色中聽貓頭鷹嗥叫，看雨果在燈光照亮的窗前來來去去。常常有同伴來找我們。我沒有騙梅莉莎，西恩、阿德和我其他朋友總是不時出現，蘇珊娜和里昂的朋友也一樣。有時下午來，有時來參加派對，有時待上好幾週。我當時覺得那樣的日子天經地義，近乎是幸福生活的必要元素，所有人都該擁有。可惜我朋友沒得到，但他們至少可以分享我的。直到現在一切都太遲了，我才不由自主好奇起來，那段時光真有那麼單純？

常春藤還在，時值夏日茂盛翠綠，但屋子比我祖父母在世時還要破舊。不明顯，就是鐵欄杆黑漆剝落，鏽了幾處，扇形氣窗佈滿灰塵和蜘蛛網，還有前院那一小片薰衣草需要稍微修剪了。「走吧，」我拎起行李箱說。

開著的門口站著一個人。我起初差點沒認出是人。穿透葉影的陽光太強，剝去了那人的形體，我只看見晃動的白色T恤、幾綹飄揚的金髮、閃現的白皙臉龐和朦朧的深色眼眸，感覺有如幻影，彷彿是我腦袋自己從光影裡拼湊出來的，隨時可能分解消失。薰衣草香朝我迎面撲來，有如陰魂不散。

我再往前走，這才發現是蘇珊娜，手裡拿著澆水壺靜靜望著我。我慢下腳步——因為我發現只要集中精神，放慢步伐，我就能將跛腳掩飾成閑散無慮的漫步。雖然我吃了贊諾安錠，她那樣看我還是讓我下顎緊繃，好不容易才克制住伸手梳理頭髮蓋住傷疤的衝動。

「不會吧，」我和梅莉莎走到台階下時，蘇珊娜說：「你真的來了。」

「我不是說了嗎？」

「嗯，也對，」她張大的嘴巴淺淺一翹，露出我無法參透的微笑。「你都好嗎？」

「我很好，沒什麼可抱怨的。」

「你變瘦了。小心我媽，她做了檸檬罌粟籽蛋糕，可不怕拿它來對付你。」聽我哀號一聲，她又說：「別緊張，我會跟她說你吃了會過敏。」接著對梅莉莎說：「很高興見到妳。」

「我也是，」梅莉莎說：「蘇珊娜，我真的方便在這裡待著嗎？托比說一定沒問題，可是——」

「他說得沒錯，豈止是沒問題，我還要謝謝妳來。」她將澆水壺裡剩下的水倒在最近的薰衣草上，隨即轉身朝屋裡走去。「進來吧。」

我咬著牙拖著行李箱走上台階，將它們擱在門內。下一秒我才意會過來自己已經進到常春藤屋了。我和梅莉莎隨著蘇珊娜穿越走道和那熟悉的老舊地磚——所有窗子必須打開，微風四處亂吹——下了台階走進廚房。

廚房裡鬧哄哄的。奧利佛叔叔雄辯滔滔，某個小鬼憤怒咆哮，蜜莉安嬸嬸爽朗大笑。

「哦，天哪，」我說。我竟然完全忘了。「可惡，週日午餐。」

蘇珊娜走在前頭，不曉得是沒聽到或故意不理會，但梅莉莎轉頭問我：「什麼？」

「週日所有人都會來共進午餐。我沒想到——我太久沒來了，而且雨果生病了，結果沒想到——**可惡！**對不起。」

梅莉莎摁了摁我的手。「沒關係，我喜歡你的家人。」

我知道梅莉莎和我一樣措手不及。但我還來不及回話，就已經和她一起走進鋪著石頭地板的廚房，而我立刻像是被消防水管甩了一巴掌。廚房裡人聲鼎沸，陽光從開著的落地窗門大搖大擺照了進來，砂鍋燉肉的香味直衝我的喉嚨底，讓我卡在餓了和想吐之間。廚房裡到處是人——我知道除了我和梅莉莎以外，頂多就十來個人，然而離群索居幾個月後，感覺就像到了足球場或搖滾派對。人實在太多了。我到底在想什麼，怎麼會來這裡活受罪？我父親和奧利佛叔叔、菲爾伯伯同時都在講話，拿著酒杯指指點點；里昂兩個手肘撐在餐桌上，和蘇珊娜的其中一個小孩玩打手遊戲；露意莎伯母不想洗碗盤——比起我家斷垣殘壁、灰塵堆積，這地方感覺乾淨繽紛得不自然，宛如特地為了此刻才剛架好的舞台。我正想抓著梅莉莎掉頭就跑，免得廚房裡任何人發現我們來過——

這時忽然響起一聲「托比！」只見我母親從人堆裡冒了出來，她滿臉歡喜，抓起我和梅莉莎的手開始絮絮叨叨講個不停（我一個字也沒聽進去）。我們就這樣溜得太慢，被大夥兒纏住了。有人塞了一杯氣泡酒到我手裡，我仰頭灌了一口蜜摩莎。這酒其實太淡了，但我才吃了贊安諾錠，喝烈酒恐怕不是好主意，再說它起碼有酒精。蜜莉安嬸嬸一把抱住我，讓我瞬間置身雲裡霧裡，被她身上的精油和染成紅棕色的頭髮團團包住。她恭喜我展覽辦得很棒（「我和你奧利佛叔叔一直想去看，正好里昂回來了，我們可以一起去，當成家族活動。雨果也可以去，欣賞藝術對他有好處。之前你三天兩頭就在臉書上提到的小伙子去哪兒了？是不是叫高加爾？」）又恭喜我大難不死，顯然證明我對負能量特別有抵抗力。蘇珊娜的老公湯姆用力和我握手，彷彿參加什麼宗教聚會似的，接著給了我一個真誠燦爛的笑容，笑裡充滿同情、鼓勵和各種善意，讓我恨不得蘇珊娜搞上他死黨。奧利佛叔叔重重拍了我的背，讓我眼前一花。「啊，受傷戰士歸來了！但我敢說你拼盡全力了，對吧？那兩個竊賊肯定後悔自己入錯行了——」所有人就這樣輪番上陣，中間穿插幾回捧腹大笑，但菲爾伯伯肯定看出我眼神開始渙散，於是忽然插話問我對住房危機有什麼看法。老實說，就算在我腦袋被竊賊踹了之前，我對住房危機也沒什麼看法，但那至少岔開了奧利佛叔叔的話題。我母親開始講起系上錯綜複雜的內鬥，最後鬧到一名專做中世紀研究的教授拿著一大疊文件在走廊追打另一名教授（「在所有學生面前！十分鐘就上了YouTube！」）她說得活靈活現，但我的注意力始終斷斷續續，不停飄走（冰箱上貼著小孩的畫，但我怎麼也看不出那是什麼。恐龍嗎？還是火龍？我上回見到里昂的時候，他的瀏海就挑染成淡金色了嗎？看起來好像彩虹小馬，笑死人了。難道是我忘了？我要怎麼把自己和梅莉莎的行李拖到樓上？），等到我母親講完，我已經記不得開頭了。只要梅莉莎笑，我就跟著笑，然後盡量少說話，因為我口齒不清雖然有好轉，但程度不大，必須特別小心才不會露餡。我只想離開廚房，到任何地方都行，只要沒有我媽不時瞄我，里昂老用手肘頂我就好。但贊安諾錠威力不足，無法遏止我如此渴望，只讓我腦袋鈍得想不出半點辦法。

「很高興你能來，」我父親忽然從我背後出現。他袖子捲起，頭髮一簇一簇亂亂的，感覺已經在這裡待了很久。「雨果一直很想見你。」

「喔，」我說：「對。」我已經耗掉太多注意力，完全忘記自己為什麼來了。「他怎麼樣？」

「他還好。週三第一次放射治療，有點累，除此之外都沒變。」父親語氣平淡，然而聲音裡掩藏的痛苦讓我忍不住抬頭看他。他感覺瘦了也胖了，眼睛和下巴微微鬆垮，我不記得之前是那樣子；胳膊的鬆弛皮膚下，骨頭隱約可見。我突然像是預見了什麼而滿心驚恐——我從來沒想過父親也會變老，母親也是，遲早有一天我會在家裡廚房陪伴他們，等他或她撒手辭世。

「你應該去跟他打聲招呼。」

梅莉莎已經被蜜莉安嬸嬸纏住了。「好，」我放下酒杯說：「確實是。」說完便擠過親戚朝雨果走去，身體只要碰到人就縮一下。

我一直很怕見到他。事實上是非常怕。不是出於小心謹慎，而是不曉得我腦袋會如何反應，而我已經受不了更多意外了。雨果是他家四兄弟裡個頭最高的，身高超過一百八十五公分，有著山區農人的高瘦體格、毛髮濃密的臉龐和粗糙的五官，彷彿只完成粗胚，還沒細部雕琢就擱著的雕像。我曾經在惡夢裡看見他形容枯槁，兩眼無神縮在椅子上，修長手指不停摳著毯子。但此刻的他就站在爐火前，抿嘴皺眉拿著杓子攪動缺了口的藍琺瑯深鍋，聚精會神的表情就和往常的他一模一樣，讓我感覺自己很蠢，竟然那麼緊張。

「雨果，」我說。

「托比，」他轉頭看到我，臉上綻出笑容。「太好了。」

他拍了拍我肩膀，我已經做好心理準備，沒想到一點感覺也沒有。除了梅莉莎，之前所有人碰我都會讓我強烈反感。他的手溫暖厚實單純，有如動物腳掌，又像熱水壺。「真高興見到你，」我說。

「我可不是為了把你們統統找來才生病的，但這個副作用很不錯。你覺得熬得差不多了嗎？」

我低頭看了看深鍋裡的琥珀色乳狀漩渦，麥芽和香草味撲鼻而來，完全是記憶中童年的味道——奶奶最愛的冰淇淋醬。「我覺得還需要兩三分鐘。」

「我也覺得，」雨果又開始攪。「露意莎一直叫我別忙，但孩子們都愛吃……你過得怎麼樣？歷險歸來感覺如何？」他側頭打量我的傷疤，發現我身體一縮，便趕緊回頭盯著爐子。「這下我們都有英雄印記了，」他說：「不過幸好你的遭遇跟我不一樣。還會痛嗎？」

「沒那麼痛了，」我說。要不是他提起，我完全沒注意到他灰白長髮的側邊也剃光了一塊，露出一條凸起的紅線。

「那就好。你還年輕，會癒合的。你恢復得怎麼樣？」

那雙犀利灰眼掃了我一圈。沒有人瞞得過那道目光。某次週日午餐，那目光掃過我們幾個堂兄弟姊妹，一眼就看出十六歲的我自以為掩飾得很好的宿醉。嗯。後來他在我耳邊低笑說，下回少喝一杯應該就行了，托比。「差不多了，」我說：「你呢？你怎麼樣？」

「錯亂，」雨果說：「這比什麼都嚴重。說起來很蠢，畢竟我已經六十七歲了，早就知道這種事遲早會發生在我身上，但當它成為事實，而且迫在眼前，感覺還是說不出的怪。」他將攪拌匙從鍋裡拿出來，打量匙尖垂下的長長醬液。「醫院的諮商師——可憐的女孩，怎麼會做那種工作——講了許多關於否認的事，可是我覺得不是那樣。我很清楚自己死期不遠，重點是一切似乎都變了，徹底改頭換面，從早餐到自己的家都是，感覺很錯亂。」

「蘇珊娜提到放射治療，」我說：「是嗎？放射治療會有用嗎？」

「還得動手術才行，而且不一定有用。但醫師說我沒辦法動手術。蘇珊娜這陣子都在上網搜尋頂尖專家，想尋求第二意見，但我不是那麼樂觀。」他指著我身旁流理台上的香草罐說：「可以拿給我嗎？我想還需要加個一滴。」

我把香草罐遞給他。流理台邊靠著一根老舊的銀頭拐杖，是我祖父的，只要伸手就拿得到。

「喔，」雨果留意到我的目光。「沒錯，我現在沒用拐杖就上不了樓了，連平常走路也不時會有點困難。看來爬山是沒希望了。雖然這時候還在意這種事有點怪，但就是這些雞毛蒜皮的小事最煩人。」

「我很難過，」我說：「真的。」

「我知道，謝謝你。你能幫我把這個放回櫥櫃裡嗎？」

我們倆並肩站著，默默注視湯匙在深鍋裡規律攪動。一道帶著濃濃土味與草香的微風從落地窗門吹了進來。里昂拉高聲音抖出笑點，我們背後傳來哄堂大笑。雨果臉上的皺紋與鬆垂讓他同時顯現十幾種熟悉的神情，讀不出他的情緒。

我感覺自己好像有個關鍵問題應該問他；只要問對了，就能掌握某個他知道的、足以改變一切的秘密，讓我以未曾想過的嶄新目光看待之前糟糕透頂的那幾個月和未來的日子，讓它們不只變得可以忍受，而且無害。我才剛有這個念頭，驚詫恍惚了半秒，它就消逝了。我發現淚水在我眼眶打轉。

「好了，」雨果將鍋子從爐子上移開說：「應該可以了。其實應該放涼一陣子，不過——」

他轉頭朝廚房裡的家人說：「有誰要吃冰淇淋？」

♣

那天下午很奇怪，有種詭異的節慶氣氛，或許是想起過去的聚會，又或許是因為我們當中有好多人已經幾個月甚至幾年沒有見面。花缽裡插滿蜷曲的黃棕色玫瑰，桌子上擺著刻有不明祖先姓名縮寫的特製有把銀器，露意莎伯母耳朵上掛著奶奶大日子才會佩戴的翡翠耳環，閃閃發亮，房裡不時傳來笑聲和碰杯聲，**乾杯！乾杯！**

雖然眼前景象很熟悉，卻有種不對勁的感覺。所有人做的事都不對——露意莎伯母的耳環；湯姆擺放冰淇淋碗，而不是雨果；雨果坐在餐桌前，不管湯姆碎碎念什麼他都點頭；兩個不是我們的金髮小孩在大人身旁跑來跑去，發出飛機聲，想扯下對方身上的東西；蘇珊娜狠狠瞪了他們一眼，跟以前露意莎伯母瞪我們的眼神一模一樣，兩個小孩立刻安靜下來；我手上又變出一杯蜜摩莎，耳朵裡聽著菲爾伯伯大談企業減稅的道德問題，一邊點頭附和。感覺就像置身恐怖電影，所有配角的身體都被無法形容的靈體佔據，但不是控制得很好，被英雄主角看出了破綻與紕漏。起先只覺得有點煩，但隨著午後時光緩緩流逝（還有冰淇淋、焦糖醬、咖啡和利口酒，我一點都不想碰，可是不斷有人塞給我），卻在我心底深處捲起一股不斷膨脹的可怕激流。露意莎伯母手裡捧著一大塊檸檬罌粟籽蛋糕，眼神堅決朝我走來。幸好蘇珊娜及時巧妙攔住她，驚喊「媽！托比會過敏！」梅莉莎趕忙接話，說檸檬罌粟籽蛋糕是她的最愛。奧利佛叔叔掏出一條超大的手帕摀著鼻子，發出刺耳的擤鼻聲，兩眼狠狠瞪著玫瑰。這些人明明是我最親最近的人，看起來卻無比陌生。所有舞動的手腳、顏色與鬼臉般的神情都毫無意義，顯然與我無關。不論手肘碰到人或眼角餘光掃到別人的動作，都會讓我像馬一樣嚇一跳。腎上腺素暴起暴落讓我精疲力竭。我感覺大腦底部出現一道渦流，脊椎有如風暴來襲愈來愈緊繃。我不曉得自己要如何捱過這一天。

不知不覺，食物都吃完了，盤子也沖過水，放進洗碗機了，但似乎沒有人想走，反而都去了起居室。有人又替大家倒了一輪蜜摩莎，所有人都喝得有點快，里昂開始講述他在柏林俱樂部裡見到的變裝皇后和龐克男大戰，他發誓是親眼目睹，我母親、湯姆和露意莎伯母聽得哈哈大笑，**喔，里昂，不會吧？哦，天哪，別再講了，我肚子好痛**——我瞄到父親用指關節揉了揉眼睛，看起來累壞了。但下一秒蜜莉安嬸嬸轉過頭，他立刻生龍活虎朝她微笑，不知講了什麼，讓嬸嬸輕斥一聲，用力打了他胳膊一下。菲爾伯伯湊在蘇珊納身旁比手畫腳講得飛快，力道大得身體跟著前後擺動。起居室的挑高天花板將所有聲音混成噪音，給人一種飄搖不安的感覺，彷彿倫敦大轟炸時躲在防空地下室聽著炸彈從上方呼嘯而過，感覺如履薄冰，隨時可能瘋狂失控。就是那種感覺，愈來愈快、愈高、愈快，直到砰的一聲，一切結束！

我再也承受不住了。我四下瞄了一眼，尋找梅莉莎的身影，但她正窩在沙發上和雨果談得起勁，我們不可能悄悄溜走。於是我又下到廚房，倒了一杯冰水，拿著杯子走到露台。

離開屋裡的喧囂繽紛，院子裡的寂靜感覺近乎聖潔。每次來到這座院子，有件事總是讓我再次觸動，但事後又會忘得一乾二淨，那就是光線。這裡的光線與眾不同，有如老舊家族錄影帶裡摻雜顆粒的濛濛淡光，散發自場景本身，而非外來的光。草地從我眼前無止盡延伸出去，夾雜高大的豚草和鮮豔的罌粟與矢車菊。樹下陰影幢幢，顏色又濃又黑，有如一個個地洞。院子裡熱氣蒸騰。

突然一陣如知更鳥叫般嘹亮的聲音嚇了我一跳。是小孩在院子底玩。其中一個將鞦韆盪得左搖右晃，隨著院子裡的明暗時而現身、時而隱形。另一個雙手張得又開又高，從長草叢裡冒出頭來，一邊撒著什麼。細瘦的古銅色手腳不停動著，白金色頭髮閃閃發亮。儘管知道他們是蘇珊娜的小孩，我還是一時誤以為他們是里昂和蘇珊娜，還是我和蘇珊娜？其中一個孩子大喊，聲音尖銳急切，但我無法判斷是不是在跟我說話。我用酒杯貼著太陽穴，不理會他們。

院子裡和屋前一樣略顯凌亂，但這並不稀奇。就都會區的庭園來說，常春藤屋的庭園非常大，足足有三十公尺長，沿著邊牆種著橡樹、白樺和山榆，對面是一所舊學校或舊工廠之類的後巷，後來在凱爾特之虎時代改建成時髦公寓，有五六層高，給了這座庭園一種隱密低落的氛圍。奶奶是家裡的園丁，當時庭園整理得精巧雅緻，感覺有如童話裡搬出來的，唯有親自探索它才會逐一顯露自己的美妙之處。瞧，這棵樹後面是番紅花耶！那兒有野草莓，就藏在迷迭香底下！一切都等你發掘。奶奶在我十三歲時過世，離爺爺過世不到一年。自此之後，雨果就鬆懈了許多（「不只是懶惰，」某年夏天，他看著廚房窗外的繁茂景象笑著對我說：「我喜歡有點原始的感覺，不是放任蒲公英亂長，它們是雜草，我只是想看看它本來的樣貌。」）於是植物慢慢開始蔓延纏繞，常春藤和茉莉的枝枒從屋牆垂下，沒有修剪的樹木綠葉蕪雜，長草地上種子穗星星點點。庭院失去了魔幻的氛圍，轉性變得疏遠、自持而古老。我向來喜歡從前的庭院，但那天卻很感謝它是現在這副樣子，因為我沒心情感受奇妙氣氛。

比較小的小孩看見我了。她站在野胡蘿蔔花叢裡打量了我一會兒，舉起手裡那把小花漫不經心前後揮了幾下，然後又飄走了。

「嗨，」我說。

那女孩——我花了兩秒才想起她叫莎莉——用貓一樣的晦藍眼眸審視我。我不記得她幾歲了。四歲嗎？「我鞋子裡有洋娃娃，」她說。

「喔，」我說，完全不懂她在說什麼。「真好。」

「你看，」她一手扶著巨大的天竺葵花盆，翻起一隻鞋底，然後另一隻。只見運動鞋的鞋底嵌著一個透明塑膠泡泡，裡頭是一個兩公分多的洋娃娃，朝我愣愣地拋媚眼。

「哇，」我說：「真酷。」

「我不知道怎麼把她們弄出來，」莎莉說。我本來有點怕她是希望我幫忙，但她哥哥——對了，叫查克——跟了過來，出現在她身旁。他比妹妹高了一個頭，但除此之外兩人非常像，同樣的淺金色鬈髮、細緻的蛋棕色肌膚和水汪汪的淺藍眼眸，站在一起活脫像是恐怖片裡出來的兄妹。

「你要住在這裡嗎？」他問我。

「嗯，住個兩三週。」

「為什麼？」

我不曉得蘇珊娜跟他們說了多少雨果的事。我想像自己要是說錯話，他們倆受創尖叫的模樣。「因為，」我開口說，兩個小孩還是緊盯著我。「我來看雨果。」

查克手裡抓著棍子。他舉起棍子俐落一揮，發出可怕的颼聲說：「大人應該自己住，不應該跟伯伯叔叔一起住。」

「我沒有要住下來，只是來探望他。」我記得查克是個小混蛋。某年聖誕節他朝妹妹的火雞肉吐口水，被蘇珊娜捉下桌，只因為他覺得妹妹的火雞肉比他的好吃。

「我媽媽說你頭被人揍了，你現在是特殊需求人士嗎？」

「不是，」我說：「你是嗎？」

查克長長瞪了我一眼，不知道什麼意思，但應該不懷好意。「走吧，」他用棍子輕輕點了點妹妹的腿，接著便踩著綠草走開了。莎莉跟了上去。

我的腿開始顫抖，應該是站太久了。我在露台階梯上坐了下來。洋甘菊花叢邊是一大片綠地，我和里昂、蘇珊娜某年夏天曾經在這裡搭帳篷住了一週，每天晚上說說笑笑，邊啃餅乾邊用鬼故事嚇唬對方，白天眼皮沉重，一臉憔悴，渾身因為在草地上打滾而飄著洋甘菊花味。那邊那棵樹，里昂十四歲生日派對那一天，我在那令人暈眩的樹蔭下得到了初吻，跟一個叫夏洛特、有點甜美的女孩。我還記得她舌尖的蘋果酒味，貼著我胸膛的柔軟胸房，死黨們在某處歡呼鼓譟，高喊「上吧，托比，真有你的」，還有頭頂上微風不停吹拂樹葉的窸窣聲響。我們在這個露台上第一次抽大麻，天上的星星跳躍晃動，交織成誘人的密碼圖樣，茉莉花香濃烈得有如空氣裡的音樂。我一本正經哄信了里昂，蘇珊娜已經變成小仙子，被我捧在兩隻手中，里昂貼著我手掌的縫隙說嘿，**親愛的，是我，妳在裡頭還好嗎？**而蘇珊娜就在旁邊，另外還有一個人，是阿德還是西恩？在我身旁，在黑暗中笑到發抖，是誰？我心裡破了洞，有好多盲點，有如偏頭痛的預兆惡毒閃爍。這些記憶裡的碑石是那麼唾手可得，又遙不可及。從小屁孩長成死大人的我再也提不起勇氣鑽進那頂帳篷，那比飛行還要令我害怕。

「天哪，」里昂隨手甩上露台的門，在我背後說：「真是惡夢。」

「什麼？」我說。甩門聲讓我像貓一樣嚇了一跳，但里昂似乎渾然不覺。他伸手想從牛仔褲口袋裡掏菸出來，但身上那條破洞地方很奇怪的黑色牛仔褲太緊了，讓他一直撈不出那包紅萬。他穿著佩蒂．史密斯T恤，腳上的馬汀大夫鞋和他頭一樣大。

「所有這些事，搞得好像美好的家族團圓，隨時準備玩尋寶遊戲一樣。真噁心。不過我想雨果就是這樣，對吧？保持冷靜，繼續前進——」里昂低頭點菸。「算他厲害，實在有膽，不過還真是，拜託。」他抬起頭撥了撥劉海說：「伏特加嗎？」

「白開水而已。」

「可惡，我把酒留在窗台上了。我媽這會兒在那裡，我要是回去，她又會開始說她在報紙上讀到柏林舉辦了什麼精彩的文化活動，問我有沒有去參加，覺得如何？我絕對千萬一定不能回去。」說完他饑渴似的深吸了一口氣。

過去幾天，我心頭最常浮現的就是里昂和蘇珊娜。小時候，伯伯叔叔和嬸嬸——不是雨果，他不一樣，但奧利佛叔叔和蜜莉安嬸嬸、菲爾伯伯和露意莎伯母——其實就像沒名沒姓的大人代表，偶爾會弄吃的給我們，但大多數時候都要避開他們，免得他們阻止我們做這個做那個，甚至到我長大以後仍然無法在心裡描繪出他們的具體形象。然而，里昂和蘇珊娜不一樣。他們基本上就是我的哥哥和妹妹。我們對彼此瞭若指掌，也親如指掌。我心裡有一小塊角落一直無來由地抱著希望，只要在他們身邊就會出現奇蹟，將支離破碎的我重新縫合，有了他們我就能做回自己。但其他部分卻不想見到他們，深怕他們一眼就會看穿我所有可笑可悲的掩飾，鉅細靡遺看見我的創傷。

「嘿，」我依然腎上腺亢奮，伸手對他說：「給我一根。」

里昂轉頭看我，眉毛一挑說：「你哪時開始抽菸了？」

我聳聳肩說：「只是偶爾。」其實直到一兩個月前，我幾乎是不抽菸的。但我不打算告訴他，免得他以為我一心只想自我毀滅，因為並不是。頭部損傷讓我嗅覺怪怪的，老是聞到不該聞到的味道，例如微波爐熱過的披薩有消毒劑味或晚上拉窗簾忽然聞到父親的古龍水味。而那些警語老是講得很恐怖，說吸菸會殺死嗅覺，所以我覺得不妨試試。雖然我都沒讓梅莉莎知道，但現在感覺蠻安全的。她不大可能拋下雨果，過來找我。

里昂遞了一根菸和打火機給我。我們三人裡頭，他改變最大。小時候，他活潑開朗又調皮搗蛋，完全靜不下來，但到了中學時就變了。我們雖然不同班，但我知道他吃了不少苦頭。個子又小又瘦，五官稍嫌細緻陰柔，這種人鐵定會被欺負。即使我盡可能幫忙，但每回在走廊見到他，他總是一言不發低著頭縮著身子快步走過。他現在還是矮我五六公分，還是有著小精靈的長相和一綹亂髮蓋過一邊眼睛——當然，現在那綹亂髮可需要一小時工夫和一堆髮蠟——但我實在難以將過去那兩個他和眼前這個斜靠牆壁輕輕抖腳、由於年少缺憾而畢生努力裝酷的苗條男子連在一起。

「謝啦，」我說著將打火機還給他。

里昂應該自在了不少，才會直直看著我。我強迫自己不要避開。「你受傷之後，我該多打電話給你的，」他突然說：「抱歉。」

「沒關係，你有傳簡訊。」

「只是，呃，你媽說你需要安靜，不能被打擾，所以……」他聳聳一邊肩膀。「但這不是理由。我應該打電話，甚至去看看你。」

「拜託，別這樣，沒有必要，」我不曉得自己的語氣夠不夠輕鬆，還是太輕鬆了——「我只想好好放鬆一下，啥都不幹，例如穿著睡衣看無聊的電視節目一整天之類的，你知道。你來了我也沒辦法好好招待你。」

「是啦，」他說：「但還是不好意思。」

「你這會兒不是來了嗎？」我說。我不想再談這個了。「你會待在這裡嗎？」

「喔，當然不會，我住我爸媽家。拜託，」他將打火機塞回口袋裡說：「其實我比較想待在這裡，只是一旦住下來，哈，我就得當看護，再也走不掉了。只要雨果跌倒或孤獨死在家裡，就全是我的錯。我才不要呢，謝謝。我愛雨果，有時間想多陪陪他，也很樂意幫忙個幾週，但沒辦法保證長時間待著。我有工作——」里昂替某個時髦到不行的獨立音樂品牌做事，但我想不起名字。「還有伴侶，有生活要過，我不想失去那些。」

我不是很喜歡他的語氣。雖然我也不想當看護，但里昂向來喜歡小題大作，感覺最近應該有人在煩他。「有什麼壓力嗎？」我問。

里昂白眼翻到了後腦勺。「別問了。就我媽和我爸。他們跟兩個警探一樣，每天不斷輪流轟炸我。先是我媽打來感嘆可憐的雨果只能孤獨以終，並提起小提琴的事；接著換我爸打來長篇大論，說雨果向來對我很好，我沒有道理不回報一點；然後又是我媽打來說他們完全相信我有能力兼顧所有事情，反正只是一小段時間。之後我就不清楚誰想說什麼了，因為我根本不接電話。現在我人回來了，希望他們至少能收斂一點。但誰曉得？說不定他們會變本加厲，覺得只要煩我夠久，我就會受不了搬過來，好讓耳根清淨點。他們想得美。」

他有點醉了，但不到所有人一眼就看得出來的程度。「我會在這裡住一陣子，」我對他說。

他忽然轉頭看我，眉毛豎得比天還高。「你？」

他那不可置信的表情，彷彿我是被派來發射火箭的猩猩，讓我很不爽。「對，是我。有什麼問題嗎？」

過了半晌，里昂仰頭靠牆，對著天空開始大笑。「我、的、天、哪，」他說：「真是棒呆了，我等不及要看好戲了。」

「有什麼好笑的？」

「我們的慈悲天使托比竟然要犧牲自己，照顧有需要的人——」

「就兩三個星期而已，我也不打算當長期看護，」聽到這話，里昂從大笑轉成了然的冷笑。「又怎樣了？」

「真沒想到。」

「你到底在不屑我什麼？你自己剛才不是說你絕不可能搬過來，就算——」

「因為我只要搬進來就走不掉了，不像你可以拍拍屁股走人，不是嗎，只要受夠了就——」

抽菸喝酒和一下午熱氣蒸騰讓我噁心想吐，實在沒心情吵架。「你沒有、沒有——」我想說的是有種。「膽子反抗爸媽，又不是我的錯——」

「所有人都曉得你根本撐不久，我猜一週，了不起十天。」

他話裡那股怨氣，好像我是除了宿醉從來沒吃過苦的驕縱王子——他這個只會戴假掰皮手環、每晚跑趴的裝酷先生哪裡會曉得？根本一點概念都沒有——「你到底在胡說八道什麼？你覺得我做不來嗎？」

我這樣說的確有一半在找碴。里昂向來容易被人惹惱，我話裡的狠勁肯定會讓他勃然大怒，何況他本來就有些激動了。我並不想跟他在露台上殺個你死我活，我有更爛的方法可以打發時間。但我確實抱著惡毒的自虐心態，希望里昂失去冷靜，老實說出他對我現在這副德性有何指教。

他拿起菸長長吸了一口。「你現在狀況不好，」他斜斜吐了口煙說：「對吧？」瞬間怒火中燒的感覺簡直棒透了。「怎樣？我好得很。」

他瞇眼瞅著我。「你說了算。」

「你這話他媽的是什麼意思？」

我不曉得自己是不是差點就出拳了，但他感覺並不害怕，反而嘴角微微上揚。「哎，少來了。你今天說了幾個字？有超過十個嗎？又吃了多少東西？兩口嗎？」

我笑了，笑聲直衝高牆，有如狗嚇到的驚叫。我以為他會挑我走路姿勢不對、跟不上對話或糾結著找不到正確的字，直接一刀無情劃開我的咽喉，讓我淌血昏厥，沒想到只是輕蔑地搖搖手指，說我沒吃青菜，話說得不夠多。我如釋重負，幾乎頭重腳輕了起來。

「就像你說的，」我還是笑個不停。「這聚會爛透了，我根本懶得假裝一切都很好。你可以的話就請便，我等你示範。」

「這才是我認識和喜歡的托比，」里昂說。他話裡有些火氣，顯然不喜歡被人嘲笑。「所有鳥事都推給別人做。」

「老兄，我只是把自己顧好，可沒推什麼事給你，這樣做哪裡有錯？」這話說得如此自然，完全是從前的我會講的話。只見里昂下巴猛地上揚，我就知道他這下火大了。我笑得停不下來。

「屁啦，」他吼道：「你這小子。你瞧瞧自己的眼睛。光是瞞過他們——」他朝屋裡撇了撇頭。「不代表你很行，掩飾得天衣無縫。你嗨過頭了。」

我哈哈大笑，笑得直不起腰，噴出來的煙都從鼻子裡灌進去了。「而且歇斯底里，」里昂避開我，酸溜溜地說：「真不曉得你吞了什麼——」

「海洛因啦，老兄。酷哥都吸海洛因，你真的應該——」

「你知道怎樣最好？閉上你的鳥嘴，把菸抽完——我給你的菸，然後進去裡面，別再煩我。」

「哦，原來你們在這裡，」蘇珊娜悄悄溜出後門，謹慎回頭瞄了一眼。「里昂，你爸正在唱〈拉格倫之路〉。我說我要去找你們兩個，免得你們錯過精彩的，但可能得花一點時間。什麼事這麼好笑？」

「托比瘋了，」里昂說著將菸扔到地上，用腳跟狠狠踩熄。「就這麼簡單。」

「哇，」我倒抽一口氣，心跳得飛快。「這麼爛的下午有你這句話就值了。」

「謝謝你啊，」蘇珊娜對我說：「有你真好。」

「有你們才——」我想說的是精彩，可是想不起來。「有趣，棒極了。但妳老實說，如果可以選的話，這絕對比根管治療還要糟。」

「別說妳忘了拿酒出來，」里昂對蘇珊娜說：「我不多喝個幾杯，沒辦法回屋裡。」

「我以為你們有。慢點——」她轉頭朝門縫裡瞄了一眼。「嗯，看起來很安全，那我進去了。我要是被逮，你們會來救我，對吧？我是認真的，」她說完就回屋子消失在廚房裡了。

「剛才對不起，」我說，心裡對里昂的感覺緩和多了，原因不光是他以為我只是下午多喝了幾杯而已。我們已經很久沒有這麼親近了——離開學校，交了新朋友，社交圈變廣，加上他出櫃，而且用一系列老掉牙的行為確保所有人都明白他是同志，但嗑藥和跑趴實在不是我的菜，使得我們再也不曾回復往日情誼。不過，發現自己還是不費吹灰之力就能踩到他的地雷，實在讓我非常開心。「只是你剛才好像真的以為我嗑了藥，真是太帥了。」

里昂又點了一根菸，但沒問我要不要。

「我只是吃了止痛劑，加上腦震盪以後的古怪頭疼還沒好，沒什麼大不了，不過就是懶得同時應付聚會和頭痛而已。」

「隨便。」

「還有其他人注意到嗎？」

他不屑地嘖了一聲。「沒有。就算有誰注意到，也只會覺得你還沒走出陰影。我媽說你需要去上瑜珈，導正能量。」

我噗哧一笑，過了一會兒，他嘴角也忍不住微微上揚。「太好了，」我說：「我絕對要請她推薦老師。」

「你最好還是小心點，」里昂瞄了一眼蘇珊娜回來沒，接著壓低聲音，語氣裡的不悅消失了：「我有個朋友他……唉，總之，我只是想說不管你吃的是什麼，就算是醫師開的，也不代表它們是無害的快樂丸，別太有自信了。」

「你說誰？我嗎？怎麼可能？」

里昂嘴角扭了一下，但他正想開口，蘇珊娜就推門出來了，手裡拿著一瓶酒。「順利得分，」她說：「但我們絕對需要補給。你爸正在唱〈史班塞之丘〉，里昂。」

「天哪。」

「我沒辦法救梅莉莎出來，」蘇珊娜對我說：「她被你媽摟著跑不了。」

「我應該進去看看，」我說，但身體沒動。

「她看起來還不錯。」

「她很好，梅莉莎到哪裡都會很好。那不是重點。」

「我說出來妳一定不會相信的，」里昂朝我努了努下巴，對蘇珊娜說：「他要在這裡住下來。」

蘇珊娜在我身旁台階上坐下來，從後口袋拿出開瓶器，膝蓋夾住酒瓶說：「我知道，是我叫他這樣做的。」

里昂眉毛直豎。「不會吧？」

「呃，我沒想到他真的會來。不過——」她扭著瓶塞，轉頭朝我匆匆一笑。「看來是我小看他了。」

「那可一點都不難，」里昂說著從露台走到了庭園。

瓶塞啵的一聲拔出來了。蘇珊娜仰頭灌了一口，那量嚇了我一跳。我心裡一部分仍然覺得她是當年的那個八歲女孩。她將酒瓶遞給我。「別管他，」她對我說：「他今天很不順。」

「誰不是呢？」我說。蘇珊娜拿來的是紅酒，暮夏釀的，味道很重，我舌頭還沒嚐到就曉得它很烈。「妳過得如何？」

「差不多就那樣囉，」蘇珊娜一邊說著，一邊仰起頭按摩脖子後面。她改變得比里昂少得多，現在頭髮是垂肩的大波浪，不再像小時候綁著兩條粗辮子或少女時期難看的清湯掛麵。之前的樸素骨感也成熟了，有種醒目的安穩，感覺這樣的容貌二十年後，甚至五十年後也不會變。生過孩子倒是讓她兩腿修長的瘦削身形變柔和了，不過只有一點點。她穿著褪色牛仔褲，幾乎沒有化妝，坐姿還是和小時候一樣自然大方，喜歡盤腿。「湯姆現在是背部按摩大師。你都好嗎？」

「很好。」

「真的？」

「呃，我沒有湯姆幫我揉背，但此外都好，」我發現里昂眼裡閃過一絲譏諷，但裝作沒看見。

「你說很好就好，」蘇珊娜說著伸手去拿里昂的菸。她手背上被人用紫色馬克筆畫了一隻蟲，應該是她小孩的傑作。「讓我抽一口。」

「要抽自己抽，拿去——」

「我不想手上拿一根，不想讓小孩看見我抽菸。」

她也有點醉了。我這才意識到自己也是。「拿一根給我，」我對里昂說：「我跟小娜一起抽。」兩個小孩拿著棍子在庭園盡頭戳弄草地，似乎對我們不感興趣，但我從小就有點保護蘇珊娜，即使她只小我三個月，所以還是這樣說了。我還記得大約五歲的時候，我有一回將她抱在懷裡，死命逃離包圍她的黃蜂。我點了菸，深深深了一口，然後遞給她。

「我爸狀況不好，」她吐著煙說：「我們前兩天去找他，我走進去發現他在哭，哭得肝腸寸斷。」

「天哪，」我說。

「是啊，」她斜斜看我一眼。「他準備了禮物給你，因為你錯過了自己的生日。我猜可能是某樣可怕的傳家寶。要是真的很爛，請你態度好一點。」

「當然。」

「因為我覺得他已經到極限了，就算只要再一點——查克！」蘇珊娜對著草地高喊，只見查克手腳抓著一棵高大的山榆正在往上爬。「我跟你說過多少遍了？快下來！」

「我們以前也很愛爬樹，」我提醒蘇珊娜。查克完全不理她，繼續往上爬。

「沒錯，結果你就是從那棵樹上跌下來，摔斷了腳踝，石膏打了整整——查克！馬上下來！難道你要我親自過去嗎？」

查克從樹幹上跳下來，故意頭往後倒重重一摔，讓他媽知道她有多白癡，接著就衝過草地去鬧妹妹了。

「他有時真的很麻煩，」蘇珊娜說：「而我公公婆婆一點忙都幫不上，總是讓他為所欲為，只要見到我們管教查克，就會說：『哎呀，別管他，小男生就是這樣。』你也知道雨果常說：『就讓他們去吧，長大就沒事了。』這話對我們說是很好，但換成是我們的小孩就不是那麼好玩了。」

我沒興趣討論查克的事，也就沒跟她說這個問題可能很快就會自己解決了。「我已經連上次見到妳爸是什麼時候都想不起來了，」我說。

我話才說完，就從他們兩人臉上詫異的沉默明白自己破功了。我在心裡瘋狂搜尋自己漏了什麼，卻只想起十幾歲時有一次喝得爛醉，把錢包忘在迪斯可舞廳，但雨果沒接電話，於是只好打給菲爾伯伯。我還記得在車上時，他臉色很難看，告訴我進家門時最好閉上嘴巴，但那之後我顯然還見過他——

「他們聖誕節有來這裡呀，」蘇珊娜說：「記得嗎？他們送了一把匕首給查克，結果查克把沙發戳了一個洞。」

「哎，」我說。她眼神尖銳，目不轉睛望著我，彷彿突然意識到什麼似的，讓我腸胃一陣緊縮。「可不是嘛？看來聖誕節的時候我腦袋裡都是別的事，可能工作很忙吧？再說我們在這裡實在過了太多次聖誕節，細節都搞混了，尤其發生了那麼多事——」里昂哼地冷笑，聲音正好讓我們都聽見。戳破沙發感覺就不像容易和其他插曲搞混的那種事。

「你，」蘇珊娜一副很有把握地說：「你喝醉了。」

「是啊，」我說：「我是喝醉了沒錯。」我好感謝她替我開脫。她的世界是那麼善良單純，不可能有比幾杯蜜摩莎更毒害人心的東西存在，那份天真直接戳進我的心坎，我感覺自己都快哭了。

「拿來，」里昂伸手討酒。「你喝夠了。」他眉毛一挑，意思是其他東西呢？

「沒錯，但我覺得還不夠。」

「梅莉莎真幸福。她也會住下來嗎？」

我聳聳肩。我心臟狂跳，知道自己遲早會出狀況，說出或做出什麼蠢事，再天真的人也會感覺不對。我真不該來這裡的——「嗯，待個幾天。」

「捨不得你離開她的視線嗎？」

「沒辦法，老弟，誰叫她喜歡有我陪。你那位來不了是嗎？」

「卡斯騰有工作要忙，沒辦法說走就走。」

「哦，感覺是個大咖。」

「真希望快點結束，」里昂忽然狠狠說道：「我知道這樣說很壞，但我真的這樣想。不然還能怎麼辦？難道假裝什麼都沒發生？要是有指導手冊就好了。」

「某些文化有吧，我想，」蘇珊娜從他手裡把酒拿走說：「只要有人快過世，就舉行某種儀式，例如唱歌、跳舞或焚燒草藥。」

「唉，真希望我生活在那種地方。你閉嘴——」他對我說，我翻了翻白眼。「我是說真的。人死之後要怎麼辦很清楚，就是守靈、葬禮、花圈和安靈彌撒那類的；但等候某人死掉不比幫他處理後事好過，卻從來沒有人告訴我們他媽的該怎麼做。」

「說到後事，」蘇珊娜說：「有誰知道這間屋子之後要怎麼處置嗎？」

沒有人接口，三人間一陣難言的沉默。里昂從牆上摘了一截茉莉在指間旋轉，沒有看我或蘇珊娜。

「我是說，事情也許不會走到那一步，」蘇珊娜說：「我們還在尋求第二意見。只是萬一——」

「拜託，」我說：「現在就分東西會不會太早了一點？」

他們倆都沒理我。「爺爺奶奶在遺囑裡交代雨果住在這裡。」

「然後呢？」

「妳是說，」里昂說：「這間屋子會不會賣掉？」

「對。」

「我有決定權的話不會賣。」

「拜託，我不是說了嘛，」蘇珊娜語氣有些惱怒。「我就是在問有誰知道我們有沒有決定權。要是屋子由爸爸他們繼承，而他們想把屋子賣了分錢……」

又是一陣沉默，這回比之前更久。我壓根沒想到這件事，也不曉得該怎麼想。感覺上蘇珊娜和里昂不只打算留住常春藤屋，而且理所當然認為我也一樣，即使我並不曉得他們認為我們會如何處置這間屋子，是租出去？還是三人共享，像個歡樂大家庭輪流煮扁豆湯、紮染有機麻？幾個月前我肯定支持賣掉，就算只分到一點錢，也對我之後買下那棟俯瞰都柏林灣的純白宅邸大有幫助。但現在那個白日夢破滅了，成了丟臉的玩笑，讓我感覺自己就跟《X音素》裡那些滿懷星夢的傻蛋一樣蠢。更糟的是我心裡還多了一個偏執的念頭，感覺他們倆正盤算著我不了解的事。這個妄想有如蒼蠅在我面前揮之不去。我感覺自己像個不受歡迎的外人，他們兩個寧願我隨便找個藉口回屋裡去，要是我直接拿了行李叫輛計程車滾回家去更好。

「妳要不要問一下妳爸？」里昂對蘇珊娜說。他從剛才就拿出打火機對著手上的茉莉花梗點火，只要一著火就吹熄。

「你為什麼不去問你爸？」

「因為妳和妳爸比較親。」

「我和我爸住在同一個國家不代表我們就很親。」

「我意思是妳會去看他，很容易就能趁著聊天隨口問問：哦，對了，爸，你知不知道——」

「嘿，你現在就在這裡，而且跟他們住在一起。」

里昂恨恨吹熄茉莉花梗上的火。「這表示我受的氣已經夠多了，謝謝，不用再——」

「我就沒有嗎？」

「怎麼不是你去問？」里昂對我說：「你就杵在那裡，好像這件事就只有我們——」

不知怎麼，我竟然覺得這樣的爭吵好感人，因為它是那麼熟悉，而且表示我不是不受歡迎的人，也許大家只是壓力太大，生活被打亂了而已。「我要和雨果住在一起，」我提醒他們：「總不好問他吧，難道要說：嘿，雨果，只是好奇問一下，你掛了之後——」

「你可以問你爸。」

「問題是妳提的，如果妳這麼想知道——」

「你難道不想知道嗎？」

「他怎麼會不想？」蘇珊娜說：「白癡。」

「這事很重要嗎？」我問道：「等他走了我們就知道了，現在問有什麼差——」

「要是他走了——」

「好啦！」里昂火了：「我去問。」

我和蘇珊娜都轉頭看他。里昂背靠著牆聳聳肩說：「我去問我爸。」

「好，」過了半晌，蘇珊娜說：「你去問。」

里昂將茉莉花梗扔到露台上，用鞋跟踩了踩說：「我會去問。」

「很好，」蘇珊娜說：「這樣我們就可以不用吵了。我已經聽了一整天，可不想自己也開始吵。奧利佛還在唱嗎？」

我耳朵湊到門邊。「對，現在是〈她從市集走過〉。」

「天哪，」里昂伸手揉了揉臉。「我還要酒。」

蘇珊娜發出一聲不知是笑或哭的聲音。「昨晚她來找我，」她輕聲唱道：「我逝去的愛人走進……」

隔著距離，奧利佛的歌聲細如薄紗，宛若蘇珊娜哼唱的回音。**我逝去的愛人走進……兩人的歌聲飄向草地**，在野胡蘿蔔花和枝葉之間繚繞。

「太好了，」里昂說著將酒瓶舉到唇邊。「現在是要比誰最厭世嗎。」

蘇珊娜又哼了幾小節，但我聽不出是什麼歌。里昂忽然哈哈大笑，接著開始跟著唱了起來，聲音是如此嘹亮渾厚，很難想像發自這麼苗條的一個人：**男孩們，死透了不是很好嗎？別吸鼻涕了——**

我笑了出來。「**好好哭一場吧**，」蘇珊娜也加入了，我們三人一齊引吭高唱，將菸和酒瓶舉得天高。「**永遠記得活得愈久，死期愈快！**」

廚房裡傳來聲響，有人關上櫥櫃。我們三個嚇了半秒，隨即捧腹大笑，彷彿同時被人逼得一樣。里昂笑得彎腰，蘇珊娜被酒嗆到，不停拍打胸口又咳又喘，而我則是感覺眼淚從臉上滑下來。我們笑得和嘔吐一樣無法克制、一樣可怕。「喔，天哪，」里昂喘著氣往下唱：「**瞧那棺材，那黃金握把——**」

「閉嘴，拜託。如果是雨果——」

「哇，」湯姆站在門口說：「原來派對在這裡。」

我們看了他一眼，又笑得前仰後合。「怎樣？」湯姆一臉困惑。他看我們三個都說不出話來，便說：「你們是哈了什麼嗎？」

他雖然是開玩笑地問，但語氣帶著一絲正經。里昂直起身子，瞪大眼睛像偏執狂一樣看著他，一手摀著胸口說：「不會吧？這麼明顯？」

湯姆眨巴著眼望著里昂。他身高中等、體型中等、金髮色澤中等、相貌中等、天真度破表，不論誰見到他都會燃起保護他的衝動，警告他別被邪惡無尾熊和一氧化二氫給騙了。

「呃，」他說：「怎麼回事……？現在是怎樣？」

「只是賓果而已，」里昂說：「你試過嗎？」

「賓果？」

「欸，你一定要試試，」我說：「我敢說賓果一定會讓你此生無憾。」

湯姆一臉憂心，皺著眉頭來回看著我們兩個和蘇珊娜。蘇珊娜已經笑到只能朝他勉強揮手。「我不知道——」

「你放心，它完全合法，」里昂向他保證。

「呃，」我說。

「呃，多少算是。」

「你想試試嗎？」我將自己的菸遞給湯姆。

「嗯，不用了謝謝。蘇，」湯姆揉揉脖子說：「我是想說孩子們，他們是不是——」

蘇珊娜又開始笑得無法自拔。「嗯，孩子們沒事，」里昂回答：「離這裡遠得很。」說完朝孩子的方向揮了揮手。

「他們要是發現了，」我說：「我們會和他們好好談談，分享一些事實。這年頭愈早讓孩子認識賓果愈好，對吧？」

「應該吧。但我是說，我覺得——」

我沒有一次逗笑過湯姆。蘇珊娜在我們大一時遇見他，所有人都很高興，因為蘇珊娜前一年才經歷了某種誇張的青少年危機，先是變得多愁善感，頭髮燙直，只穿特大號套頭衫，完全沒有社交生活，聽了一堆描述熱情靈魂被冷酷世界碾壓的音樂，接下來又一百八十度大轉彎，變成徹頭徹尾的野孩子，打扮得和《愛麗絲夢遊仙境》一樣，去地點保密的快閃酒吧，好幾週消失不見，偶爾從康瓦爾某人的露營車裡發幾則嘻嘻哈哈的簡訊，學校作業一次也沒交。我覺得十幾歲女生就是這樣，但她的父母親可是擔心到了極點。露意莎伯母不停拉著我問蘇珊娜有沒有自殘（我哪知道？）、有沒有嗑藥（當然有，但我也是），而且就我所知，他們不只一次想讓她去做心理治療。湯姆健康溫和又討人喜歡，所有方面都平凡無奇，感覺就像完美的解藥。蘇珊娜和他交往之後立刻穩定下來，幾乎一夜之間就變回了那個無憂無慮的乖乖女。我沒有很認真想認識湯姆，因為我以為他一旦將她紮紮實實變回正常人，她就會甩了他，沒想到兩人大學還沒讀完就決定結婚，讓我驚訝得下巴都快掉了。他們婚後兩年不到就生了兩個孩子，談話從此圍繞著大小便訓練和選擇學校之類的話題打轉，讓我聽了只想去切除輸精管，然後嗑藥嗑到爽。基本上，湯姆感覺是個不錯的傢伙，但我不曉得他為什麼還沒從我們的生命裡離開。

「你們兩個，」蘇珊娜總算喘過氣來，對我們說：「別再鬧湯姆了，我喜歡他。」

「我們也喜歡他啊，」我說：「對吧，里昂？」

「我們愛死他了，」里昂說著朝湯姆拋了個媚眼。

「你們兩個混蛋，」湯姆滿臉通紅地笑了。

「我們只是逗他玩，」我說。

「要逗就逗其他人，」蘇珊娜對我們說：「天哪，我需要酒。」

「媽咪！」莎莉從草地上衝過來，猛地停在蘇珊娜面前說：「我鞋子裡有洋娃娃拿不出來，查克說如果讓她們在裡面，她們就會死掉！」

「我看看，」蘇珊娜將莎莉一把抱到腿上，乾脆俐落脫下女兒腳上的鞋，抽出鞋墊將洋娃娃弄出來放到莎莉手裡。

「哇，」莎莉瞪大眼睛說：「好酷。」

蘇珊娜將女兒另一隻腳上的鞋脫掉，如法炮製，然後將鞋套回莎莉腳下，將她從腿上放下來。「好了，」她說：「繼續去玩吧。」說完在女兒屁股上輕輕拍了一下，放她離開。莎莉一手抓著一個洋娃娃，手舉得高高的，在草地上邊跑邊喊：「查克你看！洋娃娃拿出來了！哈哈！」

「這下查克就無話可說了，」蘇珊娜說：「這樣最好。」

「親愛的，」里昂彎腰伸手摟住蘇珊娜的脖子，在她臉頰上賞了一個響吻說：「我很想妳，」說完轉頭對我說：「我應該也很想你。」

♣

後來——應該沒超過晚上九點，但感覺好晚——那個叫派對也好，不叫派對也沒差的聚會終於散了。我想我媽應該以為我們五個會繼續待在起居室裡聊到深夜（「我需要來杯睡前酒——雨果，我們之前去西西里買給你的那瓶怪玩意兒在哪裡？還是梅莉莎妳想來點——」），但被我爸攔住了。他兩眼浮腫，手摳袖釦，顯然需要上床休息。他語氣溫柔但很堅決地跟我媽說，家人是世上最美好的存在，卻也最累人。我們要是明白這個道理，就會同意他的做法。於是，我和梅莉莎站在雨果身後，一起在台階上揮手目送其他人坐進車裡，聽著說話聲、笑聲和車門關上的聲響隨著車子遠去而消逝在暮靄的天際。我感謝天色暗了，因為這一天下來我已經累到雙腿開始不自主打顫，揮手時感覺手指跟義大利麵一樣軟。

我們的行李不知何時已經被人（應該是我爸或我媽）拎到樓上了。換作平時，我肯定大發雷霆，但這會兒我腦袋又暈又脹，無法多想，贊安諾錠的藥效也退了，只能陪著梅莉莎，看她對我以前度假睡的房間心花怒放。這裡過去是我父親的房間，多多少少還保持著我最後一次待在這裡的模樣，應該是上大學前的那年暑假——「托比，這是你畫的嗎？我不曉得你還會畫畫……哦，這個壁爐好漂亮，還有這些花磁磚……這是你的嗎？你不是不喜歡五分錢合唱團！……我好想看你五歲的時候，站在這個窗台邊往外看的樣子喔……哇，天哪，這是你學校的橄欖球隊制服嗎？」

從她眼裡看去，這個房間不再像是乏人問津的展覽，有著某種枯乾的塵封感——多年沒動的窗簾留下日曬褪色的痕跡，桌腳椅腳床腳壓得地板出現凹痕——而是充滿靦腆的魅力，感覺既苦澀又甜蜜。她一邊瀏覽房間，一邊從箱子裡拿出我們的行李。我的東西是她替我打包的，我還沒感覺她就收好了，就是那麼自然。她一邊拿東西出來，一邊用眼神問我能不能擺在這裡或那裡？等她坐下來休息，整個房間已經煥然一新，變成我們的房間了。她的髮刷和我的梳子一起擺在舊五斗櫃上，我們的衣服整整齊齊掛在卡通汽車貼紙沒撕乾淨的衣櫥裡。「好了，」梅莉莎瞄我一眼，半是開心、半是緊張地說：「還可以嗎？」

「非常好，」我說。我從剛才就一直靠著牆看著她，一方面因為很好玩，一方面因為我已經累得沒辦法動了。「我們可以上床睡覺了嗎？」

梅莉莎心滿意足嘆了口氣說：「當然，該睡囉。」

她開始脫洋裝——那淺藍色的復古荷葉裙襬美極了，和這棟屋裡的光滑橡木與磨損的波斯地毯相得益彰——「所以，」我看著她說：「妳今天過得如何？」

梅莉莎兩手抓著洋裝轉頭看我，臉上的幸福神采讓我嚇了一跳。她一直把我的家族想得很美好，因為她自已沒什麼家庭生活。她母親喜歡喝酒，雖然不到誇張，但很沉迷，因此她小時候不是自求多福，就是設法減少傷害。我們家和常春藤屋的歡騰吵嚷對她來說簡直像童話一般。她老是問我家族的事，和我五指交握聽得入迷。「我今天過得棒透了。你的家人都好好喔，托比，明明這陣子很不好受，卻還是努力接待我，好像真的很高興我過來——你知道蜜莉安嬸嬸去年有來我店裡嗎？她買了那套小鹿圖案的盤子，沒想到那家店是我開的！」

小床頭燈的昏黃燈光柔柔灑在她臉頰、圓潤裸裎的肩膀和腰臀間的曲線上，照得她的金髮濛濛發亮。「過來，」我伸手對她說。

她鬆手讓洋裝滑落地上，濃情蜜意又開心地和我接吻。「你呢？」她微往後退，抬頭看著我說：「你也過得很好嗎？」

「當然，」我一邊說道：「而且最精彩的才要開始。」一邊將手從她背後滑到腰間，讓她緊緊貼著我。

「托比！」

「幹嘛？」

「你伯伯在耶！」

「我們會小聲一點。」

「但他就在——」

「我們會粉小聲粉小聲，就像捉粉會跑的野兔一樣。」梅莉莎果然笑了，溫軟的身軀貼著我不再抵抗。

這不是我頭一回帶女伴來這裡。但不知怎的，我心裡驀然想起那個名叫珍妮特的金髮女孩。她是我帶來的第一個異性。那年我們十五歲，我掰了一個理由給雨果，說我們要一起做歷史作業，現在想來他肯定半秒也沒相信過。即使我和珍妮特沒有真的發生關係，甚至沒有特別親密，但感覺到了。那耳鬢廝磨的嬌嗔輕笑，感覺兩人即將踏進某個美妙的危險天地的興奮屏息，還有只要床鋪一出聲音就急忙抓住床頭板噓來噓去的緊張刺激，都和真的做愛沒有兩樣。我從出事以來也和梅莉莎做過愛，但直到此刻才感覺真實與實在，而非出於某種緊張不悅與困惑的不得不然。完事後我躺在床上，胸膛被梅莉莎的頭髮裹著。我聽著她輕柔滿足的呼吸，望著熟悉的天花板裂縫，忽然驚覺自己竟然覺得住來這裡或許真的是個好主意。

四

我和梅莉莎很早就醒了。我的房間位於庭園正上方，比我住處臥房採光好得多，而且梅莉莎要工作。我和她一齊起床，替兩人做了早餐。雨果還在睡，至少我希望他是。吃完我陪梅莉莎走到公車站，回來後又替自己弄了一杯咖啡，然後走到露台。

天氣一晚就變了。天色灰灰濛濛，空氣濕涼凝滯，隨時會下雨。成排大樹蔭下，庭園感覺像是荒廢了幾百年。露台大花盆裡的天竺葵映著眼前的陰霾，豔紅如火。

我坐在台階頂端，掏出（我趁自己還記得的時候，背著梅莉莎藏在外套口袋的）香菸抽了起來。我已經很久沒有這樣一個人坐在外頭了，感覺很怪，彷彿暴露在即將萌發的危險中，令人心惶不安。我喝著咖啡把菸抽完，菸屁股摁進花盆裡。

我什麼事都不想做，也沒什麼事要做。我其實睡得很好，幾個月來頭一回睡得這麼沉——照理說我在常春藤屋應該焦躁得多，因為這裡連防盜系統都沒有。但我實在無法想像有人闖進這裡，即使他們確實找得到這地方。然而，一夜好眠非但沒有讓我精神飽滿，反倒讓我頭腦恍惚混沌，什麼事都模模糊糊。只不過在露台待了十分鐘，我就坐不住了。我可以感覺那可怕的節奏開始在我腦中浮現，感覺自己一拐一拐在我可愛的度假臥房裡來回踱步，直到梅莉莎下班回來。

我走進屋裡，雨果顯然還活著：他不知什麼時候浮了出來，我可以聽見他在書房敲打鍵盤和沉吟的聲音，偶爾嚴厲「嗯」個一聲。我躡手躡腳走過他的門前，來到我爺爺奶奶的臥房。爺爺奶奶床上依然撲著百納被，壁爐上仍然擺著一大罐多年前旅行蒐集的貝殼。衣櫃是空的，空氣裡飄著淡淡的薰衣草和灰塵味。下雨了，聲音很輕、不打擾人，雨水在窗玻璃上留下的陰影讓窗台和地板明暗斑駁。我在裡頭待了很久，看著雨水匯流滑落玻璃，隨意挑選兩道雨水看哪一道先滑到窗戶底，像我小時候常做的那樣。

當年蓋碉堡的頂樓房間，舊家具堆得亂七八糟，蓋著的布上滿是灰塵，這裡露出一個木雕扶手，那裡一個爪形桌腳沒蓋好，天花板角落的蜘蛛網簡直和張燈結彩沒兩樣。蘇珊娜房間的床整理過，房裡零星幾樣東西：兔子布偶躺在地上，梳妝台擱著蜘蛛人面具和一小坨亮色衣服。這表示蘇珊娜延續了家族傳統，讓兩個小孩待在這裡過夜。里昂的房間很空，只有扒光的床和角落一疊東西，看上去是摺好的窗簾。我忽然感覺四處閒逛不是個好主意了。到處都是我的幽魂——在碉堡裡憋笑，靠著欄杆喊里昂，手滑進珍妮特的上衣——敏捷燦爛、刀槍不入，渾然不知鐵砧就要落在他頭上，將他壓得稀爛。屋外，雨中的庭園翠綠靜謐，葉子被雨水壓低了頭，長草彎成吊床，所有景物都染上一抹綠意，發亮無影。

我站在台階上凝望牆上的畫（十九世紀末的水彩畫，主題是湖邊野餐。我認不出畫上的簽名，但衷心希望是我祖先畫的，不是花錢買的），看了好一會兒，雨果書房的門忽然開了。

「啊，」他隔著眼鏡和顏悅色看著我，顯然對我站在那裡一點也不意外。「嗨。」

「嗨，」我說。

「我正打算弄午餐。現在其實蠻晚了對吧，我太專心了……你要一起吃嗎？還是已經吃飽了？」

「好啊，」我說：「我是說我還沒吃，我們一起吃吧。」

我正想退開讓他先走，忽然察覺他手拿拐杖，低頭望著長長的台階吸了口氣，替自己做好心理準備。「我來弄午餐，」我說。我住進常春藤屋是來幫忙雨果的，結果差點給忘了。我彷彿聽見里昂冷笑一聲說，我就知道。「然後端上來。」

雨果臉上閃過一絲懊惱，但隨即點點頭說：「這主意不錯。冰箱裡有昨天吃剩的砂鍋燉菜，裝在藍色碗裡。我正打算放進烤爐裡熱幾分鐘，謝啦！」

我原本只想吃麵包配乳酪就好（替我自己和梅莉莎做早餐其實有點冒險，因為梅莉莎顯然對雨果的廚房不感興趣，害我愣在那裡感覺像是捱了一個小時，不知道應該先拿什麼。麵包？奶油？杯子？盤子？還是開咖啡機？更別說我還得回想那些東西都放在哪裡），但還是熱了燉菜，找到托盤將盤子、餐具和兩杯水擺好，再用右手胳膊笨拙撐著，小心翼翼上樓回到雨果的書房。我忽然想到自己很容易累或許不是大腦毀了的又一個徵兆，而只是我現在做什麼都比之前困難十倍的關係。這個想法讓我既驚訝又不禁燃起一線希望。

書房裡的擺設和我小時候一模一樣。雨果是系譜學家，我很難想像這份工作薪水會有多高，但考慮到他的生活方式，沒有房貸，不用付房租，也沒有家累或花錢的嗜好，我想也不需要太多薪水。他書房裡有一張喬治式寫字桌、一張破舊厚實的皮扶手椅、深色橡木地板，文件和紙張顫巍巍地堆在了不該放的地方。四面牆都是嵌入式書櫃，塞滿大本皮裝書，封面用燙金字體寫著托姆氏愛爾蘭年鑑及官方名錄和佩帝格魯氏及烏爾頓氏都柏林年鑑等等。此外還有一些奇奇怪怪的小擺飾、一只有葉子和蜻蜓噴漆圖案的法國旅行鐘、一小塊只看得到雕了幾個字的殘缺羅馬飾板和一隻用橄欖木刻成的蜷身小兔子。我和里昂和蘇珊娜小時候經常窩在這裡。雨果會要我們幫忙，讓我們賺點零用錢，而我們總是趴在破舊的地毯上，手指順著歪斜的舊鉛字或幾乎認不出來的美麗手寫字仔細辨讀。蘇珊娜在學校有學書寫體，因此還替美國人畫凱爾特時代感十足的族譜當副業多賺一筆。我一直很喜歡這間書房。成排的書讓整個房間多了幾分沉靜，古怪的擺飾則給人低調淘氣的魅力，讓人感覺會有和善的老鼠從壁腳板的洞裡探出頭來，或是時鐘的指針會忽地倒轉，敲出十三聲鐘響。這間書房讓我想起藝廊裡理查德的辦公室。其實就在這個當下，我忽然覺得理查德各方面都有點像雨果，心想自己當初去面談時會那麼心動，會接下那份工作，甚至後來——我感覺身旁景物開始旋轉，變成我跟不上的各種圖案——事情會走到那個地步，是不是都因為這個緣故。

「啊，」坐在桌前的雨果抬起頭來，微笑著說：「太好了，放這裡——」他將筆記型電腦挪開，好讓我將餐盤放到桌上。電腦螢幕上是一份泛黃表格的掃描圖片檔，一八八三年堂區教會舉行之婚禮……

「你在工作，」我朝著電腦螢幕撇了撇頭說。

雨果看了一眼電腦，彷彿有點驚訝它竟然在那裡似的。「喔，對啊，」他說：「我在工作。我有想過來點瘋狂的，到南美叢林探險之類的，至少到希臘群島也好，但最後我覺得之前沒做那些事不是沒有理由的。不管我承不承認，這工作都更適合我。再說——」他咧嘴微笑，整張臉為之一亮。「我手上有一個很有意思的謎團，可不想還沒查個水落石出就四處亂跑。」

我在扶手椅坐下，將小邊桌拉過來放我的餐盤，然後問：「什麼謎團？」

「喔，」雨果往後靠著椅背說：「幾個月前，一位名叫艾美莉婭．沃茲尼亞克的女士從美國費城聯絡我，想找尋她的愛爾蘭祖先。我乍聽覺得不大可能——」他笑了笑，用套頭衫脫了線的衣角擦了擦眼鏡。「但後來得知她娘家姓歐哈根。她自己做了一點功課，追查出來的族譜還蠻完整的，一路上溯到一八四〇年代，祖先主要居住在蒂珀雷里，但再往上就不大確定了。」他將眼鏡擱在一旁，吃了一大口燉菜。「嗯，這個隔夜菜還真不壞，對吧？——那位女士將自己的DNA交給某個大型資料庫，結果發現她在克萊爾郡有一大堆親戚，但根據她自己的調查，這些人不應該跟她有血緣關係。那個家族姓麥克納馬拉，但她從來沒聽過這個姓氏，所以她就聯絡我了。」

「後來呢？」我從小就對雨果口中的「謎團」不是特別感興趣。里昂和蘇珊娜很喜歡那些東西，但我始終感受不到其中的魅力。找到了又不會變成國王或繼承萬貫家產，什麼都不會改變，所以有什麼差別？我會參與純粹是出於合群，當然更是為了多賺點零用錢。

「嗯，我還不曉得。有一種可能是非親生，家族裡有女性發生婚外關係或遭到強暴，然後瞞著丈夫當成自己的孩子養。」

「哇，」我說：「帥氣。」

「另一種可能——」他揮著叉子，彎起手指點數。「是二度成家。當年這種現象還巒普遍的，你知道，因為移民。愛爾蘭男人到美國找工作，打算存夠旅費就接妻子兒女過來，然而說得比做得簡單，一轉眼就是多年過去，他依然孤家寡人，連兒女的長相都記不得了……於是不小心就愛上了新世界的女人，更不小心就忘了跟新歡提起自己在舊世界的過往——結果就是家族裡有這樣一副骸骨，在墓園裡安然無事多年，直到新科技出現才發現事情不對。」

我很努力聽，但思緒已經飄遠了。雨果說得沒錯，燉菜很好吃，香料味道濃郁，又有大量牛肉塊、馬鈴薯和胡蘿蔔。雨果兩腳套著破舊的棕色羊毛拖鞋往前伸，難道還是那一雙？壁爐上擺了一排深色木頭大象，由大到小有如行進隊伍一般。我不記得以前有那些大象——

「還有一種可能是曾經有小孩被拋棄或綁架了。喔，不是駕著白色廂型車的那種惡棍——」我一臉驚訝。「但愛爾蘭對未婚媽媽向來不是什麼好地方，一直到兩個世代前仍然如此。有太多未婚媽媽最後淪落到那些可怕的婦女收容所，還記得電影《瑪德琳姊妹》吧？那些女人迫於巨大的壓力放棄孩子，免得自己的罪孽毀了孩子一生。有些收容所或寄養院甚至連要求放棄親權都省了，直接綁架嬰兒，跟未婚媽媽說她的孩子死了，然後將嬰兒賣給有錢的美國夫婦。而那些媽媽很可能一輩子都被關在收容所，在洗衣房工作贖罪。」

「我猜是某人的老婆和鄰居搞上了，」我說。惡毒的修女很適合拍成電視長片，但我覺得現實中不大可能。「然後心存僥倖。」

雨果沒有報以微笑，反而意味深長看了我一眼。「也許吧，」他說，將注意力轉回到食物上。「我也希望如此，想起來才不會那麼難受。但你也知道，在找出真相之前，我必須考慮所有可能。」

他埋頭對著餐盤，像工人幹活一般有條不紊，半點不漏地享受著佳餚。「我不是DNA專家，」他邊吃邊說：「但分析檢驗結果的能力還不壞，至少比從來沒嘗試過的沃茲尼亞克女士厲害。她一九四五年出生，根據檢驗出來的DNA匹配率推算，她和麥克納馬拉的血緣是出現在兩三代前，所以時間大概是一八五〇年到一九一〇年之間。要是我手上有人口普查資料會簡單一點，不過……」他惱怒聳肩，很熟悉的動作。政府的行事作風、一戰時紙張短缺，加上大火幾乎毀了愛爾蘭十九世紀所有普查資料，這些我都聽雨果抱怨過許多次了。「所以我沒辦法直接查資料，找出她是不是有哪位祖先移民之前有妻子和三個小孩，或在戶籍裡消失，出現在收容所洗衣房，或鄰居正巧姓麥克納馬拉。我只能旁敲側擊，主要檢視教區紀錄，不過我也查了移民船的乘客名單——」

我已經跟不上對話了。雨果提了太多可能、太多枝節，字句逐漸失去了意義，但他的聲音卻如河流般平和。立燈逼仄著有如海底世界的幽暗天光，給了書房一種獻祭似的金黃光暈。雨水啪嗒啪嗒打在窗玻璃上，封皮邊緣磨損了，鑄鐵小壁爐的爐柵裡堆著鳥扔下的小樹枝。我一邊吃飯一邊點頭。

「你可以幫我嗎？」雨果突然問。

他直起身子，滿臉期盼眨巴著眼看著我。「呃，」我措手不及。「那個，我不知道我能幫上多少忙，我現在的狀態不是——」

「不是什麼複雜的活，就是你和你堂妹堂哥以前常幫我做的那些差事，查資料找名字之類的。我知道不是很有趣，但偶爾也會有意外之喜——你還記得那個人很好的加拿大人嗎，他曾祖母拿著家中銀器跟音樂老師私奔了？」

我正想找個好藉口推辭——我新聞讀到一半就會忘記之前讀了什麼，怎麼有辦法一邊破解維多利亞時期手寫字，一邊留意五六個名字？——忽然想到，靠，雨果不是看我可憐，想讓我這個跛子有事可做才找我幫忙，而是他真的很想解開沃茲尼亞克女士的謎團，而他來日無多了。明白這點讓我頓時羞愧得無地自容。「喔，」我說：「嗯，當然好啊，沒問題，一定很有趣。」

「哎，太好了，」雨果將空盤子推到一旁，開心地說：「我已經很久沒人陪著我一起做這些事了。你還想吃點東西，還是我們就開始了？」

我們拿走餐盤（「哦，把它們擺到角落就好，晚點再拿下樓。」——我忽然閃過一個念頭，雨果會不會已經察覺我拖著腳走路，所以不想勞我下樓。但他的頭因為移餐盤已經轉開，我什麼也看不到），他讓列表機開始列印船客清單，一邊幫我弄好扶手椅和邊桌，還給我一張電話帳單當尺，免得我查閱資料時漏行。「麻煩檢查所有人名，不要只看有愛爾蘭姓氏的。誰曉得資料會不會出錯，或有人刻意假扮成英國人。那時當個愛爾蘭人不是什麼好事……」我將要找的人名抄在小紙條上，擺在資料旁，雨果什麼都沒說。「啊，」他坐到椅子上轉向書桌，將筆電拉到面前，發出滿足的嘆息。接著就像我們小時候那樣說了一句「尋寶囉！」瞬間將我拉進被遺忘的過去。

過程很平和。以我腦袋恍惚的程度，實在無法分心去想自己或雨果的問題——事實上我什麼雜事也無法多想——只能專注在檔案上，感覺一行行鉛字有如魔術般的出現在電話帳單上緣：羅伯特．哈丁先生，男，廿二歲，仕紳，英格蘭；S.L.蘇利文小姐，女，廿五歲，織工，愛爾蘭；湯馬斯．唐納修先生，男，卅六歲，農夫，愛爾蘭……我找到節奏之後，感覺那節奏有如催眠一般：讀三行人名資料，目光掃回右邊看一眼紙條，提醒自己要找的人名，然後目光往左再讀三行資料，滴答滴答，如鐘擺般規律固定。檢查到統艙乘客名單時，船客不再有頭銜，職業也變了：莎拉．鄧普西，女，廿二歲，傭人，愛爾蘭；喬治．詹寧斯，男，三十歲，工人，蘇格蘭；派屈克．卡斯特羅，男，廿八歲，五金商，愛爾蘭……我彷彿待了一整天，甚至整週，沉浸在那些古雅用語裡：馬夫、制模工、車夫——只隱約聽見雨聲和雨果敲打鍵盤的聲響，直到樓下傳來門環扣扣聲嚇了我一跳，這才抬起因為脖子僵硬只能一點一點抬高的腦袋，眨眼望著重新浮現的書房，緩緩察覺天色變了，敲門的應該是梅莉莎，我已經忙活了好幾小時，注意力、大腦和眼睛都沒鳥掉，而且好久以來頭一回感覺飢腸轆轆。

♧

梅莉莎和雨果顯然昨晚（我和堂哥堂妹在露台的那時候？）就成了朋友。他們倆一月時就見過，在我家族的生日派對上。兩人當時便互相欣賞，這會兒卻已像是多年好友，互開彼此才懂的笑話——梅莉莎從裝得太滿的購物袋裡拿出一袋蕃薯，炫耀似的甩著袋子對雨果說：「你看，我就說吧！」雨果仰頭大笑，蓬亂的頭髮跟著顫抖。他走過她身邊時，在她肩上輕輕拍了一下，就跟對我一模一樣。

「我喜歡雨果，」那天晚上，梅莉莎靠著我臥房窗戶俯瞰庭園這麼對我說。臥房的燈關了，我看不見她的臉，只看見她映著窗外透明微光的身影。「很喜歡。」

「我知道，」我走到她身旁說。雨還在下，在黑夜裡持續努力地滴滴答答。「我也很喜歡他。」

梅莉莎放下貼著窗玻璃的手，掌心朝上伸到我面前。我握住她的手，兩人在窗邊站了很久，望著從雨果窗內透出的光在遠處草地上照出一小片菱形的慘白。細雨不停穿過窗光，而後墮入黑暗。

♣

我們很快就建立了一套固定的作息。雨果會替我和梅莉莎做早餐——我和梅莉莎下床更衣，聞到樓下飄來煎香腸的味道。「他這樣太費事了，」我說：「也許我該——」但梅莉莎搖搖頭說：「不用，托比，就隨他吧。」我送梅莉莎到公車站後，我和雨果會閒晃一陣子，在庭園散步、洗碗、洗衣服或沖澡。他沖澡時我會待在樓中間，萬一他跌倒了才聽得見。我有時會想他對我是不是也是這樣？偶爾我或他會不小心睡著，不是在沙發就是（天氣好的話）吊床上。總之我們倆就這樣晃著晃著，最後聚在他的書房，開始尋寶。

陽光融進了書房地板，有缺口的藍茶壺飄出煙味，小鳥在開著的窗外的常春藤上吱喳吵架。休息時，雨果講了許多他和他弟弟們的童年往事，讓我聽得入迷（我爸爸顯然離家出走過一次，但只到庭園小棚子，而他三個兄弟會送食物、睡袋和漫畫來，最後他覺得無聊就回家了），如果沒有興致就講工作。「重點是，」有一回他從堆滿文件的書桌上抬起頭來，一邊用他的大手按摩脖子一邊說道：「這工作不一樣了。我指的不是電腦和數位化之類的，而是目的。

以前客戶是出於好奇來找我。他們想知道家族的歷史，自己已經盡力查到不少，但渴望知道更多。而我就像童話裡的教父，為他們帶來驚喜：你瞧，這是你祖父在一戰期間寫給妹妹的信件**複本！你看，這是妳曾祖母的出生證明！這是你家族農場的相片！**」

他倒了茶，遞了一杯給我。「然而有了DNA分析之後，事情就變複雜了。客戶來找我是因為分析結果不是他們要的。**我應該是純種的阿什肯納茲猶太人，為什麼DNA分析說我有百分之十二的愛爾蘭血統？為什麼我的三等親變成了二等親？**他們不安，他們害怕，他們想從我這裡得到的不是驚喜，再也不是了，而是更深刻的東西。他們害怕自己不是他們向來自認為是的那個人，希望我能重新讓他們心安，但我和他們都曉得可能事與願違。我不再是童話裡的教父，而是黑暗判官，窺探他們的未知過往，決定他們的命運。這個角色讓我很不自在。」

「沒那麼嚴重啦，」我說。我不希望看輕他的工作，尤其現在，但他提這些似乎有點太沉重了，我從來沒見過雨果如此情緒化，讓我很不安。雨果稍有反常，我就會提心吊膽：這只是我之前沒注意到的毛病，還是病情開始加劇的警訊？「我是說，不論你發現什麼，他們都還是他們呀。」

他又用那意味深長、饒感興趣的眼神看著我。「你難道不會困擾嗎？要是你隔天醒來發現自己其實是被領養的，或你祖母其實是別人的小孩？」

「呃，」我說。這茶太濃了，我嘴裡好澀——我沒數他加了幾匙茶葉——但雨果似乎渾然不覺，我也不打算講。「發現自己是被領養的當然會困擾，很不好受。但曾祖母有小王的話嘛……我本來就不認識她，沒有尊不尊敬的問題，而且對我完全沒影響，所以我不會在乎。」

雨果微微一笑。「也對，」他伸手拿了一塊餅乾說：「你確實沒什麼好擔心的。任誰看到你那張臉，都知道你是亨納希家的人。」

梅莉莎回家後，我們就會放下工作，幫忙她準備晚餐。每回都異常豐盛，有如實驗般充滿千奇百怪的食材，我連怎麼唸都不曉得（高良薑？苔麩），更別說如何料理了。梅莉莎很開心，我從她轉頭看我時臉上那不加掩飾的光彩，從她在爐子和流理台蹦跳來回就看得出來。我雖然不明所以，卻很高興。我知道她其實可以不用來，不用面對這一切，但我需要她，而她臉上的光彩讓我得以逃避，不去面對我真的不該讓她待在這裡的預感。晚餐後，雨果會替起居室裡的壁爐生火。「我知道晚上不冷，」頭一回在我們面前生火時，他只說：「但我喜歡燒柴的火，等不及冬天了。」我們會一起玩以色列麻將或大富翁，周圍是我從小看到大的褪色紅緞扶手椅、義大利雕刻和破舊的波斯地毯，直到雨果累了，我們就會全部就寢。我們偶爾會提起雨果的病，因為替他安排看診或拿拐杖給他，但從來不曾提起發生在我身上的事。

生活開始出現各種小儀式。我在臥房窗邊替梅莉莎梳頭，晨曦將她的秀髮化成我指間流淌的光；手指輕敲桌上成捆的文件，我和雨果擺好架式開始埋頭幹活；準備晚餐時爭論該放哪張音樂光碟，**不行，我們昨天已經放了你那張法國小餐館音樂什麼鬼的，今天輪到我了！**現在回想起來真覺得不可思議，那些儀式那麼快就出現，才過幾天就感覺無比牢固自然，永遠不會改變，彷彿我們三個已經在這裡住了好幾年，而且還會再一起生活好多年。

我很難形容我那幾週的心理狀態，更難想像要是那段日子的生活不是那樣度過，我的心理狀態會是如何。我其實沒有好轉。某些部分確實有，詭異的視覺閃爍少了許多，看到陰影就驚惶也是。另外，雖然我沒把握，但我感覺眼皮下垂也改善了。但我仍然沒有重拾往日的我的感覺，甚至不覺得自己回復為完整的人了。感覺更像是這些問題似乎不那麼重要了，至少眼下不再急迫。每天其實都有許多事情可以讓我墮入深淵，例如杯子沒抓好砸在地上碎了，忘記某個詞以致說話結巴，但我卻沒有發著抖在房裡來回踱步，死抓著報復的念頭不放。雖然我覺得終究還是會崩潰，卻也感覺短時間內不會發生。我想那感覺應該有點像被野獸弄傷，但勉強逃到安全的地方。你可以聽見野獸在外頭徘徊嗅聞，知道牠無意離開，而你遲早得出去面對，但至少目前可以放心躲著。

家人和親戚不時會來。週日仍然有午餐聚會，週間奧利佛叔叔、露意莎伯母或蘇珊娜會開車載雨果去看醫師，進行放射和物理治療；我母親和蜜莉安嬸嬸會提著大包小包的購物袋過來，而我父親則會捲起袖子吸地毯、刷浴室；菲爾伯伯會一直找雨果伯伯玩跳棋（還帶了蘇珊娜之前就警告過我的生日禮物來：一個莫名其妙的鍍金玩意兒，他說是我曾曾祖父的懷錶架，我根本不曉得該拿它幹嘛），里昂會帶很夯的外賣中餐過來，下午陪雨果聊天，講他和卡斯騰有一回招待剛崛起的斯卡龐克樂團，在起居室地板廝混了一週，逗得雨果哈哈大笑。雨果的朋友也會來這裡，我沒想到那麼多人，有飄著灰塵味、彬彬有禮的老先生，可能是古董商、雜活工或大學教授，也有笑起來帶著皺紋，走路充滿自信，衣著分外優雅的女士。我總會讓他們自己在起居室聊天，但時常聽見聲音從樓下傳來，彼此融合重疊，不時穿插真心的笑聲。

但我最喜歡只有我們三個的時候。我爸和兩個伯叔太難搞，只會像暴跳的野獸將自己的可悲帶到這裡，搞爛我、梅莉莎和雨果建立的微妙平衡。我那兩個伯母和嬸嬸太神經質，永遠在減肥，無時無刻都在忙著確認所有人是不是都好。露意莎伯母一直在重新擺放東西，蜜莉安嬸嬸只要一有壓力就變得滑稽可笑，站在靠著廚桌大啖杏桃的雨果背後偷偷替他進行靈氣療法，里昂誇張模仿被靈氣掃到，手咬拳頭直不起腰，我和蘇珊娜和梅莉莎擠在爐火前掩不住呵呵直笑。

我和我母親的相處其實有好轉一些。發現她在家族面前替我隱瞞了一些事，讓我對她有所改觀，不再動不動就想找碴吵架。太過敏感的她在常春藤屋只會壞事，因此躲到庭園裡摘除枯花、除草和修剪枝葉，為秋天作準備。我其實不大理解她為何那樣做，雨果根本不在意庭園亂不亂，但我有時還是會陪她一起幹活。我不懂園藝，因此幾乎都只是拿著一只袋子跟著她邊走邊撿。但我媽是個好相處的人，而且似乎喜歡有伴。她要嘛覺得我好多了，要嘛發揮了超人般的自制力，因為她再也沒提要我回家或買隻貴賓犬作我情感支持的事。我們通常只聊書、她的學生與庭園。

「快好了，」有天下午她這麼說。我們正在挖除花圃裡長得太高太旺的蒲公英。天氣儘管依然溫暖如夏，不過日光已經開始變得斜長澄黃，接近秋天。廚房裡，梅莉莎和雨果正著手準備晚餐。今天輪到梅莉莎挑音樂，普氏三姊妹合唱團翻唱的〈玻璃心〉從開著的門裡飄了出來，歌聲愉悅輕快。「雖然沒辦法像你爺爺奶奶那時候，但還過得去。」

「看起來很棒，」我說。

我母親蹲在花圃前，用胳膊撩開臉上的頭髮。「老實說，我知道雨果其實不在乎，」她說：「但我沒有別的事能做，只好做我能做的。」

「他會很開心的，」我說：「他很討厭蒲公英。」

「而且我覺得這是我欠這個地方的，即使這裡不是我的祖厝，」母親用手遮住陽光，微微抬頭望著屋子。「這裡對我意義重大，因為以前放假你都待在這裡。」

「真是謝謝妳啊，」我說。

她朝我做了個鬼臉：「理由不光只是我們想去西西里島喝渣釀白蘭地喝個爛醉，不想有你在身邊礙事，當然那也是原因啦。」

「我知道，妳那時都說你們要去參觀博物館。」

母親笑了，但很快便收起笑容。「我們擔心你是獨生子會寂寞，」她說：「我和你爸都很擔心。雖然我們想過再生兩個，但結果就是如此。你爸和他三個兄弟一起長大，他很遺憾你沒有這樣的體驗，但我……」

她又彎身抓著蒲公英，小心翼翼將它的長根從土裡拔出來，然後扔進袋裡。「我擔心你太習慣世界繞著你轉，」她說：「我不是說你自私，因為你從小就很大方，只不過……我覺得有蘇珊娜和里昂做你的哥哥和妹妹，至少時不時和你在一起，對你有幫助。」她抬頭匆匆看我一眼，露出徵詢的目光。「這樣想有道理嗎？」

「其實沒有，」我朝她咧嘴微笑。「但我也不能苛求太多。」

母親朝我皺了皺鼻頭。「你這個不知感恩的小孩。你覺得我是瘋子嗎？」

她的馬尾有幾綹鬆脫了，臉上也沾了泥土，看起來很年輕，很像我小時候崇拜喜愛的那個勇敢愛笑的母親，總是用那藍色眼眸甜滋滋地直直看進我心底。**對不起**，我很想這樣對她說，不是為了剛才說話逗她，而是為了所有一切，為我過去幾個月來的混蛋表現，和她面對兒子變成重災區，心裡必然感到的驚惶與恐懼。但我卻說：「我只是實話實說。」她舉起鋤頭假裝要打我。我們就這樣一起在庭園裡除草，直到我一條腿開始發抖，幾乎掩不住疲憊，這時梅莉莎出現在廚房門邊，高喊晚餐好了。

♣

我和堂哥堂妹就不同了。雖然偶爾會閃現往日親密，但太多時候只會惹毛對方。他們不再是我過去記得的模樣，而且不是變好。我知道我們已經很久沒有在一起了，人都會變，會愈來愈疏遠，叭啦叭啦，但我真的比較喜歡以前的他們。

里昂從小就喜怒無常，害我過了一陣子才察覺他不只是情緒易變，而是字裡行間層層疊疊藏著刻意安排的精巧機關。有天下午，我跟著他到露台抽菸——我這時已經確信梅莉莎和雨果知道我有抽菸，只是基於種種理由不大可能禁止我。里昂這天帶了幾盒味道複雜的超辣炒麵，午餐時不斷遊說梅莉莎（他很喜歡她）搬去柏林。「妳店裡頭那些東西，德國人看到一定會瘋掉。他們超喜歡愛爾蘭的東西——閉嘴，托比，我和梅莉莎正在講話。還有，我的天哪，德國男人，他們個個身高超過兩百公分，也不會整天泡在酒吧裡，而是會做些正經事，派對、踏青、逛博物館，還有——我又忘了，妳當初怎麼會看上這個醜八怪？」

但當我走到露台，里昂已經靜靜坐在台階上，一縷清煙從他指間裊裊升起。時間接近傍晚，隔壁公寓的陰影開始斜插而入，將庭園一刀切成明的一塊、暗的一塊。小粉蝶在明暗之間來回飛舞，有如魔術師的把戲忽隱忽現。「嘿，」我點了菸，在里昂身旁坐下說：「別再慫恿我女朋友把我甩了。」

里昂沒有轉頭。他駝背的模樣讓我嚇了一跳，絲毫不見方才的歡愉魅力，彷彿褪下了防塵布，只剩一團黑影縮在台階上。「他變糟了，你知道，」他說。

我愣了一秒才明白他的意思。「沒有，」我說，心裡已經開始後悔到露台來了。

里昂看都沒有看我。「有。我今天進門的時候，他說，天哪，好久不見。還對我咧嘴微笑。」

里昂兩天前才來這裡待了一下午。「他只是開玩笑，」我說。

「才怪。」

我們倆沉默片刻。「你會留下來吃晚餐嗎？」我問：「我想應該是義大利餃——」

「還有他那條腿，媽的，」里昂說：「你有看到他下到廚房的樣子嗎？就三個台階，他的腿卻抖得像果凍一樣。我覺得他應該熬不過了。」

「他昨天才做了放射治療，很累，明天就會比較有力氣了。」

「不會的。」

「聽著，」我說，心裡真的很希望里昂閉嘴，但我知道里昂的個性，所以沒在語氣裡顯露出來。「我整天陪著他，好嗎？我知道他的、的、的起伏狀態。他做完放射治療會虛弱個一兩天，然後就會好轉了。」

「再過幾週，他就無法自理了，等你回家他怎麼辦？有人做好計畫了嗎？居家照護？安寧病房？還是——」

「我還不確定哪時會走，」我說：「或許會待上好一陣子。」

里昂頓時轉頭看我，身體退後，彷彿我是突然出現在他視線裡的怪物一樣。「你是說真的嗎？待多久？」

我聳聳肩說：「看情況。」過去幾天我一直在想，只是想得沒有很認真，梅莉莎還能在常春藤屋撐多久？我確實懷疑過自己還能瞞住親戚們多久，讓他們以為我只是酒喝多了或愛吃止痛藥。想到親戚們（不管是誰）發現我狀態有多糟，就讓我像手指被門夾到一樣身體一縮。我一方面覺得最好在出糗之前趕緊脫身，另一方面卻又無法想像自己回到那棟公寓，每晚對著緊急呼救按鈕做惡夢。「反正我不急著走。」

「工作呢？你難道不回去上班？」

「我已經開始工作了，在這裡，」我已經幾個月沒有跟理查德聯絡，根本不曉得自己的工作還在不在。「他們知道發生了什麼，所以允許我在家工作一陣子。」

「嗯，」里昂說，依然豎著眉頭。「算你好運。那要是事情超過你能承受的呢？慢點——」

我正想開口，他揚手攔住。「我不是在挑毛病。這段期間你任勞任怨，我無法表達自己有多感激，也從心底對你感到抱歉，之前說你辦不到，好嗎？但怎麼說呢，你肯抱雨果出浴缸嗎？替他擦屁股？每天從早到晚每四小時餵他吃止痛藥？」

「拜託，」我聽見自己大聲起來，但就是克制不了。「這些都沒有發生好嗎，里昂。等發生了我再擔心可以嗎？假如真的發生的話，行不行？」

「其實不行。因為等你發現自己負擔不了的時候，必須馬上有接替方案。你不能一走了之，讓他自己想辦法，直到——」

「那就想方案啊！什麼方案都行，反正與我無關。」

我以為里昂會扭斷我的脖子，但他只是莫測高深看我一眼，就轉頭繼續抽菸了。陰影已經佔據更多庭園，蝴蝶也消失了，對照我的心情有如廉價無謂的隱喻。我匆匆把菸抽完，用鞋子踩熄。

「我問過我爸了，」里昂忽然說：「這地方之後怎麼辦。」

「然後？」

「我搞錯了，雨果不只是房客，爺爺奶奶直接把這地方給他了，長子的緣故，」他將菸扔到台階上踩熄，接著說：「所以問題變成雨果在遺囑裡怎麼說，如果他有立遺囑的話。」

說完他斜眼看著我。「少來，」我說：「我才不要問他。」

「你剛才不是說你整天陪著他，對他瞭若指掌——」

「你不是說你在柏林有自己的生活，根本不可能搬回來，那又何必在乎——」

「你真的想讓這個地方被賣掉嗎？」

「不想，」我毫不猶疑脫口而出，連自己都嚇了一跳。在這裡幾週下來，我已經無法想像失去常春藤屋了。「當然不想。」

「雨果也一樣，你很清楚這一點。但我爸說菲爾伯伯和露意莎伯母可是一心想把這裡賣了，給蘇和湯姆當孩子的教育經費，換更好的房子等等。蘇不想這樣，但你去說服她爸媽看看。而且菲爾伯伯是次子，雨果很可能把屋子留給他，啪，這屋子就沒了。你去找雨果談，就能解釋給他聽，確定他把屋子留給會守住這裡的人。」

「好吧，」過了一會兒，我說：「好吧，我會找他談。」

里昂又回頭望著庭園，和小孩一樣雙手抱膝。「儘快，」他說。

我將煙蒂埋進天竺葵花盆裡，隨即走回屋內。雨果和梅莉莎正在瀏覽他不知道從哪裡挖出來的舊相簿，兩人聽見聲音抬頭對我微笑，可是已經太遲了：我腦袋裡像是有人擂鼓，無法整晚一邊享受義大利餃、以色列麻將和閒聊，一邊看著里昂緊盯著雨果的一舉一動。我跟他們說我頭有點痛，上樓吞了一顆贊安諾錠和兩粒止痛藥——去他的里昂——接著便倒在床上，用枕頭將頭蓋住。

蘇珊娜的刺也變多了。她以前很真、很窩心，有點書呆子、有點古怪，有時甚至傻裡傻氣。十幾歲時，我曾經費盡唇舌向她解釋為何需要好好打理衣服和頭髮，免得到處吃癟。除此之外，她還意外地很有幽默感。儘管她後來經歷了不少事，但我心底仍然有一塊地方期望她還是當年的那個女孩，結果完全不是，讓我很不好受。

「我找到人了，」有天下午，她在廚房說道。她剛帶雨果去做放射治療回來，我們倆將累得兩腿發軟的雨果扶上床，然後到廚房泡茶，替司康抹奶油，準備端上去給他。「可以提供第二意見的醫師。他人在瑞士，不過是這類癌症的國際級權威。我打電話給他，他說他會看一下雨果的病歷。」

「我以為雨果已經給三位醫師看過了，」我說：「住院的時候。」

蘇珊娜打開冰箱翻找奶油。「沒錯，所以再多一位也無妨。」

「所以這是第四意見了，妳要第四意見做什麼？」

「免得前三個意見有問題。」

我在水槽替水壺加水，只能看到她的背。「妳打算問幾位醫師？難道要問到某位醫師說出妳想聽的意見為止？」

「我就再問這一位，」她淡淡瞄我一眼，接著又對著流理台幹活。「你為什麼討厭我這樣做？」

我討厭的是她覺得那三位醫師可能漏了什麼，讓我不得不在意自己的醫師是不是犯了同樣的過錯，要是有看出來，我可能早就奇蹟康復了——「我只是不想見到雨果希望落空。」

「至少好過提前放棄。」

「妳覺得會怎樣？難道這個瑞士佬檢查完會說，嘿，想不到吧，他根本沒得癌症？」

「不會，但他可能會說，嘿，其實我們可以動手術和化療喔。」

「如果真是這樣，我覺得那三位醫師不會沒有人提到。」

「他們是一國的，不可能打臉對方。只要其中一個說他們愛莫能助——」

「我也在那家醫院，」我說：「我的醫師都很棒，所有能做該做的都做了，真的。」

「很好，非常棒，我敢說他們真的是那樣。」

我還沒找到茶壺就把茶包拿出來了，一時不曉得該如何是好，而且我很不喜歡她那種冷淡的語氣。我知道或許應該替她打氣，至少比起里昂那套悲觀論調，我應該更喜歡這種以防萬一的做法，但我現在只想叫他們統統滾蛋，少來煩我們。「那妳為何還要尋求第四意見？」

「因為，」蘇珊娜刀子一抹，將奶油俐落抹到半邊司康上說：「雨果不是你，他已經六十七歲了，而且顯然不是家財萬貫的傢伙。你知道嗎，他連健康保險都沒有，只靠公共醫療？而且老實說，他講話不清不楚，打扮又邋遢，除非仔細觀察，否則很容易以為他就是個沒用的怪老頭。幸好他是男的，又是白人，而且口音高雅，所以沒事。但就算他們為了你盡心盡力，也不表示他們也會動用相同的資源，照顧一個已經半隻腳踏進棺材裡的糟老頭。」

我火冒三丈，連自己都沒想到。「這根本是胡扯，」我氣得說不出話了，過了一會兒才說：「拜託，蘇，妳真的覺得他們故意見死不救，只因為雨果又老又呆，而且不是百萬富翁？他們可是醫師耶！我是不曉得妳看了哪些正義魔人的鬼話，但醫師的工作就是盡可能讓病人好轉，只是有時力有未逮。這不表示他們全是惡魔，摩拳擦掌等著拿患者的性命當玩笑。」

蘇珊娜打開櫥櫃拿出茶壺，從我手中搶走那幾袋茶包扔了進去。「還記得奶奶生病的時候嗎？」她問：「她嚴重胃痛了好幾週，整個肚子都腫起來了。她去看了家庭醫師三次，急診室兩次，所有醫師的說法都一樣：便祕，回家吃一顆瀉藥就好了，婆婆。不論她跟他們說了幾次不是便秘，他們都沒理她。」

「所以醫師會犯錯，因為醫師也是人，」我其實不大記得這些了。我那時才十三歲，滿腦子女孩、朋友、橄欖球、樂團與學校。她生病那時，我每週至少會去看她兩次。如果她能進食，我就會用零用錢買她最愛的水果核桃巧克力給她吃；如果不能進食，就買黃色小蒼蘭。但我始終沒有太去注意這些枝節。

「基本上，」蘇珊娜說：「那些醫師看了一眼奶奶，就覺得她只是個需要別人關懷的老太婆，明明只要好好聽她講話十秒鐘，就知道她絕對不是那樣的。你知道他們後來怎麼會檢查她是不是得了胃癌？因為我爸終於發飆了，狠狠訓了那位家庭醫師一頓，他才讓奶奶去做檢查，但已經太遲了，做什麼都來不及了。」

「也許本來就已經遲了，誰曉得？」

「是啦，有可能，但也可能不是。不過，那不是重點。讓開——」她探身過來，一把抓起茶壺倒茶，但動作太大，灑了幾滴茶在流理台上。「重點是，你的醫師對你盡心照料，那很好，但不是所有人都和你一樣幸運。」

「哦，**拜託**，」我說：「妳到底知不知道自己在講什麼？醫師又不是，又沒有——」我知道自己想說什麼，但找不到可以讓她聽懂的字眼。我用力咬著下唇內側。「他們又沒有什麼神秘**計分表**，只要你有小混混口音或超過六十五歲就扣分，最後根據分數多少給你多少治療。這太荒謬了，妳必須信任他們會盡力做好。」

蘇珊娜已經把餐點準備好了，正開始收拾檯面，將司康屑掃進手裡扔到垃圾桶，牛奶和奶油放回冰箱，啪的關上冰箱的門，動作熟練俐落，沒有半點多餘。

「生查克一點也不好玩，」她說，語氣很平，但感覺得到極力克制著什麼。「諮詢師對我做了一些事——細節我就不說了，總之有幾個選擇，但我真的不喜歡他要的那個選項，所以就拒絕了。沒想到他說，『妳要是跟我爭，我就去法院申請命令，讓警察上門把妳抓來。』」

「他是逗妳的，」我驚詫了半秒後說。

「錯了，他非常認真。他詳細交代之前怎麼用這套對付其他女人，好讓我知道他不是在逗我。」

「天哪，」我說。我真想知道湯姆他媽的在幹什麼，竟然讓陌生人用這種方式對他的老婆說話。我猜他可能只是溫馴點頭，在心裡考慮要買哪一款羞羞臉的抱嬰袋，背著寶寶到處走。

「妳有申訴嗎？」

蘇珊娜轉過頭來，手裡還握著奶油刀，用不可思議的眼神看著我。「申訴什麼？」

「他不能那樣做。」

「他當然可以。只要懷孕，你就沒有資格對自己的健保說話。他可以為所欲為，不用管我同不同意，而且完全合法。你真的從來沒聽過？」

「呃，」我說：「沒錯，他理論上可以，但我很懷疑實際上真的是那樣——」

「實際上就是那樣，我知道，因為我就是當事者。」

我其實不大想吵這個，再加上我覺得我們有些離題了，雨果又不可能懷孕——「那個諮詢師是大混蛋，」我說：「很遺憾妳遇到那種事，我完全可以理解妳為什麼對醫師印象很差，但只因為妳有不好的經驗，不代表——」

「天哪，真是夠了，」蘇珊娜說完將奶油刀狠狠扔進水槽，發出鏘啷一聲，接著拿起餐盤就離開了。

♣

我通常不會把對話搞得這麼僵。畢竟蘇珊娜又不是徹底變了個人，她本來就喜歡打抱不平，不論是否真有其事，而我向來也只是翻翻白眼就由她去了。里昂也是，他從小就是個情緒化的小王八蛋，我很清楚別自找麻煩，通常就是趁他的情緒影響到我之前閃遠一點，讓他自己去化解。但現在顯然不同了。他們平常那些怪毛病只是出現小小變動，就讓我亂了套。

我大可將問題怪在雨果大限將至帶來的壓力上，或怪在那晚造成的神經或心理之類的後遺症上，但老實講，我想原因要比這些平凡又可悲得多。事實是。我嫉妒蘇珊娜和里昂。這感覺實在太過陌生，我花了一段時間才搞清楚。我從小就理所當然以為事情正好相反，嫉妒的人是他們，不是我。對我而言，跟人互動向來易如反掌。這不是說我很有領袖魅力，但我總是輕而易舉就能成為最酷的那群人，所有好康都享受得到，而且地位穩固到即使阿德口音太重，是四眼田雞，橄欖球打得一塌糊塗，還是被納入小圈圈，只因為他是我朋友。里昂在學校裡經常被人扯內褲，而就讀隔壁姊妹校的蘇珊娜雖然不惹人嫌，但和她的好姊妹都是莉莎．辛普森的翻版，專門做一些沒人鳥的事，例如賣手工蠟燭替遊民或西藏募款之類的。他們倆要是和酷沾上一點邊，都是因為我。長大後依然如此。里昂大學讀了一年就放棄了，從此周遊世界，到澳洲採收農作物，在維也納偷住空屋，從來沒有一份工作或一個男友超過一兩年；蘇珊娜則是變成家庭主婦，整天燉豆子之類的；而我卻一畢業就在職場上大有斬獲，生活各方面都近乎完美。我從來沒有瞧不起他們，真的。我很愛他們，希望他們擁有世界上一切美好的事物，只是我心底深處明白，他們要是拿自己的生活和我比較，我的生活肯定獨佔鰲頭。

但現在，他們一腳能跨兩個台階，同時跟許多人交談也不會搞混。里昂講起自己那些下流經歷時提到的歌手或樂手都是我聽過的樂團，而蘇珊娜最近才重返校園，申請到名校的社會政策研究所，整個人散發著興奮的神采，可是我……我在這個大幅簡化的小世界裡過得還算正常，但我很清楚自己絕不可能應付從前的工作與生活，一天也沒辦法。我羨慕他們，感覺這世界真是沒天理。那嫉妒的感覺既強烈又丟臉，讓我再也無法用過去的慷慨眼光與泰然包容看待他們倆的怪癖及缺點。幾個月前只會讓我搖頭微笑的事，現在卻讓我咬牙切齒，幾乎藏不住憤怒。他們倆離開總是讓我如釋重負，又能和梅莉莎及雨果回到那溫和朦朧的世界，翻翻檔案、打打牌、睡前喝杯熱可可。那世界充滿了心照不宣的認可與接受，以及（我現在才真正明白那有多麼稀罕與難以形容的寶貴）勇敢溫柔又小心翼翼的親切。

但里昂說得沒錯，雨果情況變糟了，只是很細微，因此大多數時候我們幾乎都能視而不見。例如他會突然絆跤，我或梅莉莎趕緊扶住他的手肘，嘿，小心地毯！但這種事愈來愈常發生，而且不是每回都有地毯可以怪罪。有時他工作到一半抬起頭來，眼神茫然環顧房內，怎麼……？現在幾點？接著他目光掃到我身上，完全認不出我是誰，讓我必須強忍住奪門而出的衝動，才能對他說，嘿，雨果伯伯，現在快三點了，要我去準備下午茶嗎？他會眨眼看我，記憶從目光裡一點一滴浮現，直到臉上露出微笑，好啊，我想是該慰勞自己一下了，對吧？還有偶爾突如其來的煩躁，近乎勃然大怒，夠了，別再給我蔬菜，我想吃什麼可以自己挾，不要催我！或是嘴角下垮，乍看像是輕蔑的冷笑，只是久久不退。

有天晚上他跌倒了。我們正在準備晚餐——恩潘納達，我現在想到喉嚨裡還是會浮現那餡餅裡帶著西班牙辣腸和洋蔥香氣的油膩滋味。我們放著蕭邦的華爾滋舞曲，雨果上樓去解手，我和梅莉莎在流理台前一邊桿麵糰一邊爭執該用多大的烤盤，忽然聽見腳步踉蹌聲，緊接著是砰的一聲巨響，跌倒和硬物撞擊聲，隨即恢復安靜。

我們立刻衝出廚房，高喊雨果，心裡一時還搞不清楚剛才那些聲響是什麼意思。只見雨果臉色慘白半趴倒在台階上，一手抓著欄杆，眼神紊亂，拐杖甩落在很遠的地方，角度很不對，有如地震或敵軍入侵，所有人四散逃難——

梅莉莎率先趕到台階上，跪在雨果身旁雙手抓著他的胳膊扶住他。「等等，不要動。先別動，告訴我發生了什麼。」

她語氣簡潔沉穩，宛如護士一般。雨果鼻息急促。「雨果，」我終於趕到，試著擠到他身旁：「你還好嗎？有沒有哪裡——」

「噓，」梅莉莎說：「雨果，看著我，深呼吸一口氣，告訴我發生了什麼。」

「沒事，我拐杖滑了一下，」雨果雙手劇烈顫抖，鼻樑上的眼鏡也歪了。「真白癡，我以為自己已經很熟練了，結果一時大意──」

「你有撞到頭嗎？」

「沒有？」

「你確定？」

「確定，我很好，真的沒──」

「你撞到哪裡？」

「當然是背。我往下跌了幾個台階，不確定多少──還有手肘，手肘其實最嚴重──哎唷，」他試著動手肘，結果痛得面孔扭曲。

「還有嗎？」

「應該沒有了。」

「找醫師，」我終於找到可以怎麼幫忙了。「我們需要叫、叫救護車，然後──」

「慢點，」梅莉莎說著伸手觸壓雨果身上各處，動作敏捷乾脆，頭轉過來，手肘試著彎彎看，會痛嗎？那這樣呢？她表情專注，臉色如陌生人般漠然，兩手在雨果的棕色燈芯絨褲和歪七扭八的套頭衫上留下麵粉的印子，有如年代久遠的灰塵。廚房裡仍然放著蕭邦的音樂，這會兒是〈小狗圓舞曲〉，狂亂的顫音和滑音愈來愈快，讓我只想叫它閉嘴。雨果呼吸急促吃力，讓我腦中警鈴大作，死掐住自己才沒有逃開。

「好了，」檢查完後，梅莉莎恢復成蹲姿說：「我敢說你應該沒什麼大礙。你的手肘沒有斷，否則不可能那樣動。你想去看急診嗎？還是找醫師過來瞧一眼？」

「不用，」雨果掙扎著坐起身子說。我抓著他的手，他的手比我大很多，皮膚鬆垮，簡直只剩骨頭。他體重變輕了，我卻完全沒發覺。「我很好，真的，只是有點不穩。我已經看夠醫師了，現在只想躺一會兒。」

「我真的覺得你應該去檢查一下，」我說：「免得——」

他用力按我的手，臉上閃過一絲近乎憤怒的不悅。「我是大人了，托比，只要不想看醫師就不會去看。現在扶我站起來，然後把拐杖拿來。」

他抖得太兇，拄不了拐杖。於是我和梅莉莎扶他上樓，讓他兩隻手臂各摟著我們一邊肩膀。蕭邦的琴聲在遠處瘋狂兜圈打轉，我們三人組合成一個巨大笨拙的生物，戰戰兢兢往上走。抬腳，好了，再抬腳！扶雨果上床後，我和梅莉莎端了一杯熱茶給他，然後開始熱罐頭雞湯和吐司當晚餐，沒有人還有胃口吃恩潘納達了。

「說真的，他確實沒有傷到，」梅莉莎在廚房裡說：「情況很可能就是他說的那樣，他拐杖滑了。」

才怪，但我不想討論這件事。我自己也驚惶未定，心臟猛跳，身體還不相信危機已經解除了。「妳怎麼知道？要怎麼檢查？」

梅莉莎一邊攪動平底鍋裡的湯，一邊用手指沾了一點嚐味道。「我很久以前上過課，我媽媽跌倒過幾次。」

「天哪，」我從背後摟住她，在她頭上吻了一下。

她將我的手從腰上拿開，舉到唇邊摁了摁，隨即放手去拿架上的香料。之前那副冷靜漠然的神情還殘留幾分，我只想讓它消失，只想將她弄到床上，將那神情和她身上的衣服一起扒掉，讓它煙消雲散。「不會，還好有學，你都不知道那陣子有多常用。」

「話雖如此，」我說。這些年我聽了不少，很清楚梅莉莎的母親有多欠揍，我見到她只會想賞她臉上一拳。但此時我頭一回察覺到一個可悲的反諷。梅莉莎從小被迫照顧母親，最後總算從中脫身，找到一個可以照顧她的男人，但現在突然間又變回照顧者的角色，而且要照顧兩個，不是一個。「但這不是妳的工作。」

她手裡握著香料罐轉頭看我。「什麼不是我的工作？」

「照顧雨果。」

「我只是檢查他有沒有受傷。」

「妳做的遠不只這樣。」

梅莉莎聳聳肩。「我不介意。不是說說而已，是真的不介意。雨果人那麼好。」

「我知道，但我們原本只打算在這裡待個幾天，」我們這時已經在常春藤屋住滿三週多了。期間梅莉莎曾經回她家和我住處兩三趟，拿更多衣服過來，但一次也沒有提起搬回去的事。「也許妳該回去了。」

她背靠流理台，目光審視我臉龐，將湯拋到了腦後。「你希望我搬回去嗎？」

「我不是那個意思，」我說：「我很喜歡妳在這裡，只是——」跟她提起這件事感覺很像我已經答應了。其實我還不確定，但已經太遲了。「我在想我可能會在這裡再待一陣子。」

梅莉莎整張臉都亮了。「喔，我早就在等你這樣說了！我不想問。我知道其他人可以接手，但雨果很喜歡你陪他，托比。這對他來說太重要了。我好高興——我當然也會留下來，我很想繼續住在這裡。」

「現在是一回事，」我說：「但雨果的狀況可能惡化，我不希望拖累妳。」

「只要你留在這裡，我就哪裡都不去。糟糕——」她轉頭看湯，發現湯已經開始滋滋作響，瘋狂冒泡，於是趕緊將瓦斯調小。「湯好了，你要加吐司進去嗎？」

「不只雨果，」我吃力說道。這些話實在很難說出口。「這陣子以來，妳也花了很多工夫照顧我。」

梅莉莎轉頭對我微笑。「我喜歡照顧你。」

「我不喜歡妳不得不這樣做，很討厭，尤其妳母親曾經那樣過。」

「那是兩回事，」梅莉莎毫不猶豫轉身回答，語氣堅定決絕，我從來沒聽過她用這種語氣說話。「你變成這樣不是自己害的，雨果也不是，和我媽完全不同。」

「但結果是一樣的。這不是妳該做的事。我們八十歲的時候也許，但現在……妳應該去跳舞、去音樂祭、去野餐、去充滿陽光的地方度假，所有我們——」我聲音顫抖。我已經在腦中模擬過這段對話上千次了，卻始終沒有勇氣說出口，結果果真跟我想得一樣難。「我不希望妳做這些。」

「假如我可以選擇，我也不希望你是現在這樣，」梅莉莎不帶情緒地說：「但這就是現狀。」

「相信我，我也不希望自己是現在這樣。老天，我最不想要的就是——」我那愚蠢的聲音再次顫抖。「但我別無選擇，可是妳有。」

「我當然有，而我想待在這裡。」

我從來沒在梅莉莎身上看過如此堅定與沉著。拜託，她被尼爾那個準跟蹤狂嚇得花容失色的時候，看到新聞裡的難民小孩和臉書上的挨餓小狗而掉淚的時候，是我抱著她哄她的好不好？她現在這種神情讓我很不安。我在腦中想像這段對話時，沉穩自持的是我，安慰人的也是我。

「我希望妳快樂，」我說：「但只要妳待在這裡，只要妳——」我必須吸一口氣才能往下說。「跟我在一起，就沒有可能。我應該讓妳過得更好，而不是更糟。而我想，我真的覺得自己之前有做到，可是現在──」

「你當然有讓我過得更好啊，笨蛋，」她伸手貼著我的臉頰，小巧的手掌溫溫軟軟。「待在這裡也是。我很高興我們待在這裡，不只因為雨果，你知道。待在這裡──」她輕笑一聲。「對你非常有益，托比。你好多了，你可能沒注意到，但我有。這才是世界上最讓我開心的事。」

在我的想像裡，這段對話總是以道別告終，梅莉莎有如奧斐斯哭著走入陽光下，留我獨自被黑暗吞沒，結果似乎不是這麼回事。這份落差讓我不知所措，感覺暈頭轉向又洩氣，有如溺水般踩不到底，想不出該如何向梅莉莎解釋她都錯在哪裡。「不是，」我伸手摀著她貼著我臉頰的手說：「聽著，妳不──」

「噓，」她掂起腳尖，兩手摟著我的脖子將我拉近，深深地吻了我。「好了，」吻完她將我放開，笑盈盈地說：「我們得快點把食物端上去，否則雨果餓昏了，你就真的要擔心了。把吐司放上去吧。」

♣

隔天早上，雨果看來一切無恙，甚至比前幾天狀況都好，哼著小曲在起居室裡找一本想要重讀的書。他很確定自己兩年前見過它。我趁機溜到庭園盡頭。我現在只要菸癮犯了就會去那裡，好讓我們三個繼續假裝我沒抽菸。我在樹蔭下的草地上躺了下來，身上灑滿了金幣般的光點。樹蔭外陽光刺眼，四面八方都是蚱蜢唧唧聲，黃色罌粟花迎風搖擺。

我很想跟阿德聊天，西恩的話更好。自從他們倆到醫院看我之後，我就沒有再跟阿德或西恩說到話了。他們一直發簡訊來，我甚至回了一兩次，但也就這樣。我發現自己開始想念這兩個混蛋了。於是抽完菸後，我翻身趴在草地上，將手機掏了出來。

西恩幾乎鈴聲一響就接了，而且說「喂」的語氣有些焦急，嚇了我一跳。「兄弟，」我說：「近來如何？」

「靠，」西恩脫口而出，聲音掩不住興奮及如釋重負。我這才恍然大悟，剛才他看到我的手機號碼其實嚇壞了，以為是我打電話向他告別，或我父母親打來通知他噩耗。我忽然察覺自己對西恩和阿德有多不體貼。「你終於出現啦？怎麼樣？」

「還好，你呢？」

「還不賴。天哪，你這小子，我已經多久沒跟你——你都好嗎？」

「蠻好的。我最近都在雨果伯伯家，他生病了。」

「他還好嗎？」

「其實不大好。腦癌，只剩幾個月了。」

「哎，真糟，」感覺西恩是真的難受。他從以前就很喜歡雨果。「天哪，我很遺憾。他狀況如何？」

「以他的病情算是還不錯。他待在家，沒有住院，身體有點弱，但還可以。」

「麻煩你代我問候他。他是個好人，我說雨果，對我們很好。」

「你應該來一趟，」我說，說完才察覺自己真的說了。「他看到你一定會很開心。」

「你確定？」

「當然，過來吧。」

「沒問題。這週末我要和奧黛莉去蓋威，但下週一定過去。要找阿德嗎？」

「好啊，你和他一起來。我會打電話給他。他最近如何？被珍娜拿刀捅了沒？」

「老天，」西恩長吁一口氣說：「已經六週了對吧？他們才剛復合不到五分鐘，她就決定他們應該一起住。我告訴阿德瘋子才會答應，他也完全同意，但珍娜開始發飆，說他跟她在一起只是為了做愛，結果兩人話還沒說完，阿德就決定要跟珍娜同居了，好證明她是錯的。」

「天哪，這下我們再也見不到他了。珍娜絕對不會讓他踏出家門半步。」

「慢點，更精彩的還在後頭。所以他們就開始找房子了，是吧？他們在史密斯菲爾德相中一間不錯的小公寓，付了押金和頭一個月的房租，阿德也通知前一個房東說自己要搬家了，結果一週後——」

「不會吧？」

「沒錯，珍娜跟他說她只是在懲罰他，誰叫他玩弄她的感情。她才不打算跟他同居，而且決定甩了他，掰掰。」

「媽的，」我說：「阿德還好嗎？」

「不大好。我一直想找他出來喝兩杯，但他都說他沒空。你打給他。他應該會為了你出門。」

我打給阿德，但他沒接，於是我留了言：「嘿，你這個白癡，別跟我說你正在拚老命挽回那個賤人。我在我雨果伯伯家。西恩說他下星期會來找我，你應該一起來。記得回我電話。」

我常想像，我和梅莉莎就這樣住了下來，至少待到雨果過世，甚至更久。西恩和阿德真的來看我（雨果眨眼微笑，天哪，你們兩個都長這麼大了，我得叫自己別再把你們想成調皮搗蛋的毛頭小子了。但我還是希望你們和小時候一樣有……），大夥兒一起悠閒烤肉，一起躺在草地上閒聊，嘲笑阿德五年級的時候，蘇珊娜的朋友梅蒂一整晚對他打情罵俏，他卻完全沒感覺。雨果面對死亡的泰然自若會啟發我，讓我明白發生在自己身上的事不僅殺不死我，還是可以克服的，只是生命汪洋裡的一顆砂礫。我的堂妹和堂哥會跟我共患難，靠著黑色幽默、勾肩搭背和深夜把酒深談走過低潮，雖然更難過，卻也更緊密，童年情誼重新燃起，再次璀璨。梅莉莎會哄我接受物理治療，然後有一天我會雙手捧著戒指，單膝跪在野胡蘿蔔花之間，之後和她手牽手跑回屋裡跟雨果分享這個有如暗夜明星的喜訊。故事繼續，堅韌的生命向前邁進。最後我會請仲介替我賣掉那間我再也沒回去過的住處，直奔灣邊那棟喬治式宅邸。當然事情並未這樣發生，但有時當我亟需休息，總會假裝那是可能的結局。

♣

結果一切只維持了不到四週。週五早上我又到庭園盡頭的樹蔭下抽菸。時序開始進入秋天，發黃的樺葉三三兩兩落在我腿上，接骨木果變成紫色，吸引了小鳥飛來嘗鮮，藍天也染上了涼爽剔透的氣息。有人正在用除草機，但距離夠遠，所以聲音成了舒服悅耳的低鳴。

忽然一團黑影閃現，嚇得我魂都快散了。那巨大模糊的黑影在斜光中一拐一拐，有如使命必達的信差穿過長長的雜草緩緩朝我靠近。我過了半晌才察覺那是吃力拄著拐杖的雨果，趕緊把菸捻熄，扔在地上用土埋起來。

「我可以加入嗎？」他走到我身旁說，聲音有一點喘。

「當然可以，」我說，心臟依然跳得飛快，搞不清出了什麼事。雨果從來不曾到庭園找我，逮到我抽菸只會打破那心照不宣的微妙平衡。「請坐。」

雨果顫巍巍地坐到草地上——他咬著唇，整個人貼在拐杖上，我伸手想要幫他，但他用力搖頭——身體往後靠著橡樹，兩腿前伸。「給我一根菸，」他說。

我愣了半秒，隨即掏出菸遞了一根給他，用打火機替他點菸。雨果深吸一口菸，閉上眼睛

「啊」的長嘆一聲，接著說：「天哪，真懷念。」

「你會抽菸？」

「會啊，而且只抽烈的，忍冬牌，每天一包。我二十年前把菸戒了，一方面因為你們三個開始會來這裡，感覺不是什麼好榜樣，但主要是為了健康，沒想到是白費力氣，對吧？」我不曉得他嘴角一撇是苦笑或只是臉頰抽搐。「過去這二十年，我應該每天抽到爽才對，反正結果都一樣。」

又一個默契被打破了：我們從來不提他快死了這件事。我不曉得該說什麼。這番對話感覺很不妙，但我無法左右。我又點了一根菸，我們倆就這樣坐在樹下，望著懸鈴木的葉子有如螺旋槳般輕輕飛落。

「蘇珊娜打電話來，」過了一會兒，雨果說：「她找的那個瑞士專家看了我的病歷，看法和我的醫師一樣，沒什麼能做的了。」

「喔，可惡，」我身體一縮。「太糟了。」

「是啊。」

「真遺憾。」

「我真的覺得我沒有抱太大期望，」雨果說。他眼睛沒有看我，而是望著手上的菸在陽光下白煙裊裊。「真的。」

我真想揍蘇珊娜。這個自以為是的白癡，只會高高在上，講一堆鴨霸醫師欺負病人的狗屁歪理，結果讓雨果二度受傷，連大腦只有她一半大的人也知道這樣做毫無意義。「蘇珊娜這樣做真差勁，」我說：「真是他媽的差勁透了。」

「不，她這樣做沒錯，原則上是對的。那位專家說，像這樣轉到他手上的案子有很多他都不同意之前醫師的看法，會建議開刀，比例將近四分之三。通常手術不會把病人治好，癌症遲早會復發，但是能推遲個幾年……我只是碰巧屬於那其餘的四分之一，原因跟腫瘤的位置有關。」

「真遺憾，」我又說了一次。

「我知道，」他又深吸了一口菸，然後將菸摁熄在土裡。他彎腰時，粗粗一綹一綹的頭髮往旁邊退開，露出頭側一塊因為放射治療而剃光的頭皮。朦朦朧朧的葉影和陽光在他穿到變薄的襯衫上打轉。「我能再來一根嗎？」

我又掏了一根菸給他。「我應該什麼都試，」雨果說：「安仔或一粒沙之類的，還有海洛因。我年輕的時候花樣還不多，我抽過幾次大麻，但不是很喜歡……你覺得里昂知道哪裡能弄到一粒沙嗎？」

「應該不知道，」我說。陪雨果來趟嗑藥之旅，怎麼想都覺得怪。「他在都柏林可能沒認識什麼人。」

「也對，而且我可能本來就不應該試。別理我，托比，我只是在胡言亂語。」

「我們想繼續待在這裡，」我說：「我和梅莉莎，只要……我們在這裡還幫得上忙，而你想要我們待著的話。」

「我能說什麼？」他仰起頭，語氣忽然酸澀起來。「我知道，我應該跪地磕頭，向你道謝——真的，不騙你，托比，我可不想在可怕的醫院病房裡嚥氣——而且你和我都曉得，我當然會說好，當然會感激得無法形容，只是我很希望自己有選擇。不是出於情非得已，而是因為喜歡有你們待在身旁而要你們住下來。我只是希望——」他聲音變大，掌心狠狠打在樹根上。「我他媽的有決定權。」

「對不起，」我沉默半晌才說：「我不是……不是要強迫你，真的不是。我只是在想——」

「我知道你不是，我也沒那個意思，完全沒有，」雨果伸手抹了抹臉，方才瞬間抖擻的精神忽然又沒了，垂頭喪氣靠回樹上。「我只是受夠了這種任由疾病擺佈的感覺，什麼決定都不能自己做。癌細胞不只在吞噬我的大腦，還侵蝕我的自主權，一點一滴吃掉我的存在，我不喜歡這樣。我希望……」

我等他說完，但他沒有繼續，而是沉默片刻，接著吸了口氣挺直腰桿。「我希望你們住下來，」他說，語氣明確而正式，眼睛望著庭園，沒有看我。「你和梅莉莎，只要你們答應不會因為我而不敢改變主意，想走就走。」

「好，」我說：「沒問題。」

「很好，謝謝你，」他找了一塊沒有草的土地，將菸捻熄。「我還想請你幫一個忙，我希望死後能火化，骨灰灑在這兒，這個庭園裡。你能替我做到這件事嗎？」

「你應該立——」我說。這番對話愈來愈難以忍受了，有如精心設計的酷刑，我才剛沉住氣，殘酷程度就加一級。我愚蠢地想，是不是能藉口說我聽見屋裡電話鈴響了，或是假裝話講到一半睡著了，只要能結束對話就好。「你應該立遺囑，這樣才保險，免得有人反對，你知道，希望用別的方式——」

「遺囑，」雨果嗤之以鼻。「我是應該立遺囑，對吧？我每天都告訴自己：這禮拜，我這禮拜一定要處理，要叫艾德華或菲爾推薦一位好律師——但我每次看到他們的臉就會想，我不能這樣對他們，今天不行，等他們狀況好一點的時候我再……於是一週又這樣過去了。看來醫院那位女諮詢師說得一點也沒錯，是吧？我在否認，我的心裡肯定還是隱隱抱著期望。」

從剛才到現在，我都忘了問雨果屋子的事，直到提起遺囑才想起來。「這間屋子，」我說：「你如果要立——我是說，你如果想，想長眠此地——」我草草比了比庭園。「那這裡應該繼續由家族持有，對吧？」

雨果轉頭看我，濃眉下一雙眼睛無比專注。「你希望這樣嗎？」他問。

「對，」我說：「我確實希望。」

「哦，」他眉毛一挑。「我不曉得你這麼在意這個地方。」

「我也沒想到。我是說，也許我沒那麼在意，我不曉得，只是……回到這裡以後，」我不曉得如何解釋。「我很不想失去它。」

雨果仍然盯著我看，我開始慌了。「你堂哥堂妹呢？他們怎麼想？」

「嗯，他們也想留著這間屋子。他們真的很想，很想守住它。我是說，我們不是想將這裡占為己有，完全不是——」他眉頭微皺，我完全摸不透他在想些什麼。「只是，這裡是家族的房子，你知道，他們有點擔心菲爾想把它，呃，把它賣了。不是因為他不在意這裡，而是——」

「好，」雨果忽然打斷我的結巴說：「我會處理。」

「謝謝，謝謝你。」

他摘下眼鏡，拿袖口擦了擦鏡片，目不轉睛望著陽光燦爛的庭園，眼神茫然。「可以的話，」他說：「我想一個人在這裡靜一靜。」

「喔，好，」我在一旁杵了半晌，心裡慌到了極點。我惹他生氣了？我提起這些事，好像他已經死了一樣，是不是搞砸了？他沒有我扶還能站起來嗎？但他完全沒理我，於是我最後放棄了，轉身走回屋裡。

♣

雨果在庭園裡待了一個多小時，只是動也不動地坐著，後來連小鳥都飛到他腳邊啄起食物來了。我在廚房裡東摸西弄，一邊留意他的動靜，但離窗戶很遠，免得他察覺。但等他回到屋裡，整個人又變得神情輕快，有點疏遠，急著想開始幹活。他做了DNA三角驗證（我搞不懂那是什麼），對沃茲尼亞克女士有了新的發現，在蒂珀雷里找到更多她的親戚和親戚的親戚。他有跟我解釋，但我記不住。他再也沒有提起屋外那段談話，讓我心驚膽跳地想他是不是完全不記得了。

然而，隔天早餐他卻開心宣布，蘇珊娜一家子和里昂下午會來。「我們來做蘋果胡桃蛋糕吧。我知道小孩不是特別喜歡，但我很愛，而且我不時在想，現在正是利用我的狀況予取予求的時候，再說——」他朝我偷偷一笑。「蘋果胡桃蛋糕總比一粒沙好得多吧？」

於是：週六下午，起居室，茶與蛋糕。整間屋子飄著溫暖的蘋果和肉桂香，窗外天色依然灰濛，湯姆認真講述自己終於打動了他五年級歷史課上最沒反應的小孩，沒想到竟然是靠《權力遊戲》，但那小鬼似乎很開心；蘇珊娜和梅莉莎聊起兩人都很喜歡的新樂團，感情更好了，里昂猛翻白眼，說要列一張單子給她們，讓她們知道什麼才是**真正的**音樂，雨果則是裝生氣，說我們怎麼都不喜歡披頭四。一切感覺就像輕鬆愉快的家族午後聚會，但所有人都明白這是例外。我感覺得到大夥兒都在觀望等待，彼此不斷交換疑問的眼色，但我全當作沒看見。我依然感覺很糟，覺得自己在說不上來但很重要的意義上搞砸了和雨果的談話，接下來一切都將出錯。

蘇珊娜的兩個小鬼一點幫助也沒有。吃完蛋糕，他們的注意力也跑了。等湯姆和里昂清完盤子，查克已經像黃蜂在起居室裡衝來衝去，用腳趾推東西，對著人甩紙，只要從我身旁經過就偷偷抓我手肘一下。「雨果伯公！」他像頭猩猩似的抓著雨果的椅子盪來盪去，一邊喊道：「我可以玩拆除大隊積木嗎？」

「查克，」蘇珊娜厲聲喊道。她正拿著手機和梅莉莎一起坐在沙發上看新樂團的音樂短片。「不要爬雨果伯公的椅子。」

查克大嘔一聲，滿臉嫌惡坐到地板上，差點壓到趴在地上推著玩具在地毯上滾，一邊喃喃自語的莎莉。「雨果伯公，」查克更大聲喊：「我可以——」

雨果吱吱嘎嘎轉過椅子，伸手按著查克的頭說：「現在不行。我有話要跟你爸爸媽媽和他們幾個說，你和莎莉到外面去玩。」

「可是——」

雨果彎下腰要查克靠近，查克跪坐起來，雨果在他耳邊低聲說了幾句，查克剎時笑容滿面。「耶，」他說：「走吧，莎莉。」說完便帶著莎莉從後門衝到庭院去了。

「你跟他說了什麼？」蘇珊娜有點疑心地說。

「我跟他說庭園裡有寶藏，找到了就是他們的。理論上我沒有說謊，這些年肯定有人在庭院裡掉過東西，他們會找得很開心的。」他小心翼翼坐回扶手椅上說：「我需要和你們幾個好好談談。蘇珊娜，妳可以請里昂和湯姆過來一下嗎？」

蘇珊娜走出起居室，離開前用意味不明的目光狠狠瞪了我一眼。所有人像小學生乖乖坐好，我和梅莉莎擠在一張沙發上，里昂和蘇珊娜一張沙發，湯姆則是坐在雨果對面的扶手椅上。他兩手握著膝蓋，臉上有如聖伯納犬一般帶著淡淡的擔憂。一道沁涼的微風，伴隨著查克發號施令的吼聲，從廚房開著的門裡飄了進來。

「托比提醒我，」雨果說：「我們需要搞清楚這間屋子在我死後該怎麼辦。」

「喔，我不是——」梅莉莎起身道。「我去看著查克和莎莉，」她對蘇珊娜說。

「不用，」雨果立刻伸手輕碰她的胳膊，口氣堅決地說：「親愛的，留下來，我需要妳待在這裡，這件事也有妳的份，」他微微苦笑。「不論妳喜不喜歡。」梅莉莎遲疑片刻，但雨果朝她微笑，肯定似的點了點頭，於是她又坐回我身旁。

「很好，」雨果說：「那就開始吧。托比跟我說你們兩個和他——」他看了看里昂和蘇珊娜。「都認為這間屋子應該繼續由家族持有，是嗎？」

里昂和蘇珊娜立刻正襟危坐。「我是這樣認為，」蘇珊娜說。

「我當然也是，」里昂說。

「但你們擔心如果由菲爾和露意莎繼承，他們可能會把這裡賣掉。」

「他們一定會賣掉，」蘇珊娜說：「一切都是為了孫子好的那一套。」

雨果豎起眉毛說：「妳不這樣認為？」

「我們過得還可以，又不是少了賣屋子的錢就會流落街頭，再說小孩子也不需要豪華假期、帆船課或有放映室的大房子。我甚至不願意他們接觸那些狗屁東西，但我爸媽就是不聽。」

雨果看了看湯姆，湯姆點頭附和。「你爸媽呢？」雨果問里昂：「他們怎麼想？」

里昂聳聳肩。「我爸對賣掉這裡不是很熱衷。但你也知道我爸那個人，要是菲爾向他施壓……」

「奧利佛一定會讓步，」雨果接口道：「肯定的。那你爸媽呢，托比？」

「我不曉得，」我說。這整件事感覺很不真實，宛如電視影集精心安排的場景，家族齊聚起居室，聆聽族長的臨終遺願。「我是說，我爸很喜歡這裡，可是……我還沒有跟他談過這件事。」

「其實，」雨果說：「艾弟很重感情。」他小心挪動雙腿，用手幫比較沒力的那條腿調好位置。「重點是，如果這棟屋子由家族繼承，你們打算怎麼辦？有誰想要或願意住在這裡嗎？」

我們幾個面面相覷。我腦中忽然浮現四十年後自己穿著燈芯絨長筒襪、手拿正山小種紅茶在常春藤屋裡走動的模樣，不禁心頭一顫。

「那個，我住在柏林，」里昂說：「雖然不一定會在那裡定居或什麼的，但是……」

「我們家也許可以，」蘇珊娜和湯姆偷偷交換了意義不明的眼色，接著說：「但需要討論。」

「遺產稅可能不低，」雨果提醒道：「你們負擔得起嗎？」

不真實的感覺愈來愈強烈了。雨果坐在扶手椅上用公事公辦的冷靜口吻討論幾個月後的事，到時他已經走了，而我們幾個竟然配合演出，好像這一切很正常似的。我感覺空氣凝滯發酸，有如地穴一般。我只想起身離開。

「我們可以把現在的房子賣掉，」蘇珊娜說：「繳稅應該夠。」

「嗯，」雨果說：「只是這樣對另外兩位似乎不公平。我又不是家財萬貫，除了這棟屋子之外，我顯然沒什麼值錢的東西可以留給他們。」

「我無所謂，」里昂說。他一臉酷樣斜倚在沙發上，手指卻像擂鼓一般不停焦躁點著大腿，感覺並沒有比我開心到哪裡。「蘇要是哪天贏了樂透，可以分我一點，不分我也沒差，隨便。」

「托比你呢？」

「我不曉得，」我說。有太多互相衝突的因素要考慮，我感覺自己的腦袋像是跑太多程式的老電腦當掉了。「我還沒——我完全沒想過這件事。」

「我們可以……」湯姆試探地說。我忽然有股野蠻的衝動，想賞他嘴巴一拳。這件事有他插嘴的餘地嗎？「我是說，只要他們同意，這棟屋子可以屬於他們三個，也可以由我們住，但按他們持有的那三分之二付他們房租？」

「假如我們住在這裡的話，」蘇珊娜警告似的瞪了老公一眼。「但我還不確定。」

「嗯，好，假設。顯然我們必須確定所有——」

查克在庭園裡大叫。他和莎莉從剛才到現在一直在庭園裡大呼小叫，但這回不一樣，聲音嘶啞乾涸，徹底驚恐。

我還沒搞清楚那是什麼聲音，蘇珊娜已經起身衝出起居室，湯姆緊跟在後。「到底是怎麼——」里昂話沒說完也站了起來，跟我和梅莉莎一起跟了出去。

查克和莎莉站在庭院盡頭，兩人都張開手臂僵住不動。而且不只查克，連莎莉也放聲尖叫，非人的刺耳高音蓋過了查克的乾吼。我雙腳重重踩在地上，耳朵聽見自己氣喘吁吁，幾群鳥從枝頭上飛起。我望向查克和莎莉，只見他們面前被陽光照亮的草地上有一個棕黃色物體。雖然我這輩子還沒見過真貨，但不用想也知道那是人的頭骨。

在我記憶中，那一刻全世界都停了。所有東西一動不動懸在緩緩旋轉的土地上，凝固在不間斷的寂靜裡，讓我有時間捕捉所有細節：蘇珊娜飄揚的金紅色頭髮定格在灰濛的天空中；查克張大嘴巴；里昂猛地停下腳步，身體不由得往前傾；我莫名想起那晚我在家裡打開起居室的燈，看見兩名竊賊轉頭看我的瞬間。只是一眨眼，一個閃神，再看清時一切全變了：綠樹、高牆和人看上去還是一樣，卻換成了陌生的材料；世界看上去一如往常，我卻感覺自己處在另一個地方。

五

蘇珊娜一把將莎莉攬到身後，另一手攫住查克手臂，匆匆回頭往屋子的方向走，一邊用堅定的語氣安撫兩個小孩。莎莉還在尖叫，聲音隨著蘇珊娜的腳步一震一震，查克則是轉為咆哮，掙扎想甩開蘇珊娜的手回我們這裡來。廚房的門甩上之後，庭園再度被寂靜籠罩，有如覆上一層厚厚的火山灰。

頭骨側倚在草地上，洋甘菊花叢和山榆樹蔭之間，一個眼窩被爬滿淺白小草根的黑土塞住，下顎歪垂成不可思議的角度，狀似嘶吼。骨頭表面黏著幾撮纏結的棕色物體，可能是頭髮或苔蘚。

我們四個圍成半圓，宛如參加某種神秘的成年禮，等待著開始的信號。腳邊的草又長又濕，因為清晨的雨水而低垂著。

「那個，」我說：「看起來是人骨。」

「那是假的，」湯姆說：「可能是萬聖節的——」

梅莉莎說：「我覺得不是假的。」我伸手摟住她，梅莉莎握著我的手，但是有些心不在焉，注意力完全被那東西吸去了。

「我們的鄰居就掛過一副骷髏，」湯姆說：「去年，感覺就像真的。」

「我覺得這不是假的。」

沒有人想靠近。

「假頭骨怎麼會出現在這裡？」我問。

「年輕人惡作劇吧，」湯姆說：「從牆外扔進來，或是從某人家的窗戶。真頭骨怎麼會出現在這裡？」

「可能是很久以前，」梅莉莎說：「幾百年、甚至幾千年前，結果碰巧被查克和莎莉挖到，也可能是狐狸挖出來的。」

「這絕對是假的，」里昂說，語氣高亢緊繃而憤怒，顯然被這玩意兒嚇壞了。「而且一點也不好玩，搞不好會害人心臟病發。趕快扔進垃圾桶，別讓雨果看見。誰去棚子拿圓鍬過來？我可不要碰它。」

湯姆迅速上前三步，單膝跪在那東西旁邊湊近去看，隨即倒抽一口氣站了起來。

「好吧，」他說：「我想這東西是真的。」

「拜託！」里昂猛力仰頭說：「不可能，絕對不可能——」

「你自己看。」

里昂紋風不動。湯姆往後退開，雙手在褲子上抹了抹，彷彿剛才有摸到那東西似的。跑過庭園讓我的疤一陣抽痛；每抽一次，我的視線就會扭一下，有如被人拿著小槌子亂敲。我覺得最好的做法就是所有人都不要動，等著某樣東西從天而降，將這玩意兒送回另一個世界。只要有人不小心動了，機會就會消失，就會發生一連串可怕的事，沒有人能阻止。

「讓我瞧一眼，」雨果從後面輕聲說道，把我們都嚇了一跳。

他插進我們之間，拐杖一拄一拄壓過草地，接著彎腰細看。「啊，」他說：「果然，查克說得沒錯。」

「雨果，」我說。雨果感覺就像救世主，全世界只有他知道如何化解這件事，讓我們可以回到起居室繼續討論這棟屋子。「現在怎麼辦？」

他回頭看我，舉起手用指關節推了推眼鏡。「當然要報警，」他柔聲道：「我待會兒就打電話，我只是想先瞧一眼。」

「可是——」里昂欲言又止。雨果眼神溫和不帶表情看了他一眼，接著又彎身檢視起頭骨來。

♣

我以為來的會是警探，沒想到只是一般員警：兩個虎背熊腰、面無表情的傢伙，年紀跟我差不多，容貌像得宛如兄弟，都操密德蘭口音，套著螢光黃背心，還有那種刻意雕琢、誰都曉得只是場面上的客氣。兩人很快就到了，但到了之後似乎對整件事不是特別積極。「可能是動物的頭骨，」個頭比較壯的那名員警一邊跟著我和梅莉莎走過走廊，一邊說道：「也可能是很久以前的遺骸，有考古價值的那種。」

「不論如何，你們打電話報警都是正確的決定，」另一位員警說：「以防萬一。」

雨果、里昂和湯姆還在庭園，離頭骨遠遠的。「好，」個頭比較壯的員警朝他們點頭致意，接著說：「讓我們來瞧瞧吧。」說完便和搭檔在頭骨旁蹲了下來，褲管被粗壯的大腿繃得很緊。我發現他們倆互看了一眼。

大個兒從口袋裡掏出一枝筆，伸進沒有被土塞住的眼窩裡，小心翼翼將頭骨翻向左邊又翻向右邊，從各個角度檢查，接著用筆將下顎旁的長草撥開，湊上去看了看頭骨的牙齒。里昂使勁不停啃著大拇指的指甲。

最後他抬起頭來，臉上更沒表情了。「你們在哪裡發現這個的？」他問。

「是我弟弟的外孫發現的，」雨果回答道。我們幾個裡頭他最冷靜。梅莉莎雙手緊緊抱腰，里昂緊繃到不停抖身體，就連湯姆都臉色發白，神情驚愕，頭髮有如用手抓過翹了起來。「他說在一個樹洞裡。我想應該是這棵樹，但不確定。」

所有人都抬頭望著眼前的山榆。這是庭園裡數一數二大的樹，也是最適合爬的。棕中帶灰的樹幹約有一公尺半寬，歪歪扭扭長滿樹瘤，非常利於手抓腳踏。往上兩公尺到兩公尺半，整棵樹開枝散葉，粗壯的枝幹長滿碩大的綠葉。我小時候就是從這棵樹上跳下來摔斷了腳踝。想到這東西可能早就塞在這裡，和我只有幾吋之遠，就讓我脊骨發寒。

大個兒員警瞄了搭檔一眼，另一名員警站起身來，隨即以意想不到的敏捷身手爬上了樹幹。他雙腿夾緊，一手抓著樹枝，從口袋裡掏出一把筆形小手電筒，朝樹幹的縫裡東照照西照照，並且湊眼細看，張大了嘴，最後終於躍回草地上，落地時悶哼一聲，朝大個兒員警點了點頭。

「你弟弟的外孫在哪裡？」大個兒員警問。

「他在屋裡，」雨果說：「跟媽媽妹妹在一起。他是和妹妹一起發現這個東西的。」

「好，」大個兒員警說著站了起來，將筆收回口袋。他微微抬頭，表情疏遠，我發現他其實很激動，讓我有些吃驚。「我們得和他簡短談一談。各位可以跟我一起嗎？」接著交代搭檔：「聯絡警探和鑑識科。」

搭檔點點頭，我們魚貫朝屋裡走去。進屋前，我回頭瞄了最後一眼，只見那員警開腿站著，手指在手機上又滑又按，山榆鬱鬱蔥蔥，綻放著夏日的綠意盎然，而那個頭骨就在兩者之間，小小棕棕，幾乎被雛菊和雜草淹沒。

✣

蘇珊娜一手摟著一個孩子坐在沙發上，臉色比平常還白，但表情還算鎮定。兩個孩子也不再尖叫，安然窩在母親懷裡，對大個兒員警回以同樣茫然的眼神。

「很抱歉打擾你們三位，」大個兒員警說：「我有事想請教這位小兄弟，如果他現在有辦法談的話。」

「他很好，」蘇珊娜說：「對吧？」

「當然，」大個兒員警熱切地說：「他已經是大孩子了。小兄弟，你叫什麼名字？」

查克掙脫母親的手，神情謹慎望著員警。「查克，」他說。

「你今年幾歲？」

「六歲。」

大個兒員警掏出記事本，笨拙地蹲在咖啡桌旁，盡量靠近查克。「你真厲害，竟然能發現那個東西。那棵樹很大，你這樣一個小傢伙竟然爬得上去。」

查克翻了翻白眼，沒有太明顯。

「你可以告訴我事情經過嗎？」

不知為何，查克顯然決定自己不喜歡這傢伙，因此只是聳聳肩，腳趾戳弄地毯，看著地毯拱起來。

「比方說，你進到庭園第一件事是做什麼？直接就去爬那棵樹了嗎？還是先做了其他事情？」

查克聳肩。

「你們在玩遊戲嗎？你是不是泰山？」

查克翻白眼。

「查克，」蘇珊娜語氣平平地說：「跟警察說你們做了什麼。」

查克用腳趾在地毯上劃了條線，看得聚精會神。

「查克，」湯姆說。

「沒關係，」大個兒員警語氣輕鬆，只不過表情不是很開心。「你如果比較想跟警探叔叔講，可以等他們來了再說。」警探兩個字讓房裡所有人都震了一下。我聽見有人倒抽一口氣，但不確定是誰。「這位小姑娘呢？妳可以告訴我發生了什麼嗎？」

查克狠狠瞪了莎莉一眼。莎莉下巴開始顫抖，將臉埋進了媽媽肚子裡。

「好吧，」大個兒員警認賠出場，站起身來。「我們之後再聊。他們顯然有點嚇到，誰不會呢？他們是跑來找妳嗎？妳是……？」

「亨納希，蘇珊娜．亨納希，」蘇珊娜一手按著莎莉的脖子，一手摟著查克的肩膀，力道大得讓他扭著想要掙脫。「我們其他人當時都在這裡，聽見他們尖叫就統統跑到庭園去了。」

「結果那東西就在那裡。你們去到庭園盡頭的時候，那東西就已經在那裡了嗎？就在樹旁草地上？」

「對。」

「除了妳兒子之外，還有人碰過它嗎？」

「莎莎，」蘇珊娜柔聲問：「妳有摸它嗎？」莎莉對著媽媽的上衣搖了搖頭。

「還有誰碰過它？」

我們都搖頭表示沒有。

大個兒員警在記事本上寫了點東西。「妳住在這裡嗎？」他問蘇珊娜。

「我住在這裡，」雨果說。他剛才小心翼翼、步履緩緩繞過我們幾個，低身坐到扶手椅上。「這三位是我侄子姪女，湯姆是我姪女婿，梅莉莎是托比的女友。他們倆目前跟我住，但之前只有我一個。」

「老先生貴姓大名？」

「雨果・亨納希。」

「您在這裡住多久了？」

「我打從出生就住在這裡，只偶爾待過其他地方。這是我爸媽的房子，從我爺爺奶奶那裡繼承來的。」

「所以這裡從什麼時候就是您家族的房子了？」

雨果回想著，手指漫不經心摁著放射治療剃光的頭皮。「一九二五年吧，我想，或是一九二六年。」

「嗯，」大個兒員警說，一邊檢查自己寫下的東西。「您知道那棵樹有多老嗎？它是您種的嗎？」

「當然不是。我小時候它就很老了，木榆的壽命可以到好幾百年。」

「那東西呢？您有概念可能是誰嗎？」

雨果搖搖頭。「我想不出來。」

大個兒員警掃了我們幾個一眼。「有誰知道嗎？那東西可能是誰？」

我們所有人都搖頭。

「好的，」大個兒員警闔上記事本，收進口袋說：「很抱歉，但我得跟你們說，我們恐怕得在這裡待一陣子。」

「待多久？」蘇珊娜厲聲問。

「目前還無法判斷，我們會告訴你們進展，也會盡量不妨礙你們。除了從屋裡過去，還有其他入口可以進庭院嗎，免得我們進進出出造成你們不便？」

「庭園後牆有一道門，」雨果說：「通到巷子，但我不曉得鑰匙在哪——」

「在廚櫃裡，」里昂說：「我上週有看到，我去拿——」說完他就像鬼影一般溜了。

「很好，」大個兒員警說。他環視房內，目光停在湯姆身上。「你是……」

「我是法瑞爾，湯瑪士．法瑞爾。」

「法瑞爾先生，我想請你寫下這裡所有人的姓名與聯絡方式。另外，我們還需要知道所有住過這裡的人，回溯得愈遠愈好，以及他們住在這裡的時間。不用太精確，大概就好，例如『亨納希奶奶，一九五〇年住到二〇〇〇年過世』之類的，你可以幫我做這件事嗎？」

「沒問題，」湯姆立刻說道。雖然問話還在進行，但我已經怒不可遏——拜託，雨果顯然狀況不好，里昂看起來就像翻唱性手槍樂團的過氣歌手，蘇珊娜有孩子作掩護，而我就在這裡——我是亨納希家的人，湯姆又不是，這傢伙憑什麼跳過我？

里昂拿著鑰匙回來，「拿去，」他遞給大個兒員警說：「我不曉得鑰匙還管不管用，因為我們從來沒用過那道門，搞不好已經——」

「非常感謝，」大個兒員警將鑰匙收進口袋說：「我得請你們在這裡待一陣子。如果想上廁所或用廚房，當然請便，但在我們許可之前，請不要到庭園來。警探到了之後會再跟你們詳細說明，你們都可以在這裡等嗎？有沒有人有約或得去哪裡的？」

沒有人有事。「太好了，那麼，」大個兒員警說：「感謝各位配合。」說完他便走出起居室。他關門的力道稍微大了點，重重踩著台階下到廚房去了。

「哎，」雨果打破沉默說：「他有點……是吧？不是很圓滑，有點乳臭未乾，是不是這樣說？我以為來的人會更——怎麼說，更機伶點。我想是我偵探小說看多了。你們覺得他還行嗎？」

里昂說：「庭園已經整個被圍起來了，用那種藍白兩色的膠帶，上頭寫著『刑案現場禁止進入』。」

沒人答話。過了一會兒，梅莉莎坐到另一張沙發上，拿起咖啡桌上的撲克牌。「我想我們可能得在這裡待上好一陣子，」她說：「有沒有人想玩以色列麻將？」

♣

警探遲遲不來，我從雨果書房拿了紙和筆，湯姆開始列人名和時間——蘇，妳剛才說妳爺爺是哪年過世的？雨果，你還記得自己哪年搬回來的？你們幾個在這裡過暑假的時間也要列上去嗎？等等等等。他做得很起勁，有如搶著拿下作業第一名的乖寶寶。我和梅莉莎和雨果一直玩以色列麻將，玩得很爛；里昂不時加入，但幾乎玩不到一輪就又按捺不住飄到窗邊，緊貼著牆鬼鬼祟祟盯著路口，好比在街角偷窺的私家偵探；蘇珊娜和女兒一起玩手遊，手機不停發出嗶嗶答答、電子樂和尖銳的卡通笑聲；查克則是腎上腺素爆表，完全靜不下來，在起居室裡急躁走動，爬家具，發出各種煩人的嘰嘰啊啊嗚嗚聲，快把我逼瘋了，恨不得伸腳絆倒他。

說也奇怪，但我們好像就是談不得那個頭骨。我感覺自己有幾千個問題想問，幾百個角度想談，卻一個也提不出來，而且愈是這樣感覺，整件事就愈像提不得，愈像夢境一般，彷彿我們自始至終都在這間房裡，永遠無法離開。「托比，」里昂說：「換你出牌了，快點。」

就在這時，門鈴響了。所有人都定住不動，互相對視，但還沒來得及做什麼，就聽見靴子踩過走廊，前門打開，幾名男性不帶感情地交換意見，無線電劈啪作響，雜沓的腳步聲穿越走廊，接著廚房的門用力甩上。

「我肚子餓了，」莎莉說，雖然聲音不大，但至少講五次了。

「妳才剛吃了蛋糕，」蘇珊娜說，但眼睛沒有看她。庭院裡不停有人高聲叫嚷，只是距離太遠，聽不出在說什麼。

「可是我肚子餓了。」

「好吧，」蘇珊娜說完便拿起手提袋翻了一翻，撈出一個像是塑膠做的，有個咬嘴的橘色小包。「拿去。」

「我也要！」查克原本正趴在地板上用腳踹壁爐柵欄，練習節奏口技，聽到這話立刻爬起來喊道。

「你又不愛吃。」

「我也要！」

「你拿了會吃嗎？」

「那些醫學生呢？」湯姆突然抬頭說。他從剛才就一直在起居室門口打轉，手裡抓著那份寶貴的名單，等候最佳時機拿給老師。

「什麼？」里昂頭也懶得轉，只是輕蔑地看了湯姆一眼。他斜躺在扶手椅上，兩條腿勾著一邊扶手，一隻腳不停狂抖，害我差點忍不住盯著看。

「就是——」湯姆朝庭園的方向揮了揮名單說：「那裡啊，你們知道後面巷子的那片公寓吧？那裡住了很多學生，對吧？而那些醫學生，他們有時就愛惡搞。說不定其中哪兩個小子幹了一個頭骨來胡鬧，嚇唬朋友，但想不到怎麼處理掉，就決定偷偷扔到那棵樹上。」說完他一臉得意地看著我們。

「那他們得很會瞄準才行，」里昂尖酸地說：「才能穿過那些樹枝和葉子，直直掉進那個大概只有，呃，我看五六十公分寬的洞裡吧。換句話說，那傢伙不僅是醫學生，還是世界級的籃球高手，看來很快就會破案了。」

「說不定他們不是瞄準那棵樹，只是想扔進庭園裡嚇人，結果失誤了。」

「於是穿過那些樹枝和葉子，直直掉進那個大概只有──」

「我不要這個，」莎莉將橘色小包拿得遠遠的，一副快哭的模樣。

「妳不是很喜歡嗎？」蘇珊娜說：「吃吧。」

「那裡面有貪吃蛇。」

「什麼是貪吃蛇？」

「他們在裡面。」

「沒有，那裡面沒有貪吃蛇，只有紅蘿蔔、蘋果和另一樣東西，歐防風吧。」

「我不喜歡貪吃蛇。」

「好吧，」蘇珊娜拿走莎莉手裡的小包說：「我去幫妳拿另外一個，」說完便朝廚房走去。

「我只是想說，」湯姆說：「事情不一定那麼糟，很可能只是──」

「只是巴嘴不小心掉的，」里昂說：「在回禁忌森林的路上。」

「那才真的糟了，」湯姆想開玩笑。「庭園盡頭是禁忌森林可不大妙。」沒有人笑。

我的頭還在抽痛，雖然很輕微，但始終不停，視線也很不穩，無法分辨手裡的東西，七和九或八和十看起來都一樣。「哈，」梅莉莎將自己的牌攤在桌上說：「拉密。」說完抬頭朝我微笑，並安撫似的朝我輕輕點頭。我試著回她微笑。

蘇珊娜從廚房回來，但我覺得她手裡拿的橘色小包跟剛才的沒有兩樣。「喏，」她對女兒說：「我幫妳拿了一個沒有貪吃蛇的。」莎莉一把抓走小包，縮到沙發角落開始咬著咬嘴猛吸起來。

「庭園裡都是人，」蘇珊娜壓低聲音對我們說，一邊轉頭看了查克和莎莉一眼，確定他們沒有在聽。「白色連身衣加兜帽，還戴著面罩，感覺就像科幻電影裡病毒外洩的場景一樣。他們四處拍照，還搭了一個帆布棚之類的東西，在草地上鋪塑膠布，就在草莓園那邊。」

「老天，」里昂說著將牌扔到桌上，從扶手椅上蹦起來，開始在房裡兜圈子。「真是爛透了。這下我們該怎麼辦？難道要在這裡紮營，直到他們把事情忙完？誰曉得他們在外頭他媽的搞什麼鬼？」

湯姆拚命擠眉弄眼，朝查克和莎莉的方向撇頭，提醒里昂有小孩在。「去你媽的，」里昂說。

「夠了，」蘇珊娜說：「輕鬆點，這又不是世界末日。」

「別叫我放輕鬆。妳什麼蠢話都可以說，就是別叫我——」

「去抽菸啦。」

「我不能抽菸，外頭到處都是警察——」

「嗯，」查克說了一句，將橘色小包塞到蘇珊娜手裡。

「別跟我說你也吃到貪吃蛇了。」

「貪吃蛇根本不存在，我只是覺得味道很噁心。」

「我剛才問你會不會吃，你說——」

「我吃下去一定會吐出來。」

「哦，拜託——」

這時忽然有人敲門，隨即探頭進來。「午安，」他說：「我是麥克·拉佛提，麥克·拉佛提警探，抱歉打擾你們了。」

所有人都草草回了一句別客氣。里昂不再走來走去，梅莉莎的手停在半空中，手上的牌展開著。

「謝謝，」拉佛提說：「我相信各位肯定沒想到週六下午會是這樣過的，我們會儘快結束離開。」

拉佛提大概四十歲出頭，個子很高，可能將近一百八十五公分，但體型修長，看起來既強壯又靈活，感覺就像練過我們這種普通人沒聽過的某種武術的黑帶高手。他頭髮粗黑，臉長而瘦，稜角分明，法令紋明顯，穿著低調的上等灰色西裝。

「可以的話，我得請教各位一些問題，所有人都願意接受嗎？有沒有誰覺得心情還沒平復，想晚點再談的？」

看來所有人都可以。里昂手插口袋靠著窗框，蘇珊娜坐回原來的沙發，一手摟著莎莉在她耳邊低聲說話，梅莉莎將牌收攏。

「太好了，」拉佛提說：「你們真是幫大忙了。我可以坐這裡嗎？」他調整里昂那把扶手椅的位置，好看得見我們所有人，隨即坐了下來。

他的出現讓我很不好受。雖然他外表看來完全不像馬丁和時髦西裝男，但那乾淨俐落的動作、親切卻不容拒絕的語氣和滴水不漏的口風，還是讓那種感覺全回來了：醫院的不潔空氣滲進我所有毛孔，腦袋脹痛，昏沉得有如覆滿爆破塵埃，以及一張張表情愉悅空洞、等著我反應的臉龐。我雙手顫抖，只好用膝蓋緊緊夾住。

「我想，你們從外頭這麼大陣仗可能已經看出來了，」拉佛提說：「庭園裡找到的是人的頭骨。目前我們知道的差不多就這樣。頭骨是這兩位小朋友發現的？」

「他們是我兒子，」蘇珊娜說：「和女兒。」莎莉緊貼著她，嘴裡仍然咬著橘色小包不放。查克趴在沙發椅背上，目不轉睛看著他。

拉佛提點點頭，上下打量兩個小孩一番。「他們當中哪一個比較有辦法告訴我發生了什麼？這年紀的小孩，有些是很棒的目擊者，甚至比大人還厲害；有些則忙著害羞、耍酷或裝可愛，一句話也講不出來，就算講了也幾乎沒用，跟廢話差不多。你們兩個裡頭誰——」

「我，」查克大喊道，手忙腳亂從沙發椅背上翻下來，差點踢到他老媽的臉。「那個東西是我發現的！」

拉佛提直直望著他。「這件事很要緊，跟你向老師報告吉米在操場打了強尼不一樣，你覺得你有辦法清楚告訴我嗎？」

「當然，我又不笨。」

「很好，」拉佛提掏出筆和記事本說。他手指修長結實，佈滿疤痕與厚繭，彷彿經常在暴風雨裡駕船似的，完全不像警探。「那就請你開始吧。」

查克盤腿在沙發上坐好，深呼吸一口氣，接著說：「好，所以雨果伯公要我們到庭園去找寶藏，所以莎莉就跑到草莓田那裡找，但白癡啊，我們經常去那裡，要是有寶藏我們早就發現了不是嗎？所以我就爬到樹上找樹洞了。」

拉佛提邊聽邊點頭，神情專注認真。「你說那棵大山榆？就是你把頭骨扔在它旁邊的那棵樹？」

「對。」

「你之前爬過那棵樹嗎？」

「大人不准我們爬。」

「那你今天為什麼會爬？」

「因為大人都在裡頭討論重要的事，所以……」查克朝蘇珊娜咧嘴微笑，蘇珊娜回了他一個不滿的臉色。

拉佛提也微微一笑。「所以你曉得自己不會被逮到。」

「沒錯。」

「然後呢？」

「然後我就把手伸到樹洞裡──」

「慢點，」拉佛提停筆說：「你從來沒爬到那棵樹上，怎麼知道那裡有一個洞？你從地上又看不到它。」

查克聳聳肩說：「我之前有好幾次想爬上去，但媽媽和雨果伯公總是喊著要我下來。有兩三次我爬得比較高，發現上頭有樹洞，還有一次看到一隻松鼠從裡面跑出來。」

「除了松鼠之外，你還有看到其他東西嗎？」

「沒有。」

「你之前有把手伸進去過嗎？或用棍子樹枝之類的？」

「沒有。」

「那你今天為什麼把手伸進去？」

「因為我在找寶藏啊。」

「也對，」拉佛提說：「所以你把手伸到樹洞裡……」

「沒錯。起先只有葉子、泥土和濕濕的東西，感覺很像頭髮——」查克說著忽然明白過來，剎時瞪大了眼睛。

「有可能是苔蘚，」拉佛提若無其事地說：「然後呢？」

「然後我摸到一個很大的東西，滑滑的，感覺很怪。接著我摸到上頭有一個洞，所以就用手指伸進洞裡，把那個東西勾出來。起先我以為它只是個大蛋殼，例如鴕鳥蛋，而且聞起來有土味。我本來想把它扔到牆上，把它砸碎，沒想到我把它轉過來，發現它竟然有牙齒。」查克從頭到腳打了個哆嗦，有如不由自主的痙攣。蘇珊娜伸手想碰兒子肩膀，但收了回來。「真的牙齒。」

「嗯，」拉佛提說：「那東西有牙齒，所以你怎麼做？」

「我就把它扔了，扔到草地上，不敢把它砸碎，只想快甩掉它。我開始大叫，從樹上爬下來，爬到最後一段的時候摔了下來，但沒有受傷。莎莉也開始尖叫，然後媽媽和其他人都來了。」

查克縮著身體，兩手緊緊收在膝蓋彎裡，眼神閃爍，彷彿想躲開回憶。我忽然同情起這個小王八蛋來了。

「你做得很好，」拉佛提點頭稱許查克說：「你果然說對了，你是個很棒的目擊者。我會找時間把你說的話打下來，然後給你簽名，但現在這樣就行了，謝謝你。」

查克深呼吸一口氣，稍微放鬆了一點。拉佛提說話很好聽，嗓音溫暖渾厚，略帶蓋威口音，很像老電影裡住在島上、最後娶到歐洲美女的部落壯漢。我敢說這傢伙的豔遇多到數不完。他對莎莉說：「換妳了，妳還記得發生了什麼事嗎？」

莎莉剛才整個人黏在蘇珊娜身上，咬著橘色小包用難以解讀的嚴肅眼神看著查克描述事情經過。她放下小包點了點頭。

「請說。」

「我在找寶藏，查克爬到樹上，然後扔了一個東西到草地上，開始大叫。我發現那是頭骨，所以也開始尖叫，因為我怕它是鬼。」

「然後呢？」

「然後大家都來了，媽媽把我們帶回屋裡。」

「妳做得很好，」拉佛提朝她微笑說道。

「它是鬼嗎？」

「白癡啊，」查克低聲說：「世界上才沒有鬼。」看來他已經復原了。

「不是，」拉佛提柔聲說：「我們有特別的機器，它能告訴我們那東西到底是什麼，而且我們徹底檢查過那個頭骨，裡面沒有鬼，就像這裡一樣，」他拍了拍小記事本。「那就是塊骨頭。」

莎莉點點頭。

「妳想檢查這裡頭有沒有鬼嗎？」拉佛提朝她揮了揮記事本。

這話逗得莎莉搖頭和微微笑了。「還好，」拉佛提說：「不然機器在外頭，我忘了拿進來。這裡還有誰爬過那棵樹？什麼時候？園丁嗎？還是修剪枝幹的人？」

「我沒請園丁，」雨果說：「我基本上不大打理庭園——嗯，你應該也看到了。至於小地方，我都自己來。枝幹我都不修剪。」

「我們以前會爬它，」我說，刻意字正腔圓，不讓大舌頭太明顯。我感覺自己不能在這場談話裡缺席。「我、蘇珊娜和里昂——」我指了指他們：「小時候會爬。」

拉佛提轉頭看我。「你最後一次爬是什麼時候？」

「我九歲從樹上跳下來摔斷腳踝那一次，之後我們的爸媽就不准我們再爬了。」

「嗯，」拉佛提說。他兩隻眼睛深陷眼窩，帶著古怪的淺棕色，近乎金黃，若有所思看著我。那練就出來的不動聲色的打量目光是那麼眼熟，讓我不寒而慄。我忽然強烈感覺到自己眼皮鬆垮。「是嗎？」

「我不——」我腦中閃過一段回憶：半黑的夜裡坐在樹上搖擺雙腳，啤酒，某人開心大笑。但回憶太過片段，太不真實，我無法——「我不確定。」

「對，我們爬過那棵樹，」蘇珊娜說：「只要我們的爸媽不在，雨果——」她和雨果相視微笑。「通常都很放任我們。」

「但我們不是成天在上頭晃，」里昂說：「也不是每週爬，只是偶爾確實會上去。」

「最後一次是什麼時候？」

蘇珊娜和里昂互看一眼。「天哪，我不記得了，」里昂說。

「我們十幾歲的時候，某次派對吧？」

「德克蘭大聲唱綠洲合唱團的〈奇蹟之牆〉，有人用啤酒罐丟他，那次我們是不是都在上頭？」

「是那棵樹嗎？」

「一定是，我們三個和阿德，還有那個女孩子是不是也在？那個他看上眼的、叫什麼名字來著的女孩？其他的樹不可能讓我們幾個統統坐在上頭。」

「誰是德克蘭？」拉佛提問。

「德克蘭．麥克金提，」我說：「他是我朋友。」

拉佛提點點頭，記下德克蘭的名字。我感覺自己聞到了他的味道，很像裂開的松果，非常有戶外感。「還記得是哪一年嗎？」

「我猜是我們畢業那年的夏天，」蘇珊娜說：「所以是十年前，但我不確定。」里昂聳聳肩。

「你們有伸手到樹洞裡過嗎？」

里昂、蘇珊娜和我互望一眼。「沒有，」蘇珊娜說：「我是說，我在樹上曾經往裡面看過一兩次，但裡頭很髒，全是濕掉的枯葉，我可不想伸手亂摸。」

「我想我曾經用樹枝戳進去過一次，」里昂說：「那時年紀還小，八歲吧，只是想看洞有多深，但沒有戳到像是……我什麼都沒有戳到。」

「那洞有多深？」

「哦，天哪，我不記得了。很深吧。」

拉佛提瞄我一眼。「我沒……」我開口說道，腦袋裡的記憶飄忽閃爍。我愣愣察覺到自己講話像白癡。「我應該沒有吧。」

「那您呢，亨納希先生？」他指雨果。「您小時候有爬過那棵樹嗎？」

「那當然，」雨果說：「我們四個，我和我三個弟弟，老是在那棵樹爬上爬下，我想我們甚至曾經在樹洞裡藏過東西，但我不敢保證確實如此。我的弟弟們可能記得比我清楚。」

「我們會找他們確認，」拉佛提說：「所以，你們知道那是誰的頭骨嗎？你們在這裡這段時間有沒有什麼想法？」

「我在想……」湯姆試探地說：「會不會是醫學生。他們住在庭院後面的那片公寓，可能從學校偷了頭骨，因為好玩，然後扔到這裡。」

拉佛提點點頭，似乎在認真考慮這個可能。「我們會調查這件事。還有嗎？有誰想到這一帶有誰失蹤了？還是有訪客不告而別？工人沒有回來把事情做完？不必是最近，因為那棵樹很老了。」

「我記得有個流浪漢，」雨果忽然說：「已經是很久以前了，大概廿五年前吧，甚至更久。他偶爾會在後巷睡覺。他會敲庭園的門，我母親就會給他三明治，在他壺子裡裝滿湯，然後他就會睡在後巷。後來他就沒再出現了。我們當時沒有多想，因為那人行蹤並不固定，但是……」

「您可以描述一下他嗎？」

「五十多歲，我想。不過很難講，對吧？畢竟是過苦日子的人。體型中等，身高大約一百七十五公分吧。灰色頭髮，密德蘭口音，我記得名字好像叫伯納德。他經常喝得醉醺醺的，但從來不會攻擊人或惹人嫌，都沒有。」

「他有進過庭園嗎？」

「印象中沒有，但庭院後側不是什麼銅牆鐵壁。圍牆雖然高，但如果真的想翻過來，應該還是找得到方法。」

「伯納德，」拉佛提一邊唸著，一邊將這個名字寫下來。「我們會查清楚。還有其他可能嗎？」

所有人都搖頭。「很好，」拉佛提說著闔上記事本，放回口袋。「很抱歉得這樣說，但我們必須砍掉那棵樹。」

「為什麼？」里昂厲聲問道。

拉佛提目光轉向里昂，若有所思望著他說：「因為我們還發現了其他有意思的東西，在那個樹洞裡。」

「還有其他骨頭嗎？」查克張大眼睛問：「整個骷髏？」

「我們得挖開樹洞才知道。我想了幾條路希望不要砍樹，但沒辦法，我們得記錄所有東西，記下每個步驟，不能只是用手去撈。」他看見我們臉色不對。「我知道這樣做是破壞祖產，但也莫可奈何，樹醫已經在路上了。」

「那就一了百了吧……」雨果半是喃喃自語，接著對拉佛提說：「沒問題，就按你們覺得應該的方式做吧。」

「你覺得那是多久以前？」里昂問。他仍然一派輕鬆靠著窗框，但肩膀的線條告訴我他全身細胞都繃到了極點。「我說那個頭骨。」

「這不是我的專長，」拉佛提說：「但我們有法醫在這裡，還有一位鑑識人類學家，他們應該能告訴我們多一點資訊。」

「那你知道出了什麼事嗎？我是說，那東西，那個人是不是……？他們怎麼……？」

「哎，」拉佛提露出迷人到不行的微笑，眼睛都瞇到看不見了。「這正是我們想知道但還不曉得的事呀。」

「我們還需要待在這裡嗎？」蘇珊娜問。

拉佛提一臉驚訝。「喔，天哪，當然不用。你們想去哪裡都行，除了庭園，這點應該不用我說。你們有誰寫下所有人的姓名電話了嗎，方便我之後再跟各位聯絡？」

湯姆掏出名冊，拉佛提不意外地露出讚佩的神情。「抱歉佔用各位那麼多時間，非常感謝，」他小心翼翼將名冊折好收好，對我們說：「我知道這件事很糟，給各位帶來很大的驚嚇，我很感謝你們還願意幫忙我們。你們要是有誰需要談談，我可以幫各位聯絡受害者支援服務，他們會安排——」

看來在場沒人需要專家協助排遣在庭園裡發現頭骨的感受。「喏，」拉佛提將一小疊名片整整齊齊擺在咖啡桌上說：「各位要是改變主意或想到什麼事情，或有問題想要問我，就打電話過來。」

他朝門走去，忽然想到了什麼，轉頭說：「對了，庭園的門鑰匙。這裡還有備份鑰匙可以借用嗎？還是鄰居或您弟弟有？」

「我記得有一副備鑰，」雨果說，臉上開始浮現疲憊。「但後來不見了，不曉得跑去哪裡了。」

「大概什麼時候搞丟的？」

「很久以前了，我連印象都沒有。」

「好的，沒問題，」拉佛提回答：「有需要我們再自己去打。有什麼進展我會向各位報告，」說完他就輕輕關上起居室的門離開了。

屋裡一陣沉默。半晌後，雨果深呼吸一口氣說：「嗯，看來還有得折騰了。」

「我就說吧，」里昂說。他又開始咬指甲，鼻孔跟著呼吸一張一縮的。「我就跟你說我們應該把那東西扔進垃圾桶，別再管這件鳥事吧。」

「你不能這樣做，」湯姆說：「說不定某人的家人一直在想——」

「你不是覺得是醫學生幹的？」

「那位警探人很好，」梅莉莎說：「是不是比較符合你的想像了，雨果？」

「那還用說，」雨果朝她微笑說：「而且比其他警察更讓人信任。我敢說他很快就會查明真相的。話說回來——」他掃了我們一眼。「你們三個不是該讓爸媽知道發生了什麼事嗎？」

里昂、蘇珊娜和我都不約而同，沒有打電話給自己的爸媽，但我不得不承認雨果說得沒錯，我們不可能將這件事一直鎖在這棟屋子裡。「天哪，」蘇珊娜說：「他們一定會很想過來。」

「我肚子餓了，」查克說。

「不會吧，」里昂語氣驚訝，聲音忽然顯得很年輕。「外面竟然有人在攝影。」

所有人跑到窗邊，只見前門台階上站著一名身穿時髦珊瑚紅風衣的褐髮女子，正背對我們朝著麥克風講話。馬路對面的人行道上，一名瘦巴巴的男子身穿軍大衣縮在攝影機前，鏡頭對準她。忽然一陣風起，吹得樹葉成了一片讓人看不清的綠影。

「嘿，」查克手掌拍打窗戶，朝外頭吼道：「滾開！」

蘇珊娜趕緊抓住查克的手腕，但已經太遲了。攝影師說了幾句，褐髮女子轉頭朝我們看來，頭髮簌簌拂過臉龐。「快退回來，」里昂厲聲說道。蘇珊娜伸手關上百葉窗，沉重的敲門聲在屋子的所有空房間裡反覆迴盪。

♧

查克和莎莉開始死命哇哇叫，說自己肚子餓扁了。兩個小的唉個不停，終於逼得我們舉手投降，進了廚房。雨果和梅莉莎在冰箱裡東翻西找，討論可以弄什麼吃的，最後決定煮蘑菇醬義大利麵。蘇珊娜打電話給露意莎伯母，努力勸她不要過來（「不用，媽，他很好，再說妳來了又能做什麼？該做的我們都做了……因為現在外頭有記者，我不希望妳被他們追著尾巴一直問——好吧，記得看晚間新聞，妳就會知道的和我們同樣多。警察什麼也不肯透露……沒有，媽，我不曉得那是誰的——」），一邊伸手攔著莎莉，不讓她拿餅乾罐。湯姆喋喋不休講著他和查克一起看過的兒童電影，想哄兒子跟他聊天。查克手指不停敲著流理台，虎視眈眈望著餅乾罐，沒有上鉤。

我和里昂站在落地窗門前望著庭園。大個兒員警背著雙手一臉正經站在露台上，應該是在看守犯罪現場。但他裝作沒看到我們，我們也裝作沒看到他。山榆樹下，拉佛提正在跟另一位西裝男和一名身穿破爛工作服的壯漢說話。從那人的姿勢看來，應該是樹醫。頭骨不見了，樹旁擺了把摺梯，一名身穿白色帶帽連身衣的傢伙站在梯子上，身體側成危險的角度，拿著攝影機朝樹洞裡拍。後牆的門開了，我已經好幾年沒見到那道門開著。我看見公寓的石牆，另一名正經八百站著的制服員警，還瞥見一輛白色廂型車。人在後巷、山榆和草莓田旁邊的帆布棚之間進進出出。帆布棚屋頂尖尖的，很有節慶味，彷彿原本就在那裡似的。鮮藍色的乳膠手套，草地上狀似工具箱打開著的黑色硬塑膠箱，天色灰濛，風不時拍打封鎖帶和帆布。

「說什麼庭園的門鑰匙，」蘇珊娜在我背後低聲說道：「才不是因為他們需要備鑰，而是他想知道還有誰能進庭園，是不是只有我們可以進出。」

「還有一副鑰匙，」里昂說：「我記得。」

「我也是，」我說：「之前不是掛在門邊的鉤子上？」

蘇珊娜回頭瞄了一眼查克和莎莉，發現梅莉莎和雨果不知怎麼說服了那兩個小孩幫忙切蘑菇。查克剁得很用力，發出空手道般的恰恰聲，逗得莎莉呵呵笑。「有一年夏天被人拿走了。是不是阿德？他來這裡的那幾天？」

「阿德走正門就好，不需要從庭園溜進來。妳那個好姊妹呢？那個老是在半夜出現、喜歡自殘的金髮怪妞？」

「菲依才不怪。她那時很慘，而且沒鑰匙，都是她發簡訊給我，我幫她開門。」

「要是，」里昂開口說。他望著窗外一名嬌小結實、身穿工作褲的灰髮女子大步走到棚外，加入樹下的談話（法醫？鑑識人類學家？我對這兩種人的穿著打扮或做些什麼不是很有概念）。「要是他們找到證據，發現那人是被殺害的呢？他們會怎麼做？」

「根據經驗，」我說：「他們會時不時在你最不想看到他們的時候出現，問一堆狗屁問題，問我們怎麼會不曉得誰丟了一個頭骨在樹上，然後拍拍屁股走人，讓我們自己療傷止痛。」

我語氣裡的尖酸嚇了我一跳。直到此刻，我才察覺自己有多厭惡拉佛提和那票人待在這裡。里昂和蘇珊娜也嚇到了，兩人同時轉頭看我，不知所措沉默著。我的手又開始發抖。我將手插進口袋，繼續望著庭園。

「嗯，」過了一會兒，里昂說：「你們怎麼樣我是不曉得，但我希望他們趕緊消失，愈快愈好。」

「至少他們都很客氣，」蘇珊娜說：「好像我們全擠在社會住宅，領救濟金過活一樣……」

「他們在外頭好久了，」梅莉莎站在水槽邊，兩手都是萵苣葉。「我們應該去問他們想不想要喝點熱茶。」

「不用，」我們三個齊聲說道。

「管他們去死，」里昂說。

「他們可能有帶保溫瓶，」我說：「或之類的。」

「我們要不要端一點義大利麵給他們吃？」湯姆說。

「不用。」

「年輕的壞處，」雨果對我們說，顯然沒針對哪件事。「就是擔心太多。真的，你們想太多了，一切都會沒事的。」他伸手摸了摸莎莉的鬈髮，朝我們微笑。「俗話說，比上不足，比下有餘。我們可以吃飯了嗎？」

我們在飯廳用餐——就像里昂形容的，這種坐在餐館劇院欣賞犯罪現場的感覺沒有人不覺得怪。除了聖誕大餐，我們就幾乎沒有在這張舊亮面桃花心木桌上吃過飯，擺放食物前我還得先抹掉一小層灰塵。蘇珊娜關了面向庭園的百葉窗，天花板的燈又暗，讓飯廳散發著令人困惑的污黃。所有人都沒什麼說話，連查克也安分許多，只是兀自將義大利麵裡的蘑菇挑到一邊，沒有嚷嚷抱怨；莎莉開始打呵欠。

「我們吃完飯就得離開了，」蘇珊娜瞄了湯姆一眼說：「你們可以嗎？」

「沒問題的，」雨果說：「我相信天一黑他們就會停了。我倒是擔心你們離開。那位女記者還在外頭嗎？」

「應該沒有，」湯姆說著打開通往起居室的門，走到窗邊從百葉間的縫隙瞄了一眼。「已經走了，」他走回桌邊說。

「暫時而已，」里昂慍慍說道。

這時，屋外傳來了聲響：低沉難聽，有如動物的嗥叫，很快就讓整棟屋裡的空氣隨之震動，讓人難以辨別聲音來自何方。我們一個個抬起頭來，雨果放下了叉子。所有人過了好一會兒才明白那是什麼。是電鋸，在庭園裡開始砍樹。

♣

八點左右，天色暗了，警察也離開了。拉佛提沒有食言，走之前彎進來告訴我們最新進度。「樹醫恨死我了，」他一邊挑掉褲子上的樹皮渣，一邊惋惜地說：「那棵大樹顯然超過兩百歲，已經非常少見了，荷蘭榆樹病幾乎把這種樹全給害死了。我請他把這棵還很健康的老樹砍掉，他差點沒有當場走人。請你們千萬不要怪他。」

「結束了嗎？」雨果問。

「喔，唉，還沒有。事情快不得，就像我說的，所有東西都得建檔，但明天晚上之前應該可以結束。我們會留一名員警在這裡過夜。」他見我們一臉茫然，便說：「不是因為我們覺得你們可能有危險，完全不是。這只是規定，我們必須確保有人廿四小時看著那棵樹。他會待在庭園，完全不會妨礙到你們。」

想到我們在屋裡睡覺，庭園裡卻有人在閒晃，我就不禁咬牙——從剛才我就愈來愈常看錶：他們可能六點就會滾蛋了，還我們清淨；可能七點吧；八點，八點他們一定會走人——但這件事顯然由不得我們。「我們需要準備什麼給他嗎？」梅莉莎問。

「不用，謝謝，他會自理，」拉佛提將樹皮渣收進外套口袋裡，朝我們點點頭，臉上的迷人微笑還沒消失，人已經轉身朝門口走了。

雨果很少開電視，但那天晚上我們看了九點新聞。報導還蠻前面的，雖然比不上沒人搞得懂的歐盟角力與北愛爾蘭的政治口水，卻排在體育之前。那個身穿珊瑚紅風衣的褐髮女子站在常春藤屋台階上，語氣嚴肅交代經過：都柏林一處庭園發現人類遺骸，警察正在現場調查；鏡頭帶到後巷，風吹動卡在牆底的落葉堆，感覺破敗荒涼；白色人影爬出白色廂型車，庭園門外拉上了封鎖線，民眾有任何線索請聯絡警方。

「哎，」主播開始報足球新聞之後，雨果說：「真有意思，沒想到我有生之年竟然能坐在第一排欣賞犯罪現場。來調查的人還真多，是吧？」他緩緩起身，身體一點一點離開沙發，伸手去拿拐杖。他感覺比我們都鎮定得多，但我想這也說得過去。「不過要是明天還得再來一遍，我最好去睡了。」

「我也是，」我關掉電視說。我和梅莉莎已經養成習慣，和雨果同時就寢。除非有事在忙，否則我們再也沒有讓他獨自爬樓梯，也喜歡聽他更衣上床的聲響。雖然這是個方便的藉口，我卻不由自主感覺自己已經好幾週沒這麼累了。

我們走到臥房外的走道上，在彩繪吊燈的昏黃燈光下對視了一會兒，彷彿有什麼大事需要交代，卻都等著對方開口。從事發到現在，我已經不只一次感覺似乎該問雨果他曉不曉得那是誰的頭骨，卻怎麼也想不到如何啟齒。

「晚安，」他笑著對我們說：「祝你們好夢。」我忽然異想天開，感覺他似乎想抱抱我們，但他只是轉頭離開，走進臥房將門關上

「看來這事對他沒什麼影響，」回到房裡，我對梅莉莎說。我們一起移開擺在床上的乾淨衣服。我今天早上才把這些衣服拿上來，感覺卻像過了好幾個禮拜。

梅莉莎點點頭，將我的襪子捲成漂亮的圓球。「我也這樣覺得，這件事讓他暫時忘了生病的事。」

「妳呢？妳還好嗎？我是說，這件事就真的不是妳該承受的了。」

梅莉莎低頭沉思，手上依然動得飛快。「我也不確定，」最後她說：「我想主要得看樹洞裡會不會挖出更多骨頭。」

「親愛的，」我放下準備塞進抽屜裡的T恤，雙手從後面抱住她，貼著她。「我知道感覺毛透了。但不論樹洞裡有什麼，明天都會清走。妳今晚最好回家裡過夜。」

梅莉莎搖搖頭，動作小而果決。「重點不是那個。骨頭就只是骨頭。我覺得我不相信世界上有鬼。就算有，我覺得也跟人骨無關。我只是好奇。樹洞裡有頭骨並不稀奇，至少有很多種可能，但整副人骨……」

「拉佛提說那棵樹已經兩百多歲了，就算裡頭有整副人骨，也是維多利亞時期或其他年代的事了。」

「那怎麼會是警察處理這件事？不是應該交給考古學家嗎？」

「他們可能無法立刻判斷出時間，可能得進行檢驗。而且現場也有人類學家，拉佛提說的。」

「也許你說得對，」梅莉莎往後貼著我的胸膛，雙手覆上我的手背。「我只是想知道我們面對的是什麼情況，就這樣。」

我吻了吻她頭頂。「我知道，我也是。」

她側過頭，仰起目光注視我。「你呢？？」

「我很好，」但她仍然仰頭看著我，等我多說一點。「呃，這顯然不在我的週末計畫之內，而我也確實希望他們快點離開。但這不會妨礙我，只是很煩。」

我這番話顯然很有說服力，至少聽來如此。「那就好，」梅莉莎露出微笑，伸手拉下我的頭吻了我，接著又開始摺襪子。

但那一晚我們三個都沒有睡好。我不是翻來覆去想找個舒服的姿勢，結果發現梅莉莎睜著烏黑的眼睛看我，就是半夢半醒間聽到雨果臥房傳來地板吱嘎或闔上抽屜的聲音而醒來。後來我實在躺不住了，下床走到窗邊。

城市上空烏雲泛黃，不見星星，高聳的公寓區亮著一塊長方形的金光。風小了，只剩藤蔓微微晃動，突兀的藍白封鎖線有如鬼火般閃爍。在我下方，一名員警（我認不出是誰）倚著橡樹縮在大衣裡，對著手機又點又按。庭園盡頭樹影連綿，卻出現了一個陌生的缺口：那棵山榆的樹冠全沒了，只剩樹幹，粗短的殘枝姿態下流挺立著。但它看上去並不可憐，反而凝聚著一股力量，有如一頭肌肉僵大的畸形無名巨獸，匍匐在黑暗裡等候信號。

我打開抽屜，輕手輕腳找到贊安諾錠，硬吞了一顆下去。「你還好嗎？」梅莉莎柔聲問道。

「沒事，」我說：「只是想確定條子沒在花圃裡小便，」說完便上床鑽到她身邊。

六

警察、樹醫和其他人等，週日一大清早就又到庭園來了。他們一邊啃著甜甜圈，拿著保溫瓶喝東西（「妳看，」我在臥房窗邊對梅莉莎說：「是保溫瓶。」），一邊瞇眼對著細雨注視灰濛濛的天空。我很好奇雨要下多大才能趕走他們。

我們換好衣服才下樓吃早餐，而不是穿著睡衣，可愛的梳頭儀式也沒了。梅莉莎匆匆撥幾下頭髮，紮了個馬尾。到了廚房，雨果站在落地窗門邊，一樣換好了衣服，除了拖鞋。他背對我們，手裡的馬克杯冒著熱氣。「他們動作可真快，」他說：「那棵樹中午前就會砍光了。兩百歲，啪的就沒了。我真不知道該害怕還是讚嘆。」

「他們愈快搞定，」梅莉莎想讓氣氛輕鬆點。「就愈快離開。」

「的確，那倒是。爐子上有粥，還有咖啡。」

梅莉莎替我們倆倒了咖啡。我將粥舀進碗裡，又扔了兩把藍莓。我有點擺脫不掉贊安諾錠的後效，腦袋與手腳一片混濁，警察則是像一群野狗在庭園裡東翻西找，塞滿了我的視線邊緣，讓我快受不了，只想趕緊離開廚房。

「雨果，」我說：「你想來點粥嗎？」

雨果沒有轉頭。「我昨天晚上看了那些山榆好一會兒，」他邊喝咖啡邊說：「我之前很少想到它們，現在卻覺得自己對它們一無所知實在很不對。你們知道古希臘人相信冥界大門前有一棵山榆嗎？」

「不知道，」我說。穿工作服的女人從棚裡探頭出來說了什麼，警察立刻像是上車離開的小丑一般，一個一個走進棚裡。「我沒聽說過。」

「真的，奧菲斯沒能救出尤麗狄絲，就是在那棵樹下哀哭悲嘆。『在那裡，』維吉爾寫道：『一棵雄偉茂盛的榆樹張著蒼老的枝枒，人們說在那樹上，每片葉子下都坐著一個虛假的夢想。』」

梅莉莎身體一顫，動作雖輕卻急，讓她下意識抓緊了杯子。「很好，」我說：「這樣倒了一棵榆樹感覺好多了。」

「據傳『以榆樹的根皮煎藥熱敷，能消緩硬瘤』，」雨果告訴我們：「這是卡爾培柏在《草藥大全》裡說的。現在有這麼多樹根，我想我應該試試。但我不曉得怎麼熬藥和熱敷，更別說讓藥進到腦袋裡消緩腫瘤了。順帶一提，榆樹還能『有效治療頭皮屑與痲瘋』，給你們作參考。」我心想是不是該回房睡覺算了。

樹醫啟動電鋸。「哇，」雨果打了個哆嗦。「我想這是叫我們別看了。」

♣

我以為大家都明白週日最好別聚餐了，沒想到中午左右，家人開始陸續出現，我爸媽（我媽拖了一個大花盆進來，盆裡的樹苗和她一樣高。「這是紅橡樹，店家說這種樹長得很快，不久就能填上樹林空出的缺口，秋天葉子變色應該很美。」）、露意莎和菲爾（外加好幾袋在馬莎百貨買的食物）、里昂、蜜莉安和奧利佛（帶著一大束雜亂無章的花）全來了。好在蘇珊娜一家子沒出現，顯然她覺得不恰當。我不曉得這些人來是為了提供情感支持，還是想親眼了解狀況，或只是和帕夫洛夫的狗一樣出於條件反射：週日就是到雨果家聚餐，走吧！我感覺門鈴一直在響，所有人輪流擠到落地窗門前觀望大屠殺——粗大的枝枒散落草地，木屑飛揚，白衣人抓著梯子爬上爬下——看得目瞪口呆，重複同樣的驚嘆與好奇：喔，天哪，你看那棵樹！他們有在樹裡找到其他東西嗎？那些人看起來很邪惡對吧？穿成一身白。他們知道那是誰的頭骨了嗎？

等所有人都滿足了好奇心或受不了電鋸聲之後，大夥兒才移駕到了起居室。他們顯然以為我們會準備午餐，但我壓根沒有打算在那間廚房裡烤肉或做菜，而雨果和梅莉莎明顯也有同感。我們在那幾袋食物裡翻找，把撈出來的法國麵包、乳酪、火腿和番茄等等，以及所有能找到的乾淨碗盤與刀叉全放上了飯桌。

飯廳瀰漫著戒慎不安的氣氛。沒有人曉得面對這種情況該有什麼想法感受，也不曉得該說什麼。大夥兒只是鬆了口氣又覺得丟臉，可以趁這個機會將心思擺在雨果以外的事上。所有人對頭骨都有自己一套推論。蜜莉安嬸嬸抓著我媽，連珠砲似的說起凱爾特人的跨越儀式和活人祭，雖然她也不曉得凱爾特人怎麼有辦法把頭骨放在一棵只有兩百歲的樹裡；我媽則端出維多利亞時期和私刑正義錯綜複雜的關係反擊。里昂一口飯菜也沒吃，亢奮到我都懷疑他是不是嗑了安仔。他加油添醋告訴露意莎伯母，當地某位愛爾蘭曲棍球投手曾經藉由某種難以想像的儀式，將靈魂賣給魔鬼，以換取頂尖球技（「沒有，我發誓，這是我好幾年前聽到的，只是當時沒有人知道頭骨去了哪裡——」）。露意莎伯母一臉厭煩，心裡盤算哪時才要戳破他。就連我父親，按我所知他從雨果生病以來沒有一次開口超過兩句，這會兒也興致勃勃跟梅莉莎講起一頭狐狸能將重物拖行多遠。

我沒他們那麼起勁，因為我實在很難將警探視為有趣的插曲，而他們能有這樣的奢侈只讓我更加不滿與疏離。菲爾伯伯和露意莎伯母帶了康門貝爾乳酪來，搞得整個飯廳臭氣沖天，讓我再度食慾全消。

「想也知道，」蜜莉安拿著番茄叉指著我說：「**想也知道**那個頭骨一定早於一九二六年。你也知道，你爺爺奶奶都喜歡園藝，成天都在庭園裡養花蒔草、修修剪剪，你曾祖父母也一樣。老實說，要是那時有屍體在庭園裡**腐化**，他們不可能沒有發現。但前一位屋主是名老婦人，纏綿病榻很多年。我祖父母當年買下這地方時，庭園狀況糟透了，刺藤和蕁麻都長到這裡來。奶奶以前常告訴我，他們那時為了看屋子，把她最好的圓點絲襪都給弄破了，哈！就算整連士兵的屍體爛在那裡，也不會有人察覺。你懂嗎？」

「我們還不曉得樹洞裡是不是有整具屍體，」坐在面對的菲爾伯伯伸手拿了康門貝爾乳酪，一邊反駁說：「也不曉得它是不是在樹洞裡腐爛的。我們只知道有人想要甩掉手上的頭骨——」

「那其餘部分呢？誰要是發現頭骨，肯定會叫警察——不管以前叫什麼，捕快或衙役——就像雨果這樣。**想甩掉它**只有一個原因，就是手上有屍體想處理掉。所以，一九二六年之前發生了什麼？誰手上會有屍體？」

我開始跟不上了。就像雨果鑽研的系譜謎團，他們言談間有太多可能與推論，我無法立刻全數掌握。人太多更是幫倒忙，到處是身體與動作，電鋸不時突然響起更是每次都讓我嚇一跳。梅莉莎隔著我父親的肩頭見到我眼神不對，朝我微微一笑替我打氣。我勉強擠了個笑容給她。

「內戰，」奧利佛得意地說：「游擊戰、集體處決，有人因為告密被捕，在狂飆時期消失。我敢打賭，那屍體早於一九二二年。有誰願意和我打賭的？托比？」

我口袋裡的手機震動了，是阿德。「抱歉，」我對伯叔們說：「有人打電話找我。」說完便逃到了廚房。

雨果半邊屁股抵著流理台，正忙著將一塊大海綿蛋糕從盒裡拿出來。庭園裡到處都是碎木片，警察聚集在棚門口，那棵山榆已經被砍得只剩下一截殘幹。

「嘿，」我對著手機說。

「嘿，」阿德說。聽見他的聲音就讓我臉上泛出笑容。「好久不見。」

「是啊，你過得如何？西恩跟我說了珍娜的事。」

「嗯，就那樣囉。不是很好，但沒事的。等等，你不用開口，我知道你他媽一定會說我早就告訴你了。」

「我們他媽早就告訴你了。真高興你全身而退，沒少了什麼器官。你應該沒有從裝滿冰塊的浴缸裡醒來吧？」

「去你的。你最近怎麼樣？」

「很好，大部分時候都很閒。理查德讓我休假一段時間，所以我沒什麼事做。」

「西恩跟我說了雨果的事，我很遺憾。」

「我知道，」我走得離雨果遠一點。他正吃力切著蛋糕，手裡的刀子握得歪七扭八，讓我看了就緊張。「謝啦。」

「他怎麼樣？」

我不置可否應了一聲。

「替我問候他。」

「沒問題。」

「說到這個，」阿德語氣一轉：「新聞上提到的是雨果家嗎？」

「對。」

「天哪，我就覺得應該是。只是……搞什麼？」

「你知道那棵老山榆樹嗎？就是庭園盡頭的那棵大樹？蘇珊娜的小孩在樹上發現一個頭骨，埋在樹幹的洞裡。」

「天哪！」

「是啊。但那東西可能很久了。他們說那棵山榆差不多兩百歲，頭骨可能是任何一個時間點被弄到那裡的。不過，他們正在肢解那棵樹。警察到處都是。」

「幹，」阿德說：「他們有沒有找你們麻煩？」

「沒，他們人蠻好的，問了我們一堆問題，但因為我們什麼都不知道，所以他們目前基本上不理我們。整件事雖然很煩，但也就這樣了，我想這就是他們的工作。」

「聽著，我和西恩這週會過去。你還是希望我們去找你嗎？還是你現在不希望有人去打擾？」

我其實很想見阿德和西恩，但我知道自己腦波不夠，沒辦法同時應付他們和一庭園的警察，只會開始結巴，跟不上對話，把自己弄得像白癡。我忽然又對拉佛提那一幫人惱怒了起來。「或許等警察走了再來吧。運氣好的話，他們很快就會閃人了。我到時再打電話給你們，決定怎麼辦，好嗎？」

「沒問題，反正我也很閒。西恩人很好，他和奧黛莉常邀我去吃晚餐或什麼的，但是看到他們恩恩愛愛的樣子，你懂嗎，只會讓我——」

有人敲了敲落地窗門。是拉佛提。他脫下薄薄的乳膠手套。「我得掛電話了，」我對阿德說：「這週怎麼樣我再跟你說。」說完我掛上手機走到門前。

「午安，」拉佛提朝我們微笑，撢掉手上的粉末說：「樹已經砍掉了。我們會幫你們把枝葉清掉，樹醫會把樹帶走。」

「有什麼發現嗎？」雨果問，聲音客氣得有如店老闆問，您要買的東西都找到了嗎？

「蠻有幫助的，」拉佛提將鞋在地墊上踩了踩，然後才走進來。「先跟您交代，免得我等下忘了：我們找到您說的那位流浪漢了，就是那位常在後巷過夜的先生？我四處打聽了一下，找到兩位之前在這附近工作過的人。其中一位記得他，說他叫伯納德·吉爾戴。我很高興向您報告，他後來人生走上了正軌，過得很不錯，只可惜後來進了安寧病房，肝硬化，一九九四年就過世了。」

「喔，天哪，」雨果說道，感覺真的很傷心。「他雖然常喝醉酒，但感覺上是個正派的人，很愛讀書，偶爾會問我們有沒有不要的書，我都會找來給他。他喜歡非小說，一戰史之類的。我總感覺他像那種只是命運骰子丟偏了一兩個的人……」

「很抱歉告訴您這個壞消息，」拉佛提說：「但我恐怕還得再告訴您一件不幸的事，那就是庭園得翻起來了。」

「翻起來，」雨果愣了半晌才說：「什麼意思？」

「我們得把庭園挖過一遍。我們不會動其餘的樹，而且調查完之後會盡量讓植物恢復原貌，只是我們畢竟不是園丁，您或許可以申請賠償——」

我說，聲音比我想得大：「為什麼？」

「因為我們不曉得庭園裡會有什麼，」拉佛提平心靜氣說道，對象依然是雨果，而不是我。「老實說，我們有可能什麼相關事證都沒發現，只會討來您的咒罵，無憑無據就毀了您的美麗庭園。但請您站在我們的角度思考一下。那棵樹裡有人的骸骨，我們不曉得庭園其他地方是不是也有人骨，甚至凶器。可能沒有，但辦案不能倚靠『可能沒有』，跟長官報告也不能回說『可能沒有』，必須非常確定。」

「探測器，」我說。想到庭園被鏟平，有如轟炸過後光禿禿的，糾結纏繞的根鬚向著天空，我就——「電視節目裡考古學家常用的那種，就是——」我做了掃描的動作。「你們可以用那個，如果探測到什麼就挖，沒有就不要動庭園。」

拉佛提轉頭看我，一雙眼睛如鷹眼般金黃，也一樣無情殘忍、無所偏私，宛如一頭使命必達的獵獸。我發現他讓我害怕。「透地雷達，」他說：「我們確實會用那種儀器沒錯，但只有大範圍搜索才會用，例如田野或山坡，而且是尋找大型物體，例如墓地或武器藏匿處。但我們在這座庭園裡不曉得要找什麼，可能只有這麼大，」他拇指和食指拉開兩公分。「如果用透地雷達，一塊岩石或一隻死老鼠都可能引發反應，結果還是跟整片挖開沒兩樣，只會拖更久。」

「那就別挖，」我說：「沒什麼好說的。我們又沒做錯什麼，你們不能這樣闖進來，直接把整個地方掀了——」

雨果重重坐到桌前。

「這對你們確實非常不公平，」拉佛提柔聲說，讓我剛才的語氣顯得咄咄逼人，過度激動。「幹我這行的，每天都會見到這種事，老百姓什麼也沒做錯，只是碰巧在錯的時間出現在錯的地方，我們就突然出現，把他們的日子，或庭園，給搞得天翻地覆。你說得對，這一點也不好。只是我們別無選擇。有人死在這裡，我們必須搞清楚來龍去脈。」

「那就換個方法。那人死了又不是我們的錯，不管他是男是女，還是——」

「你要是拒絕，我也可以弄搜查令來，」拉佛提說，語氣一樣溫和。「但那就得等到明天了。而且在我拿到搜查令之前，我必須派人守在這裡，讓整件事拖更久。你要是現在就讓我們動手，我們或許兩天之內就能離開了。」

「你們要是能答應我一件事，那就太好了，」雨果打斷我的話——我已經不記得自己當時正想說什麼了。「就是晚一兩個小時開工。我的家人晚點會來一起吃午餐，他們對這件事的反應不會比我或托比好到哪裡去。我想你們要是能等他們都走了才開始，對大家都會簡單一點。」

拉佛提轉頭看他。「沒問題，」他說：「那正好，反正我們本來也要去吃午餐。我們約三點半如何？他們那時離開了嗎？」

「我會在那之前讓他們離開，」雨果伸手去拿拐杖，另一隻手按著桌子撐住身子說。他眼袋發黑。「托比，可以請你幫我端蛋糕嗎？」

♣

下午三點，雨果跟大家說他累了。我感覺眾人花了幾小時才聽懂他的暗示。**我來幫忙洗碗。不是，我是真的想幫忙。你確定那些人不會妨礙你嗎——**「拜託，露意莎，」最後雨果語氣裡終於透出一絲惱火：「妳覺得警察會怎樣，開始拿棍子敲人腦袋嗎？就算是，妳留在這裡又能幫上什麼忙呢？」最後，當所有食物都用保鮮膜包好，整整齊齊擺進冰箱，又向我和雨果和梅莉莎交代完要是警察怎樣怎樣、你們就如何如何的大道理之後，他們總算告別我們，魚貫走出屋子，嘴裡還說個沒完。

我們三個站在落地窗門前看警察開工。他們從後牆開始，拉佛提、兩名男員警、一名女員警和一個身穿連身服的傢伙共五個人，全都套著上蠟夾克和橡膠靴，手拿圓鍬。即使隔著玻璃與距離，我感覺自己還是聽得見圓鍬插進土裡的聲響。轉眼間，草莓田已經成了亂土堆，速度快得驚人；大把大把的野胡蘿蔔花和風鈴草被扔到一旁，露出白根，庭園盡頭出現一大道黑色，全是翻起的土壤。警察在上頭來回走動，不時拾起什麼檢視一番，召集同伴討論或直接扔了，所有動作不慌不忙。他們上方的雲層又灰又厚，一動不動。

「這個，」雨果說：「完全出乎我意料之外。」他一邊肩膀倚著門框，感覺輕鬆甚至倨傲，但我看見他那條行動不見的腿在搖晃。「我應該想到的。」

這時後牆上方冒出一顆頭，接著是一隻手，手裡拿著手機，動作搖搖晃晃，感覺像是踩在什麼不穩的東西上頭。「什麼鬼？」我說。

「記者，」雨果冷冷說道：「今天早上前門也有兩個，你們那時還沒下來。其中一個想訪問隔壁正要出門的歐洛夫林太太，但被拒絕了。」

我當下只想衝過去要那傢伙滾蛋，但中間有警察，而且他們完全不理他。那傢伙勉強伸長手臂拍了兩張照，接著又落回牆後。過了一會兒，另一顆頭冒出來，外加胳膊和手機。

「他們輪流當墊背，」梅莉莎從窗前退開說。

「這些鼠輩，」雨果是真的火了。「在前面守著就算了，庭園是私人土地。警察難道不能驅走他們？就這樣袖手旁觀？」

第二個傢伙也拍了照然後消失了。我們等了一會兒，但看來暫時沒別人了。雲層壓得更低，天色也變得幽暗鬱積，飄搖不安。

警察檢查完第一道翻起來的土，開始挖第二道。庭園裡最大株的迷迭香讓他們吃足了苦頭，但最後還是搞定了。過了一會兒，拉佛提大步慢跑過來，用不覺得需要解釋什麼的語氣問我們可不可以別站在門邊。

♣

週一雨下了一整天，又密又直、毫不留情的大雨。昨晚我又吞了一顆贊安諾錠，結果害我惡夢連連。夜裡守衛的大塊頭員警竟然闖進我和梅莉莎的房間，坐在角落椅子上玩手機，乎藍乎白的光照得他臉龐浮腫，彷彿有病。我不停驚醒，左顧右盼尋找他，然後又昏沉沉睡去，夢見自己和梅莉莎放棄抵抗，移到那個空房間，結果發現那傢伙已經等在那裡，懶洋洋倚在我們小時候蓋的碉堡上，手裡依然抓著手機。

我送梅莉莎到公車站，一路上兩人低頭避雨，沒有說話。回到屋子後，我和雨果沒事找事，將碗盤放進洗碗機，衣服拿出洗衣機；遠處警察（縮在上蠟夾克裡，袖子口和帽沿像小河似的不停滴水）一鏟鏟揮著圓鍬，認真不撓地清除雛菊叢。烘乾機壞了，原本無所謂，因為我們可以到屋外晾衣服，但這會兒曬衣繩拆了，可憐兮兮纏成幾圈掛在牆壁掛勾上，尾端還垂在爛泥巴裡。雨果只有一個曬衣架，掛滿之後，我們只好將其餘衣服披在椅背和暖器上，當場把飯廳變成了破舊的廉價出租房。我們花了好久才振作起精神，到他書房開始工作。

我用雨果的筆電瀏覽一九〇一年的普查紀錄。某位澳洲男士想找自己的曾祖母，說她應該住在費夏保街附近，我正在查原始檔案，看是不是謄錄錯誤。雨果在書桌前緩緩翻頁，間隔久到我不清楚他是在思考、被微弱的揮鏟聲和偶爾的交談聲干擾（他們的聲音愈來愈大，因為愈挖愈靠近屋子），或只是忘了自己在做什麼。我的眼睛又開始出錯，不曉得是疲憊、贊安諾錠還是什麼，螢幕上的字不斷出現疊影。我和他都沒有什麼進度。

大約午餐時間，有人敲門。是里昂。他從城裡買了華麗的義式三明治過來。這時庭園已經去了一半，帆布棚被大海般的泥土包圍。我以為他見了一定會大發雷霆，沒想到他只是下顎緊繃搖搖頭，稍微有點用力將三明治放到流理台上而已。「搞什麼鬼，」他說：「這太離譜了。」

我從櫥櫃拿了三個盤子遞給他。「真的。」

「應該叫他們滾蛋才對。」

「我有說，但他們說會拿搜索令來。」我沒心情應付里昂發牢騷。「你又能怎樣？」

「嘿，冷靜點。我當然也只能由著他們了，」他和解似的朝我微微一笑。「雨果反應如何？」

我心想他是不是來這裡哄雨果處理遺囑的？頭骨讓大夥兒都忘了這件事，再也沒有人提起過。「還好，但氣壞了。」

「我比較好奇的是，」里昂將其中一個三明治從紙包裝裡甩出來。「他覺得警察這些動作是在幹嘛？」

他斜瞄我一眼。「我不曉得，」我一邊找杯子裝水，一邊回答：「警察找到他提到的那名流浪漢。不是他。」

「所以呢？雨果心裡有其他嫌犯嗎？」

「我們其實沒討論過。」

「你沒有問他？」

「沒有，為什麼要問？」

里昂聳聳肩。「他在這裡住了一輩子。要問誰有頭緒，可能就是他了。」

「說不定事情發生時他還沒出生呢。你爸就覺得是內戰時期的線人。」

里昂翻了翻白眼說：「那傢伙就是這樣。他就希望頭骨是個大發現，一舉改寫愛爾蘭歷史之類的。」他將盤子擺在托盤上，又斜瞄了我一眼。那些三明治應該很好吃，但自從警察出現，我就沒胃口，看到三明治那層層疊疊的暗紅色肉片和微微出水的淺色乳酪只覺得噁心。

「你呢？你覺得這是怎麼回事？」

老實說，我不但沒有推論，連想法都沒有。這點其實讓我很不舒服：所有家人都興致勃勃，讓我感覺自己腦袋明顯破了個洞，什麼也想不到。我試過，但只要提起頭骨，我的腦袋就擱淺在那直白、驚人而不可動搖的事實上，超越不了也繞不過它。它讓我想起自己剛被攻擊後不久僅存的少數印象，那些除了印象本身之外沒有脈絡與意義，也想不到其他事物的片段畫面。「我不曉得，」我說：「其他人也一樣。我們連他們在那裡發現了什麼都沒概念，怎麼可能知道頭骨為何出現在那裡？」

「欸，我們當然不**知道**，但我只是問你想法，猜測而已。」

「我沒有想法，」我說著將杯子放到托盤上，力道重了點。「因為我其實根本不在乎究竟怎麼回事。我只希望那些傢伙——」我朝外頭那些全身濕透的警察努了努下巴。「快點滾蛋，別毀了雨果最後這幾個月，我只在乎這一點，好嗎？」這話果然讓里昂閉上了嘴巴。

我以為里昂會趁午餐時間問雨果，但或許他有聽進去我剛才的話，因此只是開心聊起我們在常春藤屋的童年往事。吃完三明治，他拿走雨果的半疊文件，趴在地毯上看了起來。他像孩子踢著腳跟，不時揮舞文件要我們注意（「天哪，我跟你們說，這傢伙竟然叫做艾洛修斯・譬古。我猜他在學校一定很慘……」）。下午過了一半，我下樓去沖咖啡，回來時在台階上聽見他們交談。但等我推開房門，兩人已經靜靜開始專心工作，里昂吮著筆尾沉吟出聲。

♣

週二早上，庭園已經鏟得差不多了，放眼望去除了一大片翻攪過的泥土，只剩一小道草地和幾株搖曳的罌粟，有如惡毒的玩笑，又像一次世界大戰的古戰場，到處是土堆與傾斜的坑洞，在綿綿細雨下顯得難以挽回，只能放任不管，等待野草和罌粟長回來重新將地面覆蓋。

拉佛提不在了，感覺更加不妙，彷彿他手下再也不會離開，因此不需要他在場。我們弄好咖啡與吐司便匆匆離開廚房。我陪梅莉莎走到公車站回來後，就和雨果立刻開始工作，不僅將門關上，窗簾也拉起來。書房的燈不夠亮，感覺更像戰時了，有如燈火管制，我倆手指冰冷縮著身子，屋外有任何動靜都讓我們身體一顫。

上午十一點左右，我剛開始按摩僵硬的脖子，一邊在心裡掙扎要不要去廚房沖咖啡的時候，書房外有人敲門，隨即就見到拉佛提探頭進來。

「抱歉打擾兩位，」他說：「托比，我能耽擱你幾分鐘嗎？」

他又是一襲上等西裝，但神情有些憔悴，髮梢凌亂，下巴也黑壓壓的。那鬍渣未理的模樣讓我莫名不安了起來。他顯然整夜沒睡，進行很重要的偵查，但不打算讓我知道內容。「好的，」我說。

「謝謝。我們下樓到起居室談，才不會打擾你伯伯工作？」

雨果微微點頭——我不確定他了解狀況——就繼續埋首桌前了。我記下自己看到普查的哪個部分，接著便隨拉佛提走出書房。

「你們是做什麼的？」下樓途中，他親切問道。我很慶幸他走在前頭，看不見我手抓扶手拖腳下樓的模樣。「你和你伯伯。」

「他是系譜學家，你知道，就是追查族譜之類的？我來這裡都會幫忙他，但我本身是做公關的。」

「他那間書房很棒，」拉佛提走進起居室，替我扶門道：「感覺就像福爾摩斯小說裡的場景。我們應該請他檢查那個頭骨，幫我們判斷那傢伙是不是右撇子焊接工，婚姻不順，還養了一隻拉布拉多犬。」

起居室裡還有一個人，舒舒服服坐在雨果的扶手椅上。「哎，」我剎那間停下腳步。

「這位是科爾警探，」拉佛提說道：「我的搭檔。」科爾朝我點頭致意。他身材矮小結實，肩膀很寬，有著鬥牛犬般的凸下巴，頭髮剪得很短，但仍掩不住禿頂的事實，身上的西裝感覺是和拉佛提在同一個地方買的。「請坐。」

他逕自走向另一張扶手椅，我只能在沙發坐下。我拱起雙腿，下巴抵在膝蓋上，仰頭望著他們倆。百葉窗開著，可能是科爾或誰開的。我們之前一直將它闔上，以防再有記者出現。我沒看到記者，至少那時沒有，但眼角餘光瞥見的街景還是讓我很不安。我試著不去理會。

「你們對眼前發生的事一直很有耐心，」拉佛提對我說：「每位都是。我們知道這很煩人，真的知道。要不是情非得已，我們絕不會讓你們承受這些。」

「我知道，」我說。

「所以——」他坐到扶手椅上。「讓我告訴你過去這幾天我們在忙什麼，這是你起碼該得的，對吧？」

我不置可否地應了一聲。

「首先，我們已經檢查完庭園了，相信這對你來說是好消息。」

說「好消息」太客氣了。「太好了。」

「你們希望我們將部分植物種回原位嗎？還是你們自己重新安排？」

「我們會處理，」我說。我只希望這些傢伙快點離開。「謝謝。」

「很好，」他彎身向前，兩腿張開，雙手交握擺在膝間，一副言歸正傳的模樣。就在這時，我才微微警覺了起來。「事情是這樣的，你們庭園裡有一副完整的人骨。你們可能已經猜到了，對吧？」

「算是吧，」我說。我不確定自己猜到了什麼。整副人骨照理說應該讓人毛骨悚然，但整件事實在太不可能、太超越現實，讓我腦袋一時無法理解。

「別擔心，法醫已經處理了。」

「骨頭都在哪裡找到的？」

「大部分在樹裡。我們發現少了一隻手，感覺值得追究，但後來發現它埋在一棵灌木底下，所以我們挖庭園並非毫無根據，雖然我知道這安慰不了你們。有位員警——」拉佛提忍不住咧嘴笑道：「他很堅持那是撒旦崇拜者搞的鬼，榮耀之手，你懂嗎？」科爾嗤之以鼻。「誰叫他是菜鳥。法醫在那隻手上找到齒痕，推斷是老鼠把手拖走，然後咬的。」

「史坎藍可不這樣想，」科爾插話道：「他現在認為是食人撒旦崇拜者幹的。」

「天哪，」拉佛提說。他食指抵著嘴巴，半遮住臉上的笑。「可憐蟲一個。等他發現幹我們這行的都在做什麼，肯定會很幻滅。所以——」他語氣回復簡潔。「我們首先要做的，就是查出這副人骨是誰。法醫說死者是白人男性，死亡時年紀介於十六歲到廿二歲之間。對象是年輕人，法醫可以抓得相當準確，根據牙齒和長骨尾端來推斷。死者個頭不小，身高在一百八十三到一百九十公分之間，可能是體育健將，從韌帶和骨骼相接的位置研判。法醫竟然有辦法判斷得出來，真厲害。她說死者曾經斷過一根鎖骨，但癒合得很好，跟死因無關。」

拉佛提一臉期盼看著我，好像我有線索可說似的。但我沒有。我開始介意這兩個傢伙只找我談。為什麼？為什麼不找大家一起，跟上次一樣？沒錯，其他人都不在這裡。但雨果就在樓上，沒有理由不找他，除非——

「另外，」拉佛提接著說：「死者接受的牙齒矯正很新，這十五年內做的。」

他又把話止住。我差點就相信我媽的推論，是某個維多利亞時代的人幹掉他盜用公款的合夥人或誘拐他女兒的鬍鬚男。我很不喜歡事態的進展。

「這下我們的工作輕鬆多了。警方有失蹤人口檔案，我們在檔案裡搜尋十五年前左右在都柏林地區失蹤的高個子年輕白人男性，把可能對象縮減到五人，之後只需要比對齒模紀錄就行了。我剛拿到結果。」

拉佛提掏出手機滑滑點點，手肘撐在椅子扶手上，一派悠閒輕鬆。「這裡，」他隔著咖啡桌彎身湊到我面前，將手機遞給我。「這傢伙你有印象嗎？」

相片裡的男子穿著橄欖球隊服，笑容燦爛，一手勾在另一人肩上，但那人被切掉了。他看上去大約十八歲，肩膀寬闊，容貌俊俏，金髮蓬亂，散發著自信的懶散。沒錯，我一眼就認出他來。但顯然有什麼地方搞錯了——

「他是多明尼克．甘利，」我說：「但那、那不是他。我是說樹洞裡的那個人。那不是他。」

「你怎麼會認得相片裡的這個人？」

我忽然強烈察覺到科爾正盯著我，手裡不知什麼時候冒出了筆和記事本。「在學校，我們是同學，可是——」

「你們很要好嗎？」

「不算是。我是說——」我無法思考。這根本沒道理，他們完全搞錯了。「我們處得還不壞，經常跟同一群、同一群人玩在一起，但不到死黨的程度，沒有做過只有我們兩人的事，也沒有——」

「你認識他多久？」

「等一下，」我說：「慢點。」

兩張和氣專注的臉龐朝我看來。

「多明尼克已經**死了**。我是說，不是、不是在我們家的——他是自殺的，在我們畢業那年夏天，從霍斯黑德跳崖死的。」

「你怎麼知道？」拉佛提問。

「所有人都這樣說，」我困惑了半晌才說。我記得是他手機裡的內容，簡訊之類的，但想不起細節——

「看來所有人都搞錯了，」拉佛提說：「他的屍體一直沒找到，從霍斯黑德跳崖自殺只是根據當時資訊提出的說法。他的齒模紀錄和樹裡那個人完全吻合。而你朋友多明尼克曾經因為一場橄欖球賽弄斷了鎖骨，當時他十五歲——」我忽然想起來了，多仔那時垂著手臂衝進教室後方。「病歷裡的X光照片也吻合。我們正在檢查DNA，以防萬一，但那副人骨就是他沒錯。」

「那這到底是——」但我很確定參加過多明尼克的葬禮，絕對有。學校合唱團獻唱，座位上不時有人擤鼻子，骨瘦如柴的金髮母親被哭泣和過量肉毒桿菌搞得面目猙獰，橄欖球隊服小心翼翼攤開在要價不菲的桃花心木棺上。「他出了什麼事？他為什麼、怎麼搞得、怎麼會跑到我們家的樹裡頭？」

「我們就是想搞清楚這點，」拉佛提說：「有什麼線索嗎？」

「沒有，我完全沒概——太離譜了，」我雙手抓頭，想理清思緒。「你們——我是說你們覺得他是被殺害的嗎？」

「有可能，」拉佛提實話直說：「我們還不曉得死因，只能說他的頭沒受到重擊——我想你們可能也發現了。所以他有可能是自己進到樹裡，不論他是怎麼進去的，但也可能不是。我們目前沒有預設立場，只想多知道一些他的事，看能不能理清楚一點。你當時會和他玩在一起，是嗎？」

「嗯，偶爾，算是吧。」我們那時有一個大約十幾人的鬆散小圈圈，基本上因為大家都是同學，而且都很酷、很受歡迎，總之就是那類的。我在小圈圈這一端，多明尼克在另一端，只是因為同屬一個小圈圈而玩在一起，沒有誰主動。但我不可能想出精準的詞彙來解釋這一點。我的腦袋不停卡住，就像反覆當機、重新開機又當機的電腦：草地上的頭骨、眼窩裡的土塊與樹根、多明尼克在教室裡低頭看手機打呵欠、草地上的頭骨——

「他那個人怎麼樣？」

「我不曉得，就是個普通人。」

「他腦袋聰明嗎？還是很笨？」

「也不會。我是說，兩者都不是。他成績不怎麼樣，但不是因為他特別笨，而只是，只是不在乎。」頭骨、土塊、呵欠，我幾天前還坐在那棵樹下——

「他人很好嗎？講不講道理？」

「當然好。多明尼克他、他是個好人。」

「他和大夥兒處得來嗎？」

科爾把我的話全記了下來。我完全無法理解。我說了什麼值得記下的？「嗯，他跟人處得不錯。」

「他很受歡迎嗎？或只是好好先生？」

「他很受歡迎。我想你可以說他很有自信？很外、外——」我想說「外向」，但就是想不起來。「總是喜歡說笑或是，你知道，主動出擊，參加派對之類的。而且他很會打橄欖球，這點永遠能加分，但不只是因為這樣——」這番對話的節奏開始讓我不舒服了：感覺沒完沒了，所有回答只會轉成新的問題，就像之前在醫院被困在病床上，我腦袋抽痛，馬丁和時髦西裝男問個不停——

「你記得有誰跟他處不好嗎？」

老實說，我隱約記得多明尼克很常取笑里昂，但那時很多人都愛取笑里昂。眼前這個情況，我覺得還是少提為妙。「我不是很有印象。」

「女孩子呢？他表現如何？」

「哦，他可厲害了，女孩子都很哈他。其實蠻厲害的，感覺很像玩笑。凡是所有男生看上眼的女孩，總是被多明尼克第一個把到。」

「我們都遇過這種人，」拉佛提咧嘴笑著說：「超級大混蛋。他有因此惹惱過誰嗎？或許搶了誰的女友？」

「不可能。我剛才說過了，他是個好人。他從來不碰別人的女友，有點像男孩守則，你懂嗎？至於其他人看到女孩子那麼哈他……就像我說的，大家只覺得好笑，沒有人會真的不爽。」

「說來容易啊，兄弟，除非你是當事人。多明尼克從來沒看上你喜歡的女孩子嗎？」

「可能有吧，我不記得了，」這是實話。我那時只要漂亮、火辣或漂亮又火辣的女孩都愛，多明尼克很有可能曾經把走我看上的女孩，但我自己的戰果還不壞，所以並不怎麼在意。

「他是見一個愛一個型的，還是有固定的女友？」

「沒有吧……至少那年夏天沒有。我想他可能跟某個女孩交往過一陣子，應該是在那前一年吧？聖德蘭女中的，我們的姊妹校。但不是，呃，不是很認真的那種。」

「兩人交往到什麼時候？」

我知道他想問什麼，不過──「不是那樣的，兩人早就──我想是他甩了她。總之，他並沒有傷心欲絕之類的。這不會是他……」我沒有往下說。我把事情混在一起了。

「說到這個，」拉佛提說：「你得知他自殺之後，覺得可以理解嗎？還是很意外？」

「我不——」我在樓上臥房，一邊嘀咕抱怨，一邊翻身抓起響個不停的手機。阿德的聲音：**你聽說了嗎？多明尼克出事了。**「我是說，嗯，我很意外。他看起來不像會做那種事的人，完全不像。但大夥兒都聽說他沒申請到想讀的系，大學的。我記得他想唸商，但畢業考分數不夠，讓他很挫折，所以那年夏天有點，呃，有點糟。」

「很沮喪？」

「也沒有，比較像不爽，大部分時候，會拿我們這些申請到想讀的系的人出氣。」

「不爽，」拉佛提若有所思重複道。「那有惹出什麼麻煩嗎？」

「譬如呢？」

「譬如跟人吵架？或惹惱誰？」

「也還好，通常就只是找碴，莫名其妙發脾氣之類的。但沒有人對他不高興，大夥兒都明白怎麼回事。」

「那還真體貼，」拉佛提說：「就一群十七八歲的男孩來說。」

我不置可否地聳聳肩。其實，那年夏天我沒怎麼想到多明尼克，只有偶爾自以為是地同情他。我腦袋裡想的都是大學、自由，還有跟西恩和阿德去米克諾斯島度假一週。多明尼克的種種憤怒舉動（將講了幾句無心話的達拉．歐洛克推到牆上，朝他大吼，被我們勸阻後掉頭就走）不在我關心排行榜的最頂端。

「現在回想起來，你覺得他是不是比你當時以為的更嚴重？十幾歲的青少年不是很有能力判斷其他人是不是真的出狀況了，因為那個年紀的孩子本來就瘋瘋癲癲的，就算有人崩潰了，也覺得很正常。」

「我想確實有可能，」我沉吟片刻說：「他那時絕對……」我不曉得該怎麼形容多明尼克身上那股生猛破碎又無法預測的力量，讓我那年夏天開始對他敬而遠之。「狀況不好。」

「這樣說吧，要是你現在有朋友表現得跟當年的多明尼克一樣，你會擔心嗎？」

「應該會吧，我想。」

「了解，」拉佛提說。他身體前傾，雙手交握擱在兩膝之間緊盯著我，好像我對偵查做出了什麼重大貢獻。「他什麼開始行為異常，甚至失控的？」

「我不……」我已經好多年沒有回想這件事了。「我是說，我不敢說得很肯定，完全不敢。」拉佛提點點頭表示可以理解。「但我想是畢業考口試完之後吧，所以是四月左右？到了六月情況更糟，因為筆試。他知道自己完了。幾乎所有人都是，除了少數幾個知道自己肯定分數爆表的書呆子，我們都很緊張自己的成績，昨天還覺得『嗯，我應該考得還可以』，隔天就覺得『完了，要是……』但多明尼克是『我完蛋了』，沒什麼好說的。那顯然讓他的腦袋無法正常思考。八月成績出來，他果然考得跟自己想的一樣糟，情況就更嚴重了。」

「他為什麼考得很差？你不是說他並不笨？」

「他是不笨，只是沒有唸書。他——」這很難解釋。「多明尼克的爸媽很有錢，他們有點，怎麼說呢，寵壞他了。他總是樣樣不缺，最炫的手機、最酷的假期，加上各種名牌。還沒上六年級（譯註：等於台灣的高三）他們就買了一輛寶馬給他。」我忽然隱約想起自己曾經心懷嫉妒，父親當著我的面笑道，得開始存錢了。「我想他只是，呃，只是從來沒想過自己會得不到想要的東西，包括想讀的系，所以懶得唸書。等他發現事實並非如此，已經太遲了。」

「他嗑過藥嗎？」見我遲疑不答，拉佛提面露挖苦道：「托比，這些都是十多年前的往事了。就算我想用大麻或搖頭丸之類的理由逮人，而我不會，追溯期限也早過了。更何況我沒有告知你的權利，不論你說什麼都不能當成呈堂供證。我只是想知道多明尼克當時的狀況。」

「有，」過了一會兒，我說：「他嗑過藥。」

「哪些藥？」

「我知道他抽過大麻，也吃過搖頭丸和快克。」多明尼克很喜歡快克。學校裡不常有那玩意兒，但只要有就十之八九和他有關，而且很懂得跟主人分享：派對時拍拍我的肩膀，**兄弟，你過來，我有話跟你說**，一起竊笑著溜到庭園盡頭，腳陷進泥巴裡低聲咒罵，在生鏽的庭園小桌上將粉末切成一段一段。「或許還有別的，我不知道，我只見他用過那些。但他沒有毒癮，只是……興頭來了才會嗑。」

「標準的青少年嘗鮮，」拉佛提點頭說道，科爾振筆疾書。「就你所知，有遇過什麼麻煩嗎？沒付錢給藥頭或被人敲竹槓之類的？」

「我沒聽說過。但就算有，我可能也不會知道。」

「也對，你們不是**死黨**。」他刻意不往下說，讓我微微不安。「多明尼克有來過這棟屋子嗎？」

「有，」我回答。我感覺最好不要承認，但似乎別無選擇。「我和我堂哥堂妹，我們放假時常住在這裡，偶爾會辦派對。我是說，不是那種搖頭趴，因為雨果也在，但他總是待在樓上。我們只是找朋友過來，放點音樂，大夥兒湊在一起聊天，或許跳跳舞——」

「喝點小酒，」拉佛提笑著插話道：「外加一些別的，我們就講白了說吧。」

「的確，有時候。我們並沒有搞什麼吸毒或雜交之類的，只是……我是說，我們已經不是十二三歲的小孩子了，而是十六七八歲的青少年。通常就是幾罐啤酒，或有人帶伏特加，或是——我想偶爾還有大麻那些的——」

我知道自己講得結結巴巴，沒頭沒腦。我看得出科爾臉上閃過一絲同情的理解，發現我可能有些狀況。我很想抓住他的領子朝他大吼，讓他的蠢腦袋明白這不是我的錯，全是那兩個廢物小混混害的。他應該用那種眼神看他們，而不是我。我腦袋裡的一切有如彈珠彈來彈去。

雖然我無法準確說出到底是哪個片刻，但事情就是在這時真實起來。在此之前，這事給人的感覺就是麻煩。可怕，那是當然，絕對是，而且古怪。那個倒霉鬼（不管是男是女）顯然無意讓人將他的頭骨從樹裡撈出來，而且天曉得他遭遇了什麼慘事。除了樹正巧在常春藤屋，這事和我們毫無關聯，要是他選別棵樹那就太好了。即使從剛才談到現在，即使拉佛提說人骨並不老，甚至給我看相片——天哪，竟然是多明尼克，我完全沒想到，他怎麼會跑進那裡？——我感覺還是一樣。直到現在，我才恍然察覺我們再也不是旁觀者，而是關係人。

「多明尼克也會來派對嗎？」拉佛提問。

「對，不是每次都來，但我想幾乎都有吧。」

「多少次？」

我不曉得。「那年夏天我們大概辦了三四次，他來了兩三次吧？前一年和再前一年的夏天也差不多……但我不是，呃，這只是印象。」

「沒問題。已經很久以前了，我們也不期望人能記得很清楚，有個大概就好。你要是不記得也沒關係，直說無妨。」拉佛提朝我微笑，一副不用擔心的模樣。「通常是誰邀他來派對？你嗎？還是他跟你的堂哥或堂妹比較要好？」

「應該是我吧，我通常就是發簡訊到群組裡給所有人。」

「除了派對以外，他還來過這裡嗎？譬如自己一個人來？或是跟幾個朋友一起？」

「我不——」我腦中忽然閃現自己和里昂、蘇珊娜坐在露台上，那是我們三個頭一回嗑藥嗑到茫，呵呵笑得跟瘋子一樣。我有九成把握暗處裡有人在笑。是多明尼克那有感染力的笑聲，不是嗎？「應該有吧。我不記得確、確切的時間，可是我想他時不時會來。」

「你記得他最後一次來這裡是什麼時候嗎？」

多明尼克躺在草地上，雙肘撐著身體朝蘇珊娜微笑。是蘇珊娜嗎？廚房裡啤酒瓶摔到地上，玻璃和酒灑了一地，多明尼克大笑大叫。「我不記得了，」我說：「抱歉。」

「那你最後一次看到他是什麼時候？」

「我不曉得，但我想應該不是他失蹤前，因為我一定會記得——」可能吧。「我是說如果有見到他，事後我肯定會四處跟人提起，不是嗎？『天哪，我前幾天才見到他，感覺很正常呀。』但我沒印象自己那麼做，所以……」

「有道理，」拉佛提說，他真寬容大量。「多明尼克最後被人看到是——我瞧瞧。」他伸手拿出記事本翻了翻。「九月十二日，星期一。他在高爾夫球場打工，大約五點下班，六點左右到家，跟家人一起晚餐。所有人大約十一點半就寢。半夜，多明尼克溜了出去，之後就再也沒回家了。」他看我一眼。「你還記得你那天做了哪些事嗎？說不定根本不在國內？」

「我在這裡，我跟里昂和蘇珊娜。那年夏天我們幾乎都待在這裡，只是我——」

科爾挪了挪身體，椅子吱嘎出聲。「為什麼？」他問。

我看著他，一臉茫然。「什麼為什麼？」

科爾諄諄善誘道：「你們在這裡過暑假，為什麼？」

「我們一直都是這樣。」但他仍然盯著我瞧，於是我說：「因為我們的爸媽會一起去旅行。」

「但你們那年已經十八歲了，難道不想自己待在家裡？有免費的地方住，又沒有長輩在身邊打轉，可以瘋個夠。」

「的確，我是可以那樣做，但——」我要怎麼解釋？「我們都喜歡這裡，而且三個人湊在一起更好玩。我們那年夏天都單身，沒有男友或女友可以滾床單，只想窩在一起打發時間。」

「看來就算有長輩在，他們還是照開派對，」拉佛提笑著對科爾說：「我說得對吧，托比？」

「沒錯，」我勉強擠出微笑。「但我不記得那天我們是不是在這裡。我們都在打工，所以也有可能在工作的地方？」

「除非你們宿醉得太厲害，對吧？大家都是過來人。你們都在哪裡打工？」

「我在——」我費了半秒才想清楚哪個暑假打了什麼工。「我在那個，我叔叔奧利佛任職的銀行的收發室打工；蘇珊娜在某個，呃，非營利組織當志工，我不記得是哪一個了；里昂在城裡的唱片行工作。」

「你們通常幾點下班？」

「我想大概是五點吧？然後我們可能就會回這裡吃晚餐，通常都是這樣……之後我們也許會出門，或有朋友過來，但週一可能就不會……老實說我不記得了。」

「沒關係，我們會去查證，看你們的朋友有沒有寫日記，或上社群媒體找——那時是不是用Myspace？看那天有沒有人貼文。」拉佛提直起身子，雙手放在椅子扶手上，看來準備結束了。「由於死者跟這棟屋子有關，」他說：「我們得進行搜索。」

我胸口瞬間燃起怒火，讓我無法呼吸。「可是——」我欲言又止。

「這就是我找你單獨談的原因，」拉佛提說，顯然沒察覺我很生氣。「因為你伯伯。我這樣說沒有冒犯的意思，但他還好嗎？」

「不好，」我說：「他快死了，腦癌，可能只剩幾個月了。」

我以為這話應該是撒手鐧，但我錯了。拉佛提面孔一扭說：「真遺憾。幸好我先找你談了。也許你能幫我想出個辦法，盡可能讓他對這件事好受一點。我們會儘速完成，但恐怕得耗掉今天一天。你們兩位有地方可去嗎？你伯伯覺得自在的地方？」

「沒有，」我說。其實我不曉得雨果介不介意離開，但我介意，為了他也為我自己。我語氣無來由地兇狠起來，但我不管了。「他需要待在這裡，他幾乎不能走路，腦袋也有些糊塗了。」

「問題是，」拉佛提好言解釋道：「我們不得不搜索這棟屋子，非做不可。我們已經拿到搜索令了，而你應該明白我們不能讓你們兩個在這裡看著。」

我們倆隔桌對望。可悲的是我心底明白，百分百確定，換作幾個月前，我肯定能勸退這兩個傢伙，輕而易舉，毫無問題，迷人微笑加上兩全其美的方法直接搞定，所有人皆大歡喜。但以我現在口齒不清的狀態，連五歲小孩也講不贏。就算想得出完美做法也一樣，更何況我根本想不到。我只想到發起「佔領常春藤屋」行動，跟他們說除非把我銬起來拖出去，否則別想搜索屋子。但我感覺他們就算害怕，必要時還是會欣然照辦。

「這樣吧，」拉佛提緩頰道：「我們各退一步。你和你伯伯暫時離開這裡，比方大概一小時左右？」

他看了科爾一眼。「可能一小時半吧，」科爾說。他手上的記事本消失了。

「那就一小時半。去吃午餐，買東西，而我們趁你們不在的時候先檢查書房和廚房。你們回來之後可以待在那兩個地方，繼續工作，想泡茶也可以。我們彼此都不妨礙，你覺得如何？」

「好吧，」過了一會兒，我說：「應該可以。」

「太好了，」拉佛提開心地說：「搞定。」

我站起來，他也同時起身。我起先不曉得原因，直到他跟著我上樓朝雨果的書房走，我才恍然大悟：由於死者跟這棟屋子有關，我們得進行搜索；我們已經拿到搜索令。但幾分鐘前，他講話的樣子好像他才剛發現死者是誰一樣。

♣

我照理說不能開車，但雨果顯然更不能開，而我又不可能讓雨果在街上一直走，直到拉佛提和他的警察夥伴把事情忙完。雨果的車是一九九四年出廠的白色長型法國標緻轎車，車身滿是鏽斑與膠帶，不過一旦上手後其實還蠻好開的。麻煩的是周遭環境，尤其開到大路後，到處都是速限標誌、閃燈和移動的物體，彷彿從沉靜綠潭深處突然被拉出水面似的，讓人眼花撩亂。我對天祈禱自己開得還穩當，因為我真的真的無法再應付更多警察了。

我很想抽菸。我抽的時間不夠長，還沒上癮，但眼前的情況——條子在我左邊，記者在我右邊，而我則卡在佯裝不抽菸的假象裡——我從昨晚就沒抽菸，而這天才剛開始就已經夠受的了。我彎出大路，連續轉過幾個街角，結果開進一條兩旁都是細長樹木和老人小屋的死巷。「我們可以在這裡停一會兒嗎？」我熄掉引擎，兩手已經開始在身上找菸。「我真的需要來一根。」

「我差點就賞他一拳了，」雨果說，讓我嚇了一跳。他默默聽完搜查進展和接下來的動作，只是點了點頭，仔細在文件上標明進度，接著就放下文件，下樓走出屋外來到車道，途中幾乎不發一語。「那個叫拉佛提的傢伙。我知道不是他的錯，事情非這樣不可，但還是受不了。想到他和他手下在我家裡東摸西瞧，雖然我沒什麼好隱藏的，但那不是重點，那可是我們的家啊。就在那時候，在他說出口的瞬間，我真的差點就——」他肩膀抬高轉動，我忽然瞥見雨果的身形大小、背寬與手長。「我真希望自己剛才有動手。」

「我有試著阻止他們，」我說，雖然我不曉得那是不是真的。「不讓他們搜索屋子，至少別讓他們把我們趕出來。」

雨果嘆了口氣。「我知道，沒關係，出來可能對我們比較好。」他仰頭靠著轎車座椅的頭靠，伸手草草抹了抹臉，兩眼緊閉著說：「我猜不透那位警探的想法，完全沒有辦法。那個人很難捉摸，對吧？我想這就是他的工作。他問了你什麼？」

「就問了多明尼克的事。他是個怎樣的人，來過屋子幾次。」

「他也問了我一樣的事。」拉佛提在書房裡和雨果談了一會兒，科爾則是陪我在起居室裡閒聊（聊族譜，結果發現科爾的叔公參與過一九一六年的復活節起義），以掩飾監視我的事實。由於聊了太久，讓我莫名焦躁了起來：他們到底在樓上談什麼？科爾卻是一副不以為意，滔滔不絕往下說。「但我對那孩子幾乎沒什麼記憶了，我說多明尼克。我真的很努力回想，但不曉得是他沒有留下太多印象，還是我的記性已經……我想警探先生應該有點挫折吧。」

「那是他的問題，」我說。抽菸讓我心情好了點，但講到拉佛提還是沒什麼好話。

「我對相片裡的人有印象，但也就差不多這樣了。我確實記得你們畢業那年夏天班上有同學自殺，但感覺不是跟你們特別親近。」

「沒錯，他跟我有同一群朋友，僅此而已。」

「他是個怎樣的人？」

「基本上是個好人，有點像派對狂，但我不記得他常到常春藤屋來，所以你才會對他沒什麼印象吧。」

「可憐的孩子，」雨果說：「我真的很想知道他怎麼會出現在那棵樹裡。我不是喜歡扒糞，至少我自己覺得不是。但他死了，而我也快了，兩人的死就這麼交纏在一起。這樣說或許很幼稚，但我真的覺得自己有權知道到底出了什麼事。」

「嗯，」我說：「只要警察夠本事，我們應該很快就會知道了。」

雨果嘴角微微一扭。「對我來說不一定。」

「你還有的是時間，」我瞎扯道：「我是說，醫師並沒有，他們又沒有給出一個明確的大限，而且你的情況也沒有惡化，或是……」我不知道該怎麼往下說。

雨果沒有看我。他頭髮長了，黑黑灰灰一綹一綹凌亂地垂在肩頭。他兩手擱在腿上，手掌又大又方，有如鬆垮的橡膠手套，只是還算靈活。

「我感覺快了，你知道，」雨果說：「從上週左右開始。我的身體正在抽離，將力氣轉移到別的事情，轉移到新的過程上。我有時不懂或不知道該怎麼做，但身體知道，而且一直在做。我起初告訴自己這是心理作用，因為蘇珊娜找來的瑞士專家也說愛莫能助了，可是並非如此。」

我無話可說。我很想伸手抓著他胳膊，用身體動作阻止他往下說。但我知道自己不夠堅強，做了也沒用。

過了一會兒，他深呼吸一口氣。「所以就這樣了。可以給我一根菸嗎？」

我點起打火機。「另一方面，」他低頭點菸，揚起一邊眉毛換個語氣說：「我很高興你跟我完全相反。雖然才短短幾週，你是真的改變了。」

「嗯，」我說，一邊將抽完的菸扔出車窗外。「這個嘛。」

「不是嗎？」

「也許吧，只是——」直到話說出口，我才明白自己決定攤開來說了。今天完全脫離常軌，仍然讓人感覺置身飛行模擬器中，一切都太明亮刺眼，懸在空中。「就算事情真的好轉，例如我的腿等等，那又怎樣？因為那不是重點。重點是，就算我以後能跑馬拉松，也不是從前的我了。這才是重點。」

雨果沉吟片刻。「老實說——」他小心翼翼將煙吐向窗外，接著說：「我感覺你還是從前的你。」

「喔，」我說。那還不錯，表示我裝得很像，但以雨果目前的狀況，他這話頂多當作參考。「那就好。」

「不，我知道你在努力，我看得出來——別擔心，其他人不會發現的。我會發現純粹是因為我們住在一起，而且我從你小時候就認識你了。但我不是那個意思。」他試了兩次才將菸伸到窗外，彈掉菸灰。「基本上，你骨子裡還是原本的托比，當然比之前憔悴虛弱，但還是同一個人。」

他看我沒接話，便說：「你真的感覺自己變了很多？」

「廢話，當然是。但重點也不是這個，」我從來不曾將這些感受形諸文字，現在光是嘗試就讓我雙手顫抖，呼吸困難。「重點不是我實際上變了，那些我或許還能應付。我是說，那些改變糟透了，我恨透了那些改變，但我至少還能……重點是我改變了的這個事實。我過去很少想到我的，呃，我的個性，就算想到也視之為理所當然，覺得這就是我，你懂嗎？但現在感覺就像，我可能早上醒來覺得自己是星艦迷，也可能是同志或數學天才，或在街上調戲女孩，要她們把奶子露出來的傢伙。我完全無法判斷會是哪個，也無法決定，就只是……砰，這就是你，接受吧。」

我閉上嘴巴，體內腎上腺素狂飆，全身肌肉都在顫抖。

雨果點點頭。我們倆默默坐了一會兒。當他身體一動，我嚇壞了，以為他想伸手抱我還是怎樣，結果他只是將菸扔到窗外，彎腰去拿擱在他兩腳之間的布袋。我隱約記得我們出門前他去了一趟廚房（拉佛提靜靜跟在他後頭）拎了那只布袋出來，但沒怎麼在意。「喏，」他拿出一個保鮮膜包著的東西說：「我看你該吃點東西了。」

保鮮膜裡是週日午餐聚會剩下的蛋糕。雨果連刀子都帶了。他將蛋糕放在腿上，撕開保鮮膜，將蛋糕俐落切成兩半。「拿去，」他將蛋糕放在餐巾紙上遞給我說。

我們倆靜靜吃著。那海綿蛋糕可口極了，簡直美味到羞辱人的地步，充滿了童年熟悉的甜味與滿足。外頭還在下雨，風不時在擋風玻璃上吹起小而紊亂的漣漪。一名婦人牽著身穿鮮黃雨衣的小孩從車旁走過。小孩跳著踩水，婦人穿著蓬蓬的外套，從帽子底下狐疑地看了我們一眼。

「我說，」雨果將套頭衫上的蛋糕屑和糖霜掃到手上說：「你要不要打電話給你堂妹和堂弟，告訴他們這件事？」

「靠，」我竟然完全沒想到這件事，但我當然應該打給他們，因為拉佛提把常春藤屋搜翻天之後，肯定會立刻殺去偵訊里昂和蘇珊娜。「沒錯，我應該現在打。」

「喏，」雨果將保鮮膜和餐巾紙揉成一團遞給我說：「你打電話的時候可以順便找個垃圾桶扔了——別忘了還有菸蒂。我想閉目養神一下。我們應該還可以再待一會兒才回去，對吧？」

他打開廣播，轉到古典音樂台，喇叭傳出輕柔的弦樂四重奏。他仰頭靠著轎車座椅的頭靠。我下了車，拉起外套衣領抵擋風雨，一邊打電話給蘇珊娜，一邊找垃圾桶。

她很快就接起電話。「什麼事？」

「樹洞裡有整副人骨，而且警察查出那人是誰了。妳還記得多明尼克．甘利嗎？」

電話那頭沒有聲音。

「蘇？」我不記得蘇珊娜跟多仔很親近。她不是他的菜。但以他吸引女孩的功力——「妳還好嗎？」

「我沒事，只是沒想到竟然是我們認識的人。」我聽見電話那頭傳來某人亂彈鋼琴的噪音。「查克！安靜點！——警察查出事情經過了嗎？」

「沒有，還沒。他們說他有可能是被——」我感覺那個詞很不真實，有如讓人頭痛的刺眼閃光穿透一切，很是危險。「他有可能是被謀殺的。」

蘇珊娜立刻追問：「有可能嗎？真的嗎？」

「有可能，但他們還不曉得。他們目前連死因都不清楚。」

電話那頭沉默片刻。「所以他們認為他有可能是自己進到樹洞裡的。」

「拉佛提是這樣說的，但我覺得很扯，一個人要怎麼——」

「嗯，其實很有可能，」蘇珊娜說。查克還在亂彈鋼琴，但聲音變小變遠，顯然是她由他去了。「也許他爬到樹上滑倒了，扭斷脖子跌進樹洞裡，或者嗑藥或喝酒太嗨，決定到樹洞裡找小矮人的寶藏，結果出不來就，呃，就悶死了，或是被自己的嘔吐物給噎死了。」

「警探有問到這點，問他有沒有嗑藥。」

「你看吧。那你怎麼回答？」

我轉身用肩膀擋雨，免得手機淋濕。「我說有。我不想撒謊或打哈哈，反正他們遲早會發現。」

「也對，」蘇珊娜說，語氣有些漫不經心。她正在想事情。「說不定多明尼克確實是自殺。」

「他幹嘛要在常春藤屋的樹裡自殺？而且是怎麼辦到的？」

「也許是吸毒過量，誰曉得，我又跟他不熟。這不是我們的問題，警探會查清楚。」

「是啊，這也是我打電話給妳的另一個原因。他們找我問過話，或者說偵訊過我了，反正就是那回事。還有雨果。現在他們正在搜查屋子，所以把我們趕出來了。」

這下勾起蘇珊娜的注意了。「搜查屋子？為什麼？」

「我哪知道？」我總算找到了垃圾桶，將垃圾給硬塞進去。「因為多明尼克『跟屋子有關聯』，這是他們說的。我只是提醒妳，他們搜查完很可能就會去妳家了。」

「那群混蛋把你們趕出來了？你們現在在哪裡？雨果呢？」

「只需要一個半小時，所以我們就開車出來。雨果正在小睡片刻，一切都好。」

蘇珊娜猶豫了半秒，不確定該發火還是算了。最後：「他們問了你什麼？」

「基本上都和多明尼克有關。他是怎樣的人，跟我有多熟，那年夏天是不是很沮喪，有多常到常春藤屋之類的。」

蘇珊娜再次沉默，我簡直聽得見她腦袋在轉動。

「他們沒有咄咄逼人或什麼的，感覺還好。我只是覺得妳應該會想事前知道他們會去找妳。」

「的確是。謝啦，托比，我是說真的。」她吸了口氣，接著俐落地說：「聽著，他們來了之後我會跟你說，我們再看怎麼辦。」

我不確定她是什麼意思——什麼怎麼辦？她以為我們還能做什麼？「喔，好。」

「我得掛電話了。晚點見，不然就明天。總之千萬記得：警察騙人是不犯法的，而且他們也不是你的好友或死黨。」

我真想問她憑什麼認為比我更了解警察，不過——「慢點，蘇。」

「怎樣？」

「我們三個頭一回嗑藥，在露台上，妳還記得嗎？」

「你跟里昂說我會變成小精靈，把他嚇死了。」

「是啊。多明尼克也在嗎？」

「沒有啊，他怎麼會在？」

「我不記得還有誰在了，心想或許是他。」

「那天沒別人在了，」蘇珊娜說。她語氣裡有個小地方我聽不出來，是困惑、好奇，還是什麼？「就我們三個。」

不對，還有別人，我差點脫口而出，但胃裡一陣噁心翻攪阻止了我。「好吧，」我對她說：「我想是藥效比我想得還強吧。」

「我猜那玩意兒肯定是臭鼬大麻。我那時差點以為自己真的會變成小精靈，擔心之後怎麼回復原樣。只是我覺得你應該有安排，不會讓我變不回來。」

「天哪，怎麼可能，」她真的逗笑我了。「我當然把解藥準備好了。」

「我就說吧。晚點聊囉，掰。」

里昂的手機忙線中。我繞了很遠才找到垃圾桶，差點找不到回車子的路。這裡的小巷全都一個樣，又濕又髒，庭園窄小荒蕪。我想到打電話問雨果人在哪裡，就覺得無地自容。但當我終於找到車子，發現他仍然閉著雙眼靠著頭靠，似乎還在睡覺。我倚著某戶人家的庭園牆壁點了根菸，然後再打一次電話給里昂。這回他沒有接。

一點半了。我心想不管警察在書房裡搞什麼，這會兒也該忙完了。就算沒有，那也是他們的問題。我將菸扔到水窪裡，朝車子走去。

♧

拉佛提在門口迎接我們，好像他才是屋主一般。**請進，你們時間抓得真準，我們才剛搜完書房，你們就出現了！**他領著我們穿越走廊，我瞥見一名員警蹲在咖啡桌前翻查桌上雜七雜八的東西。拉佛提帶我們匆匆上樓回到書房，好了，我們會再跟你們報告進度，說完他就走了，門俐落地喀嚓一聲在他背後關上。

書房感覺說不上來的微微變了。壁爐台上的大象木雕排得太整齊，架子上書背的模式完全不對，所有東西都偏了半寸。我很想奪門而出。「嗯，」過了一會兒，雨果眨眨眼睛看著之前擱著的文件說：「我們查到哪裡了？」

我機械式的翻閱普查紀錄的PDF檔，選街名、選門號、點開原始普查紀錄、逐一檢視姓名、按退出、瀏覽下一戶，完全不曉得自己看了什麼。樓上腳步聲來來去去，抽屜砰的關上。我這時才切實感受到「搜查屋子」是什麼意思。想到拉佛提翻動梅莉莎的內衣褲就讓我像無能丈夫般憤怒，腦袋近乎空白，只是望著筆電螢幕發愣喘息。

家具搬動的刮地聲、隔牆傳來的模糊人聲和上下樓梯的腳步聲持續不斷。我知道自己應該餓了，雨果也是，但我和他都沒有提起午餐。

不知過了多久，感覺有如幾天，拉佛提終於敲了門。「對不起，問個問題，」他懷裡抱著幾個兩側透明的大牛皮紙袋說：「這些東西是誰的？」

他將紙袋擺在地毯上給我們檢查。「我想這是我的，」雨果指著看來像是厚卡其褲的衣服說。那褲子口袋很大，不只破舊還沾著泥土。「我已經好幾年沒見到它了。你們在哪裡找到的？」

「您還記得這條褲子是哪時候有的嗎？」

「天哪……應該是二十年前吧，我常穿著它在庭園裡幹活。當時我爸媽還健在，比較認真照顧庭園。」

「您最後一次看到它是什麼時候？」

「我不曉得，」雨果平靜地說：「很久以前了，你們會用到嗎？」

「沒錯，這些東西我們都必須帶走，」拉佛提觀察我們的反應。他鬍渣變濃了，讓他看上去有如豁出去的叛徒。他見我們都沒開口，便說：「我們會開一張清單給你們。這裡還有什麼是兩位有印象的？」

「這是我的，」我指著我的舊橄欖球服說：「學生時代的隊服。還有那個──」一件紅色連帽上衣。「那可能也是我的，但我不確定。我想那個──」一雙髒兮兮的黑色厚底膠鞋。「那可能是里昂的。至於那個，那個算是公用的──」我指著沾著蜘蛛網的藍色睡袋說。「我們小時候睡在庭園裡會用它，後來則是給來過夜的朋友用。那個我就不知道了──」一條沾滿灰塵又起毛球的栗子色羊毛圍巾。「我不記得看過這條圍巾。」

「我也是，」雨果扶著桌子，好彎身看得更仔細。「我想有可能是里昂的，不然就是你們那群朋友的其中一個。年輕人東西都隨手亂放，不是嗎？」

「我們會問清楚，」拉佛提說：「好消息是屋子已經搜查完了，其他人正在收東西，我們很快就會閃人了。謝謝你們這幾天耐──」

樓下傳來開門聲，接著是梅莉莎那如夏日般清新的呼喊：「哈囉，我回來了！天哪，這場雨真是──」驚詫的沉默。

「梅莉莎回來了，」我起身說：「我最好──」在我下樓準備向梅莉莎解釋這一切的時候，警察也拿著證物袋、相機和其他東西砰砰砰地走了下來。拉佛提和科爾在門口台階上跟我們握手，又說了一堆非常感謝我們配合的廢話，接著就關門離開了，留下我們三個孤零零站在玄關，偌大的屋子忽然變得空空蕩蕩。

我們走到露台檢視災情。雨停了，只剩薄薄的水氣和偶爾有雨滴從樹葉上滑落。之前僅存的那道草地和罌粟也消失了。庭園裡寸草不留全是泥土，只剩牆邊那幾排樹木，感覺就像守不住的最後防線，中間破了一個洞，深得驚人、大得可怕，正是山榆原本所在的地方。鏟起的樹叢貼心地擺在後牆邊，方便我們處置。露台一角整整齊齊堆了幾樣東西，顯然是警察翻土時發現的，有花紋美麗的舊青花瓷器碎片、沾著乾土塊的芭比娃娃、塑膠海灘挖沙鏟和爬滿鐵鏽的華麗螺紋鑄鐵托架。空氣中飄著濃濃的土壤翻動的氣味，幾乎嗆鼻得無法呼吸。堆成一畦畦的泥土窸窸窣窣，毛毛蟲蠕動身體，潮蟲匆匆爬行，螞蟻上下走動。兩隻黑鳥和一隻知更鳥刻意跟我們保持距離，在庭園裡奔走啄食。

「我們明天就把樹叢種回去，」梅莉莎說：「我可以打電話給園藝中心，要他們過來種草或鋪草皮之類的——」

「不用了，」雨果柔聲說：「就這樣吧。」

「我和托比會處理，你不用——」

雨果伸手輕輕摸著梅莉莎的頭說：「噓，我們經歷的來來去去已經夠多了。」

梅莉莎沉默半晌，吸了口氣點點頭說：「我們會把樹叢種回去，加上一些新植物。」

「太好了，謝謝妳，親愛的。」

我們在露台上站了很久，望著鳥和昆蟲兀自忙活，殘留在樹上的雨水滴答滾落。空氣稀薄，滲著寒意，天色漸漸轉灰，但我們三個似乎都找不到理由返回屋內。

七

隔天早上過了一半左右，里昂來了，不久後蘇珊娜也出現了。雨果在小憩，我在屋裡東摸摸西弄弄，無法靜下來工作或做事，因此見到他們讓我鬆了口氣，但放鬆的感覺沒能持續多久。拉佛提和科爾昨晚去找里昂，今天一早又去見了蘇珊娜，搞得他倆都很焦躁，只是表現方式不同；而且不知道為什麼，里昂對蘇珊娜很不爽。「我打電話給你，」蘇珊娜將外套扔到廚房椅背上，對里昂說：「大概有五次吧，想說可以載你過來。」

里昂從洗碗機裡拿出盤子，重重擺在流理台上，頭也不抬地說：「我有公車搭。」

「我以為你有事想跟我說。」

「沒錯，昨天晚上，我想告訴妳條子問了我哪些事。」

「莎莉做惡夢，我得安撫她，而且我不需要知道他們問了你什麼，又沒有差。」

「對我有差，我想跟妳談談。」

「我們可以現在談，」蘇珊娜冷冷回答：「不過要去外面，因為我想抽菸。咖啡還是熱的嗎？」

「是的，」我一邊將盤子收進櫥櫃，一邊從裡頭拿了一只杯子給她。「拜託，里昂，小聲點，你會吵醒雨果。」

「才怪，他離這裡遠得很，」但他還是放輕了動作。「湯姆怎麼說？」他問蘇珊娜：「他覺得有趣嗎？」

蘇珊娜拿起爐子上的壺子替自己倒了咖啡，然後去冰箱拿牛奶。「他很好。」

「我敢說他的金魚腦已經炸了。他應該沒遇過這麼可怕的事，對吧？除了公車坐過頭沒付錢，正好稽查員上來，嚇得他差點挫賽那一次。」

「你這傢伙，」蘇珊娜淡淡說道，連從冰箱前轉頭都沒有。「完全不了解湯姆。想讓他腦袋炸掉還早得很，哪像某人。」

「哼，」里昂說，廚房裡陷入僵冷的沉默。

「卡斯騰呢？」我問。不論他們倆怎麼回事，我都懶得管。失眠和贊安諾錠讓我精疲力竭，厚鉛塊般的疲憊。我以為我已經把它留在自己家裡了。我腦袋不時抽痛，讓人不得安寧，但又不值得吃止痛藥。

里昂表情一糾。「他吵著要來，但我一直拒絕，因為我不想讓他淌這場混水。他只會太想保護我，然後跟條子槓上。」他恨恨瞪了蘇珊娜一眼，但蘇珊娜哪會在乎別人的另一半，她完全不理里昂。「從我們認識到現在，從來沒那麼久不見。真的很討厭。」

「你可以回去啊，你知道，」蘇珊娜提醒他：「隨時都可以。」

「不行，現在不能走，否則只會讓我像個逃犯，有事情隱瞞。」

「不是逃犯，是回家，回到工作和男友身邊，反正你遲早會回去。」

「不了，謝謝。」

「好吧，」蘇珊娜從她皮包裡撈出一包萬寶路淡菸說：「走吧。」

雨還沒下，但感覺快了。翻成一道道的土埂間，一隻瘦巴巴的灰貓原本跟在一隻黑鳥後面，見到我們就一溜煙翻牆跑了。「真是一團亂，」蘇珊娜說。她將廚房裡拿來的舊抹布扔到露台上，踩在腳下抹了抹地板，將雨水吸乾。「我們最好趕快重種，免得植物死光。」

「等梅莉莎回來，我們會開始弄。」

「梅莉莎對這件事反應如何？」

「她沒事，很高興條子不會再來煩我們了。」

「嗯，」蘇珊娜應了一聲，將抹布朝廚房裡扔，然後一屁股坐在台階最頂端，挪出點位子讓我坐。「應該吧。」

「天哪，」里昂在她另一旁重重坐了下來。這星期的事顯然重挫了他的時尚感，劉海像男孩一樣亂垂在臉上，灰色套頭衫和時髦的刷破牛仔褲完全不搭。「我討厭警察。被捕前就已經不喜歡了，現在更是一看到他們就——」

「你被捕過？」我說：「為了什麼事？」

「沒什麼，已經是陳年往事了，在阿姆斯特丹。」

「原來在阿姆斯特丹也是會被逮捕的喔？你幹了什麼好事？」

「我什麼也沒做。整件事從頭到尾都很扯。我跟人吵——唉，反正沒什麼，兩個小時就都搞定了。重點是，我現在真的很想哈草。」

「喏，」我把我那包菸扔給他說：「我盡力了。」里昂一直碎碎念，怕自己應付不了這種麻煩的局面，其實讓我蠻開心的。不是說我很行，很會應付警探，但至少我不用電子菸，也沒要求嗅鹽。「別怕，深呼吸幾口氣就沒事了。」

「你他媽的少在那裡說教，我現在沒那個心情，」但他還是拿了根菸，低頭用打火機把菸點著。他的手在發抖。

「他們對你很壞嗎？」

「去你的。」

「別這樣，我是認真的。他們對你很壞嗎？他們對我還好。」其實有點太好了。想到科爾刻意放慢說話，還是讓我胃裡一緊。但那不關里昂的事。

「沒有，他們沒有很壞，沒必要。他們是警探，什麼都不用做就很嚇人了。」

「他們對我很體貼，」蘇珊娜說：「除了事前打電話交代細節，還問我小孩什麼時候不在家。他們問了你什麼？」

里昂將那包菸扔回給我。「他們問我多明尼克是怎樣的人，我和他處得如何，其他人又跟他處得如何，他有多常到這裡來之類的。」

「我也是。那你怎麼回答？」

里昂聳聳肩說：「我說他不時會來，還說那傢伙就是標準的有錢公子哥兒，腦袋空空嗓門大，但我對他沒啥印象，因為我根本懶得理他。他是托比的朋友，不是我的。」

「他才不是我的朋友，只是認識的人。為什麼所有人都說——」

「你是這樣告訴警察的？」

「嗯，差不多。」

里昂點點頭，一副理解的模樣。「聰明。」

什麼跟什麼？「不是聰明，是實話。」

「我打算一問三不知，說自己什麼都不記得了，」里昂說。他菸抽得很急很猛，一口接一口。「我無所謂，反正他們也沒辦法證明我記得。我們給他們的資訊愈少愈好。他們想推給某人，我可不想被選上，拜託拜託。」

「你到底在講哪一齣啊？」我真的想知道。咖啡和菸讓我的頭疼、疲勞和擾人的微微不安感好轉了一點，但不多。「推給某人——他們連那傢伙出了什麼事都還不曉得，是要推什麼啊？」

「新聞說警方『認為死因可疑』，呼籲『有線索的民眾聯絡警方』」。

「是蠻可疑的，」蘇珊娜說。她兩手捧著咖啡杯，輕鬆翹著二郎腿，仰起頭彷彿天氣很好似的，感覺並不怎麼擔心。「他可是死在樹裡耶。這不表示他是被謀殺的，他們只是想搞清楚他怎麼會跑到那裡。」

「警察跟我說他們覺得是謀殺，」里昂說。

「他們當然會這樣說，因為他們想看你的反應。你有嚇壞嗎？」

「沒有，我沒嚇壞。我問他們為什麼那樣想。」

「他們怎麼說？」

「他們什麼都沒說，一定的。他們只是問我曉不曉得誰有什麼理由想致他於死地。」

「然後？」

「我說不曉得啊，廢話。」

「是嗎？」蘇珊娜說，表情有些驚訝。「我說那年夏天他蠻煩人的。他人很好，只是顯然哪裡不對勁。那可能是他被殺的原因，也可能是他自殺的理由，怎麼解釋都通。不過那是拉佛提的問題，與我無關。」

「我也是這樣說，」我說。

里昂高舉雙手。「這下好了，他們肯定認為我在說謊——」

「不會的，」蘇珊娜說：「他們沒那麼笨。人記得的事情本來就不一樣，他們很清楚這一點。他們有沒有問你記不記得他失蹤的那一天？」

「當然有，」里昂說：「我說沒有，呃，不記得了。但他們一直問，還用那種憂慮的眼神看我，好像那很可疑似的。你確定嗎？拜託，你一定記得一點什麼吧，回想一下……誰會記得十年前的某天晚上啊？我要是記得，那才可疑好不好。」

「我說我記得，」蘇珊娜一邊掏菸一邊靜靜說道：「因為那不是某天晚上，而是多明尼克失蹤的那天晚上，事後所有人都在講自己當時正在做什麼。天哪，我那時正坐在床上和男友傳簡訊。可憐的多明尼克一定很孤單，要是我有打電話給他，或許就怎樣怎樣……那天我們四個都在。我們一起吃晚餐，一起看電視，後來雨果先去睡，我們三個又聊了一會兒，大約半夜才回房間。」

「等一下，」聽到這裡，我忽然明白從剛才開始是哪裡怪怪的了。「他們那時為什麼認為他是自殺？然後現在又覺得不是？我是說，如果當時有理由相信他是自殺，現在又為何認為——」

「你難道忘了嗎？他用手機傳了簡訊給所有人，」蘇珊娜說：「他失蹤那天，很晚的時候，大概半夜三四點吧，只打了一句『對不起』。你一定有收到。連我都收到了，而我根本不曉得他怎麼會有我的號碼，或許是我教他法語會話的時候他的？我會記得是因為那則簡訊把我吵醒了。我根本不曉得他為何要跟我道歉，想說應該是傳錯了，於是就倒頭繼續睡了。」

我隱約記得有這麼回事，至少感覺記得，但並不值得一提，因為我也記得自己參加過多明尼克的葬禮。「應該有吧，」我說。

「那在當時是件大事，」里昂說：「誰有收到簡訊，誰沒有。我猜說自己有收到的人裡頭有一半都是在唬爛，好假裝自己是多明尼克的死黨。洛爾坎・穆蘭？拜託！多明尼克・甘利連那傢伙存在都不知道，怎麼會有他的手機號碼？」

「沒錯，」蘇珊娜說：「那時一堆人說自己一看到簡訊就知道了，每個人都跟天眼通一樣。

伊莎貝爾．卡爾尼到處嚷嚷，說她發誓多明尼克就站在她的床腳，閃閃發亮。但我想多明尼克應該沒那麼沒品味，把大好的顯靈機會浪費在伊莎貝爾．卡爾尼那樣的白癡身上。」她仰頭將杯裡剩下的咖啡一飲而盡。「至於警察現在的想法，可能是當初有人殺了他，然後傳簡訊讓大家為他是自殺，結果確實奏效了。」

「但跳崖自殺的事，」我說：「所有人都那樣覺得，那是怎麼傳出來的？」

「他們追查手機到那裡，」蘇珊娜回答：「簡訊是在那裡發的，不然就是手機最後的傳訊位置之類的，所以大家就那樣認為了。」

「換句話說，」里昂說：「現在警察認為是他殺，因為他要是躲進樹裡自殺，天曉得他為何要那樣做，手機怎麼會跑到霍斯黑德那邊？」

里昂又開始大聲了。「冷靜點，」蘇珊娜說：「有很多種可能。也許他原本打算跳崖自殺，但做不到，所以把手機扔了，然後回到這裡，決定爬到樹上——」

「他為什麼選擇這裡？」

蘇珊娜聳聳肩說：「也許因為這裡比他住的地方更隱密吧，我哪知道？也可能他根本沒去霍斯黑德，直接在這裡自殺；或是藥物過量死了，和他一起的人太緊張，把手機弄到那裡，免得查到他們頭上——」

「最好是。就算他們真這麼想，但不可能，因為他們是警察，警察不會替凶手想脫罪的理由。不過，就算是這樣好了，他們也會認為是我們其中一個，因為這裡是我們的院子。」

「不會，因為多明尼克既然能進到院子，就能帶人進來。那人可能看著他藥物過量，或掉進樹裡之類的，結果嚇壞了。就算你覺得那人殺了他，也說得過去。」

里昂兩手摀臉，說了一句「搞什麼鬼。」

「他是怎麼進到院子裡來的？」我很好奇。「我是說那道牆。你們還記得傑森．歐哈洛藍和布雷克洛克來的那傢伙在萬聖節派對打架的事嗎？我和西恩趕他們出去，傑森想翻牆進來，卻怎麼也做不到。而他個子很高，比多明尼克還壯。」

「嘖，他有可能找到縫隙之類踏腳的地方，或帶了什麼東西來吧。可是……」蘇珊娜吸了口菸。她仰頭望著天空，側影有如灰泥雕成的聖徒一樣。「我猜他並沒有。記得警察想找院子後門的備份鑰匙嗎？雨果說以前有一副掛在門邊，但不見了。那副鑰匙是那年夏天消失的，好像在多明尼克死前一兩個月左右。」

「警察問的時候，妳怎麼沒跟他們說？」我說：「也沒跟我們說？」

「因為我那時還沒想起來，事後才想到。你是怎麼形容菲依的？我那個『喜歡自殘的金髮怪咖朋友』？」她挑著眉斜瞄我一眼說：「我是因為她才想起來的。那年夏初，我經常帶她從院子裡溜進來。我覺得最好別讓雨果知道，免得她那對恐怖的爸媽找他麻煩。再說我已經十八歲了，做什麼事通常希望大人知道得愈少愈好。但到了夏末，我只能從正門讓她進來，因為那副備鑰不見了，而我不想問雨果收在哪裡。」

「妳早上有跟警察說這件事嗎？」里昂問。

「當然，」蘇珊娜將菸摁熄在台階上，菸屁股收進菸盒裡。「我顯然沒辦法告訴他們確切時間，但他們還是很感興趣。誰曉得，說不定多明尼克早有預謀。」

「天哪，」里昂彎下腰，好像胃疼似的。「我真的真的好想哈草。你們誰有嗎？」

「我沒有，」蘇珊娜說：「而且你要是夠聰明就不會哈。拉佛提和他同事正打算向人探聽我們，甚至監視我們。」

「那又怎樣？」我不大理解。「妳不是一直說他們沒理由認為我們是——」

「沒錯，所以千萬別給他們藉口，尤其是你。」

「我？為什麼？」

「因為多明尼克是你的朋友。要是他們推斷多明尼克來這裡是為了見人，你覺得他們會調查誰？」我仰頭猛翻白眼，蘇珊娜接著說：「我曉得你一定心想，『唉，條子是我們的朋友。只要沒做虧心事，就什麼也不用怕』。但你最好假裝這不一定是真的，至少現在，至少裝乖一陣子。」

「說來簡單，」里昂酸溜溜說：「不是所有人都像妳只有小孩和惡夢要煩——」

「還有一件事，」蘇珊娜說：「有什麼事不想讓警察知道的話，最好別在電話上說，他們可能會竊聽我們的電話。」

「拜託，」我說。

「慢點，」里昂忽然轉頭對她說：「所以妳昨天晚上才不接我電話？妳還好意思叫我不要偏執？」

「他們可能不會那樣做，但事前提防總比事後懊悔好。」我忽然察覺蘇珊娜其實樂在其中，讓我有些驚訝。學生時代她一直是我們當中最聰明的，考試總是輕鬆拿高分，師長常說她前途不可限量，而我則是開開心心全部拿B，里昂感覺根本不在意成績。我從來沒有多想，只有在她又達成什麼大成就時恭喜她，還有聽她決定放棄博士選擇替小孩把屎把尿時在心裡愣了一下。但我現在突然想到，以她的聰明才智，或許已經期盼遇到這種挑戰好多年了。

「該死，」里昂忽然睜大眼睛低呼一聲。「那這棟房子呢？他們搜查的時候，有可能裝了——」

我嗤之以鼻，蘇珊娜搖頭說：「不會，竊聽房子顯然比竊聽手機麻煩得多，得有不利於我們的證據才能申請，但他們當然沒有。」

「妳怎麼會知道這些事情？」我問。

「網路上什麼都有。」

「才不過上個月，」里昂手指摁著眼睛，彷彿眼睛受傷似的。「我剛回來，家族一起聚餐，我們三個還坐在這裡擔心雨果，以為麻煩大了，結果妳看現在。」

「我們當時沒麻煩，」蘇珊娜說：「現在也是。」

里昂雙手摀臉開始大笑，聲音帶著幾分歇斯底里。

「拜託，你振作點。只不過是警察問話，又不是世界末日，而且他們已經走了。」

「他們還會回來的。」

「也許，但除非你說了什麼蠢話，否則他們一樣會離開。」

里昂用手抹了抹臉，不再笑了。「我想回家了，」他說：「載我回去吧。」

「沒問題，待會兒就走，」蘇珊娜起身拍拍屁股說：「來吧，我們把植物種回去。」

♣

里昂說「他們還會回來」，結果並沒有，讓我不知該作何反應。我一直在等，等敲門聲響起，讓我無法回到那溫和碧綠的水底世界。屋子裡的聲音感覺不對。所有動靜都太響、太清楚而直接，彷彿窗戶變薄了，所有鳥鳴、風吹和鄰居拖垃圾桶的聲響都在我們屋內，嚇我一跳。我又變得跟野馬一樣，一有陌生的聲音就害怕，整整兩天覺得肯定是自己聽力出問題了，後來才明白是院子裡的佈置變了，風和聲音不再被原本的榆樹擋著，可以在空曠的泥土地上來去自如，不受阻礙。

警察雖然沒來，卻也感覺沒有走開。從廚房櫥櫃裡堆錯的平底鍋、摺法不對的衣服到浴室置物櫃裡變了位置的瓶瓶罐罐，我們不停發現他們留下的痕跡。感覺就像屋子裡躲著一名闖入者、隱身踢腳板後面的小精靈或兩眼凹陷窩在閣樓裡的侵入者，趁我們熟睡時溜出來，吃我們的食物，用我們的浴室洗澡一樣。

三天、四天、五天過去了，沒有拉佛提來敲門，沒有電話，連新聞都沒有。記者換追其他話題，臉書校友群組（天哪到底是怎麼回事？他不是跳崖了嗎？……各位，雖然不知道出了什麼事，但有兩名警探找我談話，問了一堆有關多仔的事……兄弟，願你安息，我會永遠記得和克隆戈斯高中的那三次對抗賽……他陳屍的那座院子是哪裡？是誰的房子？）也恢復平靜，甚至沒人上線了。「看來線索都斷了，」里昂滿懷希望地說：「不管條子通常怎麼說，至少案子被擱著了。」

「你是說他們決定放棄了？」我說：「這個案子太難了，我們還是去辦自己破得了的案子，比較好向上級交代。是這樣嗎？」

「還是，」蘇珊娜撕開包著一大束破破爛爛深紅色毛茛的紙袋說。我們在廚房，雨果在小憩。「他們希望所有人都這樣以為。」

「天哪，妳真的很會安慰人，」里昂火了。「妳知道嗎？」

「我只是說說，你不用理我，」她將花攤在流理台上。「這是誰買的花？」

「一個戴紅帽子的女的，」我說：「叫茱莉亞什麼。」

「茱莉亞．鄧恩嗎？個子很高，深色鬈髮的？我記得她和雨果曖昧過一陣子，在我們小時候。」

「才沒有，」里昂說。他坐在流理台上，一邊從碗裡抓堅果吃，一隻腳踝貼著櫥櫃門左右晃。我很想叫他別動，但眼前這種情況，這樣做只會讓他心情更糟。

「就有。他們曾經大吵一架，那時我們十四歲。其實不算吵架，因為雨果不會發火，但他聲音確實有變大。而茱莉亞則是咆哮，然後奪門而出，把門用力甩上。那絕對是情侶吵架，」她轉頭問我：「你還記得嗎？」

「不是很有印象，」我說。整件事聽來不大可能。我忽然有個神經質的想法，蘇珊娜故意編故事來混淆我的腦袋。

她翻了翻白眼，繼續用刀修剪花梗。「你這個人喔，我敢說你隔一個禮拜就完全忘記這回事了。你就是這樣，只要什麼事讓你感覺不好，你就直接忘掉。我們那時在里昂房間，他們好像在玄關，我們還跟阿乒哥一樣匍匐前進到樓梯口去偷聽，你都忘了？茱莉亞甩門離開後，我們憋著呼吸等雨果離開，沒想到他抬頭罵道，『這下你們三個看戲看夠了吧？』說完就走進廚房，砰的把門關了。我們三個覺得實在太丟臉，於是整晚都沒下樓，只能靠里昂偷藏的戰神巧克力棒果腹。你們真的完全沒印象？」

「我沒印象，」里昂淡淡說道，繼續在碗裡撈堅果。

「可能有，」我說。我愈想愈覺得好像有這回事：樓梯口地毯的灰塵弄得我鼻子癢，蘇珊娜在我耳邊輕輕喘氣，還有我們三個事後坐在里昂房裡充滿罪惡感地面面相覷。「應該吧，我想。」

「嗯，」蘇珊娜看了我一眼。那突如其來、打量似的銳利眼神讓我很不舒服，想起了馬丁警探。但我還沒開口，她已經轉過頭去，用手裡那朵花里昂的手指頭。「別這樣，還有人也喜歡腰果，再說這樣真的很噁心。」於是兩人又開始鬥嘴。

蘇珊娜會在常春藤屋，是因為她帶雨果去做化療。那是最後一次化療了，感覺有點像意外的背叛。醫師溫和朝他揮手道別，隨即轉身離開，讓他自生自滅。據蘇珊娜說，醫師希望雨果接受安寧照護，但雨果斷然拒絕了。我不知道里昂為什麼也在。他最近變得很常出現，不是在我、梅莉莎和雨果煮晚飯時拿著壽司蹦蹦跳跳進來，就是早上在書房裡東摸摸西弄弄，趴在地板上翻閱名冊，不到五分鐘就像狐獴般跳起來，開始找話題：天哪，我媽有沒有告訴你們，她想學小提琴，到時一定很恐怖，我敢說鄰居絕對會告她，我得回柏林去，才不管警察怎麼想……托比，你知道我學生時期的朋友連恩嗎？我昨天遇到他，沒想到他是某份新雜誌的編輯，那份雜誌很適合登文章介紹梅莉莎的店……他講話又快又急，瘋瘋癲癲，讓我懷疑他是不是嗑了什麼，雖然這時嗑藥感覺時機不是很恰當。某天門環又響，我氣得說不要理他，讓他識相走人。雨果對我說：「他很不好受。他本來就容易緊張，現在又一口氣發生那麼多事……他不會有事的，多擔待他吧。」

蘇珊娜的說法也差不多，只是沒那麼客氣。這會兒我和她正在廚房收拾週日午餐聚會的東西。最近的聚會一次比一次聒噪。由於沒有人想出比內戰線民或凱爾特跨越儀式更新的可能，或者就算有，但沒有好到願意和人分享，所以大家只好假裝什麼事都沒發生。而為了確保不會陷入尷尬的沉默，我爸和兩個伯叔拚命擠出自己的童年惡作劇往事，其餘的人則是笑得太大聲，而里昂更像籠子裡出來的猴子。我會到廚房洗碗，就是因為不想再跟他共處一室了。當起居室裡又傳來發狂似的高呼，「我以為妳已經叫里昂這陣子別再嗑藥了，」我說。

「他沒嗑藥，」蘇珊娜一邊將剩菜包好，一邊盯著正在院子裡開開心心挖壕溝的查克和莎莉。

「那他是怎麼回事？」我重新整理冰箱裡的東西，好挪出位子來。菜剩下很多，除了奧利佛叔叔，其他人都沒吃什麼。

「他只是緊張，而你還在幫倒忙。別再刁難他了。」

「我什麼都沒做。」

「少來，他只要一開口，你就翻白眼——」

我將過期的切達乳酪推到冰箱最裡面。「他簡直就像《六人行》裡頭的那傢伙，那個叫什麼名字的。我聽了就頭痛。」

「聽著，」蘇珊娜拿起湯匙將馬鈴薯舀進小碗說：「你對里昂最好謹慎一點。他本來就很怕警察了，你在那邊說一些『我希望你遇到拉佛提的時候，表現能像樣點』之類的嘲諷一點幫助也沒有。」

我沒想到她竟然會聽到。「拜託，我只是開玩笑。」

「我不確定他現在的心情開得起玩笑。」

「嘖，那是他的問題。」

這話讓蘇珊娜眉毛一挑，但她只是淡淡地說：「當然，但要是里昂壓力過大……你還記得我們九歲左右那一次嗎？他把我爸書桌上的那個古怪的舊氣壓計弄斷了，結果你一直講話嚇他，**天哪，你這下完蛋了，菲爾伯伯很喜歡這個東西，他一定會氣壞了**。還記得嗎？」

我不是很有印象。「妳把我講得真惡劣，我沒那麼壞好嗎？」

「沒錯，是沒那麼惡劣。你只是好玩。你從來不擔心惹禍上身，反正最後總是能油嘴滑舌替自己開脫，所以我想你不會明白里昂為何害怕成那樣。我爸回來的時候，里昂徹底慌了。他看了我爸一眼，然後大喊『托比吃了你抽屜裡的薄荷糖！』你真的完全不記得了？」

我感覺自己記得，算是吧，也許。里昂張大嘴巴，兩手慌亂想把氣壓計黏好，蘇珊娜在地毯裡找玻璃碎片，而我則是吐著薄荷味超濃的氣在一旁看著——但我應該有去找黏膠，有試著幫忙吧？「好像有，」我說：「結果呢？」

「你一樣油嘴滑舌開脫了，」蘇珊娜轉頭嘲諷地看我一眼。「想也知道。裝出無辜的表情，可愛地笑著說，『我只是想假扮你嘛，菲爾伯伯，想坐在你桌子前寫訴狀，指控老師出家庭作業是違法的，但我知道你寫訴狀需要吃很多薄荷糖……』爸爸就笑了，也就沒辦法罵人了。但我得說，因為你逗得他心情不錯，所以氣壓計的事他沒有大發雷霆，結果還算不錯。」

「所以妳想說什麼？」老天，起居室裡又傳來一陣鬼吼。「妳覺得要是我一直激他，他會怎樣？要條子找我麻煩嗎？」

蘇珊娜聳聳肩，俐落撕開保鮮膜。「當然不是故意的，但他現在腦袋不清楚。你要是讓他害怕或氣到一個程度，誰曉得他會怎麼做。你可能要提醒自己這一點，少惹他，因為這回可能不是油嘴滑舌可以擺脫的了。」

「拜託，」我笑了，但蘇珊娜沒有反應。「他不會的。這是正經事，又不是小孩偷吃薄荷糖，里昂懂得區別在哪。」

蘇珊娜雙手各拿一個碗，轉身朝冰箱走去，兩眼直直看著我。「你知道，里昂並不是永遠那麼喜歡你。」

什麼？「唔，」我頓了一會兒說。「那也不是我的問題。」

蘇珊娜揚起眉毛，但還沒開口，湯姆就探頭進來。「嘿，」他開心地說：「趕快來，你們倆一定要聽聽這個，你老爸正在告訴我們——」他目光掃向院子。「天哪，蘇，妳看！」

查克剛站起來，之前可能是摔進或挑進壕溝裡了。他一臉燦笑，從頭到腳都是泥巴。莎莉也好不到哪裡。她拉起臉上一綹沾滿泥巴的頭髮，很感興趣打量著。「媽咪！」她大喊：「我們好髒！」

「天哪，」蘇珊娜說：「這下好了。」

「我們要怎麼把那兩個小鬼弄回家？車子一定會——」

「先洗澡，」蘇珊娜說：「樓上有多的衣服，但我們得抱他們上去，不然泥巴會弄得到處都是——小朋友！別再玩土囉！」

查克和莎莉照例抱怨哀求，但蘇和湯姆最後還是伸直手臂將他倆抓起來，使勁朝樓梯走去。莎莉咯咯笑，伸手弄得蘇珊娜滿臉泥點，蘇珊娜則是笑著閃躲。查克兩眼茫然看著我，突然伸手在我白T恤上留下了泥指印。「看來這裡很歡樂嘛，」里昂從他們身邊閃過走進廚房。「靠，不會吧，你們已經收拾好碗盤了？」

「沒錯。」

「唉呀呀，」里昂手指抵著噘圓的嘴，看來已經半醉了。「我發誓，我真的有想過來幫忙。但你老爸真他媽有夠好笑。你以為我們很厲害，很會背著爸媽搞鬼嗎？拜託，我們根本不夠看。他們有一回，對，他們把鄰居家的狗打扮成——」

「嗯，我聽過了，」我爸其實很討厭那個故事，但我不記得原因了。他會提那件事，就表示他已經沒招了。「其他也都聽過了。」

「哎，」里昂搖搖杯裡的冰塊，看了我一眼。那眼神雖然帶著幾分醉意，感覺卻異常銳利。「誰惹毛你了？」

「我現在沒心情搞笑。」

「因為蘇珊娜說了什麼嗎？」他見我沒反應，於是又說：「雖然我真的很愛她，但是天老爺，她有時真的會把人搞瘋——」

「不是，」說完我便從他身邊走過，回起居室去找梅莉莎，看她有沒有辦法讓這些人統統離開。

♣

週日聚餐、在雨果書房工作、晚上在壁爐前取暖。看在外人眼中，我、雨果和梅莉莎似乎輕輕鬆鬆就回到了生活的常軌。雨果甚至在沃茲尼亞克夫人和麥克納馬拉的血緣之謎上有了進展，找到一群新表親，其中一位保存了十九世紀某位祖先的大批日記，只是字跡潦草，我們花了很多時間辨讀，結果內容大多是抱怨燉肉難吃和岳母難搞。雨果坐到桌前，對著滿桌的破爛小冊子，看著泛黃的紙頁、褪色的墨水和邊緣磨損的棕皮封面，心滿意足「啊」了一聲說，「我跟老東西在一起還是自在多了。百萬鹼基和鳌摩雖然不壞，但軟體會排除太多無關緊要的線索，但我就喜歡無關緊要的東西。只要給我一疊內容雜亂無章、需要幾小時好好爬梳的文件，我就心滿意足了。」

然而，生活其實變了。雨果變得更嚴重，雖然不到病入膏肓，還沒有，但已經看得出輪廓，感受得到結局壓境時會是什麼景況。雨果沒辦法久站，刀也拿不穩，除了奶油之外都切不動，三餐愈來愈常由我和梅莉莎負責，而我們發現自己開始不自覺做一些不需要雨果費力動刀動叉的食物，例如快炒或燉飯。菲爾伯伯來訪時，兩人也不再玩跳棋了，而我竟然隔很久才明白為什麼。有時在書房，我會感覺雨果那裡傳來的細微動靜消失了，抬頭只見他兩手攤在桌上一臉茫然。有回我就那樣看著雨果呆坐了十五分鐘，最後受不了輕輕喊他一聲，結果喊了三次他才轉過頭來，動作慢到不行，彷彿嗑藥嗑到虛脫，看著我的眼神空洞漠然，跟看椅子或茶杯沒有兩樣。後來他總算回過神來，眨著眼睛說，「怎樣？有什麼新發現嗎？」我胡扯幾句，他又慢慢回復原狀。有幾天早上，他穿著前一天的衣服下樓，衣服上全是睡著壓皺的摺痕。我有一晚提議幫他更衣，雨果大發雷霆，「你覺得我傻了嗎？」他眼神裡的厭惡是那麼明顯，把我給嚇壞了，只能結巴幾句，趕緊躲回書裡。接下來的沉默有如酷刑，讓我度日如年，直到聽見他拖著腳步走出房間上樓梯，我才鬆了口氣。隔天早上，我有點不敢下樓，結果卻看他站在爐子前轉頭對我微笑，彷彿什麼都沒有發生。

改變的不只雨果。只要他在，梅莉莎就是原本那個開心的她，而且雨果到現在從來沒生過她的氣，對她講話總是輕聲細語，搞到我都莫名其妙嫉妒起來了。但只要我家裡人來，她就會變得沉默，目光警戒面帶微笑窩在角落。就算只有我們倆，她也是隱隱畏縮。我知道她心裡有事，也嘗試過一兩次要她告訴我，但可能逼得不夠緊吧。因為我覺得自己現在這樣還沒辦法應付複雜的情緒溝通。我晚上還是會吃贊安諾錠，有時甚至白天也吃，搞得我無法確定自己又開始變鈍，腦袋昏沉，莫名聞到血或消毒劑的味道，外加一些可想而知的無聊症狀，到底是吃藥的原因還是結果，但我顯然很難說自己好得很。雨果和梅莉莎假裝沒發現。我們三人都小心翼翼保持距離，彷彿屋子裡藏著某種東西，例如地雷或炸彈背心，只要踩錯一步就會讓所有人粉身碎骨。

我知道這很荒謬，但我把一切都怪到警探頭上。他們就像颶風掃過這裡，把我們當成犯人審問，還讓我們露宿街頭，我的腦袋顯然就是被這些壓力搞爛的，雨果大大惡化也是。他們說走就走，獨留我們面對令人不安而他們顯然懶得回答的問題。老實說，他們出現之前我們過得好好的，現在不再是了。我說不清楚是他們做了什麼，但基礎已經動搖，整個家開始在我們周圍分崩離析，而我們只能坐以待斃。

♣

一週過去，十天過去，什麼也沒發生。接著在一天晚上，有人敲門了。那晚天氣宛如萬聖節，風強又冷，落葉簌簌打在窗玻璃上，薄雲遮蔽了淡淡的月光。我坐在起居室的壁爐前讀架上找到的舊小說，是杜瑞爾寫的，發現我竟然跟得上，因為情節不怎麼複雜。梅莉莎去參加商展，雨果晚飯後就上樓就寢了。我趕緊放下小說起身到門前，免得雨果被吵醒。

強風湧進玄關，一路掃到廚房，吹得某樣東西哐啷倒了。馬丁警探縮著肩站在門口，大衣裹得緊緊的，不停喘息。

「天哪，」他看見我，臉色立刻一亮。「是你。你知道嗎，托比，你真的很難找。」

「喔，」我愣了一下才認出他。「抱歉，這裡是我伯伯家。他身體不舒服，所以我來這裡照——」

「嗯哼，我大概知道。我是說這條路。我在附近一直兜圈子，兜了大半個晚上，連車也壞了，只能用走的，這會兒內褲都快結冰了。」

「你要進來嗎？」

「欸，真棒，」馬丁真心說道，隨即走進屋裡，我感覺他身上冒著寒氣。「我就希望你這樣說。我只會待幾分鐘，讓自己暖暖身子，然後就回去吹冷風。這裡是嗎？」

他已經快走到起居室了。「想喝點什麼嗎？」我問。

我心裡想的是茶或咖啡，沒想到他脫下大衣，朝咖啡桌上那杯威士忌點了點頭，開心地說：「還有的話，我就來杯跟你一樣的，算是車子拋錨後的一點小安慰吧。」

我走進廚房去拿杯子，腦袋飛快運轉。我大概知道。他怎麼會知道？還有他為何要到這裡來？「這房子真不賴，」我走回起居室，馬丁已經坐在最靠近壁爐的扶手椅上，用讚賞的眼光四處打量。「我老婆喜歡發亮的東西，你懂嗎？家裡一堆鉻製品，什麼都是亮色系，擺出來很有樣子。你別誤會，是真的很棒。只不過我嘛，要是我還單身——」他拍拍老緞布椅的破扶手說：「我寧可住在這樣的地方，至少就我薪水所及的程度愈像這裡愈好。」

我笑了笑，將酒遞給他。他舉起杯子：「乾杯。」

「乾杯，」我說著在沙發邊上坐了下來，伸手去拿酒杯。

馬丁仰頭喝了一大口，「啊」的長嘆一聲說：「這威士忌真好，沒話說。你伯伯真有品味。」他比春天時胖了一點，頭髮也修短了，臉頰凍得發紅，兩腿伸直湊到火邊，感覺就像辛苦一天之後終於回到家放鬆的鄉下人。我拚命祈禱雨果千萬不要這時起床下樓來。「你過得好嗎？」

「還行，我請了假來照顧伯伯。」

「你老闆真好，准你放假。他是個好人，很欣賞你。」

「不會請太久，」我傻傻地說。

馬丁點點頭。「真令人遺憾。你伯伯怎麼樣？」

「還行吧，我想。他……」我腦中閃過他無力的雙手，以及目光回過神來認出我之前的空洞。我想說的是快不行了，可是想不起來，就算想到了也不會說出口。「他只是累了。」

馬丁同情地點點頭。「我爺爺也是這樣。只能眼睜睜看著感覺確實不好受，糟透了。我只能說他不會有什麼痛苦，只是愈來愈虛弱，直到有天早上突然跌倒——」他輕輕一彈手指。「就這樣走了。我知道這樣說沒什麼安慰效果，老弟。但比起我們擔心的……這樣算是好多了。」

「謝了，」我說：「我們就是過一天算一天。」

「其實也只能這樣了。對了，趁我忘記之前——」他伸手到隨意掛在扶手上的大衣裡東摸西找。「我來就是要給你這個。」他掏出一個纏著的塑膠袋，伸長身子（還咳了一聲）遞給我。塑膠袋裡是梅莉莎的鑄鐵燭台。它比我印象中更重更冰、拿起來更不舒服，彷彿是用另一種陌生材質做的。我差點問他確定嗎，這真的是梅莉莎的燭台？

「抱歉拖這麼久才還你，」馬丁重新靠回扶手椅上，又喝了一大口威士忌。「鑑識科永遠都在積件，尤其這種案子，沒有人遇害又沒有明顯的嫌疑人，完全無法搶到第一順位。」

「沒關係，」我說：「他們有……我是說，這種事我能問嗎？他們在上頭有沒有發現什麼？」

「問吧，當然可以問。這不是你的事，難道還是別人的事？沒有指紋。手套的事你猜對了。上頭有很多血，還有一些表皮和毛髮，但都是你的。別擔心，我已經請鑑識科好好清潔過了。」我感覺傷疤輕輕抽痛了一下，但及時忍住沒有伸手去碰。

「謝啦，」我說。

「老弟，我在這裡要再跟你保證，這不代表我們放棄了，完全沒有。我從來不讓案子拖著。新的線索隨時可能出現，再說那些傢伙又不是什麼犯罪大師，」他咧嘴燦笑，笑得堅定自信。「別擔心，我們會逮到人的。」

「嗯，」我說：「那就好。」

「你還好嗎？要是說這些讓你難受就太糟了。」

他拿著酒杯看似隨意望著我，但我瞥見他眼裡閃過一絲警覺。「我沒事，」我將燭台收回塑膠袋裡，放到腳邊地板上。「再次謝謝你。」

「我不曉得該不該現在提，還是再晚一點。你這兩週也夠難熬的。」見我瞬間抬頭，他又說：「就是那個……」一邊朝屋子後面院子的方向撇了撇頭。

「喔，」我回答，「是啊。」我想他知道多明尼克的事很合理，符合我對警探的粗淺認知。

印象中他們的桌上總是堆滿咖啡杯和沒人懂的公文，而他們就這麼隔桌互嗆，交換一天的經歷。

「遇到這種意外，我得說真是屋漏偏逢連夜雨。」

「是蠻詭異的沒錯。」

馬丁用食指比著我，好像我說了什麼一針見血的話。「沒錯，托比，就是詭異。短短不到多久？五個月？你就被搶、差點喪命，然庭園子裡出現人的骨頭？發生這種事的機率有多高？」

「竊盜和差點喪命是同一件事，」我說，語氣比我想得嚴厲。「不是兩件。而且這裡不是我家。」

沒想到馬丁竟然靠回椅子上呵呵笑了。「看來你比之前好多了，」他說：「對吧？」我說不上來，但覺得最好別承認。死蘇珊娜，都是她意有所指，說「那個人」在針對我們。我那時雖然翻白眼，但肯定被影響了。「還好，」我說。

「那就好——」他猛拍扶手，真心真意地說。「真是令人開心。不過，托比，你應該懂我意思。你如果是街頭小混混，這些事對你只會是家常便飯；竊盜、攻擊、屍體，每年來一次都不意外。但像你這樣的好青年，除了超速吃罰單從來不會遇到警察的人——」他幹嘛清查我的超速紀錄？雖然那已經是好幾年前，但我還是瞬間無地自容，有種被抓包的感覺。「情況就不一樣了。當然，這一切可能是天大的巧合。但我不得不好奇，萬一不是呢？」

過了半晌，他見我望著他，完全不曉得該說什麼。「你自己剛才也說了，托比，而且說得非常準確。這很詭異。」

「等一下，」我說。我腦中湧起一股奇怪的感覺，彷彿特寫鏡頭在隧道裡拉得太快、太貼壁，令人頭暈目眩。「你是說——慢點，你是說有人，有人殺了多明尼克——」

「局裡的夥伴目前是這樣想，但不是百分百確定，所以有可能會變，不過這就是他們目前的偵查方向。」

「然後，然後那個人，那個人也打算殺了我？」

馬丁搖晃手裡的威士忌，靜靜看著我。

「可是，不對呀，為什麼？都十年過去了。他們當初為何要，現在又為什麼——」

「我們還不曉得多明尼克為何遇害，」馬丁坦白說：「甚至不確定是他殺。只要釐清這一點，或許就更曉得他們想做什麼或不想做什麼。你有什麼概念嗎？」

「沒有。那兩位，我是說另外兩位警探，他們已經問過我關於他的事。我把我記得的都告訴他們了。」奇怪的感覺還在累積。我灌了一口威士忌，希望腦袋能清楚一點，但沒有。

「會不會你們倆做了什麼惹毛了誰？」

「比如說？」

馬丁聳聳肩。「欺負班上的魯蛇之類的。我們都幹過那種事，肯定的，但只是胡鬧，沒有惡意。不過，那種人比較容易記恨，對事情念念不忘……」

「我沒有，我不霸凌別人。」

「多明尼克有？」

「有一點，偶爾，但沒有許多人那麼惡劣。」

「嗯，」馬丁沉吟道，將靠近壁爐的兩條腿調到更舒服的位置。「那毒品呢？」

「毒品怎麼樣？」

「例如買賣出了問題，或是有人嗑到太強的東西，身體不舒服，甚至掛了，然後怪罪你們兩個。」

「沒有，」我說：「我沒賣過任何東西，也沒有——」這不是我想跟警探進行的對話方式。

「完全沒有。」

「沒問題，」馬丁舉起酒杯，隔著杯子瞇眼注視爐火。「另一個可能，」他說：「是報仇。」

「報仇？」我完全無法理解，愣了一會兒才說：「為什麼？」

「拉佛提聽說你和多明尼克．甘利有過節。」

「什麼？我沒有。」馬丁狐疑地豎起眉毛。「誰說的？」

「夥伴們聽一些人這樣說，」馬丁若有似無揮了揮手。「問話時聽到的。所有人都說自己是聽來的，但沒人確定源頭是誰。」

「我跟多明尼克從來沒有任何過節。我們確實不是死黨，但相處上正常得很。」

「沒問題，」馬丁淡定說道。「只不過重案組的警探聽說了，就代表可能也有其他人聽說過，並且相信了，不論真假與否。」

「所以……」太多訊息像連環車禍似的卡在我腦中，我已經跟不上了。「所以怎樣？有人認為多明尼克自殺是我害的？所以打算幹掉我？」

「有可能，或者他們不認為他是自殺。」

「他們認為是我殺的？」

馬丁聳聳肩看著我，沒有說話。

「這太扯了。」過了很久，馬丁都沒有開口，而我也不曉得說什麼。「不可能，他們的口音，我說攻擊我的人。他們是小混混。多明尼克從來不認識那種人，跟他夠親近的人也絕對沒有人想報仇，不可能。」

「說不定是他認識的人雇了誰。」

「但那太扯了，」我又說了一次。「十年以後才動手？他們為什麼突然，他們怎麼會知道——」

馬丁嘆了口氣。「或許是我幹這行太久了，」他說：「我看過其他警探變這樣。永遠在找關聯，最後看什麼都覺得有關。有個傢伙，你知道，他完全認定自己在辦的那個薩利諾謀殺案跟一百多公里外的卡爾洛酒吧鬥毆案有關，甚至願意賭身家。卡爾洛的那幾個倒楣鬼，被他審問了數百小時，檢查不在場證明和指紋，申請採驗ＤＮＡ等等，只因為兩個案發地點附近都找到一頂百威棒球帽。他到現在還被人叫成『白威』。」

我實在笑不出來。「我是——」我說。那兩個字太可笑又太震撼，感覺就像卡通裡的紅色按鈕，一按下去可能就會炸掉整棟房子，我完全說不出口。「那兩位警探，他們覺得是我幹的？」

他目光從爐火前移開，滿臉困惑望著我。「你想說你是嫌犯？」

「感覺是。是嗎？」

「當然是。不管誰殺了甘利，肯定是能進這個院子的人，而在那段時間能進到院子裡的人就五六個，統統都是嫌犯。」

「可是，」我心臟狂跳，整個人都在顫動。我敢說他一定從我聲音裡聽出來了。其實我心底一直明白，怎麼可能不曉得，但這會兒聽人直接說出口還是——「可是我什麼也沒做。」

馬丁點點頭。

「他們認為是我幹的？」

「不曉得。老實講，我不認為他們已經查到那麼深了。他們只是做出各種猜測，看看哪個推論經得起考驗，什麼都還沒確定。」

「你覺得是我幹的嗎？」

「我完全沒想，」馬丁口氣愉快地說。「那又不是我的案子，推論做再多也不會有人替我加薪。我只會在意它跟我負責的強盜攻擊案有沒有關。」他看我還是盯著他看，於是又說：「拜託，老弟。我要是覺得你是殺人凶手，還會坐在這裡喝威士忌，跟你聊天嗎？」

「誰曉得。」

他瞪著我瞧，語氣充滿委屈，而且有點衝：「等一下。我下班以後冒雨趕來，想幫你一個忙——」他指著裝著燭台的塑膠袋。我完全忘了這件事。「結果你竟然認為我在胡扯？」

「沒有，」我說：「真的不是。對不起。」

我不曉得自己為什麼道歉，不過馬丁只又瞪了我一會兒，語氣便和緩下來。「其實是兩個忙才對。那東西——」他指燭台。「我可以用寄的給你，但我覺得你是個不錯的年輕人，過去幾個月也夠辛苦了，所以心想過來提點你一下，算是通風報信。你要是真的跟甘利沒有什麼過節，或許需要認真想想，為何有人放出那樣的風聲。」

「我不曉得。我甚至想不出來誰會——」

但他已經撩起袖口看了看錶，並且從扶手椅上起身了。「天哪，沒想到拖這麼晚了。我得走了，免得老婆以為我跟年輕妹子跑了。啊不對，是鬼混，她知道我沒那個膽。她一定以為我跑去有陽光的地方，蘭薩羅特島之類的。現在這種天氣我實在沒辦法，腦袋完全不聽使喚——」他披上大衣，瞄了我一眼。「怎麼了？」

「我不懂，完全無法理解，現在到底是什麼情況。」

馬丁原本在摸口袋。他停下動作看著我。「如果你跟這件事無關，」他說（如果？）「那就是你家人或朋友幹的，而他們正打算推到你頭上。我如果是你，絕對會想辦法找出那個人是誰，還有為什麼，而且立刻開始。」

警探走後那一個小時，我在起居室裡來回踱步；不是一拐一拐，而是又快又急，而且我好想在屋裡抽菸。雨果沒有下樓，我祈禱他睡夢沒被打斷，而梅莉莎的商展結束得愈晚愈好，因為我需要思考。

你可能會想，我應該滿腦子都是自己被當成殺人嫌疑犯這件事。但那其實感覺沒那麼重要，尤其最初的驚詫消退之後。畢竟馬丁說得沒錯，所有能靠近那棵榆樹的人一定都在嫌犯名單上，而我很懷疑自己會鋃鐺入獄，只因為某人告訴某人說，某人告訴他我和多明尼克有過節。然而，馬丁講的其他事情慢慢進到我的腦袋，而我愈想愈覺得明顯，無可置疑，宛如巨大的真理磁鐵，將我的心思完全吸住：多明尼克的遭遇肯定和那晚有關。

但我怎麼也猜不出關聯在哪。我還是想不透那晚怎麼會是佯裝成竊盜的復仇，也難以想像攻擊我的是同樣的凶手。畢竟我昏倒在地，若他們的目的是致我於死，那簡直是輕而易舉（我腳閃過裝在塑膠袋裡不成形狀的燭台）。不過，顯然有人清楚這兩件事關聯何在，而且應該就是他把事情往我頭上推。就像馬丁說的，那名單不長：有可能拿到院子後門備份鑰匙的朋友、我的家人親戚，還有雨果。

這些人沒有一個感覺有半點可疑，不論是殺人凶手或誣陷大師。可是，可是。我愈來愈明白（而馬丁肯定早知道了）竊賊的目標是我的車根本不合理。我整個白天和半個晚上都不在家，不論車子或車鑰匙都唾手可得。他們要是勘查過我的住處，怎麼會等我回家了才下手？

那些抽屜，歹徒翻得很徹底。我十八歲生日得到的相機沒了，很久以前拍的派對相片也是。他們在找的東西肯定和多明尼克的死有關。車子、電視及Xbox，那些都只是煙霧彈和障眼法。你瞧，就是一般的入室竊盜案，沒什麼好想的！他們等我回家才行動，這樣萬一沒找到，還可以從我嘴裡問出來——用什麼方法我根本不敢想。只因為我醒來，還負隅頑抗，事情才出了差錯。**通常這時候我們已經鎖定對象了，可是這次還沒有人浮出水面。老實說，我對你有點過意不去……**馬丁打從開始就知道了。當然不是多明尼克，而是這並非一起隨機竊盜案。那兩個傢伙不是臨時起意挑中我的，一切都經過精心策劃。

照理說，我應該更驚惶才對，竟然被鎖定、被跟蹤、被襲擊。可是並沒有。倘若他們就是以我為對象，因為我做過的事或擁有的東西，那我就不是跑到路上被車撞的鹿，也不是碰巧擋住他們財路的石頭，而是真實的人；是整件事的核心，而不是無意義又無關的路人，可以無視，可以不管。既然我是參與者，就有辦法做什麼。

幾個月來，我腦袋頭一回那麼清醒，看得如此透徹，有如雪地裡的寒冷空氣讓我無法呼吸。我已經望了這樣思考是什麼感覺了。

雖然我腦中浮現連恩．尼遜的電影情節，但我不可能追到竊賊，逼他們吐實。然而，另一條線索的頭就在常春藤屋。我或許找得到，循線追蹤。

不論屋外天氣如何，我都需要抽根菸。我披上外套走到露台。風在樹梢嘶吼，廚房的光照著院子裡一道道土埂，形成扭曲的暗影。葉子沙沙作響，露台磁磚上的雨水閃閃發亮。我心臟猛跳，彷彿就要跳出喉間。我發現自己不知為何臉上帶笑。

♣

「那是什麼？」梅莉莎朝塑膠袋點點頭問。那天深夜，她頂著寒風臉頰發冷回到常春藤屋，我讓她窩在沙發上，給了她毯子和熱可可，聽她說商展的事，一邊瀏覽她裝在袋子裡帶回來的樣品。

「喔，」我放下那個像是針織保險套的玩意兒，抬頭對她說：「那是妳的燭台，警察拿走的那個。那個叫馬丁的警探還來的。」

「為什麼？」梅莉莎厲聲道。

「他們檢查過了，我說鑑識人員。」

「他為什麼親自來，不是用寄的？」

我不想告訴她事情經過，還不是時候。我想等事情更明朗再說。「他可能正好在這附近吧，」我說。

「他來找你談什麼？」

她坐起身子，將熱可可晾在一邊。「其實沒談什麼，」我說，繼續低頭翻看袋子裡的樣品。「他燭台放了就走了。這是綠精靈保險套嗎？」

梅莉莎笑了，表情放鬆下來。「那是套手指上的玩偶啦，白癡！你看它有臉。你哪時看過保險套有——」

「我見過更詭異的，我敢說妳一定——」

「它是羊毛做的耶！」

我忽然瞥見咖啡桌上那兩只空酒杯，顯然我忘了收，心裡一陣驚惶。幸好梅莉莎不是沒發現，就是以為雨果睡前和我小酌了一杯。「這是什麼鬼商展啊，」我說：「竟然有這種怪玩意兒。」

「喔，真的很扯，還有人坐在吹製水晶燈上盪鞦韆。」

我一直開玩笑，逗得她很開心。我這才發覺自己看到拉佛提和科爾之後，心底凍結得有多厲害，退回餘音不斷的幽暗世界裡有多深。「我知道，」我說：「還有裝滿有機山桑子接骨木花香檳的按摩浴缸，對吧？」

「我們那群人都是瘋子。」

「幸好，」我拉長身子吻了她。「不然妳一定受不了我。」

我們繼續瀏覽樣品，我繼續拿裡頭的古怪東西開玩笑。過沒多久，雨果穿著睡衣步履蹣跚走下樓來，用指關節揉眼睛。我們替他弄了一杯熱可可，梅莉莎從袋裡撈出一包環保燕麥餅乾，我們都沒提馬丁來訪的事。隔天早上，我打開垃圾桶扔東西時，發現燭台被人使勁塞在底部，外頭的塑膠袋有如絞繩將它緊緊裹住。

♣

我陪梅莉莎到公車站，待在聽得見雨果聲音的地方等他沖澡，將他在書房裡安頓好，然後跟他說我想去院子裡晃晃，醒醒腦。他朝我微微一笑，揮揮手，便低頭幹活了。我不確定他有聽到我說什麼，甚至不確定他認得我是誰。

風已經小了，落葉雜亂堆在牆邊。重新種回去的灌木和梅莉莎從花行買來的植物感覺悶悶不樂、格格不入，有些已經開始凋萎了。我母親買的樹苗還在盆裡，在角落垂頭喪氣，所有人到現在還沒勇氣將它種在榆樹留下的大坑裡。我前一晚沒吃贊安諾錠，感覺所有東西都稜亂尖銳，陰天下每根樹枝都爪牙猙獰，微風掃過落葉發出機械般的刺耳噪音。我走到一棵大橡樹旁，正好擋住雨果書房窗戶的視線，然後掏出手機。

我其實不抱多大希望，不覺得自己還留著蘇珊娜那個愛用剃刀的金髮好姊妹菲依的手機號碼。我曾經和她曖昧過一陣子，那年夏天她蠻常出現在常春藤屋，我們甚至愛撫過兩三次，但發現她不大正常就小心疏遠她了。沒想到她的號碼還在，十年換過好幾支手機都沒消失。我靠著樹幹撥了電話，感覺就像情竇初開的青少年，雙手冒汗，心臟抵著粗樹幹怦怦跳，祈禱她沒換號碼。

「喂？」

「菲依嗎？」我讓自己語氣溫暖羞怯，愉悅但不急躁。「我是托比，托比．亨納希，蘇珊娜的堂哥，不知道妳還記得我嗎——」

「當然記得啦，托比。哇！嗨，」她聲音親切，但很客套。我不確定自己的名字還在她手機裡或早就被她刪了。

「好久不見，妳都好嗎？」

「很不錯呀，一切都很好。你呢？」

她聽起來比我印象中沉穩多了。手機另一頭傳來電話鈴響，接著是男人俐落談論公事的聲音。她在上班。「嗯，我也不錯。」短暫沉默過後，我說：「我打電話來是因為——呃，我想妳應該知道我伯伯雨果家發生的事吧？」

「嗯，大概知道。從新聞裡聽到一些，加上有兩位警探來找我問話。」

所以不是蘇珊娜，她們倆沒聯絡了。這給了我操作的空間。「我也是。我打給妳其實就是為了這件事。警探說他們會去找妳問話，但我要說，他們蠻嚇人的。我想到他們可能給妳添麻煩，心裡很過意不去，所以想問妳還好嗎。」

菲依語氣變軟了：「喔，嗯，沒事。」

「妳確定？」

「我確定。那兩位警探一點也不可怕。可能因為我九月幾乎都跟爸媽在法國，不清楚發生了什麼事，所以他們主要問我當年在你伯伯家過夜的狀況。你還記得嗎？我那時跟爸媽處得不好，只要和他們吵架就會半夜爬出窗戶到你伯伯家？」

「是啊，我記得，」我在語氣裡加了幾分開心與溫柔。「我們會聊到三更半夜，搞得隔天上班遲到，但很值得。」

菲依笑了，一下下。「真的。那兩位警探，我感覺他們蠻在意院子後門鑰匙的，就是那年夏天不見的那一副。他們想知道蘇珊娜怎麼放我進來，還有我從哪時候開始改走正門。」

「他們也問了我那些，但我一點頭緒也沒有，感覺跟白癡一樣。妳都記得喔？」

「算吧。我知道鑰匙是某次派對掉的，因為蘇珊娜隔天想讓我進來，結果不行，把她嚇壞了。我跟她說，『別擔心，可能是哪個混蛋惡作劇而已。』但她一直說，『這下我們得換鎖了。可是雨果一定會拖，拿走鑰匙的傢伙隨時都能溜進來……』但我忘了派對的確切時間，所以也不曉得有沒有幫到忙。」

「至少比我強，」我口氣遺憾笑了笑。沒想到我講得那麼侃侃自如。我感覺自己就像沉著冷靜的私家偵探。「我覺得自己根本在浪費他們時間，難怪他們對我不大客氣。還好他們對妳不壞。」

「天哪，不會吧！你還好嗎？蘇珊娜呢？」

菲依向來貼心。情緒不穩，但很貼心。她不會直接問，但只要你讓她感覺到，她就會非常關心。「還可以吧，」我說：「想到多明尼克這些年來一直在那裡，當然是蠻不好受的，但我們也想知道為什麼，為何偏偏是那裡。」

「那裡很美，我說那院子。真的很寧靜。至少這部分我能理解。」

毫無遲疑，也沒停頓。她仍然確信是自殺。警探沒有跟菲依提到他殺的可能，只有跟我們提。這顯然不是什麼好消息。「但還是很難想像，」我說：「可憐的多明尼克。不論他當時怎麼想，我都希望他能找到更好的路。他是個好人。」我開始等她反應。

菲依頓了一下。「你這樣覺得？」

我心想多明尼克是不是追過她，然後把她甩了。菲依那時很美，搪瓷般的那種，一雙湛藍大眼幾乎不敢多看你幾秒就會微微撇頭避開，我覺得很性感。還是——「是啊，我覺得。雖然不是聖人，但我不記得跟他有什麼過節。」

「的確，我知道你們是朋友。只是我以為……」

「以為什麼？」

「算了。時間太久了，有可能是我搞混了。」

到底是什麼？「那個，」我放低聲音，帶點猶豫和脆弱。「有件事我可能得跟妳說。幾個月前我出了一場意外，頭部撞得蠻厲害的。之後我的記憶就有點不……我是說，有些事我應該記得，卻想不起來了。」

「天哪，」菲依語氣立刻變了，滿是驚訝與同情。她中計了。「真是太不幸了，你還好嗎？」

「基本上還可以。醫師說會自行痊癒，但在那之前，感覺蠻恐怖的，妳知道。就……我如果忘了什麼，還麻煩妳幫幫我，因為我真的——我是說，遇到這種情況，你實在不希望腦袋一片空白，但我現在就是一問三不知。」

我把哀兵技能開到最大，果然手到擒來。「我那時感覺多明尼克對你堂妹堂哥有一點惡劣。我以為你會不高興，但我不曉得詳情，也許你——」

「對我堂妹堂哥很惡劣？譬如呢？」見她沒有回答，我又說：「菲依，我真的需要妳幫我。我不想在蘇珊娜或里昂面前說錯話，更別提警探了。拜託。」

「我不記得細節了，真的。那年我自己也一堆事。」

我語氣放柔，還摻雜點痛苦。「我知道，很遺憾那時沒能多幫幫妳。我是真的想幫，但不知從何做起，所以就龜縮了。十幾歲的男孩子真的很蠢。」

「不是，你沒問題。我只是說，我該更關心蘇珊娜的，尤其她人那麼好，總是收留我過夜。我們不算是手帕交，只因為你們家離我家最近，而你伯伯又不像其他家長喜歡管東管西……只是我那時被自己的問題給纏住了，你知道，所以只隱約記得多明尼克會找他倆麻煩。我記得他好像打過里昂之類的，讓蘇珊娜不大高興。但就像我說的，我有可能全記錯了——」手機另一頭的男人開口問了什麼。「托比，我得掛電話了。有什麼需要我的地方，隨時打電話給我，好嗎？」

在新的平靜愉悅表面下，她還是那個菲依。她講這話完全認真，但半小時後就會把我忘得一乾二淨。不過我無所謂。「沒問題，」我說：「真的很謝謝妳，菲依。妳真是大好人，一直都是。聽起來妳過得不錯，我很為妳高興。」

「是啊，謝謝你。希望你快快痊癒。」

我雙手抖得厲害，試了三次才將手機塞回牛仔褲口袋。我從來沒有幹過這種事。主動出擊從不是我的專長。我總是跟在別人屁股後頭，哪裡感覺有趣就貼過去，將其他人拋到腦後。會這樣做感覺已經夠奇怪了，沒想到我竟然表現得那麼好，滋味那麼棒。更令人困惑鬱悶的是，它竟然召回了過去的我，召回我往日的自在、魅力與說服力，只是徹底改頭換面，有如黑鏡裡扭曲陌生的火花。

我可以吃贊安諾錠，但我需要腦袋清醒，因此只是點了根菸，深吸了一口。一隻黑鳥停在泥土上啄食，轉頭用一隻銳利的眼睛無情看著我。我朝牠吐了長長一口煙，黑鳥立刻慌忙振翅越過圍牆飛走了。

我知道派對是那年夏天七月初辦的。畢業證書一拿到，爸媽一去度假，我們三個一到雨果家就辦了。還有一次是里昂的慶生派對，所以應該是八月第三週左右。第三次是九月，最後一次痛快是十月初，所有人上大學之前。菲依九月在法國，所以十月那次太晚。而第一次則太早，我們才剛住進雨果家，她還沒機會出現。因此就剩下里昂的生日派對。

里昂沒有多少朋友可邀，但我敢說我和蘇珊娜的朋友來了五六個，外加其實不算我們朋友的傢伙，因為所有人都知道常春藤屋的派對一級棒。西恩和阿德肯定有來，還有幾個碰巧在附近的我朋友。蘇珊娜的姊妹淘，還有她學校裡幾個比較酷的女孩，幻想來這裡釣個橄欖球員。最後是多明尼克。我敢說他也在，不管是好是壞。他的笑聲、閃著月光與快克的眼眸、被他挾在胳膊下無力反抗的里昂、茉莉花香，還有搖搖晃晃的黑暗裡所有人鼓譟高唱，**他是個大好人！**

講到這個，菲依說多明尼克會找里昂和蘇珊娜麻煩，難道馬丁就是指這個？菲依告訴拉佛提這件事肯定不會讓我開心，所以他就理解成我和多明尼克有過節？這感覺有點離譜，但這是我能想到最合理的解釋了。

還有，假如這件事不是菲依的想像或誤會，那多明尼克和我堂妹堂弟之間到底發生了什麼？我完全想不起來他對蘇珊娜感興趣。多仔不喜歡書呆子，偶爾會開下流玩笑或說出非常性別歧視的話，嘲笑蘇珊娜過時的女性主義打扮，但又不是只有他這樣做。我確實記得他譏諷過里昂幾次，但同樣沒什麼特別，全是里昂從我們十二歲左右就常遇到的嘲弄，如同志笑話、娘娘腔和蓮花指。我如果碰巧在現場，就會叫他們滾開，但感覺都不是太嚴重。不過，以多明尼克那年夏天的狀況，誰曉得？或許他忽然變本加厲？但里昂肯定會告訴我，我肯定不會沒發覺或忘了——

我不打算找里昂或蘇珊娜問個清楚。馬丁來訪讓我對他倆在我們被迫捲入的這盤新棋局裡的位置的看法有了微妙的改變。雖然我知道這樣想可能正中馬丁下懷，但我就是忍不住。於是我打電話給西恩和阿德，問他們哪時能過來。

♣

西恩和阿德隔天晚上就來了，讓我感動得無法形容，只好嘲弄西恩肥了幾磅，拿珍娜開阿德玩笑來表達。「拜託，老兄，都柏林少說有五十萬個女人，不可能一個單身又沒瘋的也沒有吧？結果你偏偏——」

「單身、沒瘋還不挑，」西恩補上一句。

「沒錯。」

「你們是怎樣？」阿德一臉受傷反問道：「我有工作，又有頭髮，這樣已經勝過很多男人了好不好？」

「你脾氣壞又沒大腦，」我說：「連我都受不了。」

「才怪——梅莉莎，妳老實說，我脾氣壞又沒大腦嗎？」

「你很可愛。」

「你們看！」

「梅莉莎心腸好，你又在她旁邊，你覺得她能說什麼——」

我們聚在青少年時不知消磨過多少夜晚的廚房桌旁。桌上菜餚豐盛，圖案鮮豔的大碗裝著義大利麵、沙拉和帕瑪森乳酪，還有磨損的盤子、半滿的紅酒杯、凌亂的橙花及黯淡的銀燭台。雨果笑容滿面，雙手交握托著下巴，眼鏡上閃著燭光。「他們從以前就是這樣——」他悄悄告訴梅莉莎。梅莉莎一樣笑得開心，身上的黃洋裝有如陽光。我伸手過去和她五指交握，摁了她手一下。

「至少我不是臃腫的混蛋，」阿德對西恩說。

西恩挺起小腹，愛憐地拍了拍。「這可全是肌肉。」

「天哪，兄弟，」我說：「你最好想點辦法，否則就塞不進婚禮西裝了。」

「他連婚禮相片都塞不進去好不好——」

他們倆都帶了禮物來給雨果，和到醫院探望我一樣：高級巧克力、書、DVD和雅瑪邑白蘭地。我完全忘了雨果喜歡雅瑪邑，但阿德滔滔不絕說起我們十五歲那年從酒櫃裡偷拿烈酒，不要命地一口接一口灌，誰都不想當第一個退縮的人：「托比滿臉通紅，眼眶泛淚，感覺就要爆炸一樣。我笑他沒屌——原諒我講話太粗——就直接乾杯了，對吧？下一秒我只覺得房間天旋地轉，自己腦出血了。我知道你都知道，雨果，因為我們三個眼神都茫了。但你真的很棒，一句話也沒說——」

「哎，」雨果面帶微笑，側身從禮物袋裡撈出雅瑪邑說：「你們現在愛喝多少就可以喝多少，而且不用躲起來。托比，麻煩你拿杯子過來，好嗎？」

西恩和阿德跟著起身，準備清理桌面。「院子全毀了，」我走過廚房門邊時，朝院子點點頭說：「我們試著把東西種回去，但我感覺好像反而變得更糟。」

「植物會長回來的，」西恩說：「只要多撒點草籽和野花種子……」

我們整晚都沒提到多明尼克。西恩和阿德避而不談，除了問雨果感覺如何和治療效果怎樣，就是談工作發生的趣事。西恩拿出手機讓我們看他和奧黛莉訂婚派對的相片。雨果說：「天哪，瞧瞧她已經是大人了。她在我心裡還是那個戴牙套的小姑娘……」我一直忍著，焦躁不耐地等待正確時機，最後終於忍不住了，因為我知道西恩和阿德打算喝完雅瑪邑就走。「院子裡的那個坑，」我說：「就是那棵樹被挖之後……那棵大榆樹，你們還記得嗎？」

阿德手裡拿著盤子，停下腳步往外看了一眼。「有點印象。警探有問我這件事，因為有人說我派對時爬上去過，還一邊唱〈奇蹟之牆〉？」

「可能是蘇珊娜說的。」

「還真是謝謝她啊。我是記得自己在樹上唱過歌——天哪，我一定是喝茫了——但我不是修樹師，你懂嗎？我爬的有可能是榆樹、橡樹，甚至耶誕樹，誰曉得？」

「我好像沒喝過雅瑪邑白蘭地，」梅莉莎湊到雨果面前看著酒瓶說：「味道如何？」

「我告訴妳它味道如何，」西恩從水槽前轉頭說：「它感覺就像大美女，懂嗎？美豔性感，又是空手道黑帶。如果你好好對它，它就會讓你感覺自己是世界之王。但只要不尊重它，它就會把你踹得七葷八素。我到現在還記得隔天宿醉醒來的感覺。」

雨果笑了。「如果喝干邑白蘭地，」他對梅莉莎說：「感覺就有點像那樣，只是味道更醇、土香更濃。如果妳只有十五歲，而且打開就喝，那它很烈沒錯。但它很好喝，放一下就會和奶油一樣順。這幾個小子做什麼都過頭。」

他們都不想談多明尼克。「我對警探一點屁用也沒有，」我說：「他們一定覺得我在唬弄他們，但其實我對那場派對完全沒印象，因為我的記性幾乎全糊掉了。」廚房裡突然安靜下來，我自嘲似的聳聳肩，眼睛盯著我擺在雨果面前的杯子看，免得跟誰對上眼。光是提起這件事就讓我腸胃翻攪，感覺丟臉、煩人又不安，但從我出事以來，我總算替自己這副糟糕樣找到用處了，我可不打算輕易放過。「唉，或許我該跟他們實話實說，可是……」

果然，短暫沉默之後：「就是奧黛莉的朋友奈莎在廁所裡狂哭那次，」西恩雲淡風輕地說。他用水沖盤子，準備放進洗碗機。「因為她兩天前才和傑森．歐哈洛藍熱吻，結果現在傑森完全不認帳。那次派對不大，人沒有很多，好像畢業考和大學入學結果剛出來沒幾天，大家都在開派對。我記得有我們三個和你堂妹堂弟，奧黛莉帶了奈莎和蘿拉來——」

「里昂帶了三個暗黑龐克族朋友來，」阿德笑著說：「從頭到尾都坐在角落玩龍與地下城還是什麼的。蘇珊娜的姊妹淘也來了兩三個，一個是金髮小個子，另一個講話很吵，髮型很誇張，好像是吧？」

「外加幾個男生，」西恩說：「多明尼克有來，當然還有傑森。我記得布倫很生氣，因為廁所被奈莎佔住了。如果布倫有來，那我想洛基和梅爾應該也在——」

梅莉莎靜靜聽著。她一隻腳收在腿下，眼睛隱藏在幽暗的燈光裡，目光隨著說話的人移動。「我開始有點印象了，」我說：「奈莎把自己關在廁所裡。還有，我們是不是做了一個大麻蛋糕給里昂？」

「沒錯，」西恩說，開心得臉龐發光——「嘿，我們幫上忙了。托比好轉了，因為我們的關係！」「結果做得很爛，根本不像蛋糕，但效果依舊。他的一個朋友吃了四片吧，看著地板磁磚不停傻笑。」

雨果還在對付酒瓶。他想旋開瓶塞，卻一直手滑。梅莉莎伸手過去，他將酒遞給她，朝她微微苦笑。

「等一下，」阿德說：「條子幹嘛問這些？那次派對離多明尼克失蹤還很久耶。」

「我想應該是院子後門鑰匙的關係，」我說：「那副鑰匙在那次派對上不見了。他們想知道可能被誰拿走了。」

「他們的確有問我鑰匙的事，問我知不知道它收在哪裡。他們知道我前一年夏天偶爾會在這裡過夜。是你告訴他們的？」

「不是，」我說：「但鑰匙並沒有藏著或怎樣，它就掛在門邊鉤子上，只要經過一定會看見。」

「對了，我有印象，」西恩說：「黑狗圖案的鑰匙圈，很大，金屬做的。」

「沒錯。我一直回想那次派對上有誰拿過它，想到都快瘋了，可是……」我聳聳肩。「唉，就是想不起來。」

阿德和西恩面面相覷。「我也沒印象，」西恩說：「我要是看到有人亂動它，一定會出手阻止。」

「我也想不起來了，」阿德說：「但那次派對我們不是根本沒辦法走到院子後頭嗎？因為土被挖得亂七八糟？雨果，你那時不是要放什麼進去，是石頭嗎——」

雨果彷彿被阿德嚇到似的抬起頭來，但隨即答道：「應該是石頭園。我想應該是那年夏天沒錯。你們三個還有幫忙，記得嗎？」我的確隱約記得自己頂著歡樂的夏日陽光搬石頭，流行榜音樂從開著的窗戶傾瀉而出，雨果側頭打量道，可能再往右邊一點，你覺得呢？「結果搭得很好。」

「肯定是那樣，」阿德說：「布倫想去院子後頭，結果跌進坑裡，弄得他心愛的昂貴牛仔褲滿是泥巴，所以後來我們只待在這頭，所以布倫才會很氣奈莎佔住廁所，因為他想把牛仔褲脫下來洗乾淨。」

「後來他就在這裡把牛仔褲脫了，還記得嗎？」西恩笑著說：「而且像這樣甩——」他做出脫衣女郎扭腰擺臀的動作。「弄得女生都在尖叫。沒想到洛基和梅爾趁機搶走牛仔褲，扔到樹上。」

「唉，」雨果微笑道：「真懷念以前的刺激時光。我家裡那時準備了一大堆工業級的耳塞。謝謝妳，親愛的——」他對梅莉莎說。梅莉莎倒了雅瑪邑白蘭地，將杯子逐一遞給我們。

「所以條子的想法是什麼？」阿德問：「多明尼克偷走鑰匙，然後回這裡自我了斷？還是有人偷了鑰匙，把他帶來這裡？」

「我不曉得他們是怎麼想的，」我說：「我想他們根本沒概念。」

「至少——」西恩把手擦乾，回到桌邊坐下來說：「他們問起鑰匙，就表示他們認為是外面的人幹的，而不是你們當中的誰放他進來，然後殺了他。這倒是好事。」

我完全沒想到這點。雖然我喜歡這個想法，卻不大相信事情有這麼簡單。「我不認為他是他殺的，」我說：「拜託，多明尼克．甘利耶，有誰會想那樣做？」

這是說給阿德聽的。他最喜歡唱反調，而他果然上鉤了。「是嗎？我是說——」他將椅子往桌邊拉，一副準備好舌戰群雄的模樣。「的確，認識的人被人謀殺是很難想像沒錯，但以我們的了解，你懂嗎？老實說，以我們的理解，你真的覺得多明尼克被殺很意外嗎？」

「難道你不意外？」

「講真的，」阿德說：「我不意外。我無意說死人壞話，但事情都隔那麼久了，我們也該可以攤開來說了吧？多明尼克就是個混蛋。」

「拜託，那時誰不混蛋？我們才十八歲耶。」

阿德用力搖頭，撥開額上的劉海說：「錯錯錯，那不一樣。」

「阿德這回說得沒錯，」西恩說：「多明尼克是王八蛋。」

「他每天都吐槽我的口音，假裝聽不懂我說話。」

「我們平常不都互相吐槽？」我說：「再說你講話本來就沒人聽得懂。」

「兄弟，那不好笑。至少在當時。高一那年，只要多明尼克在，我就不敢開口，因為我知道他一定會搞到我被所有人笑。後來是西恩叫他住嘴——」他朝西恩舉杯致意，西恩也舉杯點頭回禮。「情況才好一點，但也就這樣而已。還記得高三那年，我們的置物櫃有東西被偷嗎？多明尼克到處說是我幹的，因為我是小混混，你們也知道那些傢伙是什麼德行，我可能把東西賣了去買毒品……沒想到大家竟然相信了。同學不再邀我去他們家，免得我把他們的Xbox藏在毛衣底下帶走。」

「老天，」我說。這跟我記憶中的多明尼克完全不同。他當然不是聖人，但這種指名道姓的惡毒……「你確定放話的人是他？」

「對，我很確定。我當面和他對質，結果他不僅嘲笑我，還問我想怎麼樣，但很顯然——」阿德面帶笑容，但眼神裡沒有多少笑意。「以他身材壯我兩倍，我其實也不能怎麼樣。」

我很想再問一次，問他確定嗎？事情過了那麼久，也許他記錯人了。我一直以為多明尼克就是個普通傢伙，但仔細追究起來，我想不出自己為何那樣認為。幾週前我肯定會說自己跟多明尼克很熟，現在想到他卻像火車上的陌生人，每天通勤上班時就坐在我對面，卻從來不曾交談。「老天，」我又說了一次。「我完全不曉得。」

「是啊，因為我不想讓你知道。整件事實在太羞辱人了，我不想讓你們覺得需要插手拯救我。」

「我也不曉得這件事，」西恩側頭悄聲對我說：「我以為我叫多明尼克住嘴後，事情就沒了。其他人什麼也沒有跟我們說。」

「我說這些不是為了幹譙多明尼克，」阿德說：「那又不是一輩子的陰影，我也不會對著雅瑪邑白蘭地掉眼淚。題外話，這酒真好喝。雨果，我現在知道自己錯了，當初不該那樣糟蹋你的酒——」雨果點點頭。他坐在桌前默默喝酒看著我們，全身散發著某種氛圍、某種安靜，還有幽暗燈光下移動的目光，讓他和梅莉莎莫名相似。「我說這些是因為受害者不光是我，還有其他人，而且是很多人，被多明尼克欺負得更慘。我不是說這些人裡頭有人殺了他——我其實不認為他是被殺的。我想畢業考可能是他從小到大頭一回發現自己無法用錢或霸凌別人搞定的事，所以崩潰了。我只是要說，有人想要他死並不是什麼離譜的假設。」

「我印象中，」我說：「我和他一直處得還不壞。問題是——」我吸了口氣才有辦法往下說。我不是假裝，這真的不容易。「可能是我忘了。而現在面對最近的這一切，我想我需要搞清楚。」

「我不記得你和多明尼克有過什麼齟齬，」西恩伸手倒酒說：「我也沒有。那不代表我喜歡他，但他從來沒有針對我做過什麼。」

「我在想，」我說：「我不曉得是不是自己幻想，還是——他是不是欺負過里昂？」雨果動了一下，很明顯地身體一縮，被他用舉杯喝酒的動作所掩飾。「你印象中發生過嗎？」他問。

「沒有，」我說，聲音大得有點意外。不是因為他語帶批評。雨果口氣很溫和，只是那話聽起來好像我坐視里昂被欺負——「我只聽過他背地裡嘲弄里昂，就那些鬼話，完全沒有——」

「有可能是我搞錯了，」阿德說：「因為我什麼也沒看見，只是聽人說過。」

「蘇珊娜呢？」我問：「多明尼克有沒有欺負過她？」

阿德聳聳肩。「我沒印象他找過女生麻煩，而且他根本很少見到她。」

「我記得他有段時間好像想撩她，」西恩說：「但她很快就讓他打消主意了。這種事蘇珊娜很果斷。」

「我在想，」雨果說：「我該上床睡覺了。不用——」他一手輕輕但堅定地按住我的肩膀，不讓正想用小便當藉口的我起身扶他回房。「今晚不用。」西恩和阿德也站了起來。「沒事沒事，我不是在趕你們。留下來跟托比和梅莉莎聊天。他們倆整天陪我這副老骨頭，需要有伴說話。」說完他匆匆摟了摟每個人，朝他們微笑。「非常謝謝你們來看我。今天晚上很愉快，對我來說意義重大。回家小心，晚安。」

我們默默聽著雨果緩緩拖著腳步上樓的聲音。「慢點，」阿德剛想開口，我立刻舉手制止。所有人繼續聽著雨果就寢前的窸窸窣窣：他從樓梯口走到廁所的地板吱嘎聲、他在臥房裡來回走動的腳步聲，以及最後傳來的床墊彈簧聲。所有聲響都又輕又小，若不是我已經耳熟能詳，很可能聽不出來。「好了，」最後我終於說：「我想他應該睡了。」

「我們是不是讓他累壞了？」阿德問。他一臉緊張，身體直挺挺坐著，目光不停在我和梅莉莎之間遊走，想確定該不該擔心。「所以他才提前回房？」

「他通常都這時候睡覺，」梅莉莎說：「我們會留意他的動靜，以防萬一。」

「你們沒有累到他，」我說：「他很高興你們來。」

「我們還會再來的，」西恩說：「很快。」

直到此刻，透過他們的眼睛，我才察覺到雨果那痛苦的蹣跚、彎腰倚著拐杖、凹陷的臉頰及削瘦的鼻樑。「好啊，」我說：「太好了。」

「醫師有說什麼嗎？」阿德問：「例如他還有多少時間之類的？」

「幾個月吧。夏天那時他們說四到六個月，所以是年底。但雨果化療反應很好，所以可能再長一點，但無法保證。他們顯然很在意這部分。他可能撐到明年春天，也可能明天就中風走了。」

「天哪，」阿德輕聲道。

「是啊。」

「我們會再來的，」西恩說。

「你過來，」阿德湊到我面前，抬頭望了一眼天花板，好像雨果可能聽到似的，壓低聲音對我說：「我剛才沒直說，因為雨果看起來有點不相信，但多明尼克對里昂真的很惡劣，甚至非常壞。他到處說里昂得了愛滋，搞得沒人敢靠近里昂。還有一回吧，他和另外兩個傢伙趁里昂沖澡時闖進去，把內褲塞進里昂嘴裡，讓他無法出聲，然後拿東西塞進他屁眼——我聽說是瓶裝可樂——再叫他喝下去。我不知道他們最後做到哪裡，不過……」他看我臉上的反應，接著說：「你真的完全都不記得了？」

「對，」我說，這是實話。差太多了。不只是多明尼克，整個世界都和我記憶中完全不同；感覺就像發生在另一所高中，甚至某個恐怖電影裡的英國寄宿學校，狠狠展現人性的黑暗。「你確定沒有聽錯？我是說，這些可都是很恐怖的事。我從來沒在學校見識過，差得遠了。我很愛里昂，但他講話真的很誇張。」

阿德看我的表情變了，應該說他沒有表情，感覺就像徹底的嫌棄。「兄弟，學校不是天堂，不是開開玩笑，大家笑一笑就算了，有時真的很暴力。」

「拜託，怎麼可能？我也是那所學校畢業的好嗎？我記性可能他媽的有問題，但還沒那麼糟。」我下意識瞄了梅莉莎一眼。我平常很少在她面前講粗話。但她頭也沒抬，專心捏著手裡的燭用蠟。

「我沒說你記性有問題，更沒說你記錯了，因為學校對你來說確實不是那樣。但那不表示對其他人來說不是那樣。」

「我沒那麼鈍，又不是笨蛋，如果我身邊真的發生這種事——」

「確實發生在你身邊，只是沒當著你的面。你人很好，不是混蛋，所以沒有人會把你扯進來，也不會把矛頭指向你。像你這種人不會被盯上，可是里昂——」

「里昂太大驚小怪，一點小事都會被他搞得像世界毀滅一樣。我從小就看他這樣了，有一次禁足就是因為他——」

「我沒聽里昂提過可樂的事，」阿德說：「是奧恩・麥克艾多告訴我的。他當時人在現場，但怕被里昂拖累，所以什麼也不敢做就溜走了。他說他有去找老師——是不是我不確定，但他完全不是大驚小怪型的，而且真的很害怕。所以他才會跟我說，因為我是你朋友，他想我應該遲早會知道。」

我一句話也說不出來。半是生氣，氣多明尼克，還有更可笑的，氣阿德。我喜歡那所學校，想起它、想起我們一起逃過的懲罰就很愉快，忍不住在心底微笑，只是那樣的地方顯然並不存在。但我心裡更強的感覺是興奮，因為一切都開始合理了起來，即使只是勉強說得通。

「我曾經試探過你，」阿德說：「旁敲側擊，你懂嗎，心想里昂可能會跟你說。但你好像完全沒概念。所以，我想里昂可能和我感覺一樣，不想讓任何人知道。坦白講，這不是什麼值得分享的事情，對吧？所以我三緘其口，心想應該由里昂決定。」

「他應該告訴我的，」我心跳加速，彷彿衝到了喉間。「我一定會採取行動。」

「聽著，」阿德說。他彎身靠在桌上，目光盯著我的眼睛，舉起杯子要我聽清楚了。「我沒有影射里昂任何事，懂嗎？我們都知道他什麼也沒對多明尼克做。他是好人，我說里昂。而且老實講，就算他想做什麼，也像吉娃娃對抗大金剛。」

「我知道。」

「我跟你說這些，只是覺得讓你知道可能比較好，你了解嗎？萬一警探回來問你更多問題的話。」

「是啊，有道理。謝啦，兄弟。」我知道自己聲音有點古怪，緊繃又喘不過氣。但沒關係，我這樣是有理由的。「你沒有跟警探們說吧？」

「幹，當然沒有。」

「那就好。就像你說的，里昂不會……所以沒有理由讓條子誤會。」

阿德用力點頭。「沒錯。」

里昂。里昂極力阻止常春藤屋轉手。新的屋主可能決定把樹砍了，啊哈！里昂想趕快把頭骨扔了，把整件事拋到腦後；他面對警探像熱鍋上的螞蟻；雖然嘴裡一直唸著想回去工作和男友身邊，卻過了幾週還在這裡。事情還沒解決之前，他不可能走。里昂有充分理由致多明尼克於死地。里昂記得我在他生日派對上用相機拍照，或許有理由擔心我拍到了什麼——

西恩、阿德和梅莉莎都盯著我瞧，三人臉上都掛著擔憂。我忽然想到自己的臉色一定不好看。「我應該早點知道的，」我說。

「怎麼可能？」西恩說：「多明尼克絕對不會在你面前那樣搞。你又沒有心電感應，就像我也不知道。」

梅莉莎伸手過來握住我的手。「或許里昂有跟你說，」她柔聲道：「而你也制止多明尼克了，只是可能忘了。」

「是啊，」我輕笑一聲說。我很懷疑里昂跟我提過。他經常酸我過得很爽，多明尼克的事肯定讓他大有理由對我不滿，誘導警探留意我。我講話大家都會聽、我應該有所作為、應該為他挺身而出。對里昂那種人來說，就算我完全不曉得發生什麼事也不是藉口。「或許吧，那是最好的情況。」梅莉莎摁了摁我的手。

「你會想起來的，」西恩說：「遲早的事。你看起來已經好多了。」

「是啊。」

西恩看了梅莉莎一眼。梅莉莎說：「沒錯。」

「蠢腦袋也有派上用場的一天，」阿德說。

「那天晚上，」我必須再吸一口氣才能往下說。「出事當晚發生了什麼，我基本上都忘了。雖然我想起了不少，但還有大段的空白，快把我逼瘋了。」

「我那回腦震盪也是這樣，」西恩一副沒什麼的語氣說：「和貢薩加中學比賽那次，記得嗎？那個前鋒壯得跟麋鹿一樣。我擒抱他，結果反倒被撞翻了。我明明踢完整場比賽，事後卻一點也想不起來。」

「你，」阿德用手指著我說：「你整晚都在嘲笑我的頭髮，因為你腦袋有洞。這就是你男友──」他對梅莉莎說：「這傢伙呢，他發現我看上了隔壁桌的一位美女。這很正常，對吧？因為我那時單身。但他卻開始說我去植髮，而且故意說得很大聲──」

他們倆一點一點為我重建了那天晚上的經過，至少絕大部分，不過卻像是對著梅莉莎說的，好逗她開心。我一邊聽著，腦中的記憶也歪歪斜斜閃了回來。這裡一個鮮明的畫面，那裡一個稍縱即逝的情景，斷斷續續，留下令人好奇的陰影與空白。西恩指著阿德說：「我們討論要去哪裡度假，我和托比都想去泰國，但這個愛唱反調的傢伙，妳知道，他就是不合群，吵著非去斐濟不──」我腦中閃過自己拿著手機在阿德面前揮舞，你看，看到沒有，這傢伙說斐濟海邊都是野狗，你想被吃掉嗎？我跟著梅莉莎呵呵笑，但每個閃現的畫面都像電流一樣，讓我身體一震。

只是隨著西恩和阿德描述當晚種種，我慢慢察覺裡頭什麼也沒有。我以為可以在其中逮到關鍵，將一切串起來，結果卻只得到再普通不過的一次男人聚會，唯有放在事後回顧這個廉價的濾鏡底下，才會顯露不詳的徵兆。更糟的是我只想著找到關鍵，完全忘了考慮聽到那晚的事會有什麼副作用。感覺他倆就像在談論別人，一個我很久以前認識、甚至很親的人，有點自大、愛笑又天真得讓人心碎，對自己和周遭一切都怡然自得，卻再也回不來的死黨。想再見到他的那份渴望有如巨掌將我的內臟掏空，讓我感覺空空蕩蕩。

沒想到將我救起來的是我自己，因為回憶那天晚上是我提的。儘管衝擊有如漩渦又強又險惡，但至少這回不是突然迎面襲來，而是為我所用、所駕馭，出於我個人選擇。里昂的事或許還不夠，但起碼是個線索和開始，而且是我刺探出來的。今晚由我掌控全局，感覺真好。我已經很久沒有這種可以駕馭比微波爐更複雜的東西的感覺了。

「所以我們趕快叫了計程車把阿德送走，」西恩說：「免得他開始說他愛我們。」

「你做夢。怎麼樣，我要在你婚禮上說，讓你老婆那邊的親戚見識你哭得像個淚人兒的蠢樣——」

「誰說我會邀請你了？」

「我們是你的伴郎啊，白癡。難道你要我用視訊當？」

「沒錯，這是個好主意——」

「你們後來有去泰國嗎？」我問：「還是斐濟？」

「沒有，」阿德說：「這傢伙——」他朝西恩撇了撇頭。「說想等你一起。我說別管你這個可憐蟲，只是——」

「他說他手上沒錢，」西恩對我說：「意思是他想等你一起，只是沒膽子直說。我們明年去。」

「如果奧黛莉准你出家門的話，」阿德說。

「到時她就會迫不及待了，」我說：「甚至直接踢他出門。」我晚上喝了不少，除了紅酒還喝了雅瑪邑白蘭地。酒意加上燭光，讓他倆在我眼中散發深金色的光芒，有如傳奇裡的英雄永恆而堅毅。我真想伸手橫過桌子抓著他們的胳膊，感受他們的溫暖與穩固。「敬兩位，」我舉杯說道：「謝啦，真的。」

「拜託，」阿德嫌惡地說：「怎麼連你也來這套？」

♣

「真開心見到他們，」阿德和西恩離開之後，梅莉莎一邊陪我收東西一邊說道。時間很晚了，蠟燭只剩筍子狀的燭炮，老歌電台輕輕放著音樂，雨果要是喊人，我們一定聽得到。「對吧？」

「啊？」我將碗盤放進洗碗機，跟著音樂哼唱。酒精和疲憊應該讓我精力消退，我卻覺得腦力全開，一半思緒都放在怎麼讓里昂來常春藤屋一趟，和他來了我要說什麼。如果他真的是幕後黑手，我應該會印象深刻，因為我從來不覺得他有這麼心思縝密，可以做出如此精巧的計畫。問題是闖入我家的時間點。如果他目標是相機，為何不叫他的人渣朋友白天下手，趁我出門上班好整以暇慢慢找？除非晚上動手是那兩個傢伙私自決定的，因為大半夜搬走大電視機比較不引人注意；又或者里昂就是希望我撞上他們，好嚇我甚至揍我一頓，滿足他某種變態的報仇慾：這下看你感受如何。「喔，是啊，真的很棒。」

「西恩對婚禮很興奮，是吧？還裝作一副嫌麻煩的樣子，真可愛。阿德跟珍娜分手後的狀態也比我想得好，」梅莉莎很努力想和珍娜當朋友，只可惜連她也有極限。

「他好多了。他自己也知道，清楚得很。」

梅莉莎將桌布上的食物碎屑掃到手上。「你晚上開心嗎？」

她已經問第二次了。「當然啊，」我輕鬆答道。但我瞥見她瞄了我一眼，於是又說：「怎麼了？難道看起來不是嗎？」

「當然是啊！幾乎從頭到尾。只是……講到多明尼克的時候，還有里昂。」

「唉，」我皺了皺眉頭。難過但不到不安，這樣剛好。「是啊，那些事真的很惡劣。但那已經是很久以前了，而我想你們說得對，我已經盡力了，沒必要太自責。」

「那就好，」她淺淺一笑，但眉間依然掛著一絲擔憂。過了一會兒，她摳掉桌布上的一小塊殘蠟說：「你問了西恩和阿德很多問題。」

我將洗碗機裡的杯子排好，動作快而有節奏。連我的手都感覺更有力氣了。「是嗎？好像有。」

「為什麼？」

「我想他們對多明尼克應該比我更有印象，結果確實如此。」

「是啊，但這件事有什麼要緊？你為什麼想知道他？」

「因為我想理出個頭緒，」我自認言之成理。「了解我們怎麼會被捲進來。」

梅莉莎立刻抬眼看我。「你覺得他們知道一些什麼嗎，我說西恩和阿德？」

「哎，不是那樣的，」我笑了，但她沒有。「但妳說得沒錯，他們可能知道些什麼，只是自己不曉得，也可能沒有。但問問無妨嘛，是吧？」

「那是警探的事。」

「當然，但他們可能不會告訴我們，也可能查得太慢。雨果想知道，他覺得自己有權搞明白。這點可以理解。」

梅莉莎沒有抬頭，將手裡的食物碎屑掃進垃圾桶裡。「應該吧。」

「而有些事情只有我能搞清楚，警探不行。」

梅莉莎沉默片刻，接著說：「所以你打算問下去，試著查個水落石出。」

我聳聳肩。「我還不確定。」

梅莉莎動作俐落，一手將桌布從餐桌上抽起，轉頭看著我語氣平平地說：「我希望你不要那樣做。」

「什麼？」我沒想到她會這樣說。我以為她會鼓勵我，支持我實現雨果的期望，只要能讓我感興趣和振作都好。「為什麼？」

「多明尼克可能是被人殺死的，這不是玩遊戲。警探是專家，這是他們的工作，交給他們就好。」

「寶貝，這不是阿嘉莎·克莉絲蒂的小說，我不會因為太接近真相而在圖書館裡被人用拆信刀刺死的。」

梅莉莎沒有笑。「我擔心的不是這個。」

「那是什麼？」

「你不知道自己會發現什麼。」

「所以才要搞清楚啊。」只見她還是沒笑，於是我說：「例如呢？」

「我不曉得，但怎麼可能是讓你開心的事呢？托比——」她兩手揪著桌布。「你已經好轉許多了。我知道那有多困難，而你做到了，真的很好。但這件事……它似乎對你沒有好處。就算今晚，它也讓你不安，我看得出來……接下來這段時間會很不容易，因為雨果——」我正想開口，但她接著往下說：「那沒關係。不，那有關係，但來了就是來了，我們可以面對，不論得做什麼。但明知某件事可能傷害自己還刻意去做，把事情往自己身上攬，那不一樣，那很有關係。我真的希望你能放手。」

我看著梅莉莎。她抓著雨果家的老舊桌布，脆弱真切地站在搖搖欲墜的廚房裡，身後的漆黑落地窗門映著微弱的燭光。而我腦海裡只有一個影像：我高舉長矛，凱旋般的將矛尖上的真相放在她跟前。這副影像宛如曳光彈，又像一大口甘美的雅瑪邑白蘭地在我血液裡流竄。面對她這幾個月來的耐心、堅貞與全心全意毫無保留的驚人大方，這是我唯一能做的。不是報答，我做什麼都無法報答她，而是證明她所做的一切沒有白費。

「寶貝，」我放下碗盤走到她面前說：「不會有事的，我保證。」

「求求你。」

「我只是好奇，不會把腦袋搞壞的。而且我希望雨果能得到一些答案。我知道到頭來可能一場空，但管它的，妳懂嗎？」

梅莉莎有點被說服了。只是有點。電台正在播放〈小小青蘋果〉。迪恩．馬丁的嗓音讓輕快的歌詞莫名多了幾分愁苦感傷，宛如描述漫漫的離家路。我忽然好想將她緊緊抱在懷裡。「來吧，」我拿走她手裡的桌布扔回桌上說：「我們來跳舞。」

過了一會兒，梅莉莎深吸一口氣，貼在我懷裡的身體放鬆了下來。我收緊懷抱，兩人緩緩搖擺轉圈。燭光閃爍，一個接一個熄了。風吹過看不見的樹梢，不停發出海濤的聲響，輕推屋門。

我們可以在這座院子裡結婚。造景師應該一星期就能弄得有模有樣。雖然西恩告訴我結婚要提前幾個月通知，但雨果撐得到那時候，我知道他行，我的婚禮會是強心劑。還是緊急狀況可以縮短通知時間？我母親一定會從頭哭到尾，父親會露出久違幾個月的笑容。西恩和阿德會虧我虧到爽，查克一定會把婚禮蛋糕給砸了。卡斯騰會像是《阿達一族》裡身高兩米半的費斯特叔叔，用沒人懂的口音宣讀見證。蜜莉安嬸嬸會用脈輪儀式祝福我們婚姻長久美滿，所有人會跳舞直到天明。我們還可以邀警探來。馬丁的老婆會嫌這裡裝潢不好看，拉佛提感覺像是會和我家遠房俏親戚提早消失的那種人……梅莉莎在我肩頭輕輕嘆息，我將臉埋在她的髮裡。

八

後來，警探總算上門了。隔天早上，他們出現在常春藤屋前。我正在弄暖氣。秋天的料峭突然來襲，雨果著涼凍壞了，所有暖氣都得打開，但想當然沒有人知道鑰匙在哪裡，於是我只好拿著扳手和幾條舊毛巾跟機器拚了，弄得滿身是灰塵與潤滑劑。拉佛提和科爾西裝筆挺站在門口，鬍子刮了，外表清爽俐落，準備征服全世界。

「早啊，」科爾開心說道：「我猜你可能以為我們忘掉你們了，對吧？有沒有很想念我們啊？」

「他鬧著你玩的，」拉佛提對我說：「沒有人會想念我們的。我們已經習慣了，不會痛了。」

「喔，」我愣了半晌才說：「請進。我伯伯在樓上工作，我去——」

「快不用，」拉佛提在門墊上抹了抹鞋子說：「別吵他。我們只打擾個幾分鐘，屁股還沒坐熱就會走了。我們到廚房說？」

我問他們要喝茶或咖啡，但他們只要了白開水。我洗好手走到廚房桌邊，在兩人對面坐了下來。科爾拿出記事本，拉佛提打量院子（院子裡到處是落葉，清冷的陽光淡淡照在昨晚被風吹進來的塑膠碎片上閃閃發亮），講著植物種回去真好看之類的幹話。看見他們又讓我全身瑟縮，但這回我沒有變成木雞。他們會來就表示有了新的發現。只要我運氣好，而且用對手腕，他們就會讓我知道。

「確認一下，」等我們三人都坐定了，拉佛提開口說：「我們前兩週把這個拿走了，你還記得嗎？你說這是你的衣服？」

他滑了滑手機，然後遞到我面前。螢幕上是一張相片，相片裡一件紅色連帽上衣攤開擺在白色平面上，旁邊是裝衣服的紙袋。套頭衫上別了一個標籤，感覺不祥又荒謬。

「可能吧，」我說：「我是說我有一件紅色連帽上衣，但不確定就是這──」

「你堂哥和堂妹都說你有一件像這樣的衣服。」

「應該是。但很多人都有紅色連帽上衣，我不確定這件是──」

「慢點，」拉佛提收回手機說：「這個可能有用。」他又滑了滑手機，然後遞給我。

相片裡是我，背靠樹幹坐在雛菊花間，手裡拿著一罐飲料，仰頭對著相機鏡頭微笑。我看起來好年輕，纖瘦，頭髮蓬鬆，表情坦率，讓我忍不住閉起眼睛。我好想大叫，要相片裡的年輕人快跑，跑得愈遠愈好，免得被我追上，再也無法挽回。

「這是你，」拉佛提說：「對吧？」

「對。你是從──」

「你覺得這大概是什麼時候拍的？」

「就這座院子，夏天，可能是我們畢業那年。你是從哪裡──」

「相片上的日期也說是那時候。看見你身上穿什麼了嗎？」

牛仔褲、白T恤，外加一件敞開的紅色連帽上衣。「嗯。」

「你覺得這就是我們拿走的那一件嗎？」

「不曉得。可能吧。」

「口袋形狀一樣，」拉佛提湊過來將螢幕滑到前一張相片，又滑到這一張說：「袖口也一樣寬。都是皮拉鍊頭，左胸口有小圓商標，滾條也相同。有沒有看到裡面？一樣是白底黑條紋。」

「嗯，」我說：「看到了，看起來是同一件。」

「但不完全一樣，」科爾說：「看得出區別。」

我知道我是不可能看出他們說的區別了。他們耐心看著我來回滑動螢幕，愈滑愈覺得自己很蠢。「我看不出來，」最後我放棄了，將手機遞還給拉佛提說。

「是嗎？」拉佛提轉著手機，動作熟練得像是魔術師手裡的紙牌。「沒問題，小事。我想那就表示那是你的帽兜外套了，對吧？」

「嗯，」我沉默半晌才說：「可能是吧。」

科爾記下我的話。「我們不是在設圈套害你，」拉佛提一副被逗樂的表情說：「我們不會因為你有一件帽兜外套被當作證物就逮捕你。你堂哥堂妹的反應跟你一樣：我不知道，可能是，也可能不是，帽兜外套那麼多，你們知道這一款帽兜外套在全愛爾蘭賣出多少件嗎……感覺他們很愛護你，是吧？」

我是不會那樣說啦，至少那週不會。「可能吧，」我說。

他指著我說：「別講得好像沒什麼。有家人挺你是好事。朋友再掏心掏肺，危急關頭還是只有家人可靠。你自己也一樣，伯伯需要你，你就搬過來和他一起住。這就是我說的，血濃於水。」

「我只是做我能做的，」我語氣平平地說。

拉佛提點頭讚許道：「你堂哥堂妹也這樣說。你搬過來對他們幫助很大，你知道嗎？但他們一點也不意外，因為他們說你也一直很愛護他們。」

感覺不大可能，尤其里昂，但誰曉得他打的是什麼主意——「應該吧，我盡量。」

「你真好，」說完他想起什麼，手指一彈道：「說到照顧伯伯，我正想告訴你，你們可能要留意一下這裡的安全。」

「啊？為什麼？」我頓時慌得像受驚的野獸。馬丁警探提過報復的事，我家露台被人撬開——

「哎，你搞錯了，我們不是說有人盯上你了，」科爾輕嗤一聲。「但我們在那棵樹裡除了骸骨還發現了其他東西。一堆橡實和榛果，我敢說那些松鼠一定很氣，想說牠們藏起來的東西跑哪兒去了。還有五六個很舊的小錫兵，是你們小時候的玩具嗎？」

「不是，應該不是，」腎上腺素退了，我覺得有點想吐。

「哎呀，」拉佛提咧嘴笑道：「不小心透露我的年紀了。這樣的話，肯定是你爸爸或伯伯叔叔的——他們都說自己小時候會藏東西在那裡。小錫兵黏在一起，上頭還沾著碎布，可能原本用小布袋包著，後來腐爛了。看來是四兄弟裡的哪一個不喜歡分享，把好東西藏起來了。樹裡還有一些彈珠，加上這個。你知道這是什麼嗎？」

他又把手機遞給我。同樣是白色背景，一把沾著乾涸泥土的黃銅長鑰匙勾著鑰匙圈，外加一個黑色的德國牧羊犬吊飾。

「這是庭園的門鑰匙，」我說：「至少看起來是，就是那年夏天不見的那一把。所以它在樹裡？」

「沒錯，」拉佛提說：「而且就是庭園那一把。所以我才要你們注意安全，鑰匙不見之後，你伯伯應該有換鎖；如果沒換，誰曉得現在這個家有多少把鑰匙在別人手上？你伯伯現在最不需要的就是竊賊。」

「好，」我說：「我知道了，我會處理。」

「很好。我沒有抱怨的意思，但這把鑰匙能開那道門，省了我們不少工夫。麻煩的是——」他彎身向前，兩手肘抵在桌上，語氣認真起來。「麻煩的是鑰匙的位置。多明尼克的衣服已經破破爛爛，因為時間、發霉、動物和蟲子的關係，幾乎只剩破布了。鑰匙雖然在他腿側，但無法判斷原本是在他牛仔褲口袋裡，因為褲子腐爛了掉出來，還是一開始就不在口袋裡。你應該知道兩者意義不同吧？」

他們倆一起望著我，眼神好奇打量，想看我做不做得到。科爾臉上一抹冷笑。「當然知道，」我說，聲音大了點。他們倆豎起眉毛。我按下心頭火氣，盡可能口齒清晰地說：「鑰匙如果不是和多明尼克一起進去的，就是他死時有別人在場，或他因為某種理由爬到樹上，鑰匙不小心掉進去，他鑽進去撿。但要是鑰匙在他口袋，就表示他是自己進庭園爬到樹裡的。」

「厲害，」拉佛提微笑道。

「唉，」科爾說：「你比我們那位史坎藍靈光多了，就是那個覺得是食人撒旦教徒幹的傢伙，記得嗎？我跟他解釋了三次，他還是沒搞懂。」

你是說有人殺了多明尼克，我說，而馬丁說，**局裡的夥伴目前是這樣想**。「所以，」我說：「多明尼克有可能是自己進去樹裡的？」

拉佛提聳聳肩，一邊嘴角微微下扭道：「單從骸骨來看，兩種情況都有可能。他身上有許多腐植土，可能是某人想埋住他，也可能是十年落葉和其他鬼東西造成的。我們無從判斷他進去時是死是活。就算死了，也沒有久到產生屍僵，否則不可能把他塞進樹洞裡。不過，法醫能說的也就這麼多了。骸骨沒有未痊癒的傷痕，因此他不是被人打死的，就算中槍或被刺身亡也沒傷到骨頭。藥物過量是有可能，尤其是你告訴我們他那時在試——別擔心，不只是你，他很多朋友也這樣說，」他舉起一隻手，可能想安撫或制止我，但我根本沒開口。「而且他姿勢很怪，卡在樹洞裡的姿勢。兩腿向上彎曲，雙臂靠胸，頸椎彎折像縮著頭一樣，至少看起來如此。雖然有部分骨骼脫落，但大致完好。有可能是位置性窒息，也就是姿勢不對導致無法正常呼吸。或許他是想伸手去撈鑰匙，就像你說的，也可能喝醉了或嗑茫了爬不出來，結果窒息而死。樹裡很窄，尤其他塊頭又大。」

拉佛提刻意停頓，想等我回應或看我被他剛才描繪的景象嚇到。「天哪，」我配合地說道。

「也有可能，」拉佛提接著說：「不是他殺，但有人把他弄進樹裡。譬如他藥物過量死了，嚇到和他在一起的人——也許沒在一起，但發現他時已經太遲了。他們怕自己會因吸毒被關，甚至得為他喪命負責，所以就幹了蠢事。他們當時才十幾歲，而你也知道，十幾歲的青少年一慌會幹出怎樣的蠢事。於是他們就將他的屍體藏起來，希望事情就此過去。」

「白癡，」科爾說。他在記事本上塗鴉著像是郡徽的東西。「那樣做是違法的，遺棄屍體罪。只是追溯期可能早就過了，而且罪責比謀殺輕得多。」

「你要是有理由認定事情可能就是這樣，」拉佛提抬頭看我，眼裡金光閃閃。「不管任何理由，哪怕只是一點線索，最好現在就告訴我，今天就說。因為現在呢，大夥兒對事情經過還沒有定見。要是有人站出來說當時是藥物過量和年輕人一時驚慌，我們肯定都會買單。但要是案子再拖下去，局裡夥伴開始認為是謀殺，到時要再說服他們相信不是就難了。」

他的語氣是那麼輕鬆、那麼理性，彷彿我們是齊心合作的隊友，我差點就順著他的話回答了。「沒有耶，」我說：「我不知道。」

「你確定？現在不是鬧著玩的時候。」

「我沒有，我是真的不知道。」

拉佛提默不出聲，想看我是否會反悔，但發現我沒反應，於是遺憾嘆息說：「好吧。那麼就像我說的，我們無法判斷他是意外、自殺或他殺。只不過我們還找到了這個，就在他右手臂旁。」他再次滑了滑手機，然後將它擺到桌上，放在我面前。

白色背景，角落一把直角尺，背景中央一條糾結纏繞的黑線。我端詳許久才看出那是什麼：感覺像某種繩索，兩端各打了個圈。

「這是什麼？」我問。

拉佛提聳聳肩。「我們也不確定，你覺得呢？」

我腦中立刻浮現我們小時候做的東西，那些輸送筆記和補給的複雜裝置：幾小時爬上爬下、爭執與測試，還有一回樹枝斷了，我們偷拿的一整個蘋果派就這樣砸在蘇珊娜頭上……

「我們以前會在庭園架繩子，」我說：「小時候。像是從窗戶、樹幹到帳篷之間傳東西。有可能是那個。難道掉進樹洞裡了？」

科爾輕哼一聲，感覺像是不以為然，但我轉頭只見他還在抄寫。「有可能，」拉佛提客套地說：「只是如果那東西早在多明尼克進去前就在那兒了，應該在他身下才對，而不是在他身邊，你不覺得嗎？」

「也許吧。」

「是我就會那樣想。還有什麼想法嗎？」

「也許……」我雖然不想講，但那兩個圈實在讓人很難不——「我是說，這樣講或許很扯，但會不會是手銬？有人用那東西把多明尼克捆起來，或他想拿來綁人？」

「這想法不錯，」拉佛提說。他一手搔著耳朵若有所思，歪頭打量相片。「但那兩個圈之間有六十公分，沒辦法困住人，除非——」他忽然抬頭，像是發現了什麼，手指對著我，**你想到了沒？**

「我在想會不會綁住他的腰？」我說：「還是繞著樹幹之類的？」

拉佛提像洩了氣的皮球，遺憾地嘆息一聲。「我原本也那樣想，但現在重看相片……你注意到那個結沒有？如果是手銬，你就會打安全結，這樣如果對方掙扎，就會綁得愈緊。但相片裡的是桶結，很牢固，不會滑動，就算繩子滑溜也扯不開，把東西拿掉不會變鬆，強度也不會降低。換句話說，打結者希望繩子承受很大的力量，但又不想讓繩圈收緊。」

「天哪，你當警探竟然連這個也會，」科爾湊近瞧了一眼說：「我連桶結是什麼都沒聽過。」

「你需要多花一點時間在船上，」拉佛提咧嘴笑著對他說：「我八歲就會綁桶結了。你坐過船嗎，托比？」

「坐過幾次。菲爾伯伯和露意莎伯母有一艘船，我們小時候常跟他們一起出去，只是我始終沒有很喜歡──」我不喜歡這種感覺。「那是什麼？」

「你沒別的想法了？」

「沒有了，我想不到別的了。」

「我剛才也說了，現在還言之過早。但就我個人判斷，」拉佛提伸手微微挪動手機，讓它完全和桌緣平行。「就我個人判斷，我覺得那是絞索。」

我瞪著他。

「你兩手各抓一個圈，」拉佛提舉起雙手並且握拳。「接著交叉雙臂，像這樣，然後──」他說完忽然像豹一樣側身閃到科爾背後，做出繩子繞過科爾腦袋的動作，隨即雙拳往兩側一拉。科爾手抓著喉嚨，兩眼圓睜張大嘴巴。所有動作是那麼殘忍、那麼驚人，嚇得我整個人往後撞到椅背，差點往旁邊摔倒，還好及時止住。

「然後你就可以把他往後拖，」拉佛提站在科爾背後對我說──雙手仍然握拳，手臂緊綳。「甚至踹他膝蓋後側，或只要猛力一拉——」他邊說邊做，科爾配合著後退。「他就會往下坐，下巴抵在繩子上，整個身體的重量壓上去，就這樣……」科爾腦袋一垂，吐出舌頭。「搞定，」拉佛提說。他張開雙手，神情輕鬆坐回座位。「迅速安靜又確實，被害人甚至來不及呼救。」

「而且不會流血，」科爾一邊伸手拿水杯，一邊說道：「那種粗細的繩子不會。電線會劃開喉嚨，弄得到處是血很難清，繩子只會阻斷呼吸。雖然可能得花上一分多鐘，但事後比較不麻煩。」

「更棒的是，」拉佛提說：「你不用比對方更魁梧更壯。對方就算高頭大馬，只要你有辦法偷襲他，上半身還算有力，他就完了。」

他們倆同時隔著桌子對我微笑。「老實說，」拉佛提說：「我一直覺得很奇怪。勒人明明那麼容易，竟然不是每兩天就發生一次。」

「可是，」我心跳快得像是啄木鳥，不停在喉嚨狂跳。「你又無法確定那東西——」我指著相片說：「跟那個，跟多明尼克有關。它可能從我們小時候就在了，被樹洞裡的東西卡住——」

拉佛提手裡玩著手機，皺眉沉思道：「你覺得可能是那樣？」

「呃，至少比那個、那個絞索有可能。你剛才說的那些事，我根本沒概念，大多數人都沒概念，怎麼可能有人想得到？」

「的確，」拉佛提點頭說：「有道理。只不過那可能是你們小時候的惡作劇。」

說完他又開始滑手機。手指很長，動作乾脆俐落。「看到了嗎？」

相片裡的我背靠那棵榆樹，臉上笑容燦爛。拉佛提手指輕敲螢幕說：「你帽兜外套上有拉繩，黑色的，看起來像傘繩。但這裡……」

他手指一滑。他們拿走的那件帽兜外套，攤平在白桌上。「有發現嗎？」

他等我開口。「拉繩不見了。」

「沒錯，而且——」他手指一滑，回到那坨黑線。「黑色傘繩，長度和一般帽兜外套的拉繩差不多。」

廚房裡陷入沉默。空氣起了變化，感覺像是通了磁、帶了電，和微波爐一樣嗡嗡出聲。我花了好幾秒才意識到，自己已經從可能的嫌疑犯變成頭號嫌疑人。

拉佛提和科爾都看著我，眼神鎮定期盼，沒有半分著急，彷彿可以一直等下去，直到我說出驚人的真相。

我說：「我們有必要繼續講這個嗎？」

「當然不用，」拉佛提：「你不是非說不可，除非你想說；但你說的話可能會寫下來並用作證據。你隨時可以叫我們走人，只是為什麼？」

只要他們問什麼讓你覺得不舒服，爸爸曾經這樣告訴我們，菲爾伯伯也一再這樣說，只要你有一丁點感覺他們可能在懷疑你，只要他們向你宣讀警語，就別再說任何話，立刻打電話給我們。但他們如果還有別的話要說，任何話都好，我都需要知道。

「因為，」我說：「你們好像在暗示你們覺得是我殺了多明尼克。但我沒有，我從來沒動過他。」

拉佛提搖頭道：「我沒說你殺了他，我只是說你帽兜外套的拉繩是兇器。我想你可以理解我們為何需要聽你怎麼說。」

我感覺頭暈目眩，一切都不再真實，椅子和腳下的磁磚都化為輕煙，只剩我在嗡嗚的空氣裡漂浮。「可是，」我說：「可是這都只是你的揣測。你不曉得那條拉繩是不是來自我的帽兜外套，也不知道它是不是被當作絞索，是不是被人用來對付多明尼克。就算是，也不代表那人是我，因為就不是。」

「的確，」拉佛提點著頭說：「你說的都很有道理。目前我們什麼都不確定，但幸運的是，這些事最後都能查證清楚，雖然可能需要一點時間——」

「我已經催鑑識科了，」科爾補充道，聲音刻意壓低。「他們說這週應該會知道。」

「哎，太好了，」拉佛提說：「所以不用再等多久就會知道了，對吧？如果那條繩子曾經纏在多明尼克的脖子上，肯定會在中央部分留下表皮細胞，也就是會留下DNA。雖然肯定會分解，因為在潮濕的樹洞裡十年了，但我們的鑑識人員都是一流的專家，他們還是會搞定的，只是得多花點時間。要是有人抓過那兩個圈，情況也一樣，肯定弄得表皮細胞到處都是。」

「等一下，」我說。我真希望能暫時躲開他們的目光好好思考一下。我需要抽根煙的時間。「慢點，萬一那條拉繩是我帽兜外套的，我說萬一，那上頭一定會有我的表皮細胞，在尾端，也就是繩子打圈的地方。」

「而且，」拉佛提沒理會我，繼續往下說：「我們已經找到帽兜外套的製造商。他們正在查那款帽兜外套所使用的拉繩規格，以便確定是否和我們手上的證物一致。如果不同也無所謂，因為有可能是例外，也有可能拉繩曾經更換過——但如果相同，那就有趣了。」

「那件帽兜外套又沒有——我東西都隨手放，沒有上鎖，就算拉繩真的屬於那件帽兜外套，也可能是任何人抽走的，在派對上或哪裡，說不定是多明尼克抽的。」

「然後勒死自己？」科爾咧嘴笑著問：「我是不大相信啦。」

「我們不只聽到一個人說，」拉佛提說：「多明尼克對你堂哥里昂很惡劣。里昂自己也這樣說。雖然他一開始不想講，閃躲了一陣。這真的很有意思。就像我之前說的，你們很袒護對方，是吧？但他最後還是說溜嘴了。」

我敢說就是那樣。我刻意避開拉佛提的視線，想找個熟悉的東西盯著看，讓一切重回現實。窗台上的缺角紅琺瑯茶壺、烤箱把手上斜斜掛著的格紋茶巾、胡亂插在有裂痕的馬克杯裡的橘色金盞花。

「那傢伙不是什麼好東西，對吧？我說多明尼克。從其他人給我們的說法……我以為自己以前在學校裡見識過霸凌，但這傢伙，他做的一些事連我聽了都會怕。」他瞇起雙眼，一臉憂心搓著下巴。「你上回怎麼沒告訴我們？你說多明尼克『是個好人』，和大家都處得來。」

「我不曉得，我是說那些壞事。我知道他有時會弄里昂，但我以為只是小惡作劇。」

「你學校裡有一半的人都那樣說，而你和里昂最親，竟然告訴我你什麼都不知道？」

「里昂沒跟我說，大家都沒告訴我。我又不會讀心術。」

拉佛提豎起一邊眉毛，神情諷刺看著我：少來了。「你不會很不爽嗎？」科爾問我：「換成我就會。」

「我又能——」空氣裡的嗡嗚聲拚命往我耳裡鑽。科爾挑掉卡在牙縫裡的東西，目光好奇盯著我。「我又有什麼辦法？」

「譬如想辦法阻止，」拉佛提明理地說：「我覺得你不是那種會袖手旁觀，任由家人被欺負的人，不是嗎？」

「應該不是。我如果知道就會行動，只是我真的不曉得。」

拉佛提和科爾沉默片刻。科爾打量他從牙縫裡剔出來的東西，拉佛提小心翼翼讓手機靠在桌緣不往下掉。

「我敢說，」他開口說道，語氣是那麼漫不經意，整副心思都擺在維持手機平衡這件事上。「我敢說你只是想嚇唬多明尼克。我感覺你不像冷血殺手，完全不像。那種人我見多了。你只是想嚇嚇他，不是下重手，只是想警告他：別再招惹我堂哥。你確實得那樣做，全世界有正義感的人都不會因此看輕你。」他抬頭看我，不羈的陽光照得他眼眸金光四射。「我不是開玩笑，老弟。我剛才說血濃於水，家人是世上最重要的事物，我不是說說而已。就算我們耳聞多明尼克做的事只有一半是真的，你也得出手阻止，由不得你拒絕。」

窗外茉莉枝椏輕輕搖曳，牆上的水彩畫微微歪斜，感覺隨時就要俯衝墜地。桌上滿是狂亂的斜陽。

「只不過大家往往低估了絞索的威力。你只要上網查，所有網頁都會寫滿警告：千萬不能找真人嘗試，因為脖子很脆弱，容易受傷。就算你以為自己只是練習或鬧著玩，也可能害人喪命。」他手指放開手機，手機啪的一聲落在桌上。「但十幾歲的男孩子通常聽不進什麼警告。他們天不怕地不怕，哎呀，我知道自己在做什麼，沒事的……他們不清楚自己的力道，因此很容易稍微過頭。力氣大了點或時間久了點，忽然一切就太遲了。」

我瞪著他。我克制不了那樣做，因為廚房裡其他一切都變成了沸騰斑駁的漿糊。

「如果這就是事情經過，」拉佛提柔聲道：「我們最好現在講清楚，在DNA結果出來之前。只要能搶在他們前面，我就可以不聲張，悄悄去找檢察官，交代整件事的來龍去脈，以交換過失殺人罪起訴，甚至故意傷害。但只要DNA結果一出來，我們就無能為力了，一切都只能照規矩來。檢察官、組長和署長都會插手，他們可不會低調處理這麼好破的謀殺案。」

我完全無法理解，腦袋有如猛烈抽筋一般徹底僵住。我開口說道，感覺像是另一個人在說話：「請你們離開。」

廚房裡陷入冗長的沉默。他們倆目不轉睛看著我。我雙手顫抖。接著拉佛提長長嘆了口氣，聲音裡充滿遺憾，推開椅子站了起來。

「隨你，」他將手機收回口袋說。我以為他會跟我吵，沒有反而讓我更驚惶。「反正我盡力了，而且你有我的名片對吧？你要是改變主意，就立刻跟我聯絡。」

「你願意給我們DNA樣本嗎？」科爾帥氣地一手闔上記事本說。

「不願意，」我說：「除非你們申請到搜索令還是——」

「其實不用，」科爾朝我咧嘴笑道：「你四月被搶的時候，為了排除你的DNA，他們已經拿到樣本了。我們可以借用，完全沒問題。我只是想看你怎麼反應。」

說完他兩指靠著太陽穴朝我敬禮，接著便吹著口哨朝門口走去了。

「打電話給我，」拉佛提低聲說：「白天晚上都行，不用介意。但務必打來，好嗎？時機一過就再也沒機會了。」

「老兄，走了啦，」科爾在玄關喊道：「我們還有很多地方要去，很多人要見。」

「白天晚上都行哦，」拉佛提又說了一次。他朝我點點頭，接著就跟科爾離開了。

♣

我等門喀擦關上了才朝玄關走去，想確定他們真的走了，而且不曉得為什麼刻意放輕腳步。即使聽見他們的車揚長而去（以這條街來說開得太快了），我仍然站在玄關，兩手緊貼著門上斑駁的白漆。絲絲寒風鑽過門縫，在我的脖子和腳踝邊打轉。他們倆剛進門時，我還興奮期待著新進展。人真的要小心許願。

現在他們走了，我腦袋也鎮靜下來，這才發覺拉佛提根本在胡扯。屁啦，什麼好破的謀殺案。他一直不理是因為我是對的：就算比對DNA樣本和帽兜外套拉繩證實是我，至少還有十幾個人可能用那條繩子勒死多明尼克。而他拋出的那個模糊的殺人動機，什麼多明尼克霸凌里昂，只會讓里昂的嫌疑比我還大。里昂那時雖然瘦瘦小小，可是無所謂。**你不用比對方更魁梧更壯。對方就算高頭大馬，只要你有辦法偷襲他……**

可怕的是拉佛提明知道這一切，卻還那麼有把握地想從我嘴裡逼出口供，承認殺人的不是里昂也不是其他人，而是我，而且我很清楚為什麼。我感覺胸膛深處一股撕裂的痛楚。六個月前的我目光犀利，口齒清晰，儀表端正機靈，回答問題快又乾脆，可信度高，指控我謀殺只會顯得可笑。但現在的我口齒不清，兩眼無神，還瘸了一隻腳，警探講什麼都讓我驚惶顫抖，說話充滿漏洞，缺乏可信度、權威和份量，簡直可疑到極點。

我心頭一陣火起，差點無法呼吸，心想這是不是里昂的詭計：讓我出狀況，只能掛著口水吃嬰兒食品或全身連著儀器，輕而易舉成為眾所指責的對象。

這招差點就奏效了。要是發生在兩個月前，拉佛提只要拍拍我肩膀喊我名字，我一定會束手投降。有差嗎？反正我已經沒救了，不如認罪，放掉生命，將一切的支離破碎拋到腦後。認罪幾乎就是解脫。但現在情況不同了。我感覺自己正在轉運，屋裡深處有個緩慢輕微的鼓聲正在上揚。我或許還搞不清狀況，但有一件事非常明白，那就是我絕不會坐以待斃，讓自己傻傻被送進牢房。

我還是不大相信里昂會為了我做到這種地步，但感覺顯然如此。那張我正巧穿著拉繩被當成絞索的帽兜外套的照片，那肯定出自親近的人；而且畫質清晰，不是舊式手機那種粗糙的低像素照片。我們三個讀書時都沒有手機，他們倆也沒有數位相機，只有我有。高三那年一月，我十八歲生日那天，母親伸手摸摸我的頭，笑著說：**這樣我們今年夏天不在的時候，你就能傳相片給我們了，要記得喔！**想也知道，那台相機不會只有我拍，而是在雨果家傳來傳去，只是我偶爾必須記得上傳相片，刪掉難免會有的某人的屁股照，再一股腦寄給我媽。後來不知道什麼時候，我有了智慧型手機，那台相機就半被遺忘了，最後流落到我公寓抽屜裡，直到某人急著想把它搶到手上。

但里昂怎麼也沒想到，我不僅非常了解他，還知道他的做事習慣。他就是管不住自己的嘴巴，守不住秘密。他心裡有事從來不會直說，而是不停兜圈子，反覆旁敲側擊，就像探聽雨果遺囑內容那樣。只要我給他機會，他一定會透露線索。

當然，問題是蘇珊娜在這整件事裡的角色。我很難想像她有參與。她向來是循規蹈矩的小孩，永遠準時交作業，還加上注釋，從來不跟老師頂嘴，比起製作絞索更有可能向大人告狀，說有同學在霸凌別人。雖然她絕對有那個腦袋可以策劃任何事，卻從來不像里昂那麼有病，老找一些爛理由嫉妒我。我無法相信她會設計我，就是為了讓我陷入這些夢魘。但我也很難相信她會和我一樣一無所知。她肯定在某個點上察覺了或猜到了什麼。

她的戒心向來比里昂重，更難猜透、捉弄或出什麼差錯。但我也很了解她，知道她的弱點：她喜歡自己比別人聰明的感覺。要是她知道這件事而我不知道，她會很難抗拒在別人傷口上撒鹽。

比起他們，我有一個優勢，就是他們以為我沒望了。話是沒錯，只不過沒有他們想得那麼嚴重，至少不再是了。原本讓我氣急敗壞的結巴與記憶斷片，現在都變成好用的武器。誰能抗拒洩漏一點訊息給事後會忘得一乾二淨，或就算記得也沒辦法說清楚，說清楚也不會有人信的傢伙？

「剛才是開門聲嗎？」雨果的聲音從我背後的樓梯上傳來。我想得太專心，完全沒有察覺他下樓的窸窣與腳步聲。「梅莉莎回來了？」

雨果穿著睡袍，格紋，款式很老舊，底下是褲子和套頭衫。「喔，」我說：「還沒，時間還很早。」

他瞇眼看了看門上方的天窗。窗外陽光希微清冷。「欸，的確是。那是誰來了？」

「警探。」

他語氣一變，目光移向我，朝我說了一聲「喔」。見我沒有答腔，於是又說：「他們來做什麼？」

我差點就說了。從各種角度來說，那樣做再自然也不過。童年回憶在我腦中有如渴望的呼號，要我向他吐露一切：雨果，幫幫我，他們覺得我是殺人凶手，我該怎麼做？但他現在最不需要的就是這個。更何況他現在身體孱弱，睡袍袖子露出的手腕削瘦，胸膛凹陷，兩手抓著拐杖和扶手，體力愈來愈差，僅存的精力再也無法給予我需要的奇蹟。不過，最重要的或許是我很清楚，他會做的很可能不是我想做的。

「他們認為多明尼克是他殺，」我說。

雨果沉默片刻，接著說：「嗯，會這樣想也不意外。」

「他們猜想是用絞索勒死的。」

雨果一聽豎起眉毛。「老天，我想他們不常遇到這種事。」過了一會兒又說：「他們有鎖定的對象嗎？」

「我感覺沒有。」

「他們把事情搞得太複雜，」雨果仰頭道，話裡閃過一絲挫折。「笨得要命，盡想些曲折離奇的橋段，感覺就像小孩扮家家酒，逼我們陪著一起玩——」門縫又竄進一股寒風，讓他劇烈發抖。「還有這天氣，十月都還沒到呢。我在書房裡應該還感覺得到自己的腳吧？」

「我現在就去弄暖氣，」我說：「應該會有幫助。」

「應該會，」雨果臀靠扶手，臉上微微一抽，空出手來將睡袍拉緊。「我們是不是該準備晚餐了？梅莉莎回來沒有？」

「午餐時間快到了，」我頓了一下，小心翼翼地說：「等我暖氣弄好就送吃的上去，好嗎？」

「嗯，」雨果呆愣片刻，接著才惱怒地說：「就這麼辦吧。」說完便吃力地一點一點慢慢轉身，隨即拖著腳步上樓回到書房，用力將門關上。

♣

等我打起精神拿午餐上去，雨果似乎又正常了，至少根據我們當時默認的標準來看是如此。他一邊啃著火烤三明治，一邊拿著沃茲尼亞克女士祖先的無聊日記，讓我看他新破解的那兩頁——廚師把牛肉烤焦了，野小孩在街上對他罵粗話，現在的小孩欠缺道德教育。怪的是，當我望著專注打量下一頁的雨果，雖然病痛正在鯨吞他的生命，他卻絲毫沒變小。他明明掉了許多體重，衣服穿在身上鬆鬆垮垮，卻反而顯得他骨架粗大，宛如博物館裡巨大的史前麋鹿或大熊骨骼標本，佔據整個展間，感覺遺世獨立又深不可測。

梅莉莎回家時，雨果振奮了一會兒，拿她買回來的晚餐食材調侃她（「老天，西班牙海鮮飯，妳根本是舌尖上的旅行家。」），同時津津有味聽她描述店裡來了一位怪咖老婆子，捧著一堆沒賣相的手工紮染絲巾上門，硬是要梅莉莎留著一條。絲巾很大，紫金兩色，雨果將它披在肩上，坐在廚房桌前笑得像個小孩遊戲裡的魔術師。梅莉莎愈來愈是讓他狀況好轉的那個人。

雨果也知道這一點。「我一直想告訴妳，」他對梅莉莎說——在我們酒酣耳熱，柴火嗶剝歡唱，咖啡桌上擺著凌亂的紙牌、不搭的馬克杯和餅乾的時候，他突然開口道：「我有多高興妳來這裡。我知道妳肯定犧牲不小，而我實在找不到合適的話語來形容這對我有多重要，但我還是想跟妳說。」

「我其實不確定自己該不該來，一開始的時候，」梅莉莎說。她雙腳擱在我腿上窩在沙發裡，我掌心貼著她的腿替她暖腳。「什麼也沒說就闖進你家，而且住下來。我有好幾十次都想自己是不是該退居事外，只是……」她右手一攤指著廚房，小小的動作有如釋放了什麼：**我還是來了**。

「我很高興妳待在這裡，」雨果說：「我覺得很開心，不只因為妳，還因為看到托比長大了，有了穩定的關係。感覺就像查克和莎莉來我家過週末，是當年托比、蘇珊娜和里昂來我家度假的美好延續。生活繼續向前，進入了下一章。雖然可能只是幻想，但我常覺得這就像一個機會，讓我一窺如果自己有小孩可能是什麼模樣。」

這種告別的口吻讓我很不自在，只想改變話題。「你怎麼不生小孩呢？」我問。這些年來，我和蘇珊娜和里昂好奇過幾次。我想雨果可能沒有糊塗到生幾個尖叫的小鬼，破壞他平靜又有條理的生活。蘇珊娜覺得他可能有個若即若離的長期地下戀人，對方可能住在國外，每兩三個月來都柏林一次。里昂想也知道覺得雨果是同志，等愛爾蘭懂事到接受同志出櫃，雨果已經覺得時間過了。老實說，這三種猜想都有可能。

雨果一邊思考一邊整理手上的紙牌。雖然有壁爐，我也真的把暖氣修好了，但他還是像個老頭將毛毯拉到腿上。「老實說，如果你問我，」他說：「我還真的說不上來。一部分是小說裡常有的老套劇情，我訂了婚，對方反悔分手，我回家療傷止痛，發誓再也不碰女人。要將一切都怪在這件事上很容易，對吧？」他抬頭看我們，臉上閃過一抹微笑。「但很多人都遇過這種倒楣事，絕大多數一兩年就回復了。其實我也是。這些年來，我並沒有不能忘情於誰，但等我恢復了，你們的爺爺奶奶已經老了。爺爺的關節炎惡化許多，需要有人照顧他們，而我就在家，沒有其他負擔，弟弟們也已經自立門戶，有了妻子和小孩……我想，歸根結底我就不是個行動派，」他又揚起眉毛微微一笑。「而是懶惰派，總是覺得船到橋頭自然直……但想也知道隨著日子過去，事情就愈難改變。就算你們的爺爺奶奶過世之後，我從此可以隨心所欲，環遊世界、結婚生子了，結果還是沒有遇到什麼值得讓我跨出那一步的人事物。」

雨果挑了張牌，沉吟片刻又塞了回去。「我想，問題就出在，」他說：「人一旦習慣做自己，就得發生大事才能打破外殼，強迫我們發現底下藏了什麼。」他抬頭推了推鼻樑上的眼睛，朝我們微笑。「講了那麼多道理，害我忘記現在輪到誰了。我是不是……」

他忽然閉上嘴巴。等我覺得停頓太久抬頭往上看，只見他瞪大雙眼望著大門，那專注的神情讓我忍不住轉頭想看是誰或發生了什麼事，但什麼也沒有。

我回頭發現雨果還盯著大門，舌頭不停舔著嘴唇。「雨果，」我說，聲音有點太大。「你還好嗎？」

雨果伸長手臂，動作僵硬，手指彎成詭異的姿勢，如獸爪一般。

我從沙發上彈起來，繞過桌子朝雨果撲去，紙牌灑了一地，馬克杯也撞翻了。梅莉莎和我同時跪在雨果身旁。我不敢碰他，深怕情況更嚴重。雨果不停眨眼，伸直扭曲的手臂來回耙動，動作是那麼緊繃堅決，彷彿打定主意一般。

原來是這樣：前一秒還在扶眼鏡，考慮要不要出王牌，下一秒就出事了。恐懼、緊張和好奇了幾個月，結果竟然那麼快、那麼簡單。「救護車，」雖然明知來不及，但我還是對梅莉莎說。我感覺心臟就快衝破胸膛了。

「他只是癲癇，」梅莉莎冷靜說道。她一手輕穩按著雨果的肩膀，抬頭端詳他的臉。「不需要叫救護車。雨果，你癲癇發作了。別擔心，一兩分鐘就會過去了。」

我不曉得雨果是否聽見了。他還在擺手眨眼，一道口水從他嘴角緩緩流出。

我花了幾秒才明白雨果不會死在我們懷裡。「可是，」我腦中浮現那位狗屁神經醫師的說教、嘮叨和主管般的蔑視。「我們還是應該叫救護車，因為他是第一次癲癇。」

「不是第一次，已經好幾回了。」梅莉莎看我一臉吃驚，便說：「每次他兩眼茫然，沒聽到你講話的時候就是了。我以為你知道。」

「我不曉得。」

「我有叫他跟醫師說，但不確定他有沒有開口，」她一邊說著，一邊緩慢穩定地撫摩雨果的肩膀。「沒事的，」她輕聲說道：「沒事的，別擔心。」

雨果的手臂擺動得愈來愈小、愈來愈不明顯，最後終於落回腿上，抽搐了幾下就再也不動了，舔唇的動作也停了。他閉上雙眼，腦袋垂向一邊，彷彿只是晚餐後在椅子上睡著了一般。

柴火開心地劈啪作響，咖啡桌上灑了幾小灘茶水，滴滴答答落在地毯上。我感覺頭暈目眩，心臟狂跳。

「雨果，」梅莉莎柔聲喊道：「你可以看著我嗎？」

雨果眼皮抽動，緩緩睜開眼睛。他目光朦朧呆滯，但確實看著她。

「你癲癇發作，但已經沒事了。你知道這裡是哪裡嗎？」

雨果點點頭。

「哪裡？」

他嘴唇蠕動，彷彿在咀嚼什麼，嚇得我以為他又要發作了。但他只是口齒不清地說：「起居室。」

「沒錯。你感覺如何?」

雨果臉色蒼白發冷，連雙手都白過了頭。「不知道，很疲憊。」

「沒關係，你就這樣躺一會兒，等舒服一點再說。」

「你想喝水嗎?」我總算想到自己可以幫什麼忙。

「不知道。」

我還是匆匆跑到廚房，打開水龍頭裝水。我雙手顫抖，水灑得到處都是。我的臉映在水槽上方的昏暗窗戶上，一副目瞪口呆的蠢樣。

等我回到起居室，雨果已經好些了。他抬著頭，臉上稍微恢復血色。梅莉莎抓了一張餐巾紙，正在擦拭他下巴的口水。「欸，」他伸出還有力氣的那隻手接過杯子，對我說了聲「謝謝」。

「你還記得剛才發生了什麼嗎?」我問。

「不大記得了，只覺得……一切忽然變得很怪，跟之前不一樣，很可怕。就這樣。」他掩不住聲音裡的恐懼，問我說：「我做了什麼?」

「還好，」我故作輕快地說：「就是瞪著前面，伸手做了幾個奇怪的動作。但沒有像電影演的那樣誇張，完全沒有。」

「你之前發生過類似的事嗎?」梅莉莎問。

「應該有吧，就一次，」他又喝了口水，用手抹掉嘴角流出來的水滴說：「兩週前，在床上。」

「你應該喊我們才對，」我說。

「我其實沒想到，沒察覺那就是癲癇發作。而且喊你們有什麼用?」

「就算是這樣，」梅莉莎說：「下回遇到了還是喊我們，好嗎？」

「好吧，親愛的，」雨果伸手覆著梅莉莎的手，就這樣待了一會兒。

「你有跟醫師說嗎？」

「有，他給我一些東西，主要是藥，但警告我不一定有效，」雨果掙扎著想在椅子上坐正一點。「然後又開始講安寧照護的事，但我當然拒絕了，絕對不行。」

「你想到床上休息嗎？」我問。他似乎完成復原了，正常得詭異，但我實在無法想像我們繼續玩拉密。就算他有辦法，我也不行。

「我想，」雨果說：「在這裡坐一會兒，跟你們兩個，如果可以的話。」

梅莉莎拿抹布擦乾桌上的茶水，我將紙牌收攏，用沾水的紙巾擦掉上頭的茶水，疊好留著下次玩。接著我們又坐回沙發上。梅莉莎窩在我身旁，我緊緊摟著她，兩人手指交纏。

我們都沒有說話。梅莉莎望著壁爐，溫暖的火光照亮她圓潤的臉頰。雨果用拇指漫不經心摸著腿上的毛毯，宛如寵物一般，偶爾抬頭朝我們微笑，要我們放心：你們瞧，我很好。我們在起居室裡坐了很久，聽著雨水輕輕打在窗上，一隻飛蛾心不在焉繞著立燈打轉，柴火燃燒直到剩下發光的灰燼。

♣

我想我那天晚上沒怎麼注意梅莉莎的心情。我隱約記得她很安靜，甚至在雨果出狀況之前。但我心裡實在有太多事要煩，而她是我小小世界裡唯一不需要提心吊膽的美好存在，因此當我和她護送雨果回房，一邊聽雨果上床前固定發出的那些聲響，一邊在臥房裡脫下套頭衫時，忽然聽到她說「今天警探有來找我談話，在店裡」，我整個人都傻了。

「什麼？」我驚訝得連套頭衫都掉在了地上。「哪位警探？馬丁嗎？還有那個——」我想不起時髦西裝男的名字。「還是妳看過的那兩個，拉佛提和那個，科爾？」

「拉佛提和科爾，」梅莉莎背對著我，將開襟羊毛衫掛在衣架上。窗玻璃上她的倒影有如鬼魅，白髮白衣，外加兩條纖細白皙的手臂。「我完全沒想到他們會找我談話，因為我那時根本不認識你們……我不曉得他們怎麼知道我的工作地點。他們要我掛上休息中的牌子。那位帶著圍巾的女士其實就是那時候來的，而且不肯離開，一直轉著門把手。我想出去跟她說晚點就會開門，但科爾警探不讓我去，不停跟我說，不行，別管她，她很快就會放棄了。但她在門口待了好久，甚至把臉貼著玻璃往裡看——」

還有很多地方要去，很多人要見。「他們找妳到底有什麼事？」

「他們給我看了幾張照片。」

我真想一腳踹掉拉佛提的牙齒。「是嗎？什麼照片？」

「他們在這裡找到的帽兜外套，還有你年輕時穿著它的照片，還有外套附的抽繩。」梅莉莎聲音清晰克制。她盯著開襟羊毛衫，仔細撫平肩膀的縫線，沒有看我。「他們在樹洞裡找到那條拉繩，覺得那是——」

「我知道，他們也給我看過那些照片。」

梅莉莎猛然回頭。「什麼時候？」

「今天上午。」

「你不打算告訴我。」

「因為我不想讓這些狗屁倒灶的事情浪費妳的時間。他們為什麼要讓妳看那些照片？他們想做什麼？」

「他們想知道你有沒有跟我提過多明尼克．甘利，還有我是否看你做過那樣的東西，兩邊有圈的繩子，你有沒有打過那種繩結，還有——」她看著開襟羊毛衫，將它掛進衣櫥裡，語氣依然平淡，只有睫毛微微掀動。「我有沒有看過你發飆動粗。我當然說沒有，從來沒看過。」

諷刺的是，我當下其實很想猛力搥牆，一腳踹破衣櫥的門或做出同樣誇張又毫無意義的動作。但我只是撿起地上的套頭衫，將它摺好。

「他們知道去年那個男的，就是死纏著我，直到被你趕走的那傢伙。他們想知道你是怎麼做的，有沒有碰他，還是威脅要揍他一頓。我說都沒有，但他們就是不肯放棄，問我真的嗎？正常男人都會勃然大怒，必須把話嗆明，讓對方聽清楚。妳的男人真的沒有膽子那樣做嗎……我很想叫他們離開，但又怕這樣做好像有什麼不可告人之事。他們很——他們讓別人很難反抗，對吧？我只能一直說不對、不是，努力保持鎮靜，最後他們才放棄，至少告辭走人了。」

「嗯，」我好不容易才冷靜下來，開口說道：「看來妳讓他們知難而退了。下回他們再找上門，就直接叫他們滾蛋；不然就打電話給我，我來跟他們說。」

「托比，」梅莉莎終於轉頭看我，聲音有點顫抖。「他們覺得是你殺了多明尼克。」

我笑了，雖然連我也聽出笑得很僵。「不會，並沒有。他們沒理由那樣想，半點理由都沒有。他們手上只有那條拉繩，而誰都可能拿走它。他們只是想逼人招供，好快點結案。所以他們才會去騷擾妳，好對我施壓。不是因為他們真的以為妳知道一些事，或真的認為我有暴力傾向——」我音量變大了。我深呼吸一口氣。

梅莉莎說：「他們真的那樣想，托比。他們或許確實認為我什麼都不知道，但很確定你殺了他。」

她臉色蒼白，神情專注疏離，和窗玻璃上的鬼影一樣。我忽然心頭一震，驚覺她可能也是那樣想。我很好奇警探到底跟她說了什麼，而她沒有跟我說。

我說：「多明尼克不是我殺的。」

「我知道，」梅莉莎趕忙說道，說得很用力。「我很清楚，我從來不認為是你。」

我相信她的話。如釋重負和慚愧的感覺瞬間湧現——我怎麼會那樣想——帶走了幾分緊繃。「呃，」我說：「我想妳現在應該明白我得做點什麼了吧？」

梅莉莎臉色一沉。「譬如說？」

「譬如四處找人問一些事，看能不能查出真正的事發經過，這樣我們就不用再受這些鳥氣了。」

「不行，」梅莉莎厲聲道。我只聽她用這麼斬釘截鐵的語氣說過一次話，就是她談起母親的時候。「你唯一要做的就是別淌混水，離這件事愈遠愈好。去找律師，把事情交給他辦。這一切不關你的事，你沒有理由攪進去。不要插手。」

「梅莉莎，他們直截了當說我是殺人凶手。我想這就代表關我的事。」

「才怪，並沒有。你自己也說了，他們沒有任何證據，也不可能會有。你唯一得做的就是不理他們，他們遲早會放棄走人。」

「要是他們不肯放棄呢？萬一他們決定一不做二不休，直接逮人，希望我會受不了而認罪呢？我不知道妳怎麼想，但我可不希望日復一日每天都在想他們會不會今天來，會不會正好遇上雨果出狀況的時候——」

「要是他們發現你四處問人怎麼辦？他們肯定會覺得你想打聽誰知道什麼，因為你很緊張。他們會追你更緊，把原本好的——」

「拜託，梅莉莎！」我已經不想克制音量了。就算吵醒雨果也無所謂，幹！「我以為妳會很高興。換作幾個月前，我就算被人抓進去關也不會在乎。我以為妳看到我腦袋恢復得差不多，想挺身對抗，會覺得很開心。妳難道希望我和之前一樣，連烤片吐司都需要打起精神才能做嗎？」

她中招了，我就知道她會。她語氣和緩下來，不再鐵硬無情。「你感覺又找回過去的自己，那很好，我是真的很開心。但你不能把力氣用在別的事情上嗎？譬如打電話給理查德，看能不能讓你在這裡辦公，零零碎碎做一點；再不然，你不是說你一直很想學潛水——」

「那不如去織籃子或捏陶算了。我沒有殘障，也沒有精神病，」我看見梅莉莎被我的語氣嚇得打了個哆嗦。我從來沒對她動怒，一次也沒有，這讓我更氣拉佛提和科爾，還有里昂，甚至氣多明尼克——我們三年來相親相愛，不論經歷什麼都是如此，結果現在——「我不需要嗜好，不需要有事情做，我只想知道自己他媽的為什麼被人當成殺人凶手。」

「不是，托比，我從來沒有說——」我刺傷了我的天使：梅莉莎完全失去反抗能力，頹然靠在衣櫥門上。「我只是希望你過得好。」

「我知道，我也是。我希望我們過得好。就是因為如此，我才這樣做。」梅莉莎一臉挫敗。我真想讓她明白我理解到的事，跟她解釋一切將因此改觀。「親愛的，求求妳就相信我這一次。我一定能解決，不會搞砸的。」

「我知道你不會，但那不是——」梅莉莎搖搖頭，緊瞇雙眼說：「千萬別讓事情愈來愈糟，好嗎？求求你。」

「別擔心，」我朝她走去。「我不會拿著點四五手槍在暗巷裡堵惡人。我只是想找人問事情，看他們會不會說出什麼有趣的線索來，就這樣。」我看她沒有說話，也沒有靠向我懷裡，於是又說：「我保證，好嗎？」

梅莉莎深吸一口氣，伸手摸著我的臉頰說：「好吧。」我彎身吻她，但被她避開了。「我們睡覺吧，我累了。」

「沒問題，」我說：「我也是。」照理說我應該很累，畢竟折騰了一天。但當梅莉莎沉沉睡去，發出平緩的呼吸，我卻仍然毫無睡意。然而，這回不是因為停吃贊安諾，一點噪音就讓我驚醒，幾小時難以入眠，而只是望著天花板上的暗影漸漸變深，一邊思考盤算。

九

於是，隔天早上梅莉莎一出門上班，我就打電話給蘇珊娜和里昂，邀他們晚上來這裡吃飯，順便喝幾杯，因為這些狗屁倒灶的事搞得我壓力很大，需要舒壓之類的。我們在電話裡都沒提到絞索、帽兜外套和警探，反而讓我更加起疑，因為拉佛提明明有說他跟他們倆都提過那件該死的帽兜外套。我覺得他們如果真的站在我這邊，應該一被拉佛提問完話就跟我說才對。

連他們在電話裡的聲音聽起來都不一樣，感覺閃爍跳躍，勾起我那兩次服用搖頭丸的回憶。我隔了好一會兒才記起那是什麼感受：危險。我一直覺得蘇珊娜和里昂基本上是無害的。這不是出於貶抑，而是愛。我們或許經常鬥嘴，講話很難聽，但我骨子裡很清楚他們沒有惡意。而且老實說，我實在很難把他們倆跟「危險」這樣沉重的東西連在一起。但我現在明白了，所有話語和呼吸背後都暗藏情緒與弦外之音，讓我捕捉不到。什麼情緒或弦外之音都有可能，甚至暗藏殺機，我卻從來不曾察覺。

然而，我對那晚卻是滿心期盼，感覺就像第四次約會或最後一次面試一樣誘人，因為大獎就在眼前，真讓人迫不及待。我不是期望里昂會崩潰，和盤托出驚悚的真相——不過誰曉得？說不定我正好走運。但要是里昂對我有怨，我真的很想知道。幾杯黃湯下肚，外加一點言語刺激，我敢說他很有可能就範，甚至只要我打在對的點上，他連闖空門的事都會招出來。

當然，問題是萬一我真的問出來了該怎麼辦？凶手可是里昂耶，拜託。我人生最早的回憶之一，就是和他一起坐在這庭園的水窪裡互淋泥巴在對方頭上。我無法想像自己讓他鋃鐺入獄，就算他試著那樣對我也一樣。

除非他是闖空門事件的幕後主謀，那就另當別論了。我可以不管他殺了人，甚至想賴給我，但一想到他故意、甚至不算故意讓我變成現在這副德行，我就感覺像被電擊棒痛電一般。我三步併作兩步，腿裡像是裝了彈簧似的跑上樓，彷彿根本沒跛腳，嘴裡嚼著巧克力餅乾跟雨果說里昂和蘇珊娜要來晚餐。我知道這或許顯露了我是個怎麼樣的人，但老實說我不在乎。

梅莉莎回家時，我已經將要穿的衣服擺在床上：藍色亞麻卡其褲搭配藍色幾何小圖案的淺乳白色高級襯衫。梅莉莎會帶這件襯衫來肯定有她的理由，而且我已經好幾個月沒有衣冠筆挺了，但有何不可？我一邊刮鬍子，一邊有一搭沒一搭地高唱羅比．威廉斯的芭樂歌。「嗨，親愛的，」梅莉莎從浴室門口探頭進來說：「雨果還好嗎？」

「雨果很好，沒出什麼狀況。他找到哈斯金斯了，就是日記的主人，沃茲尼亞克女士表親的曾什麼的。那傢伙討厭狗，只因為女傭身上有怪味就開除了人家。」

「我看見你床上的衣服了，晚上有約嗎？」

「我只是心情好。過來。」

她掂著腳，避開刮鬍膏在我臉上輕輕一吻。我一把抓住她，用抹著刮鬍膏的臉頰蹭她鼻子。梅莉莎尖叫一聲，笑著說：「白癡！」接著將鼻子在我裸著的胸膛上抹了抹。「你一定會很帥，那我最好也來換衣服。」

「我真的需要剪頭髮了，」我望著鏡子說：「我看起來就像在蓋威的破酒吧裡專門騙辣妹觀光客我是衝浪好手的傢伙。」

「要我替你整理嗎？我不是很會剪，但可以幫你修，在你去理髮店之前頂一下。」

「可以嗎？那真是太好了。」

「當然，我去找剪刀。」

「對了，」她已經半個身子出了浴室，我才說：「蘇和里昂晚上會來吃飯。家裡食物夠嗎？還是我們叫外賣？」

梅莉莎立刻轉身，但聲音聽來沒有半點猶疑：「我們叫那家印度餐廳的外賣吧。雨果很喜歡，而且他手也好拿。」

「太好了。我好餓，叫咖哩應該不錯，」我仰起下巴對著鏡子，沒有看她。「另外，關於昨天晚上。我知道妳可能覺得我太在意多明尼克的事，但其實不只是那樣。」

我從鏡子裡可以看到她站在門口看著我。「所以是怎樣？」

我得小心說話，因為我其實需要梅莉莎才能讓今晚進展順利，但我知道她一定不大會贊同我的計畫。「很難解釋，」我說：「我覺得很多事都很亂——老實說，事情已經混亂了好幾個月，只是我狀況太糟，因此無能為力。現在不知道是因為我好點了還是怎樣，總之我覺得需要把事情理清楚。多明尼克當然是，但只是其中之一。」

梅莉莎食指摳著門上的污漬專心聽著。「其他包括什麼？」

「西恩和阿德說的那些事，多明尼克欺負里昂。妳說得對，我實在放不下。」

「那不是你的錯，你當時不知道。」

「唉，問題就出在這裡。我發誓我真的不記得發生過那些事。但以我的記性……嗯。誰曉得我的記性有多可靠。」我在鏡子裡朝她歪嘴一笑。「我是說，我覺得我絕不會放任多明尼克痛打里昂，但還是想確定到底發生了什麼。」

梅莉莎說：「現在知道了又有差嗎？」

我沒想到她會那樣說，不禁有點難過。「呃，對啊，當然有差。就算我因為神經大條沒有察覺，但如果當時讓里昂失望了，那肯定傷害了我們之間的感情。我知道我不常見到他，但他和蘇……他們就像我哥哥和妹妹一樣。或許早就沒事了，我仍然是他的好堂弟，希望如此。但如果不是，我需要知道才能彌補。」我又朝她乾笑一聲，抬頭刮下巴底部的鬍子。「很多人說凶殺案就是這樣，對吧？它會攪出各種事，把所有人都捲進去。」

見她沒有回答，於是我又說：「哎，妳可能覺得這些沒道理，可是……我在家被攻擊那件事，我需要搞清楚為什麼。這樣才能重新開始，給自己一個教訓，替未來理出個頭緒。老實說，這一切到目前為止都糟透了。要是我能從中得到一些正面的東西……妳能理解嗎？」

慈悲心腸的梅莉莎怎麼能不被打動？她臉龐一亮：「沒錯！就這樣做，這樣做很好。把這些話告訴里昂，他一定能理解。」

「我會的，」這主意其實還不壞。「但我得先知道我對他做了什麼，如果我有的話。妳可以幫幫我嗎？」

梅莉莎皺起眉頭。「我嗎？怎麼幫？」

「妳可以問問里昂和蘇珊娜，我那時是怎樣的一個人嗎？妳這樣問很自然，就跟妳想看雨果以前的照片一樣。他們肯定會說我人很好，但妳能再往下多問一點嗎？我會在旁邊幫腔，只是得由妳開口問。」

「你為何不直接問？你自己都說了，就算你從前做過什麼壞事，他們也不會告訴我。你可以等我不在場的時候問，我可以早睡。」

當然，重點是我如果問東問西，里昂一定會起疑，可能連蘇珊娜也會，看情況。「可是，」我深吸一口氣，看著鏡子裡的她說：「我不想讓他們知道我記性變得有多差。我知道這樣想很蠢，他們顯然多少察覺我的狀況不是百分之百，但有他們在的時候，我一直很努力，至少擺出半正常的樣子，希望沒露餡。我要是剛他們說，唉，兩位，我只是好奇，你們能不能幫我複習一下記憶，我十幾歲是什麼模樣？那就沒戲唱了。我只是……我實在不想看到他們為我難過的樣子。」

梅莉莎難以反駁。「我懂。我覺得你腦袋沒有傷得那麼重，托比，真的，只是……」她見我瑟縮了一下。「我會問。」

我鬆了口氣。「天哪，我真是如釋重負。我兜了一整天圈子，一直在想我自己一個人要怎麼辦到。我敢說一定有辦法，只是我的腦袋……妳能幫忙真是太好了。妳還可以幫我問問多明尼克的事嗎？問他是怎樣的人。他們要是站在我這邊，或許會講出夠多的東西，讓我了解前因後果。而且問這個也不會奇怪，畢竟多明尼克這陣子佔去我們生活很大部分，妳想多了解他完全合理。」這時我忽然察覺，梅莉莎到現在都沒問過半點關於多明尼克的事。

梅莉莎說：「是為了查出他遭遇了什麼嗎？」

「我不曉得，」這是實話。我轉頭看她說：「老實講，搞不好這兩件事真有關。雖然我看不出關聯，但眼前誰曉得？不過，重點不是這個。」

我以為她會猶豫，沒想到她點點頭說：「好吧，我可以問他的事。」

「等雨果就寢後再問。他們兩個要是和我之前一樣講出什麼可怕的東西，雨果沒必要聽那些。」再說我要灌醉里昂也得花上兩小時。我早上就去了賣酒的店，買了一大堆琴酒和通寧水，而且計畫好到時由我倒酒。

「沒錯，你說得對，就這麼辦。」

「還有……別忘了妳問的那些事都已經是十年前的往事了，好嗎？我那時還是個蠢貨加混蛋。另外，蘇和里昂講話都很誇張。就算他們說我做過什麼可怕的事，也不表示我真的做過。所以，不論妳聽到什麼，都能先相信我嗎？」

我說這話是當真的，是肺腑之言。畢竟雖然機率不高，但里昂還是有可能會試著暗示我是凶手。梅莉莎一定看出我心裡的感覺。因為她走上前來，雙手按著我的手臂抬頭看著我。「那還用說，」她認真說道：「我一直都相信你。」

「謝謝，」我說，一手將她摟進懷裡。「真的很謝謝妳，寶貝。不會有事的。我們是最佳拍檔，我和妳，對吧？」

「是啊，」她說：「好了——」她輕吸一口氣，兀自點點頭說：「我去找剪刀了。」說完便掂腳吻了我鼻尖，然後就出浴室了。我繼續刮鬍子，一邊唱羅比．威廉斯的歌，心情更好了。

♣

跟屁蟲湯姆也來了。這雖然不在我的計畫內，但我不讓自己擔心。時間還早，我敢說自己一定想得出辦法甩掉他。等外賣來的空檔，我不停替大家倒餐前的琴通尼（不過都沒調得太濃。還沒，不用急），一邊陪笑。梅莉莎替我剪的頭髮竟然還不壞，襯衫也很適合我，我穿上時才發現自己的體重回來了一些。我看上去比遇襲那晚好多了，感覺也是如此。我刻意不時出錯，讓里昂和蘇珊娜聽見（湯姆你要來一杯嗎？對喔，你要開車。對不起，我已經問你三次了，哈哈……對，雨果的工作進展很順利，今天都在看那個，你知道，就是那個叫什麼東西的。老天，我是怎麼了，腦袋漏東漏西，跟篩子一樣！），裝成人畜無害的開心白癡，不必認真對待。這天是梅莉莎挑音樂，因此房裡飄著法國酒館的搖擺樂曲，抹著血紅唇膏的歌手扭腰擺臀：哦，那個男人！梅莉莎特地與我搭配，白洋裝、飄飄裙加綠花香水，正努力聽湯姆解釋他逼那些一年級生學的無聊立體透視模型。她還沒靠近里昂和蘇珊娜，還沒，跟我一樣在等時機。我們倆就像一起執行秘密任務，共謀的感覺讓我充滿了勝利又頑皮的快感。我們應該發明暗語的。我刻意閃到湯姆背後，趁我和她四目交會時朝她眨了眨眼。半秒後她也朝我眨了眨眼。

雨果笑著坐在我們中間，小口喝著琴通尼，小心選擇入嘴角度免得酒從已經閉不緊的嘴角流出來。他感覺心不在焉，有點抽離，笑話都晚了幾秒才笑。我問他想吃什麼，他「啊？」了一聲，讓我坐立難安。感覺他似乎又要中風了。要是那樣，我這天晚上的計畫就差不多全泡湯了，更別提其他事了。

直到晚餐時我才明白他心裡有什麼事。我們幾個講話都有點太快、太大聲了。我正想結結巴巴再扯一段白癡的童年往事，梅莉莎忽然伸手按著我的手腕，朝雨果點點頭，我才意會過來。「哎，」我說：「對不起。」

「沒關係，」雨果小心翼翼將醬汁舀到盤子裡。「我只是想趁自己忘記前告訴你們，我對這間屋子有什麼安排，而且也該是時候了。你們聽了應該會鬆一口氣。」

所有人都放下刀叉。「我會將屋子留給你們，」他說：「除了你們三個，還有你們的父親，所有人平分。這聽來很像推卸責任，把重要的問題扔給你們處理，可能也是，但我只能想到這個辦法，可以顧及你們未來可能的變化。不論結婚生子或再生孩子，出國定居或搬回國內，甚至手頭有點緊，需要地方暫住……我很想考慮到所有可能，但實在力有未逮，我腦袋已經糊塗了。幾天前——」他轉頭看著里昂，歪嘴抿出一絲苦笑。「我以為你已經生了個女兒，剛生不久，有著一頭黑色鬈髮。」

「拜託，」里昂扳了塊印度烤餅，故作驚惶地說。他看起來不大好，眼袋明顯，身上的套頭衫洗到褪色，而且滿臉鬍渣，讓他年輕不羈的外表多了幾分疲憊邋遢。雖然他刻意嬉笑嘲謊，但看得出很勉強。「我寧可養一隻抓狂的黑猩猩。我只是說說，蘇和湯姆，沒在影射什麼。你們家那兩個小孩是天使。」

「我很擔心，因為我知道你和孩子的母親已經分開了，」雨果解釋道：「我怕你萬一找不到好地方安置她，會沒時間和她相處，所以我想你可能最需要這間屋子。」

「我願意花大錢看里昂養孩子，」我說。我不想聽這些。「感覺一定很像噁爛的情境喜劇，小孩被人拋棄在門口，接下來就是各種誇張的故事。」

「我很想知道那孩子叫什麼名字，」雨果不為所動，繼續往下說：「好把她放進我的遺囑裡，但當然做不到。接著我忽然發現自己想不起來你提過這個孩子，之後才明白怎麼回事。但我這樣講你們應該能理解，為何我覺得自己不再適合做長遠決定了。」他笑著看著我們，笑得有些過頭。回想這件事肯定很難受。「所以，我將這屋子留給你們六個。這樣至少解決了最主要的問題：只有你們六個都同意了，才有辦法把屋子賣掉。其餘就交給你們自己處理了。」

「謝謝，」蘇珊娜輕聲說：「我們會照顧這間屋子。」

「沒錯，」我說。

「我不會讓小孩用手沾顏料在牆上畫畫的，」里昂說：「我發誓。」雨果笑了，伸手去抓米飯，我們又開始聊天說笑。

但我察覺里昂神色有些不對。等雨果回房睡覺，我們開始收拾東西，我和里昂一起將碗盤放進洗碗機時，我隨口問道：「你不喜歡雨果將屋子留給我們六個人，是吧？」

「這是他的房子，他想怎樣就怎樣，」里昂語氣冷淡，頭也不抬地說。雨果不在了，他也不用裝快活了。「我只是覺得那樣做很糟，家族內鬨就是這樣產生的。」

「他盡力了，」蘇珊娜一邊沖洗外賣餐盒，隔著唰唰的水聲對他說。她看上去比里昂好很多，感覺神清氣爽，身上一件輕軟灰綠的套頭衫很適合她，頭髮上別了幾個小花髮夾，我猜是莎莉的傑作。「我們會想出辦法的。」

「是你們五個，我才懶得管。等你們都決定了，再寄文件來給我簽就好。」

「什麼？」我說：「當初說受不了屋子轉手他人的明明是你——」

「誰叫警察在庭園裡挖出人骨，把所有人的日子搞得一團亂？那就別怪我不是那麼想跟這裡扯上關係了。」

還是，更有可能的情況是，之前害怕新屋主喜歡園藝，結果引爆地雷；現在既然地雷爆了，就不需要霸著這地方了。雖然算不上證明，但我精神為之一振，感覺今晚會是我的幸運日，一切都朝有利於我的方向走。「也是，」我附和道。

「那件事干擾不了我，」蘇珊娜說：「它已經過去了。這個地方被警察搜查過，已經百分之百沒有人骨了。有多少地方敢這樣說？」

里昂咯的一聲將盤子甩進洗碗機裡說：「那妳就搬進來呀。我都說我懶得管了，妳是哪裡聽不懂？」

我認得這個情緒。焦躁、激動、唱反調，小時候總是害我們三個被禁足或必須把弄破的東西藏好。還有一回最經典，我們被保全逮到，關在一個擺滿清潔用具的後房裡，最後靠著我的嘴上功夫才順利解圍。老實說里昂和蘇珊娜也有功勞。我編了一段賺人熱淚的故事，他們倆配合演出，表現得天衣無縫。里昂前後搖晃，用腳跟猛踢椅腳；蘇珊娜輕撫他的手臂，出聲安撫——我這個可憐的堂哥是智障，如果被捕，他體弱的母親不知道會怎樣。在這種情緒下套他的話，簡直難如登天。「這時候你最需要的，」我說：「就是再來一杯琴通尼。其實我們三個都需要。你們要加小黃瓜或萊姆？還是兩個都要？」

「小黃瓜，」蘇珊娜說。

「萊姆，」里昂馬上接口說：「現在太冷了，小黃瓜不適合。」

「這跟氣溫有什麼關係？再說今天很溫暖，我真不曉得自己幹嘛要帶外套——」

「慢點，我查一下，現在是六月嗎？我們正坐在開滿雛菊的草地上？不是？那小黃瓜就不適合——」

「我們兩個都有，」梅莉莎開心說道：「我想還有檸檬，只不過可能有點老。每個人都可以挑自己喜歡的。」

「湯姆，你要什麼？」我問。

「喔，」湯姆說：「不用了，我差不多該回家了。」

「不行！」我裝作非常失望的樣子。「現在還很早，喝一杯就好。」

「哎，不可以，我要開車——」

「啊，對喔！你有跟我說過！天哪，我腦袋——」

「而且我不想讓我媽帶那兩個孩子太久，」湯姆解釋道：「查克最近有點愛搗亂。」

我不怪他急著想走。按查克的標準，「搗亂」到最後可能連霹靂小組或生化警察都要出動。「我知道查克有時很難搞，」蘇珊娜讀出我的表情說：「可是我們正在努力。他只是需要明白別人也是人就好，就不會惹事了。他已經改善很多，只不過挖到頭骨讓他整個瘋掉。如果別人是人，那人骨顯然也是人，是真實的，這點讓他難以承受，腦袋轉不過來，所以反應很激烈。」

「也是，」我說：「有道理。」

「真的是這樣，」湯姆拍拍口袋，前後左右看了看，好像掉了什麼東西說：「連我們都有點反應不過來，不是嗎？我們已經是大人了。他會沒事的。晚安囉——」他親切揮了揮手，朝我們道別，低頭吻了將臉迎上來的蘇珊娜，接著對她說：「妳好好聊，不用趕。」

「抱歉，」湯姆走了之後，里昂對我們說：「剛才講話太衝。」

「沒關係，」我說。梅莉莎笑著扔了一顆萊姆給里昂。「拿去，」她說：「讓你將功贖罪。」

「我今天真是壓力破表。老闆打了通電話給我，大發雷霆問我哪時候才要回去，真是煩透了——」

「老實說，」蘇珊娜動作俐落，將小黃瓜切片。「他們會想知道也可以理解。」

「但他不用那麼混帳，」里昂轉身靠著流理台，手指摁著眼角。「我不曉得我為什麼會被他惹火，明明我很有可能離開。我已經住膩柏林了。」

「什麼？」我手裡轉著琴酒瓶，驚訝地問：「那個叫什麼的傢伙呢？」

「他叫卡斯騰。我有忘記梅莉莎叫什麼嗎？」

「你要是腦袋被人敲過一兩記，可能也會想不起來，」我說。我講得愈來愈順口了。雖然對今晚的計畫很有幫助，但還是讓我很不舒服。

「才不會，」里昂隔著我朝梅莉莎微微一笑，只不過顯然很勉強。「梅莉莎讓人一眼就忘不了。反正——」他從蘇珊娜手裡接過刀子開始切萊姆。「卡斯騰不會有事的。再說我感覺他應該在偷吃，至少有在想。」

「他沒偷吃，」蘇珊娜說，彷彿已經說過很多次似的。

「他一直提自己的前男友。」

「他是怎樣提的？是『天哪，我好想我前男友，還好我沒刪除他的手機號碼』，還是『喔，對了，我記得那部片子，我好像是跟那個誰看的』？」

「有差嗎？他就是提了。」

「你只是在找藉口。」

「我才沒有找藉口。我只是厭倦柏林了，而且不想再跟一個開口閉口就是其他男人的傢伙交往。再說這關你什麼事？你又不認識卡斯騰──對了，這件事也不是我的錯，我不知道邀你過來幾百次了──」

「你就是在找藉口。這也是你還賴在這裡不走的理由。你希望老闆會受不了你，把你開除了。」

「我們可以不要再討論這個了嗎？」里昂突然說道，聲音有點尖銳。「拜託。」

「遵命，」我從他身旁走過，在他肩上拍了一下說。里昂身體一縮。「我們今晚是來放鬆的，記得嗎？」

「說到這個，」蘇珊娜說：「拿去。」她伸手牛仔褲口袋裡撈了撈，抓出一小樣東西扔給里昂。

里昂接住那東西瞄了一眼，做出驚詫的表情再看了一眼。「天哪，不會吧？」

「別說我沒照顧你，寶貝。再說你要是再這樣焦慮下去，連我也會開始緊張。」

「妳真是太棒了，」里昂誠心敬佩道。

「趕快吸一管吧，免得中風。」

「妳真的很棒，」我說。這實在太完美了，正是能讓大家放鬆的好方法。我早該想到這一招的，但蘇珊娜替我代勞感覺就像天上掉下來的禮物。「我還以為妳不想做什麼可疑的事，免得警探發現呢。」

「我是不想，但我也不希望里昂精神崩潰。」

「我其實有去找過，」里昂說：「在某家破爛夜店的廁所裡。我都忘了都柏林的夜店有多糟了，可能得回柏林才能享受到合格的夜生活。他們想賣我一些很有趣的東西，但沒有人在賣大麻。難道這裡缺貨嗎？」

「顯然是。我幾乎問遍自己認識的所有人才弄到這些。」

「湯姆知道妳抽大麻嗎？」

蘇珊娜眉毛一挑。「你說得我好像毒蟲一樣。我一年頂多抽個一兩次。」

「所以他不曉得。」

「其實他知道。卡斯騰曉得你是混球嗎？」

「你們倆別再鬥嘴了，」我對他們說：「我想把那東西拿到外面抽。」

我們將所有東西拿到屋外擺在露台上：酒杯、琴酒、通尼水、冰塊、萊姆、小黃瓜和有點老的檸檬。里昂攤開一張捲菸紙，開始拆菸，我和梅莉莎從起居室拿來沙發披巾和坐墊。蘇珊娜又言過其實了。這天晚上並不冷，但天色開始轉暗，一股沁骨的微風在庭園裡徘徊，沒有植物或長草攔阻，不停拉扯枝葉，戳刺各個角落。我負責倒酒，給里昂和蘇珊娜的那兩杯琴酒特別多，梅莉莎加上其他配料。「喏，」她將杯子放在里昂肘邊說：「我加了很多萊姆。」

「我要很多小黃瓜，」蘇珊娜說。她伸了個懶腰，朝里昂搖搖酒杯道：「想像這裡是六月開滿雛菊的草地吧。」

「噓，」里昂舉起一根圓圓粗粗、捲得非常專業的大麻菸說：「讓我們瞧瞧這玩意兒有多少本事。」

他點了菸，深吸一口然後閉氣。「哦，我的天哪，」他兩眼泛淚，壓低聲音真心誠意叫了一聲。「這東西棒極了。妳——」他對蘇珊娜說：「妳是大好人。你——」他對我說：「你是天才，今晚聚會這個點子真是太天才了。」

「我只是覺得我們都需要放鬆一下，」我認真說道。我兩腿伸直背靠在屋牆上，伸手將梅莉莎摟入懷中，她拉了一條披巾蓋在我們身上。「就像湯姆說的，這一切會讓人腦袋抓狂。」

「那兩個傢伙真是一對王八蛋，」里昂說。他背靠屋牆又吸了一口菸。「我說那兩位警探，真的是。我真心覺得他們是虐待狂，心理變態，而且這樣做還有薪水可拿。」

「這就是他們的工作，」蘇珊娜拉了一條披巾蓋住自己說：「他們必須把人搞得暈頭轉向，氣急敗壞，所以別上鉤了。」

「講得好像妳很厲害一樣。」

「少說話，再抽一口菸吧你。」

「庭園門鑰匙找到了，」我說。我不打算提連帽上衣拉繩的事，除非他們倆先提起。「他們有跟你們說嗎？」

「當然有，」蘇珊娜說：「而且講得很誇張，噹噹，妳看我們在樹裡找到什麼！然後兩個人就像校長一樣坐在那裡盯著你，小姑娘，我在等妳解釋，今天沒有等到絕不會離開。」

「天老爺，他們瞪人的模樣，」里昂將大麻菸遞給蘇珊娜說：「我真怕自己講出什麼可怕的話來。你知道，那種感覺就像小時候坐在教堂裡，你忽然好奇如果在最嚴肅的時刻高喊『臭雞巴』不知道會怎樣，結果愈想愈怕自己真的會喊出來。我對天發誓，那兩個傢伙要是再瞪下去，我遲早會氣得大喊『多明尼克．甘利是臭雞巴！』」

「你和臭雞巴多明尼克．甘利是什麼關係？」蘇珊娜問。她將拉佛提又濃又重的蓋威口音模仿得惟妙惟肖，我每回聽到那口音就覺得更不舒服。「你和臭雞巴多明尼克．甘利有過什麼爭執嗎？」

「閉嘴，」里昂忍不住呵呵笑了出來。「妳這樣我一定會講出來，他們就會以我太過囂張逮捕我，到時都是妳的錯——」

「臭雞巴多明尼克．甘利那年夏天是否行徑古怪？」我接著問。「你覺得臭雞巴多明尼克．甘利是不是心情沮喪？」里昂前仰後合，朝我揮手，笑得氣都岔了。

梅莉莎也笑了，連酒都噴了出來。她對大麻沒什麼興趣，其他東西其實也一樣，兩杯黃湯就是極限了。「妳還好嗎？」我問她。梅莉莎點點頭，舉著大麻菸交給我，依然說不出話來。

「哇，」感覺湧上來時，我忍不住說：「這玩意兒真純。」

「我就說吧，」里昂仰頭靠牆，閉上眼睛開心嘆了口氣說。

「我那時以為是你，」蘇珊娜對我說：「鑰匙是你拿走的。」

煙衝進我鼻子。「我？」

蘇珊娜聳聳肩說：「鑰匙是里昂慶生派對那天不見的。我原本不記得，但這陣子回想覺得應該是你。那天下午鑰匙還在。你還記得雨果在庭園挖土準備放到石頭園，我們在後巷閒聊嗎？但是隔天我到庭園準備放菲依進來，鑰匙卻不在了，而派對那晚只有你和多明尼克去過庭園盡頭。那裡一片泥濘，有人掉進坑裡弄得渾身是泥，所以後來我們其他人都待在這頭。」

「是啊，」我好不容易才止住咳嗽。「我知道。但我和多明尼克為什麼會去庭園？」

「你們去吸古柯鹼——少來了，托比。我知道我很天真，但你們也沒有很低調好嗎？你們兩個鬼鬼祟祟溜出去，回來時揉著鼻子笑個不停，還用手將對方的頭挾在腋下，講話快得跟機關槍一樣，難道你都忘了？」

我還真的忘了。**走啦，你這傢伙，我有話要說**。我們倆匆匆溜到庭園，多明尼克一腳踩進泥巴裡大聲咒罵，我哈哈大笑。我和他就著我手機的光在庭園舊桌上刮出一條條線來。「我為什麼需要鑰匙？」

蘇珊娜聳聳肩，身體坐直從我手裡拿走大麻說：「我哪知道？我猜可能因為你把菲依甩了——拜託，我當然知道你和她勾搭上了——所以或許不希望我再讓她過來。」

「我才懶得管妳要不要放菲依進來。而且我沒有甩掉她。我們根本沒約會，只是——算了，我告訴妳，別提了。」我不想在梅莉莎面前談這件事。「另外，我猜也可能是多明尼克故意把鑰匙拿走，想開玩笑，你把鑰匙拿回來，結果搞丟了。我不知道，托比，我其實沒花太多時間分析各種可能，我只是覺得鑰匙被你拿走了。」

「欸，我沒有，拜託。」

蘇珊娜斜眼瞪我。「你連自己有吸古柯鹼都忘了，怎麼敢說自己一定沒拿鑰匙？」

「因為我根本沒有理由那樣做。」

「嗯，」蘇珊娜若有所思深吸一口菸，接著說：「那我想應該是多明尼克。」

「妳有對警探說嗎？說妳覺得鑰匙是我拿走的？別跟我說妳告訴他們了。」

「當然沒有。我說多明尼克．甘利是臭雞巴。」里昂聽了又開始呵呵笑。

「蘇，我是認真的，妳有沒有——」

「沒有，我沒說。別緊張，我說我沒概念。」

因為被蘇珊娜搞火了，讓我差點忽略一件事：蘇珊娜說得對。如果我沒拿鑰匙，那天晚上又沒有其他人到庭園盡頭，那肯定是多明尼克拿走的。「多明尼克為何想要這裡的鑰匙？」我問道。

蘇珊娜聳聳肩說：「你考倒我了。可能想進來順手牽羊，覺得很好玩吧。」

大麻發威了。琴通尼嚐起來新奇又美妙，我可以感覺氣泡在我舌頭上爆開。「有一回阿德為了捉弄蓋爾文老師，把他的購物清單偷走了，」我說：「就在我們交作業給他的時候，從他桌子上偷的。清單上寫著『番茄醬、海尼根、刮鬍膏、保險套』。阿德把清單拍下來，然後將電腦教室裡所有電腦的螢幕保護程式換成那張清單。」

「那是阿德幹的？」里昂不可置信地說：「大家都說是歐文．麥克阿德的傑作。」

「噓，別講出去。」

「我好希望當時就認識你們了，」梅莉莎望著變暗的庭園，語氣夢幻地說。但她沒有漏掉我給她的信號。我感覺她挪動身子，上緊發條——預備，衝！我輕輕摟了摟她，表示鼓勵。

「妳不會想的，」蘇珊娜說：「相信我。」

「為什麼？」

「沒有人在十八歲成熟的，妳可能不會喜歡我們。」

「別理她，」我低頭摩挲梅莉莎的頭髮說：「妳一定會愛上我們。」里昂輕嗤一聲，那聲音比起質疑，只比完全不以為然差一點。「我也一定會愛上妳。」

「我覺得你們一定很幸福，」梅莉莎說。里昂將大麻菸遞給她，梅莉莎搖搖頭，將菸傳給我。「一起開心、一起犯傻，在草地上野餐，聊天聊到天亮。托比跟我講過幾次你們的往事。」

里昂又哼了一聲，這回意思很明顯了。「妳別相信他講的，一個字也不要信。」他擺明想開玩笑，但藏不住話裡的尖銳，引得梅莉莎轉頭看他，困惑地問：「可是我很喜歡他講的那些往事。難道不是真的？托比其實不快樂？」

「哦，他當然很快樂，」里昂說：「我們托比不是提心吊膽型的。」

「那他當時怎麼樣？人很好嗎？」

「我是聖人，」我說：「我每天從早到晚都在讀書，有空還會去救海豹寶寶，讀床邊故事給孤兒院的小孩聽。」

「噓，你別開口，這種事你總是不正經。我是在問他們。」

「托比基本上還是托比，」蘇珊娜說：「只是因為才十八歲，所以有點聒噪，也比較機車，但幾乎就是他現在這個樣子。」

「謝啦，」我說：「說謝謝應該沒錯吧。」

「他真的很聒噪、很機車嗎？」梅莉莎問里昂。

「我們的意見應該最不值得參考吧？」蘇珊娜翻身趴著伸手去找杯子說：「我們三個彼此太熟了，其實沒有好好了解對方。」

「我真希望也有這樣的堂兄弟姊妹，」梅莉莎將腦袋鑽進我的肩窩，用我之前跟她講這些童年往事時一樣憧憬溫柔的眼神聆聽著。「我的堂兄弟姊妹人也很好，只是沒有那麼常見面。能那麼親近感覺一定很棒。」

「嘖，」里昂說：「我們沒那麼親近。小時候確實如此，但到我們十八歲的時候……就不大是了。」

什麼？「我們哪裡不親了？」我說：「我們每年放假不是都在這裡——」

「沒錯，但學期中我們幾乎很少一起出去，而且就算放假，我們也沒有整天窩在一起掏心掏肺。」

我不知道該如何反應。我以為我們三人的連結一直持續到高中畢業，上大學後才各奔東西。我對他們的感覺始終沒變，因此以為他們對我也是如此，難道不是嗎？我無從判斷里昂是因為背地搞我鬼，所以想扭曲過去好讓自己心裡舒坦一點，還是事情起了細微但重大的改變，而我真的沒有察覺。

「呃，我們還是很愛對方，感情很好，」蘇珊娜見我表情不對，便開口說：「只不過不再是死黨了，但那很自然。」

「那你們兩個呢？」梅莉莎問：「也是基本上跟現在差不多嗎？」

「我完全是書呆子，」蘇珊娜開心說道：「外加大怪胎。就算有人當面嘲弄我或對我一見鍾情，我也完全不當一回事。我希望自己現在靈光了一點，但我那時真是那樣，對吧？」

「我是魯蛇，」里昂只說了一句，手指彈了彈菸灰。

「才怪，」蘇珊娜立刻斬釘截鐵地說：「你很優秀。聰明、和善、有趣又勇敢，還有許多好特質。」

她朝他微笑，臉上放著溫暖，閃耀著無可掩藏的崇拜，讓我嚇了一跳。里昂？他哪裡好了？里昂也報以微笑，只是笑得很乾。「那當然，」他說：「可惜除了妳以外沒人發現。」接著轉頭對梅莉莎說：「我就是那種頭會被人壓進小便斗，午餐盒裡會被人放大便的傢伙。」

「可憐的里昂，」梅莉莎伸手摁了摁他的手說。我不曉得她是有點醉了，還是裝的。如果是裝的，那她可真厲害。「真是太可怕了。」

里昂也摁了摁她的手說：「我熬過來了。」

「托比有好好照應你嗎？」

「他其實還不壞，」蘇珊娜說：「他會帶我們去好玩的派對，找我攀談的男生如果是渣男也會警告我。基本上他會提醒我一些事，免得我自己出糗，至少不要太常出糗。他在這件事上甚至可以說很老練，大部分時候。」

「真有趣，」梅莉莎憧憬地說：「我沒想到他是那樣的人。」

我食指捲著她的頭髮說：「那妳覺得我是哪樣的人？」

「我覺得你可能有點不體貼，整天忙自己的事，對其他人的困擾其實不是太在意。」

「喂！」我喊道，故意裝出受傷的表情。

「我那樣說不是貶意，只是說你忙東忙西，腦袋裡有太多事情，沒有空間察覺到……很多青少年都是這樣，」說完又問里昂和蘇珊娜：「是吧？」

我其實有點不安。感覺上梅莉莎說得沒錯，但我不曉得她是怎麼知道的？就算我當年是個自我中心的混蛋，那也是在我遇到她的好幾年前了。

「嗯，」蘇珊娜說：「他偶爾是有點鈍，但沒有惡意。就像妳說的，青少年嘛。」

但我已經看到她警告似的瞪了里昂一眼。他原本正想開口，最後還是閉緊嘴巴，專心將菸摁熄在露台上。把他們兩個當成敵人真的很怪，讓人不安到極點，感覺就像突然隔著一張歪斜的深色玻璃紙看這個世界，不曉得哪個是真、哪個是假。

梅莉莎也看到了，至少察覺到了某種信號，示意她繼續追擊。「多明尼克．甘利呢？他那個人怎麼樣？」

「我們跟他不是很熟，」蘇珊娜說：「托比跟他往來頻繁得多。」

「並沒有，」我說：「他只是經常出現。就像妳之前說的，有些人你常見到，但很少真正注意他們。但也可能妳說得沒錯，我是有點鈍，」我發現里昂眉毛輕蔑一挑——最好是——但他沒有開口。

「我一直在想他的事，」梅莉莎說：「我起先只覺得他好悲慘、好可憐，因為他那時其實還很小，對吧？」

里昂身體猛地一震，但他立刻裝作是要去拿捲菸紙。梅莉莎真的很厲害，我其實沒有料到她這麼行，心底不禁竄起一股濃烈甜蜜的勝利感：我們倆齊心協力，誰也攔不住我們。

「只是，」梅莉莎接著說：「前兩天晚上西恩和德克蘭來吃飯，他們兩個真的很討厭多明尼克。」她轉頭對我說：「對吧？」

「顯然如此，」我說。

「他們怎麼說？」蘇珊娜問。

「他們其實沒有說得很詳細，」梅莉莎說：「我想可能是不想說死者壞話。但他們倆顯然不認為他人有多好。」

里昂就著打火機的火光開始捲第二根菸，完全沒有抬頭。「他們說得對嗎？」梅莉莎問道。

「西恩和阿德不是笨蛋，」蘇珊娜將杯子裡的小黃瓜片撈出來小口啃著。「至少當時不是。我已經很久沒見到他們了。既然他們覺得多明尼克很壞——」

「話雖如此，」我說：「但講真的，什麼事在青少年眼中都是非黑即白，光是打一架就會結仇，理由再蠢也一樣，譬如只是一場橄欖球賽，結果——」

「多明尼克，」里昂說，語氣有些過於尖銳。「是個百分之百的混帳。」

「的確是，」蘇珊娜說：「跟我看到的差不多。」

「怎樣混帳？」梅莉莎問。

蘇珊娜聳聳肩說：「就是那種典型的人渣，個頭高、長得帥、受歡迎，橄欖球又打得好。」

「這在我們學校，」里昂接口道：「就代表你幾乎可以為所欲為。」

「沒錯，所以他真的那樣幹了，基本上到處霸凌人。不過，這沒什麼，霸凌人的傢伙多得是，但我記得他和其他惡霸比起來算是手段狠的。」

我等著梅莉莎繼續往下問——為什麼？他做了哪些事？他有沒有霸凌你們？但她沒有再問，反而坐起身子，撥開臉上的頭髮，伸手去拿酒杯。「有些人就是壞，」她說：「雖然我不喜歡那樣想，但事實就是如此。你唯一能做的就是離他們愈遠愈好，如果可以的話。」我想引起她的注意，但她沒有看我。

蘇珊娜仰頭笑了笑。天色已經轉成深藍，月亮沉沉懸在樹梢上。「阿們，」她說。「好了，」我舉手讓他們都注意我。「我有問題。請問，你們做過最壞最差勁的事情是什麼？」

「拜託，我們又回到十歲了是不是？」里昂低頭彎腰，極其小心地捲著大麻菸，感覺鼻子就快貼到手上了。「真心話大冒險。假如我抽中大冒險，還需要爬到樹上露屁股給鄰居看嗎？」

「天哪，我都忘了，」蘇珊娜說，接著轉頭告訴梅莉莎：「隔壁那個忘了叫什麼名字的老太太有天在院子裡，但是她沒戴眼鏡，所以分不清自己看見了什麼，不曉得自己正瞅著一個光溜溜的大屁股——」

里昂開始哈哈大笑。「公主嗎？妳怎麼不下來？喵嗚，下來啊，小貓咪——」

「里昂笑到前仰後合，我以為他就快跌下去了——」

「別再說了，」我說：「我是認真的。」

「天哪，」蘇珊娜豎起眉毛說：「你幹了什麼？該不會是假借藝廊販賣軍火吧？」

「我發誓，今晚講的事我絕對不會說出去。我只是很好奇。」

「你為什麼想知道？」

「呃，因為我一直在想，想了很多，這到底……」我舉起手臂對著庭園、對著屋子和宇宙隨意揮了揮。我沒有我假裝的那麼廢，但我的手腳彷彿有了自己的意志，而公寓大樓被燈照亮的窗戶似乎脫離了牆面在開心跳動。「因為，就拿多明尼克來說好了，他可能覺得自己是好人，大多數人也這樣想。我是說，我就是其中之一，至少我理所當然以為他應該是，因為大多數人都是好人，不是嗎？但根據你們兩個，還有西恩和阿德的說法，感覺上，嗯……好像並不是那樣。」我假裝沒看到里昂抬頭露出的嘲諷眼神，接著往下說：「另一邊是雨果。雨果是好人。我不曉得他自己知不知道，可是我們很清楚。我是說，我不敢保證雨果離世之後不會有人提出不同看法，但如果真的有需要，至少我們可以大聲告訴全世界他是好人。因為他確實是。所以——」我已經忘了自己為什麼要講這個。「所以，你們知道我想講什麼。」

「其實不大懂，」蘇珊娜一邊斟酒，一邊好奇看著我說。

「呃——」我想到為什麼了。「好吧。所以我不得不思考，妳懂嗎？我向來覺得自己人還不壞，對吧？但我這輩子做過的那些狗屁事——我們誰沒過去？——但我做過的那些狗屁事，是不是就讓我沒資格稱作好人了？還是怎樣？」我朝里昂和蘇珊娜輪流眨著眼睛。「你們從來沒這樣想過嗎？不會吧？」

「沒想過，」里昂熟練地將捲菸紙邊緣用舌頭這麼一掃說：「也不打算想，謝謝。」

「這樣，」我停頓片刻說：「我想我可能看法不同吧，從某樣，某個角度來說。因為我不曉得有沒有其他人跟你們說過，但我原本可能活不過今年秋天。因為那次，那次闖空門事件，我差點就死了。」

梅莉莎輕輕倒抽一口氣，但我沒有看她。「你們知道嗎？那件事真的會徹底打亂你的思想。因為我不曉得，要是我死掉了，我不曉得大家會不會說我是好人。我不是在講天堂和地獄，我不……但這件事很重要，對我來說。所以，我很希望你們能想一想，幾分鐘就好，如果可以的話。」

蘇珊娜轉頭看我，半邊臉被黑暗遮住，我完全無法辨別她的神情。「好吧，」她說：「那就來吧，既然你堅持的話。」

「謝啦，蘇，」我朝她舉杯，小心不把酒給灑出來。「我是說真的。妳人、人真好。很了不起，厲害。」

「所以開始吧，你做了什麼？」

我說：「妳先說。」

「為什麼？」

「因為，因為我需要先聽你們說。」

蘇珊娜雙手枕在腦後仰望天空，喉嚨的曲線、披巾下的身形和伸長的兩腿全都被月光照得白皙清冷，看上去就像沖刷到無人海邊、永遠不會被人發現的雕像。「好吧，」她說：「我可能殺過人。」

里昂正在點菸，聽到這話嗆得彎下腰去，不停乾咳。「什麼？」我說。

「蘇——」里昂急得硬是喘著氣說了一句。

「不是多明尼克啦，」蘇珊娜一副被逗樂的表情，對我們兩個說：「拜託，你們兩個妄想鬼。」

「去妳的，」里昂兩眼泛淚，用手搧風，啞著嗓子說。

「深呼吸。」

「我差點心臟病發。」

「喝口酒。」

「好吧，」我說：「所以妳到底殺了誰？還是殺只是形容詞？」

「呃，」蘇珊娜拱起背部，撥掉身體底下的某樣東西，然後找到更舒服的姿勢躺下。「還記得我跟你們說過接生查克的那位醫師是個大混球嗎？」

我還記得，只是細節不大有印象了。「嗯。」

「那只是冰山一角。基本上，那傢伙真的很會逼我做我不想做的事，而且真的很喜歡傷害我。每次看診他都會做某些事——那是我頭一回生小孩，我還年輕，周遭朋友都沒有類似的經驗，所以不曉得他那樣做不合規定，甚至沒想到奪門而出，換個醫師。但我生莎莉就去別的地方了，因為去他媽的，我後來才發現，他做的那些事根本就有問題。」

「妳從來沒告訴我，」里昂說。

「這種事不是閒聊的話題，你不會想聽那些噁心的細節的。」

「我才不怕。真是太可憐了，妳竟然獨自面對這一切——」他抽了大麻，眼睛凸得跟蟲子一樣，看上去是真的很難過。「妳至少有跟湯姆說吧？」

「沒有，他那時已經夠忙了，我也是。連我自己也沒想太多，那時候。」蘇珊娜抬頭朝他微笑。「我沒事，里昂，我可以發誓。我知道自己有辦法對付，只要有機會。」

「所以呢？」我伸手從里昂手裡接過菸說。他抽得夠多了。我偷偷瞄了梅莉莎一眼。照理說她聽到的已經比她想知道的多了，但她只是兩手捧著酒杯交叉雙腿靜靜坐著，毯子蓋在腿上，聚精會神看著蘇珊娜。

「所以我就出手了，」蘇珊娜說：「等莎莉出生，事情都處理完了，我就開始思考要怎麼做。既然這傢伙對我做了那些事，那他顯然也對其他人做過。他那時五十多歲，經手過的婦女勢必上千個，因此我預約了他的門診，而且用假名免得事後被他查到。時隔三年，他不可能想起我的真名。我跟他說我是之前的患者，打算檢舉他。他當著我的面哈哈大笑，沒想到吧？於是我告訴他，我在網路上的媽媽論壇找到二、三十名他的患者，我們都打算檢舉他，其中還有八人用手機錄下了當時的看診經過。」

「哇，」我說。我完全可以想像蘇珊娜這麼幹：抬頭挺胸，無比冷靜，彷彿做簡報般在心裡一項項打勾，毫不遺漏。她向來是撲克牌高手，殺手級的。「他怎麼說？」

「他抓狂了。非但沒害怕，反而大發雷霆。這才是最神奇的。他不是佯怒，而是真的火冒三丈。他指著我的鼻子罵，揚言要告死我，通報社服中心將我的孩子帶走。我跟他說我上傳影片的速度比他打電話還快，並問他打算如何應付另外廿六名婦女，難道統統告上法院？還有那些我沒聯繫上的患者，她們得知此事之後都不會出面？他把我趕出診所，後來——」蘇珊娜伸手要我將大麻菸給她。「五天後，他的訃告就出現在網路上了。我不曉得他是心肌梗塞還是自殺了，總之我敢說他的死和我有關。」

「話不是這樣說，」雖然蘇珊娜看起來不大需要安慰，梅莉莎還是說：「妳又不知道他心臟有毛病，或者——」

「嗯，我是說，」蘇珊娜一口煙在嘴裡，揮手要我們等一下，接著將煙朝庭園吐去。「他有點肥，而且經常臉色泛紅。但妳說得對，我不知道。我以為他頂多辭掉工作，雖然我想機會不高，但至少可能會被嚇到，不再有人因他受害。不過，這只是我個人的期望。」

「妳為什麼不真的檢舉他？」我問。

蘇珊娜哈哈大笑，豈料里昂也嗤之以鼻，連梅莉莎都用我怎麼會說出這種蠢話的眼神看我。「你是白癡嗎？」蘇珊娜問。「向一群都是他同行的人檢舉他？他只需要說我歇斯底里，一切都是我胡謅，事情就結束了。他可能真的有辦法把我弄進精神病院或把我孩子帶走。我是說，我想我或許確實能找到幾個被害者，說服她們錄下看診經過之類的，但這樣做更快、更不麻煩。」

沒想到這個話題的走向竟然這麼正面。我一直認為蘇珊娜是循規蹈矩的好女孩，見到同學被欺負就會去告訴老師的那種人，看來我對她的了解已經過時了。

「他那時的表情很棒，」蘇珊娜翻身趴著，將菸遞給里昂說：「當我說要上傳影片的時候。感覺真爽。」

因為酒精和大麻作祟，我完全無法判斷自己應該多惶恐。我感覺蘇珊娜很可能誇大了那位醫師的惡毒或他的可悲結局，甚至兩者都有。整件事是她編出來的也不無可能。但不論如何，她所表現出來的冷靜都讓我愈想愈怕，而且不論如何都帶出一個問題：她為何要提這件事？我想得到的唯一理由，就是她希望我或里昂或我們倆都聽清楚，**誰敢惹我，我就讓誰死無葬身**之地。

「了解，」我說：「既然如此，若他的死真的和妳有關，妳還覺得自己是好人嗎？」

蘇珊娜雙手托著下巴陷入沉思。「也許不覺得，」過了一會兒，她開口說：「但假設我決定不生孩子，就根本不用去找他。或假設我運氣好，遇到一個好醫師，那就不用那樣做。但我還是我，我沒做那件事不是因為我更有道德，而只是走狗運。難道這樣我就會是好人了？」

這完全超過我的理解範圍。里昂捲的這根菸威力更強，我兩隻手臂開始竄起一股詭異的酥麻，嗅覺也突然敏銳起來。我感覺她講的有地方不對勁，卻描述不上來。「我聽不懂，」沉默半晌之後，我開口說：「妳在講什麼。」

蘇珊娜呵呵笑了起來，而且一笑就止不住，連我們也跟著捧腹大笑。公寓大樓的窗戶有如發光的方形鐘擺左右搖晃，滴答滴答，感覺很滑稽，簡直和愛麗絲夢遊仙境裡的笑話不相上下。我心想蘇珊娜是否從頭到尾都在開玩笑，剛才講的全是一個大圈套，只有我傻到上鉤！

「來吧，」她對里昂說：「看你能比我強嗎？」

里昂張手說道：「**免了**，我才不玩這個遊戲，你們三個自己去廝殺吧。」

「你非玩不可，否則我就把大麻菸收起來，不讓你抽，讓你不得不滾回那些破爛夜店找貨，」蘇珊娜伸腿用腳趾頭戳他。「說吧。」

「別弄我。」

「說說說，」我開始大喊。「說說說，」我們的聲音迴盪在殘破的庭園，梅莉莎哈哈大笑。

「說說說，」我拉長身子開始戳里昂的手臂，直到他也忍不住笑了，半生氣地將我的手拍開。

「住手！」我將他的腦袋挾在腋下，兩人滾到蘇珊娜身上。我的肋骨被她手肘頂了一下，嘴裡吃到里昂的頭髮，將我瞬間拉回小時候打架的時光。他們倆連聞起來都一樣。「好了！」里昂吼道：「夠了！放開我！」

我們氣喘吁吁笑著分開，里昂故意做出拍拂身體的動作。「老天，你們這兩個野蠻人——」我腦袋無情旋轉，整個人啪的倒在露台上，望著星光滑動，希望它們能停住。我心想我們會不會還是十六歲，人生頭一次抽大麻，之後的一切都只是精巧的幻覺。但這個想法太沉重，我覺得最好不要當真。「你的頭髮，」梅莉莎笑著伸出雙手說：「你身上都是葉子。過來——」我滾到她身旁，將頭擱在她腿上，方便她幫我把葉子拿掉。

「好吧，」里昂伸手到菸盒裡撈菸，一邊說道。我隔了一會兒才想起我們在聊什麼。「我們五歲那年，我咬了你的臉。」

「老天，我竟然還記得，」我說：「你把我咬流血了。你這個人到底哪根筋不對？」

「我不記得了，但我猜你是活該。」

「他害我開學那天到學校，看起來就像剛從人魔醫師漢尼拔手裡逃出來一樣。」我對梅莉莎說。

「可憐的小托比，」她撫摸我的臉頰說：「你有跟其他小朋友說你對付了大惡魔嗎？」

「可惜沒有。我可能只跟他們說我被隔壁的貓咬了。」

「講完了，」里昂拿著菸差點就點錯頭了，幸好及時收手。「托比，換你了。」

「什麼？才不是。那不算。」

「就這樣，接不接受隨便。」

「蘇說了那麼多，你只講這樣？那根本是垃圾，給我好好說。」

他將煙吐到我臉上。「你好好說。」

「除非你先說。」

「我說，」梅莉莎說。

我坐起來看她的臉。只見她神色沉靜，難以解讀。我無法判斷她有多醉。「妳不一定要說，」我說。

「為什麼？」蘇珊娜問。

「因為她幾乎不認識你們，情況不一樣。」

「你為何不讓她自己決定？」

「我媽媽是酒鬼，」梅莉莎說，聲音很清晰，近乎夢幻。「我十二歲那年，她有一回從樓梯上摔下來，把腿跌斷了。我那時應該睡著了，但她爬不起來，發出很大聲音。我爸爸上夜班，所以不在。她尖叫著要我幫她，但我假裝睡著。我想要是讓她在那裡痛得要命躺一會兒，或許她會嚇得戒酒。我知道她可能會嗆死，因為她在嘔吐，但我就是讓她倒在那裡。我在床上聽她哀號了一整夜，直到爸爸回家發現她倒在地上。」

「天哪，」我說。我和梅莉莎交往以來，陸陸續續聽過一些事，但這個沒有。「寶貝——」

我伸手摟住她的腰，將她拉得近一點。

「那是很久以前了，而且她沒事，腳復原了，也完全忘了這件事。」接著又對里昂和蘇珊娜說：「但是沒用，她還是愛喝酒。」

「喔，可憐的孩子，」里昂睜大眼睛，湊過來摁了摁她的手。「這件事當然不會讓妳變成壞人。」

「阿們，」蘇珊娜說：「要是她真的戒酒，妳就是英雄了。」

「我不認為那會讓我變成壞人，」梅莉莎說：「希望不會。那樣做很可怕，但我那時才十二歲。我不認為單憑一件事，尤其小時候做的事，會讓一個人變成壞人。」

「的確，」我說著將她拉進懷裡，吻了她額頭。「妳是我認識最好的人。」

這話讓梅莉莎臉上露出一抹微笑。「呃，應該不是啦。不過……」她將頭靠在我胸膛輕輕嘆了一口氣說：「不論能帶來多少差別，我都盡力讓事情變得更好。」接著轉頭對里昂說：「換你了。」

在梅莉莎主動自白之後，他幾乎沒辦法拒絕。我再次對梅莉莎刮目相看。她當初一定在想我到底在搞什麼，一開始也不希望我去做，但此時此刻她卻義無反顧，全心全意出手幫我。

過了一會兒，里昂說：「好吧。」他又摁了摁梅莉莎的手，然後重新背靠屋牆，臉龐隱藏在陰影之中，開口說道：「我在阿姆斯特丹的時候，曾經和一個名叫尤翰的男人交往，還記得嗎？」

「嗯，」我說，其實我不記得。里昂身邊總有男友，但沒有一個超過一兩年，我已經放棄記住誰是誰了。

「我記得，」蘇珊娜說：「發生什麼事嗎？我以為你們倆是認真的。」

「我們是認真交往沒錯，甚至都討論到結婚了。但有一天，尤翰一出門工作，我就把他所有東西扔到公寓家門外的走道上，附上一張字條跟他說我們結束了，然後把門鎖換了。」

「為什麼？」蘇珊娜問。她躺在露台上，頭髮沾了幾片落葉，兩眼映著清冷的月光。「他做了什麼？」

「他什麼都沒做。他沒有偷吃，也沒有打我，甚至從來沒兇過我。他真的很棒，而且很迷戀我，我也迷戀他。」

「那為什麼？」

「因為，」里昂說：「反正這段感情又不會長久。**閉嘴**，托比，我不是愛誇張，只是陳述血淋淋的事實。因為不論是漸行漸遠、吵架、劈腿或只是老死，沒有感情能維持永遠。這不是在恐嚇你們，」他冷冷瞥了我們一眼，目光帶著嘲諷，一邊摁熄手上的大麻菸。「而且老實說，我以前非但不覺得困擾，反而很喜歡。感覺就像即使我做出什麼蠢事或搞砸一切也無所謂，反正又不會長久。我又沒推倒**金字塔**，只要換個地方重新出發就好。」

他伸手拿了琴酒將自己的酒杯斟滿，完全不管我們。「但我是真心愛著尤翰。雖然我知道這聽起來很中二，但我真的不知道如何是好，感覺恐怖到極點。我們可能正窩在床上或出去跳舞說笑，甚至只是吃早餐，看陽台上的鴿子，忽然間我就會想到有一天我們倆就不會再一起做這些事了。不是可能，是一定，而我完全無力扭轉。那一刻我只想尖叫或逃跑或摔東西，最後我真的那樣做了。這就跟在教堂裡大喊臭雞巴一樣，只是這回我真的幹了。」

「尤翰那天回家有什麼反應？」我問。不曉得為什麼，但我就覺得尤翰是萬年博士後研究生，有著一張削瘦和善的臉龐，戴著金邊小眼鏡，完全應付不了這種天外飛來的異變。

里昂望著酒杯，彷彿不確定那是什麼。「基本上就是你們想的那樣，糟透了。他大吼大叫，用力敲門。我們倆都哭了。其他住戶都探出頭來關切，走廊盡頭那戶的老太太咆哮要我們閉嘴，她養的那隻亢奮小狗衝出來咬了尤翰腳踝一口……最後他報了警，不是為了找我麻煩，而是擔心我瘋了。警察的態度很惡劣，但由於我不是真瘋，而且住處是我的，他們也愛莫能助。不過我還是搬家了，因為我受夠了阿姆斯特丹。」

我說不出為什麼，但就是很討厭這個故事。我離開梅莉莎身旁去拿酒杯，沒想到我們剛才那樣一番打鬧竟然都沒把它撞倒。

「所以，」里昂說：「這就是我做過最惡劣的事，讓尤翰心碎。」

我忍不住竊笑一聲。「有什麼好笑的？」里昂猛然抬頭氣著說。

「不是不是不是，」我連忙搖手，順便遮住打嗝的動作。「你很好，老弟。我不是在笑你，而是在笑我自己。沒想到我堂弟是德蕾莎修女，而我竟然從來沒發現。」

「你在講什麼鬼？」

「呃，哎呀——」酒杯差點滑掉，幸好我及時握住，舉起來喝了一大口。「啊，這瓶琴酒真棒。我講到哪裡……」我手指一彈，指著怒目相視的里昂說：「對了，重點是這個，老弟，我認識那麼多人，沒有一個能這樣正經八百地說，自己做過最惡劣的事就是甩掉別人，真的沒有。或許我朋友都是混蛋，我不曉得，但如果不是那樣，那麼你就是聖人。」

我用眼角餘光瞄了梅莉莎一眼，發現她手指拈著一綹頭髮，神色擔憂。我的語氣讓她很不安。我試著向她偷偷使眼色，想讓她知道我知道自己在做什麼，心中自有盤算，但身體卻不聽使喚，結果變成了鬥雞眼。

「尤翰真的很愛我，」里昂說：「上天保佑他。但現在不論他在哪裡，永遠都會和我一樣，隨時想著他此刻所做的一切遲早會化為烏有。感覺就像他被我傳染了一樣。」接著他倨傲地瞪我一眼：「如果你想聽的是這件事讓我變成一個壞人，那沒錯，我想我應該是。這會讓你對自己做過的事感覺好過一點嗎？」

「還好，」我說：「但你其實也沒打算讓我好過，不是嗎？」

重點是我相信他，並且不曉得該如何反應。我不相信蘇珊娜，至少不是全部，但里昂說的每句話感覺都很真實，那種自憐自艾的屁話完全是他會說的東西。而我好不容易才明白為什麼他的故事讓我聽了心頭一寒。如果里昂這輩子做過最惡劣的事就是傷害老好人尤翰的感情，那多明尼克顯然不是他殺的。不論情況到底如何，但我就是徹底搞錯了。

「那你又做過什麼？」里昂追問道：「這件蠢事明明是你起頭，結果卻抱怨我的故事不夠精彩，那你呢？」

凶手也不是蘇珊娜。她當年那麼瘦小，不可能將多明尼克拖到樹上。換句話說，他們將警察的目光導引到我頭上——他們有，我知道他們有，其中一個，還是兩個都有，不只是那件連帽上衣，要不然那張照片是從哪裡來的？還有誰會說我和多明尼克曾有過節？他們那樣做不是為了自保。難道純粹出於惡意？他們倆真的有那麼恨我，而我自始至終都沒有察覺？我到底對他們做了什麼，讓他們覺得我活該變成現在這樣？

我就快陷入吸大麻後的妄想狀態了。公寓大樓的窗戶再次開始像搖晃的鐘擺，但這回感覺不再有趣，而是充滿不祥，彷彿正蓄積能量一舉掙脫大樓，朝我們掃來。我知道自己要是不集中精神，絕對會倒在角落搖擺身體，嗚咽啜泣。

「算了，」蘇珊娜打個呵欠，揉著眼睛坐起身子說：「我們回家吧，托比下回再真情告白就好。」

「不行，」里昂說：「我都掏心掏肺了，絕對要聽完他說才走。」

梅莉莎側頭看我，眼神探詢又焦慮。看到她讓我穩定下來。她都分享往事了，我絕對不能空手而回，白費她的苦心，門都沒有。這其中必有蹊蹺，就算我之前搞錯方向，現在也要弄清楚那是什麼。

我閉上眼睛，深呼吸了兩口氣。等我睜眼，窗戶已經不動了，多多少少。我朝梅莉莎微微一笑，點了點頭：別擔心，寶貝，一切都照著計畫走。

蘇珊娜用腳踹了踹里昂，要他起來。「我已經不行了，要是現在不走，我一定會睡在這裡。你到底捲了多少那玩意兒在菸裡？」

「去喝杯水就好，還是怎樣，我要聽托比說故事。」

「妳想回家就回去吧，」我對蘇珊娜說。其實我還蠻希望她走的。少了她，里昂就會更好對付。「查克可能已經把湯姆綁起來，在他身上點火了。」

「里昂，走了啦，我們可以合搭計程車。」

「不要。」

我們倆都曉得他繃緊下巴代表什麼：他哪兒都不會去。於是蘇珊娜翻了翻白眼又躺回露台上，但兩眼盯著我們。

「好吧，」我說：「但你們要發誓絕不對其他人說。」

「喔，拜託，」蘇珊娜說：「難道要兩敗俱傷？你以為我希望別人知道我和人渣醫師的事嗎？」

「不是，我是說真的，因為說出來可能讓我惹上大麻煩。」

蘇珊娜朝我翻了翻白眼，舉起小指說：「打勾勾。」

「隨便啦，」里昂說：「想講就快點。」

「好吧，」我深呼吸一口氣說：「就今年春天，我們藝廊不是辦了個展覽嗎？」

我講得結結巴巴、吞吞吐吐，而且不大需要假裝。我不希望梅莉莎知道這件事，最好永遠不知道，因此一直留意她的反應（顯然不大開心，不過是不滿、失望、生氣還是什麼？）還有里昂。他無精打采靠在牆上，眼神愈來愈嫌惡，聽到受不了的細節就會誇張地大口喝琴通尼。

「所以，」說完之後，我深呼吸一口氣。「就是這樣。」

我刻意挑選這件相對小的劣行，好讓里昂緊迫盯人，就像我剛才對他那樣。而他果然上當了。「我、的、媽、呀，」他嘴角一歪說：「你該不會認為這就是你做過最惡劣的事吧？當真？」

「拜託，」我揉揉鼻子，擺出羞愧的表情。「展覽可能因為就這樣毀了。那幾個孩子原本有機會改寫人生，可能都被我毀了，而我——」阿德那時是怎麼說的？「我無情對待他們和他們的人生，拿他們當玩笑。我當時沒有察覺那有多嚴重，但現在——」

蘇珊娜看我一眼，臉上寫滿了懷疑。「我應該跟妳說的，」我對梅莉莎說：「我只是不想讓妳不安。我那時太力求表現，結果……」梅莉莎搖搖頭，動作很輕，那意思是別擔心、少來這套或我們之後再好好談這件事，我完全看不出來。

「慢著，」里昂眉毛一挑說：「這就是你的人生污點？為了幾幅畫欺騙一些人？然後嫌我的經歷不夠狗血？」

「誰都會分手，老弟，但不是誰都唬弄過幾百個人——」

「那些傢伙全是陌生人，而且沒人受到傷害。」

「是啦，」我微微惱火道：「他們全是陌生人。我不會對心愛的人使壞，可是我知道你會，你剛才自己說了，但——」

「或者說，」蘇珊娜冷靜說道：「里昂認為自己對心愛的人做的事比對陌生人做的事還嚴重，而你不認為。」

我發現蘇珊娜似乎比我們都清醒得多，這樣不好。「不對不對，不是這樣，」我朝她搖搖手指說：「我說的就是這個。我不會做傷害我心愛的人的事，還有愛我的人。」

我說得義正辭嚴，里昂果然立刻仰頭嘆道：「我、的、媽、呀，你真的很離譜，你知道嗎？你完全活在自己的世界裡，跟你講話就像跟外星人交談——」

「拜託，你有什麼好不爽的？給我一個例子就好，我曾經傷害過哪個——」

「好，是你說的。我，就拿我當例子，多明尼克．甘利那個混蛋在學校裡一開始讓我生不如死，我就跟你說了，我看你根本不記得了吧？」

里昂坐起身子，披頭散髮瞪著我，有如炸毛的野貓。「你在說什麼？」我說。

里昂冷笑一聲。「我就說嘛，你當時根本他媽的不在乎。」

「老天，」我兩手一攤說：「蘇，再給他一點大麻，快。」

「里昂，」蘇珊娜說。

「少來，我才不管他狀態怎麼樣，他這個王八——」

「嘿嘿嘿，」我說：「你剛才講什麼？多明尼克欺負過你？」

「所有人都欺負我，而且你都在場，看到過很多次，只有偶爾才會吐出一句『好了，各位，別弄我堂哥。』他們就會安分一陣子。但多明尼克才是真的讓我害怕的傢伙。其他人都只是沒長腦袋的原始人，只有他是徹底的虐待狂，大變態。你在的時候他很低調，但只要你不在，老天——所以我後來就跟你說了，而你——」里昂嘴唇扭曲，近乎咆哮：「你竟然說：『哎，放輕鬆，他只是鬧著玩。我會找他談。』」

「我這樣說哪裡錯了？」我問：「我不是答應你了，跟你說會幫忙了嗎？你還想要我怎麼做？」

「我不要你找他談。我要你去找西恩，要你們兩個把多明尼克打得滿地找牙，警告他要是敢再靠近我，就扭斷他的頭塞進他的屁眼裡。結果你卻說——老天，你那時一副循循善誘的模樣——跟我說：哎，不行，這不是解決事情的辦法。你說你不可能時時跟在我屁股後面，而要是痛打多明尼克一頓，他一定會找機會拿我洩憤，還說我必須學會自己解決問題。」

他終於說了。一股怨氣貫穿他的聲音，尖銳刺耳得宛如一切昨日才發生。「可是，」我心臟狂跳，無法分辨有多少來自里昂的話，又有多少來自大麻——笨蛋，早知道我就不抽了。「我說得也有道理，不是嗎？有什麼地方不對？」

「統統不對。事情不是那樣的。聽起來很有道理，但——你去找多明尼克談，那樣做顯然只會讓他變本加厲，我當時就跟你說了。因為在那之後就不只是臨時起意，例如趁我打開衣櫃時甩門敲我腦袋，就像他對所有弱小同學那樣，而是刻意找麻煩，專門鎖定我。他知道自己可以對我為所欲為，而這一切都是因為你去找他談，跟他說如果可以的話，請他對我好一點，謝謝。」

他氣喘吁吁，鼻翼賁張。「老天，」我說：「我是說，對不起，但這已經，呃，已經是十五年前的事了吧？是不是應該稍微放下了，嗯？」

里昂當然上鉤了。他猛力靠到牆上說：「你真他媽的有夠離譜。拜託，多明尼克虐待我耶，而且持續好幾年。我那時一直想說自殺算了。你說被揍讓你腦袋不靈光，但那只是一個晚上。要是持續幾年，你覺得會怎樣？我不知道——」我正想開口，他立刻大聲打斷我：「要是你當時肯幫我，誰曉得我現在會是怎樣，所以——」他忿忿撥開額上的頭髮。「所以少在那裡講得義正辭嚴，說你絕對不會傷害至親或心愛的人。」

梅莉莎拉頭髮的動作更大了，手指緊緊纏著髮梢。我知道她不高興，也希望能避開她進行這一切，但我必須利用一切手段。等我挖出真相之後，她會理解的。「拜託，」我說：「但我那時又不知道事情有那麼嚴重。媽的，里昂，我又不會讀心術，你應該直接告訴我。我要是知道他變本加厲，一定會——」

「你一定會火冒三丈，」蘇珊娜說：「並且採取行動。」

「沒錯，但我那時真的不曉得。」

我一臉勝利轉頭看她，但蘇珊娜臉上掛著我摸不透的表情。法式落地門內的燈光和陰影混雜在她臉上又明又暗。「是嗎？」她問。

「妳什麼意思？我當然不曉得。」

「因為我以為——我是說，菲依說——」

她忽然閉嘴。「菲依？」我說：「菲依怎麼了？」

「沒什麼，只是那年夏天你對多明尼克很感冒。」

「我沒——」蘇珊娜是什麼時候跟菲依說的？理由呢？「我沒有對他很感冒。」見她沒有答腔，我又說：「妳把這件事跟拉佛提說了？妳有什麼毛病，蘇？」

「你錯了，我沒有跟他說。他已經知道了。」

「嗯，」我頓了一下說：「那我想我們都知道是誰說的了。」

里昂猛然抬頭。「什麼？你覺得是我說的？我根本——」

「當然是你說的，我就是這個意思。」其實我也搞不清楚自己是什麼意思。整場對話從頭到尾都帶著呼麻過後那種夢魘般的混亂感，有如在長滿海草的水裡泅泳，找不到方向也無法逃脫。「說我是嗎？現在你終於跟我說你跟多明尼克有過節了，但我不會去找拉佛提，因為我不會故意陷害親人。但你這傢伙，你把自己的人生怪在我頭上，而且你剛剛才告訴我們，里昂，你才說萬一逼不得已，你不會在乎毀了跟你最親最近的人──」

「這根本是兩回事。我就知道你聽不懂，所以才不想跟你說，我就知道你會把整件事搞成──」

「我有點不舒服，」梅莉莎忽然說。

她確實臉色慘白，肩膀鬆垮，臉上秀髮凌亂。「親愛的，」我趕緊到她身旁。「妳怎麼了？想吐嗎？」

「沒有，只是有點頭暈。」

「靠，」里昂瞪大眼睛說：「我是不是捲太多大麻了？妳個子那麼嬌小──」

「走吧，」我一手摟住梅莉莎的腰，她手緊緊攫著我的手腕。「我扶妳上床。」

她倚著我走過廚房，頭癱靠在我胸前，但剛到走廊她就突然把我推開，害我差點失去平衡。「嘿，」我抓著樓梯扶手說：「妳還好嗎？」

梅莉莎說：「我不想再繼續了。」

「好，」我遲疑片刻，小心翼翼地問：「那個，妳是覺得妳不在場，他們倆會告訴我更多事情嗎？」

「不是，我覺得夠了，」她雙手抱胸，隔著走廊看著我，彷彿我很危險似的。「我們回家吧。」

「什麼意思？」我愣了一下才說：「我們在家呀。」

「不是，回我家或你家。」

氣窗透進的朦朧光線照得她神情緊繃的臉上一條一條的，加上地磚的幾何花紋，太多圖案讓我眼睛無法對焦。「現在嗎？今天晚上？」

「沒錯，就是現在，或和我一起回臥房，明天一早就走。里昂可以陪雨果——我不想拋下他，你知道我不想，但我們可以來看——」

我剛才站起來才發現我的狀況比我以為的還糟。我完全搞不清這是怎麼回事。「慢點，」我說：「妳沒有想吐？」

「我想回家。」

「可是，」我說：「為什麼？妳是因為，因為藝廊的事生氣嗎？因為——」

「不是。你那樣做很不好，你自己也知道。但現在不是——這真的很糟，托比，我說你們三個。看你們把對方搞成什麼樣？」

「慢點，」我說：「所以，那個，所以是因為我沒有幫里昂處理多明尼克嗎？妳生氣是為了這個？我知道我應該幫他，我懂。但我那時年紀又小，腦袋又蠢，不曉得——我現在就回去道歉——」

梅莉莎沮喪搖頭。「不對，不是那件事。你可以之後再道歉，但現在——我看得出來你在做什麼，我又不笨。但他們也有打算，托比——」她朝露台撇了撇頭說：「他們對你也有所圖，雖然我不曉得是什麼，但絕對不是好事。我們必須回家。」

「我們不能回家，」我感覺自己有理由憤怒。當初是她堅持我們應該住下來，我只是為了讓她開心才勉強同意。她到底有什麼毛病？「沒事，我知道自己在做什麼。」

「什麼？你覺得你這樣做可以得到什麼？」

「妳也聽到他們說了，」我一手仍然抓著扶手，另一隻手比了比露台說。我知道自己看來就像激動的醉漢，但已經懶得管了。「他們肯定知道什麼，我一定要問出來。」

「為什麼？誰管他們知道什麼？他們知道的事有辦法讓情況好轉嗎？」

就算我清醒一點也說不上來。那東西從我體內湧現，巨大得幾乎卡住喉嚨。「我正在想辦法解決，」我說，話語的力量感覺是那麼貧弱。「我正在力挽狂瀾。」

梅莉莎挫折得仰頭嘆道：「你根本沒有解決，托比，而是讓事情變糟一百萬倍。」

這話刺傷了我。「妳覺得我做不到嗎？怎樣，妳覺得我狀況太差，只會把事情搞砸，被他們一眼看穿——」

「不是，你其實做得很好，假裝腦袋糊塗而且喝醉，他們完全相信了——」

「所以咧？妳覺得我應付不來嗎？妳覺得我會問出自己無法接受的真相，結果崩潰，然後，然後轉著圓圈學雞叫——」

「我不知道！我不是很會說話，托比。我已經盡力了，但——我只知道這整件事很不對勁，非常糟。而且——」她也醉了，身體往前搖晃，蒼白的手又揮又甩，在黑暗裡有如兩道火花。「而且，遇到徹頭徹尾的壞事，你能做的——不只是你，大家都一樣——就只有避開。你不能說，『哦，沒關係，我可以跳進去解決它。』事情不是這樣處理的。」她臉上閃著淚光，但我正想上前，她卻伸手阻止我。「不行，不要這樣。我正在想辦法——不論現在究竟怎麼回事，你要是攪進去，甚至刻意置身其中，只會把自己毀了。我不會眼睜睜看你把自己搞成那樣，尤其你那麼努力讓自己復原，我們兩個那麼努力——不可以，我絕不允許。」她真的哭了。我心如刀割。「我要回家。跟我一起走吧，托比，拜託。」

「妳酒喝太多了，」我斬釘截鐵，絲毫不講道理地說，彷彿這就是最終決定。「不能開車。」

「我們可以叫計程車。走吧，求求你。」

可以的話，我真想走，立刻閃人。我願意做其他任何事情來讓梅莉莎停止哭泣，就算扯掉自己手臂也好。但這是我擺脫那窒人的黑暗，重回溫暖的光明世界的唯一機會，沒有別的可能。

「回房睡覺吧，」我說：「我腦子現在一團亂，連好好說話都沒辦法。我們明天早上再談。」

「跟我一起上樓。」

「我去跟蘇珊娜和里昂說我們要睡了，馬上就去找妳，」我安撫她說，至少擠出安撫的語氣。「妳先上樓，寶貝，在溫暖的被窩裡等著，我立刻上去，好嗎？」

這回梅莉莎沒有拒絕讓我靠近。我撥開她臉上的頭髮，吻了她淚濕的臉頰。「噓，」我說：「噓，沒事了。」梅莉莎雙手勾住我的脖子，用力回吻了我。但她放開我後，卻緊搗著嘴低頭朝樓上走去。我知道她又哭了。

我差點就忍不住跟她上樓了。在玄關詭異的灰濛光線下，我不知為何想起很久以前的那天深夜，我喝醉了走在回家路上打的那通電話，想起街燈的鑄鐵螺旋雕飾和誘人的香料芬芳。過來吧。我當時哪會知道，要是我去找她，自己將會得救。在那喝酒呼麻而頭暈目眩的瞬間，我感覺時間倒退，這是我的第二次機會，只要走上樓梯就會來到梅莉莎的住處，看見討厭的梅根撇嘴嘀咕，抱怨我突然到訪，而我只是笑著朝梅莉莎那鋪著棉被的愛巢走去，隔天是慵懶漫長的週日早晨，我們倆一起吃鬆餅當早午餐，再到運河邊散步。

梅莉莎打開臥房的燈，樓梯瞬間一片光明，讓我忍不住哆嗦眨眼。接著臥房的門輕輕關上，走廊再度轉暗。我在走廊上佇立片刻，倚著扶手注視地磚的花紋，試著讓花紋停止跳躍振動，然後轉頭到露台去找蘇珊娜和里昂。

蘇珊娜頭枕雙臂躺在露台上凝視天空，月光照亮了她整張臉龐。「梅莉莎還好嗎？」她問。

「只是有點累了，」我小心翼翼繞過她，在台階上坐了下來。「需要上床休息。」

里昂縮著身子，一手握拳抵住嘴巴，顯然醉得經不起這樣的進展。「天哪，我們嚇到她了，對吧？我們吵得那麼兇，把她嚇到了，最好進去跟她道歉——」

「我覺得她現在應該不想見到你，尤其經過剛才那一段。」

「啊，不會吧，」里昂雙手摀臉呻吟道：「可惡……」

「你是不是該去陪她？」蘇珊娜提醒道：「要是她嘔吐或怎樣的話？」

「她沒那麼糟，只是需要休息，」沒想到我語氣竟然那麼平靜，沒有半點驚慌，完全不像剛被女朋友甩掉的模樣。其實我不認為她會那樣做，不可能。她守了我那麼久，在我不成人形、被夢魘折磨的那幾個月對我不離不棄，不可能因為我現在四處打探而跟我分手。等我上樓，她應該已經睡了，衣服沒換縮著身子躺在棉被上，行李箱開著放在地板上，裡頭胡亂塞了幾件衣服，暗示我她是認真的。我會上床將她摟在懷裡，替我們倆蓋好被子，等早上宿醉過去再把事情談開。老天，我只希望自己能問出一點確切的真相，向她證明這樣做並非愚蠢無謂，毀人又不利己。「而且老實說，我覺得這樣很好，因為我想我們需要談一談，是吧，里昂？我覺得梅莉莎不在比較好。」

「什麼？」里昂猛地抬頭瞪著我說：「要談什麼？我發誓，我什麼都沒跟拉佛提說，托比。我——」

「不是那個，去他的，」我拿起我的還是誰的酒杯，狠狠灌了一口說：「我想談我家被人闖空門的事。」

蘇珊娜一個轉身，用手肘支起身子看著我說：「為什麼？」

「因為，」我說：「那兩個傢伙，妳知道，就是闖進我家的歹徒，他們是有預謀的。他們倆在外頭等著，特、特——」我怎麼也想不出那個字。「刻意等我確定回到家，然後才闖進來，拿走我的東西。那些東西在當時感覺沒什麼，妳知道，比起其他東西都算小意思，只是現在我有點好奇了，妳知道。何況他們還痛扁我一頓。慢點——」我發現里昂有動作。「你閉嘴，里昂。你一點概念都沒有。你再怎麼想像，盡量想，都想不到我有多慘，所以把嘴給我閉上。」

里昂縮起身子啃著指甲，呼吸急促，讓我更加確定他心裡有鬼，所以不敢看我，至少我抓對了方向。「調查闖空門案的警探，」我靠近他說：「你知道他跟我說什麼嗎？他說如果是臨時起意，只是普通竊賊覬覦我的車，他立刻就會知道是誰，因為他認得所有慣犯。但這起案子他卻毫無頭緒，因為──你給我閉嘴，里昂，」我大聲咆哮，肯定會把梅莉莎、雨果和鄰居吵醒，但我才懶得管。「因為這是蓄意犯案，不是臨時起意，是某個看我不爽的混球想海扁我一頓，而他果然如願以償了，對吧？我從剛才就一直想讓你們明白，沒有人看我不爽，因為我從來不會暗箭中傷真正關心我的人，可是你會。」

「我受夠了，」里昂喊道，聲音近乎哽咽：「可以別再說了嗎，求求你。」

「是你起頭的，說什麼我當年沒有好好保護你之類的屁話，好像整件事全是我的錯，你他媽完全沒有責任保護好你自己──」我完全沒想到事情會變成這樣。我原本打算連哄帶騙套他的話，壓根沒有想到用威脅的。但這樣做感覺真好，我不曉得自己就算想停，是不是真的停得下來。「至少我總算找到一個看我不爽的人──」

「托比，」蘇珊娜厲聲說道：「你住嘴。」

「那個人──看著我，你這個混蛋──那傢伙恨我恨到僱了兩個人渣把我揍得半死。難道這是報、報應嗎？因為我沒有阻止多明尼克揍你？」

「我沒有！托比，你到底在講什麼？我不恨你，別再──」

「而你現在又對拉佛提鬼扯──」我笨手笨腳抓住他的套頭衫使勁猛拽，想讓他正眼看我，但我的手臂和小孩一樣沒力，只見他身子縮得更緊，就是不肯看我。「你之前把我搞得還不夠慘，現在又想讓我被捕是嗎？你那時，你現在到底想對我怎樣──」

我正想揍他，正想揚起拳頭，心裡幾乎可以感覺到一拳打在他臉上的快感，手臂就被蘇珊娜一把抓住。她開口在我耳邊說：「你在哪裡？」

我轉頭想將她吼開，卻被眼前的景象震住了。蘇珊娜披頭散髮，髮夾鬆脫，目光陰沉渙散，飄忽不定。

「什麼？」我問。

「那天晚上，托比，你去了哪裡？」

那天晚上。我以為她指的是那段空白，從酒吧到我家起居室的那塊記憶空缺。「我不曉得，」我說。我感覺腦袋在我脖子上劇烈搖擺。「我想了又想，就是想不起來。」

蘇珊娜瞪著我，身體微微搖晃，抓住我的胳膊讓自己穩住。

「搞什麼？」妄想又開始了。「妳知道？妳怎麼會——」

「我去了你房間。」

這話完全牛頭不對馬嘴。「什麼？」

「我收到多明尼克的簡訊，整個人嚇壞了，不曉得出了什麼事。我需要其他人，所以就去里昂的房間，但他睡死了。我試著叫醒他，但他只說了一句『別煩我』，就拉著棉被把頭蓋住了。於是我改去你的房間，結果你不在。」

「不是，」我已經放開了里昂，他正在某個角落抽噎。「什麼？我不是在講這個。」

「我在我床上坐了好久，留意聽你回來了沒。我等了幾個小時。我很害怕，擔心多明尼克是不是對你怎麼了，所以才傳那則簡訊來……最後我糊裡糊塗睡著了，隔天早上你就在了。」

「可是，」我說。她手指弄痛我了。「妳說妳沒有理會那則簡訊，妳是這樣說的。」

「我不想告訴其他人，不想讓自己變成……我沒有跟警探說。可是你到底去了哪裡？你怎麼會不記得？」

「不是，」我說：「我說的是我被攻擊的那天晚上，在我公寓。多明尼克、多明尼克出事那天晚上，我在床上。」

「沒有。」

「有。」

「沒有，我看過了。」

我望著蘇珊娜，她也望著我。屋裡深處傳來一道聲響，輕得遠得更像感覺，而非真有聲音：有人把門關上。

事情的來龍去脈緩緩滲進我一團混亂的腦袋，一點一滴清楚起來。里昂和蘇珊娜認出我的連帽上衣，跟拉佛提說起我和多明尼克的過節，把照片給他。這一切並不是馬基維利式的誣陷計畫。他們倆如果真的想陷害我，絕對會做得更漂亮。他們大可以隨口編造事實，包括蘇珊娜剛才說的事，在供詞裡加進各種聳動的細節，憑我殘缺的記憶不可能對抗。他們將拉佛提的注意力引向我，只是害怕自己被他盯上，並且（在那些暗示我做什麼都能脫身的嘲諷背後）無意替我解圍，因為他們真的認為是我幹的。

這真是他媽的太扯了。我這輩子就像天真單純的拉布拉多犬，總是快快樂樂隨波逐流過日子，從來不是殺人凶手。沒錯，我是會揍多明尼克。如果我當初知道那整件事，肯定會找西恩一起給他點顏色瞧瞧。但用繩子勒死人，我非但沒做，而且不可能做。我腦袋裡壓根沒有浮現過任何類似的念頭。他們應該很清楚，在所有人裡頭，他們倆應該比誰都不該有絲毫片刻覺得我——

「慢點，」我說：「妳認為我……怎樣了？」

「我沒有認為什麼，完全沒有，托比。我只是想知道。」

「少來了，」我以為自己聲音壓得很低。「剛才那些、那些拐彎抹角，統統去死吧。你們倆明明有話想對我說，想指控我什麼，那就快說吧。」

「我們沒有，」里昂說，聲音尖而顫抖。「真的，托比，我們——」

「你這個混蛋，你對我做的還不夠嗎？」

我正想再次揪住他，嚇得他往後退，忽然聽見一道聲響。在屋頂。瓦片上一陣狂亂的抓動聲，感覺體型很大。是動物的爪子？還是鳥爪？

「搞什麼鬼？」我還沒意會過來，人已經從露台衝到庭園了。我感覺腳下的泥土鬆軟濕滑，而我的聲音近乎咆哮：「到底是什麼東西？」

「什麼？」里昂匆匆跟了上來，結果腳踝撞到石頭，雙手亂抓了一番。「天哪，怎麼回事？」

「有聲音，在屋頂。」

「是鳥，」蘇珊娜也跟了過來，轉頭往上看。「或是蝙蝠。」

「不是，你們看，快看。」

只見一團黑影蹲在高高屋頂尖的煙囪上，外型什麼都不像，頭上長著羽毛般毛茸茸的東西。它在動，而且很緊繃，從它聚精會神的動作看來，我敢說一定是人。是拉佛提在各個角落和所有地方監視我們、竊聽我們……「他媽的才不是鳥。你們看它的體型有多大——」

「拜託，那是鳥的影子。冷靜點，托比——」

「那個，在它頭上的，那是什麼？有什麼鳥——」

「天哪，」里昂呻吟道，聲音愈來愈尖。「天哪——」

那東西抬起頭向外伸展，映著夜空愈張愈開，超越了所有可能，隨即一躍而下，直直朝我們飛來。

我和里昂同時大喊，發出窒息似的的嘶鳴。我聽見那東西朝我撲來的聲響，立刻踉蹌閃躲，雙手雙膝插進土裡。我感覺它揚起的風拂過我的頭髮，聞到它身上濃烈的松香與土味。它伸出腳爪，以無比精準冷酷的動作擦過我的頸後，嚇得我身體一縮——

我不知道過了多久才發現那東西不在了。我不再尖叫，里昂也從驚呼變成狂亂斷續的喘息。除此之外，庭園一片死寂。

我讓自己坐直。這很不容易，因為我在發抖。屋頂空空蕩蕩，樹上也沒東西。蘇珊娜拚命吸氣，彎腰跪在我身旁。我驚惶抓著她，查看她是否流血。「蘇，看著我。妳還好嗎？」

「我很好，」她說。隔了半秒我才發現她原來在笑。

「到底是——」

「天哪——」里昂跪趴在地上，一手摀著胸口說：「我無法呼吸——」

「老天，那到底是什麼玩意兒？」

「拜託，」蘇珊娜笑得上氣不接下氣。「那是長耳貓頭鷹啦，你們兩個白癡。」

「才怪，」我說：「不可能。那個體型，還有——」

「你以前沒看過嗎？牠們是巨無霸。」

「牠朝我們撲過來。」

「牠一定以為你們在威脅牠。誰叫你們剛才大吼大叫——」

「里昂，那不是貓頭鷹，對吧？」

月光下，里昂兩眼發白。「我的胸口。我覺得我快心肌梗塞了——你們兩個，拜託，我真的很痛——」

「你只是嚇壞了，」蘇珊娜用指關節揩了揩眼睛，努力克制笑聲。「深呼吸。」

「我沒辦法呼吸。」

「那傢伙，」我說：「才不是他媽的貓頭鷹。」

蘇珊娜又看著我。揩過眼睛的指關節在她臉上留下了打仗紋面般的泥印。接著她緩緩躺在地上，頭髮沾到泥土，抬頭望著寂寥的夜空。里昂聽起來好像在哭。

我鞋裡和手上都是土，全身冒汗不停顫抖，而且呼麻嗨過了頭。四周的坑坑巴巴有如月球表面，完全不像一路陪著我長大的常春藤屋。我忽然心驚膽跳意識到一點，這裡根本不是同個地方，而是由迷霧組成的黑暗贗品、拉佛提創造出來欺騙我們的摹本，儘管扭曲歪斜，卻可信得可怕，而我們一旦進來了就再也無法回頭。我感覺自己心底早就知道它的存在，只是沒有睜開眼睛看。我差點尖叫出來。但我知道拉佛提一定在偷聽，偷風報信只會帶來難以想像的災難。

樹梢傳來夜鳥高亢的嗚叫聲。樓上我臥房窗戶裡的燈光熄了。

「搞什麼，」我說，聲音沙啞空洞。「都是你們的錯。搞什麼。」

他們倆都沒有答腔。里昂不想再掩飾了，自顧自地啜泣著。

「你們兩個王八蛋，懂嗎？去你們的。」

「我想回家，」里昂雙手抹臉哭著說。微光下他看起來很恐怖，披頭散髮有如瘋子，面孔扭曲沾滿泥巴。

「嗯，」蘇珊娜勉強坐起身子，抖著雙腳站了起來。「這主意不錯。走吧。」

她朝里昂伸出雙手，里昂抓住她的手，兩人跌跌撞撞一番終於讓里昂站直了。他們倆互相攙扶踉踉蹌蹌走過不平的地面，蘇珊娜的腳踝歪成誇張的角度。兩人都沒有回頭看我。

我待在原地。廚房裡，蘇珊娜頹然靠著流理台，目光呆滯慢動作似的撥打手機。里昂在水槽前潑水洗臉和脖子，然後掬飲了一大口。蘇珊娜朝他說了什麼，里昂沒有轉身只是點了點頭。我身旁空氣浮動，飛蛾亂舞，不停有小東西在我頸後振翅，在我手上爬動，寒氣從土裡穿透衣服滲了進來。

過了不久，蘇珊娜看了手機一眼，說「計程車來了」。兩人手忙腳亂抓起外套，結果掉了，然後又抓起來披在肩上，歪歪斜斜走向玄關。

呼麻的茫感開始退去，但眼前景致仍然給我既是庭園又不是庭園的恐怖異樣感。想到站起來一個人孤零零穿越庭園就讓我脊骨發涼。誰曉得這地方有多少秘密角落、捕人陷阱、糾結的藤蔓、流浪狗和探照燈在等我？但我在發抖，屁股也濕了，就算那東西真的只是貓頭鷹，我也不要獨自面對。最後我總算站了起來，有如陰影裡的老鼠硬是頂著暈眩匆匆跑過庭園，回到屋內。

我花了很久才摸黑走上三樓。灰塵味、雨果平穩輕柔的鼾聲和地板吱嘎聲都讓我心臟驚跳。我不曉得該不該叫醒梅莉莎。雖然她需要好好睡一覺，但我想告訴她這件事，這件讓我們交往以來頭一回吵架的鳥事。我等不到明天。「親愛的，」我盡可能壓低音量，悄聲對著漆黑的臥房說：「妳睡了嗎？」

話一出口，我就知道了。房裡空氣凜冽，了無生氣，沒有呼吸、沒有梅莉莎的味道，也沒有半點體溫。

我打開電燈開關。床是鋪好的，衣櫥開著，裡頭只剩空蕩蕩的衣架。

我重重坐在床上，耳朵裡一陣轟鳴。我拿出手機打給梅莉莎，鈴聲一直響到轉進語音信箱。我又試了一次，還是一樣。第三次，她把手機關了。

我從來不認為是你，她凝望著我說；而我信了，因為我想相信。難怪她剛才一直若有所思，一直急著想把我拖走，遠離這晚、遠離酒醉與嗑茫，背著包袱拋下一切逃跑。她想保護我，因為她怕我再問下去就會發現自己到底做了什麼。

不知為何，但讓我心痛的不是她認為我會殺人。她那時根本還不認識我，而身為魯莽迷惘、橫衝直撞的青少年，我可能什麼都幹得出來。讓我想掩面痛哭的是我真心以為梅莉莎了解現在的我，對我瞭若指掌，在連我也搞不清楚自己的時候能穩住我，結果並非如此。我不是腦袋長繭的混蛋，也不是可以將謀殺壓在心底，裝作沒事快快樂樂過一生的心理變態。於是，千辛萬苦兜了那麼一大圈，我又回到原點：我有什麼把握自己到底是怎樣的人？可能做過或沒做什麼？

梅莉莎、里昂、蘇珊娜、拉佛提、科爾、雨果，我只想到這些人——那天在車上，**我真的很想知道他怎麼會出現在那棵樹裡，我真覺得自己有權知道到底出了什麼事……**現在想來，他顯然在小心刻意地誘導我自白。還有誰？臉書校友群組裡的某個人嗎？阿德？西恩？我爸？我媽？

深紅花束攤在石板流理台上，刀子映著陽光規律地一閃一閃，蘇珊娜用被逗樂的嘲諷語氣說，**你啊，只要什麼事讓你感覺不好，你就直接忘掉。**

這一刻，所有片段都對上了。我花了那麼多時間，總算參透一個再明顯不過的理由，這些人為何都覺得可能是我殺了多明尼克：因為確實是我做的。

屋裡徹底寂靜，沒有木板吱嘎或悉簌聲，也沒有雨果的鼾鳴，給人感覺就和庭園一樣恐怖，彷彿一個怪物般的騙子急速變形，既無法理解又無法阻止。木頭地板有如苔蘚在我腳下凹陷，磚牆彷彿背後有一股力量推著，像窗簾般鼓動。

那天晚上。你去了哪裡？

我試著告訴自己，我會想起來的。腦袋被人猛擊或許會讓我忘記濾器怎麼寫，上一回見到菲爾伯伯是什麼時候，但不會忘記這種事。我不曉得是不是這樣。

菲依說你那年夏天對多明尼克很感冒。

多明尼克喪命時，我們已經畢業了，正要踏上不同的人生旅程。一切已成往事，里昂無須再忍受多明尼克的更衣室惡作劇一年。他有什麼理由殺死他？

我敢說你只是想嚇唬多明尼克。你只是想嚇嚇他，不是下重手。

但很顯然地，我心想（牆壁波動令人想吐，我視線邊緣有黑影不斷振動）假如真的是我幹的，那很顯然地，我下半生每一天都會受其影響，不論是夢魘或記憶閃回，還是見到警察或走進雨果家庭園就心驚膽戰，都不可能因為一次頭部受傷而歸零——

我們三個覺得實在太丟臉，於是整晚都沒下樓，蘇珊娜這樣說。我敢說你隔一個禮拜就完全忘記這回事了。這完全和腦傷無關，是我的腦袋（那時還完好無缺，功能正常得很）自己把記憶給刪了。

我感覺很糟，不只因為酒醉和呼麻，還有食物中毒或感染造成的腐臭感，感覺濕黏黏水軟軟，整個身體都在反胃。我察覺自己看不大清楚，不久後整個人就趴跪在地上，額頭貼著地板。我呼吸緩淺，等著嘔吐或昏厥，心裡僅剩的一絲清明暗自慶幸梅莉莎不在這裡，沒有看到我這副模樣。

我睜不開眼，分不清自己是睡著或昏迷了。但不論何者感覺都像上天的恩賜。我勉強連滾帶爬上了床，手指絞著棉被，胃裡翻攪，隨即眼前一黑昏了過去。

十

陽光打在我臉上，把我弄醒了。我眼睛微微睜開一道縫，發現時間已經不早了，璀璨的秋陽從窗簾邊緣湧了進來。我感覺全身每一處地方都糟透了，而且各有各的糟法，於是翻過身去對著枕頭唉了一聲。

昨晚的記憶一點一點飄了回來。我只想再度昏睡，幾週、幾個月甚至永遠不要醒來。但剛才那一翻身已經觸動了開關，我只差一步就沒趕得及進浴室。

我把胃裡的東西都吐光了，還是不停作嘔。最後我總算覺得行了，站起來用冷水漱了漱嘴巴，然後潑了潑臉。我雙手顫抖，鏡子裡那副像是嗑了藥的萎靡德行跟住院那時沒有兩樣。

我很害怕。相信自己沒有做卻被懷疑殺了人是一回事。現實再怎麼說也不是灑狗血的好萊塢電影，不大可能為了我沒做的事而把我關進牢裡。但真有殺人嫌疑就完全另當別論了。拉佛提比我想的不知要精明、老練、狡猾多少倍。要是我留下什麼線索──怎麼可能會沒有？我那時才十八歲，根本搞不清狀況──肯定逃不過他的法眼。他的話題會繞著我，腦袋會繞著我，而我連該怎麼應付和隱藏什麼都不曉得。我連發生了什麼都沒概念，更別說到底為何那樣幹了。而我竟然能逍遙法外那麼久──可能嗎？說不定真的是──簡直不可思議。

我很需要思考，但腦袋抽痛得太厲害。我翻翻找找挖出止痛藥吞了兩粒，心想要不要追加一顆贊安諾，但我需要大腦清醒，至少盡量清楚。於是我不管身上依然穿著昨晚那件已經沾滿泥土、汗臭和大麻味的俗氣襯衫和亞麻褲，搖搖晃晃下樓去找咖啡。

廚房亮得讓人頭痛，牆上的鐘顯示已經過了中午。雨果穿著睡袍拖鞋在爐火前，眼睛盯著噗噗作響的摩卡壺看。「嗨，」他轉頭微笑對我說，顯然狀態不錯，事實上比我好多了。「終於醒啦？昨晚很開心吧？」

我坐在桌前，將臉埋在手裡。我不該下來喝咖啡的，光是那味道就又讓我想吐。

雨果笑了。「看來我沒叫你是對的，心想最好讓你多睡一點。剛才聽見樓上有動靜，我才把咖啡放上去熱。」

「謝啦，」我說。

「等你再清醒一點，我有個驚喜給你。你想吃點什麼嗎？吐司？還是炒蛋？」

「嗯。」

他又笑了。「晚點好了，」說完瞄了摩卡壺一眼，關掉瓦斯，替我倒了一大杯濃濃的黑咖啡。「喏——」他拄著拐杖搖搖晃晃朝我走來，等我想到應該是我過去而不是他過來時，已經來不及了。「梅莉莎要不要咖啡？她是不是還在睡？還是她已經走了，去上班了？」

「她走了，」我說。

「天哪，好厲害，」他將剩下的咖啡倒給自己，動作很小心。他手腕在晃。「你們倆昨晚幾點才睡？」

我本來想瞞著他。他很喜歡梅莉莎，知道一定會心碎。我或許能混過一兩天，編理由說她晚上為什麼沒回來，盤點庫存或媽媽生病之類的，等我稍微想清楚該怎麼辦再說……但我實在沒那個力氣。「她走了，」我說：「離開了，不會再回來了。」

「什麼？」雨果突然轉頭看著我。「為什麼？」

「說來複雜。」

隔了半晌，他才放下摩卡壺，在咖啡裡加了點牛奶，走到桌前在我對面坐下。他兩手捧著杯子，睡袍敞開露出釦子扣錯了的法蘭絨睡衣，被老花眼鏡放大的灰色眼眸眨也不眨看著我，等我開口。

我話匣子一開就停不住了。所有事情一股腦吐出來，毫無章法。雖然昨晚的記憶模糊零碎，我腦袋裡冒出什麼就說什麼，但事情的梗概還是清楚的。我只保留最後那部分沒說，恍然大悟那部分。雨果（只是小口小口喝著咖啡，什麼都沒說）或許猜得到，但我實在無法親口說出來。

「所以——」我口齒不清，不管提到什麼都至少說了兩次。「之後他們就回家了還是怎樣，我以為梅莉莎在樓上，結果……我打電話給她，今天早上我還沒打，但我現在連該不該打都不曉得了。我當然希望挽回，可是，可是雖然我不曉得會怎樣，但或許這樣其實對她比較好，不用在這裡……」

我總算閉上了嘴巴。廚房裡一片沉默。我低頭望著完全沒碰的咖啡，忽然察覺（不過太遲了）自己將這些事劈哩啪啦往雨果身上倒真是太糟、太遜了。他只剩兩個月了，我難道不能別拿這些狗屁倒灶的事情壞了他最後的平靜嗎？我好怕看到他無法承受，驚慌失色，眼淚簌簌流，於是只敢低著頭，拇指摳著木桌上根本不存在的污漬。桌面柔軟泛灰，木紋繞著中央一個黑點，看上去就像卡通裡張口的鬼魂。我不知道在這張桌前坐過多少回，火腿吐司、地理作業、醉酒派對，然後是現在。

「夠了，」雨果啪的一聲將杯子放在桌上，說話的語氣嚇得我抬起頭來。那嗓音飽滿威嚴，如橡樹般紮實，跟我小時候記得的一模一樣。不論我們在吵架或亂搞，那聲音總是能讓我們立刻閉嘴，動也不敢動。「這太過頭了。」

我無話可說，羞愧得就快落淚了。

「再多想也是於事無補，事情會解決的，」他一手摁著桌子站了起來。「不過，在那之前我們得先吃東西。歐姆蛋好了，沒錯，就是歐姆蛋。我知道你不想吃，但你之後會感謝我的。我們會靜靜享受它，然後你去沖個澡。我來處理這個麻煩，免得它徹底失控。」

我知道不可能，心底卻忍不住相信他。窗外湧進來的明亮照在他修長的身子上，陰影隱去他的臉龐。他枯瘦的手指抓著拐杖，頭髮披垂肩上，睡袍飄飄，看起來就像塔羅牌上預告命運的人物。我用掌根抹了抹眼睛，還是說不出話。

雨果蹣跚走到冰箱前，開始拿東西出來：雞蛋、奶油、牛奶。「火腿和乳酪，我想，還有菠菜……你其實可能比較需要一大盤油煎菜，可惜家裡沒材料。」

「對不起，」我說：「真的對不起。」

雨果沒有理會。「過來幫忙切火腿，我對我的手沒把握。」

我乖乖走到流理台前，找了把刀子開始切火腿。止痛藥發威了，我的腦袋不再抽痛得那麼厲害，卻鬆鬆散散，佈滿了漂流物、蜘蛛網、濃霧與花絮。

雨果打了四顆蛋到碗裡，開始打蛋。「好了，」他語調放鬆說：「關於驚喜。我本來想等你清醒一點才說的。你一定不會相信。」

我努力配合，這是我起碼該為他做的。「哦，什麼事？」

「我想我破解沃茲尼亞克女士的身世之謎了。」

他臉上的笑燦爛又真實。「不會吧，」我說。

「才怪，我很有把握。哈斯金斯，記得嗎？就是日記的主人。他從一八八七年十一月開始抱怨老婆拿娘家的事煩他。因為他實在太會抱怨了，所以我一開始不是很在意，差點整個略過，幸好沒有。他老婆有個妹妹在克萊爾郡——你現在知道我的雷達為何打開了吧——想把十六歲的女兒送到蒂珀雷里，在姊姊家住幾個月。哈斯金斯主要的埋怨是他得供應女孩的吃住，但他更氣這個女孩可能會教壞他的小孩。但他三個小孩那時才三歲、四歲和七歲，我想應該很難被教壞吧，除非……」他將奶油放進煎鍋，朝我豎起一邊眉毛，猜到沒？

我隔了好一會兒才從一團漿糊的腦袋裡撈出答案。「她懷孕了？」

「呃，很難百分之百確定。哈斯金斯氣到字都歪了，沒兩句就劃線加重語氣。但從他提到丟臉、可恥和不知檢點的次數看來，我想她應該是懷孕了。可以把鹽和胡椒遞給我嗎？」

我把鹽和胡椒遞給他。雨果的淡定開始讓我害怕了。我心想他是不是完全忘了我剛才說的話，而要是梅莉莎晚上沒回來，所有對話又要重來一遍。

「謝謝，還有——」他開開心心地朝鍋裡灑鹽和胡椒。「妳猜那外甥女姓什麼？」

「麥克納馬拉？」

「沒錯，那女孩叫伊蓮．麥克納馬拉。」他笑咪咪地瞇眼轉動調節鈕把火關小，不過我看得出他非常滿足。「你還沒在族譜裡看到她吧？還是有？」

「我不記得有。」

「我們會找到她的。於是——」他將蛋汁倒進鍋裡，剎時劈啪聲響。「我想我是等不及了，開始匆匆往下翻，看日記裡有沒有提到歐哈根，好證實我的推測。果然，一八八八年剛到沒幾週，哈斯金斯太太就提到有一家叫歐哈根的鄰居，或許願意『替伊蓮掩飾』。這在當時肯定易如反掌，因為很多出生紀錄都是假的。歐哈根家只要到戶政單位將孩子登記在他們名下，根本不用證明孩子是他們的。咱們的哈斯金斯先生不是很滿意，覺得這樣太便宜伊蓮了，沒辦法讓她懂得自己不安分的那個，我猜他寫的是『代價』。他想把伊蓮送去母嬰之家，但我想我們可以肯定地說，最後是他老婆佔了上風。」

他平靜的語調，煎蛋令人垂涎的香氣，還有落地窗門外凜冽燦藍的天空。我想起我來這裡的頭一天，我們倆在他書房，雨水打著窗戶，雨果一邊說話，我的思緒在房裡的小擺飾之間遊蕩。

「這就是我目前的進度，」雨果說：「在我聽到你起床之前。不過，這一早算是蠻有收穫的，我想。」

他近乎害羞地朝我看了一眼。「太棒了，」我勉強擠出大大的笑容說：「恭喜你。」

「也恭喜你，這件事是我們一起完成的。我們應該喝點什麼來慶祝——家裡還有普羅塞克或其他之類的嗎？還是你現在腦袋不適合？」

「不會，這主意不錯。我敢說家裡還有喝的。」

「當然，」他抓了一大把碎乳酪灑進鍋裡，然後把火腿丁放上去。「我得想想該怎麼告訴沃茲尼亞克女士。」

「她應該會欣喜若狂吧，」我說。我在酒櫃裡找到一瓶普羅塞克，雖然沒有冰，但是管它的。「她不是想知道真相嗎？而且你又不是找到什麼殺人犯。」

雨果轉頭若有所思地望了我一眼。「所以，」他說：「除非我搞錯了，否則那個嬰兒就是艾美莉婭．沃茲尼亞克的爺爺愛德華．歐哈根，後來移民到美國的那位。他一九七六年才過世，她應該跟爺爺很熟才對，只不過這件事或許會讓她覺得自己其實沒有那麼了解他。他不是歐哈根家的孩子，而是麥克納馬拉家的小孩，完全是另一個人，至少某方面如此。而且——」他將菠菜撒進煎鍋裡接著說：「他打從出生就帶著許多悲傷與許多不公平。那個十六歲女孩因為做了不光彩的事而被家人送走，孩子也被迫和自己分開，而她就是艾美莉婭的曾祖母。這些悲傷與不公平和艾美莉婭的存在緊緊相連；少了它們，她或許就是艾美莉婭．麥克納馬拉，甚至根本不會存在。」

「應該是吧，」我說，但心裡實在很難對沃茲尼亞克女士感到同情。我寧可擁有她的存在危機，也不想面對我自己的問題，還有雨果的。

「唔，誰曉得，說不定她反應和你一樣。但我覺得還是謹慎一點，以防萬一，」雨果試了幾次，總算將鍋裡的東西捲成歐姆蛋的樣子。「反正這問題不用今天解決。我們還得把剩下的日記解讀完。我想知道伊蓮後來怎麼了，另外看我們能不能找出嬰兒的父親。我們可以問沃茲尼亞克女士家族裡有沒有男性成員，方便我們做Y染色體DNA比對。但你目前可以從教區紀錄開始，看伊蓮最後是不是有結婚。我不認為那人會是孩子的父親，不然她一開始直接嫁給他就好。孩子的父親應該另有其人，但還是值得查一查。」

「好，」我說。雖然我無法想像我們怎麼還能回到那舒服自在的例行公事，假裝昨晚什麼都沒發生，但雨果顯然這樣想。別管他說事情可以解決了。我開始懷疑他說自己會處理是不是生病產生的幻覺，裡面還會出現蝙蝠俠信號或拉佛提巫毒娃娃之類的。難道他還搞不清楚到底出了什麼事？以為昨晚只是堂兄妹之間吵架，戀情不順的小插曲，大家都壓力太大，說話太衝動，只需要促膝長談就沒事了？「乾杯，敬我們兩個。」

「還有伊蓮．麥克納馬拉，」雨果從我手裡接過酒杯，退到一旁讓我把歐姆蛋從鍋裡翻到厚重的盤子上。「可憐的女孩。」

我沒想到自己一下就把半個歐姆蛋吃完了，狼吞虎嚥的模樣惹得雨果哈哈笑。「如果你還餓的話，家裡還有蛋。」

「你說對了，」我說：「我果然需要吃點東西。」

「那還用說。或許下回我講話——」他舉著杯子朝我微笑。「你會好好聽進去，不會再囉唆了。」我把最後一口蛋掃進嘴裡，他說：「反正我們已經墮落了，去拿你的菸來吧。」

我倆靜靜坐著，菸一根一根抽，酒一杯一杯喝。雨果仰頭眼睛半閉望著天花板，神色莊嚴平靜又朦朧。屋外隱約傳來野鵝的叫聲，和濃濃的秋天氣息一起飄了進來，先是霜氣，然後是荒煙。雨果輕點大手，將菸灰彈進臨時當成菸灰缸的缺角茶碟裡。陽光照在桌面上，讓老舊的木頭活了過來，散發著難以置信的聖潔光芒。

♣

我在蓮蓬頭下站了很久。不論我怎麼用力搓，昨夜仍然在我體內揮之不去，讓我聞到酒精、大麻和庭園泥土發酸的臭氣。最後我只好放棄，將水轉到最大最燙，任由熱水打在我頭上。

回復獨處後，嗑藥宿醉的噁心感又回來了，讓我身心都陷入了萎靡絕望。無可救藥的感覺彷彿不是來自心裡，而是胃和脊椎的深處。梅莉莎說得一點也沒錯，追根究柢是最愚蠢的做法，但已經來不及了。

我心底仍然抱持一絲希望，或許是我全搞錯了，只要理清思緒，就能查出真正的來龍去脈。但不論我往哪方面想，總是回到同一個地方：連帽上衣是我的，只有我能拿到鑰匙放多明尼克進來，只有我能讓他隨傳隨到（嘿，兄弟，我有話想跟你說，要不你找個時間過來？），而我那晚不在自己房裡。更糟的是，除了我還能是誰？蘇珊娜和里昂都覺得是我。雨果嗎？怎麼可能。屋裡沒別人了。當然，多明尼克是有可能偷了鑰匙自己進來把自己絞死。但就算我再怎麼想脫罪，也覺得有點不大可能，於是一切又回到了夢魘般的原點。

我毫無反駁之力，唯一能說的就是我不記得了，還有我不是那種人。但這些話有什麼價值？在法院上或許有，甚至有可能成功——拜託，陪審團的先生女士，我知道絞殺死者的衣服上全是我委託人的ＤＮＡ。但各位瞧瞧他，金髮帥氣，出身有錢的好人家，這輩子從來沒惹過麻煩，你們覺得他看上去像殺人犯嗎？要是我眼皮別那麼垂，講話小心別大舌頭，說不定真的能閃過牢獄之災。但此時此刻只有無情的水流聲、裊裊的水氣和水管受折磨般的哀鳴，情況完全不同。不論我腦袋裡浮現什麼或沒浮現什麼，心底都只有一個念頭：這些統統沒用。

兩手抓著生鏽的鎖頭轉動鑰匙，低聲說「進來吧，兄弟」，月光下只見多明尼克咧嘴燦笑。布料絞進肉裡，窒息聲，雙腳掙扎徒勞蹬地。拖著沉重無比的屍體橫越無止盡的草地，我的喘氣聲在自己耳朵裡響得可怕，雙手濕滑，黑暗，驚慌，**我做不到**——我不曉得哪些片段是回憶，哪些來自比想像還深的幻覺，不由自主又不可控，自有其力量與真實。

所有片段都像侵犯，陌生瘋狂，由不得我。我，我該如何是好？我屬於另一個世界，和朋友飲酒作樂，精明管理推特上的論戰，慵懶的雨天週日和梅莉莎在床上吃可頌。我花了很久才搞清楚那感覺為何如此熟悉。我還是一臉茫然站在蓮蓬頭下，可能站了有半小時，水都變涼了，這才忽然想到：我住院第一天，面容和善的醫師喃喃說道，**神經科醫師癲癇職能治療……**好像那些人事物與我有關，而我一點一滴逐漸明白確實如此，從今以後這就是我的人生。

後來水冷得讓我牙齒打顫，我身體擦到一半，聲音來了：前門輕輕咚了兩下，接著是雨果平平的輕聲細語，穿插著另一人的聲音。雖然那人的語氣輕鬆自在，毫不急迫，但我隔著重重牆壁和地板立刻認了出來，就像不會漏掉戀人說得再輕的一個字那般。是拉佛提。

我雙腿差點軟掉。這麼快？雖然我知道遲早會發生，但心裡一直以為是幾週或幾個月之後，甚至傻傻覺得可能不會有事。那一瞬間我有想過逃跑。雨果會纏著他們講話，我可以跳窗翻過後牆，然後——我還沒繼續往下想，就知道這個念頭有多扯。怎樣，躲到威克洛山脈的洞穴裡隱姓埋名一輩子嗎？於是我用最快的速度穿好衣服，急匆匆扣上釦子，至少不要穿著四角褲渾身發抖被他們帶走。**別承認**，我一邊下樓一邊告訴自己。我怕得頭重腳輕，噁心想吐，只能抓著扶手穩住自己，感覺就像慢動作一般。**千萬千萬千萬別承認，然後找律師。他們什麼證據都沒有……**

拉佛提、科爾和雨果在玄關，聽見我下樓立刻同時轉頭。兩名警探穿著長風衣，打扮很秋天，科爾還戴著和美國黑幫大老卡彭一樣的帽子。雨果已經從睡袍睡衣換成花呢長褲和乾淨的襯衫與套頭衫。我隱約察覺他穿得頗為體面，然而不曉得其用意。他們三人站著的樣子有點詭異，宛如棋子一般各自佔據一塊地板，隔得很開。

「怎麼了？」我說。

「托比，」拉佛提愉快地說，語氣徹底輕鬆，好像上回對話沒發生過似的。「你這個髮型我喜歡。對了，你伯伯要和我們去警局一趟。別擔心，我們會把他安安穩穩送回來的。」

「什麼？」我愣了半晌才說：「為什麼？」

「我們需要錄口供，」科爾說。

「可是，」我一頭霧水。他們三人看著我的表情好像我打斷了私人交易，闖入了商業或毒品買賣，彷彿我是不該出現的局外人。「你們可以在這裡談。」

「這回不行，」拉佛提客氣地說：「要看情況。」

我不懂，而且不喜歡。「他生病了，」我說：「他有——」

「嗯，我知道，我們會很小心。」

「他之前中風過。」

「謝謝你提醒，我們會注意的。」接著對雨果說：「你需要先吃藥嗎？」

「我帶著了，」雨果拍了拍胸前的口袋說。

「雨果，」我說：「這是怎麼回事？」

雨果撥開前額的頭髮。他梳過頭了，加上那體面的穿著，突然讓他全身上下散發凋零的優雅，宛如落魄的大指揮家。「我打給拉佛提警探，」他柔聲說道：「跟他說多明尼克．甘利的死和我有關。」

我徹底傻了半秒才說：「這是什麼鬼話？」

「我幾週前就該這樣做了——呃，應該說我很多年前就該這樣做了。但那只有某些人才做得到，不是嗎？而我顯然不是那種人，至少直到現在。」

「慢點，」我說：「雨果，你到底想做什麼？」

他隔著眼鏡目光嚴肅看著我，彷彿人在千里之外。「事到如今，」他解釋道：「看來我無法再隱瞞了，前兩天的中風有點像是一記警鐘。」

科爾動來動去，一副很想走人的樣子。「記得，」拉佛提說：「除非你想開口，否則可以保持緘默。你所說的一切都會被記錄下來，日後可能用作證據。你都曉得吧？」

「曉得，」雨果說。他從衣架上拿了外套開始穿上，不時將拐杖從一手換到另一手，動作很笨拙。

「律師的事你確定嗎？因為我可以告訴你，你最好請律師。」

「我確定。」

「我會打給爸爸，」我大聲說道，有點克制不住音量。「他會立刻過去，在他到之前什麼都別——」

「不行，」雨果手一直伸不進袖子裡，聽我一說忽然停止動作。「聽見沒有，你不准去煩你爸，還有你二伯四叔或堂妹堂弟。讓我靜靜把這件事做完。」

「他需要律師，」我對拉佛提說：「律師到場前，你們不能問話。」

拉佛提雙手一攤說：「決定權在他。」

「他沒辦法做決定。他不，他腦袋不——他搞不清楚狀況，記不得事情。」

「托比，」雨果話裡閃過一絲惱怒。「別再說了。」

「我是認真的，他、他不——」我想說的那個詞終於冒出來了。「他目前沒有能力做這樣的決定。」

「我們不考慮能力問題，」科爾聳了聳肩膀，骨頭喀了一聲，讓他臉上一糾。「那是法院的事。」

「如果上法院的話，」拉佛提插嘴道。

「沒錯，如果上法院的話。我們現在只曉得亨納希先生有話想告訴我們，所以我們要請他錄口供。」

「但一切都是他腦袋裡編出來的。他沒有殺害任何人，那只是，只是幻覺，是——」雨果吃力扣著釦子。「雨果，求求你。」

「如果是幻覺，」拉佛提說：「就沒什麼好擔憂的。你放心，等我們查清楚了就直接送他回來。」

「他快死了，」我急得口無遮攔。「醫師說他需要進安寧病房，你們不可以把他扔進監牢——」

科爾狗吠似笑了一聲說：「拜託，老兄，誰說要送人進監牢了？輕鬆點，目前這階段咱們就只是聊聊。」

「你伯伯想離開隨時都能走，」拉佛提說：「最糟最糟，我說最糟喔，他也明天就能回家了。」

「明天？」

「反正不會有人反對保釋，」科爾開心解釋道：「他又沒什麼逃跑的疑慮。」

「老天，托比，」雨果說：「不會有事的，別大驚小怪。」

「你在家裡放輕鬆，」科爾一邊朝門口走去一邊告訴我：「或許喝杯小酒，不要胡思亂想，沒事把自己搞得神經緊張。」

雨果從掛勾上抓了圍巾裹在脖子上。「好了，」他說：「我們走吧。」

拉佛提打開前門，冷風帶著滿滿秋意灌了進來。雨果朝我微笑說：「過來。」我走到他面前，雨果伸手貼著我的頸後搖了搖。「別擔心。繼續整理日記，等我回來跟我說你發現了什麼好東西。還有千萬要跟梅莉莎和好，知道嗎？」

「雨果，」我說。但他已經放開我，由拉佛提和科爾在他兩旁陪著，走進黃葉飄飄的陽光中。

♣

我重重坐在樓梯上，久久不動。不用說，我知道雨果在做什麼。他都想過了，冷冰冰做了一般人難以承受的計算。他賭自己所剩時間有限，加上保釋和緩慢的司法程序，自己應該不用坐牢。他認為就算在審訊室裡待個幾天，被小報取個榆樹殺人魔之類的綽號，只要能救我，一切都無所謂。

儘管我不是很認同，卻想不到可以怎麼做。我有想過跳上計程車，一路殺到警局自首是我幹的。但就算不管我想到去警局就心驚膽戰，我也不曉得該怎麼辦到：我不知道他們去了哪一間警局，也不確定要怎麼坦承自己根本不記得有做的事。我感覺我腦袋有一大塊都空白了。

我壓根沒有想到雨果說的有可能是實話。當然，就算我們再有自信，也沒有人能徹底了解另一個人。但我對雨果有一定的把握，有些事他絕對不會做，把人絞死就是其中之一。在這件事上，我對他比對自己還有把握。光是這點就似乎說明了一切。

最後，我還是行屍走肉般的乖乖上樓去了書房。雨果查閱的哈斯金斯日記還開著擺在桌上，泛黃的紙上黏了幾張便利貼，旁邊是雨果謄寫的摘錄。他謄得很零散，到處是大段大段的空白，顯然跳過很多，只記下有意思的線索。我坐在桌前，開始補上漏掉的部分。

這種事本來就做不快又挫折，但宿醉讓我視線模糊跳躍，完全無法專注，每句話彷彿都要看個半小時，每一頁都是快樂跳來跳去的墨點。**聽喬治讀課本，雖然讀得不錯，但還是缺了點起伏。我讀了一篇——**誰？——**的故事當示範，兩人都很開心……天氣很好，主日回來肚子很餓，本來想好好吃一頓，結果……**接著就是對廚師一頓抱怨。**城裡爆發麻疹，我們聽說——**誰，蘇利文家嗎？——**最小的孩子差點喪命，不過——**什麼什麼——**希望……**

下午悠悠過去，雨果沒有回來。後來我眼睛和腦袋都開始暈。我打給梅莉莎。我告訴自己，打電話是因為梅莉莎有權知道出了什麼事，其實是希望她能飛回我身邊，陪我度過這場新的危機。沒有接。我沒有留言，這種事感覺不適合留在語音信箱。

今天本來要去利默里克，結果路被大雨淹了，沒有去成。我很失望，對老婆發了——脾氣？……快六點了，他們應該審訊完了吧？又不是在寫史詩。我撥了雨果的手機，但響了很久也沒人接。我在口袋和抽屜裡東翻西倒，總算找到拉佛提的名片。我心臟狂跳撥了他的號碼，直接轉到語音信箱。

我找到了伊蓮．麥克納馬拉出事的段落。哈斯金斯陷入了道德的兩難：我們或許能像卡洛琳說的，教她謹守婦道，同時——勤快認真？但這似乎難以彌補她犯下的罪……我往下翻，哈斯金斯連寫了好幾頁。

窗外天色漸暗，傍晚的寒意滲了進來。雨果不准我告訴其他人，但我快管不住自己的腦袋了。蘇珊娜可能還在生我的氣，但只有她或許知道該怎麼做。

手機響了幾聲她才決定接起來。「托比嗎，」聲音冷淡提防：「怎樣？」

「聽著，」我說：「出事了。」

等我說完，手機那頭悄然無聲，只有莎莉有點走音柔柔唱著歌，小小蜘蛛上水管……

「嗯，」後來蘇珊娜總算開口道：「好，你跟里昂說了嗎？」

「還沒，我只打給妳。」

「很好，別跟其他人說，就這樣擱著。」

「為什麼？」

潑水聲：莎莉在洗澡。「呃，我不曉得你爸怎樣，但我爸壓力已經夠大了，沒有必要雪上加霜。或許明天就沒事了。」

「你覺得他們不會發現雨果被捕了？」

「雨果又還沒被捕，你太小題大作了。喏，莎莎，弄點肥皂在上頭——」

「他已經認罪了，怎麼可能不會——」

「假認罪的人可多了，警探不可能對雨果的話照單全收。他們會核對，看雨果交代的經過合不合證據，是否知道只有凶手才會知道的事，諸如此類的。」

彩虹出來了，洗去了雨水……這段對話和我預期得不一樣，感覺完全不對——「既然沒什麼，那妳幹嘛不讓我告訴里昂？」

「你又不是沒發現，里昂對這整件事不是很應付得來，我不想嚇到他。」

「拜託，他又不是溫室裡的小花，需要人保護。我們已經不是三歲小孩了——」要是就像拉佛提想的，我們小時候我真的試著保護他呢？你瞧我現在是什麼下場？「他是大人了。假如我們應付得來，他也可以。」

蘇珊娜嘆了口氣。「聽著，」她壓低聲音說：「我不曉得你發現了沒有，但里昂認為是你殺了多明尼克。」她刻意停頓看我有什麼反應，聽我沒有答話便接著說：「其實他從一開始就這樣想了，而且他那個複雜的腦袋對你能逍遙法外覺得很不爽。」

「去死吧他，」我心頭火起，忍不住拉高了音量。「他跟警察說了嗎？所以他們才來找我麻煩？」

「沒有，他不會說的。別擔心，我跟他談過，他很受控。他其實不希望你坐牢，不是真的想。他只是覺得你總是能逃過一劫，覺得很不公平。」

「天哪！我們還是六歲小朋友嗎？」

「是啦，我知道，很孩子氣沒錯。但他要是知道這件事，我不曉得他會怎樣做。而我寧可永遠不知道，除非不得不。」

「好吧，」我過了一會兒才說。我不喜歡這樣。我當然知道里昂壓力很大，但蘇珊娜講得好像他隨時會大崩潰，而我絕對會是第一個被拖累的人一樣。「那要是他來這裡沒看到雨果，問他去哪裡了怎麼辦？」

「他不會去的。」

「妳怎麼知道？」

「他昨天晚上很火，我想應該有一陣子不會想跟你說話。」

「太好了，」我回答。我也不是很想跟里昂說話，但放他在那裡憎惡我感覺不是什麼好主意。「妳這樣說還真讓人放心啊。」

「你不要也開始大驚小怪。我說了，里昂很受控，只要別去煩他不會有事。」

那是什麼意思？我也「很受控」嗎？「我沒有大驚小怪，我只是想知道雨果的事到底該怎麼辦。」

「我們什麼都不做，靜觀其變就好。」

「他已經去警局幾小時了，蘇，而且沒律師。」

「所以呢？就算他們相信他，也沒有足夠證據可以起訴他。就算起訴也需要多久才會上法庭？六個月？一年？這不是什麼大災難，托比。我知道這不是開玩笑，但長遠看不會影響任何事。」

我總算明白這場對話哪裡不對勁了。即使雨果那麼說，但蘇珊娜根本不相信他殺害了多明尼克。我說：「妳覺得不是他幹的。」

「你覺得嗎？」

「不覺得。」

「那就對了。」

小小蜘蛛又再上水管……「其實不只里昂，對吧？」我說：「妳也覺得是我幹的。」

過了一會兒，「聽著，」蘇珊娜說，聲音更清楚，語氣審慎而堅定。莎莉高昂甜美的歌聲變弱了：她顯然走到其他地方，好讓我記得她說什麼。「我只希望所有人都不要坐牢，就這樣，其餘的都不是很在乎。我想不論雨果做什麼，都是最能達成這個目標的方法，所以別管他。」聽我沒有回答，於是她又說：「聽到沒有？做得到嗎？」

「嗯，隨便。」

「梅莉莎呢？她能接受嗎？」

「她沒事。」

手機那頭忽然傳來嚎啕聲：「它跑到眼睛裡了！」蘇珊娜說：「我得走了。今晚就先按兵不動，明天看情況再說——沒事的，寶貝，毛巾拿去，」說完她就掛斷了。

窗外出現星光，檯燈在桌上灑下了一池明亮。雨果的眼鏡在燈光邊緣，彷彿他才剛剛摘下。我試著將心思轉回日記，但眼睛和大腦都短路了，上頭的字全成了胡言亂語。我知道自己可能應該吃點東西，卻懶得動。我告訴自己要等雨果回來一起吃。他那時肯定餓壞了，我們可以叫外賣。我就這樣坐在廚房桌前不停抽煙，一邊聽著漆黑屋外鳴叫的年輕貓頭鷹。

我好想梅莉莎，想到只想放聲嘶吼。我想像她在擁擠的家裡從行李箱拿出洋裝，上頭依然帶著常春藤屋、茶、柴煙和茉莉的味道，可怕的梅根則是左右刺探，心滿意足地發表很賤的評論，說她其實早就知道我一無是處。我好想去找她，甚至真的從椅子上起身，跳上計程車殺去她家，使勁敲門直到她讓我進去，將她緊緊摟在懷中，跟她說她講得都對，我再也不會反駁她的意見，我們明天就搭飛機遠走高飛，如她所願拋下這該死的一切。

只是沒辦法。我的腦袋花了那麼久才明白這一點：我不能去找她，甚至打電話給她，再也不行了，因為我幾乎百分之百肯定殺了人。就算我僥倖擺脫，雨果的計畫奏效，拉佛提把案子結了不再出現，我依然是殺人凶手。

梅莉莎——想到這點差點讓我崩潰——梅莉莎根本不在乎。她只想保護我，不要讓我發現這件事。要是我決定一走了之，她肯定會開開心心牽著我的手一起走。

但我在乎，太在乎了。梅莉莎宛如陽光，即使受傷，依然勇敢並鍥而不捨地想讓事情好轉。我不配待在她的生命裡。她值得好男人，而我們原本都以為我就是那個男人。事實上，她值得比那更好的男人；而我本來可以是那個人，正朝著那個目標邁進，連計畫都做好了。即使經歷那晚，我心底仍然有一小部分深信自己會復原。但這件事完全不同。我無法想像它會好轉，無法想像自己能擺脫。我宿醉、疲憊、沮喪到極點，連哭都哭不出來。

我手機叮咚一聲，我立刻伸手去抓，手忙腳亂的樣子簡直跟情境喜劇裡的演員一樣。是語音留言。

「托比你好，我是拉佛提，」雖然常春藤屋訊號不穩，但我敢說那傢伙是故意用語音留言的。「抱歉之前打給你沒有通。聽著，我們還有一些事情要查證，所以雨果今晚會在這裡過夜。別擔心，我們叫了披薩，也有讓他吃藥，所以他很好，只是想跟你說不用等他。明天見。」喀擦。

我撥了雨果的手機，直接轉到語音信箱。「雨果，是我。我只是想問你還好嗎？如果你改變主意，想要我去接你或找律師，隨時打電話或發訊息給我——」他可以打電話或發訊息嗎？他們會准嗎？會不會連手機都不在身邊，被他們拿走了？「我會想辦法處理，好嗎？目前就……好好照顧自己，拜託。我明天會再打給你，掰。」

我將手機擱在桌上對著它坐了很久，以防雨果打來，但是沒有。我打給拉佛提，隱約期盼可以要求他讓我跟雨果說話，但他當然沒接。

天晚了，我忽然想到這是我離開自己住處後頭一回獨自過夜。我累得難以動彈，卻又不想上床，不想睡眼惺忪換著衣服，遠離所有可能的侵入點，等我發現有人闖入已經太遲了。於是我從臥房拿了棉被躺在沙發上，開著立燈。我沒想過會睡著，因為地板只要發出吱嘎聲或電暖器啵啵作響，我就會驚起。但不知夜裡什麼時候，我還是迷迷糊糊沉入了夢鄉。

♣

電話鈴響了，但我醒不過來。是那種聽筒沉重花俏、閃著朦朧金光、老舊的黑色壁掛電話，但我想不起它在哪裡。樓梯轉角？雨果的臥房？而且我身體沒辦法好好動作，走不過去。那鈴聲一直響，直到我突然察覺可能搞錯了，響的是我手機。我眼睛還在清醒的邊緣掙扎，只看見一坨坨濃濃的灰點，但我還是伸手去拿手機，在螢幕上隨便滑了幾下。「喂？」

「托比嗎，」那聲音渾厚溫暖，有如混亂中的救生圈，感覺近乎安慰。「我是麥克．拉佛提警探。聽著，你伯伯昏倒了，目前在救護車上，準備送往聖希朗醫院。」

「什麼？」我愣了一會兒才說。我勉強坐起身子，感覺暈頭轉向。「出了什麼事？」

「我們也不曉得。誰是他直系血親？」

「什麼？他沒有。我是說——」

「他是長兄，對吧？誰是大弟？你父親嗎？」

「菲爾，菲爾伯伯，」我視線慢慢清晰，但房間感覺很不對，既搖晃又危險。扶手椅微微歪斜，地毯起皺，房裡黑中帶灰，可能是破曉、黃昏或暴風雨。

「你可以把他的手機號碼給我嗎？立刻給？」

「雨果死了嗎？」

「他五分鐘前還活著就是了。醫護人員正在搶救，我跟著救護車去醫院——」我這才聽見背景的引擎聲。拉佛提正在開車，手機開成擴音。「你如果想來醫院，我們應該十分鐘會到，先給我手機號碼。」

「好，」我說：「我就過去。」但他已經掛斷了。

手機顯示時間是清晨六點四十五分。我將菲爾伯伯的手機號碼傳給拉佛提，然後叫了計程車，找到外套和鞋子穿上。我感覺頭暈目眩，心臟狂跳，搞不清這一切是真的，還是我依然困在夢中。街上空氣濕冷，路燈還亮著。計程車橫衝直撞，車裡飄著濃濃的香草清新劑味，後照鏡掛滿玫瑰念珠、奇蹟金幣和泛黃的聖人像。司機是個乾癟的駝背老頭子，從我上車後沒說過半句話；而我只想湊上前去跟他說計畫變了，我想去凱利郡的多尼哥山，要他一直往前開，讓我再也不用下車。

♣

踏進醫院感覺就像大浪襲來，所有東西一湧而上，不停歇的聲響、持續的乾熱，但最強烈的是氣味：層層疊疊的消毒劑味蓋在污穢之上，幾百具人體、疾病與恐懼全擠在過小的空間裡，宛如一個精心設計的武器，能剝除你所有人性，將你掏成空殼，對它言聽計從，以換取有朝一日重返人間的渺小機會。我差點掉頭就跑。

我好不容易向鬆餅臉的櫃台小姐說明清楚，結果轉頭就忘了她的指示，在曲折複雜的走廊和樓梯裡迷了路。我走過一格又一格的藍色橡膠地板，不時有人和我擦肩而過，看也不看我一眼。病房裡滿是病床、亮淺藍拉簾、鬱悶拉長的臉龐和嗶嗶響的器材，還有人在呻吟，一名男子拄著拐杖拖著步伐，那茫然的眼神我再熟悉不過。我搞不清自己走到第幾層，努力壓抑心裡那走投無路的驚惶，直到我繞過一個轉角，看見走廊盡頭有一個苗條的身影背對著我，雙手插在大衣口袋裡，即使白光刺眼，我還是一眼就認出那是拉佛提。

在那種地方，他的存在簡直有如救贖。我拖著腳加快速度往前走，他轉過頭來。

「托比，」他喊道。他鬍子刮了，外表俐落機警，身上依然飄著雲杉鬍後水的味道，似乎完全不受醫院影響。「你總算來了。」

「他在哪裡？」

拉佛提朝一道雙開門撇了撇頭，門旁對講機上方紅色大標誌寫著「請按鈴」，看得我差點歇斯底里笑出來，硬是從喉嚨嚥了回去。「他才剛移到病床上，他們說等他穩定下來，我們就能進去看他。」

「出了什麼事？」

「我也不清楚。昨晚我們談到十點半。他很累想睡一下，但狀況很好，甚至開玩笑說萬一這是他最後一個週末假期，那他寧可去布拉格。我要人每半小時就去巡房，看他是否需要什麼，例如醫師之類的。」我以為拉佛提至少會想辯解幾句，因為雨果在他手上，結果變成這樣，可是並沒有。他冰雪冷靜，感覺就像自己只是代替其他警探來顧人一樣。「根據值班員警的說法，雨果大約十一點到十一點半之間上床就寢，沒有抱怨，也沒有疼痛、想吐或需要任何東西。最後一次巡房是清晨六點，他仍在熟睡，呼吸平穩。我六點二十到警局，他已經倒在地上失去意識了。我們立刻叫了救護車，跟醫護人員提到他有癌症，還曾經中風。」

隔著雙開門，我只看見空蕩的走道與模糊的白色、藍色和鉻黃。「他們怎麼說？我說醫師。」

「他們沒說什麼，只先在急診室大略檢查，然後送去做電腦斷層，出來時說準備送到加護病房。我不是家屬，所以他們能告訴我的有限，但他們說——」拉佛提上前要我注意，但我忍不住撇開頭去，努力試著掌握這個地方，因為所有角度感覺都不對勁。「托比，通常在押的人被送到醫院，我們都會派一位員警跟在旁邊，以免對方逃跑或攻擊他人，或透露我們需要知道的事。但對於你伯伯，醫師說沒有必要，我在這裡等就好。」

「可是，」我說。拉佛提有事想告訴我，但我不確定自己有抓到。「如果是中風再度發作，他們有藥，可以——」

門唰的開了，我立刻轉頭，只見一名身穿綠色醫護服的結實白髮男脫下乳膠手套走了出來。「你是陪同雨果．亨納希的人嗎？」他問。

「對，」我說：「我是他侄子。出了什麼事？他、他還好嗎？」

醫師等我靠近。他肯定有六十歲了，肩膀很寬，但有點鬆弛，不過動作很像拳擊手，對空間擁有絕對的掌控欲，彷彿其他人必須得到他的許可才能在場。他掃了我一眼，從垂腫的眼皮到跛腳，那隨意打量的姿態讓我牙齒一凜。

「你知道你伯伯有腦瘤，」他說：「對吧？」

「知道。他診斷出有兩個，應該是八月——」

「他大腦出血了。這很常發生。腫瘤阻斷組織，滲透進去，最終就會造成出血。出血導致腦壓升高，所以他才會昏迷。」

「他——」我正想說**他還清醒嗎？**也可能是**他死了嗎？**但醫師彷彿我根本不存在似的繼續往下說。

「我們已經讓他情況穩定下來了。大腦出血有可能造成血壓不穩，他被送進來的時候就是那樣，所以我們就用藥物將血壓控制住。接下來必須密切觀察，看他反應如何。我們希望他很快就能醒來，但一切都得看出血造成的傷害有多大。」

我想到他讓我想起誰了，我住院時的那位機車神經科醫師，完全無視我覺得非常要緊的問題，彷彿有關我的一切都不值一顧。「他會——」不是沒事，因為雨果顯然不會沒事，但我不曉得還能怎麼——

「我們必須再觀察，」醫師說著用粗短的手指摁了門邊的密碼。「你們現在可以進去看他了，左邊第二間病房。」他替我扶門，還有拉佛提，不過拉佛提刻意讓我先走。放我們進去後，醫師便點點頭沿著走廊離開了。

空氣裡瀰漫著強烈的消毒液和死亡的氣味，還有一個女孩正在啜泣。雨果的病房又小又熱，而他躺在床上眼睛微微睜開，讓我頓時充滿希望。但我很快發現他動也不動，臉皮發灰鬆弛，讓他五官變得過於突出。他身上接了一堆細長曲折的管線，感覺很亂很煩；一條掛在他張著的嘴裡，一條接在他枯瘦的手臂上，一條從棉被下出來，還有好幾條電線鑽進睡袍的頸部裡。病房裡到處是機器，嗶嗶噹噹，螢幕上是顏色鮮豔的波紋和閃爍的數字。雖然都很可怕，我還是死鴨子嘴硬。他們要是真的覺得沒機會，怎麼會用上這麼多東西？對吧？不是嗎？

一名護士，印度裔的，長得溫柔美麗，烏黑長髮盤成俐落的圓髻，正在病歷上寫字。「你可以跟他說話，」她朝雨果撇撇頭，鼓勵我說：「說不定他聽得見。」

我拉了一張棕色的塑膠椅到床邊坐下。「雨果，」我喊他，眼角餘光瞄到拉佛提拉了另一張椅子到不顯眼的角落坐下，一副打算久坐的模樣。「是我，托比。」

沒有反應。眼皮沒有抽搐，嘴唇也沒動靜。機器持續嗶嗶作響，頻率沒有變動。

「你住院了，因為腦出血。」

還是沒反應。我感覺不到他存在。「你會沒事的，」我傻傻地說。

「我馬上回來，」護士將病歷掛回床尾柔聲說道——朝我們三個。「需要我就按這個按鈕，好嗎？」

「好的，」我說：「謝謝妳。」於是護士就離開了。她走過塑膠地板上幾乎沒有發出任何聲音，微弱的啜泣隨著門開飄了進來，隨即跟著門輕輕喀擦關上而消失。

雨果一定會討厭這個地方，沒有一處喜歡。說不定他是故意昏迷免得親眼面對。我不怪他。「雨果，」我說：「你只要醒來，我們就能回家了，好嗎？」

我感覺他嘴唇含著管子抿了一下，似乎想說些什麼，但動作稍縱即逝，我不確定是否是自己在幻想。

我有一百件事想跟他說、想問他。或許其中一件事就是穿越重重黑暗、振翅聲與糾結的蜘蛛網找到他。我也待過同樣的地方，就在不久前。要問誰能通過飄忽不定的迷宮將他帶回來，那人肯定是我。

但拉佛提在這裡，消瘦的身影佔據著我的視線邊緣，讓我什麼都不能問。「他在警局的時候，」最後我實在無法再無視他，便開口說：「都說了些什麼？」

拉佛提搖搖頭說：「老弟，這我不便透露，抱歉。」

那雙金色眼眸望著我，滴水不漏。我無法判斷他知不知道雨果在騙他、為什麼，也不曉得他打算怎麼做。逮捕我？將我拖去問話，**快點說，我們就放你回去見你伯伯？**我很想直接說，彷彿病房裡就只有我們兩人：**聽著，真相如何你知我知。就讓我在這裡待到最後，之後我就任你處置。咱們一言為定？**

但我沒有把握自己做得到，於是只能繼續看著雨果。他一隻大手垂在棉被上，我伸手覆著它，感覺好像應該這樣做。他手很冰，摸起來乾巴巴又很橡膠，不像人的皮肉。我很想抽手，但硬是忍著，因為他或許感覺得到，而我那時說不定就是被我媽或我爸的手給帶回來的，誰曉得？我靜靜坐著，眼裡看著雨果的臉，耳朵聽著無止盡的規律嗶聲，每口呼吸都聞到拉佛提身上刺鼻的劈柴味。我努力不動，免得打擾了什麼。

我沒有印象在醫院待了多久，只記得一些片段，但前後順序不清楚。醫院裡的時間是扭曲的，有東西落在時間之外，因此事件不是一個接著一個，而是在嗡鳴的巨大白色空無裡不斷輪迴與斷開。

♣

我爸爸有來，襯衫領子歪了，手指用力抓著我的肩膀，抓得我都痛了。我還記得自己住院時，有個棕褐色的長腳怪在他腳邊陰影裡漫步。我差點就問他這回有沒有帶來，幸好及時想起那東西可能不是真的。護士在雨果病歷上做紀錄，調整旋鈕，換點滴。你不在的時候，我對雨果說，我看了哈斯金斯的日記，結果終於找到一樣他不討厭的東西了，很厲害吧？他喜歡讀書給孩子聽。但我查不到他都讀了哪些東西，你得自己回家想辦法。我在那一頁黏了便利貼……雨果面無表情。菲爾哭了，沒有出聲，不停用指關節拭淚。

每張病床限兩人探病，另一位護士說，因此我有時會待在等候區。那裡有成排的黑色塑膠椅，角落一台嗡嗡作響的販賣機，一名矮胖的中年婦女牽著一名金髮少女，兩人都眼神茫然。母親彎身親吻我的額頭，發現我沒有閃開，便緊緊摟著我。我聞到除草和冷空氣的味道。她深呼吸一口氣，將我放開。

家人語帶埋怨問了我一堆問題。他怎麼會幹嘛去可是不會吧不可能這太離譜了他絕對不會事情到底——我想像要是說出實情，他們臉上會是什麼表情：嘿你們這會兒應該都知道了就是我是我的錯對不起大家了……有那麼一瞬間我覺得自己就要說了，或是暈倒，我搞不清哪一個。我重重坐在椅子上，雙手抱頭，結果還好有這樣做，所有人立刻退開不再煩我。里昂走到等候區的邊角，咬著拇指指甲沒有看我。

雨果我一直想問你，你知道他們在那棵樹裡發現了什麼嗎，他們有沒有告訴你？父親湊到病床邊，雨果的手是不是動了一下？小錫兵。是你的嗎？我爸笑了，笑聲將乾燥的空氣啪的劈開。**其實是我的！因為奧利佛很討厭，只要我們有心愛的玩具，他就會跟著喜歡，想偷去玩，所以我們總是把玩具藏起來……我肯定忘了自己把小錫兵放在哪裡了！**片刻沉默，所有人都在等雨果露出微笑，跟我們細數他都藏了哪些東西不讓奧利佛發現，還有藏在哪裡。

你應該回家睡個覺，不知道誰對我說，但那樣做感覺太複雜了。於是我躺在塑膠椅上打盹，結果醒來兩眼迷濛，而且落枕。蘇珊娜在發簡訊，兩根拇指動得飛快。有一位護士長得很像那天在酒吧裡一直瞄我的漂亮棕髮女郎，只不過從緊身紅洋裝換成綠色醫護服，臉上也幾乎沒有化妝，但我敢發誓絕對是她。她掃了我一眼，我無法判斷她是否認出我來。我很想趁她走過時抓著她的胳膊問清楚，但不曉得為什麼她始終離我太遠。

某台機器忽然警笛大作，嗶聲又響又急。我心臟狂跳，手忙腳亂想找呼叫鈕，我爸在旁邊大喊，但我還沒找到按鈕，護士就進來了，直接將警示器關了，動作和侍者一樣悠哉輕快——她不是應該急匆匆趕來嗎？**讓我們把這個稍微調高一點**，她弄了弄某個旋鈕，退後一步觀察螢幕上跑過的不可解的彩色線條，然後朝我們安撫地微微一笑：**這樣好多了**。

窗外忽明忽暗，感覺很不自然，彷彿一下白天一下晚上。**雨果你得告訴我要跟沃茲尼亞克女士說什麼記得嗎？要怎麼告訴她真相？我應該那個我該怎麼……**

還有拉佛提，他始終坐在角落靜靜等待，而且大衣一直穿著，彷彿病房裡的熱氣觸不著他。大衣的皺摺在他身上留下了角度詭異的黑影。奧利佛曾經挺著啤酒肚，指著他破口抱怨，**什麼愚蠢的指控，不懂得尊重別人的隱私嗎拜託**。拉佛提只是同情理解地點點頭，完全同意。

但奧利佛走了他還在，仰頭靠牆，輕鬆自在。

雨果，摁摁我的手吧，怎樣都好。

某處傳來〈皮卡迪的玫瑰花〉的歌聲，一名老婦人用有點生鏽的顫音輕輕哼唱。警鈴又響了，進來的是另一位護士。**怎麼了？**菲爾緊張地伸手指著機器問。**出了什麼事？**護士神秘地調了幾個鈕，然後在病歷上做紀錄：**他的血壓有點控制不住，待會兒醫師過來會跟你們說明。**

只是她正轉身要走，另一個警鈴又開始瘋狂作響。情況就忽然變了。護士張著嘴衝到雨果床邊，拉佛提坐直身子。**出去**，護士摁了一個按鈕厲聲說道，**所有人立刻離開**。下一秒我們已經進到走廊，拉佛提一手扶著我的背，一手扶著菲爾，推著我們倆匆匆走向等候區。我拖著睡著的那條腿走得跌跌撞撞。他剛拉開門，我們後方就傳來一聲大喊，和電視上演的一模一樣，**預備！**

等候區的家人統統臉色慘白站了起來。**怎樣怎麼出了什麼事？**菲爾語氣乾澀向大夥兒解釋，拉佛提退到了角落。我無法看他們。矮胖的婦人和少女不在了，換成一位兩眼血絲、西裝褲膝蓋磨到發亮的老人，手裡拿著保麗龍杯，頭也不抬專心攪他的熱茶。

接下來很久什麼都沒有發生。我爸、菲爾和奧利佛肩並肩靠在一起，臉色蒼白，三人看上去莫名相似。我很想走到我爸身旁，可是沒辦法，在我知道自己做了什麼之後。真希望我媽能在。里昂閉著雙眼靠在牆邊死命咬著指甲，我看見上頭有血。

最後那位白髮醫師總算走了出來。所有人立刻圍住他，但適度拉開一點距離，並閉上嘴巴，宛如一群求情的小老百姓等大官開金口。「亨納希先生穩定下來了，」他語氣平穩，刻意加重和控制音高，不用說我們就明白了。「但情況可能不大妙。我們希望解決出血的問題，但他情況沒有好轉，反而惡化了，需要大量人工支持。」

「怎麼會？」我父親問道，聲音冷靜專注，標準的律師口吻。「到底發生了什麼？」

「出血造成的腦部損傷讓他血壓很不穩定。我們雖然給他服藥，但劑量已經往上調了好幾次，而藥物的副作用是心律不整。剛才就是那樣。我們先用電擊讓他暫時脫離了險境，但要是他連續發作，我們就無能為力了。」

「你們怎麼引流，」蘇珊娜問道，語氣嚴厲得嚇了我一跳。「把出血流掉？」

醫師連瞧都懶得瞧她一眼。「我們可以做的都做了。」

「標準程序是立刻引流，減緩腦壓，你們怎麼不——」

「鍵盤醫師或許如此，」醫師微微一笑，但很猙獰，其實是警告。「但你伯伯送來時預後就不好。我們不曉得他在被人發現之前昏迷了多久，甚至可能有二十分鐘。我們雖然讓他恢復了呼吸，但無法判斷傷害已經有多重，再加上他本來就有的末期狀況，因此就算出血處理掉了，還是有很高機會變成永久植物人。」

蘇珊娜說：「反正他年紀大又快死了，而且是從警局送來，所以不值得浪費醫療資源搶救就對了。」

醫師眼神一歪，彷彿她的話無趣似的，接著說：「不論你們接不接受，這就是我們按照診療指引所能做的最好處置了。」這話讓我感覺很怪，彷彿在哪裡聽過；一瞬間甚至連他聲音都變了，一切開始歪斜。但這時醫師轉頭不理蘇珊娜，用他原本的聲音對我爸和奧利佛，尤其是菲爾說：「我們必須決定他下次心律不整時該怎麼做，同樣電擊嗎？還是心肺復甦？或是不做處置？」

「下次，」我爸說：「所以你認為還會再發作。」

「我們無法百分之百確定，但非常有可能。」

「而且你認為他不會再醒來了。我是說，就算你們穩住他的心跳，讓出血有時間緩解也一樣。」

「醒來也不會有生活品質。雖然我們都聽過昏迷十年醒來的故事，但亨納希先生不是這種情況。」

所有人一陣沉默，里昂看上去就要吐了。這時——

「那就不做處置吧，」菲爾說。我爸點頭附和，動作小得只是腦袋微微一點。蘇珊娜倒抽一口氣，然後嘆息。

「我們不會讓他受苦，」醫師說，語氣近乎溫柔。「你們現在可以進去看他了。」

我們一個一個、兩個兩個魚貫走進病房，然後出來。我知道我們應該向他道別，跟他最後說點話，但我能想到的話不是太蠢，就是有危險（滿臉鬍渣、眼袋浮腫的拉佛提又坐回那張椅子上了），甚至又蠢又危險。雨果，最後我在他耳邊輕喊。他身上飄著藥物和發霉的味道，感覺完全不像他。我是托比，謝謝你，還有對不起。他嘴角黏了東西，不知道是什麼乾掉了。蘇珊娜從她手提包裡拿了一張濕紙巾替他輕輕擦乾淨，然後在他耳畔說了很久，聲音很小又很靠近，我什麼也沒聽到。

所有人都在打電話或發簡訊。奧利佛在等候區來回踱步，手指塞住一邊耳朵，另一邊耳朵貼著手機，語調急促嚴厲。湯姆絮絮叨叨講著該怎麼找人照顧兩個小孩，但沒人理他。我母親、露意莎，還有淚流滿面的蜜莉安。她四處走動想找個人擁抱，但我們都避開目光。

我們就這樣等著。從窗戶往下望，雨天塞車，潮濕的柏油路面閃著一道道燈光。行人匆匆避雨，傘被風吹得猛烈翻動。

「他們說不定搞錯了，」里昂在我身後說：「醫師經常出差錯。」

他面容憔悴，閃著油光，看起來糟透了。「你在講什麼？」我說。

「搞不好他會醒來。我不喜歡那個醫生，硬是逼著你爸和我爸決定放——」

「就算他醒了，癌症也不會消失，幾週後這一切又要重新再來一次，更何況他是不會醒來了。」

「我無法思考，」里昂說：「我神經緊繃太久了，腦袋已經他媽的不……」他用手腕撥開臉上的頭髮。「聽著，前兩天晚上——」

「沒關係。」

「我對你很惡劣，」我說：「對不起。」

「沒事，我對你可能也很惡劣，這陣子。」

他回頭瞄了一眼，接著壓低聲音說：「我想那正是她的目的，你知道嗎？她一直要我別想太多，說什麼『幹嘛這麼大驚小怪，警察連他是不是他殺都證明不了』。但轉頭又說『托比在的時候，你最好閉上嘴巴，他不能相信……』」

「蘇珊娜這樣說？」

「她說『多明尼克當年欺負你的時候，他都沒挺你了，現在他變成這副德行，誰曉得他會做出什麼事情？你在他身邊的時候小心一點……』她對你是不是也是這樣，講我的事？」

「差不多。」我說，但我連氣都生不起來。不論蘇珊娜在玩什麼把戲，她其實都把我看透了：我確實拚了命想把整件事推到她和里昂身上。至少有人搞得清狀況。

「『相信我就對了，我知道自己在做什麼……』結果你看變成這樣。」里昂在起霧的窗玻璃上畫之字。「至少這下應該結束了，你說對吧？」

「什麼？」

「既然雨果自首了，事情告一段落，他們就不會再來煩我們了。」

「很難說，」我回答。我不曉得雨果是不是真的騙過了拉佛提，而如果沒有，拉佛提會怎麼做，還有我會怎麼做。我知道自己應該做好計畫，而且要快。可是——在這種地方，我僅剩的腦細胞都全被機器警示聲佔去了，想計畫就跟張開翅膀飛走一樣難。

里昂雙手手指交叉說：「天哪，希望他們會放手。我已經快受不了他了。」他頭往後朝雨果病房和「請按鈴」的方向用力一撇。「我不敢相信他竟然賴著不走。我們過來陪雨果，跟他道別，那傢伙就坐在那裡聽著我們所有——」他激動到破音了。「我很需要抽根菸，」他說：「你要一起來嗎？」

「不了，」我說。醫院似乎讓我身體進入某種不自然的懸置狀態，從我到這裡就不想吃喝，更別說抽菸了。

「我應該弄個電子菸，」里昂說：「還是戒菸貼片之類的——有什麼狀況立刻打手機給我，」說完他轉頭就走，還沒出門外就已經在撈菸了。我繼續看著窗外。一名單車騎士正和開著攬勝休旅車的西裝男互相咆哮，西裝男探出窗外，兩人吵得比手畫腳，另一名單車騎士在一旁拚命勸架。

我心底湧起一股羞愧的感覺，只想大吼終止這一切。我爸靠著牆眼神空洞，臉色慘白緊張，一手緊握著我媽的手。我不曉得他還能支撐多久。我不曉得我們還能撐多久。我腦袋裡所有迴路都被強壓住的戰鬥或逃跑本能給用掉了，讓我像痙攣一樣，一條腿在顫抖。我想將身體重量移到另一條腿，但肌肉似乎接收不到指令，動也不動。

雨水打在窗上，穿著各色醫護服的護士進進出出，不知道顏色代表什麼意思。他們的腳步輕而匆促。室內的燥熱讓我眼睛發乾，幾乎無法眨眼。

「梅莉莎到了沒？」我媽問。她手裡端著一個構造複雜的紙盒，上頭擺了幾杯咖啡。

「她搬回去了，」我感覺嘴唇發麻。「說來話長。」

我以為她會開始大呼小叫——天哪，不會吧，托比，怎麼回事？你還好嗎？你們兩個感覺那麼合不論發生什麼肯定都能解決的這陣子你們兩個都受到很大的壓力——甚至想抱抱我。但她只是愣了一下，然後說：「喏，拿一杯吧。這是我特地到外面買的，不是那種難喝的機器咖啡。」

「謝啦，」我回答：「我晚點再喝。」我們兩個不再說話。蘇珊娜對著手機輕聲低唱搖籃曲。最後警笛終於響了。那時是我和我爸在病房裡。我已經想不出話來，而我爸依然肘抵膝蓋，雙手交握對著雨果喃喃細語，語氣異常平淡冷靜。大部分經過我都不記得了。我的心思完全抽離眼前的一切，只感覺自己在天花板附近遊蕩，身體有如塞滿濕土、形狀怪異的沙包，和我完全無關，唯有零星的思緒不斷飄過：我們先吃甜點，從蘋果奶酥開始，因為菲爾不喜歡聖誕布丁，我們坐在樹下，然後……循著音樂下樓，發現他們正臉貼臉在跳舞，我悄悄轉身，接著……還記得那條船嗎？那位老先生每年夏天都借給我們，我們會划到湖中央釣魚。千萬別釣到魚，不然奧利佛會說個沒完，但我依然記得那光線，那籠罩湖面遠端的光暈，還有水拍打船身的聲音……這時忽然警鈴大作，我爸像電到似的身體一震，拉佛提的椅子猛地往後，發出刺耳的刮地聲，而我費了好一會兒工夫才回到體內，明白出了什麼事。

拉佛提起身走出病房，準備找其他人過來，但已經太遲了。我們等了那麼久，事情卻來得那麼快。「雨果，」我父親抓著雨果的肩膀大聲喊：「雨果。」

更多警鈴響起，聲音迎面而來，讓我無法呼吸。「雨果，」我說：「聽得見我嗎？」但他發灰的臉沒有反應，身體也沒有動靜，只有螢幕上的紊亂線條透露了他體內深處正悄悄發生了什麼。

護士來了。她關掉警笛，雙手微微合十從機器前退開，病房裡瞬間死寂。

雖然我知道不可能，但我發誓他真的對我笑了。那令人熟悉、滿懷愛意的笑。我發誓他朝我眨了眨眼。接著螢幕上所有劇烈震盪的曲線都變平了，我父親發出令人不忍的哀號。但就算沒有這些，我也知道怎麼了。因為我們周圍的空氣瞬間裂開、旋轉然後闔上，房裡少了一個人。

十一

屋裡很冷，紮紮實實無所不在的濕冷，感覺屋子已經空了幾個月，而非幾天。我狠狠沖了個熱水澡，將身上所有衣物扔進洗衣機用高溫洗，還是除不掉鼻子裡的醫院味。不論廚房水龍頭、洗髮精或衣櫃裡，我走到哪裡都聞得到。我不斷聽見生理監視器的聲音，在我聽覺的邊緣單調地嗶嗶作響。

我只想好好睡一覺，但這事必須讓梅莉莎知道。**嗨，梅莉莎，我知道妳現在不想聽到我的聲音，我可以理解，只是有個壞消息得告訴妳。雨果昏倒住院了——**我忽然想到那時在醫院應該發簡訊給她，要她過來，說不定她講話能讓雨果聽見，而我竟然壓根沒想到這一點——**但醫師束手無策。他昨晚過世——**是昨晚嗎？還是今天清晨？**我要代表全家人謝謝妳，感謝妳對他那麼好，那對他非常重要。他很喜歡妳——**我不曉得該如何跟她說話，感覺她就像另一個世界、早已不在的人。**我希望妳能來參加喪禮，但妳不想來的話千萬別勉強。愛妳，托比。**

我一口氣睡了十四小時，醒來隔了很久才吃了點東西，然後倒頭又睡。其實，接下來幾天都一樣，我就是拚命睡，但並沒有真的休息到。我不斷夢見自己殺害的不是多明尼克，而是雨果。雨果倒在起居室地上，我雙手滿是鮮血站在他身旁，焦急回想自己為何要殺了他；我雙手拿斧頭一揮，雨果頭骨應聲碎裂，我低喊著**不不不**。夢裡我有時是現在的自己，有時是青少年，甚至還有一次是小孩。地點通常是我住處，我以為他是其中一位竊賊。我會哭著醒來，在屋裡亂轉，望著漆黑的樓梯轉角和窗戶的白影，分不清此時是破曉或黃昏，直到夢境淡去才又倒回床上。

因為我不論醒著睡著都止不了一個想法反覆浮現，有如蛀牙般不停刺痛著我：雨果的死是我的錯，就算他不是因我而死，也是我讓他這樣死去。他如果沒有打電話給警探，腦出血時就會在家裡，在自己床上。他會在自己的房裡過世，死時身旁是熟悉的氣味與自己的棉被，還有晨曦與小鳥在窗外。然而，他卻死在醫院那個恐怖的地方，被人像肉塊一樣揉來攆去，周圍滿是消毒劑、尿臊和死亡的味道，只為了袒護我。

這期間我媽來過，來拿雨果的衣服，順便給我她從我住處拿來的黑西裝。我隱約感覺家人很忙亂。菲爾負責後事，蘇珊娜挑選音樂，她記得雨果喜歡史卡拉第，不是嗎？我想不想在喪禮上朗讀？因為負責人是我爸，他覺得我或許會——

「不了，」我說：「謝謝。」

我們倆在雨果房裡。從他住院後，我就沒再踏進這裡。房裡很舒服，互不搭配的木製家具，床邊疊了一堆書，感覺很不穩，牆上的褪色相片是我曾祖父母在屋前的合照。房裡的淡淡氣味很像雨果，帶著潮濕羊毛、舊書及煙燻茶的好聞味道。壁爐上的花瓶插著黃色小蒼蘭，是梅莉莎帶回來的。一切恍如隔世，讓我一時詫異花還活著。

「好吧，隨你，」母親在雨果的衣櫃裡挑選襯衫，動作很輕，但恣意翻動雨果衣物的舉動還是讓我牙齒一凜。「但你會幫忙扶棺，對吧？你爸和你兩個伯伯，還有里昂、你和湯姆。你可以嗎？」

你腿那樣子。「當然可以，」我說：「沒問題。」

「反正又不會擠滿記者，至少不應該那樣。報紙連他的名字都沒提到。」

我愣了一下才明白她在說什麼。她敲門時我還在睡覺。「嗯，」我說：「那就好。」

「至少目前還行，」她從衣架上拿了一件白襯衫對著燈光前後檢視。「我不知道警察是不是純粹出於好心，破例讓我們舉行喪禮——」

「我不認為他們是出於好心，」我說：「他們沒說話是因為對他們有利。」

「有可能。也許他們只是不想到墓園，不想負責擋開記者和旁觀者而已。不論如何，我都沒差。」

墓園兩個字讓我混沌的腦袋忽然閃過一件事。「他想要火化，」我說。

母親手裡拿著襯衫猛地轉頭看我。「你確定？」她問。

「嗯，他說的，就在——」我想不起確切時間。「幾週前。他希望骨灰灑在庭園。」

「糟了，我想菲爾應該不知道。他好像在考慮你祖父母的墓地。我得打電話給他。」說完她又回頭翻找衣櫃，手上動作更匆忙了。「這條領帶比較好？還是這一條？」

「不用，」我忽然說：「不用領帶，也不要那件襯衫。拿那件，條紋的——」我指著雨果在家裡常穿的那件褪色的法蘭絨襯衫。「還有那件深綠色套頭衫和燈心絨褲。」雨果向來討厭西裝。蘇珊娜婚禮那天，他手指摳著領子一臉苦相。這是我起碼能為他做的。

「你奧利佛叔叔應該會不高興，因為他說要藍西裝——」母親瞇眼打量手上的襯衫與領帶。「你知道嗎，別管奧利佛了。你說得對，就挑你覺得合適的吧，我來打電話跟菲爾說火化的事。」

說完她便走到樓梯口去打電話了。從她小心翼翼的安撫語氣聽來，菲爾伯伯顯然火冒三丈。「我知道、我知道，但我們可以打電話給他們，然後……因為他現在才想到。他可能以為你們都知道。對，他很確定……不是，菲爾，他沒有。什麼？莫名其妙？他沒有……」

母親的聲音隨著她走下樓梯愈來愈小。清冷的秋陽灑在地板上，過了一會兒，我走到衣櫃前開始挑衣服，拿掉線頭，一件件整整齊齊擺在床上。

♣

喪禮那天陰陰冷冷，風吹得雨水在街上來回飛散。我的黑西裝穿在身上很鬆垮，鏡中的自己感覺非常滑稽，有如穿著別人衣服的倒楣鬼。不知道誰僱了黑幫常見的黑禮車接送我們，從殯儀館、教堂到火化場，這些地方全在我們不熟的都柏林西郊，我很快就失去了方向感，不曉得自己身在何處。

「梅莉莎呢？」前往殯儀館途中，里昂在車上問道。他匆忙買的西裝袖子太長，讓他看上去像小學生，而且身上飄著大麻味，雖然很淡，但絕對不會錯。我們的爸媽要嘛沒有察覺，要嘛決定裝傻。

「她沒來，」我說。

「為什麼？」

「我忘了帶傘，」我媽忽然湊到我身旁看了看窗外。「我就知道自己漏了什麼。」

「不會有事的，」奧利佛說。他看上去糟透了，因為消瘦而臉龐鬆垮，下巴有好幾處刮鬍子的刀傷。「反正我們又不用到墓園。」他轉頭瞪了我一眼，顯然火化的事讓他對我感覺很差。

「可是萬一雨下大了，」蜜莉安有點焦急地說。她穿著黑色的垂綴披肩，剛才從家裡走出來的時候感覺就像要起飛一樣。「在教堂外面等的時候，不是要一直站在那裡嘛——」

「別擔心，」司機轉頭心平氣和說：「各位有需要的話，後車廂有傘，隨時可以派上用場。」

「是嗎，」蜜莉安語帶得意，含糊地說：「那就好。」

沒人有反應。里昂還在瞄我。我撇頭看向窗外，望著一排排禿樹和火柴盒似的小房子飛逝而過。

殯儀館整潔樸素，沒有任何會讓人更難受的佈置與擺設，所有細節都考慮到了，讓人只要轉眼就忘。而棺木就在館內一側，散發著柔和雅緻的微光。

沒想到雨果看起來比幾個月來都還像他。頭髮梳得柔順整齊，臉頰飽滿紅潤，我不想去猜是用了什麼技術。他神情專注，就像平常工作或發現了有趣的線索那樣。我腦中忽然閃現一段回憶，雨果拿著針彎腰對著我的手指，臉上是那專注的神情，替我挑出手指裡的碎片。那是個寒冷的晴天，他頭髮還是黑的。**沒錯會痛，但只有一下下——你瞧，挑出來了，還蠻大的呢！**

我爸和兩位叔伯臉色始終嚴肅木然而克制，四處和我不大熟的親友握手。一名大胸脯女士喊道：「喔，托比，你看起來好憔悴，肯定很受打擊吧？」同時給了我一個充滿香水味的擁抱。我看著她身後的里昂，給了他一個驚慌的眼神。他用嘴形說了「瑪格麗特」，但幫助不大。「托比，」父親在我耳邊輕聲說：「該走了。」我愣了一會兒才明白他的意思。

棺木重得嚇人。在此之前，這天感覺一點也不真實，有如非得熬過去的惡夢，我甚至沒打算不吃贊安諾就上。但棺木沉沉咬進我的肩膀，摩擦皮肉，感覺卻是無比粗暴又無可逃避的真實。眾目睽睽，而我的腿反應遲鈍，不停顫抖，拖累了緩慢行進的扶棺隊伍。我們將棺木放進靈車，雨水滑過我外套領子，我絆了一跤，差點單膝跪在柏油地上。「小心，」湯姆抓住我的胳膊說：「這裡很滑。」

醜陋的混凝土教堂、到處懸掛的偽手寫輓聯、風格獨具的影像和以收成為主題的輕柔音樂。來弔唁的人比我想得多，主要是老人，我認得其中幾位，他們都來找過雨果。教堂裡不停飄著放輕的腳步、咳嗽和低語聲。忽然我在一片灰髮之間瞥見一抹金色，心臟陡地一跳：梅莉莎來了。

詩歌聲在寒冷的空氣裡緩緩響起，只有老人知道曲調，但他們的聲音太小，無法填滿整座教堂，而且全染上了神父的那種油腔滑調。棺木前堆滿花圈，燭火被風吹得搖搖晃晃。菲爾伯對著劃滿線的草稿朗讀，應該是悼辭，但他聲音低又沙啞，加上伴奏攪局，因此我只聽見前言不搭後語的片段：**永遠在我們……直到……**所有人都笑了。**我們知道他一定會……**

爐火照著雨果，他笑著抬起頭來，手指按在書上記住位置，頭髮遮住了眼睛，**你聽聽這個！**坐在我身旁的父親哭了，沒有發出聲音也沒有動，母親和他五指交握。「他應該是，」菲爾仰頭昂然說道，聲音宏亮堅定：「我所認識最好的人。」

喪禮結束後，親友們在前廳逗留，排隊跟我爸和兩位伯叔握手。我焦急地左顧右盼，直到再次瞥見那一頭金髮。我立刻朝她走去，幾乎是用擠的才來到梅莉莎面前。

她獨自一人背靠著牆，待在人群邊緣。「梅莉莎，」我說：「妳來了。」

梅莉莎穿著樸素的海軍藍洋裝，讓她顯得有些蒼白與衰老，頭髮簡單紮在腦後，眼睛下方有剛才哭過留下的睫毛膏痕跡，讓我頓時心生愛憐。我全身所有細胞都在吶喊，想要將她擁入懷中緊緊抱住，貼著彼此都不常穿的大人衣服流淚啜泣。

「托比，」她伸出雙手對我說：「節哀順變。」

「謝謝，」我說：「很高興妳來了。」

「你還好嗎？」

「還好，過得去，」我握著她的手，感覺她手好小好冷，差點忍不住替她呵氣取暖。「妳呢？」

「我也還好，只是很難過。」

她是指雨果，還是我們？「我也是，」我說，接著提心吊膽補上一句：「我們結束後會回常春藤屋，跟我們一起吧。」

「不了，謝謝。謝謝你，但沒辦法，我得——」梅莉莎跟我稍微拉開半步，彷彿怕我會抱她或抓住她之類的。這到底是怎樣？「我只是想過來跟你、還有跟你家人說我很遺憾。雨果是個大好人，我很有幸認識他。」

「是啊，我也是，」我簡直不敢相信這就是分手，在人擠人的教堂前廳。我差點脫口而出，**求求妳，可以聽我說嗎？我們可不可以談一談**……如果是一般的分手，我早就說了。我使盡全力才把話吞了回去。

梅莉莎咬著嘴唇點了點頭。「我該去找你爸了，」她說：「在你們去，呃，之前跟他說幾句話，免得錯過——」她摁了摁我的手，力道大得讓我手指發疼，接著便放開我輕輕巧巧走進人群，直到那一頭金髮消失在我視線之中。

我們再次抬起棺木走向靈車，將棺木送回車裡。所有人好像都知道該往哪裡走，聽從什麼信號，只有我不懂，只能跟著我父親，他做什麼我就做什麼。回到禮車上，里昂趁著爸媽們正專心討論如何處置那些花圈時，在我耳邊說：「你不是在吃止痛藥嗎？有沒有帶在身上？」

「沒有，」我說。

「常春藤屋呢？」

「有，到時再給你。」

「謝啦，」里昂說。我以為他還想說點別的，但他只是點點頭就轉身望著窗外。棺木在他西裝肩上留下一道明顯的壓痕。

終於到了火化場。它是墓園裡一座華麗小禮拜堂改建成的，木製長椅擦得光亮，還有優雅的圓拱、素淨的照明，從裡到外設想得無微不至。史卡拉第琴音悠揚，幾位親友致悼辭，菲爾伯伯手指摁著嘴唇閉眼哭泣。

雨果回頭瞪著趴在書房地板上的我，用指關節推了推眼鏡不耐煩地說，**托比，你如果只想玩手機就出去，免得干擾我們。**

我一整天堅強自己就是為了這一刻：牆壁開了一個大口，棺木緩緩滑進黑暗，沉重的鐵門鏘的關上，大火嘶嘶悶響。我在夢中目睹過這一切，但實際上棺木的光芒是如同舞台效果漸漸變暗，簾幕從一邊出現，橫過禮拜堂將棺木從我們眼前遮去。所有人都倒抽一口氣，面面相覷，嘴裡喃喃自語，隨即從長椅上魚貫起身，扣上外套。

我驚訝得呆立原地不停喘息，等簾幕再次拉開，直到母親抓著我的手肘推著我往門口走去。**可是**，我差點就說出口，**等一下，我們還沒**——難道這不是這一整天最關鍵的時刻，所有人穿西裝、唱詩歌、握手交談和行禮如儀的原因，喪禮的焦點嗎？那一刻到哪裡去了？但我還沒能將這些想法化為言語，就已經被母親推著走過一排排長椅，來到了禮拜堂外。

停車場上，蘇珊娜靠牆看著查克和莎莉在雨中兜著圈子追來追去。查克不知道從哪裡弄了一朵百合，拿著它打莎莉，逗得她高聲尖笑。「他們想來，」蘇珊娜說：「我不曉得這樣做對不對，但我心想他們需要來就讓他們來，萬一受不了，還有我公婆可以帶他們回家。可是火化嘛……嗯，還是算了。」

「其實沒什麼可怕的，」我說，心裡仍然不停重放簾幕緩緩遮去棺木、結束、所有人回家的畫面。「完全看不到棺木送進焚化爐。」開闊的墓園讓風大展身手，有如硬物掃過停車場打在我們身上。雨果正在那棟灰色建築裡火化成灰。他皺眉困惑的表情，還有那淺淺一笑。

「嗯，我以為會看到。」蘇珊娜拉緊衣領說：「反正他們可能需要跑一跑。查克有點煩躁。」

「肯定是最近做法變了。我們有看到奶奶的棺木推進去，對吧？還有爺爺也是？」

「爺爺和奶奶是土葬，」蘇珊娜說：「在那裡。」她朝墓園那層層疊疊的墓碑努了努下巴。「你忘了嗎？」

「喔，」我說：「對哦。」

「我真是恨死今年了，」蘇珊娜忽然說了一句，隨即雙手插進外套口袋，穿越柏油路面朝孩子走去。

♧

追思餐會辦在常春藤屋，我想到湧入的外人、嘈雜和無意義的閒聊就煩得要命。然而回家真是令人如釋重負，害我一進玄關就差點癱在地板上。我勉強上樓，回自己房裡又吞了一顆贊安諾，額頭抵著冰冷的牆面站了很久。

等我回到樓下，屋裡已經人聲鼎沸。我四處找里昂，因為我夾克口袋裡有兩顆贊安諾是要給他的，結果發現他正在起居室的一角講故事，身旁圍著一堆老人。母親和伯母嬸嬸不知道從哪裡變出了酒杯來，還有一盤盤花俏的小漢堡，兩層麵包中間夾著莫名其妙的食材組合和裝飾用的蔬菜。查克發現邊桌上有一盤漢堡沒人看管，便拿起每個漢堡舔一舔又放回去。「托比，」我母親喊道。我還站在門口，想不出來該如何面對這一切。「白酒沒了，你可以再去拿幾瓶來嗎？」

廚房一角已經擺了好幾支空酒瓶。父親坐在桌前，正忙著剝掉另一大盤迷你小漢堡上的保鮮膜。「人還真多，」我說。之前在教堂前廳我也一直聽到有人這樣說。

父親沒有抬頭。「你知道最多人問我什麼嗎，多到我都數不清有幾個了。」他問我：「雨果抽不抽菸。雨果抽菸嗎？是喔，我還以為他不抽菸呢。他當然沒有抽菸，至少過去這二十年沒有，而且就算有也無所謂，因為他得癌症跟抽菸沒關係。癌細胞它，它就是個隨機出手的惡魔，雨果只是倒楣而已，擲骰子運氣不好。但我們太在乎了，不是嗎，才會覺得厄運只會發生在罪有應得的人身上。人們就是無法相信一個人就算他媽的沒抽菸也會得癌症。」

由於盤子塞太滿，因此保鮮膜一撕開，漢堡就像瀑布一樣不停往下掉，父親只能拚命塞回去。「拜託，蜜莉安耶，她都認識雨果多久了？三十多年？又不是點頭之交——這幾個月她只要見面就談紅肉和加工食品有毒素，每天早上做瑜珈可以活到一百歲。我不曉得她到底哪根筋不對，但我現在只要跟她在同一個房間裡就會受不了。」

他雙手顫抖，小漢堡一直不安分，讓他手忙腳亂。「來吧，」我說：「我來弄。」

他似乎沒聽見。「還有那些警探。你知道他們到底想幹嘛？打算透露給媒體多少？」

「不知道，我沒見到他們。」

「因為要是事情傳出去，那些將問題怪在抽菸頭上的傢伙一定會改口，說雨果是因為殺了那個少年才會得癌症。是上天的懲罰、報應或罪惡感造成的負面腦波，還是——不對，我說錯了。他們根本不會想太深，對吧？只會隨便做出符合自己感覺的假設，而且誰也說服不了他們改變想法。我知道雨果不在乎這些，但實在太令人挫折——」又有幾個小漢堡掉在桌上。「還有這些該死的，這些鬼東西——」

我將小漢堡撿起來堆回盤子上。父親背靠水槽兩手抹臉，我無法判斷他是否認為真的是雨果幹的，我也不可能問他。

「我一直跟自己說這已經是不幸中的大幸了，」他說：「你也要這樣想才對。就一個抽中下下籤的人來說，雨果算是幸運的。醫師警告了我們一大堆，什麼失智、疼痛、中風、失禁和癱瘓，結果他一樣也沒遇到，也不必——」他指尖摁著眼睛說：「不必如可能的判決結果去坐牢。」

「他想在家裡，」我再也忍不住了。「不是在那個鬼地方。」

父親抬頭看我。他兩眼腫脹，爬滿血絲，臉頰上被某位塗著洋紅色老太婆唇膏的女士留下大大的唇印。「是他自己打電話給警探，」他說：「不是警探找上門來的。對，他或許認為自己會回家，但也肯定明白有可能不會。再說他就是打給警察了，我只能相信他一定有他的理由，而且他認為該那樣做。」

我無法判斷這句話是否意有所指，或是好奇，只是包裝得很好，讓我就算裝作沒聽到也無所謂。「也許吧，」我說。小漢堡看樣子搞定了，我走到冰箱前去拿酒。

「我不曉得他會不會跟我談這件事，」父親說：「如果還有時間。我希望他會。」

冰箱裡塞爆了，我不曉得怎麼把酒拿出來而不會讓所有東西砸到我身上。「他什麼都沒跟我說，」我說。

「嘿，」蘇珊娜拖著緊抓著她裙子不放的莎莉走了進來。她穿著高跟鞋和剪裁合身的黑色小洋裝，頭髮梳得柔順光亮，看上去高大搶眼，分外優雅。「那個穿著鬆垮花呢夾克的老頭點了菸斗，把媽和蜜莉安嚇壞了，不曉得該派誰去跟他說到外面抽。但我想說管它的，今天那麼多煩心事，抽菸斗連前一百名都排不上。只要他有菸灰缸——莎莎，放開我，我要——」她拉長身子，一邊膝蓋靠在流理台上，從櫥櫃的高架子上拿了一只有裂痕的碗下來。「這個應該可以。還有，那個老頭到底是誰？」

「我猜是墨里斯．德凡，」父親按揉脖子，表情一皺說：「研究社會史的，之前常幫雨果提供更詳盡的資料給客戶，像是研究報告，反正就是那一類的。真誇張，沒想到來的人這麼多。

我都不曉得雨果這麼——」

「人還真多，」湯姆從門邊探頭進來，說了句今天不知道出現過第幾回的話。「蘇，妳找到菸灰缸了嗎？那位先生拿壁爐當替代品，妳媽快不行了。」

「我來跟她說，」蘇珊娜整了整裙子，離開前轉頭看著我父親，手指點了點臉頰說：「你這裡有唇膏，湯姆他媽媽弄的。」

「還有小漢堡嗎？」奧利佛從湯姆背後探頭問。

「來了，」我爸說。他直起腰桿，小心翼翼端著盤子跟著他們朝起居室走去。

♣

那天感覺持續了好幾週，但最後最後小漢堡終於吃完了，追思也結束了。親友們陸續離開，蘇珊娜和湯姆拖著兩個打著呵欠、不停抱怨的小鬼回家，我爸和兩位伯叔每人挑一樣紀念物時都哭了。我媽和伯母嬸嬸（不顧我反對）將一切收拾整齊，碗盤放進洗碗機，飯廳桌子擦乾淨，為了誰去還酒杯給外燴公司吵了很久，最後還將整個樓下用吸塵器吸過一遍才離開。常春藤屋終於又只剩我一個人。

接下來幾天，我沒有為雨果掉一滴淚。他為我做了那麼多，但我就是哭不出來，感覺很可恥，同時再次證明我狀態有多糟。我真的努力過，播放他最喜歡的李歐納·柯恩專輯，開他留下的酒，細數他失去的一切，跟自己說我再也見不到他了等等，但就是沒用。他的不在是那麼巨大而真實，彷彿屋子缺了一角，但情緒上他的死卻好像完全沒發生。

我媽果然沒說錯，警探只是因為喪禮才沒動作。兩天後，警方字斟句酌的新聞稿已經傳遍各大新聞網：十八歲的多明尼克·甘利的遺體近日於一處民宅庭園發現，該民宅的主人雨果·

亨納希日前因病離世，警方將不再針對此案進行調查。那些網站還不忘加油添醋寫到多明尼克的橄欖球表現、同學的回憶，以及他們能挖到所有關於雨果的資訊，真假都有。其中一個網站搞錯了，把雨果寫成婦產科醫師，結果有人留言推測雨果可能在餐桌替多明尼克的女友墮胎，被多明尼克威脅要告發他，搞得留言區陷入瘋狂。不出幾小時，這件事就從揣測成了事實，就算網站刊出更正也無濟於事（**不是醫師又怎樣？所有人都知道他是殺人犯，說他謀殺嬰兒有什麼離譜的？這老頭真是走狗運，應該死在牢裡才對！**外加一堆發火的表情符號）。其他網站的留言區也好不到哪裡（「老天，那些留言，」蘇珊娜說：「真的很噁心，千萬別看。」）普遍的結論是雨果終身未婚，很有可能向多明尼克求歡不成而痛下殺手。

父親之前那句話讓我思考良久。雨果住院時，我一直覺得自己必須做計畫，不是保護自己，就是自首以換取某種協議，現在卻不記得為什麼了。警察說不再針對此案進行調查，那有可能是障眼法，讓我放鬆警戒。但不論如何，拉佛提能做的似乎很有限。就算他找到什麼有力證據，其他人的自白至少也構成合理懷疑吧？而且感覺上我自首也不會讓世界變得更好，甚至只會更差：眼前這情況已經讓我家人夠難受了，我完全無法想像自己要是因為殺人而入獄，我爸媽的打擊會有多大。我當初會想自首，原因不外乎犧牲自己實現正義之類冠冕堂皇的理由。還有另一個原因是雨果——只有禽獸才會讓他人生最後兩個月在牢裡度過。但讓一群網路廢物朝他潑糞就又另當別論了，反正他也看不到。而且就像我爸說的，那是雨果自己的選擇。他雖然思考能力受損，但還不到搞不清狀況的地步。他是刻意那樣做的，而且是為了保護我；違背他的心願感覺才是真正的不知感恩。

我考慮自首還有第三個原因，就是自首又怎樣？我還有什麼好捍衛的？之前就算一切都出了差錯，我仍然相信起碼自己還不壞，是個好人，但我很有可能殺過人卻替這點打上了一個大問號。不過，令人意外的是我很快就接受了這個可能。不是我喜歡這個想法；我從來不曾幻想自己是亡命之徒，基本上我只想當個開心過活的正常人。但當這件事不再可能，最初的驚詫也隨之淡去，做個亡命之徒至少感覺比受人鄙視的廢物被害者好。而且說來詭異，它甚至能抵銷幾分被害的羞恥感，讓我被兩個小混混痛扁的事變得稍微好受一點，畢竟我過去顯然也幹過同樣的事。

換句話說，我不會把自己交給警察。拉佛提想怎樣是他家的事，管他去死。我不需要什麼計畫，就算他真的出現，我只要閉嘴就好。

問題是那我接下來要做什麼？在此之前我幾乎沒有想過這件事。我不可能在常春藤屋廝混一輩子。雖然這個想法很動人，但老實說我根本沒有理由繼續待著。我有自己的房子，還在付貸款，存款也不是無止盡。還有工作和其他等等，之前雨果給了我絕佳的藉口去逃避，但現在他離開了，這些事又再度浮現纏著我，一天比一天急。

我覺得最後關鍵還是在我為何殺了多明尼克（如果是我殺的，只不過這個如果我有時會忘記）。我壓根不相信拉佛提端出來的離譜推論，說我是警告人過了頭。如果真是那樣，我直接撲上去揍多明尼克幾拳或朝他揮揮刀子就好，何必大費周章用絞索那麼古人的手段，而且還得先學會做絞索才行？不可能，我一定是因為想殺他所以殺他，所以原因很重要。

我在腦袋裡按部就班思考這個問題，從這個房間走到那個房間，而且刻意大聲把想法說出來，以免搞混。要是我殺害多明尼克是因為他那年夏天讓我很不爽（這有可能，因為他那時很煩人），或是愚蠢的荷爾蒙作祟，為了某個女孩爭風吃醋（我那年夏天喜歡誰？應該是潔思敏，但不到瘋狂的地步。拉娜．穆凡尼和我認識的其他可愛女孩也是，我無法相信自己會為了她們任何一個絞死某人，但我相信什麼顯然不重要），如果真是為了這麼雞毛蒜皮的小事而動手，那我不該當作沒事才對。即使我覺得沒有必要終生奉獻窮人以示懺悔，但買個大房子似乎也不對。那是一種錯誤的危險，太過猛烈駭人，無法預測，不適合寶寶，或是梅莉莎。

然而，要是拉佛提猜得沒錯，我殺人是為了保護里昂，那就完全不同了。那樣做的人就值得雨果為他做的一切，就有權利（甚至責任）重新過自己的人生。

我不曉得自己抱著多少希望。我從來不認為自己是什麼勇者，是為了拯救被壓迫者而上戰場的莽夫，但我仍然想要相信自己至少在某種程度上是個好人。里昂說得我好像是從來不肯為別人動一根手指的爛貨，但我曾經替他擋掉不少霸凌，趕走騷擾梅莉莎的蠢蛋，還待在常春藤屋陪雨果到最後，說自己人還不壞顯然並不為過。要是我知道多明尼克到底都對里昂做了什麼，應該不會不保護他吧？

但這時我已經對自己的腦袋失去了信心，根本懶得回想。因為不論我想起什麼，都是空穴來風居多，就像我以為爺爺奶奶是火葬那樣，來自錯亂的神經突觸。即使里昂和蘇珊娜無從確定多明尼克是我殺的，但他們是最有可能知道（即使沒聯想到）哪些事會把我逼到那種程度的人。於是我再次化身名偵探托比，發簡訊給他們兩個，要他們找天下午來常春藤屋。

或許不應該找蘇珊娜的。里昂我有辦法哄他、用罪惡感動搖他或激他，直到從他嘴裡問出一點什麼，但蘇珊娜就算在我腦袋還沒搞爛之前，她也有辦法讓我兜圈子。不論什麼，只要她不想讓我知道，我就別想逼近半步。但我完全沒有想過將她排除在外，因為他們倆終究和過去真正的我密不可分。在我心底比想法還深的角落，我相信若是有人能將我帶回那個自己，那絕非他們莫屬。我想我可以這樣說，而且再怎樣都不是謊言：我需要他們兩個都來是因為我愛他們。

雖然我覺得自己故作輕鬆的語氣拿捏得恰到好處，但事後看來他們顯然沒被騙，而且兩人還是來了。即使到現在，我還是不曉得自己是否應該心懷感謝，是否他們（其中一人或兩者都是）至少覺得自己是在幫我一個忙。

♣

在我獨自被寂靜包圍了那麼久之後，他們的活力讓我一時無法消受。蘇珊娜帶了一堆香腸捲，放上烤盤哐啷一聲送進烤箱裡。里昂帶了一大袋迷你巧克力棒，因為萬聖節快到了。我完全忘了這件事，直到看見包裝上的卡通鬼魂和吸血鬼才想起來。而家裡還有喪禮剩下的酒。「真是經典組合，」里昂跪在起居室地板上，推開凌亂的紙張、套頭衫和盤子，好將袋子裡的巧克力棒甩到咖啡桌上。天氣很冷，我開了暖爐，屋裡只有起居室是溫暖的。「隨你怎麼說，但我們可是很有品味的。」

「你想的話，我們下回也可以有教養一點，喝茶配小黃瓜三明治和司康餅，」蘇珊娜擠開里昂，將香腸捲擺到桌上說：「但我們已經處在緊繃模式太久了，現在最需要的就是垃圾食物。湯姆和我還有兩個小孩最近一直在吃披薩和中餐外賣。我還是會變回超級有機食品媽媽，但現在管它去死。」

「吃這些有什麼問題？」我拔出紅酒的軟木塞說：「我喜歡香腸捲，喜歡巧克力棒，也喜歡酒，這些都是好東西。紅酒配豬肉，對吧？」為了這次見面，我事先喝了一堆咖啡，所以有點嗨，很像心裡有鬼所以減速的那種提心吊膽的嗨。

「你看起來糟透了，」里昂一臉焦慮，湊過來檢查我的臉說：「你還好嗎？」

「謝啦，兄弟。」

「我是說真的，你有吃東西嗎？」

「偶爾。」

「你有權邋遢，」蘇珊娜說：「因為你經歷最多最慘，但你一路都表現得很好。」

「但你們之前一直怪我處理得很爛，」我說：「還記得嗎？」

「我知道，我收回那些話，對不起，」蘇珊娜重重坐在沙發上，伸手去拿爬滿毛球的羊毛被毯。「要是我曉得事情會變成這樣，當初可能就不會叫你住進來了。」

「我也不會來，不騙妳。」

「我們欠你一次。」

「是啊，沒錯。」

「吃吧，」里昂將香腸捲推到我面前，憂心忡忡地說：「趁熱吃。」

「不了，謝謝，」我說。聞到那味道讓我胃腸翻攪。不知道為什麼，我其實比較想吃巧克力棒。我向來對黏牙的甜點沒什麼好感，現在卻想一口塞三個。「拿去，」我將斟好的酒杯遞給他們。

「敬雨果，」蘇珊娜舉杯說道。

「敬雨果，」我和里昂說。

我們彼此碰杯。「啊，」里昂背靠我對面的扶手椅坐在爐邊地毯上，脫了球鞋和襪子嘆口氣說：「原諒我打赤腳，但我剛才踩在一大攤水裡，鞋襪都濕透了，只能脫下來烘乾。」說著便將襪子掛在壁爐欄杆上。

「你襪子最好是乾淨的，」蘇珊娜說。

「別在那裡唧唧歪歪，妳可是穿著襪子——」

「而且不臭——」

「我的也是，跟小寶寶的屁股一樣乾淨，妳想聞聞看嗎？」他拿起一隻襪子朝蘇珊娜揮了揮，蘇珊娜做出想吐的動作。

「你氣色不錯，」我對里昂說。事實也是。他臉上不再顯露消瘦的感覺，頭髮用髮膠梳好，前衛打扮也回來了。雖然我個人認為那樣的穿著很蠢，不算加分，但似乎顯示他心情已經好轉。「感覺放鬆很多。」

「我知道，」他伸直雙腳靠近壁爐，開心扭動腳趾說：「我感覺好多了。這樣是不是很惡劣？我實在受不了焦急等待的感覺，現在事情終於結束，我就有辦法面對了。」

「你接下來打算做什麼？」我啃著巧克力棒說：「你哪時候要回柏林？還是你不會回柏林了？」

他聳聳肩。「我還沒決定。」

「你的工作呢？」蘇珊娜拿了一個香腸捲問：「還有卡斯騰？」

「不知道，還沒想，你們不用管這麼多，」接著他轉頭問我：「你呢？你什麼時候要回去工作？」

「我也是不曉得，」我說。巧克力的乳香口感有如可樂一般，帶給我味蕾無比銷魂的快感，於是我又拿了一根。「別催我，事情也才過了一個禮拜。」

「你應該回去工作，」里昂說：「整天一個人窩在這裡，對你腦袋不好。」

「說到這個，」蘇珊娜問：「梅莉莎好嗎？」

「她很好。」

「教堂之後她去哪裡了？是不是另外有約？」

「梅莉莎搬回去住了。」

里昂愣了一會兒才抱著期望地問：「因為她媽嗎？」

「不是，」我說：「我想我應該是被她甩了。喪禮後我就沒有她的消息了。」

「可是，」里昂忽然坐直。「我們上回來的時候她還在，就是那個糟糕的晚上，雨果還沒——」

「嗯，我知道。那天晚上我回房的時候，她就不在了。」

蘇珊娜低頭挑掉套頭衫沾到的麵包屑，我無法判斷她在想什麼。「難道是……」里昂手裡拿著香腸捲正要送進嘴巴，結果停在半空中。「我們那天晚上談的事情，是那個讓她受不了嗎？」

「算你厲害，福爾摩斯，所以實在怨不得她。」

蘇珊娜說：「她覺得是你殺了多明尼克？」

「我覺得應該是，」我說：「沒錯。」

「我就說吧，」蘇珊娜對里昂說。

「天哪，」里昂一臉備受打擊的模樣。「我很喜歡梅莉莎。」

「是啊，」我說：「我也是，非常喜歡。」

「她很適合你，我以為你們會結婚，也希望你會娶她。」

「是啊，我也是。」

蘇珊娜問：「梅莉莎真的有說她覺得是你幹的嗎？」

「她沒必要說。」

「所以也許她其實並不覺得，」里昂說：「也許她離開根本不是因為這個。我是說，壓力這麼大，還有雨果，她不可能——」

「重點是，」我清了清喉嚨說。就這樣，沒有我想像的難，但感覺很奇怪。我怎麼也想不到自己會有這麼一天，坐在這裡問他們我為什麼會殺人。「重點是，說來詭異，但我想你們是對的，那不是她甩掉我的原因。就算我是殺人犯，我想她也應付得來。我是說，我知道這聽起來很扯，但就像你們說的，梅莉莎很特別，她——我想她或許有辦法面對，只要她明白我殺人的原因。問題是她不曉得，而我想這對她來說一定很恐怖。因為我有可能是，呃，徹底的心理變態，只是大多數時候偽裝得很好。重點是我沒辦法跟她說，因為我不記得了，完全想不起來，所以只能被甩。」

起居室裡陷入沉默。我灌了一大口酒，舉起杯子才察覺手在顫抖。蘇珊娜和里昂則是交換了幾個意味深長的眼神。

「你們要是想起任何事，」我說：「任何可能讓我明白自己為何——這是你們欠我的人情，你們需要幫我回想起來。梅莉莎會陷入這件事，都是因為你們要我來住這裡。如果我想不起——」

「好吧，」蘇珊娜說：「我們就跟你說一個故事。」

「蘇，」里昂說：「我還是覺得這不是個好主意。」

「別緊張，不會有事的。」

「蘇，我是說真的。」

蘇珊娜隔著咖啡桌望著里昂。她將套頭衫的袖子拉下來蓋過手指，兩手像是端著熱茶似的捧著酒杯。火光下，此情此景感覺怡然恬靜得不可思議。扶手椅的破舊紅色花緞散發光澤，引火柴桶的凹陷銅面柔光閃爍，古老的蝕刻紋路翻騰盪漾。「這樣做才是對的，」她說。

「並不是。」

「我們也只能做到這樣了，」接著她轉頭對我說：「你要是把這些話傳出去給任何人，包括梅莉莎，我們就會說那全是胡扯，是你幻想出來的對話，我們今晚只是來聚聚，說點感性的話回憶雨果，然後就回家了。他們一定會相信我們的。你可以接受嗎？」

「我有選擇嗎？」蘇珊娜聳聳肩，於是我接著說：「好吧，我懂了。」

「我要抽菸，」里昂從毯子上起身道。「我不管了，菸灰缸在哪裡？」

「他還是有點怪，對吧？」里昂去了廚房之後，蘇珊娜對我說：「那是因為他還在想卡斯騰的事。我希望他繼續和他在一起，他們很登對。」

「蘇，」我心臟猛跳。沒想到一切那麼順利，我真不曉得是否應該擔心她在過來之前就已經決定要跟我說了。

「我知道，」蘇珊娜拉長身子越過沙發扶手從她的手提袋裡撈出菸來。「想要來一根嗎？」

「不了，謝謝。」

「有打火機嗎？」

「蘇。」

「好啦好啦，我正在想應該從哪裡開始講，」她在沙發上伸長雙腿，調整被毯的位置讓自己舒服。「所以，高三那年，我想就是從那時開始的。三月左右，復活節期間。我們的爸媽去度假了，而我們三個待在這裡，準備畢業考的口試。你還記得嗎？」

「記得。」

「而我們的朋友會來這裡一起讀書，多明尼克也是。」

「嗯。」

「那真是糟透了，」里昂手裡拿著喪禮那天蘇珊娜挖出來的那只破碗，從廚房裡走了回來。「這裡是常春藤屋耶，拜託，照理應該是避風港才對，結果那個混球竟然登堂入室，大搖大擺走了進來，把我的書全弄到地上，笑得跟鬣狗一樣。」

「我起先不曉得他為什麼會來，」蘇珊娜接著說：「你們兩個又沒那麼熟。但他很快就黏上我，笑嘻嘻地要我教他法文。我不是很想理他。他之前一直把我當空氣，現在有需要了立刻巴上來？但我那時很喜歡伸出援手，助人為善之類的。老天，我真是個自以為是的小鬼，是吧？」

「我們還是很愛妳，」里昂對她說，一邊繼續將咖啡桌上的東西移開，找地方放那只破碗。

「謝啦。總之，我心想管它的，幫多明尼克的笨腦袋多塞幾個不規則動詞也好。事情順利進行了一兩天，直到有天晚上——就在這裡，真的，我想你們倆和其他朋友都在廚房——他竟然開始撫摸我的大腿，說我有多性感。」她伸出一隻手，里昂將打火機遞給她。「是啦，我猜他只是在愚弄我，其實到現在都還是這樣覺得，可能他和他的夥伴私下打賭之類的，你說呢？」

「拜託！怎麼可能？蘇，妳把我想成什麼人了？」我覺得我有權發怒。我不可能做出那種事情的，對吧？「而且——」這點我絕對有把握是真的。「我絕不可能讓他把妳牽連進去，他媽的絕不可能。」

「嗯，」蘇珊娜說：「我知道這是圈套，不論為了什麼。或許不是比拼或打賭，或許他只是覺得我很好上，因為像他這麼受歡迎的人竟然會喜歡微不足道的我，讓我受寵若驚。又或者他覺得我幫他補習，這算是一點回報。總之，我把他的手撥開，跟他說我沒興趣，而他顯然沒想到。」

里昂哼了一聲。「你怎麼確定他是在設圈套？」我說：「或是只想上妳？說不定他是真的喜歡妳。」

蘇珊娜隔著打火機的火光看了我一眼。「拜託，你會不知道多明尼克的品味？卡拉．漢尼根、蘿倫．馬龍，全是前凸後翹的金髮美女。」

「妳不應該小看自己，」我傻愣愣地說：「妳長得很漂亮，不是所有人都喜歡同一種——」

「托比，」蘇珊娜半是好笑、半是惱怒地說：「我長得不漂亮沒什麼，你懂嗎？長相普通又不是畸形，沒有必要躡手躡腳假裝沒這回事。」

「我沒有——」

「總之，我對多明尼克沒興趣，所以他對我是什麼感覺其實都無所謂，但他顯然並不這樣想。他叫我別緊張，又把手放到我腿上。我受夠了，就叫他滾開，我寧可吃大便也不想被他碰。」

「喔哦，」我忍不住縮了一下，腎上腺素直線分泌。即使事隔多年，我依然可以想見多明尼克會是什麼反應。

「的確，事後看來，我那樣做可能不是很好，算我學到了一課。」她從被沙發毯底下伸出一隻腳，腳趾勾住桌腳將咖啡桌往裡拉，好搆得著菸灰缸。「他其實表現得好像沒什麼那樣，整個人往後退開，舉起雙手不停笑著要我冷靜，說他不曉得我是蕾絲邊之類的蠢話。我起身要走，他說：『怎麼了？妳不打算替我補習了嗎？』我說：對，到此結束，沒想到——」蘇珊娜揚起一邊眉毛。「他竟然生氣了，說：『妳瘋了嗎？我只是開玩笑，妳這個人有什麼毛病……』而我不理他，直接走人。雖然我有點害怕，但心想應該搞定了吧。」

里昂笑了出來。「我知道，」蘇珊娜說：「是我小小心靈太天真了。」

我知道這樣說很缺德，但無所謂。我沒想到故事會是這樣。里昂的話我不敢說，但對蘇珊娜，我心裡非常肯定，只要她需要保護，我絕對會出手，不計任何代價。我心跳加速，就像坐著雲霄飛車朝令人眼花的頂點駛去，即將猛力俯衝那樣。

「從此之後，」蘇珊娜說：「我只要遇見他，例如大家放學後到公園玩，他就會嘲弄我是書呆子或老古板。有人講黃色笑話，他就會說：『嘿，你講話乾淨點，德蕾莎修女在這裡！』其他人就會哈哈大笑。我叫他別這樣，結果他卻變本加厲，說什麼：哎呀，有人需要加強幽默感，肯定是大姨媽來了，就是沒上床了才會放不開……所有人就會笑得更厲害。於是，過了一陣子之後，我就不再說了。」

我努力回想這段往事。那時所有人都勾搭來勾搭去，大多做得非常爛，所有人都睡來睡去，很多人根本停不下來。畢竟我們都曾經是十七八歲的年輕小伙子，就算我曾經經歷過，感覺也很正常，不大可能留下什麼印象。

「當時那種事沒什麼大不了的，」蘇珊娜彷彿看穿我思緒似的說：「我是說，我雖然很火大，但那些都是家常便飯等級的揶揄，不會讓人害怕。但口試結束後，事情開始急轉直下。多明尼克知道自己考得一塌糊塗，覺得都是我的錯，因為我沒幫他補習。他不再公然拿我當笑料，而是湊到我身旁，靠得非常近，在我耳邊說：『妳這個愚蠢的婊子，妳自以為很聰明，比我機靈是吧？看來得有人讓妳知道自己是幾分斤兩。』諸如此類的警告，當然還有他想看看我『口試』到底有多強這種話。」她一邊說著，一邊做出口交的動作。

「他對我也是那樣，」里昂將身體轉向另一邊繼續烤火。「永遠是那些老套，撿肥皂的笑話啦，愛滋病的笑話啦，我是覺得既然都那麼努力都想當霸凌人的混球了，起碼要有創意一點吧？」

「不曉得耶，」蘇珊娜想了想。「要是有創意說不定更可怕，反正他沒有。老實說，我想或許這才是他最大的問題，當然還包括他是個王八蛋。」

「還有心理變態，」里昂說：「當他開始出現那種神情——我的意思是，他本來就有毛病，但後來開始變得很明顯，真的有地方不對勁。他會突然冒出來，朝你肚子就是一拳，然後看著你哈哈大笑，讓人心裡發毛，」他轉頭對我說：「而你和你那群死黨竟然都沒發現——」

「老實講，」蘇珊娜彎身將菸摁熄。「那時大家都忙著畢業，沒那麼細心。到了五月左右吧，筆試日期將近，換句話說多明尼克壓力更大了，行為也變得更惡劣，講的話愈來愈像真的威脅，例如：『妳醜到讓人想吐，我只好從後面來了……』」

「天哪，蘇，」我忍不住打了個哆嗦。

「很不舒服吧？抱歉，但那也是我的感受，」蘇珊娜靠回沙發，伸手拿了個坐墊塞在背後。「而且他不再只是嘴上說說。起初和性無關，不算是，只是很詭異，例如趁我開口講話的時候把手指伸進我嘴裡。我應該把他手指咬斷的，但等我回過神來，多明尼克已經閃人了。還有一回他拉開我上衣後領，朝裡面吐口水。」

「他是禽獸，」里昂說：「還在我鞋子裡撒尿。」

「但惡搞很快就變成了性騷擾，」蘇珊娜接著說：「有一天我在學校旁邊的小店外頭等朋友，我只是站在那裡，他就過來看著我，兩手忽然抓住我的臀部用力捏了一下，還用胯下撞我，接著就走開了。」

「妳應該跟我說的，」我說，語氣盡可能自然，屏住呼吸等蘇珊娜反應。

蘇珊娜眉毛直豎。「我有說，」她語氣平鋪直敘，甚至有點被逗樂了。「我當然有跟你說。我就是因為這件事才決定讓你知道的。我最愛的表哥應該有辦法搞定。」

「喔，」里昂對著壁爐的火說：「天哪。」

「我那時才十八歲，人又蠢，不然你還想怎樣？」

不對，我有地方沒抓到。「什麼？」我說：「哪裡蠢？」

「他連想都想不起來，」里昂說。

「是嗎？」蘇珊娜問。她發現我顯然想不起來，於是說：「別擔心，你沒有當面笑我或怎樣，反而是對我很好，對我循循善誘，說開始有男人哈我其實是件好事，沒什麼好怕的，要是我能交個男友，少花一點時間拯救西藏，生活會有趣許多，我也會變得有趣許多。跟多明尼克交往可能不是好選擇，因為他那個傢伙有點渣，但洛坎．穆蘭或許可以試試看？這樣妳就會有人給妳傳簡訊，就會把這件事拋到腦後了。」

「我沒有——」應該不是這樣才對。「我一定是沒發覺有多嚴重，要不然——」

「不對，」蘇珊娜回答：「你肯定覺得沒那麼嚴重。但老實說我也有錯，因為我覺得太丟臉了，所以沒告訴你所有噁心的細節，只跟你說了個大概。」

「這就對了嘛，」我說。捏一下屁股和講幾句幹話怎麼可能很嚴重。蘇珊娜向來容易反應過度，很可能她一週前考試得了甲下，所以心情很差……「妳要是跟我說——」

「呃，我本來以為你會認真看待，結果沒有。我問你可不可以至少跟他說，要他別再騷擾我，但你說那只會讓大家相處起來很尷尬。你對我要你那樣做有點不爽，我感覺你認為我不該讓你處於那種立場。」

所以我是哪時候，又是怎麼——也許這就是動機？氣自己，也氣多明尼克，因為察覺自己竟然讓他躲過——難道我是想彌補，結果做過頭了？「媽的，」我說：「我真的很抱歉。」

蘇珊娜聳聳肩。「都是陳年舊事了。」

「那妳怎麼做？跟其他人說了？」

「跟我朋友，算是有透露吧。她們知道多明尼克在騷擾我，但我也沒跟她們交代所有細節。因為我覺得很怪，覺得自己很髒。我現在不會了，但我那時才十八歲好嗎？」她宿命似的聳聳肩。「而且她們也不曉得該怎麼做，跟我一樣沒概念，只是跟我說，『天哪，他真是混蛋，說不定妳只要不理他，他就會停止了，或者跟他說妳有個遠距離的男朋友——』」

「我是說妳爸爸媽媽，」我說：「或是妳喜歡的那位英文老師。」

蘇珊娜拿著酒杯眉毛一挑：「你是說我有沒有跟值得信賴的大人說嗎？沒有。或許我應該那樣做，但我覺得太丟臉了。沒有人會跟自己的爸媽說她被男人摸了，而且我不確定自己是不是大驚小怪，因為他表現得是那麼自在，你懂嗎？就像只是在開玩笑。再說我要是告訴老師，害多明尼克被學校處分，那所有人都會知道，我就慘了。」

「絕對會，」里昂將晾在壁爐欄杆上的襪子翻面：「還記得洛坎．穆蘭向老師告狀說席姆斯．杜利把他的眼鏡藏起來嗎？接下來幾個月，所有人都**排擠他**。」

「總之，」蘇珊娜說：「多明尼克非常精明，做的事愈惡劣，他就愈小心。他會抓住我的手腕讓我摸他老二，要我吹它，但他只會在沒有人看到的時候做。他會在公園裡堵我，讓我看他手機裡的影片——他的手機**永遠**是最新款，記得嗎？——影片是某個女的被人用希奇古怪的方式上了，然後他會說：『等著被我這樣上吧。』但他從來不會寄屌照之類的東西給我。我完全無法證明發生了這些事。就算我講出來，他只要說我是瘋子，他根本不曉得我在說什麼就好。不論從哪一點看，說出來都沒有好處。」

「我也是那樣感覺，」里昂說：「所以他才會這麼有恃無恐。老天，他真的很可怕，對吧？」

「即使到這個程度，」蘇珊娜接著說：「我還是覺得自己應付得來。我這樣說不代表我處理得**很好**，事實上我嚇死了。我調整日常動線，避開多明尼克．甘利可能出現的地方；走在路上每兩秒就會東張西望，確定沒有人從後面靠近；隨時覺得自己身上的任何部位都可能被摸。我拚命讀書，幾乎所有心思都在畢業考上，也希望如此，心底最不想要的就是讓多明尼克對我的負面影響更大，」她又伸手拿了一根菸說：「事後回想起來，我覺得我處理得並沒有自己以為的那麼好。差不多就是在那時候，我心裡開始萌生殺死他的念頭。」

我倒抽一口氣。我早就該知道了——不對，我確實知道，只是不敢相信。我早就知道自己不是那種人，不會有那種念頭，做出那種精心策劃的殺人舉動。要不是我的腦袋連好好思考三十秒都沒辦法，肯定立刻明白誰有這種能耐。

「呃，不是真的想殺人，」蘇珊娜誤解了我臉上的表情，於是說：「只是讓自己好過一點的手段，就像拿針扎人偶那樣。我會幻想自己用機槍打爆他，或想像在他臨死前要對他說什麼才爽，就是這類的白日夢。」

「中大獎了，你這個王八蛋，」里昂模仿終極警探咧嘴笑著說。

蘇珊娜朝他吐了口煙說：「重點是我依然覺得自己應付得來。我心想只要再咬牙撐個幾週就好，到時就畢業了，不是嗎？考完試後，我哪還有可能再遇到那個混蛋？」

「只是——」里昂說。

「沒錯，結果考完反而更慘。我待在家的時候，多明尼克當然沒辦法登門造訪，要我放他進去。但等我們三個來這裡過暑假，他幾乎每兩天就來。他曾經在我打工的地方等過我幾次。我連他怎麼知道我在哪裡打工都不曉得，當然不是我跟他說的。」

蘇珊娜瞄了我一眼。我完全沒概念。我或許說了些什麼，但我怎麼曉得那樣做是十惡不赦？她的說法有許多地方感覺很不公平：有很多事我不是沒做就是根本無從得知，卻都怪在我頭上。「誰都有可能告訴他，」我忍不住反駁道：「妳的打工地點又不是國家機密。」

「反正有人說了，」蘇珊娜回答。「他會跟我走到公車站，捏我身體不同部位，詳細描述他想怎麼對我。我一直要他離我遠一點，但他只是笑著說我不用再裝了，他知道我很喜歡他這樣。我不曉得他那樣說只是想惹怒我，還是真的那樣想。」

「誰曉得多明尼克的腦袋他媽在想什麼，」里昂說：「老實講，誰管他？重點是多明尼克．甘利這個可怕的小心眼再也不會找我們麻煩。」

「我想，」蘇珊娜說：「他應該打從心底覺得我是災星。他向來要什麼有什麼，甚至不用努力，對吧？結果遇到我，然後又是畢業考，他知道自己沒望了，唯一能拿到的入學許可就是到斯萊戈技術學院編籃子。不論之前他對人生有什麼計畫，這下差不多全毀了，而且我想他應該沒有預備方案，因為從來不需要。我想他肯定覺得一切都是我的錯，都怪我不肯幫他補習，事情就是從這裡開始的。」蘇珊娜側頭靠著沙發扶手想了想說：「或許不是災星，而是大麻煩。只要把我搞定，讓我搞清楚自己的身分，所有事情都能回到原來的正軌。」

「又或許沒那麼複雜，」里昂說：「他只是喜歡看人害怕，可憐兮兮，只是喜歡勾搭女孩上床，而妳正好兩者兼具，感覺是完美的獵物。」

「我不曉得，」蘇珊娜說：「我想他那時是真的瘋了。不是心理有病的那種，不可能被診斷成神經病，只是不對勁，脫軌了。基本上他過去所是的一切，從常勝軍、王子到猛男全幻滅了。這點讓他很崩潰。別的不提，他那時肯定非常脆弱。」

「哦，拜託，」里昂說：「他才沒有崩潰，而是本來就那麼爛好不好？我們幾個就算畢業考考砸了，會開始到處恐嚇人，說要強暴他們嗎？不會嘛，謝謝。」

蘇珊娜想了想，彈彈菸灰說：「也許吧。也許他確實沒崩潰，而是釋放了，讓人看見他的內在。基本上就是那副德行，甚至更厲害。」

我後來才想到，只是有點遲了，里昂在這件事裡到底扮演什麼角色？蘇，**我還是覺得這不是個好主意**。他顯然知道事情的全貌，至少知道一段時間了。這到底代表什麼？我們三個都有份嗎？畢竟我毫不懷疑蘇珊娜有搞出東方快車謀殺案的本事。我又拿了一條巧克力棒。

「總之，」蘇珊娜說：「他愈來愈變本加厲。有一天他又到我打工的地方，又跟著我走到公車站，只是這回公車站沒有人，我立刻感覺不妙。他將我推到公車亭裡，開始上下其手。我甩了他一巴掌，他馬上回甩一掌，力道又狠又猛，而且手上的動作完全沒停下來。我腦袋撞在公車亭上，後來腫了好幾天。等我不再眼冒金星，就開始拚命掙扎，想把他推開。但他力氣很大，一手抓住我兩隻手腕舉到我頭頂上，另一手伸進我裙子裡。我試著踢他，但他只是笑了笑，整個人壓在我身上，讓我動彈不得，甚至吸不到氣，沒辦法尖叫。要不是正好有幾位老太太經過，真不知道會發生什麼。」

「但這是傷害罪啊，」我說。她語氣是那麼平靜疏離，感覺就像描述逛街一樣，讓我怎麼想怎麼怪。拜託，她可是大名鼎鼎的蘇珊娜，連生活在另一個半球的人蒙受不公都會生氣的人耶，這到底是怎麼回事？「妳為什麼不報警？」

「別以為只有你想得到，聰明鬼，」蘇珊娜揚起一邊眉毛說：「我當然有報警。事情發生之後，我把經過都跟里昂說了。我那樣做不是希望他挺身而出，替我作個了結，而是我需要有人早上陪我去上班，下班了去接我。那感覺真的很丟臉，好像我還是個無法應付世界的小孩。我知道里昂不會認為我是膽小鬼，因為他知道多明尼克是怎樣的貨色。」

「沒錯，」里昂說：「我很清楚他是怎樣的人。對了，他那時還是在作弄我。他本事強得很，可以同時欺壓好幾個受害者。這就叫一心多用，時間管理大師。但我遇到的次數少了很多，他只有死黨在的時候才會弄我。就跟大猩猩一樣，他需要在其他雄性面前展現力量，但現在跟班少了，他也就興致缺缺了。只是偶爾遇到時弄一下，例如撞翻我手上的咖啡之類的。」

「可是，」蘇珊娜看了看他，目光裡是真摯的慈愛。她說：「里昂嚇壞了，而且大發雷霆。

那個王八蛋，他說，我們絕不能讓他逍遙法外……我想要是不攔著他，他肯定會直接殺去教訓多明尼克，只是結果可能——我沒有瞧不起你的意思，里昂——」

「沒關係，」里昂開心地說：「我去也只是被他剝了當早餐。」

「於是里昂遊說我去報警。我不是很想去，但看到他那麼憤怒……我忽然明白，是啊我其實沒有反應過度，這件事真的很嚴重，也該有人讓那個敗類踩煞車了。就像里昂說的，我們已經離開學校了，不用擔心消息傳出去，被所有人排擠。」她轉頭對里昂微笑。「所以他就陪我去了警局，握著我的手等候做筆錄。」

「我真的覺得好丟臉，」里昂雙手遮臉說：「老天，我現在只要想到還是很想打電話跟妳道歉。我根本不曉得自己那時以為警察會怎麼做，是好好訓他一頓，還是嚇唬他讓他知難而退。」

「沒差，」蘇珊娜說：「我是說真的。我其實也以為他們會做點什麼。我們倆還真是被寵壞的中產階級小屁孩。」

「什麼？警察沒出動？」我說：「一點事都沒做嗎？」這感覺實在太詭異了。馬丁和時髦西裝男雖然很沒用，但至少有在做事。

「他們看著我笑，」蘇珊娜說：「連筆錄或報案三聯單之類的東西都懶得讓我寫。」

「為什麼？那些傢伙有什麼毛病？」

蘇珊娜聳聳肩說：「因為我半點證據都沒有。我頭上腫起來的地方早就消了，也沒有簡訊、電郵、字條或證人。只有個人說法，而我的證詞顯然沒有多大效力。老實說，我不認為原因只有我是女生。多明尼克是有錢人家的小孩，又讀名校，他爸媽肯定會不惜血本聘請王牌律師，把我告到死……警察不想淌混水，尤其沒有任何證據，因此他們只是摸摸我的頭，跟我說他或許只是在開玩笑，我應該回家去好好放鬆過個愉快的暑假，別為了男生鬧彆扭。」

「雖然當時警察感覺有點不近人情，」里昂從盒子裡甩出另一根菸說：「但還好他們那樣做了，因為要是真的成案……」

「所以就這樣了，」蘇珊娜將菸摁熄，將咖啡桌上的菸灰缸推到里昂面前說：「既然警察不肯碰，也就沒有必要找爸爸媽媽了，即使我很想。他們又能怎麼辦？架著警察去抓多明尼克嗎？還是去找多明尼克的爸媽談，結果發現自己的寶貝女兒幹了壞事，氣得七竅生煙嗎？學校就更不用想了。我其實手段很有限。」

「妳那時就要上大學了，」我說。我知道這樣說可能不大好，會讓她發火，但我需要聽到自己是別無選擇才殺人的。「妳想進哪間大學都沒有問題。我記得妳不是申請了愛丁堡還是哪裡嗎？」

「是啊，」蘇珊娜不為所動。「而且我很有把握自己會錄取。我考慮去唸——我其實不想去，想待在愛爾蘭，但還是小心為上，對吧？只是多明尼克有天到常春藤屋來，在廚房裡跟我說：『聽說妳想去唸愛丁堡大學是吧？』不知道是誰跟他說的。」她嘲諷地朝我挑了挑眉毛。「我開始支支吾吾，他又說，『太棒了，我正需要理由去愛丁堡呢。』說完他用手對我做了開槍的動作，然後就走掉了。」

蘇珊娜聳聳肩接著說：「其實他也許不會真的跟去愛丁堡，也許很快就會忘了有我這個人，但那時他已經瘋到一個程度，所以我真的信了。誰都曉得錢不是問題，而且他也沒有非待在這裡的理由。那時連你們都開始疏遠他了——相信我，我沒有怪你的意思。但他沒有真正的朋友，對吧？幹蠢事時在一旁鼓譟吆喝的狐群狗黨很多，可是沒有真正的朋友。不像你有西恩和阿德。」

「應該是吧，」我說。我沒有仔細想過，但印象中多明尼克身邊從來不會只有一兩個阿貓阿狗，不是呼朋引伴一大群，就是（通常到最後）獨自一人轉來轉去，眼神裡的漂流與無助讓你只想離得愈遠愈好。

「所以他不可能待在都柏林，只為了跟其他人在一起。而我實在怕得要命，怕到筋疲力盡，以致無法好好思考。我深信他一定會找到我，到時就更糟了，因為我在離家鄉和家人很遠的地方。那段期間他給人的感覺已經不再是爛人，而是大怪物，是惡魔，不論我去哪裡都會被他找到。」蘇珊娜看了我一眼。「你覺得我應該離開，然後祈禱他不會找來。我沒做錯任何事，卻應該遠走外蒙古，只因為某個王八蛋無法承受事情不照他的意思走。換成你會那樣做嗎？」

「我不曉得，」我說。她態度之平靜，其實她和里昂都是（里昂這會兒正懶洋洋躺在壁爐地毯上戳襪子，看它乾了沒有），讓我愈來愈不安。我當然不是說他們應該哭到發抖，但那件事演變到這個程度，感覺他們至少也該緊繃或焦躁之類的。「我不曉得我會怎麼做。」

「我那時也已經有點失心瘋了，」蘇珊娜說：「那感覺就像活在夢魘裡，你知道自己必須逃離，卻跑不快又叫不出聲來。我那時常自殘，唯一能讓我好過一點的就是幻想殺了多明尼克。雖然還不到考慮真的動手，但想像的場景愈來愈真實。拿機槍掃射他感覺很蠢，跟卡通裡用鐵砧砸人腦袋一樣。我需要更真實一點的。」

「我都不曉得，」里昂說。我分不出他是對我們其中一人還是兩人說。「我當然知道情況很糟，但沒想到那麼嚴重。」

「我花了一段時間才找到可行的做法，」蘇珊娜說：「多明尼克體型是我兩倍，而我不希望他流血，因為清理起來很麻煩，所以大部分方法都不可能。我想過下毒，但那太碰運氣了。就算我順利讓他服下什麼，發作也會拖很久，讓他有時間去就醫治療，跟人提到我的事……我不曉得自己花了多少時間瀏覽真實犯罪網站，了解各種手法。我知道怎樣下毒不會被驗出來，如果我能弄到琥珀膽鹼的話；我知道怎樣溺死人最有效率，可惜這裡的庭園沒有池塘……最後我讀到絞刑。我起先不敢相信絞死人有那麼容易，但愈讀愈覺得：靠，這招也許可以。」

這點我也該想到的。其實我知道。我這輩子從來沒想過搜尋絞刑，但這完全是蘇珊娜會做的事。我感覺整個翻轉過來，我其實應該相信自己的。

「那感覺很好，」蘇珊娜說：「不是說現實會有什麼改變，但我那時一直感覺無力到極點……多明尼克開始抓我胸部，對我露出那種賊笑，好像在說看妳能拿我怎麼辦，而我就會在心裡想，蠢蛋，我隨時都能絞死你。」

「拜託，瞧你那張臉，」里昂對我說：「少來一副吃驚的模樣。我有好多年一直幻想把他塞進碎木機裡，換成你也會好不好？」

我的住處，拳擊手般拖步前進，無法克制地幻想自己跟蹤竊賊，一個飛踢將他們踹下高樓，每晚重複個一千次。「我沒有吃驚，」我說。

「少在那裡自以為了不起。」

「我知道，可以嗎？」

「後來，」蘇珊娜不理會我們，接著說：「到了八月，畢業考結果出爐了，但我只是隨便瞄一眼，你懂嗎？我應該喜上眉梢才對，但我只在乎他媽的多明尼克．甘利考得怎麼樣。如果他考得還不錯，或許會清醒一點；要是考砸了，我就慘了。結果他當然考得一塌糊塗。」

「是我跟她說的，」里昂吐著煙說：「我們到學校那天，我直接就去看成績了，你還記得嗎？我在想什麼，你怎麼會記得？你正忙著跟西恩和阿德一起，吵得像三頭人猿似的。但多明尼克一個人在角落虎視眈眈，感覺隨時就要舉起步槍掃射一樣。我差點連自己的成績都不敢看。我心裡只想著必須告訴蘇珊娜。」

「我以為我這輩子再也別想出門了，」蘇珊娜說：「只是連這樣做也沒用，因為里昂再過一星期就要辦生日派對，而多明尼克一定會出現。我嚇得不知所措。我想過假裝生病不能參加，但那段時間我要做什麼？一個人待在房裡，讓多明尼克有機可乘嗎？只要家裡有派對，雨果就會戴耳塞，什麼也聽不到，而我也不可能整晚待在他房裡。我是說，也許可以，只要我跟他說怎麼回事，但我感覺說出來的時機已經過了。我是可以回我家，但想到一個人待在家裡就讓我怕得要命。」

她縮起身子側靠在沙發上，調整成更舒服的姿勢，手肘抵著沙發扶手，一手托腮若有所思。「結果，」她說：「完全沒事。整場派對我都躲著多明尼克，而他連來找我都沒有，讓我開心極了。大學錄取通知兩天前剛到，我心想或許會發生奇蹟，他錄取到不錯的學校，腦袋會正常一點……但我問了別人之後發現錯了，他完全掛零，連一所大學的錄取通知都沒有。因為他只申請名校，根本沒考慮申請幾個備案，所以我還是不能放心。」

我記得這件事。所有人竊竊私語，不會吧，他一所大學都沒上？還有人嘲諷似的提到去麥當勞上班。但多明尼克在派對上表現得一點事也沒有，嗓門比平常還大，不時放聲狂笑，還從餐桌跳下來。我本來打算絕口不提，免得臉上挨拳頭，但在庭園盡頭吸了幾口古柯鹼之後，我就開始碎唸了：兄弟，大學的事真是爛透了，沒有，是真的爛，你接下來有什麼打算？多明尼克瞪著我，月光照得他眼圈發白。你最好會在意，最好有人在意，我知道你們都在背地裡笑翻了，一群王八蛋。說完他看見我臉上閃過一絲恐懼，就笑了出來，朝我胳膊重重搥了一拳，震得我差點跌倒。別緊張，兄弟，我沒事的，再來一點吧！

「後來，」蘇珊娜說：「我發現他那天來派對是為了偷庭園的鑰匙。」

她嘆了口氣接著說：「原來這才是他的計畫。這樣他隨時能來，任何時候都行，溜到這裡。」她朝屋裡撇了撇頭，語氣裡的憤怒有如尖刺，我眼前忽然浮現常春藤屋往日的景象：溫暖、老舊、快樂，我們三個吵吵鬧鬧，躲在自己蓋的碉堡和古怪裝置裡，雨果大喊「吃飯囉！」的聲音從樓上穿透陣陣香氣傳來。

「而且他真的偷到了。兩天後，雨果在做飯，要我到庭園摘迷迭香。你還記得迷迭香種在哪裡嗎？就在庭園盡頭。我才湊過去摘了一小撮，橡樹後方就竄出一個東西朝我撲來。我整個人仆倒在草莓園裡，身體被一個龐然大物壓著差點斷了氣。雖然我無法轉頭，但想也知道是誰。我那時已經認得他的味道，認得那廉價的體香噴霧，男人的臊味。他開始動手，試著扒掉我的牛仔褲，我拚命掙扎，想用指甲戳他，但他另一手攫住我的脖子開始掐我喉嚨。我開始感覺頭暈，視線模糊。」

她打量手上的酒杯，用手指輕挑杯緣，但那上頭並沒有東西。她神情沒變，但沉默了半晌才又開口。「幸好，」她語氣平平地說：「那時雨果從後門探頭出來喊我，多明尼克立刻從我身上滾開，在我耳邊獰笑說下回繼續，還用力扯了我頭髮，接著就躲回橡樹後了。」

「你知道，」里昂咬牙切齒地說：「我有時都希望妳當初挑的是其他方法，過程更慢更痛苦的那種。」

「雨果看見我渾身泥土和雜草，」蘇珊娜說：「但我推說是摔倒了，他也沒再追問，老實講誰會問？我有想過跟他講，因為我真的嚇壞了。說嚇壞還算客氣的，但……」她肩膀微微一聳。「我們說的是雨果耶，你懂嗎？他又能怎麼辦？總不能衝出去痛揍多明尼克吧？就算想也沒辦法。」

妳應該跟我說的，我很想這樣講，卻只說了一句：「天哪。」

「她沒有跟我說，」里昂說：「說這件事，當下沒講。」

「說了你一定會殺去找他，」蘇珊娜說：「然後被海扁一頓，對誰都沒有好處。我得了結這件事。下一回多明尼克很有可能殺了我，而且他就在外頭等候時機。我沒辦法跟自己說他只是臨時起意，我只要避開他就沒事了。多明尼克鎖定我了，就算我說服雨果換鎖也沒用，他心底已經打定了主意，有很具體的念頭，因為我也只能採取具體行動。」

她說得輕描淡寫，彷彿一切再自然不過。「我花了很久把事情徹底想過一遍。我知道殺死他其實不難，難的是如何不被發現。我覺得我做得還不錯，就一個年少無知的人來說。」她抬頭看了我們一眼。「我其實嚇到了，你們知道嗎，我竟然做得那麼順。我一直覺得自己是幻想家，眼高手低的那種，可是一旦被逼到牆角……」

「妳就變得很厲害，」里昂有點哀傷地說：「很強。」

蘇珊娜喝了一口酒說：「首先當然是離庭園愈遠愈好，這很明顯，還有晚上確認屋子內外是否都有鎖好。但接下來的第一件事，就是開始不在朋友面前談論多明尼克有多混帳，反正他們也不清楚狀況，因為就像我說的，這件事讓我覺得很丟臉、很難堪。但他們多少知道一點，而我不希望事後有人跟警察提起，跟警察說我和多明尼克之間有些問題。因此，我開始把這件事當笑話，例如翻白眼說，**拜託，那個白癡，那感覺就像小狗巴著妳一樣，雖然妳很想用報紙甩牠鼻子，卻又不能生氣**……我還開始說些語帶同情的話，例如說他很可憐，考試全砸鍋，可能真的快崩潰了，希望他爸媽能帶他去做心理治療，報紙上經常有這種新聞，因為得不到自己想要的東西而自殺……那個年紀的小孩最喜歡八卦了，所以不出幾天就開始有傳言說多明尼克在接受諮商，因為他想上吊自殺。」

「我後來知道那不是真的，簡直失望透了，」里昂說：「要是他自己結束生命，事情不是簡單多了嗎？」

「還有一樣東西我得不留痕跡，」蘇珊娜說：「就是電腦的搜尋紀錄。我剛開始研究該怎麼下手的時候，用的是雨果的電腦，因此瀏覽紀錄裡全是『如何製作絞索』之類的網頁。要是警察開始調查，我當然不希望他們找到這些紀錄。」

「我想我們三個在那台電腦裡都有留下不可告人的瀏覽紀錄，」里昂眉毛一挑說。

「但這方面我算是好狗運。因為我也不想讓雨果發現瀏覽紀錄裡有這些怪東西，而他好像是用ＩＥ，對吧？那時大多數人都是用那個瀏覽器。所以，我打從一開始就下載了Firefox，用它搜尋資料。換句話說，完事後我只需要解除安裝Firefox，再用清理軟體跑一遍，整台電腦就清潔溜溜了，好得很。」

她把剩下的酒喝完。「不過，我知道如果警方全面啟動調查，我就死定了。警察不是笨蛋，他們只要認真起來，我絕對無法掩蓋掉所有痕跡。我需要讓整個過程從一開始就像自殺。而這是做得到的，因為多明尼克的狀態已經很糟了，沒有人會意外。但要做到這一點，屍體就不能被找到，至少也要拖到屍體腐爛得看不出絞痕為止。」

蘇珊娜那冷靜的態度，按部就班的講解，感覺就像解幾何題一樣。她描述的場景感覺很不真實，有如震盪的電訊轉眼就要消散，留下十四歲的我們趴在電視機前，而雨果在另一張扶手椅上看著書喃喃自語。「我想過到山上，偏遠的地方，直接將屍體扔在那裡；或是在霍斯岬或布雷岬，將屍體拋到海裡。然而那些方法都太仰仗運氣。山上會有遛狗、健行和盜獵的人，某人可能正巧經過或在你棄屍隔天被屍體絆倒。扔海裡就算抓準了潮汐時間，屍體沒有沖上岸，也可能被船發現。而我不喜歡碰運氣。」

她朝我晃了晃酒瓶，見我搖頭便聳聳肩，將自己的酒杯斟滿。「想到最後，」她接著說道：「我發現最安穩的做法就是全程掌控，愈嚴密愈好，也就是殺人和棄屍都要在我起碼可以部分掌控的地方進行。換句話說，就是──」她仰頭朝屋子和庭園努了努下巴：「這裡。」

「這裡，」我說：「妳決定利用常春藤屋。」我知道這樣說好像自己高人一等，但我是真的覺得很意外。

「嗯，當然不可能在屋裡，因為有味道，所以得在庭園，而且愈靠盡頭愈好。我想過用埋的，但光要挖得夠深就不知道得花多久，而且還不確定做不做得到。還記得雨果在弄石頭園子的時候常挖到硬土和岩石吧？再說要是屍體被發現，自殺的說法就泡湯了，因為多明尼克不可能把自己埋了。後來──」她淺淺一笑。「我想到那棵山榆，還有那個樹洞。於是，我趁你們有天不在的時候爬到樹上鑽進洞裡，結果顯然夠大，可以塞得進兩個我。將屍體放在那裡雖然還是得考驗運氣，因為說不定兩週後一場暴風雨就把山榆吹倒了，但可以把運氣的成分減到最小。」她彎身替里昂倒酒。「問題是，我必須把多明尼克扛進那裡，因此需要幫手。我雖然寧願自己來，可是……」

終於。終於講到重點了。我幾乎無法呼吸。「所以妳就來找我們。」

他們倆看著我，臉上沒有任何表情。

「我和里昂。」

他們倆的沉默感覺很不對勁。菸和爐火替空氣罩上了一層濃煙。「怎樣？」我說。

蘇珊娜說：「我找了里昂。」

「那妳什麼時候──」我不曉得該怎麼問：我是哪個時候捲進來的，過程呢？「我是怎麼──」

「托比，」蘇珊娜柔聲道：「你什麼都沒做，你根本不知情。」

「可是，」我愣了很久才說。我腦袋一片空白，完全無法接受。她在撒謊嗎？剛才講的事有多少是編出來的？她為什麼要——「那是妳自己說的，那天我們茫掉的時候。妳說妳那天晚上到我房間，說我——」

「沒錯，我那樣說可能很差勁，但你那時咄咄逼人的樣子——我們好不容易才讓事情維持原樣，你要是繼續逼問里昂，他肯定會受不了統統說出來，何況梅莉莎也在……我必須讓你閉嘴，而那是我當下唯一想到的辦法。」

「後來妳又，妳又跟我說里昂覺得是我幹的。那只是，那是，那到底是怎樣？」

「是嗎？」里昂問：「為什麼？妳不是跟我說他以為凶手是我？」

「聽著，」蘇珊娜惱火說道：「我只是盡我的能力隨機應變，而你們也得承認，那時狀況簡直一團亂。我只是努力想控制住局面。你們倆都把對方惹毛了，我需要把你們分開直到情況穩定下來，但又需要你們維持警覺。我們最不需要的就是你——」她對我說。「跟警察走得太近，還有你——」對里昂說：「跟他吵架，然後說溜了嘴。」見我沒有回應，於是她說：「你現在知道了。」

「嗯，」我說。他們倆都用帶著好奇的憐憫看著我。「好吧。」

「我發誓，你什麼都沒做。」

我知道自己應該如釋重負。沒有無期徒刑等著我，我的靈魂也沒有污點，我可以光潔完好地回到梅莉莎身邊……但荒謬的是，我竟然只感覺到傷心與失望。我沒想到我那麼渴望自己是屠龍戰士，如今期盼破滅，我又變回那個沒用的受害者。

然而，事情沒這麼簡單。蘇珊娜、里昂和我從出生就認識了，早在我們有能力隱藏和偽裝之前，當我們還是最原始、最純粹也最沒改變的自我。他們很久以前就看出我的性格永遠當不了屠龍戰士，甚至連拿刀在一旁待命的扈從都不夠格，只適合當個笨手笨腳的背景小人物，需要時出來跑跑龍套，用完了就閃一邊涼快去。

「可是，」我說：「你們為什麼不找我？」

「你不會加入的，」里昂說：「因為多明尼克沒有對你做什麼。」

「是啦，但，」我說：「但那不是重點，他對蘇做了那些事，要是你們跟我說——」

「她已經跟你提過一次了，還記得嗎？結果不是很有用，所以何必再試？」

「她那時說了等於沒說好不好？又沒講清楚，只是，只是講出來，只有——」

「重點不在那裡，」蘇珊娜說：「就算我之前沒跟你說，到這個節骨眼我也不會把你拉進來。我們可是在談殺人耶，而且是你朋友。那樣做很極端，而極端不是你的做事風格，不是嗎？老實說，你有九成九的機率會被嚇到，會說我反應過度，腦子壞了，說我應該去找爸媽或報警，不然到其他地方讀大學也好——」

「你剛才就是那樣說的，不是嗎？」里昂酸溜溜提醒我。

「或者你可能想揍他一頓，但那時扁他已經沒什麼用了。賞他幾個拳頭早就阻止不了他了。他只會怪在我頭上，心想又是那個賤貨，然後更抱定主意要毀掉我。」她冷冷看了我一眼。「我不能冒這個險。你有可能害我前功盡棄，例如警告多明尼克，或是——」

「才不會，我絕不會害妳惹上麻煩。我會——」我不曉得自己會怎麼做。

「我這是在讚美你，」蘇珊娜說：「我知道你心思太單純，當不了殺人凶手。里昂就不一樣了——」

「我根本想都不用想，」里昂說：「我是說，我當然有想，因為我並不想坐牢。但我一聽蘇都計畫好了，就立刻欣然加入，甚至怪她怎麼不早幾年動手。」

「我應該那樣做的，」蘇珊娜說：「明明他對你那麼壞，但老實說，我之前壓根沒有那種念頭，不曉得是因為年紀太小，還是我得被逼到絕境才會動腦。不過，這或許是好事，因為我年輕一點下手可能會搞砸，因為準備不夠而事跡敗露。」

「我們確實做足了準備，」里昂說：「我們還做了練習。你還記得雨果為了石頭園搬來的那些岩石嗎？有天晚上你和死黨出去，雨果也有聚餐，我們倆就搬了一些岩石到袋子裡，到差不多的重量，接著從工具棚裡拿了一條繩子捆住袋子，將繩子另一頭繞過山榆樹幹，然後我負責拉繩子，蘇珊娜站在樹旁的四腳梯上扶住袋子，兩人合力將袋子往上拉到樹洞裡。」

「雖然很費力，」蘇珊娜說：「不過我們最後還是成功了。接下來我和里昂開始每天舉重，同樣用雨果的石頭練習，以增加上半身的肌力，同時練習怎麼絞人。我讀到的資料都說，天哪，絞人真的好危險，一不小心氣管就會勒碎。所以，我用捲筒衛生紙做練習，只要太用力就會斷。」

「我們關了燈在房裡練習，」里昂說：「到時才有辦法摸黑動手。還有在庭園，以便熟悉在草地或岩石上進行。到後來我覺得自己就算在夢裡都做得到。」

「不用說，所有在庭園的練習都是晚上進行，」蘇珊娜接著說：「不只因為你和雨果和附近鄰居，還因為多明尼克。既然他已經用過庭園的鑰匙，不難推斷他還會再用。我們可不希望他下午偷溜進來，發現我們正在練習絞人。」里昂哼了一聲。「那樣就麻煩了。而夜裡練習就算他出現，也看不到我們。」

「我覺得他其實真的來過，」里昂斜斜瞄了蘇珊娜一眼。「有幾天晚上，我們在庭園的時候，我有聽見聲響，在後巷有動靜，甚至還有一回聽見刮牆和落地聲。但我什麼都沒說，免得讓妳害怕，因為說不定只是狐狸——」

「我也聽見了，」蘇珊娜說：「有幾天早上也有聲響，院子裡的椅子翻倒了或露台上莫名其妙出現一堆小樹枝。我完全猜不透是怎麼回事。」

「那同樣有可能是狐狸，或是風吹的。」

「並不是，」蘇珊娜喝了口酒說：「因為我看過他兩三回，大半夜的。那陣子我睡得很少，曾經在臥房窗邊看過他在庭園遛達，四處攀折花木，有一回還抓了一把迷迭香嚼一嚼吐在地上。他會臉貼著飯廳窗戶往裡瞧，轉動廚房門把看有沒有鎖上。」

「天哪，」我說。屋子裡裡外外那麼暗潮洶湧，而我卻在幾步之外呼呼大睡，一整個開心、無害又沒用。起居室裡暗影幢幢，氣氛令人不安，我真希望剛才有開燈。

蘇珊娜聳聳肩說：「那個時候已經沒差了。我每天晚上都會用五斗櫃把門擋住，而且只要你們睡了，我就絕不踏出房門半步。」

「妳應該跟我說的，」里昂責怪她說。

「你沒跟我說聽到聲響的事，而我也不想讓你提心吊膽。」她接著對我說：「所有步驟都練習過後，我就需要一條絞索。那東西不能太細，否則會劃破他的皮肉，弄得到處是血——」

我說：「所以妳發現我連帽上衣的抽繩剛剛好。」

蘇珊娜眉毛一挑。我真想甩她一掌，打碎她臉上的無所謂，讓她驚詫痛苦。「它的確管用，不是嗎？」

「妳自己不是也有連帽上衣，怎麼不用？」

「哦，拜託，」蘇珊娜受不了說：「我又不是打算陷害你，只是不大想為了這事坐牢好嗎，謝謝。我心想萬一警察發現了多明尼克，而且萬一他們認為是他殺，那麼唯一能讓我們所有人脫身的方法就是把事情弄得愈撲朔迷離愈好。把大夥兒扯進來，搞得好像人人有份，這樣就算警察想縮小範圍，也鎖定不了任何人。他身上有我的DNA，里昂有犯案動機，警察三兩下就會查出多明尼克對他做了什麼。我會穿雨果的外套，並且想辦法讓多明尼克的DNA沾到上頭。我還蒐集了一些東西準備扔進樹洞裡，像是菲依的頭髮、幾根菸蒂、路邊撿到的一張購物單和你死黨西恩擤完鼻涕扔掉的面紙。我把這些東西收在一個三明治紙袋裡，藏在我的內衣抽屜。我不曉得警察是不是都有找到。」她朝我點點頭說：「還有你連帽上衣的抽繩。我拿它不是針對你。」

「而妳先確保我有穿著那件外套拍過照，」我說：「然後才把抽繩偷走，這樣必要時就有東西可以扔給警察。那張相片是用什麼拍的？」

「你生日收到的那台相機，我手機拍的相片不會那麼清楚。」

「嗯，」我說：「我想也是。」我心裡的怒意太大太冷，完全吼不出來。「所以當妳知道雨果時日無多，整件事就快爆開來了，妳就需要那台相機。」

蘇珊娜皺起眉頭說：「什麼意思？」

她看上去是真的不懂，但經歷這些事之後，我太清楚這不代表什麼。還有一件事我也早該想到，那就是里昂絕對想不出這種計畫，但蘇珊娜——「闖空門。目的是相機，這樣才能弄到相片給警察。我應該早點想到的，對吧？妳是不是笑我真白癡？」

「闖空門？」

「我家啊。就是那天，就我被——這不是妳希望的嗎？因為我沒有替妳擺平多明尼克的事，所以妳想把我弄成現在這樣，變得，變得——」

「托比，」蘇珊娜說：「我拍照當天就已經把相片上傳，用電郵寄給自己了。我怎麼可能把相片留在別人的相機裡？」見我沒有回答，她又說：「你覺得闖空門的是我？你覺得是我害你被揍成這樣？」

里昂故意大大哼了一聲。「他們只拿了相機，」我說，心跳完全亂了調。「除了那些最明顯，那些大件的，像是電視和汽車，他們就只拿了相機。竊賊怎麼會，有誰會要一台又破又舊的——」

「天哪，托比，不會吧？」

「那怎麼，他們為什麼，怎麼會——」

「聽著，闖空門是春天的時候，對吧？那時雨果根本還沒出事，我完全不曉得接下來會發生這些事。而且就算我把相片搞丟了，你覺得我會，呃，會在網路上登廣告雇用小偷洗劫你家，希望相機還在你身邊，而且裡頭還留著十年前的相片？而不是打電話問你相機還在不在，哇，這些相片拍得真好，我可以借回去存進我電腦裡嗎？」

我感覺自己蠢得無地自容。她說的顯然太對、太有道理了，任何人只要腦袋五分正常都會想到這一點。但問題就出在這裡不是嗎，而且已經一陣子了。「也對，」我說：「有道理，抱歉。」

「天哪，托比，拜託。」

比起她之前說的那些事，只是被控闖空門就讓她發火感覺有點離譜，但我不打算追問下去。我很想吐。我嗑了太多巧克力棒，嘴裡殘留的糖分和口水混在一起，感覺令人作嘔。「好了，」我說：「我懂了，別管那件事了。妳繼續往下說。」

蘇珊娜又瞪了我一會兒，接著絕望似的搖搖頭決定算了。「所以，」她挪了挪被毯下的身子，重新接上剛才的故事。「基本上一切都計畫就緒了，接下來我只需要在正確時間將多明尼克引到正確的地方就好。幾週前機會並不難找，因為他幾乎把這裡當成自己家了；但里昂的生日派對過後，他就不那麼常出現了，至少白天。而我曉得自己時間有限，他不可能老是只在庭園晃晃就滿足了。」

我很想起身走人，離開他們兩個和這場打擊不斷的談話。我已經想不起自己為何覺得這次見面會是個好主意了。

「所以，」蘇珊娜說：「我必須發揮創意。我本來已經不去庭園了，但現在開始一有機會就去，修剪玫瑰枝葉之類的。我根本不懂修剪，可能搞死了很多玫瑰，但這樣做很有效。幾天後的下午，我正在庭園，忽然感覺屁股被什麼東西用力頂了一下，接著就聽見多明尼克笑著問我爽不爽。」

「那傢伙，」里昂又拿了一個香腸捲。「網路A片看太多了。」

「我差點臉朝下栽進玫瑰叢裡，」蘇珊娜說：「結果肯定很慘。幸好我及時抓住花梗才沒有失去平衡，雖然手被刺破了好幾個地方，但當時根本沒感覺。我轉身面向多明尼克，他說，『驚喜吧？』」蘇珊娜嘴角一凜。「我發誓他真的對我咧嘴微笑，得意洋洋的那種，彷彿做了什麼聰明的舉動，等著領獎似的。他說，『見到我開不開心？』」

「我說我不喜歡驚喜，他覺得我在開玩笑。後來他把我逼到玫瑰園邊，一手伸進我的上衣裡，我說雨果在廚房，他顯然覺得很掃興，將手收回去說，『下回我會給妳更大的驚喜，晚上好了。改天見。』」

「他媽的心理變態，」里昂嘴裡嚼著食物說：「你還是覺得蘇應該去愛丁堡嗎？少了她在這裡引誘他，多明尼克就會『啪嚓』一聲恢復正常，成為好人一個嗎？」

「直到那一刻之前，」蘇珊娜說：「我一直沒有把握自己真的下得了手，但他的舉動讓一切變得簡單起來。我說『好吧，我受夠了，算你贏。如果我替你口交，你就會放過我了嗎？』」

「他嚇得下巴都掉下來了，彷彿完全搞不懂到底發生了什麼事。但過了一會兒，他就問我，『妳是說真的嗎？』我說『是，只要你用性命發誓，之後再也不會來煩我。』你真應該看看他臉上的笑。他馬上說，『當然，那有什麼問題？我發誓！』那當然是屁話，他肯定還會繼續騷擾我。『現在就來嗎？』他問。我說不行，現在會被發現，雨果隨時可能會到庭園來。最好選個晚上，比方說週一？他說好，沒問題，那就週一晚上，一言為定。我說半夜十二點半。我以為他會討價還價，但那時你說什麼他都會答應。」

她對著光看了看自己杯子裡還剩多少酒。「所以我就盡可能利用這一點。我要他答應走路來，免得有人看見他的車。要他答應不告訴任何人，說我只要聽見一丁點風聲，整件事就取消。只要傳簡訊或打電話給我，整件事也取消。他只是說，『當然，寶貝，沒問題，我用性命擔保。』他事後一定會大吹大擂，但我無所謂。他跟我說，『我不需要傳簡訊給妳，因為妳知道妳已經沒辦法反悔了；而妳也不用擔心我怎麼進來，我自有辦法。』說完他朝我揮了揮鑰匙，眨眨眼睛，接著就離開了。」

在她身後，窗外的天色開始轉暗，橡樹上的枯葉被雨水壓得抬不起頭。「他一點疑心都沒有，」蘇珊娜說：「你知道嗎？我讓自己看起來滿臉恐懼和嫌惡，那其實不難，而他簡直嗨過了頭，完全沒有多想。我有時會想，要是他當時多想一點，結果不知道會變得如何。」

起居室變冷了，壁爐裡火光黯淡。里昂伸手從柴堆裡抓了一根木柴扔進火裡，壁爐裡輕噗一聲，濺起一波橙黃的火花。

「所以，」蘇珊娜說：「我們要做的就是等到週一。」

「我們最擔心你，」里昂對我說：「雨果跟時鐘一樣，總是十一點半熄燈上床；集合公寓那時還是工廠，正在改建，所以沒有人住；鄰居都是七老八十的傢伙，九點新聞看完就睡了，就算醒來往窗外看，視力也跟蝙蝠差不多。但你要是決定熬夜，用雨果的電腦看A片或找其他樂子，我們就麻煩大了。」

「嗯，」蘇珊娜隔著酒杯邊緣淺淺一笑。「這倒不是什麼大問題。」

「怎樣？」我立刻坐直身子追問道：「妳對我做了什麼？」

「拜託，放鬆點，」里昂豎起眉毛說：「我們什麼都沒做。」

「我們只是週日晚上祭出一瓶伏特加，」蘇珊娜說：「還有一點大麻，然後我和里昂都沒怎麼碰那兩樣東西而已。」

「你根本沒有察覺，」里昂對我說：「整個人都茫了，甚至抓著樹幹盪來盪去，呵呵笑著跟我們說你是猿人。」

「然後我們週一大早就把你弄醒，要你去上班。雖然不容易，但我們還是做到了。」

「你簡直不成人形，臉色發青，我想你好像還真的吐了。你想請病假，但我們想辦法不讓你請。」

「所以，週一晚上十一點的時候，」蘇珊娜說：「你已經快掛了。我們三個坐在這裡看電視，新聞之夜還是什麼，那種你絕對沒興趣的節目。你一直埋怨，要我們轉台，但我們就是不肯，最後你終於放棄，決定上樓睡覺了。我們很有把握你進去了就不會再出來。」

「那就好，」我說。我連站在一旁的扈從都不是，只是個必須挪開的石頭，需要先把電力耗盡的惱人玩具，免得他們辦正事時被絆倒，好戲上演時蹦出來攪局。而我幾乎不必他們費力，就自動朝著他們替我設好的路線前進。他們太了解我了。「我也不想妨礙，呃，讓你們綁手綁腳。」

「你沒有妨礙我們，」蘇珊娜說：「你完全就是你自己。其實一切都照著安排好了的步調前進。我另一個擔心的是下雨。我可不想讓多明尼克踏進這裡——」

「他不會的，」里昂舔掉手指上沾到的香腸捲屑說：「你以為口交就能滿足他了嗎？他才不會去一個妳隨時可以呼救的地方。」

「的確是，」蘇珊娜說：「但他可能因為下雨就不來了，想要改期，那就難辦了。」

「又得重新排除我這個麻煩，」我說：「傷腦筋。」

「那是還好，」蘇珊娜說：「但我們運氣不錯，那晚天氣很棒，雖然有點涼，但萬里無雲。你和雨果一安靜下來，我們就準備——」

「我覺得這一段才是最討厭的部分，」里昂說：「蘇穿上雨果的夾克，確定自己有拿那個三明治紙袋，裡頭裝著要扔進樹裡的東西。那袋子真的很噁心，不騙你，看起來就像製作巫毒娃娃的材料。」蘇珊娜哼了一聲。「而我則是換上黑衣服，免得被多明尼克看見，然後將絞索收在口袋，並且不停檢查絞索有沒有纏住……整件事感覺好不真實，彷彿只要眨眨眼睛，這一切都會消失，我會從床上醒來，心想，**天哪，這個夢真怪！**但周遭種種不斷提醒我這是真的。」

「我最討厭的部分是等待，」蘇珊娜跟里昂拿了一根菸說：「我們倆就位之後，我就待在庭園盡頭，因為我不想讓多明尼克太靠近屋子，免得萬一出什麼狀況或你和雨果往窗外看會不好處理。里昂則是躲在山榆樹後面。我們能做的只有等待，那感覺真是糟透了。」她點起打火機看了我一眼。「我知道你不喜歡我們在這裡動手，但我選擇庭園有一個原因，就是我覺得在自己家比較不會出錯。我們現在說得雲淡風輕，其實完全不是那回事。」

「我想我們倆那幾天幾乎都沒吃東西，」里昂說：「也沒怎麼睡，每件事都得講三遍我才有印象，甚至根本**沒聽見**。就算能輕鬆一點點也好……」

「只不過一旦真的待在庭園，」蘇珊娜說：「就會發現那裡一點也不令人安心，到處是窸窸窣窣的聲音，就算只是落葉，還是——」

「還是感覺就在你耳邊，」里昂打了個哆嗦。「害我一直嚇得跳跳跳，好像在玩彈簧高蹺一樣。而且樹枝看上去宛如各種影子，像鳥、像人或像蛇，讓我瞄到就怕，不過仔細一瞧當然什麼都不是。」

「我們的血裡應該九成都是腎上腺素，」蘇珊娜說：「我腦袋更是停不下來，一直想萬一他開車來怎麼辦萬一絞索斷了怎麼辦萬一他跟人說了怎麼辦萬一這個那個或哪個怎麼辦……我甚至一度閃過一個念頭，清清楚楚：我快不行了，我會開始尖叫，而且停不下來。」

她小心翼翼吐了個煙圈，看著它裊裊上升。「聽起來很遜對吧？」她說：「只不過我想起自己這幾個月是怎麼過的。總之，我挺住了。我使勁咬我的胳膊，將自己硬拉回現實，咬痕過了一個禮拜還沒消失。兩分鐘後，庭園門開了，多明尼克來了。他手插口袋，大搖大擺，彷彿來看房子的買家。」

「慢點，」我這時才忽然想到。「里昂，呃，抽繩在里昂手上，所以是他幹的？」

「那不是，」蘇珊娜回答，語氣之嚴厲嚇了我一跳。「一開始的計畫。我們原本講好由我動手，先躲在樹後，等多明尼克背對我再偷襲他。里昂原本只負責善後。」

「但我們討論過後，」里昂坐起身子柔聲說：「發現那樣做顯然不好。風險太大了，他很可能轉身的時間不對，甚至從頭到尾都沒走到我們希望的位置，那就糗了。」

「我應該早點想到的，」蘇珊娜說：「我把事情想得太乾淨、太容易了，真的，甚至到他斷氣前都不必碰他，但過程顯然不是那樣。我們要幹的可不是小事，而幹那種事不可能不把手弄髒。」

我不確定蘇珊娜有多醉，因為她只喝了一杯半，但我酒故意倒得很滿，好讓他們倆的口風變鬆。火光下，她眼眸深邃朦朧，滿是滑動的倒影。

「我實在不想弄髒你的手，」她對里昂說：「不想讓你幹髒活，卻怎麼也想不出別的做法。」

「我也不想讓妳做妳負責的那部分，」里昂說。兩人四目相對，情深意切，彷彿完全忘了我的存在。「但我們沒什麼選擇。」

只是，我很想說，他們當然有選擇。只要加上我，變成我們三個，絕對可以想出——但他們寧願自己來，也覺得比我參一腳好。

「所以呢？」我忍不住大聲說：「你們決定怎麼做？」

兩人同時看我。我忽然察覺自己好像應該害怕。這兩個殺人犯正對我掏心挖肺，換成是電視影集，我絕對無法活著走出這間屋子。但此刻我一點也不在乎。

「我們決定一起動手，」里昂說：「那樣保險得多。其中一人將多明尼克引到樹下，讓他保持不動，而且心有旁騖——」

「那就是我，」蘇珊娜說。

「等她把多明尼克帶到定位，」里昂說：「我就會溜到他背後。那部分很恐怖，因為我必須動得很慢，否則被他聽見就完了，但我又不想讓蘇一個人太久，多待一秒都不希望——」

「結果很完美，」蘇珊娜打斷他說：「我感覺他根本不曉得自己被什麼打到，只不過有那麼一秒他確實看到了。我很清楚，因為我和他基本上對到了眼。他一倒地，我就坐到他身上，把我外套，呃，是雨果的外套，把外套一角塞進他嘴裡，而且盡可能往喉嚨裡塞。這樣做或許沒必要，絞索就能搞定了，但我想只有這樣我們倆才永遠不會知道多明尼克到底是誰殺的。我覺得這是我起碼可以為里昂做的，再說我本來就想讓夾克上有多明尼克的DNA。」她看了我一眼，臉色冷靜蒼白，一縷煙飄過她的臉頰。我心想，我到底聽了什麼東西，這究竟在幹嘛？

「而且老實講，」蘇珊娜說：「我想親自動手。」

「我沒想到會那麼快，」里昂說：「我心裡原本全是可怕的畫面，感覺整個過程會拖很久，就像恐怖電影裡演的那樣，你懂嗎？你以為壞人死了，結果他們又爬起來開始攻擊。我很怕自己力氣不夠，實際上卻只花了一兩分鐘，就這樣。」他舉起手，拇指和食指微微分開一段距離。「非常快。」

「過程雖然不漂亮，」蘇珊娜說：「可是很快。我們一確定他心跳停了，接下來就是把他弄到樹上。我們將繩子綁在他腋下，用練習過的滑輪將他吊起來，拉到一根大樹幹上，然後我們兩個再爬到樹上，將他弄進樹洞裡。」

「但他比一袋岩石難喬多了，」里昂彎身拿了酒瓶說：「我們倆戴了園藝手套，免得弄得他身上全是我們的DNA，但手套讓我們動作變得很笨。我們必須解開繩子又不讓他掉下去，但他手腳一直甩來甩去，還掉了一隻鞋——」

「嘖，這一點都不好玩，」蘇珊娜看到我臉上的表情便說：「但如果你都快暈倒了，我想也顧不得那些了。反正他都已經沒氣了，我們對他做什麼也沒差了。」

她搞錯我意思了。我不是害怕，而是無法理解，腦袋一直響著：和他對到了眼，雖然不漂亮，可是很快……我想要更多，想把握所有細節，像碎玻璃一樣緊緊握住，但我不知道從何問起。

「這樣講可能不大好，」里昂一邊替蘇珊娜倒酒一邊說道：「但老實說，他感覺已經不再像人了，這才是可怕的地方。多明尼克已經不在了，屍體只是個東西，軟趴趴的龐然大物，我們必須處理掉的麻煩。但過程中，我有時會忽然忘記為什麼。感覺就像童話裡不可能的古怪任務，要是日出前沒完成，我們就會被巫婆變成石頭。」

「真的是，」蘇珊娜說：「處理屍體比殺人還要麻煩一百萬倍，感覺沒完沒了，甚至沒時間想萬一沒完成怎麼辦。」

「還有那條該死的絞索。」

「天哪，那條絞索。最後我們總算把他塞進去了，對吧？我們還在樹上，里昂把絞索拿出來——」

「我們吊屍體的時候，我把它放在口袋裡——」

「我們原本計畫把繩結解開，把抽繩放進樹洞裡，」蘇珊娜說：「只是沾了血的繩結怎麼也解不開，應該是殺人時被扯緊了。」

「手套一直幫倒忙，過了一會兒我們急了，便把手套脫掉，結果還是沒用，那些繩結硬得跟石頭一樣——」

「我們兩個像猴子一樣坐在樹上，一人解一個結，兩人都快急瘋了——」

「指甲都弄斷了——」

「最後，」蘇珊娜翻了個白眼。「里昂慌到不行，就直接把抽繩扔進樹洞裡了。」

「不然咧？妳說我們該怎麼做？又不能直接扔到垃圾桶，警察可能會來搜索，用燒的也燒不乾淨，因為它是尼龍——」

「你可以扔到市區另一頭的垃圾桶或丟進運河裡，怎麼樣都行。有絞索就證明那傢伙是被謀殺的。只要沒有那東西，加上一兩個禮拜找不到人，他們就可能以為他是自殺或嗑藥過量死了，因為喝醉或不小心掉進去了——」

「拉佛提認為是我殺了他，」我說：「就因為那條絞索。」

「是啊，真抱歉。但就像我說的，那不在計畫內。」

「謝啦，妳這樣說讓我好過多了。」

「我們有試著把它拿出來，」里昂說：「我伸手到洞裡撈了很久，感覺好噁心，我的手指還不小心伸進他嘴裡，好像被殭屍咬一樣。但我怎麼撈就是撈不到，應該是掉得太裡面了。你說我們還能怎麼辦？難道把他拉出來，自己鑽進去找？」

「最後我們放棄了，」蘇珊娜說：「兩人從樹上爬下來，癱倒在地上好像中了鎮靜劑飛鏢一樣。我這輩子從來沒那麼累過，連生小孩都比不上。要不是情況不許可，我們兩個肯定當場睡著。」

「我想我真的有睡著，」里昂接著說：「我記得自己趴在草地上，汗水用噴的，喘得跟跑完步一樣，但下一秒就感覺蘇在搖我肩膀，叫我醒來，跟我說我們還得處理多明尼克的手機。」

「其實我很擔心手機的事，」蘇珊娜說：「我知道它對我們非常有利。手機還沒問世之前，偽造遺言風險很高，現在只要一則訊息就能讓所有人朝自殺的方向想。但另一方面，我知道警察可以追蹤手機。儘管當時還不夠精確，因為沒有GPS，不過還是能靠基地台算出大概的範圍。之前新聞一直報的殺妻男，還記得嗎？他會露餡就是因為手機不在他宣稱的位置。我讀了很多關於他的資料。我有想過叫多明尼克關機，說我怕他偷拍我替他口交之類的，但後來覺得這主意不好，因為警察還是能追蹤他的手機到這一帶，要是他們發現手機在這裡關機，一定會覺得這裡有問題。但如果手機之後又去了其他地方，他們就會曉得他曾在這附近待過一陣子，但也知道他後來離開了。他們可能會想，他來這裡只是想找地方了結生命，或許想跳運河但後來改變主意了，對吧？反正他在這裡還有其他認識的人，警察沒有理由鎖定我們。」

她的語氣是那麼冷靜專注，細細拆解一個有意思的問題。「就算最最不幸，警察不知怎地追蹤到了這裡，例如有人看到他走進後巷，我也有應對方案。我會痛哭承認多明尼克來過這裡，跟我說他為我瘋狂，但被我拒絕之後就奪門而出，咆哮著我以後一定會後悔。這個說法雖然不完美，但應該有用，而且里昂會替我作證。」

「我們事前都演練過了，」里昂說：「以防萬一，但我真的真的希望不會用上。要是警察追到這裡，我不曉得自己有沒有辦法挺得住。」

「你不會有問題的，」蘇珊娜說：「不論如何，我們都得將那支手機弄到容易聯想到自殺的地點。我起先想到布雷岬──畢竟他是多明尼克，就算自殺也不可能往北走。但霍斯岬比較近，在那裡自殺的人也比較多，而且根據我對洋流的了解，他從霍斯岬跳下去屍體比較不會被找到。所以，里昂就帶著手機出發了。」

「為什麼是里昂？」我問。如果讓我選，不論何時我都覺得蘇珊娜比里昂穩當，甚至連我都比里昂牢靠，但他們顯然認為我連這件事都搞不定。

「真是謝謝你啊，」里昂說。

「一個年輕男孩深夜獨自行走，沒有人會留意，」蘇珊娜說：「女孩就不同了，或許有人會記得我。我真的不想再拖累里昂，甚至想過把頭髮塞進帽子假扮男人，但只要有人起疑心，就會記得我。」

「我無所謂，」里昂答道：「真的，而且妳把事情搞得很簡單。」接著轉頭對我說：「她全部替我想好了，每一步都想到了。」

「那是最起碼的，因為所有麻煩事都是你做，」蘇珊娜看著他的眼神裡充滿了崇拜與溫暖。我之前看過一兩次，卻從來無法理解。「還有所有辛苦事，而你每一分每一秒都處理得很完美，根本是我的聖戰士。」

「那是因為妳，」里昂說：「妳想到的那些主意，我一輩子也想不到。我只會害我們兩個一天就被逮。她說——」他轉頭看我。「我不能從這裡搭計程車去霍斯岬，因為司機可能會記得我，所以我就走到城裡再搭計程車去巴爾多伊爾。途中，我只跟司機講過類似『可惡，所有人都還在玩，我卻得去工作了』的話，但除此之外，我一句話也沒說。我假裝靠著車窗睡著了，讓司機沒辦法找我聊天。蘇連這點都想好了。」

「警察絕對會追查多明尼克那一晚的行蹤，」蘇珊娜說：「他們會想知道他是怎麼到霍斯岬的。根據手機切換基地台的速度，他們會發現他不是用走的。其實里昂用走的最好，但起碼要三小時，因此搭計程車會少掉很多時間。而且我們也不能冒那個險，萬一他迷路得找人問方向就麻煩了。我猜警察應該會追查計程車，一旦發現他沒坐過任何一輛，就會推斷他有可能搭便車，但駕駛不願出面；或他坐上的是有問題的車，例如無牌計程車或司機沒有職業駕照借朋友的車來賺錢，甚至是領取失業救濟或尋求庇護之類不得工作的人。這些都沒關係。但要是警察發現有一個外貌不符合多明尼克長相的人，那晚從這裡搭計程車到霍斯來回，可能就會起疑。」

「我從巴爾多伊爾就開始用走的，」里昂說：「但沒有一路走到霍斯岬。拜託，天那麼黑，又是沿著懸崖？還是免了。我只走一小段，確定附近都沒有人，就發了訊息。我很怕收訊不好，訊息傳不出去，結果沒事。我一看到『已傳送』就把手機上的指紋擦乾淨，然後用盡全力往海裡扔。」

「就算手機沒掉到海裡也無所謂，」蘇珊娜說：「因為多明尼克有可能在爬懸崖小徑的時候隨手把它扔了。」

「然後我就回家了，」里昂說。「我一直走到基爾巴拉克才搭計程車。去的時候我在藍色連帽上衣外頭套了白色連帽上衣，回程時我兩件衣服互換，而且還戴了棒球帽。這樣就算警察訪查，兩位計程車司機對我都有印象，聽起來也不會是同一個人。」

「是妳吩咐的，」我對蘇珊娜說。蘇珊娜點點頭，側身看著里昂。

「我叫司機載我到蘭尼拉的住宅區。蘇有告訴我路名，但我忘記了。這回我跟司機說我剛跟女朋友吵了一架，然後再次靠著車窗『睡著了』。」

里昂轉動手裡的酒杯，望著火光滑過杯身。「整件事最詭異的，」他說：「就是這趟回程。之前不論怎麼折騰都只為了一件事，就是把事情搞定：記得做這個，別忘了做那個，千萬別搞砸那個，快快快。但忽然間一切都結束了，沒事情要做了，只剩……我們繼續過日子，沒有多明尼克，就這樣。」他深吸一口氣。「計程車司機開著老歌電台，音量很小。REM、大衛鮑伊。天還是黑的，但一邊天空剛開始轉灰，不知怎地讓人感覺地球彷彿斜了一邊，計程車輪胎離地，浮在空中。地平線上一顆很亮的星星低垂在天際，感覺好美。」

蘇珊娜手肘靠著沙發扶手，將頭枕在肘上看著里昂。「我也有那種感覺。」接著轉頭對我說：「里昂離開之後，我將三明治袋子裡的東西扔進樹洞，然後蓋上一堆泥土和樹葉，好遮去味道。接著我將梯子、繩子和手套處理掉，抹掉梯子在樹下泥土裡留下的凹洞，將雨果的夾克掛回外套櫃，然後回到自己房裡待著。我不敢開燈，免得你或雨果去上廁所感覺不對。我在心裡回想整個過程，檢查是否有所遺漏，結果並沒有。所有能做的都做了，就算想重頭來過，也沒機會了。」

蘇珊娜的目光從我們身上移向了爐火。「那感覺真的很平靜。不該是這樣的；我應該腎上腺素破表或懊悔到極點之類的，對吧？明明正義感十足，現在卻成了殺人兇手。但我只是坐在窗邊望著庭園。庭園感覺不一樣了，不是變糟，只是不一樣。」她沉吟片刻，接著說：「應該說變得更清楚了嗎？我好想讓世界暫停，在窗邊坐上一兩年，就這樣看著。」

昏黃火光下，蘇珊娜縮著身子窩在沙發上，彷彿做夢一般，頭髮凌亂披在沙發褪色的紅布上，原本應該像極了小時候玩了一整天精疲力竭的她。而里昂隨意張開雙腿靠在沙發旁，原本應該像極了那個滿臉泥巴，膝蓋擦傷笑容燦爛的男孩。就差那麼一點。我們曾經那麼親密，理所當然到不會去想。我無法理解他們怎麼會變成現在這樣。

「後來我手機響起訊息聲，」蘇珊娜說：「接著隔著地板我聽見你手機也響了，然後是里昂的手機。他必須把手機留在這裡。我雖然不喜歡那樣，因為萬一出了差錯我們也無法聯絡，但要是警察開始查訪，我們可不能讓他們查出里昂的手機到過霍斯岬。我等了一分鐘才看訊息，免得警察檢查手機裡的時間標籤，說不定能看出我點開簡訊的時間。我不想讓他們覺得我一直在等簡訊來。我點開簡訊，就是那則遺言。」

而我竟然從頭到尾都在呼呼大睡。就算手機嗶嗶響，我也只是勉強翻身伸手點開手機瞄了一眼，心想「什麼鬼？」，然後倒頭又睡。

「不久後，里昂到家了，跟我說一切都很順利，」蘇珊娜說：「那時天色已經大亮，我們倆都餓壞了，所以我就做了三明治，泡了茶——」

「然後坐在廚房桌前交頭接耳，」里昂接口說：「兩人笑得像是半夜溜下來飽餐一頓的小孩子。我整個人輕飄飄的，食物嚐起來美味極了，我感覺自己從來沒有吃過那麼可口的東西。」

「接下來我們就回房睡覺，」蘇珊娜說：「我本來以為我們應該會翻來覆去，不停做惡夢，結果睡得很熟，感覺從來沒有睡得那麼沉過。」

「真的，感覺就像被球棒打昏了一樣。我想我應該連睡了廿四小時，直到蘇進來把我拖下床，逼我去打工為止。」

「我們不能遲到，」蘇珊娜說：「必須表現得一切如常。實際上做起來並不難，只要跟著大家反應就好：你有收到多明尼克．甘利的簡訊嗎？天哪！到底怎麼回事？有誰跟他說過話嗎？

不會吧？萬一他做出什麼蠢事該怎麼辦！」她用手肘支起身子，伸手又拿了一根菸。「接下來就水到渠成了。」

我努力回想那年秋天。我竟然什麼也沒察覺，感覺真是難以置信。就算我日子被大學生活、交新朋友、運動社團和約會給佔滿了，過得開開心心，也應該感覺得到有哪裡不對勁。他們兩個殺了人，我怎麼可能沒發現？他們肯定有地方不一樣，如某種印記或心神不寧之類的才對。「你們難道不害怕嗎？」我問：「怕自己被逮到？」

「或許吧，」蘇珊娜搖了搖里昂的打火機說：「但其實還好。別忘了，我們那時已經害怕慣了，基本上都可以說是家常便飯了。比起『多明尼克隨時有可能強暴我，甚至把我殺了』，『天哪，說不定警察會發現多明尼克不是自殺，說不定會查到我們兩人身上，找到足夠證據逮捕我們，甚至將我們定罪』的可怕程度小多了。」

「我時不時會害怕，」里昂說：「一直想那件事的話就會。因為我感覺警察應該不難找到他，這很明顯，而只要他被找到，我們就沒戲唱了。但警察完全沒有朝這個方向調查，救了我們一命。」

「我們運氣很好，」蘇珊娜接口道：「多明尼克自以為很聰明，從來不發可疑的簡訊給我，免得我手上有證據。要是他手機裡全是發給我的惡毒簡訊，警察只要看到一定會盯上我。」

「可是，」我問道：「警察確實有來過，不是嗎？」雖然這時不論我想起什麼，感覺都不再可靠，但我還是很確定有天下午我宿醉未醒，正昏沉沉打算出門跟朋友聚會，結果在門口遇見兩個身穿西裝的土包子亮出證件，問了一堆莫名其妙的問題。我早就忘了這件事，直到現在——

「沒錯，他們來過，」蘇珊娜說：「大約一個禮拜後。他們跟所有認識多明尼克的人都談過，但對我尤其另眼相看。我猜一定是我某個朋友跟警察提到多明尼克在追我，所以他們想知道來龍去脈。幸好來的那兩人不是我之前到警局報案時遇到的那幾位。那些是普通的制服員警，但來找我談話的是警探，跟拉佛提和科爾一樣穿西裝。雖然那些制服員警可能早就忘記我了，但萬一來的是他們應該會很可怕。」

「天哪，」我說。這個沿著黑暗地下軌道運行的世界，和我當時開開心心活在其中的世界毫不搭嘎，我的腦袋完全無法將兩者連在一起。「妳說了什麼？」

蘇珊娜聳聳肩。「其實沒那麼恐怖。他們對我很好，感覺沒有當我是嫌疑人，而只是名單裡第九十幾號的親友舊識，出於職責才來問問。我基本上把制服員警對我講的話跟他們重講一遍：多明尼克只是在開玩笑，已經是老梗了。你可以感覺他們相信了。我的意思是——」她雙手一攤，像是陳述事實一般：「你看看我，再看看多明尼克。接著我忽然滿臉不安，天哪，難道他其實一直喜歡我，而我都沒發覺，結果他痛苦到受不了了？於是我哭了一會兒。他們跟我說不論如何都不是我的錯，別擔心，他難過的是考試成績，說完就離開了。」

「感謝老天，妳處理得有夠好，」里昂轉頭避開她，吐了一口煙。「真的，他們只跟我和托比談了五分鐘左右。肯定沒有人跟他們提到多明尼克對我做過什麼，也許不想讓警察對這個大好青年留下錯誤印象之類的，或是其他的蠢想法。但他們問了妳整整半小時的話。而我一直待在房裡，滿身大汗不停發抖，完全站不起來，心想警察隨時會來敲門，把我們關進大牢。我甚至考慮要不要趁還有機會的時候割腕自盡。妳只要露出一點破綻，只要他們覺得我們可能有問題，就算只是念頭閃過，我們就死定了，死得很難看。」

「拜託，」我說。里昂的大驚小怪從來沒有像現在這麼讓我反感過。感覺他好像故意誇大其辭，就為了凸顯我錯過多少事。「這基本上算是自衛吧？就算被逮，他們也不可能把你們關起來，不放你們走。現在是因為他被扔在那裡十年了，所以有點複雜。但要是你們當初直接自首——」

他們倆開始大笑。

「怎樣？你他媽的好笑在哪裡？」

「老天爺呀，」里昂止不住又是一陣大笑。他邊笑邊說：「所以我們當初才沒有把你拉進來啊。」

「幸好沒有，」蘇珊娜說。

「你們兩個到底在講什麼？」

「『對不起，警察大人，我確實有事要向你們坦白，但我們最好快一點，因為我待會兒還要去酒吧跟死黨碰頭——』」

「警察當然會把我們關起來，」蘇珊娜有如在對莎莉解釋事情一樣。「因為我們沒有證據證明是自衛，警察只有我們的說詞，你覺得他們會相信嗎？」

「為什麼不信？你們兩個描述的過程一致，加上朋友也證實你們的說法——」

「十幾歲的小女生，」蘇珊娜說：「不是歇斯底里就是愛撒謊，甚至兩者都是。警察已經覺得我歇斯底里了，怎麼還會相信我們？」

「還有一個酷兒，」里昂說：「我那時還沒出櫃，但他們大概兩分鐘就會猜到了吧。娘炮也很歇斯底里，你知道，而且講話又毒，更別說道德破產了。」

「相較之下，」蘇珊娜接口道：「多明尼克·甘利可是又高又帥、年輕有為的橄欖球明星呢。」

「好吧，他是有點沮喪，」里昂說：「但那也只是因為他考不好，或是這個不知感激的賤人——」蘇珊娜揮揮手。「沒有他以為的那麼欣賞他而已。但他心理沒有毛病，除了有點大男生之外沒什麼問題。他是個好人，你自己也是這麼說的，」他斜瞄了我一眼。「所有人都喜歡他，至少和他關係密切的人。報紙上滿滿都是他有多好多好，未來多有潛力，簡直就是解救愛爾蘭的神話英雄庫胡林……全國同胞都會要我們血債血還，甚至會為了我們恢復死刑。我怎麼可能不害怕？」

「我不怕，」蘇珊娜說：「一秒都沒有。之前會，怕死了，但他死後就不怕了，而是……」我等她往下說，但過了一會兒她只是搖搖頭笑了一聲，把菸摁熄。

「也是，」里昂說，我發現他語氣裡也帶著一絲笑意。「確實是那樣。」

「確實是哪樣？」我問。

里昂和蘇珊娜對看一眼。壁爐的火又變小了，只剩零星的晦紅火光在燒黑的木柴之間忽明忽暗，悠悠淡淡的柴煙翻騰流轉。

「我想我們倆都變得有點怪，」里昂說：「只是方式不同。一切都變得詭異，失去了方向。我能想到最接近的形容就是空氣裡突然有太多氧氣，而我們的身體花了一陣子才適應。」

「我才沒有變怪好嗎？」蘇珊娜說：「而是在享受。我已經太久沒有那樣做了。而且老實說，不只是因為多明尼克。早在他騷擾我之前，所有人就已經把我看成聰明認真守規矩的好女孩，我想不到有什麼方法擺脫這個頭銜，甚至不曉得自己想不想擺脫。而當多明尼克開始纏著我……老天，我感覺自己只要有任何享受，不論穿漂亮衣服、出門去玩、喝酒甚至聊天說笑，都會成為多明尼克的藉口：妳喝那麼醉，穿那麼露，顯然很想要。就算不是多明尼克，也會有別人那樣說。但他死後……」她聳聳肩說：「這一切似乎都不再是問題了。我是說，多明尼克的看法當然不再是問題，但其他人也沒有那麼可怕了，因為我知道自己不必甩他們。這不表示等公車時只要有人插隊，我就會放大絕，但知道自己可以幹出什麼還是讓人感覺這個世界不再那麼危險，而我再也不管自己應該做個好女孩了。」

「我想妳已經離好女孩很遠了吧？」里昂咧嘴笑著說。

「早就沒救了，」蘇珊娜舉杯開心地說。「所以我開始盡情享受。還記得開著露營車的那群嬉皮嗎？他們帶我去了康瓦爾，還有一個叫艾色爾斯坦的傢伙教我彈揚琴。」

「你爸媽嚇死了，」我說。這一切都讓我很不自在。「他們還以為妳信了邪教，或是被綁架了，甚至腦袋壞掉了。」

「所有小孩都有權叛逆。我唸書的時候太乖了，算是扯平了。」她翻過身子在沙發上伸了個懶腰。「我現在和艾色爾斯坦還是臉友，他在葡萄牙，住在蒙古包裡。」

里昂樂得呵呵笑。「真不曉得你在笑什麼，」蘇珊娜對他說。「你那個老是戴著紫色翅膀的朋友叫什麼名字？」

「喔，天哪，他叫艾瑞克。他很可愛。不曉得他後來怎麼了。對了，有一回我們嗑藥嗑得很茫，三更半夜趁三一學院藝術園區關門前溜進去，想被關在裡面一整個晚上，結果被警衛發現，我們開始跟他玩捉迷藏。在一大堆空教室之間跑來跑去，躲在椅子後面，沒想到艾瑞克的翅膀跑出來——」

「唔，聽起來真刺激，」我說。咖啡的效力早就退了，我感覺頭痛想吐又累得可憐。「真高興你們兩個過得那麼愉快。」

「我們不是沒當一回事，」蘇珊娜解釋道：「只是過了一陣子才適應。」

「那妳怎麼沒有住蒙古包，彈揚琴？」我問：「既然那些事那麼解放的話？怎麼最後會變成都會媽媽？」

「喔哦，」里昂說：「有人在不爽了。」

蘇珊娜沒有理會我的語氣。「重點是，」她說：「一陣子之後，我開始察覺我做的事似乎不是無關緊要，而是有差別。我之前從來沒有那樣的感覺。我在學校裡參加過的那些活動，替國際特赦組織寫了幾百封信，替災區募款，那些事從來沒有改變什麼。還是一堆人被關在可怕的監獄裡，一堆小孩餓死。我以前會因此落淚，」她看著我。「你曾經撞見過一次，雖然覺得我很蠢，卻還是對我很溫柔。」

「是嗎，」我說：「那就好。」我忽然覺得自己應該很有成就感才對。我得到了自己想要的東西，有如警探一般挖出了連大壞蛋拉佛提都求之而不可得的答案。但我無法理解自己為何感到如此失望。

「某方面來說，你可能是對的。沒錯，我是真心為了被虐待的緬甸人哭泣，但我落淚還因為那讓我感覺自己什麼都不是，是草包，虛有其表。就算我犧牲自己硬撞上去，對方也不會移動分毫，甚至不會察覺我的存在，」她喝了口酒。「但殺了多明尼克，不論這件事在道德上是對是錯，你都得承認它確實改變了什麼，清清楚楚。」

「的確，」我說：「是這樣沒錯。」

「我想做更多那樣的事——當然不是那個，而是確實能帶來改變的事，有份量和重量的事。抽艾色爾斯坦的大麻和圍著營火唱歌太輕浮、太飄渺了。我在出發去康瓦爾的前一兩個月左右認識了湯姆。他顯然對我一見鍾情，但我那時根本沒有心思去想自己是不是喜歡他。只是每當我想起他，總感覺他是有重量的。跟他在一起是嚴肅的事，跟為了好玩而吻艾色爾斯坦不一樣。我很清楚自己如果親了湯姆，就一定會嫁給他。所以我就回家，然後打電話給他。」

「謝天謝地，」里昂說：「不然他一直像哈巴狗纏著我，眼巴巴地不停問我妳哪時候才會回來。我那時要是知道妳喜歡他，就會對他好一點，不會跟他說妳和埃色爾柏特在巨石陣舉行威卡教裸體婚禮了。」

「我知道，還好他沒有相信你，」蘇珊娜朝他比了中指。「生小孩也一樣。不是生兒育女感覺比讀博士或其他我可能會實現的事更重要，而只是它感覺更實在。那個改變是明擺在我眼前，看得到的。我和湯姆創造了兩個全新的生命，沒有什麼比那更具體的事了。」她轉頭對我說：「我知道你一直覺得我那麼早懷孕是瘋了，也曉得你一直覺得湯姆不怎麼樣，但他們對我有意義。」

里昂一臉好奇望著她。「天哪，我完全沒有那種感覺，甚至完全相反。」

「但你做了對你重要的事啊，」蘇珊娜轉頭看他，驚訝地說：「你那年秋天出櫃了，我一直覺得是因為多明尼克，難道不是嗎？」

「喔，當然是。要不是那件事，我可能到現在還躲在櫃子裡，痛苦好幾年。」

「我們又不是活在一九五〇年代，」我說：「你出櫃又不會被排擠和，和被人潑瀝青或灑羽毛。」

「我知道，謝謝你哦，」里昂口氣粗暴地說：「我很清楚會發生什麼。我會聽見更多噁心的刻板印象笑話，失去兩三個朋友，加上老爸試圖說服我那只是過渡階段。這些我都應付得來。難的是人們會對我另眼相看，再也不是把我當成一個人，把我當我，而是同性戀。如果我說了什麼機車的話，那絕對不是因為我有道理，或我心情不好，或我向來就那麼囂張，而是同志就是毒舌。如果我很不爽，那絕對不是因為我有理由生氣，而是同志就是愛誇張。我敢說你──」就是我。「一定覺得這沒什麼，但對我而言不是。另一方面，我也不想下半輩子一直躲在櫃子裡。我想交男朋友好嗎？想在酒吧裡牽手，帶他們回家見爸媽。這樣的期望應該不過份吧？但我感覺完全動不了。我以為自己會被困住一輩子，嵌在石頭中。但多明尼克死後……」

他伸手拿了火鉗撥了撥柴火，壁爐裡霎時閃現一道璀璨的火光。「所有事情忽然變得完全不一樣了。就算我出櫃後，別人看我的眼光再也不同，那又如何？那跟勇敢沒有關係，也跟『人生只有一次』之類的屁話無關，而是……」他聳聳肩。「反正那些事很快就從我生命裡消失了。世事無常，我這樣說不是多愁善感，而是事實。多明尼克佔據了我的生活好多年，不問我做任何事都感覺得到他巨大的存在：睡覺時想到他，做惡夢時夢到他，早上醒來想到又會見到他就害怕。後來我們做了那件事，只花一兩分鐘他就消失了，就這樣沒了。自此之後，你很難相信有什麼事是永恆的。妳擁有的那些——」他轉頭對蘇珊娜說：「丈夫、小孩和房貸，那些從此以後的東西，都不會是我的選擇。」

「你會想要小孩嗎？」蘇珊娜問。她在沙發上扭動身子，好看清楚里昂微光下的臉。這是她頭一回面露擔心。「你會希望像我這樣嗎？」

里昂低頭沉思，一邊輕巧地將燒黑的碎木柴推向爐火中心。「不會，」他說：「把握現有的，那不是我的行事風格。我很滿足自己現在這樣。雖然有它的缺點，我交往過的男友不是被我甩了，就是他們甩了我，而且每次感覺都糟透了，但我喜歡一切都有可能的感覺。說不定我明年會在模里西斯，或是杜布羅夫尼克。」他抬頭笑著看了看蘇珊娜。「妳也知道，我喜歡到處跑，」他說：「一直都是，愈不認識的地方愈好。約克夏荒原，聽起來是不是很棒？遼闊的原野、石南花，再加維京人取的地名？還有紐約，還有果亞，還有……但只要我對一個地方稍有認識，它的光彩就消退了，於是我又開始腳癢。不過無所謂，因為我沒被綁住。我不用選擇，可以統統有。」他咧嘴笑道：「再說我真的很喜歡男人，沒必要只選一個。」

蘇珊娜報以微笑。「很好，」她說：「記得寄明信片給我。」說完便伸出手來。里昂和她五指交握，摁了摁蘇珊娜的手。壁爐裡一片木柴點燃了，火光熊熊。

我感覺他們兩個好陌生，彷彿是用我不理解也不該碰的材料做成的人。在閃閃爍爍的火光下，蘇珊娜臉頰的線條和打磨過的石頭一樣白皙光滑。里昂將頭髮往後撥，手臂在牆上畫出一道長長的陰影。

「所以，」蘇珊娜靠回沙發一角看著我說：「就是這樣。」

「喔，」我說：「好。」

「跟你想像的差很多嗎？」

「其實還好，不算多。」

「你可以接受嗎？」

我說：「我連這句話什麼意思都不曉得。」

「你會習慣的，」蘇珊娜說：「需要時間。」

里昂側身看我。「答應我們你不會去找拉佛提，」他開玩笑地說，只不過他並不是在開玩笑。

「什麼？」我根本想都沒想到。「怎麼會？」

「他當然不會，」蘇珊娜說：「托比又不傻。就算他希望我們坐牢，而他不想，去跟拉佛提通風報信也沒用，反而會讓事情變得一團糟一團亂，最後塵埃落定，結果可能還是跟現在差不多，所有人都不會有事，」她眉毛一挑看著我。「對吧？」

「除非拉佛提依然認為是我幹的。」

「哎，他才不會認為你是犯人。就算他那樣想，也什麼都做不了。」見我沒有回答，蘇珊娜又說：「我是說真的，托比。別緊張，一切都在掌控中。」

「可是，」我看了看她，又看了看里昂。有些事我得問清楚，那些事很重要，但我想不出來是哪些事。「你們不覺得愧疚嗎？」

話才出口，我就覺得這個問題很蠢，故作清高又假天真。我以為他們倆會尖銳反擊，但兩人沒有說話，而是互看了一眼陷入沉思。

「不會，」里昂說：「我知道這聽起來很低劣，但答案是不會。」

「對多明尼克不會，」蘇珊娜說：「但對他父母親會。我起初不覺得愧疚，因為他會變成這樣一個混球，他們難辭其咎，但等我有了小孩，感覺就不同了。但我從來沒有對他感到抱歉過。我真的試過，但沒辦法。去死吧他。」

「我的意思是，我希望這件事沒有發生，」里昂說：「從頭到尾，全部。我希望我們沒遇過這個人，但我們遇到了，所以……」

「是嗎？」蘇珊娜好奇問道：「你真的那樣想？」

「呃，我希望自己不用殺人，難道妳不是嗎？」

蘇珊娜想了想。「我不確定，」她說：「我不知道如果沒有發生那件事，我還會不會有勇氣生小孩。多明尼克不是漫畫裡的超級惡霸，這世界充斥著像他那樣的人。要是面對那種人除了默默承受之外什麼也不能做，還要聽別人跟你說這沒什麼，你會希望孩子來到這樣的世界嗎？但現在——」她伸手拉了拉被毯，讓它蓋住腳趾。起居室裡變冷了。「我知道如果有人敢欺負我的孩子，我至少有本事將他們撂倒。」

她之前提到婦產科醫師時，我轉著被酒精和大麻搞得有如迷宮的腦袋，心想她為什麼要跟我說那件事。我以為她是在警告我，但顯然完全搞錯了。那些話是對里昂說的，跟我完全無關。那些話是安撫他：別擔心，記得我們能做到什麼。

「事情並不像小說〈告密的心〉描述的那樣，」里昂拿起打火機，喀嚓又點了一根菸對我說：「過去十年來，我們並沒有每回經過那棵山榆樹就會聽見裡頭有白骨在抓抓扒扒。」

「暴風雨來的時候，我偶爾會想，希望那棵樹別倒了，」蘇珊娜說：「但頂多也就是那樣。我們每回來常春藤屋，我都會看見那棵山榆，但十次有九次壓根不會想到多明尼克。我沒在怕的。」

「誰叫妳就是太不當一回事，」里昂忿忿看了她一眼。「才會沒教妳家兩個小鬼別在那棵該死的樹上亂搞。」

「我有教。我跟他們說了幾百萬遍，但查克只是想引人注意，加上雨果縱容他——」

「是啦，但妳明知道查克的個性，就該把他託給妳爸媽，或是——」

「我哪知道雨果會找大夥兒來這裡？再說就算不是那樣，結果會比較好嗎？多明尼克就是在那裡，我們遲早得處理這件事，現在遇到至少——」

他們倆就像小孩在鬥嘴，不是你摔到我的手機，就是我把可樂灑到你作業上。「我不明白，」我大聲說道，里昂和蘇珊娜霎時閉嘴，轉頭看我。

「怎樣？」蘇珊娜問。

「你們兩個可是殺了人耶。你們——」他們倆好奇看著我，讓我很難專心。「你們是殺人凶手，怎麼可能——」我想說的是怎麼沒有過得很悲慘？這一點都不公平，你們應該過得很慘才對。「怎麼可能不算什麼？怎麼會沒有罪惡感？」

又是一陣沉默和交換眼神。我可以感覺他們在思考，不是跟我說安不安全，而是我能理解多少。

「要是有人，」蘇珊娜說：「不把你當人看呢？不是因為你做了什麼，而只是因為你這個人。那人對你為所欲為，想做什麼就做什麼。」她眼睛眨也不眨，炯炯看著我，讓我忽然怕起她來。「而你完全無能為力。不論你說什麼，別人都覺得你只是在無理取鬧，在找人討拍，最好別再大驚小怪，因為這很正常，這就是你這種人該有的生活日常，不喜歡的話就別做這種人。」

「怎麼會有，」里昂說，語氣又回到當年那個背著沉沉書包、低著頭急匆匆跑過學校走廊的那個小男孩。「誰會那樣對他？」

「有嗎？」

「有，」我說。不知怎地，我腦中浮現的不只是闖空門的那兩個傢伙。他們兩個當然算是，那近得嚇人的汗水和餿乳味，還有重重打在我身上的拳。但恍惚之間，我腦中還浮現了那位神經科醫師，那黏膩死白的臉龐、襯衫衣領上方露出的脖子皺紋，還有面無表情的目光，對著我說因素很多。

什，什麼因素？我講話大舌頭，語氣傻愣愣的。他眼神裡差點就藏得嚴嚴實實的同情與厭惡。不把我當成值得解釋的對象，替我上標籤、歸檔，而且不得抗辯。

非常多。

我知道。可是，可是，你可不可以，能不能——

你何不專心復健，醫療的事交給我們就好。

肋骨中了一腳，有東西應聲斷了。蠢蛋，你以為自己很行是吧

「很好，」蘇珊娜說：「那你想對他們做什麼？」

答案卡在我喉嚨裡。不論我想做什麼、有多想做，我都絕不會說出口。我搖搖頭。

「不做那些事，你感覺如何？」

回憶霎時閃現在我全身上下：不停搥牆，搥到雙拳抽痛；見到重物就自殘似的猛踹，踹到

一條腿上瘀青一大塊；反覆甩自己巴掌，直到腦袋脹痛。我無法呼吸。

「現在想像，」蘇珊娜說。她隔著煙濛的空氣直直望著我。「想像你做了那些事。」

空氣狠狠灌進我的胸膛，讓我猛然頭暈目眩。那一刻我忽然感覺到了：那不可思議的狂喜，巨大得幾乎無法承受，雷霆般的力量從體內湧現，拳頭和雙腳如雨點般落下，骨頭碎裂，沙啞嘶吼，不斷不斷直到一切靜止，只剩腳邊血肉模糊，我直挺挺站著，氣喘吁吁鮮血直流，宛如從滌淨靈魂的河水裡起身的人，重新走進屬於自己的世界。我感覺狂跳的心臟就要掙脫胸膛，有如天燈往上騰昇，穿越窗玻璃高懸於漆黑的樹梢之上。在那瘋狂的一瞬間，我感覺自己就要慟哭流涕。

蘇珊娜說：「那就是我們的感受。」

我們三人很久都沒有說話。火光下，家具器物詭譎晃動，蜘蛛網高掛牆角，咖啡桌上有本書翻開著，蘇珊娜髮梢柔柔飄飄。

里昂說：「你高興了吧？」

我笑了。刺耳、驚詫、聲音太大。「高興？」

「你沒有做錯任何事，反正沒做什麼會讓你惹上麻煩的事。這難道不是好消息嗎？」見我沒回應，於是他又說：「還是我們不該告訴你？」

我說：「我不知道。」

「我其實不想講，我覺得不講對我們所有人都好，但蘇認為應該讓你知道。」

「讓你以為事情可能是你做的，我覺得很不好受，」蘇珊娜說：「但當時似乎是最好的選擇，而且事實證明我沒猜錯，對吧？最後都順利解決了。」

我粗啞地乾笑一聲。「誰曉得。」

「事情都結束了，警察也走了，我們可以把一切拋到腦後了。」

「是啦，梅莉莎也走了。」

「那只是因為這些狗屁倒灶的離譜波折讓她一時無法接受而已。我不怪她。但你現在可以去跟她說一切都結束了，你和這件事無關，這樣就行了。你們不會有事的。」

「她一定會喜出望外，」里昂在微光中真心誠意看著我。「她很愛你。」

「她會開心到飛起來，」蘇珊娜將菸蒂扔進快燒完的柴火裡。「小倆口從此過著幸福快樂的生活。」

雨水輕輕打在窗上，火焰搖曳閃爍。我感覺他們還有一件事沒告訴我，一個足以揭開整起事件，喚醒其中已然腐化的所有陰影，徹底顛覆我的理解的關鍵秘密，但我絞盡腦汁也想不出來那會是什麼。

十二

就像里昂說的，知道真相應該會讓事情好轉才對。我終究不是殺人犯，還有什麼比這更好的消息？再說（感謝神探托比）我也達成目的，總算知道多明尼克出了什麼事。更棒的是拉佛提拿我們所有人都莫可奈何，所有人都清清白白，重拾自由身。就眼前的局面來說，一切感覺應該如童話結局般的美好。

然而不知怎地，事實並非如此。我完全不曉得該如何面對這個新的現實。例如我好像至少應該天人交戰一下，該不該告訴其他人。難道我父親沒有權利知道雨果和我其實都是無辜的？但我沒有，絲毫沒有那個念頭。我心裡空空如也，根本無法辯論、衡量和思考這件事。那感覺就像蘇珊娜和里昂寄來一個宜家的大包裹，照理說只要我打起精神組裝完畢，家裡就會煥然一新；但在那之前，那東西就只是橫在那裡，擋在所有東西前面，每回我想繞過去不是被它擦破小腿，就是撞到手肘。

我每天重複一樣的作息：早餐、沖澡，然後到書房工作；如果沒有煮飯，就會抓時間在廚房隨便找點東西果腹——有人一直往冰箱裡塞免料理食物，應該是我媽；晚飯後我會拿著雨果的筆電在起居室裡上網亂逛，直到大腦關機，然後就上床睡覺。你可能以為我晚上一定會被悲傷、良知衝突或別的什麼搞得輾轉難眠，至少也會做那種陰森的惡夢，但實際上我睡得像個死人。

哈斯金斯的日記進展順利。我已經摸熟了他的寫字習慣，因此解讀速度飛快。他很想從伊蓮．麥克納馬拉嘴裡問出嬰兒父親是誰，但她拒不透露，讓他氣得跳腳。我完全可以想像哈斯金斯的說話方式：鼻音很重，刻意抑揚頓挫、附庸風雅，只要講到理直氣壯就會得意洋洋地清清喉嚨。有一回我吃了太多贊安諾（我又開始大量吃了，不是因為緊張，我已經不再整夜踱步或揍自己了，而是因為吃藥清醒得多）又工作太久，竟然脫口問他想不想喝咖啡。

唯一改變的作息就是週日聚餐，家人們心照不宣地停辦了。他們還是三天兩頭會出現在這裡，應該是想確定我沒有在衣櫃裡搖頭晃腦、喃喃自語，或已經倒在樓梯旁開始腐爛，但我不是很好聊，而他們也不會待久。奧利佛叔叔搬出大道理，說大夥兒都很傷心，但日子還是要過，我完全不知道該說什麼。蜜莉安嬸嬸給了我一塊紫色石頭，說有靈療效果，我馬上就把它搞丟了。里昂打了幾次電話給我，如果我沒接，他就會留下一長段語帶試探、前言不對後語的語音訊息。蘇珊娜則是完全沒跟我聯絡，但我沒差。

一八八八年四月，伊蓮．麥克納馬拉生產了，和雨果猜的一樣是男孩，應該就是沃茲尼亞克女士的祖父。孩子被送去給好心的歐哈根夫婦時，她「激動抗議，傷心欲絕」。哈斯金斯告訴伊蓮，心中痛苦就是她犯罪得到的懲罰，她應該感謝神還愛她，只給她這樣的懲罰，但他不認為伊蓮有聽懂。

常春藤屋一直在凋敗，只是慢得讓人沒有感覺，除非我偶然間看到什麼：微弱的冬日陽光照亮起居室高處角落的蜘蛛網，我胳膊擦過壁爐架揚起一片帶霉味的灰塵，衣服袖子沾了厚厚一道髒污。燈泡壞了，但我沒有更換。里昂原本的臥房裡，天花板上的污點愈來愈大；整座屋子裡的悶濕味愈來愈重，而且來自四面八方。我知道該找水電師傅來，但我不確定自己算不算住在這裡，又會待多久，實在很難做這類安排。沒人提到遺囑的事，但我心裡一直不安懸著。

雨果真的有照他自己說的，立了遺囑將屋子留給我們六個嗎？如果沒有，那屋子歸誰？家族會派人來嗎？很有技巧地跟我解釋，別擔心不用急，很感謝你為雨果做的一切，想在這裡待多久就盡量待，只是目前房市大好，出售前又有許多地方需要整理……我想到自己的住處，想到拉上的窗簾、發臭的空氣、閃爍的警報器燈和隱身在床邊的緊急呼救鈕。

不過，我很想和梅莉莎說話，常常想。既然我沒殺過人，那就似乎沒有理由不能跟她聯絡。她離開並不是因為不愛我了（奇蹟啊），而是因為我像個警探四處刺探，並且她其實說得沒錯，那樣做真是個爛主意。但我現在可以直視她的雙眼，跟她發誓一切都結束了，還有下回她說什麼我一定會聽。不知怎地，我一點都不擔心自己無法讓她相信我不是殺人凶手。我想到自己曾經以為她那樣認為就覺得難堪。梅莉莎從頭到尾都走在我前面，比我清楚。

但我沒有打電話給她。因為——當我真的下定決心，手機都拿在手上了——我有什麼理由打電話？我，一個待在窗戶爬滿常春藤，所有衣服都帶著淡淡霉味的陰暗屋子裡的人，能給她什麼？

戶外很冷。我不常出去，到店裡蹓達或出門散步感覺既古怪又陌生。儘管我不時會到庭園走走，心想好像還是需要呼吸點新鮮空氣，但我實在不喜歡在外面。我和梅莉莎合種的快樂金盞花和其他不知道名字的植物差不多都死光了，可能是種的方法錯了，也可能是季節或土壤不對，誰曉得。原本種這些植物的地方長出了幾叢病懨懨的寒酸小草，還有一些高高壯壯的灰綠色雜草，感覺有如打了類固醇的蒲公英，但除此之外依然光禿禿的，而且凌亂。山榆樹砍掉後留下的空洞讓我很在意。就算我沒有往那個方向看，它還是會在我視線邊緣作怪，感覺好像少了關鍵一角必須補上，而且要快。天空總是灰濛一片，橡樹枝葉間總是有烏鴉振翅啼叫，寒意總是刺骨逼人，而我總是沒幾分鐘就回到屋內。

屋裡也很冷。暖氣系統應付不了偌大的屋子，柴也沒了，也沒人想到要買給我。冷風不時從莫名奇妙的角落竄出來，彷彿有人偷偷開了門或窗，但我怎麼找也找不到縫隙在哪裡。蜘蛛紛紛進屋避冬，我愈來愈常在角落或壁腳板看到牠們，灰棕棕的一坨，身上模模糊糊有著令人毛骨悚然的圖案。落地門底下的裂縫四周有木蝨在爬。

伊蓮．麥克納馬拉生產完幾週後就回家了，讓哈斯金斯如釋重負，再也沒有在日記裡提起她。伊蓮．麥克納馬拉沒有出現在愛爾蘭一九〇一年的人口普查名冊中，但克萊爾郡有一名婦人符合她母親的資訊，生了六個孩子而且都還活著，因此看來伊蓮應該是再嫁或移民了，或兩者都是。我找不到她的結婚紀錄。雨果肯定知道該如何解決，怎麼找到嬰兒的父親，用複雜的軟體比對ＤＮＡ，我卻毫無頭緒。

於是我開始寫報告給沃茲尼亞克女士。我不曉得格式，所以報告很短，只有陳述事實外加幾行結語，盡可能照我認為雨果會寫的方式寫：**很遺憾我能力有限，無法再查出更多結果，可能得請您另聘高明了。希望我找到的新資訊不會讓您太過震驚，並衷心祝您的尋根之旅有美好的結局。**

寫完後，我拿起報告對著書房、堆滿灰塵的書本、木象雕飾和歪放在椅子下的雨果的拖鞋大聲朗讀。「雨果，」我說：「這樣寫對嗎？」我之前就會偶爾這樣問他問題，不是因為我瘋了或認為他會回答，只是因為屋裡太安靜了。有時寂靜感覺就像實存的物體，膨脹的幅度雖然輕微卻不曾停止，直到壓得人無法呼吸。我用電郵將報告連同ＤＮＡ分析結果和重要日記內容的掃描檔寄給沃茲尼亞克女士。她有回信，可是我沒有點開。

之後情況就開始惡化了。由於不再有人有事讓我每天按作息生活，我的生理時鐘完全亂了調，從睡太多變成睡太少。贊安諾不再有效，反而將我丟進煉獄之中，讓我完全無法入睡，卻又不確定自己真的醒著。我在半明半暗的屋裡遊蕩，經過黑漆漆的房間和可能是門窗的亮白方塊。我再也分不清哪時候應該吃飯，因此偶爾會頭暈，不得不稍坐片刻。當我伸手在昏暗的房間裡摸索，想確定是哪個房間，手裡摸到的東西卻都感覺無比陌生，不是我手指摸不出端倪的桌腳雕飾，就是我不認得的壁紙稜紋，或是邊緣翹起來的亞麻地板，但常春藤屋從來沒有亞麻地板。此外，東西也會出現在奇怪的地方，例如我枕頭上出現一枚厚實的一九四九年便士，蜜莉安嬸嬸送的紫色靈療石出現在浴室水槽裡。

每當我想起蘇珊娜和里昂，怪的是我心裡浮現的不是恐懼、譴責或憤怒，而是羨慕與嫉妒。他們倆總是有如鮮明的水墨畫人物出現在我心裡，散發著某種光彩。多明尼克的死替他們永久定了型，讓他們成為他們，無關好壞，讓我屏息讚嘆。我的生命在我自己眼中是一團模糊混沌，已經抹去了輪廓（沒想到那麼輕鬆容易，只要輕輕一抹），以致不斷流逝到這世界中。

我覺得拉佛提知道。我覺得不論他在哪裡，幾十或幾百里外，在凶案現場掏出記事本或駕著小破船正要揚帆啟航，他只要抬起頭迎著風嗅嗅鼻子就會聞到我，知道我終於準備好了。

♣

拉佛提來的那天下午很冷，而且蠻晚了，空氣裡飄著焚燒輪胎的味道。我的腦袋忽然意識到我已經幾天、甚至幾週沒看到陽光了，於是便走出屋子坐在露台上。等我察覺天色開始暗了，外頭涼颼颼時，已經沒有力氣起身回屋裡了。雲層很厚，帶著冬日的慘白，在天上一動不動。樹下鋪了一層厚厚的濕掉的落葉，一隻松鼠在幾棵橡樹之間東奔西跑尋找食物。那隻灰貓回來了，在一凹一凹的泥巴地上匍匐前進，尾巴頭微微擺動，準備偷襲一隻毫無所覺的小鳥。

「那隻貓是你的嗎？」忽然有人在我背後問道，而且近得離譜。

我立刻起身，本能地往後退開，同時驚呼一聲，伸手想抓武器、石頭或任何東西都好——

「嘿，別緊張，」拉佛提舉起雙手說：「是我。」

「你他媽是——」我喘不過氣。「你他媽是——」

「我沒有要嚇你的意思，抱歉。」

「你——」眼前這個人比我印象中更高，臉色更紅潤，下巴和顴骨更有稜有角。天色陰沉，我一時無法確定是他。但那嗓音，如木頭般渾厚溫暖，是拉佛提沒錯。「你來這裡做什麼？」

「我們都快敲壞了，你還是沒聽見。於是我只好試試手氣，結果門沒鎖。我心想還是進來看看你怎麼樣好了。」

「我很好。」

「老實說，兄弟，你看起來不大好，應該說糟透了，」他穿過露台朝我走來。我體內的腎上腺素立刻飆高，停不下來。他身上帶著一股異樣的活力，嘶嘶作響，有如火焰吞噬著空氣，讓我無法呼吸。「一個人蝸居在這裡對頭腦不好。你不打算去家人朋友那裡住上一陣子還是怎樣嗎？」

「我很好。」

他眉毛一挑，但沒多說什麼。「你應該把門鎖好。雖然這一帶很安全，可是誰曉得？這年頭還是小心一點好，免得後悔。」

「我有，應該是忘記了。」我想不起上次開前門是什麼時候，說不定好幾天沒鎖了。

「我們害牠打獵失敗了，」拉佛提朝那隻貓撇了撇頭。鳥飛走了，貓僵在原地不動，舉起一隻前腳提防地望著我們，心裡盤算是否該開溜。「那真的不是你的貓？」

「牠有時會來這裡，」我說。雖然不是竊賊，但還是無濟於事，我還在發抖。我真是白癡，竟然相信蘇珊娜的話。結束了，警察也走了，我們可以把一切都拋到腦後……「我不知道牠是誰的。」

「那我想牠應該是流浪貓，因為瘦成那副德行。你有火腿片之類的東西嗎？」

不知怎地，我竟然乖乖走進廚房打開冰箱。他不能對我怎麼樣，我告訴自己，很快就得走人了。我差點忘了自己進來做什麼。最後我找到一包雞肉火腿。

我走回露台，發現貓和拉佛提還在大眼瞪小眼。「喏，」我說，聲音聽起來很沙啞。

「太好了，」拉佛提從我手中接過雞肉火腿說：「想餵牠就不能用丟的，否則牠一定會跑掉，以為你扔的是石頭還是什麼。正確的做法是——」他故作輕鬆下了台階走進庭園，但臉還是朝著我，語氣平淡沉著：「先離牠愈近愈好，你懂嗎？然後將肉放在地上，接著退開。我敢說——」那隻貓身體一縮，準備要跑。拉佛提立刻停止動作。「沒錯，這樣應該就行了。」他說著彎腰將一片雞肉火腿放在地上。貓的兩眼緊盯著他的一舉一動。

拉佛提緩緩直起身子，慢慢退回露台，沿途又放了兩三片火腿，動作大而明顯，故意讓貓看見。「喏，」他撩起外套下襬坐在台階頂端，自在得好像自己家一樣。「只要每天做個一次，牠就會常來了，讓老鼠不敢靠近你家。」

「這裡沒有老鼠。」

「是嗎？曾經有東西把多明尼克的一隻手拖到樹洞外當點心，如果不是老鼠，那會是什麼？」

「我不曉得，」我說：「我又不是野生動物專家。」這話聽起來很衝。他講話的方式好像我們只是在閒話家常，讓我不知所措，抓不到正確的語氣回話。

拉佛提認真想著。「狐狸可以爬過很高的圍籬，但牠們的爪子其實上不了樹。不過，我倒是見過狐狸爬樹，就一隻，找鳥蛋或鳥巢之類的。你們這裡有狐狸嗎？」

「我不知道，我沒看過，」多明尼克的手，被小巧的牙齒急急啃噬著，小骨骸被雨水打進了土裡。我感覺庭園又變得扭曲而陌生，跟我和蘇珊娜和里昂喝酒吸大麻到茫掉的那天一樣。我很想回屋裡。

「我想可能有，」拉佛提說。貓朝火腿伸長了脖子，眼裡寫滿好奇。「兄弟，坐吧。你站在那裡，牠就不敢靠近。」

過了一會兒，我在台階另一端坐下。拉佛提撈出一包萬寶路。「來一根嗎？」他看我面露遲疑，便咧嘴微笑說：「托比，我知道你有抽菸。我們搜查時在你的個人物品裡看過。我保證不會跟你媽咪說。」

我接過香菸，他替我點打火機，讓我不得不靠過去。接近他讓我全身神經緊繃。我想不出該怎麼問才能知道他的來意。

拉佛提深吸一口菸，閉上眼睛將煙緩緩吐出來。「啊，」他說：「我就是需要這個。你和家人這陣子過得如何？大家都好嗎？」

「我們盡力而為，」我說。不知怎地，我發現這是我在喪禮上的標準回答，講了至少幾百遍。「儘管不算突如其來，但我們實在沒想到會那麼快。」

「這種事不論以什麼方式發生都不好受，需要努力才能平復。你看——」只見那隻貓抽著鼻子，掂著腳步緩緩朝我們靠近。「別太注意牠，」拉佛提說。「你現在不需要再待在這裡陪雨果了，有打算重拾工作嗎？」

「應該吧，我還沒想。」

「他們應該會雇用你，兄弟。你老闆，理查德對吧？他一直說你有多好多棒，你不在讓他們都覺得少了什麼。」

「好喔，」說完我怕聽起來好像在挖苦，於是又說：「聽了真的很感動。」

「他可不是說說而已，」拉佛提語氣帶笑說：「這陣子你有看藝廊的推特嗎？自從你遇襲到現在大概只有五則貼文，而且其中一則是：『嗨，梅芙，麻煩妳看一下這些通過了沒，謝啦。理查德。』」

我勉強擠出一聲笑。我其實完全沒有想到工作的事，已經很久沒想了。感覺完全無法想像，彷彿藝廊不在這兒，而是在某個無法企及的國度或我以前看過的電視節目裡。

「你應該回去拯救他們，免得他們自爆。說真的，藝廊裡真的沒其他人懂網路嗎？」

「不算有。我是說，他們會看電郵，也會網購，但社群媒體嘛……」

「嗯，」拉佛提說，語氣仍然懶懶的，不是很感興趣。「真扯。因為我在藝廊的推特帳號裡還注意到一件事。在你遭到攻擊的前一週，藝廊的推特還有非常多帳號追蹤，在上頭留言或轉推你的貼文。幾十個。但那週之後……」他朝我豎起一邊眉毛，臉頰出現笑紋。「那上頭就一片死寂了，那些帳號彷彿都成了啞巴鳥，再也沒提到藝廊或任何事。」

「沒錯，」我沉默了一會兒才說：「被你發現了。這算是標準手法，建立一批殭屍粉或水軍，激起一些聲量……」

拉佛提笑了。「是嗎？我想也是，真高興我猜對了。我敢說感覺應該蠻棒的。」

「應該吧，有可能。」

「哎唷，少來了。那些鄉民全是你想像出來的？爭論高捷爾要是紅起來，失業救濟金是不是應該停掉？」

我沒有說話。

拉佛提臉上的笑紋更深了。「你真該看看自己現在的表情。沒事的，小老弟，你可以老實說了。我們已經問過你的好兄弟帝爾南。他原本嚇得屁滾尿流，但看出我們沒有打算以假冒小混混的罪名逮捕他之後，立刻就安心了。」

「喔，」我說。我整個人異常緊繃，我不確定為什麼。他能對我做什麼？他為何在意這個？又幹嘛提起這件事？「好。」

「他很厲害，對嗎？我不是很懂藝術，但我覺得那些畫蠻不錯的。」

「嗯，我是這麼覺得。」

「那些畫有機會公諸於世嗎？」

「恐怕沒有。」

「可惜了。我覺得帝爾南那傢伙應該還能畫，不過，嗯。我不怪你希望那些作品放到爛掉。那些推特帳號和貼文都是你弄的嗎？還是有其他人？」

「沒有，就我一個。」

拉佛提點點頭，一副不意外的樣子。「有你的。那些貼文不錯，感覺很真實，會讓人不由得好奇這個叫高捷爾的小子到底有什麼故事，想追蹤他的最新發展……我自己就上當了。難怪理查德那老兄想找你回去。你瞧，我就說吧——」

他朝貓努了努下巴，只見那傢伙已經走到第一片火腿前，正匆匆狼吞虎嚥，動作貪婪卻又輕巧。「再兩個禮拜，牠就會從你手裡吃東西了。」

「你哪時看穿的？」我說：「高捷爾的事。」

拉佛提聳聳肩，彎腰彈了彈菸灰說：「天哪，很久了。遇到這種案子，我們都會清查所有人所有事，雖然是海底撈針，但無所謂，只要挖到一丁點有用的線索就好。我們發現高爾捷和案件沒有關聯，但倒是從他身上得到不少樂趣就是了。」

「也好，」我說：「至少他有讓你們笑。」

「幹這行有樂子就要把握，尤其這個案子樂子不多。」

「所以呢？」我問：「這個案子結束了嗎？你認為……」

我想說的當然是你認為是雨果幹的嗎？而拉佛提肯定知道。但他故意吊我胃口，伸手弄著查克和莎莉之前玩康克戲留在露台上的樹果，拿起一個在手裡端詳。天光漸暗，夜色有如細沙滲進了空氣中。

「這樣說吧，」最後他將手裡的樹果穩穩擺在一堆樹果的頂端，開口道：「雨果從一開始就是我們的頭號嫌疑人，甚至在我們還沒確認死者身分之前。」

「為什麼？」

「首先，」拉佛提豎起食指說：「他就住在這裡，長年定居，而且在家工作，比誰都更好接近那棵樹。其餘的人，你們從來不曾單獨在這裡，必須避開雨果和其他人才能將屍體放進樹洞裡而不被發現。雨果有非常多時間獨自一人。」

他豎起第二根手指。「他塊頭很大。就算我們來的時候他已經七老八十了，還是一眼就看得出他曾經很壯。你的堂妹堂弟都不可能將一個八十五公斤的死人弄到樹上塞進洞裡，單憑自己絕對辦不到，可是雨果……」

他沒提到我。我也很壯啊，我很想對他吼道，我打過橄欖球，身材結實得很，什麼都做得到。我感覺菸有霉味，便將它摁熄在露台上。

「還有，」拉佛提豎起第三根手指。「我頭一回跟你們談話，在這裡的起居室，就是顱骨出現那天，記得嗎？談話過程中，我察覺到一件事。你侄子查克說他之前也想爬那棵樹，但媽咪和雨果總是叫他下來。兩分鐘後，你堂妹蘇珊娜說小時候爸媽都不准你們爬那棵山榆，但雨果都准。換句話說，在多明尼克陳屍樹洞之前，雨果並不介意小孩爬那棵樹，但在多明尼克死後就在意了。」

雨果早就知道了。歸根結底我就不是個行動派。船到橋頭自然直……他肯定不曉得是我們當中哪一個、兩個或三個做的，至少不確定，所以才會在車上小心刺探（我真的覺得自己有權知道到底出了什麼事），但他知道得夠多了。

「你沒發現嗎？」

「沒有。」

「也對，你又不是警探。」

「嗯。」

「還有，」拉佛提豎起第四根手指，愉悅地長長吸了口菸。「不是我誇大，但你很難錯過正在腐化的屍體。雖然上頭覆了很多葉子和腐土確實會遮去一點味道，而且秋冬又冷，但還是很難。雨果一定會好奇，然後被自己的發現嚇到，除非他早就知道庭園的臭味來源是什麼。」

我胃裡莫名緩緩翻攪，我忽然明白雨果不只是知道。那天大家聚在起居室，查克跑來跑去很煩人，雨果把他叫過來在他耳邊低聲說了幾句，只見查克臉上笑開了花，隨即衝到庭園直接抱著之前大人都不准他爬的那棵樹往上爬。

我跟他說庭園裡有寶藏。不僅如此，他還告訴查克去哪裡找。或許沒那麼清楚，免得查克抖出來，但也不用說得那麼明確。你到後面去玩吧，我們還要在這裡待一會兒，你想去哪裡探險都可以，任何地方都行……

當我們三個開始討論這間屋子該何去何從，雨果就明白了：要是他死了，而骸骨還在那裡，等於在庭園留下一枚活地雷。他最好在控制好的狀況下引爆它，因此（得發生大事才能打破外殼，強迫我們發現底下藏了什麼）他默默做好計畫開始執行。我覺得他這樣做對查克有點殘忍，雖然查克沒那麼脆弱，但我想他其實沒什麼選擇。不論他自己或讓其他人去那棵樹上東翻西摸，都只會令人起疑。

應該說我很多年前就該這樣做了，但那只有某些人才做得到，不是嗎？而我顯然不是那種人，至少直到現在……

他差點就來不及做到最後一步，來不及自白。我感覺要是我們整理他的遺物，應該會在某個隱密角落找到手寫的自白，以防萬一。即使如此，我仍然感謝他拖了那麼久。梅莉莎和我是真的讓他很開心，所以他才會拖到最後一刻。

「最後——」拉佛提五指張開，又像揮手又像敬禮。「DNA分析結果出來了。還記得我們搜查這裡時拿走的那件舊夾克嗎？雨果說是他的那件？」

「嗯。」

「那上頭有多明尼克的DNA，在裡面，就在這裡，」他拍拍右胸。「不是血，但我們不認為他有流血，有可能是唾液。沒錯，誰都可能穿過那件夾克，DNA也可能是多明尼克來這裡時留下的，但加上之前說的那些事……」

老天，我只能說蘇珊娜真厲害。才十八歲腦袋就那麼犀利，想得那麼遠。就算自殺說終於被眾人接受了，她也早就弄妥了備案——把大夥兒扯進來，搞得好像人人有份。說不定還有第二和第三備案。我不禁心想，要是當年警察就逮捕了雨果或我或里昂，甚至盯上她，她會怎麼做。

「因此，」拉佛提說：「雨果那天打電話來，我們其實不大意外，而且他還知道一些我們並未公布的細節。我們不是問他怎麼把屍體弄進樹裡嗎？他說他用繩子捆住多明尼克的胸膛，繩子另一頭繞過樹幹，將屍體吊到樹上，然後他再爬到四腳梯上將屍體弄進洞裡，而多明尼克襯衫上確實有繩索纖維。他跟我們說過程中多明尼克的一隻鞋掉了，害他不得不在樹叢裡翻找，然後再扔進樹洞裡，而多明尼克確實掉了一隻鞋。那隻鞋也在樹洞裡沒錯，不過在他腰際。每當有人自首，我們想知道的就是這些事，只有坦白真相的人才會知道的瑣碎事實。」

當然，雨果有可能是看到的。深夜庭園裡窸窸窣窣、焦急的竊竊私語和拖動四腳梯的聲響把雨果吵醒了。他心裡好奇，最後受不了空氣裡飄浮著的緊張氣息，決定下床到窗邊一探究竟。

但他沒有出去。或許他當時不了解或不敢相信自己見到了什麼，直到多明尼克的消息傳開了才明白是怎麼回事。或許他當下就知道了，但為了某些只有他知道的理由——這樣對我們最好、不會破壞他的平靜生活或多年的旁觀世事（人一旦習慣做自己），他決定保持沉默。我心想自己到底對雨果的了解有多少。

天色昏暗，蘇珊娜穿著他的園藝夾克，里昂可能穿著我的衣服。他不曉得自己看到的到底是誰，也不想知道。他只要看一眼我們的臥房就知道了，但他沒有那樣做。里昂溜出門偽造多明尼克的行跡時在樓下發出的聲響，漫長的等待，還有「對不起」簡訊傳到我們手機裡時刺耳的提示音。然後又是等待，以及其他種種。里昂鑰匙插進鎖裡悄悄開門，破曉時的交頭接耳，臥房的門關上，一切復歸寂靜。

隔天早餐，雨果對著我們三個平靜微笑，問我們這天有什麼計畫。月底他和即將迎向大學和新生活的我們揮手道別，**祝你們好運！好好享受！**然後又回到常春藤屋，將門關上。

十年過去，他就這樣守著庭園。這是他給我們的禮物。我好希望他就在這裡，希望到只想大聲呼喊，我好想跟他說話。

「問題只剩下，」拉佛提說：「犯案動機。」他又開始玩樹果，抓了一顆往上拋然後俐落地抓住。「雨果不肯透露，只說自己是『迫不得已』和『你們有必要知道嗎？』說他已經老糊塗了，我們一逼問他就發怒。『你們知道我的大腦已經被癌細胞佔據掉多少地方了嗎？你們想看掃描嗎？我連自己親弟弟的名字都快記不得了，怎麼想得起十年前的事……』」

拉佛提很會模仿。那抑揚頓挫的語調，溫暖沙啞的尾音，傳遍了整個庭園。愈來愈濃的夜色有如靜電在空氣中閃動。

「科爾認為原因是多明尼克霸凌你堂弟里昂，但我覺得不是。早一年的話也許，但等你們都畢業了，里昂這輩子再也不用見到多明尼克了才來這招？雨果不是那種會殺人報仇的人。」他瞄了我一眼。「還是其實他是，是我看走眼了？」

「沒有，」我說：「他確實不是。」

「對嘛，所以拼圖還缺了一角。這一角不算大，也不重要。沒動機依然能結案，但我就是不喜歡缺一角。你瞧——」貓已經走到第二片火腿前趴下來吃了，而且神態舒朗不少，不過還是一眼盯著我們看。「牠已經開始放鬆了。只要再給牠一點時間，你就得到一隻貓囉。」

「我不想養貓。」

「拜託，貓很棒的，而且寵物能讓你放下自己，有對象可以關心，對你有好處。」

「嗯，或許吧。」

拉佛提掏出香菸，抽了一根出來，瞇眼檢查盒裡還剩多少。「後來，」他說：「雨果就過世了，願他安息。但缺了的那一角就無解了，讓我有點尷尬。是要結案呢，還是不要？」

他將菸盒遞給我，見我搖頭便聳聳肩將菸收好。「只不過，」他說：「你堂妹蘇珊娜來找我了。」

什麼？「什麼時候？」

「兩天前。」

別緊張，一切都在掌控中。蘇珊娜實在太累人了。我真想頭靠著膝蓋呼呼大睡。

「根據她的說法——」拉佛提伸長雙腿，準備娓娓道來。「多明尼克出事那年一直在騷擾她。情節不嚴重，只是千方百計想約她，怎麼拒絕也沒用。後來她向雨果抱怨，但可能稍微誇大了一點，她說。十幾歲的少女嘛，你也知道她們講話多誇張，前一天還講得像是世界末日，隔天就忘得一乾二淨……蘇珊娜覺得很不好受。她當時只是想發洩，但雨果肯定誤會了她的意思，覺得多明尼克是變態色魔。雨果很保護你們三個是吧？」

他一隻眼睛瞄向我，金黃眼眸映著打火機的火光閃閃發亮。「是的，」我說。

「嗯，我了解，所以這就是行凶動機。另外，蘇珊娜還說，像是怕我還不相信似的，她那天晚上有看到他在庭園裡。」

「什麼？」我說。

「她沒告訴你？」

「沒有。」

「哦，」拉佛提說：「我還以為她會跟你說。那麼大的事，她不會找你談嗎？」

「顯然沒有。」

就算拉佛提聽出我語帶不悅，也沒表現出來。「多明尼克失蹤那晚，」他說：「深夜時分，蘇珊娜被簡訊聲吵醒，就是那則有名的『對不起』簡訊，結果她就睡不著了。後來她聽見庭園有聲音，便起身到窗邊瞧瞧，沒想到看見雨果正拖著一個很大的東西橫越草坪。天色太暗，她看不出那東西到底是什麼。她當時覺得雨果是睡不著，所以繼續弄他的石頭園子。看來雨果常失眠，是吧？」

「我不記得了。」

「總之，蘇珊娜是那樣覺得的。也對，她有什麼理由覺得不是？我問她可不可能是你或里昂，但她說不會，因為雨果比你們兩個高大許多，而且他當時留長髮，她不可能把你們誤認成他。」

還真是謝謝她啊。「我又問她可不可能是其他人，」拉佛提說：「她說有可能，確實有可能是另外的長髮大個兒。她沒有看很久。她想過下樓幫忙，但她明天一早就得去打工，所以就直接回床睡覺了。後來她聽說多明尼克在霍斯岬跳崖自殺，完全沒有將這件事和雨果半夜在庭園弄石頭聯想起來。蠻有道理的，是吧？」

他斜眼打量我。「應該吧，」我說。

「但她等我們查出骸骨身分才說。你堂妹還不是普通聰明哪！」

「是啊，」我說：「沒錯。」

「真的。但她之前不想說，免得讓雨果最後兩個月不得安寧。她只是三緘其口，扔出一點訊息讓我們以為是里昂，或者是——」他又斜了我一眼，「你。故意混淆視聽，免得我們鎖定雨果。她知道這樣做到最後對誰都沒有壞處。她對警察很有信心，心想我們不會真的抓錯人；就算抓錯，她那時再出面就好。她原本想等雨果過世了再告訴我們的。」

我想也是。只不過她萬萬沒想到雨果可能另有計畫。她小看了雨果，以為他就是我們從小認識的那樣，溫和又愛幻想，隨遇而安。她終究還是不夠聰明。其他人就算了，蘇珊娜應該比誰都清楚，再穩固的岩床、地殼板塊或風景也可能因為一場巨變而崩裂位移，面目全非。

「所以，」拉佛提說：「回到你的問題：所有線索都搭得剛剛好，我只要照著連連看就能寫好報告將案子結了。為了慎重起見，我還去查證了蘇珊娜說多明尼克在追她的說法。」

有東西動了一下，冷冷的東西。庭園裡，只剩剪影的貓剎時停下動作，抬頭凝視空中某個看不見的東西。「結果呢？」我問。

拉佛提揮揮手說：「老實說，對也不對。我的意思是，蘇珊娜的朋友都證實多明尼克很哈她，但對騷擾的程度看法不一。有的說只是開玩笑，有的和蘇珊娜的說法一樣，雖然很討厭，但問題不大。只有兩個說情況很嚴重，是非常嚴重的那種。有趣的是，那兩位都是她的好姊妹。」他瞄我一眼。「所以我就想問了，你記得多少？」

所以，這就是他來的目的，就是他想從我口中探聽出來的事？他身上沒有半點能讓我信任的地方，我完全掌握不住——「就像蘇珊娜說的，」最後我說：「多明尼克讓她不大舒服，但沒那麼嚴重。」

「你有跟他說嗎？叫他保持距離之類的？」

「沒有。」只見拉佛提驚訝地揚起眉毛。「我感覺沒那個必要。」

他乾乾地說：「看來是你誤判了，老弟。」

「也許吧，」我說。

天色就快全暗了，拉佛提臉上的黑影斑斑駁駁，空氣裡泥土、潮濕的葉子和焚燒草木的氣味更濃了。

「有件事，」拉佛提將菸捻熄，仔細檢查是否真的熄了。「可能跟案子有關，也可能無關，但我想確定一下。多明尼克的電郵信箱裡有五六封信一直追查不到來源。信是匿名的，都是他死前那年夏天發的，應該是他追過的女孩子。那女孩很喜歡他，卻又不想表現得太明顯，免得他只是玩玩，因此一直拒絕他——你懂嗎？但她同時又想讓他知道自己有多迷他。」他咧嘴微笑，臉上的陰影更深了。「天哪，還真會演。還好我們再也不用重當青少年了，對吧？」

我感覺到陣陣寒意，彷彿壞事就要發生，我卻蠢得搞不清狀況。「嗯，」我說。

「多明尼克失蹤當時，那些電郵感覺沒什麼。大家都說他是萬人迷，因此會收到奇怪的情書並不奇怪。而他顯然沒那麼喜歡對方，不可能為了她自殺。因此，當時的承辦員警連查都懶得查，」他翻了個白眼，幽默地撇了撇嘴角。你能相信嗎？一群蠢蛋。「但蘇珊娜來找我之後，我忽然覺得那些電郵是不是她寫的。她堅決否認，說她從來沒寫過電郵給他，但一切都很吻合：多明尼克纏著對方，但女孩要他滾遠一點。完全吻合，不是嗎？」

他又神情愉悅地看我一眼，好像我們倆是同事，正在氣氛舒服的酒吧裡把酒討論案情一樣。「應該吧，」我說。

「你覺得是她嗎？」

「我不曉得。」寒意已經滲進我體內，愈滲愈深。我應該知道的，但我卻漏掉了——「如果她真的喜歡他，何必寫電郵，直接跟他上床不就好了？」

拉佛提聳聳肩。「或許她很緊張，就像她說的，擔心他只是開玩笑。或者她只是欲擒故縱。或者她其實對他沒意思，只是想讓他出糗，好拿到把柄證明他在騷擾她，像是屌照之類的。或者她根本不曉得自己要什麼，」他又咧嘴微笑。「十幾歲的女孩心眼特別多，不是嗎？」

「應該吧。」

「至少別人是這樣告訴我的，而我起初也這樣想。只是，」拉佛提兩個手肘撐著身子，輕鬆自在欣賞庭院的景色，一邊說道：「我想起那些推特貼文。我已經知道有個人，不是蘇珊娜，這個人覺得在網路假扮身分捉弄他人很好玩，而且很擅長。」

我又感覺到一陣寒意，從地面滲進我骨頭裡。我腳麻了。

「那些電郵是你寄給多明尼克的，對吧？」

「我不知道，」我說：「我不記得了。」

拉佛提長嘆一聲，既惱怒又被逗樂了。「哎，托比，拜託，別又來了。」

「不是我。」

「怎樣，你寄了這麼多假電郵，卻不記得那幾封？那傢伙可是不久後就死了耶。」

「不對，我沒有——」

「好吧，那我這樣問好了：你十幾歲的時候有沒有寄過假電郵？」

「我沒印象，」我說。其實我有種感覺，不曉得是不是真的，就是我和阿德對著學校電腦竊笑，不行，那樣寫太露骨了，他不會上——

「是嗎，」拉佛提說：「還記得那個叫洛坎．穆蘭的同學嗎？跟你同班的？」

「他說他高三那年春天收到幾封電郵，是喜歡他的女孩寄的。她拒絕透露身分，只說自己見過他，覺得他很帥。洛坎不是很受女孩歡迎，因為他很瘦又滿臉青春痘，至少他本人是這樣說的，所以他簡直喜出望外。她隱約透露自己是曲棍球隊之類的，換句話說身材應該很好。兩三封電郵往返之後，那女孩表示想碰面，於是兩人便約了時間地點。洛坎換上他的戰鬥T恤，還噴了半罐體香劑，但當他到了指定地點，卻只看見你和你的死黨德克蘭笑得前仰後合。」

那是阿德的主意。阿德覺得電腦課很無聊，想找點樂子，眼裡閃著惡意：來吧，看誰會上鉤……其實不只洛坎，還有其他三四個同學，全是我們精挑細選特別好騙、特別飢渴或一臉就是魯蛇的傢伙，但只有洛坎蠢得一路相信到底。「我們那時很差勁，」我說：「所有人都是，我想我也被人這樣惡搞過。」

「唔，你們還算好的，」拉佛提公平地說：「連洛坎自己也這麼說。他以為你們兩個會昭告天下，唯有轉學甚至出國才不會淪為笑柄。但就他所知，你們自始至終都沒有跟半個人提過。你們跟某些人不一樣，只是開開玩笑，並不想毀掉他。」

其實我們有跟別人說，那就是西恩。當時他正在置物櫃前收書包，可是卻沒有跟我們一起笑，反而回頭略顯嫌惡地看了我們一眼。**拜託，洛坎嗎？要找就找力量相當的人欺負？不要只挑軟柿子吃。**

「所以，」拉佛提說：「誰曉得你是不是也對多明尼克開過相同的玩笑。誰叫他欺負你堂弟堂妹，算他活該，是吧？」

捉弄洛坎之後，我們應該就失去興致，開始想另外的惡作劇了。阿德就是那樣，一次就夠了。少了他，我自己絕不會想出那樣的點子，更不可能繼續下去。但我向來在意西恩的看法，他臉上的嫌惡讓我無法釋懷。**要找就找力量相當的。**

「寫給洛坎的，」我感覺好冷，感覺身體再也暖不起來了。「那幾封電郵，發信地址跟寫給多明尼克的電郵一樣嗎？」

拉佛提目光好奇凝視著我。「你真的不記得了？」

「對。」

過了一會兒，他才洩氣道：「不曉得。洛坎一發現自己被騙就把電郵刪了，而伺服器不會保留資訊那麼久。你還記得當時用的電郵地址嗎？部分也好。」

「不記得了。」電郵地址是阿德設的。他邊敲鍵盤邊笑得，還踹我一腳要我閉嘴。

「可惜，」他沉默片刻，感覺卻像過了好久。「德克蘭也說他不記得了。他記得你們有寫電郵給洛坎。對了，還有另外兩三個。但他說他從來沒發電郵給多明尼克。雖然這不代表什麼，但我相信他。」

如果我是為了證明自己不會只挑軟腳蝦，那我應該會跟西恩說才對，肯定會說。除非——除非多明尼克在我還沒來得及說之前就消失了，而我覺得有可能是（就算可能性只有萬分之一）我那些電郵的緣故。考試結果已經讓多明尼克的人生列車出軌一半，現在又發現自己像個愚蠢的花癡，雖然不算嚴重，卻是最後一根稻草……要是我察覺有那樣的可能，就算機率只有一半，我也肯定會三緘其口。何必坦承自己寫過電郵，讓事情變得更複雜呢？那樣做又沒什麼好處，誰有辦法確定，不斷拷問自己又有什麼意義？……**你就是這樣，只要什麼事讓你感覺不好，你就直接忘掉。**

拉佛提嘆口氣說：「看來我們是永遠無法知道了。只是我真的很想知道，因為萬一是那幾封電郵刺激多明尼克繼續纏著蘇珊娜呢？甚至因此而死？那麼不論究竟是誰殺了多明尼克，寫那些電郵的人都是幫凶。」

我心裡甚至燃不起一絲恐懼。老實說，不是蘇珊娜讓我受不了，而是我自己：被冤枉的無辜者、救世主、精明的投資人、殺手、自私健忘的混蛋、可悲的煽動者……不論我到底是誰，那又如何？反正明天又會變，哪一個都有可能。我就像一個沒有形體和骨頭的怪物，有如黏土一般可以揉捏成任何形狀，任君挑選。我受夠了。

庭園除了漆黑還帶著青白。樹木被藤蔓纏得浮腫，如石碑般靜立不動。貓已經不曉得溜到了哪裡，樺樹種子有如輕盈的雪花或灰燼漫天飛揚。

拉佛提的聲音在我腦中不停迴盪，但我還是過了半晌才聽見：**不論究竟是誰殺了多明尼克。**

我說：「你覺得凶手不是雨果。」

拉佛提沒有轉頭看我。「我已經說了，一切線索都指向他，何況現在又有犯案動機和證人；如果上法庭，我敢賭他一定會被定罪。」

「但你不認為是他，」在我心裡某個清醒的角落，我明白自己應該害怕。一年前的我絕不會是拉佛提的懷疑對象，但現在他如果鎖定我，絕對可以一步步將我瓦解，直到我承認自己殺了多明尼克，甚至相信自己說的每一個字。儘管如此，此刻的我卻只能喚出一絲絲的本能恐懼。

四周太安靜了，讓我聽見拉佛提輕輕嘆了一口氣。「幹這行的，」他說：「很多時候你都知道自己對上的是哪種腦袋。你可以清楚感覺到，」他朝庭園點點頭。「這一回我感覺得到對手很強。絕大多數案子都只會遇到丑角，你懂嗎？不是某個腦袋不靈光的毒販想幹掉對手，就是哪個又喝醉酒的爛人這回出手太重。但這回不同，從一開始就不一樣。頭腦冰雪冷靜，總是先想好接下來的二十步，從來不曾有半點害怕、糊塗或暴力，怎麼看都不像雨果。」

我說：「那你們幹嘛逮捕他？」

他聳了聳一邊肩膀。「直覺好用歸好用，但我只能跟著證據走，而證據說凶手是他。不過，你要是有……」他這時才轉頭看我，整個人只剩眼睛和影子。「你要是知道些什麼，說明真凶另有其人，而你不希望雨果被人當成殺人凶手，那你最好告訴我。」

我說：「我沒有殺死多明尼克。」

他點點頭，似乎毫不意外。「但你寫了那幾封電郵——省省吧，小老弟，你和我心知肚明，這件事你可不是完全沒份。除非我完全搞錯，否則你伯伯是好人。你至少欠他這一句實話。」

所以這才是他來的目的。說到底不是為了我，而是想說服我出賣里昂和蘇珊娜。

我差點就照做了。有何不可？那兩個傢伙死死算了。就讓他們自己去應付，讓拉佛提去坐在他們家露台上，給他們菸抽，拆穿他們的騙局。既然蘇珊納那麼聰明，就讓她自己想辦法脫身吧，誰叫她一直拿我當誘餌在拉佛提面前晃，快看啊，在這裡！但最重要的是，他們竟然將我排除在外。我原本也可以和他們一樣，可以改頭換面，可以在住處遇襲那天毫髮無傷全身而退，只要他們當初相信我，拉我同夥。

只是這一切似乎都比不上拉佛提話裡的不意外，而我卻花了這麼久才明白。「你從頭到尾都不覺得是我幹的，」我說。

「是啊。就算連帽上衣有問題，我也不覺得是你。我知道——」我正想開口，他立刻微微抬高音量打斷我：「我知道那是十年前的事，也知道你頭受了傷。但就算如此，人骨子裡是不會變的，這件事感覺就不像你會做的。」

「就算你拿照片來，說得好像就要逮捕我似的，那也只是，你——」我一直將他視為敵人，是我必須智取的聰明對手，**戒備**！但我對他來說根本不是敵人，甚至不是人，只是一個他可以巧妙移動執行戰略的棋子。「你把我當成誘餌，好讓雨果認罪。」

他聳了聳一邊肩膀。「結果確實管用。」

「萬一不管用呢？你會怎麼做？逮捕我嗎？把我關起來？」

拉佛提說：「我只想逮到兇手，不論男女。」

我又感到不寒而慄。他就像一頭猛禽，既不殘忍也沒有好壞，就只是完全做他自己，徹徹底底、不可動搖，遠超過我所能想像。

日後我不斷回想這一刻，也一直無法原諒我自己，因為部分的我明明知道，明明曉得不應該問，但我當時只覺得他的回答能解釋一切，就像神明的回答一樣至上而絕對。「為什麼找我？」我說：「為什麼不找里昂？他才是被、才是被多明尼克霸凌的對象。為什麼不——」

拉佛提直接了當地說：「因為你是最佳賭注。」

我心臟幾乎停了。「為什麼？」

「你想知道？」

「對，我想知道。」

「好吧，」他挪動身體，手肘撐著膝蓋讓自己舒服點，準備對我從頭到來。「事情是這樣的：我是可以去找里昂，因為就證據來說，指向他的證據就和指向你的一樣多。可是——就像你那天談到連帽上衣時說的，還記得嗎？那些證據都不充分，全是間接證據。而當案子只有間接證據，審判結果往往取決於陪審團對被告的印象好壞。假設受審的是蘇珊娜好了，善良的中產階級家庭主婦，講話得體，家世又好，和大學男友結婚，對孩子盡心盡力，為了他們而放棄事業。不是大美人也不是黃臉婆，所以不是心狠手辣的毒蠍女，也不是又醜又胖的糟糠妻。學歷還不錯，所以不是小太妹，但也沒有高到太菁英。性格堅強，不容你小看她，但又不會太強勢——我敢說她一定演得恰到好處——讓人想挫她銳氣。如果沒有直接證據，你覺得陪審團會判她有罪嗎？」

「可能不會。」

「是根本不會。至於里昂——」他搖搖手說：「或許有機會，畢竟他生活飄忽，而且現在還是很多人認為同志有點情緒化，尤其是那些藝術性格的，根本慘不忍睹。我們要是有直接證據，不論證人或ＤＮＡ，一個也好，那麼你說得一點也沒錯，他就會是我的最佳賭注，可惜並沒有。而他和蘇珊娜一樣家世良好，有錢，講起話來又是漂亮的中產階級口音；長得好看，又不會俊俏到讓人覺得是臭屁的混蛋。口才好、人聰明又討人喜歡……只要穿上得體的西裝，換掉那愚蠢的髮型，看上去就是一表人材，可愛的鄰家男孩。殺人？怎麼可能？」

公寓區一排排漆黑的窗戶，光線裡的某樣東西讓那些窗戶看起來像是破了，有如空虛被穿了孔；撕下的海報與翻倒的椅子覆上了更多灰塵。四周一片死寂，連遠處的機車引擎、叫喊或音樂的聲響都沒有。

「但你就不一樣了，」拉佛提完全像是陳述事實一般：「我就有迴旋的空間。」

不可思議的是，我差點當場笑了出來。可能人選那麼多，誰敢相信結果是我。也許我應該將之視為人類精神的勝利：就算經歷了這一切，我心底仍然有一小部分真心相信我還是原本的我。

「小小差異，結果大不同，」拉佛提解釋道：「就像眼皮，你也知道那有什麼效果，還有——」他用手指了指。「跛腳。你講話有點含糊，雖然只有遇到壓力才會出現，大多數時候不會有人察覺，但誰都曉得出庭的壓力有多大。還有你抽搐顫抖的反應，走路會絆到，以及前言不對後語，還有偶爾會恍神，臉上出現放空的表情。」他湊到我面前。「聽著，我不是在羞辱你。對認識你的人來說，這些事都不要緊，但陪審團不喜歡這些，認為那就代表你有問題。一旦他們這麼想，距離認為你是殺人凶手就只剩下一小步。」

明明沒風，樹木卻沙沙搖晃，樹影劇烈擺動，地面有如地震一般裂出縫來。焚燒輪胎的味道更濃了。

「還有記性，」拉佛提接著說：「蘇珊娜和里昂可以在法庭上發誓，堅稱他們和多明尼克的死毫無關聯，只要說服陪審團相信他們說的是實話就好。但你就算說服陪審團也沒用，我們還是可以證明你的回憶是一團漿糊，不論講什麼都不值得採信。」

我忍不住大聲說道：「那又不是我的錯。」儘管我知道這樣說很可笑，卻還是忍不住脫口而出。「我會這樣又不是我選的。」

拉佛提柔聲道：「所以呢？」

「所以你不、你不可以，不可以用它們來對付我——」白癡啊我！怒火中燒讓我舌頭打結，反倒證明了拉佛提的論點，讓我只想揍自己一拳。「你不可以這，這樣、這個——這不算數。」

「但它就是管用，」拉佛提點出事實。

我無法回答，幾乎無法呼吸。「我沒有說我會做到那種程度，」他安撫我。「我保證不會。把無辜的人當成凶殺犯處置，我不幹那種事。重點是我也不用那樣做。我只是要讓雨果以為我會，所以才找上你，而非里昂。因為雨果和我一樣清楚，你只要站上法庭就完了。」

接著他又說了些什麼。我到現在依然記得他臉上亮起那一絲曖昧的笑，並且用了數百甚至幾千個小時回想他到底說了什麼，卻怎麼也想不起來。因為他才要開口我就知道自己會賞他一拳，而他一說完我果然就揍了他。

他沒想到我會那樣做。拳頭打在他臉上發出一記悶響，讓他側身摔倒在地。但他立刻在露台上滾了一圈，等我好不容易爬起來，心裡莫名湧起一股令人暈眩、近乎喜悅的清明，終於、終於，他已經站穩腳步，有如街頭格鬥王張開雙手壓低身子朝我走來。他左閃右晃，笑著看我被他牽著走，示意要我快上。

我朝他撲去。他閃過我的大力勾拳，順勢抓住我的胳膊猛力一甩，然後放開。我踉蹌後退，重重撞在屋子牆上。他朝我走來，輕鬆揚起拳頭對準我鼻子就是一擊。

我聽見碎裂聲，感覺眼前一黑，鮮血流進嘴裡。我一個吞嚥被血嗆到，只見他又朝我走來，一把將我的頭夾在腋下，開始猛搥我的肋骨。

我猛踹他的腳背，隨即聽見他哀號一聲。趁他失去平衡，我趕緊靠牆站好，然後離開牆邊。我們在露台上跌跌撞撞，依然扭打在一起。兩人從台階扭打到庭園，結果腳勾腳雙雙倒在地上。但我還搞不清方向，他已經撲到我身上，將我的臉壓進土裡。

他比我高大，力氣又是我的十倍，我感覺眼皮外面和嘴裡都是泥土，讓我無法呼吸。

我差點就放棄了，差點就要疼痛的肌肉不再使力，任他將我壓進堆滿整年落葉、冬眠小生物、遺失許久的寶藏和微小骨骸的深黑土壤裡。但我背上感覺他心跳狂亂，耳中聽見他氣喘吁吁，那晚公寓遇襲的回憶忽然湧現，讓我心底剎那間燒起熊熊怒火，點燃身上所有細胞，腦中只剩下一個念頭：**這回你別想**。

我收起膝蓋一個轉身變成仰躺，朝他臉上啐了一口帶血的泥土。他慌忙後閃，我立刻一腳踩著他肚子將他推開，掙扎著站了起來。他像貓一樣身體一扭便站穩腳步，再次朝我撲來，但我腳跟牢牢釘在地上，沒有被他弄倒，而是緊緊抓著他不放。

我們像兩頭怪獸在近乎全黑的庭園裡轉圈扭打。兩人手腳交纏，呻吟低吼，瞎子般的亂揮亂踹。那過程就像放慢的夢魘，雙腳沉在泥巴裡，被泥巴黏住，兩手抓著頭髮、衣服或皮肉。我口吐白沫，氣喘吁吁，他的呼吸和動物一樣急促。我感覺他牙齒咬著我的臉頰。即使鼻子裡都是血，我發誓自己依然聞到了他身上那強烈的松香。他想用膝蓋踹我蛋蛋，而我則是徒勞地搥他後腦，但都無法拉出適當距離，無法站穩步伐，以致做不出致命一擊。

這時他忽然鬆手改抱住我的大腿，讓我雙腳騰空。但我已經一手扣住他的脖子，因此當他將我整個人抬起來往下猛摔，我也把他拽倒在地。就在我感覺差點斷氣的瞬間，耳邊卻聽見他腦袋撞到石頭發出的可怕碎裂聲。

我躺在地上無法呼吸，而拉佛提就像一大包受潮的混凝土壓得我無法動彈。一群形影模糊的灰鳥從漆黑的空中高高飛過，我以為牠們是我這輩子最後看見的東西。但最後我總算吸到了一大口空氣。接著我死命掙扎，又拉又推，好不容易將他推開，跪坐了起來。

拉佛提緩緩用手和膝蓋撐起身子，轉頭看我。他瞪大眼睛，眼神發黑恍惚，額頭一個大洞不停流血，映著昏暗的青白光線宛如臉上爬滿了黑亮的血河。他發出一聲低沉的嚎叫，噘起嘴唇，一手緊緊攫住我的手腕。

我朝他臉上揮了一拳。拉佛提鬆開我的手腕，我立刻兩手並用，使盡全力對著他的頭猛烈揮拳，抓住他頭髮將他的臉往地上拽。我完全感覺不到手指骨裂了。我感覺自己可以鑿穿岩石，跟神一樣有力，而且永不疲憊。他還在掙扎著想嘶吼，而我只想讓他閉嘴，再也不會抓住我，對我做任何事，永遠不會。在擂鼓般的心跳聲和庭園喧囂的寂靜裡，我聽見蘇珊娜的聲音：**想像你做了**。我感覺到一股神聖的狂喜，有如無痛的電光在我骨髓裡流竄，從河的另一邊升起，躍進那終於再次屬於我的世界。

後來，電光一點一點從我體內消退，我終於不再動作。我感覺兩條手臂跟布一樣軟，鬆垮垂在身體兩側，像是別人的胳膊。我跪在泥土上大口喘息，發出重重的鼻音，身體微微前後搖擺。

拉佛提縮著身子雙手抱頭趴倒在地上。我不記得我們為什麼會扭打在一起，也不曉得他是誰，我又是誰，只感覺寒冷黑暗有如無邊的巨網，而我們兩個是緊緊相連的小小火光。樺樹種子輕輕飄落，有如空中的白紗悄悄落在他黑掉的背上。拉佛提嘴裡發出詭異的鼾聲，過了一會兒開始緩緩轉身，變成側躺。

我舉起一隻手，感覺重如岩石，將手放到他的肩上。他一條腿規律抽搐，我覺得自己應該趴在他身上，免得樺樹種子像雪一樣將他覆蓋，卻沒力氣那樣做。我鼻子抽痛，污血大顆大顆地滴在牛仔褲上。

枝幹漆黑猙獰，屋頂上有東西窸窣作響。我只模糊意識到自己身在哪裡，感覺眼熟卻沒那麼熟悉，有如來自故事或夢境。這裡冷得要命。

過了不久，抽搐停了，接著鼾聲也沒了。庭園裡只剩下我。

我一隻手按著他的肩膀跪在那裡，直到再也支撐不住。我忍著疼躺到地上，縮起身子背靠著他。我不時劇烈顫抖，牙齒痛苦打顫，但他的背很溫暖結實，最後我不知不覺沉沉睡去。

♣

微弱的灰濛光線讓我醒來。我側身蜷縮著，膝蓋抵著腹部，雙拳收在胸前，有如鐵器時代下葬的原始人。我嘴裡有泥土的味道，還有一隻眼睛怎麼也睜不開，從頭到腳趾都又痠又痛，而且全身濕透，冷得感覺不到自己的腳。

我勉強舉起一隻手仔細一瞧，結果大吃一驚。只見我手上沾滿乾涸的血，滲進皮膚的每道縫隙，關節也破皮腫脹。我吐了一口唾液在手上，然後揉揉眼睛，發現手指沾了鮮紅的血。大事不妙了。

我身子底下的土很軟，但背靠著的東西又冷又硬，讓我很想躲開。我花了好久，感覺每動一下肌肉和關節就要斷了裂了，最後總算坐了起來。用力和疼痛讓我全身顫抖，感覺眼球後方有醜陋的紅光跳動。我將嘴裡的血和土啐出來，用袖子抹了抹嘴角。

庭園覆著一層露水，只剩下一個顏色，安靜得宛如冬眠。沒有葉子搖擺，也沒有鳥兒蹦跳或蟲子爬動。暗灰的天空近乎隱形，樺樹種子已經落在一道道的土埂上。

這讓我想起一件事。有人也在這裡，另一個人。我轉身發現他就倒在旁邊。

樺樹種子將他深色外套的下襬點綴得斑斑駁駁，露水一顆顆沾在他頭髮上。他的腦袋歪向一側，臉埋在臂彎裡，另一隻胳膊伸到頭上，一隻手掌和我一樣佈滿血漬，關節有傷。我試著將他手臂移開，想檢查他是否還有呼吸，但移不動，因為他所有肌肉和關節都很僵硬，彷彿從裡到外都變成了石頭。他的手甚至比我還冰。

過了很久，我勉強站了起來走回屋裡，有如老人一般蹣跚駝背。我點燃柴火，壁爐裡餘燼翻飛，害我一陣猛咳。我縮著身子待在爐火前，靠得愈近愈好。

記憶一點一點，有如沉靜的冬天緩緩不可逆轉地回到我的腦海。當時感覺如此英勇的救贖之舉，那曾經照亮整個天空的狂野怒火，到了陰沉的清晨早已煙消雲散。拉佛提死了，是我殺了他。不是為了拯救里昂或蘇珊娜，像我以為自己殺了多明尼克那樣，甚至不是為了拯救我自己，而只是因為我腦袋壞了，以為這是個好主意。現在他沒了性命，開始會有人，而且就在不遠的地方，好奇他去了哪裡，怎麼沒有打電話，怎麼沒回家。

火光和陰影照得牆壁波動變形，咖啡桌上凌亂堆著書和用過的碗盤，蜘蛛專心致志地爬過我膝蓋邊的壁腳板。

我的臉暖了，讓我察覺臉上有東西。我伸手去摸，摸哪裡都疼。我朝浴室走去，途中不得不靠牆休息了幾次，直到突如其來的暈眩過去，我又看得見東西了才繼續前進。鏡子裡我的鼻子看起來很怪，又腫又歪，臉上有如戴著面具覆滿乾涸的泥土與血塊。我用濕毛巾擦了一會兒，但感覺差別不大，而且痛得無法繼續。我兩腿發軟，一屁股坐在地板上，臉頰貼著冰冷的磁磚隱隱抽痛。我就那樣坐了很久很久。

我等著蘇珊娜和里昂說的那些事發生，等著巨變到來。**也是，確實是那樣**。那灌注到蘇珊娜身上的力量：我是超級英雄，再也沒有人可以欺負我；我會揪著竊賊的衣領，將他們扔到馬丁面前；還會織出一張馬基維利之網，讓那個臭屁神經科醫師在我腳邊哭泣，求我原諒。那瀰漫在里昂體內的輕盈：一切都無所謂，都傷不了我。我會甩開這個折損的人生，就像脫掉弄髒的外套，另覓完美的新衣。這些等待映照著火光閃閃發亮，彷彿由某種陌生未知、不可摧毀的元素構成。我等著自己脫胎換骨，從地板上起身，所有傷口自行癒合，疤痕消失，一切終於有了意義。

但什麼都沒發生。我腦中只浮現拉佛提的妻子或女友什麼的，只開始湧起恐懼，心想是不是該打電話給科爾；還想起他的孩子，是黑髮蓬亂、活力充沛的男孩，放下遊戲跑過來問爸爸去哪裡了。

風鑽進屋裡引起小小的騷動，牆上的裂隙與污漬讓牆面看上去就像掛滿苔蘚的樹影。昏暗的光線在髒兮兮的窗戶上遊走，浴簾鬆垮垮地掛在裂開的環上。

我想起寫給多明尼克的電郵了。或許只是錯覺，不過就和白晝一樣清楚。那天我趴在臥房床上，原本應該專心唸書，但很不春天的燥熱讓我就是坐不住。那個週末我看誰都不順眼。蘇珊娜對我大發雷霆，只因為我說了她某位好友的老實話。里昂一直抱怨大家都像羊群一樣順從，乖乖從中學進到大學，再送進企業任老闆宰割。我肋骨痛得要命，因為前一天多明尼克「只是好玩」揍了我一拳。原本西恩或阿德可以把我拉出心情不好的泥淖，但阿德要去打工存學費，總是不見人影，而西恩則是忙著對奧黛莉上下其手，不接電話。我很想找人惡作劇。

阿德和我用來捉弄洛坎的電郵地址是ifancyyou@什麼，好像是hotmail或yahoo，密碼是sucker，意思是笨蛋。

蘇珊娜上個星期才說她覺得多明尼克想勾搭她。我當時覺得還蠻好玩的。別看蘇那麼聰明，有時還是跟小孩沒有兩樣，有人迷上她就興奮到不行。但那天我只覺得她那樣很煩，正好給了我生氣的理由。既然她想被人搞，那就如她所願吧。

嘿，我知道你那天抓我屁股，我飆了你一頓，其實我身體爽得很;-)

我沒有署名，這樣萬一事情敗露，蘇珊娜把矛頭指向我，我可以全盤否認，擺出受傷的表情：什麼？我又沒說是妳寫的！多明尼克一定會自己腦補，就算沒有也無所謂，反正他那個單細胞腦袋一定會上當。而他只要敢再進一步，肯定會被蘇珊娜扭斷胳膊海扁一頓，或搬出同意權和身體自主權的大道理講得他腦死昏迷。他們倆真是絕配，真希望他動手時我在現場。

後來我遇到一件更有趣的事，壞心情一掃而空，有好幾天完全忘了這件事。等我再想起來，檢查電郵，多明尼克果然上鉤了：**那妳幹嘛一副跩樣？**

我嗤之以鼻，接著又將這件事拋到腦後了一陣子，直到我有天又覺得無聊，於是再次發了電郵：**我不知道，就是覺得很丟臉！誰曉得你是不是在玩我？但這樣反而更有趣不是嗎？:)**

多明尼克傳了一個大大的笑臉。**:D妳真辣！**

之後呢？我跟他說了什麼？我們到底往來了幾封電郵？我只記得這些，但拉佛提說有五六封。夠了，綽綽有餘。

對我咧嘴微笑，得意洋洋的那種，彷彿做了什麼聰明的舉動，等著領獎似的，蘇珊娜之前說，**他說，見到我開不開心？**

想起這件事應該讓我覺得丟臉、歉疚或害怕才對，但我只感到巨大無比的哀傷。這麼不起眼的一件事，小孩每天互相惡作劇都比這個嚴重。我以為那些電郵根本沒什麼，也應該沒什麼，結果卻是如此。那些電郵毀了一切。

我的臥房感覺像是荒廢了好幾年，角落堆滿皺巴巴的衣服，燈罩上沾了灰塵的蜘蛛網輕輕擺盪，微弱的光線從窗簾縫隙斜斜透了進來。我找到贊安諾和止痛藥，它們收在某個抽屜的最裡面。我將藥灑在床上，剩的量還真多。

我想過這件事，當然想過。在我剛回公寓的那幾個星期，當我獨自在房裡來回走動，心裡其實沒有別的念頭。但我雖然想過，卻始終不曾下定決心，遑論嘗試了。我原本以為是因為梅莉莎，因為我的父母親。我無法忍受再也看不到他們，無法忍受他們是第一個發現我的人。其實完全不是。是我內心深處那可笑的小小火花，那相信事情依然可以轉圜的愚蠢念頭。我以為我的人生正在哈哈鏡的另一面等我、召喚我，溫暖和煦一如夏日。

總是又會有奇蹟，會有機會。地震幾週後在斷垣殘壁中將虛弱伸手的我救出來，眾人抬著滿身沙塵有如白色雕像的我高聲歡呼。或是將我從河裡拖上岸，不抱希望地對我急救，直到我咳嗽將水吐了出來。我很幸運，運氣總是眷顧我。

只是現在庭園裡死了一名警探，而我手上全是他的血，我怎麼也想不出這回運氣可以怎麼幫我。就算我挖個洞把他埋了，他們也會找上門來。他一定有對誰交代自己要去哪裡，他的車應該就停在附近，再說他們也會追蹤他的手機。我不是蘇珊娜，想不到什麼絕頂聰明的毀屍滅跡法，更不曉得如何誤導偵查方向，宣稱是這人或那人幹的。我坐牢坐定了。

就算我沒坐牢好了，但我還是殺了人，還是會殺人。結局永遠會是這樣。無法逆轉或重來，無法用藉口擺脫，無法彌補或道歉了事，無法削圓或化小，好將它收進某個我應付得來的小盒子裡。正好相反，是我會被消磨，直到變成它的形狀。

那天晚上在公寓遇襲之後，有件事其實非常明顯、非常關鍵，我卻沒有察覺。那就是沒有人死。這就是火花遲遲沒有熄滅的原因。即使身體壞了、腦袋矬了、走路跛了，但我依然活著。活著就有希望，這句話老套得讓人反胃，但卻無比真實。現在拉佛提死了，運氣、奇蹟或最後機會也回天乏術了。只剩一堵空白的石牆和最終判決，不得上訴。我完了。

我吞了藥，然後從浴室水龍頭灌了幾口水。我本來想喝紅酒或伏特加，確保自己可以死成，同時向世界告別，但光想到就讓我胃裡一陣翻攪，而我可不想把藥全吐出來。接著我脫光滿是血漬和泥巴的衣服，扔到地板上，泥土和樺樹種子灑了一地。我換上乾淨的T恤和睡褲，上床睡覺。床單又濕又冷，我緊緊蜷起身子，將棉被拉到頭上，瘀青的地方一碰就身體一縮。

我想到梅莉莎，想到她有一回感冒待在我的床上，臉頰發燙，嘴裡興高采烈瘋瘋癲癲說個不停，而我則是拿來水煮蛋、烤吐司片和花草茶，讓她躺在我的胸前，拿著手機讀維尼熊的故事給她聽。我想到母親盤腿坐在地板上陪我玩心臟病，想到她馬尾垂在胸前，手在牌上猶豫不決，不經意的微笑點亮了她的臉。我想到父親靠在扶手椅上，就著燈光認真地、不疾不徐地讀著我的作業，**這裡寫得很好，我很喜歡你建構論證的方式**……我真希望能在那裡躺久一點，希望時光退回到每一次的美好回憶，重回所有跟西恩和阿德喝酒廝混的場子，瘋狂的大學歲月，女孩、假期和床邊故事，甚至回到有著雨果、蘇珊娜和里昂的常春藤屋的夏日。但我已經精疲力竭，身體和心理都是。我昏昏沉沉，醒醒睡睡，直到床鋪開始變暖，藥效開始作用，我終於再也睜不開眼，只記得心裡滿是哀傷，心想原來要睡著是那麼簡單。

十三

我顯然搞砸了。中間不知什麼時候，我傳了一則又臭又長的留言給梅莉莎，除了抱歉還加上一大堆胡言亂語。梅莉莎聽到之後立刻打給我爸媽，他們急忙趕到常春藤屋，先在庭園看到拉佛提倒在血泊中，接著發現我奄奄一息躺在床上，身旁一攤嘔出來的穢物。我完全無法想像之後那幾小時是怎麼過的。我醒來時發現自己人在醫院，感覺就像剛經歷過核彈級的宿醉，肚子被人猛踹好幾百下，全身上下都是嘔吐和消毒水的味道。我轉頭發現一名制服員警坐在床邊，正惡狠狠地瞪著我。

我起先以為自己回到了公寓遇襲之後，想不透員警幹嘛對我這麼不爽。但我隨即發現自己頭上的傷好了，只剩下疤痕，整個人立刻陷入驚惶——我在這裡躺了多久？——逼得護士只好替我打一針。後來兩名警探大步走進病房找我問話，但我整個狀況外，只是一臉茫然望著他們，問他們找到了我的車沒有，還有可不可以幫我看一下我的腳還在不在。

我過了很久才有辦法接受問話。但在我爸媽雇用的王牌律師陪同下，問話充其量就是反覆對著兩位警探表示「無可奉告」。而兩位警探雖然面無表情，但感覺就是想把我剁成碎片，在上頭撒尿。不過，在我留給梅莉莎的語音訊息裡，少數不是口齒不清的片段可以聽見我說，**偷襲我，以為是竊賊，嚇死了……**接著又是一段胡言亂語，然後則是**對不起，真的對不起**（雖然整件事讓人難受的時刻不少，但在法庭上聽這則留言絕對是最難堪的）。等我恢復得差不多，明白到底出了什麼事的時候，事情經過已經大致底定了，也就是我在法庭上的抗辯：拉佛提來找我求證蘇珊娜的說詞，前門開著（我媽、露意莎和郵差都作證指出前門從幾週前就一直沒鎖，甚至大開著。郵差顯然提醒過我，但感覺我沒聽進去），露台太暗所以被來者嚇到，引發創傷後壓力症候群導致記憶閃回，想起之前慘遭攻擊，於是瘋狂出手，以為這樣做才能保住性命（那位狗屁神經科醫師和數名心理醫師出庭作證，再加上家人和梅莉莎的有力證詞），後來從驚恐中回神，看見拉佛提滿臉是血，害怕得決定自殺。

我想，這套說法雖然拐彎抹角，但的確有幾分真實。我的律師帶著我反覆複習，鉅細靡遺，有如老派的嚴師指導一名駑鈍的學生拉丁文變格。我起初直接拒絕，根本不想出庭作證。不是因為拉佛提說的話——**你只要站上法庭就完了**——那甚至不是主因，理由其實單純多了。這個世界能讓我感覺更糟的事情不多了，但在眾人面前，尤其是親人好友、梅莉莎、各家媒體和全世界面前詳細講述我有多慘多遜多可憐，絕對名列前茅。

但律師不停強調，這是我避免殺人罪名和無期徒刑的唯一機會，因此最後我還是乖乖照辦了。我想我這樣做主要是為了爸媽，或許我只是希望這樣想。因為我腦中揮不走這樣的畫面：母親走進常春藤屋，**托比！托比，你還好嗎？**冷風從開著的門吹進來，庭園裡有東西橫在地上，嚇了一跳，看見拉佛提的臉，頓時頭暈目眩，衝進滿是灰塵的房間，沿著昏暗的樓梯跑上二樓，**托比！**聲音愈來愈高、愈來愈沙啞，**托比！**最後終於發現我正努力尋死，只是終究沒能越過那條線。

於是我站到了被告席上，赤裸裸大剌剌站在世人面前，讓律師帶我一步步回想遭搶的那晚，在恰恰好的時間點上顫抖和喘不過氣來。我吃力聽他細細描述每個令人難堪的後遺症——**只要你單獨在室外就會怎麼樣？信用卡公司問你中間名，但你想不起來，是嗎？我們都看到你**

眼皮下垂，是不是因為……？我腦袋跟不上，不得不請律師重複他的問題。有人記事本掉在地上，我真的從椅子上跳起來。我口齒不清結結巴巴回憶雨果的死，講到和拉佛提打架時更是卡得厲害，害得律師只能請求暫時休庭。我試著不看陪審團的臉，不去留意他們正仔細打量我狀態到底有多糟，也不去看坐在前排的金髮美女和她寫滿同情的眼眸。交叉詢問時，檢察官對我窮追不捨，千方百計想證明我是裝的，但很快就打了退堂鼓，因為他發現我完全不是演戲，眼看就在徹底崩潰的邊緣。

檢方的版本是雨果的死讓我對拉佛提很不滿，因此當他找上門來，想讓雨果永遠背上殺人兇手的惡名，我就抓狂了，朝他大打出手。我想這個版本也有幾分真實，只不過陪審團討論了整整快三天，最後還是選擇了我律師的版本。畢竟事實擺在眼前，我是徹底垮了。只有我看出其中的諷刺：拉佛提認為在法庭上會害了我的所有事，從口齒含糊、容易受驚、眼神呆滯到無法專心，統統成了我的救命丸。最後判決結果：精神失常導致過失殺人（票數十一比一。陪審團裡有個光頭壯漢，從他嫌惡的眼神就知道他根本不買帳）。

律師向我解釋，這項判決代表刑期從緩刑到終身監禁都有可能。我很好運。死了一個警探，法官不大可能讓我全身而退，但他考量我過去毫無前科、還有潛力貢獻社會、家人關心支持（他在工作上認識我父親和菲爾伯伯，但不算熟，所以不覺得需要迴避此案），以及我的精神狀態和出身背景去坐牢可能無法承受，於是判我十二年徒刑，其中十年緩刑，並送我到中央精神病院接受妥善治療，以便我有朝一日重返社會貢獻所長。不用蘇珊娜提醒，我也知道自己如果是專領救濟金過活的廢柴，判決結果肯定大不相同。

♣

我待在精神病院的時候，蘇珊娜其實來看了我幾次。第一回造訪，我想是因為她擔心我會向心理醫師供出她和里昂。但我沒有。不是出於友愛或高尚的人格，也不是如我之前替帝爾南掩飾那樣，出於「有什麼關係？反正又沒人受害」的事不關己，純粹是因為這件事造成的傷害已經夠多了，而我喜歡如果還有什麼能挽救的，就讓我來吧的那種感覺。

蘇珊娜氣色很好。她直接從大學過來，一身淺藍T恤、緊身牛仔褲和舊球鞋，看上去就像充滿青春朝氣的學生。我們在訪客室會面，那裡的扶手椅破破爛爛，滿是茶漬和口香糖渣，咖啡桌用螺絲固定在地板上，牆上掛著病人接受藝術治療的作品，畫裡的花盆歪歪斜斜，讓人看了不大舒服。容光煥發的蘇珊娜置身其中，簡直像來自異世界的外星人。但話說回來，哪位訪客不是如此？

她連擁抱我都省了。「你看起來好多了，」她說：「感覺睡得不錯。」

「謝了，」我回答：「這裡有安眠藥。」我還是不喜歡蘇珊娜。我敢說她一定會辯稱自己已經盡力讓所有人不惹上麻煩了，我跟警察幹架實在不能算是她的錯，但我很難接受這樣的看法。

「這裡怎麼樣？」

「還可以，」我說。這倒不是謊話。我剛來的頭幾週很糟。因為自殺監測，連最不想自殺的人也會被搞得生無可戀：房裡沒鋪地毯，床墊直接放在地板上，鐵門上開一個小口，房裡熱得令人窒息，燈永遠亮著。到處都是諱莫高深的目光，每個眼神都透著危險。只要稍有差錯，醫師可能就會開立全劑量藥物，把我腦袋弄成漿糊，其他病患可能就會認為我是惡魔，必須扒掉我的臉皮。院裡永遠不得安寧，永遠有人在咆哮、唱歌或敲打東西，並且因為室內太空蕩而讓聲音更響。還有就是我終於察覺這個判決其實沒有盡頭，法官判兩年是假象，我得待到醫師認為我痊癒了才能出去，而那可能是好幾年後，甚至永遠不會發生。

不過，隨著最初的震驚消退，我也適應了這裡的生活，沒遇到太多困難。沒有人想扒我的臉皮或讓我緊張症發作，我自己一個房間（又小又熱，油漆剝落），而且被診斷為低風險，因此獲准從事一些活動，例如散步或上體育課等等。後來就連一輩子待在這裡也感覺沒那麼恐怖了，因為我發現自己其實沒有什麼地方特別想去。

「湯姆要我跟你說嗨，」蘇珊娜說：「還有兩個小孩。莎莉和我做了餅乾給你，但被護士還是警衛還是誰拿走了。」

「嗯，免得妳在裡面塞了禁藥或刀片之類的東西。」

「也對，我應該想到的，」她抬頭瞄了瞄監視器。那東西就掛在天花板的一角，非常明顯。「我爸爸媽媽要我問候你，還有奧利佛叔叔和蜜莉安嬸嬸。嬸嬸說希望你快點好起來。她上網查資料，發現你待滿六個月就可以申請出院，因此覺得你耶誕節應該能在家過。」

「嗯，是喔。」

「我跟她說情況不是那樣的，但她要我別小看正向思考的力量。她已經替你約了某某大師，準備幫你去除壞氣場之類的。」

「老天，」我說：「麻煩跟她說我病情加重了。」其實我並不打算沒待完兩年就申請出院，因為就算核准了，我也會被移送到監獄服刑。精神病院雖然不是五星級旅館，這裡有些人也不是那麼討喜，但至少沒有幫派血拼、淋浴間強暴和我（套用蘇珊娜的說法，出於中產階級世界觀而）認為監獄常有的其他野蠻暴行。這間病院裡的所有人都幹過很糟的事，但只有少部分愛找人麻煩，那些特別恐怖的傢伙更是都隔離開了。其中很多人是思覺失調，他們通常都聚在一塊兒，但有兩名憂鬱症患者和一位自閉症病人特別好相處。尤其是那位自閉症病人，跟他在一起格外令人放鬆。他只想一直聊《魔戒》，完全不需要我回應，甚至不用我專心聽他說。我時常坐在娛樂室窗邊看著花園和遼闊的草地，欣賞高雅的修樹造型和枝葉茂盛的橡樹，聽他兀自用單調無比的語氣滔滔不絕。

「我們可以到戶外嗎？」蘇珊娜突然問：「到花園裡？」

「應該可以吧，」我說。其實我們可以出去，只是外頭有幾個人我希望別讓她遇到。與其說為了她好，不如說為了我的面子。

「走吧，外面天氣很好。我們要問誰？」

外面確實天氣很好。春日清新，和煦的微風帶著蘋果花和青草的芬芳，小小朵的白雲點綴著藍天，小徑兩旁的薰衣草盛開著，到處都是開心鳴叫的鳥兒。

「哇，」蘇珊娜回頭看了一眼讚嘆道。病院是雄偉遼闊的灰色維多利亞式建築，有著凸窗和尖尖的三角牆。

「沒錯，確實很壯觀。」

「我以為這裡會比較現代，超級低調，類似社區中心或集合公寓的那種，結果卻好像在說，**管它的，我們閣樓裡就是住著一個瘋女人，大家都知道又怎樣？**」

我忍不住笑了出來。她看了我一眼，臉上也帶著微笑。「他們對你還可以嗎？」

「沒什麼好挑剔的。」

「他們聽得到我們講話嗎？我是說，這裡有沒有竊聽器之類的？」

「拜託，」我說。

「我是說真的。」

「他們沒有錢買竊聽設備，只有他，」我朝露台上的大塊頭護士努了努下巴。那護士靜靜轉著腳跟，一眼盯著我們，另一眼看著草地上玩牌的三個男的。「就這樣。」

蘇珊娜點點頭，轉身和我一起沿著小徑走。礫石在我們腳下沙沙作響，蘇珊娜仰起頭享受陽光。

「我爸媽還好嗎？」我問。

「還好，鬆了一口氣，至少這是我的感覺。我知道這樣說很怪，但我想他們原本很怕事情會變得更糟。」

「是啊，我也是。」

蘇珊娜點點頭，過了一會兒才說：「有件事我想告訴你，多明尼克的事。」

「是喔，」我說。我不想談多明尼克。

「我起先沒注意，一直到我們做了那件事的幾個月後才想到。記得我跟妳說那年夏天剛到的時候，我還在幻想該怎麼下手，於是下載了Firefox到雨果的電腦上，而不是用他的ＩＥ搜尋網路嗎？」

「記得。」

「這樣他才不會發現我在搜尋殺人方法，」不知道誰掉了一張奇巧巧克力的包裝紙，蘇珊娜把它撿起來收進口袋裡。「但我們說的是雨果耶，你覺得他會常看自己的搜尋紀錄嗎？就算冒出『製作絞索』四個字，你覺得他會注意到嗎？我們就算每天用那台電腦看A片，他也不會察覺。總之，如果我只是擔心這個，大可繼續用ＩＥ，只要每次用完清除掉搜尋紀錄、cookies和暫存檔就好。」

「嗯，」我不知道她想說什麼。蘇珊娜總是喜歡把事情搞得很複雜，胡亂下載瀏覽器完全是她會做的事。

「只不過那會被發現。不是雨果，而是如果警察檢查那台電腦，就會發現有人把搜尋紀錄什麼的都刪除了。他們或許沒辦法查出哪些東西被刪除了，但絕對看起來有鬼。我當然可以掰出一套說詞，例如我查的是自殘論壇等等，但只要警察好奇了，我敢說他們一定弄得到傳票，要網路服務供應商或谷歌什麼的吐出搜尋紀錄。下載Firefox的用意只有一個，就是事情結束後我只要卸載它，再跑一次清除軟體，就會看來什麼事都沒發生。電腦上的搜尋紀錄完全正常，統統在IE上，沒有任何空白，沒有值得警察細看的地方。這是好事，而我很慶幸自己那樣做了。但問題是我做得太早了，在還沒真的決定要殺多明尼克之前就做了。」

「所以？」我說。

我們已經走到長廊，接連幾道拱門爬滿藤蔓，有如一條長長的隧道。這裡比較陰涼，蜜蜂三三兩兩繞著白花飛舞。

「所以當我開始認真起來，」蘇珊娜接著說：「我起初以為是我變了，因為多明尼克的緣故。因為他對我做的那些事，我覺得自己變狠了。不是我覺得變狠不好——我不覺得，」她沉吟片刻。「也許我應該喜歡那種感覺才對。代表一切錯不在我，對吧？那不是真正的我，是多明尼克讓我變成那樣的。但當時我卻恨透了那種感覺。我竟然因為某個生命中偶遇的人才成為自己。要是他找別人幫忙，或他想補習的是西班牙語而不是法語，我就不會是現在的我。那感覺就像任何人都能把我變成任何模樣，而我完全無法抵擋。有一陣子，我整個人被這種感覺拖著走。我之所以會動手，這或許是原因之一，我不曉得。」

她撥開一綹藤蔓，小心將它塞回棚架上。「但當我想到瀏覽器的事，」她說：「我就復原了。早在真的考慮動手之前，我就準備好要殺死多明尼克，並且要做對了。而他對我做的那些事，那種是他讓我變了一個人的感覺，其實一點也沒有改變我。我本來就很狠，只是被什麼人事物引發而已。」

我們並肩而行，搖蚊在四周盤旋，她看著我，陽光照得她臉龐明明暗暗。我想起她小時候，個頭和查克差不多的年紀，有一回我的M&M's巧克力掉進泥巴池裡，她把自己的巧克力分我。「也許吧，」我說：「遇到了就會知道。」

「沒錯。」

我沒有把心裡想問的事問出來，就是我在她狠心的範圍內還是範圍外，萬一真的沒辦法了，她會不會為了拯救自己和里昂而把我犧牲掉。不過，問也沒什麼用。我敢說她只會告訴我不會有萬一，不會沒辦法，所有事情從頭到尾都在她的掌控下。這些都沒回答到問題；更重要的是，我不確定自己真的想知道。

我問的是：「妳有跟湯姆說嗎？」這件事我也一直很好奇。「多明尼克的事。」

「沒有，」蘇珊娜說：「不是因為我怕他會報警或離開我之類的，因為他不會。但他知道了會很不安、很擔心，而我不打算把這個擔子扔到他肩上，只為了我能拍拍自己的背，稱讚自己的婚姻裡沒有任何秘密——」她冷冷看我一眼。「其他人也別想。」

「我可沒這個打算。」

「不過，你知道嗎，」我們倆又走了一小段，她說：「我有時感覺他知道。多明尼克的事，還有那個婦產科醫師。我顯然不能開口問，但……我就是感覺。」她又看了我一眼。「梅莉莎呢？」

「我不曉得，」我說：「但也不打算問。」

「嗯，就這樣吧，不要問。」

我們出了長廊。經過剛才那一陣陰暗，陽光感覺太強、太刺眼。「雨果，」我不想跟我爸提這件事。「他希望自己的骨灰灑在常春藤屋的庭園裡。妳，還是誰——」

「嗯，妳媽有說，可是──」微風吹亂了她的一綹鬈髮，蘇珊娜伸手將它挽到耳後。「但爸爸們都覺得很怪，在發生了這些事之後。你知道他們四個小時候常去某個湖邊度假嗎？在多尼哥？幾週前我們開車去了那地方，將骨灰灑到湖裡。雖然可能違法，但反正沒人看到。那裡很美，」她瞄我一眼。「我們本來想等你一起，只是……」

「我們該回去了，」我說：「會客時間可能已經到了。」

蘇珊娜點點頭。我感覺她好像還想說什麼，但最後只是掉頭開始往回走。我們倆走回病院，一路都沒再說話。

♣

我爸媽當然三天兩頭就來看我，還有西恩和阿德；叔叔伯伯嬸嬸偶爾也會來。理查德來過一次，但他實在太不自在了，反而搞得我們兩個都很彆扭。他不曉得為什麼認為這件事他也有錯，要是他早點勸我回去工作，我就會好得更快（其實不會，我也這麼跟他表達了）。更莫名其妙的是，他竟然認為要是他沒有因為高捷爾的事那麼氣我，那天晚上我就不會加班到那麼晚，就不會遇到竊賊，不會被他們的動靜吵醒。這顯然也不是事實，但我之前確實有過類似的想法，所以反應不大好，結果當然搞得理查德更不自在。之後他每個月都會寫信給我，像上發條一般，藝壇八卦、他挖掘到的年輕藝術家，還有那個拾獲物雕刻展要是有我打點會有多好之類的安慰話。但他再也沒有來看我，讓我鬆了口氣。

里昂沒有來過。他去了瑞典當導遊，不時會寄國家紀念碑之類的明信片來，背面潦草寫上幾句口氣開心的廢話。梅莉莎也沒有來過，只寫了幾封很溫馨的長信，說了很多店裡發生的趣事，就像我在住處療傷止痛時那樣；還有她的恐怖室友梅根終於受不了那間假掰咖啡館而辭職了，但當然都是其他人的錯；還有她現在轉行做人生教練了；她前陣子在城裡遇到西恩和奧黛莉，兩人的寶寶可愛極了，臉上那種輕鬆自在的表情跟西恩一模一樣，他們都等不及想讓你見見他！雖然這些信肯定是她花費大把時間和精神用心寫的，但字裡行間透著一種距離感，就跟寫信給十年沒見的同學一樣。而當我讀到她（小心翼翼，刻意不強調地）提到要和男友去聽演唱會時，我也毫不意外。我回信重寫了五六次，很想和她一樣委婉地表明我沒生氣，只希望她過得快樂，既然現在我已經無法給她原本我以為自己能給的幸福，就真心祝福她找到理想的另一半。也許是我語氣沒抓對，也可能是她的新男友對我的存在不大開心（這點可以理解），雖然她還是持續來信，但感覺更有距離，內容更短、更少談私事，更像寫給慈善捐助對象的信。不過，我還算好的。這裡有很多人，尤其是那些待了十幾二十年的傢伙，根本沒有家書，也沒有訪客。

沒想到馬丁也有來看我。那天我正在打桌球，因為病院裡有錦標賽，已經辦了大概有六年吧，比賽很複雜，也很激烈。忽然有人通知我有訪客。我理所當然以為是我爸或我媽。我走進會客室時，馬丁正背靠窗戶打量房間，彷彿在搜索違禁品似的。看到他讓我當場愣住了。

「意外吧，」他說：「很久不見了。」

我不曉得該說什麼，心裡第一個念頭就是他打算來揍我。會客室有閉路電視攝影機，但不知道萬一他提議去花園走走，我該怎麼辦。

「你看起來蠻好的，」他不疾不徐上下看了我一眼。他變老了，皺紋多了，臉頰的肉也開始下垂了。「牙齒補好了，」他說：「看來我納稅還是有用的，對吧？」

「應該吧，」我說。他沒有從窗邊離開。窗外遠方一群鳥兒飛過灰濛的天空，剛下的雨水讓草坪閃耀著深綠的光澤。

「這樣你出去才不會交不到女朋友。」

我沒說話。過了一會兒，馬丁冷笑一聲，從馬尼拉紙文件夾裡拿出一樣東西。「我這裡有樣東西要讓你看一下。」

他沒有坐下來或把東西遞給我，而是直接扔在咖啡桌上讓我自己去拿。那東西是一張卡紙，上頭整整齊齊貼了兩排相片，編號一到八。

「裡面有你認識的人嗎？」

相片裡八個人全是二十多歲的胖子，幾乎個個都是小混混的油滑樣。「他們是誰？」我問。

「你說呢？」

我盡力回想，一張相片一張相片仔細看，但連一個疑似眼熟的都沒有。「這裡面沒有我認識的人，」我說：「抱歉。」

「那也是有可能，畢竟你腦袋傷得那麼重。」

「嗯，」我說，不曉得他是不是在嘲諷我。

「人生真難，」馬丁說著又扔給我一張卡紙。「這些人呢？」

相片裡的幾個人更年輕更瘦。我看到一半忽然像觸電一般，登時全身冷汗，嘴裡湧出奶餿味。我敢說那感覺就跟著我在會客室裡，有如吸滿氯仿的布罩住我的口鼻。

馬丁面無表情看著我。「嗯，」我過了半晌才說，聲音顫抖得停不下來。「就是這個傢伙。」

「你在哪裡認識他的？」

「他就，他、他、他——」我深呼吸一口氣，馬丁等我往下說。「他就是闖進我住處的人，就是攻擊我的傢伙。最先攻擊我，和我扭打的那個。」

「你確定？」

「對。」

「太好了，這下可以結案了，」馬丁說著扔了一枝筆給我，但他動作太突然，嚇得我身體一縮沒接到，只能慌忙彎腰到地板上撿。「寫下你認得的那個人的編號、你怎麼會認得他，然後簽名並註明日期，在那個人的相片旁寫下姓名縮寫。」

「他，」我揀了張扶手椅，感謝有藉口坐下。「他是誰？」

「迪恩．寇爾文，二十歲，待業中。」

這不是我想問的事，也不是我關心的重點。但我想不出該如何問——「你們怎麼找到他的？」

馬丁又掏出一張卡紙，這回只有一張相片。相片裡是一只金懷錶，即使在強光和刺眼的白背景下，依然散發著老舊沉靜的光彩。錶上刻著花體英文字母CRH。

「認得這只錶嗎？」馬丁問。

我說：「那是我祖父的錶，是他留給我的。」

「在你住處被偷的那只。」

「對。」

「在上頭寫下來，然後簽上姓名和日期。」

我從這張開始寫，因為不想再看到那傢伙的臉。這是祖父留給我的錶。筆一直亂跑，我的字看起來像醉漢寫的。

「迪恩小子說，」馬丁說：「那錶是他跟某人玩牌贏來的，大概一兩年前，想也知道他不記得名字。有了你的指認，我們或許能拆穿他的謊話，只是——」他聳聳肩膀。「因為之前發生的事，你的指認可能效力不大。」

「你們，」我又問了一次：「你們怎麼找到他的？」

「迪恩小子很喜歡那只錶，他說帶在身上感覺很有派頭，」他瞄了瞄我身上的舊T恤和褪色牛仔褲：現在可沒那麼派頭了。「所以一直留著，沒有當掉或賣掉，不然我們早就逮到他了。兩個月前，警察突襲他的住處，因為他哥哥在販毒。我同事在迪恩的床頭桌上看到那東西，感覺有點突兀，於是帶回警局裡跟資料庫比對，結果你的檔案就跳出來了。」他朝那張卡紙努了努下巴。「有什麼問題嗎？」

「沒有，沒事。」

「結案之後，錶會還給你。至於其他東西都沒了，他們直接賣掉了。」

「所以他真、真的是罪犯。」馬丁沒有回應，於是我又說：「事發當時你說，我記得你說他要是，如果是慣犯，你就會知道——」

「我是說過沒錯，我們應該會知道。迪恩小子犯過鬥毆和其他小罪，但沒有侵入住宅盜竊的前科。」

「所以，」我說：「他為什麼挑中我？」

「他是家裡的藝術家，」馬丁說：「臥房牆上都是油彩畫，有些畫得還不賴。」他在等我開口，但看我顯然一頭霧水，便接著說：「你出事前在弄的展覽，就是街頭混混藝術家什麼的？迪恩小子是其中一個。」

我頓了一下，感覺過了很久才說：「什麼？」

「我們在想可能是他被帝爾南找去藝廊，看到你戴著它，或看到你的車，於是便起了歹念，找他哥哥或同夥一起，那天夜裡跟蹤你回家。」

我心裡只有一個想法，清清楚楚乾脆明白：**不可能**。怎麼可能只是倒楣，只是他媽的運氣差，好巧不巧那天戴錶出門，結果你看我現在。「不可能，」我說。

馬丁面不改色看著我：「不然呢？」

我腦中閃過一個念頭。我早就曉得，卻不知怎地忘記了，怎麼也——「我不知道，」感覺過了很久，我才回答。

馬丁屁股靠著窗台，手插口袋說：「我們跟帝爾南聊過幾次，在你出事那時。主要是蒐集線索，看看哪裡有問題或有什麼恩怨。他跟我們說高捷爾的事不是你的——哦，拜託，托比，」他滿臉嫌惡看了我一眼。「我們當然曉得那件事，只花十分鐘就摸清來龍去脈了。帝爾南跟我們說不是你的錯，整件事都是他的主意，基本上和你無關。他很高興你保住了工作，這樣之後才有辦法幫他一把。他的說詞很有說服力。迪恩和其他那些小混混也是，不曉得高捷爾是誰、你是誰，也聽不懂我們在講什麼。再加上你一直堅稱自己沒有跟人結怨，所以……」他聳聳肩。「看起來是條死胡同。但要是帝爾南在唬弄我們，要是他不爽自己被突然解雇，你卻只被留校察看個幾天……」

我說：「是帝爾南指使的。」我應該很驚訝才對，但這事幾乎不讓人意外。

「可能是，也可能不是。」

「是他。」帝爾南。我試著回想他，但只想起某次展覽開幕，帝爾南抓著我聽他抱怨某位女藝術家，說他明明對她百依百順，對方卻拒絕了他。他鬍鬚上沾著開胃小點的餅乾屑，劈哩啪啦罵個沒完，而我只是一直嗯嗯附和，心裡想著擠過人群去找我真的想聊天的人。帝爾南在我心裡向來只是個不起眼的小咖魯蛇，除了少數時候，我根本不會想起這傢伙。

「你有證據嗎？他威脅過你，還是罵過你之類的？」

「我不記得了，可能有。」其實我很確定高捷爾身分敗露之後，我頂多收到過帝爾南一次訊息。我還記得自己悶在家的那三天，一直試著跟他聯絡，想知道他有沒有把我抖出來，但都轉到語音信箱。但我不想讓馬丁就這樣放手。「你不能再找他問話嗎？問他，偵訊他——」

馬丁臉上更沒表情了。「謝啦，我們也是有在動腦的。但帝爾南說詞還是一樣，迪恩小子也還是堅持錶是玩牌贏來的。」

「但他們說謊。帝爾南他，他很膽小，只要你逼問他——」

我覺得這實在太明顯了。對帝爾南來說，整個高捷爾事件絕對是別人的錯，而我就是當然人選。他本來只想把高捷爾混進展覽裡，頂多是另一個有故事有天分的藝術家，是我把高捷爾捧成明星，要他多畫一些大作，要他每天用手機向理查德報告高捷爾的進度。只不過他出了差錯，沒能把故事圓好——我耳朵貼在辦公室門上，理查德大聲斥責，跟某通電話有關……要不是我插手，理查德可能不會特別留意到高捷爾，一切都不會有事。但結果是帝爾南被開除，我卻逃過一劫。

於是，帝爾南從那群混混裡挑了最好煽動的一個，朝他拚命洗腦，說有個壞蛋想破壞展覽，摧毀他們成為下一個達米恩．赫斯特的機會。就是那個開名車、家裡有大電視和全新Xbox的有錢混蛋，那個欠扁的臭屁鬼。然後要他看著辦。

「反正迪恩在撒謊，」馬丁說：「帝爾南我就不確定了。就算他不老實，我們也無從證明起，除非有人開口。但他們不會說的，他們又不笨，」他溫溫一笑：「抱歉讓你失望了。」

這件事讓我有些茫然。帝爾南怎麼也不會想到結局會是這樣。這件事感覺是那麼不足掛齒，只是他得不到自己當得報償的一點小小安慰，如此而已，就像我寫給多明尼克的惡作劇電郵一樣。

「你可能得上法庭作證，」馬丁說：「如果案情有更多進展的話。我們保持聯絡。」

「可是，」我說，我才剛明白為何這一切隱隱約約似曾相識。「我有想過，我有想到可能是帝爾南。」很久以前，在我還沒離開醫院，腦袋裡的混亂剛開始消退的時候，我第一個想到的嫌犯就是帝爾南。

「恭喜你。你那時要是有說，或許案子就不會卡住了。」

我那時以為只是自己胡思亂想，是我腦子壞了的又一項證明，就沒去理會了。原來我早就猜對了。「我覺得那樣想很蠢，」我說。

馬丁看著我。他背後窗外的草坪更綠了，散發著令人不安的光澤。「你不會動起對付帝爾南的念頭吧，」他說：「會嗎？」

「不會，」我說。

「那樣做就不聰明了。你逃得了一次，也真的逃過了，第二次就沒那麼好運了。」

「我不想對付他。」

「哦，我忘了，你連蒼蠅都不敢殺。」見我瞪他，他又說：「快點簽名，我沒那麼多時間跟你耗。」

我開始動筆。我努力放慢呼吸，不讓目光朝相片飄去。「說起來，」馬丁說：「扁壞你腦袋的人其實幫了你，要不然你後半輩子可都得待在蒙特僑伊監獄了。」

這話不僅不對，而且令人憤怒。但當我猛然抬頭，卻看見他的眼神如海鷗一般，滿是冰冷、猜疑與嘲諷。「喏，」我說：「寫好了。」我將那幾張卡紙遞給他。

「這兩個傢伙——」他舉起卡紙說：「要是被定罪，可不會被送到有薰衣草和露台的好地方待兩年，跟治療師聊自己有什麼問題。」

「了解。」

「所以你不會拿鞋帶打結對付帝爾南，給他應得的教訓吧？」

又是那海鷗般的眼神。「不曉得，」我說。

「下回見了，」馬丁大聲闔上文件夾，給人威脅的感覺。「安分點。」

「我是。」

「很好，」馬丁說：「繼續保持。」說完便將文件夾重新挾在腋下，頭也不回走出了會客室。

♣

我確實很安分。我照著為我量身打造的照護計畫，接受認知行為治療以治好我的創傷後壓力症候群，接受職能治療以恢復獨立生活與工作的能力，接受物理治療復健我的手和腿，還接受語言治療以消除口齒不清的問題。醫師都很喜歡我，我想我有了很好的轉變，不再像這裡大多數人是天生有問題，必須像血友病或囊腫性纖維化一樣時時注意，永遠不可能出現根本的改善。對於我，醫師是覺得有希望的，或許他們也確實做到了。總之，他們都很滿意我的進展。當我第三次申請有條件出院就通過時，他們看上去是真的很開心。我又為他們的成功故事多添了一筆。

這時常春藤屋早就沒了。我爸媽花大錢為我請了最好的事務律師和辯護律師（我敢說蘇珊娜一定會講，這是我沒被當成毒蟲人渣獲判無期徒刑的另一個原因），金額想必令人瞠目結舌。還有那些花了無數小時問我令人困惑又疲憊的問題，讓我做了一連串古怪測驗的心理學家，他們也不便宜。賣掉常春藤屋來支付這些費用，顯然是所有人共同的決定。大夥兒都同意雨果會這麼做。

我的工作當然也沒了。理查德還為此真心誠意向我道歉，好像我以為他應該為我一直保留職位等我回去似的。就算他真的替我留著工作，我也不確定自己能否勝任。那些治療幫助很大，雖然眼皮顯然得動手術才有辦法解決，但講話含糊已經幾乎消失了，只有太累時才會察覺得到。跛腳也是。我的手雖然還是沒什麼力氣，但已經學會許多有創意的解決方式。但我的腦袋還是有受損的地方，還是有許多充滿漂流物的大洞。我很難記住複雜的指令，需要詳細的清單才不會遺漏該做和已經做過的事。但就算有清單，我還是偶爾會有大段時間的記憶空白，搞不清楚今天是幾月幾日。光是想起我之前的工作，沒有例行公事，沒有人告訴我該做什麼，手上同時有十幾件事在進行，就讓我頭昏腦脹。

我必須有工作才能維持有條件出院，而我有好一陣子腦中的畫面都是十二小時一班的倉庫，同事全是移民，恨我入骨，會在我午餐裡吐口水。但等我出院時，家人又再次伸出援手。奧利佛叔叔動用關係，托他朋友幫我在一家大型公關公司找了一份十五歲小朋友就做得來的簡單差事——搞不好之前真的就是找十五歲的人來做。我履歷上的名字是查爾斯，那是我的中間名，也是我祖父的名字，但大家一般都叫我查理。我不曉得同事們能被蒙在鼓裡多久，畢竟我出院時有幾家小報用了「殺警瘋子重回社會」之類的標題，還有一張天知道那裡弄來的模糊相片，相片裡的我戴著太陽眼鏡，一副吾非善類的模樣。但至少客戶不敢把我從帳號裡刪除，免得我跟蹤他們回家，用斧頭把他們砍死在床上。工作蠻順利的。同事除了青春洋溢的二十幾歲年輕人，社交生活忙得不得了，還有左支右絀的三十幾歲壯年人，整天為孩子的事操煩。他們都沒什麼時間理我，而我覺得這樣很好。他們週五下班會邀我一起喝酒，我有時會去，只不過酒吧很吵，我通常待一個小時左右就會頭痛。同事裡有一個很有活力、很亮眼的紅髮女孩叫葵娃，我敢說我要是約她，她應該會答應，但我沒那樣做。不是因為我怕自己會戕害幼苗之類的，我沒那麼離譜，只是情感上就是提不起勁。

其實不只是葵娃，我對任何人都提不起多大興趣。一點小事都能讓我落淚，覺得悵然若失，漆黑窗戶上的結霜和人行道裂隙冒出來的草苗都是，可是對人我就感覺全無。我知道一定和庭園那晚有關，但不曉得道理何在。是因為那股怒火太大太強，將我的內心世界燒得片草不留，還是因為我雖然沒能越過死亡線，但已經走得太遠，以致於找不到路回來？

好處是我對馬丁果然沒有撒謊，我真的無意對付帝爾南。我一直等著那把怒火，等著自己忍不住追查他的去向，痛扁他一頓，但那股衝動始終沒有出現。或許是因為那份空虛，也可能是病院那些心理醫師的治療生效了，誰曉得？又或許是在我內心深處，我其實沒有表面上想得那麼確定帝爾南和闖空門事件有關。帝爾南骨子裡是個很謹慎的人。光是偷塞兩幅畫作到展覽裡就已經讓他膽戰心驚了，更別說可能害自己吃牢飯的事，光想就會讓他心臟病發。我不確定丟了工作會讓他就此轉性。不論如何，我對帝爾南都只有一個感覺，就是再也不願想到這個人。如果有什麼腦葉切除術可以消去我對他的所有記憶，我絕對會做。

我的住處還在，只是被我父母租給一對年輕夫妻了，聽說人不錯，好像是老師和護士之類的。我無意將那地方收回來。儘管我的薪水少得可笑，但加上房租已經夠我維持基本開銷了，反正我現在需要的很少。在病院裡聊天，有個主要話題就是出院後想做什麼，例如參加撲克牌大賽、到希臘跳島旅行或找應召女郎等等，但那通常是這輩子不可能出院的人在聊的。對我們這些真的有機會離開的人來說，其實很難想像。即使現在出院了，我還是沒有比住院時更清楚、更有概念。除了窩在新家上網亂逛和開著電視看一大堆爛節目，我實在想不出有什麼事特別想做。

不過，我還是有不安穩的時候。我的創傷後壓力症候群已經緩和許多，是認知治療的功勞或只是時間久了，我不知道，但大聲或有人從背後靠近不再會讓我嚇到。我可以出門散步，甚至晚上也行。唯一還有困難的就是晚上一個人在家。剛搬進一個新地方還好，但幾個月後我就會開始寢食難安，感覺背後有宵小悄悄靠近，有個追蹤網愈收愈緊。我會開始檢查門鎖和警報系統，然後豎起耳朵整夜醒著，在家裡來回走動直到窗外天色漸白。到了這個地步，我就會打電話給房東說要搬家，然後另外找地方住，重新開始下一個循環。

在那些腳下踩著廉價地毯，耳中聽著沉睡者從四面八方發出聲響的夜晚，我偶爾的確會想自己真的有出院嗎？真的有離開遇襲之後待的那家醫院嗎？對我來說，常春藤屋感覺是那麼遙遠，有如老舊童話書裡的避風港，出現在我回憶裡的各個角落，散發著某種神秘駭人的金色光芒。在這個死氣沉沉、無聊煩悶，滿是推特風暴、碳水化合物計數、大塞車和老大哥的世界，常春藤屋真的存在嗎？還有穿著邋遢、和顏悅色漫步屋中的雨果，他也存在嗎？我真的有堂哥堂妹嗎？每天早上，當我和幾百個身上冒著雨水濕氣、猛滑手機的上班族擠在輕軌車廂裡，我知道那是妄想；但到了晚上，我就不禁會想，同時心裡湧起無盡的哀傷，那晚遇襲之後發生的一切會不會只是某個垂死星球發出的最後光芒，電線短路迸出的最後一道聲響。

我想，這些終究都無所謂，至少不如你想得重要。畢竟，事情就是這樣了。又是一個飄著不熟悉的食物味道、離地太遠、太多燈泡太亮，太多門窗要鎖的陌生住處。儘管我腦中有時還是會不由得浮現平行世界——喬治式宅邸、木頭地板、愛睏的寶寶趴在我肩上輕輕呼吸、梅莉莎在另一個房間休息——但我很清楚在所有可能的世界裡，現在這個起碼遠遠不是最糟的。

或許這就是為什麼我到現在還是認為自己是個幸運的傢伙，而且比任何時候都更相信這一點，因為我不能不這樣想。你瞧，自從四月那晚，經歷了那麼一長段詭異的時光下來，就算我什麼也搞不清楚，至少明白了一件事：我從前認為幸運是來自於外的，只決定我會遇到什麼、不會遇到什麼，例如差一點就撞上我的超速車，或是我剛開始找房子那一週就有理想住處出現。我以為就算失去運氣，也只是少了一樣身外之物，或許是高檔手機，或許是昂貴名錶，頂多是很有價值但絕非不可或缺的東西。我理所當然以為就算少了運氣，我仍然會是原來的我，只是斷了條手臂或家裡沒有南面窗。但我現在覺得自己錯了。我認為幸運是內在於我的，是連結我四肢百骸的基石，織就我人生DNA的金縷線。幸運就像在我面前閃耀的寶石，我做的每件事、說的每句話都帶有它的光彩。要是將它從我體內切除出去，要是其實少了它我仍然活著，那我算是什麼？

致謝

我要大大感謝了不起的達利・安德森（Darley Anderson）和版權經紀公司的所有同仁，尤其是瑪麗（Mary）、艾瑪（Emma）、皮帕（Pippa）、羅珊娜（Rosanna）和克莉絲汀娜（Kristina）。謝謝出色的編輯安德莉亞・舒茲（Andrea Schulz），她以無比的本事、耐心與智慧讓這本小說比我想的好上許多。感謝班・佩特隆（Ben Petrone），他就是很棒，沒什麼好說的。也謝謝維京（Viking）出版社的所有人。謝謝蘇珊・哈布萊伯（Susanne Halbleib）和費雪（Fischer）出版社的所有人。感謝凱蒂・洛夫特斯（Katy Loftus）相信這本小說，她的一針見血徹底改變了這本小說的命運。謝謝我弟弟艾力克斯・法蘭琪（Alex French）在電腦方面的協助，以及傳給我樹洞女屍案（Bella in the Wych Elm）的連結。感謝費爾加斯・歐卡克連（Fearghas Ó Cochláin）醫師的醫學建議，ancestrysisters.com的艾倫（Ellen）在系譜學上的幫助，及大衛・華許（David Walsh）對複雜的警察辦案程序的詳盡解釋。謝謝歐拿・蒙塔各（Oonagh Montague）、安瑪莉・哈迪曼（Ann-Marie Hardiman）、潔西卡・萊恩（Jessica Ryan）、凱倫・吉雷斯（Karen Gillece）、肯德拉・哈普斯特（Kendra Harpster）和諾尼・史塔波頓（Noni Stapleton），謝謝他們陪我談天說笑，給我各種飲料和道德上、實際上及其他許許多多的必要支持。謝謝大衛・萊恩（David Ryan）：小心了，我可是把你醜化了一番。謝謝威廉斯夫婦（Sarah and Josie Williams），我不知道該如何表達。謝謝我母親艾蓮娜・隆巴迪

（Elena Lombardi）和父親大衛．法蘭琪（David French），當然還有我先生安東尼．布瑞特納（Anthony Breatnach），我對他的感謝難以言喻。

作者註：小說第一百四十四頁，蘇珊娜說：「只要懷孕，你就沒有資格對自己的健保說話。」二〇一八年五月廿五日，愛爾蘭廢止憲法第八條修正案，賦予懷孕婦女同意或拒絕醫療措施的權力，從此蘇珊娜的這句話不再成立。

臉譜小說選 FR6574

榆樹下的骷髏

The Wych Elm

原著作者　塔娜．法蘭琪 Tana French
譯　　者　穆卓芸
書封設計　莊謹銘
責任編輯　廖培穎
行銷企畫　陳彩玉、楊凱雯
業　　務　陳紫晴、林佩瑜、葉晉源

出　　版　臉譜出版
發 行 人　凃玉雲
總 經 理　陳逸瑛
編輯總監　劉麗真
城邦文化事業股份有限公司
台北市民生東路二段141號5樓
電話：886-2-25007696　傳真：886-2-25001952

城邦讀書花園
www.cite.com.tw

發　　行　英屬蓋曼群島商家庭傳媒股份有限公司城邦分公司
台北市中山區民生東路141號11樓
客服專線：02-25007718；25007719
24小時傳真專線：02-25001990；25001991
服務時間：週一至週五上午09:30-12:00；下午13:30-17:00
劃撥帳號：19863813　戶名：書虫股份有限公司
讀者服務信箱：service@readingclub.com.tw
城邦網址：http://www.cite.com.tw

香港發行所　城邦（香港）出版集團有限公司
香港灣仔駱克道193號東超商業中心1樓
電話：852-25086231　傳真：852-25789337

馬新發行所　城邦（馬新）出版集團
Cite（M）Sdn. Bhd.
41, Jalan Radin Anum, Bandar Baru Sri Petaling,
57000 Kuala Lumpur, Malaysia.
電話：603-90563833　傳真：603-90576622
電子信箱：services@cite.my

一版一刷　2021年5月
I S B N　978-986-235-929-7

售價：499元
（本書如有缺頁、破損、倒裝，請寄回更換）

國家圖書館出版品預行編目資料

榆樹下的骷髏／塔娜．法蘭琪（Tana French）著；穆卓芸譯. -- 一版. -- 臺北市：臉譜出版：英屬蓋曼群島商家庭傳媒股份有限公司城邦分公司發行, 2021.05
面；　公分. --（臉譜小說選；FR6574）
譯自：The wych elm
ISBN 978-986-235-929-7（平裝）
873.57　　110004510